de B

D1135600

De saboteur

Van Clive Cussler verschenen eerder bij The House of Books:

ISAAC BELL-AVONTUREN
De jacht

DOSSIER OREGON-AVONTUREN

Dodenschip
Het oog van de orkaan
Het goud van Kamtsjatka
Heilige Steen
Gouden Boeddha

DIRK PITT-AVONTUREN

Poorten van Hades
Duivelsadem
Trojaanse Odyssee
De schat van Khan
Zwarte wind

KURT AUSTIN-AVONTUREN (NUMA-FILES)

Medusa
De Navigator
Poolstorm
Verloren stad
Serpent
Witte dood
Vuurijs
Het blauwe goud

Clive Cussler

& Justin Scott

De saboteur

the house of books

Oorspronkelijke titel
The Wrecker
Uitgave
G.P. Putnam's Sons, New York
Copyright © 2009 by Sandecker RLLLP
By arrangement with Peter Lampack Agency, Inc. 551 Fifth Avenue, Suite 1613, New York, NY 10176-0187 USA
Copyright voor het Nederlandse taalgebied © 2012 by The House of Books, Vianen/Antwerpen

Vertaling
Pieter Cramer
Omslagontwerp
Jan Weijman
Omslagillustratie
artist partners ltd
Foto auteur
© Jack DeBry
Opmaak binnenwerk
ZetSpiegel, Best

ISBN 978 90 443 3497 5
D/2012/8899/126
NUR 332

www.thehouseofbooks.com

Voor Teri, Dirk en Dana

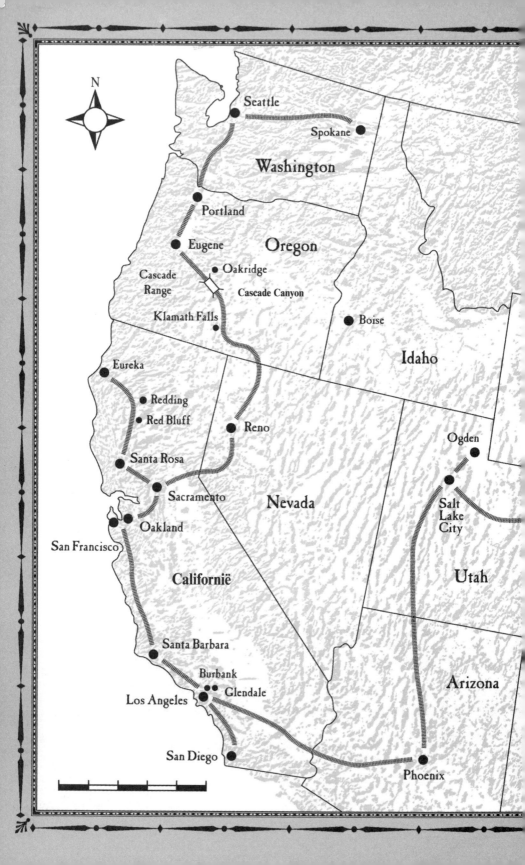

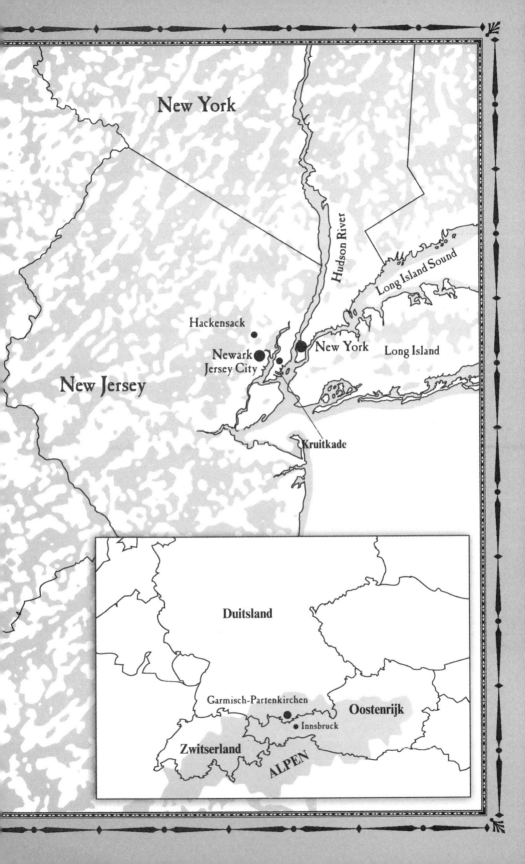

Een onvoltooide zaak

12 DECEMBER 1934
GARMISCH-PARTENKIRCHEN

Boven de sneeuwgrens staken de Duitse Alpen af tegen de hemel als de kaken van een stokoude vleeseter. Donkere wolken schuurden langs de door windvlagen geteisterde toppen en de getande rotsranden leken te bewegen, alsof het monster tot leven kwam. Vanaf het balkon van een skihotel bekeken twee mannen het in ongeduldige afwachting.

Hans Grandzau was een gids met een gezicht dat net zo verweerd was als de rafelige bergtoppen. In zijn hoofd huisde zestig jaar ervaring in het beklimmen van winterse hellingen. De vorige avond had hij voorspeld dat de wind naar het oosten zou draaien. Felle Siberische kou zou zich met de vochtige lucht uit het Middellandse Zeegebied vermengen tot een verblindende sneeuwstorm.

De man aan wie Hans sneeuw had beloofd, was een lange Amerikaan met een grijze aanzet in zijn blonde haardos en snor. Hij droeg een tweed Norfolk-kostuum met een warme gleufhoed en een sjaal van de Universiteit van Yale met het wapen van het Branford College. Zijn kleding was typerend voor een welgestelde toerist die voor een wintersportvakantie naar de Alpen was gekomen. Maar zijn ogen waren met een ijzige concentratie op een geïsoleerd gelegen stenen kasteel gericht dat zo'n vijftien kilometer verderop aan de overkant van het ruige dal lag.

Het kasteel domineerde het afgelegen dal al ruim duizend jaar. Het lag haast volledig bedolven onder de winterse sneeuw en was nauwelijks zichtbaar in de schaduw van de hogere bergtoppen erboven. Enkele kilometers onder het kasteel lag een dorp aan de voet van een lange, steile, lastig te beklimmen helling. De Amerikaan zag hoe er een rookzuil naartoe kroop. Hij was er te ver vandaan om de locomotief te kunnen zien die de rook veroorzaakte, maar hij wist dat daar de spoorlijn lag die de grens overging naar Innsbruck. De cirkel is rond, dacht hij grimmig. Zevenentwintig jaar geleden was het misdrijf begonnen bij een spoorlijn in de bergen. En vanavond zou er, hoe dan ook, een eind aan komen bij, opnieuw, een spoorlijn in de bergen.

'Weet u zeker dat u dit aankunt?' vroeg de berggids. 'De klim is steil. En er staat een snijdende wind.'

'Ik ben net zo fit als u, beste man.'

Om Hans gerust te stellen vertelde hij dat hij zich bij een Amerikaanse legereenheid had aangesloten en ter voorbereiding een maand lang bij Noorse skitroepen had gebivakkeerd om ervaring met oorlogsvoering in de bergen op te doen.

'Ik wist niet dat er Amerikaanse troepen in Noorwegen oefenen,' reageerde de Duitser stijfjes.

De blauwe ogen van de Amerikaan glommen paarsachtig en toonden de zweem van een glimlach. 'Voor het geval we hier moeten terugkomen om weer een strijd te beslechten.'

Hans reageerde met een ondoorgrondelijke grijns. De Amerikaan kende hem als een trotse veteraan van het Alpenkorps, een speciaal voor de bergen opgeleide elite-eenheid, opgericht door de Duitse keizer Wilhelm in de Wereldoorlog van 1914-1918. Maar hij was geen vriend van de nazi's, die onlangs de macht in de Duitse regering hadden gegrepen en Europa in een nieuwe oorlog dreigden te storten.

De Amerikaan keek om zich heen om zich ervan te verzekeren dat ze alleen waren. Een al wat ouder kamermeisje in een zwarte jurk met een witte schort duwde een rolveger door de gang achter de balkondeuren. Hij wachtte tot ze uit het zicht was verdwenen, waarna hij een leren geldbeurs vol met gouden Zwitserse twintigfrankmunten in zijn forse hand ophield en aan de gids overhandigde.

'Volledige betaling vooraf. De afspraak is dat u mij, als ik niet mee kan komen, achterlaat en er zelf voor zorgt dat u thuis komt. U neemt de ski's. Ik wacht dan bij de skilift.'

Hij haastte zich naar zijn luxueuze, met hout gelambriseerde kamer, waar het landschap achter het raam door de dikke tapijten en een knappend haardvuur nog kouder leek dan het al was. Snel kleedde hij zich om en trok een waterdichte gabardine broek aan, waarvan hij de pijpen in dikke wollen sokken stopte, bergschoenen met vetersluiting, twee dunne wollen truien, een winddicht leren vest en een heuplange gabardine jas, waarvan hij de rits openliet.

Jeffrey Dennis klopte aan en kwam de kamer binnen. Hij was een vlotte jonge detective van het kantoor in Berlijn en had een Tiroler hoed op zijn hoofd, zoals toeristen die droegen. Jeffrey was intelligent, energiek en efficiënt. Maar hij was niet bepaald een natuurmens.

'Nog altijd geen sneeuw?'

'Geef iedereen het startsein,' zei de oudere man tegen hem. 'Over een uur zie je geen hand voor ogen meer.'

Dennis overhandigde hem een kleine knapzak. 'De formulieren voor u en uw... eh... "bagage". De trein passeert de grens met Oostenrijk om middernacht. In Innsbruck wordt u opgewacht. Dit paspoort zal tot morgen geen problemen geven.'

De oudere man keek door het raam naar het kasteel in de verte. 'Mijn vrouw?'

'Veilig in Parijs. In het George v.'

'Nog een bericht?'

De jonge man gaf hem een envelop aan.

'Lees maar voor.'

Met een monotone stem las Dennis: 'Bedankt, liefje, voor de mooiste zilveren huwelijksdag die ik me had kunnen wensen.'

De oudere man was zichtbaar opgelucht. Dit was de code die ze eergisteren met een knipoog had voorgesteld. Het was een goede dekmantel, een romantische tweede huwelijksreis, voor het geval iemand hem herkende en vroeg of hij hier voor zaken was. Nu was ze op een veilige plek. De dekmantel was niet meer nodig. Er was storm op komst. Hij pakte de envelop aan en hield hem in de vlammen van het haardvuur. Hij bekeek het paspoort, de visa en de douanepapieren zorgvuldig.

'Wapen?'

Het was compact en licht. 'Dit is het nieuwe automatische wapen dat de Duitse agenten onzichtbaar bij zich dragen,' zei Dennis. Maar ik kan u ook een dienstrevolver geven als u liever een wat ouder wapen hebt.'

De blauwe ogen, die weer naar het kasteel aan de overkant van het naargeestige dal waren afgedwaald, schoten terug naar de jongere man. Zonder omlaag naar zijn handen te kijken verwijderde de lange Amerikaan het magazijn, controleerde of de kamer leeg was en vervolgde de demontage van de Walther PPK. Hij opende de trekkerbeugel en haalde de slede en slagpen uit de loop. Dit had twaalf seconden geduurd. De koerier nog altijd strak aankijkend zette hij het pistool in tien seconden weer in elkaar.

13

'Hiermee kan ik wel uit de voeten.'

Het begon tot de jongere man door te dringen dat hij zich in het gezelschap van een absolute grootheid bevond. Zonder erover na te denken ontsnapte hem de jongensachtige vraag: 'Hoelang hebt u daar wel niet op geoefend?'

Er verscheen een verrassend vriendelijke glimlach op het strenge gezicht en het antwoord was niet onvriendelijk en evenmin van humor gespeend. 'Dat moet je 's nachts oefenen, Jeff, in de regen. Als er dan iemand op je schiet, leer je 't snel genoeg.'

De sneeuw kwam met bakken uit de lucht toen hij bij de skilift kwam en hij zag nog maar nauwelijks de bergkam die de bovenrand van de skihelling vormde. De versteende toppen die erboven uittorenden waren onzichtbaar. De overige skiërs verdrongen zich opgewonden rond de lift in een poging het langsglijdende touw te grijpen om nog snel een laatste afdaling te kunnen doen, voordat de gidsen zich door de aanwakkerende storm gedwongen zagen de berg om veiligheidsredenen te sluiten. Hans had nieuwe ski's bij zich, het nieuwste model, met in het hout geklonken stalen randen. 'Het gaat steeds harder waaien,' zei hij, de ijzeren randen verklarend. 'IJs op de toppen.'

Ze stapten in de flexibele bindingen, gespten ze om hun hielen vast, trokken hun handschoenen aan en pakten hun stokken op, waarna ze zich door de slinkende groep een weg naar het touw baanden, dat langs een katrol gleed die door een luidruchtige tractormotor werd aangedreven. Ze grepen het touw vast. Na een stevige ruk aan hun arm gleden de beide mannen omhoog. Het was voor dat chique skioord een typerend beeld: een rijke Amerikaan van middelbare leeftijd op zoek naar avontuur met zijn privé-instructeur, die oud en ervaren genoeg was om hem veilig en op tijd naar het hotel terug te brengen zodat hij zich nog voor de avondmaaltijd om kon kleden.

Het waaide hard op de bergkam, met onverhoedse vlagen. Windstoten waaierden poedersneeuw en dikke vlokken op. Het ene moment was er vrijwel niets meer te zien achter de groep skiërs die op hun beurt stonden te wachten voor de afdaling. Het volgende moment brak de lucht weer helemaal open en lag het hotel met de hoge toppen erachter duidelijk zichtbaar als een poppenhuis onder aan de helling. De Amerikaan en Hans duwden zich met hun stokken over de kam weg van de menigte. En plotseling, toen niemand hen zag, zwenkten ze van de kam weg en schoten langs de andere kant omlaag.

Hun ski's trokken verse sporen door de maagdelijke poeder.

Vrijwel onmiddellijk verstomde het roepen van de skiërs en het ratelen van de motor van de skilift. De sneeuw viel geruisloos op hun wollen kleding. Het was zo stil dat ze het ruisen van het met staal omzoomde hout over het poederachtige oppervlak, hun eigen ademhaling en het kloppen van hun hart konden horen. Hans ging de Amerikaan gedurende ongeveer anderhalve kilometer voor tot ze in een door een overhangende rots gevormde schuilplaats stopten. Daar trok hij een zelfgemaakte lichtgewicht slee tevoorschijn.

Deze was gemaakt van een Robertsonstretcher, een draagbaar van essen- en beukenhout en zeildoek dat speciaal was ontworpen om een gewonde zeeman strak mee te omwikkelen zodat hij in een stabiele ligging door de smalle gangen en steile trappen op schepen vervoerd kon worden. De stretcher was op een stel ski's bevestigd en Hans trok hem met een rond zijn middel gebonden touw achter zich aan. Het touw had hij om een lange skistok gewonden die hij tijdens de afdaling als rem gebruikte. Opnieuw leidde hij de Amerikaan over een afstand van zo'n anderhalve kilometer een nu minder steile helling af. Aan de voet van een steile klim bond hij lappen zeehondenvel om hun ski's. De vleug van het bont gaf hen voldoende grip bij het klimmen.

Het sneeuwde nu dikke vlokken. Dit waren de omstandigheden waarin Hans zijn gouden franken waard was. Met behulp van een kompas kon de Amerikaan, net als de meeste mensen, zijn weg ook wel vinden. Maar geen enkel kompas kon voorkomen dat hij, murw gebeukt door de wind en gedesoriënteerd door het waanzinnige allegaartje aan scherpe hoeken en bochten, van zijn route afdwaalde. Hans Grandzau daarentegen, die van kinds af aan in deze bergen had geskied, voelde aan de hellingsgraad van een bepaalde passage exact waar hij was en hoe de windvlagen op die helling inbeukten.

Na een klim van enkele kilometers daalden ze een stuk af, waarna weer een klim volgde. Ze moesten regelmatig stoppen om even te rusten of de zeehondenhuiden van aangekoekt ijs te ontdoen. Het was al bijna donker toen het boven op een kam plotseling ophield met sneeuwen. Aan de overkant van het laatste dal zag de Amerikaan één verlicht raam in het kasteel. 'Geef mij de slee,' zei hij. 'De rest doe ik alleen.'

De Duitse gids hoorde de beslistheid in zijn stem. Hiertegen ingaan was zinloos. Hans gaf hem het touw van de slee, schudde hem de hand, wenste hem geluk en schoot met een scherpe draai de duisternis in, terug naar het dorp daar ergens ver in de diepte.

De Amerikaan zette koers naar het licht.

De artillerie van
het proletariaat

1

De spoorwegagent die de avondploeg de getande muil van de tunnel in zag gaan, vroeg zich af wat de Southern Pacific Company voor heil zag in een eenogige, met een stijf been slepende steenhouwer. Zijn overall en flanellen hemd waren tot op de draad versleten en zijn afgetrapte laarzen zo dun als papier. De rand van zijn gedeukte vilthoed hing slap omlaag als de muts van een circusclown, en de beukhamer van de arme drommel bungelde aan zijn handschoen alsof hij te zwaar was om op te tillen. Hier klopte iets niet.

De spoorwegsmeris was een drinker. Zijn gezicht was door de slechte kwaliteit van de drank zo opgezwollen dat zijn ogen haast in zijn wangen verdwenen. Maar het waren wel scherpe ogen, wonderbaarlijk sprankelend van hoop en plezier – terwijl hij toch zo diep was gezonken nu hij voor het meest verachte politiekorps van het land werkte – en nog altijd bijzonder alert. Hij stapte naar voren, klaar om op onderzoek uit te gaan. Maar net op dat moment nam een sterke jonge vent, een blozende, vers uit de klei getrokken boerenknecht, de moker van de oude steenhouwer over. Dit vriendschappelijke gebaar, gepaard met het mank lopen en de ooglap, maakte dat de eerste man veel ouder leek dan hij was en volstrekt ongevaarlijk. Maar dat was hij niet.

Voor hem waren twee openingen in de berghelling gehakt, de hoofdtunnel voor het spoor en er vlakbij een kleinere 'pioniersgang' die eerst was uitgehakt voor het verkennen van de route, de aanvoer van frisse lucht en de afvoer van regenwater. Beide ingangen waren afgezet met houten schotten en steunbalken om te voorkomen dat de berg op de in- en uitgaande mannen en stortkarren viel.

De dagploeg kwam naar buiten gewankeld, uitgeputte mannen op weg naar de werktrein die hen terug zou brengen naar de veldkeuken in het kampement. Er tufte een locomotief langs met in de open wagons stapels spoorbielzen. Andere wagons werden door een tienspan muilezels voortgetrokken en er ratelden handkarren over de zandwegen. Dat alles gehuld in enorme stofwolken. Het was een afgelegen plek, die op twee vermoeiende dagreizen met de trein van San Francisco af lag. Maar het lag niet van de buitenwereld afgesloten.

Vanaf de ingang van de tunnel zorgden telegraafdraden aan gammele palen voor een directe verbinding met Wall Street. Ze brachten sombere berichten over de financiële crisis die in het bijna vijfduizend kilometer verderop gelegen New York was uitgebroken. De bankiers in het oosten, de financiers van de spoorwegen, waren doodsbenauwd. De oude man wist dat de draden bijna letterlijk knetterden van tegenstrijdige opdrachten. Versnel de aanleg van de Cascades Cutoff, een vitale afsnijding van de spoorverbinding tussen San Francisco en het noorden. Of leg de bouw stil.

Vlak voor de tunnelingang bleef de oude man staan en keek met zijn goede oog omhoog naar de berg. Over de vestingwalachtige kam van de Cascade Range lag een rode gloed van de ondergaande zon. Hij keek ernaar alsof hij zich goed wilde inprenten hoe de wereld eruit had gezien voordat de donkere tunnel hem diep in het steen opnam. Meegestuwd door de mannen achter hem wreef hij over zijn ooglap, alsof hij terugdacht aan het moment waarop hij het zicht in dat oog had verloren. Bij de aanraking opende hij een klein gaatje voor dit oog, dat zelfs scherper was dan het andere. De spoorwegdetective, die snuggerder leek dan de doorsnee slome spoorwegagent, bekeek hem wantrouwend.

De steenhouwer was een onvoorstelbaar koele kikker. Hij had het lef om stug door te gaan, de schaamteloze brutaliteit om iedere verdenking weg te poetsen door geen enkele angst te tonen. Zonder aandacht op de langslopende arbeiders te slaan keek hij om zich heen alsof de grootsheid van het indrukwekkende schouwspel van een nieuwe spoorweg die dwars door bergen werd aangelegd, nu pas tot hem doordrong.

In werkelijkheid verwonderde hij zich over al het werk dat er werd verzet. De hele onderneming, die uit de gezamenlijke inspanning van duizenden mensen voortkwam, was gebaseerd op het eenvoudige principe dat aan zijn voeten lag: twee ijzeren staven die op een afstand van één meter en tweeënveertig centimeter op houten bielzen waren vastgespijkerd, de verbindingsbalken stevig verankerd in een grindbed van vergruisde stenen. Het geheel vormde een sterke geleider die honderd ton zware, met snelheden van honderd kilometer per uur voortdenderende locomotieven kon dragen. In segmenten van anderhalve kilometer – zevenentwintighonderd bielzen, driehonderdtweeënvijftig spoorstaven en zestig vaten met spijkers – was het een gladde, vrijwel wrijvingsloze baan, een ijzeren snelweg die eindeloos kon doorgaan. De rails sneden door het ruige landschap, lagen vastgeklonken op smalle richels uitgehakt in bijna verticale hellingen, overbrugden ravijnen op staketsels van schraagpijlers en liepen rotswanden in en uit.

Maar dit wonder van modern technisch vernuft en een zorgvuldige organisatorische bedrijfsvoering lag nog altijd nietig, onbetekenend zelfs, te midden van de bergen. En niemand besefte beter dan hij hoe kwetsbaar dit allemaal was.

Hij wierp een schuinse blik op de smeris, die net de andere kant op keek.

De avondploeg verdween in de ruw uitgehakte doorgang. Er borrelde water onder hun voeten terwijl ze door de eindeloze met houten balken gestutte gang liepen. De hinkende man raakte achterop, nog steeds vergezeld door de potige vent die zijn hamer droeg. Nadat ze zo'n honderd meter binnen waren, bleven ze staan bij een zijgang en doofden hun acetyleenlampen. In het donker zagen ze hoe in de verte de flakkerende lichten van de anderen uit het zicht verdwenen. Vervolgens liepen ze op de tast de zijgang in en bereikten door de zes meter dikke steenlaag de parallel lopende pioniersgang. Die was smal en grover uitgehakt dan de hoofdtunnel. Hier en daar was het plafond verraderlijk laag. In elkaar gedoken liepen ze dieper de berg in, nadat ze, nu niemand hen meer kon zien, hun lampen weer hadden aangestoken.

De oude man hinkte nu veel sneller en bescheen met zijn lamp de zijwand. Opeens stopte hij en wreef met zijn hand over een kartelige naad in het steen. De jongeman keek toe en vroeg zich – niet voor het eerst – af waarom deze man voor de zaak bleef strijden, terwijl de meeste mensen met een handicap zoals hij hun tijd liever rustig in een schommelstoel zouden doorbrengen. In de kampen van het rondtrekkend arbeidersvolk kon het stellen van te veel vragen je duur komen te staan, dus hield de jongeman zijn verwondering wijselijk voor zich.

'Hier boren.'

De oude man onthulde precies genoeg van zijn plannen om het vertrouwen te winnen van de vrijwilligers die hij rekruteerde. De boerenknecht die de hamer droeg, dacht dat hij een dakdekker bijstond uit Puget

Sound, waar de vakbond een algemene staking had afgekondigd, die de industrie van cederhouten dakspanen volledig lamlegde tot de uitbuitende fabrikanten hen uiteindelijk met inzet van stakingsbrekers op de knieën dwong. Iets wat een aankomende anarchist allesbehalve vrolijk stemde.

Zijn vorige rekruut had geloofd dat hij uit Idaho kwam, weggevlucht uit de mijnwerkersopstand in Coeur d'Alene. Voor een volgende zou hij een activist zijn voor de goede strijd ten gunste van de Wobblies in Chicago. Hoe hij zijn oog was kwijtgeraakt? Bij dezelfde gelegenheid waar hij ook zijn mankheid had opgelopen, in een gevecht met stakingsbrekers in Colorado City, of als bodyguard van 'Big Bill' Haywood van de Western Mijnwerkersbond, of door schoten toen de gouverneur de Nationale Garde had ingezet. Goudomrande kwalificaties voor degenen die naar een betere wereld verlangden en de moed hadden ervoor te vechten.

De potige vent haalde een negentig centimeter lange beitel tevoorschijn en hield hem tegen de plek, terwijl de man met de ooglap erop sloeg tot de punt stevig in het graniet stak. Daarna gaf hij de hamer terug.

'Aan de slag, Kevin. Kom op, snel.'

'Weet je zeker dat het instorten van deze tunnel niet gevaarlijk is voor de kompels die in de hoofdgang werken?'

'Daar durf ik m'n hand voor in 't vuur te steken. Er zit zes meter keihard graniet tussen.'

Kevins achtergrond was het geijkte verhaal in het Westen. Hij was opgevoed om boer te worden totdat zijn ouders hun land aan de bank verloren, waarna hij in de zilvermijnen had gewerkt tot hij werd ontslagen omdat hij het in het openbaar voor de vakbond had opgenomen. Toen hij op zoek naar werk in goederentreinen het land doorkruiste, was hij door agenten van de spoorwegpolitie in elkaar geslagen. Demonstrerend voor hogere lonen was hij door stakingsbrekers met bijlstelen aangevallen. Er waren dagen dat hij zulke harde klappen had geïncasseerd dat hij niet helder meer kon denken. Het ergst waren de nachten dat hij wakker lag uit angst nooit meer een vaste baan te vinden of zelfs maar een vaste plek om te slapen, laat staan ooit nog verkering te krijgen en een gezin te stichten. In een van die nachten had de anarchistische droom hem gegrepen.

Dynamiet, 'de artillerie van het proletariaat', zou de wereld verbeteren.

Kevin pakte de zware moker met beide handen beet en sloeg de beitel zo'n dertig centimeter het gesteente in. Hij pauzeerde even om op adem te komen en klaagde over het gereedschap. 'Ik kan niet met deze stalen hamers omgaan. Ze stuiteren teveel. Geef mij ze maar van ouderwets smeedijzer.'

'Benut de terugslag.' Verbazingwekkend lenig pakte de kreupele man met de ooglap de hamer en sloeg met een stevige zwaai, waarna hij de terugslag met zijn krachtige polsen opving, de steel met een vloeiende beweging doorhaalde en het staal weer met een harde slag op de beitel liet neerkomen. 'Je moet er juist gebruik van maken. Hier, maak jij het af... Goed zo. Heel goed.'

Zo hakten ze een gat van bijna een meter diep in het gesteente.

'Dynamiet,' zei de oude man, die Kevin alle compromitterende spullen had laten dragen voor het geval de spoorwegpolitie hem zou fouilleren. Kevin haalde drie matrode staven van onder zijn hemd tevoorschijn. Op de staven stond met zwarte letters de naam van de fabrikant: VULCAN. De hinkepoot legde ze één voor één in het gat.

'Ontsteker.'

'Weet je echt zeker dat er geen arbeiders gewond raken?'

'Ja, zeker weten.'

'De bazen mogen wat mij betreft allemaal de lucht in, maar de mannen daarbinnen, die staan aan onze kant.'

'Ook al weten ze dat nu nog niet,' reageerde de hinkepoot cynisch. Hij bevestigde de ontsteker, die krachtig genoeg was om het dynamiet tot ontploffing te brengen.

'Lont.'

Voorzichtig wikkelde Kevin de lontdraad af die hij in zijn muts had verstopt. Negentig centimeter van dit met gepulverd buskruit geïmpregneerde hennepgaren verbrandde in negentig seconden: dertig centimeter in een halve minuut. Voor de vijf minuten die ze nodig hadden om zelf veilig weg te komen, gebruikte de oude man een lont van drie meter dertig. Die extra dertig centimeter diende om eventuele afwijkingen in de dikte en vochtigheidsgraad op te vangen.

'Wil jij de boel aansteken?' vroeg hij langs zijn neus weg.

Kevins ogen glinsterden als die van een kleuter op pakjesavond. 'Mag ik?'

'Dan kijk ik of de kust veilig is. Maar denk eraan, je hebt maar vijf minuten om weg te komen. Niet treuzelen. Aansteken en wegwezen... *Wacht!* Wat was dat?' Terwijl hij deed alsof hij iemand aan hoorde komen, draaide hij zich om en trok een mes voor de helft uit zijn laars.

Kevin trapte erin. Hij hield een gekromde hand bij zijn oor. Maar hij hoorde alleen vaag het ratelen van de drilboren in de hoofdgang en het zoemen van de ventilatoren die de lucht in de pionierstunnel verversten.

'Wat? Wat hoorde je?'

'Vlug, ga daar eens kijken of er iemand aankomt.'

Kevin rende weg, zijn schaduw dansend in het licht dat over de ruwe wanden gleed.

De oude man rukte de lont van de ontsteker en wierp hem in de duisternis weg. Vervolgens verving hij hem door een identiek ogende streng in gesmolten TNT gedoopte hennepgaren, die vanwege de snelle ontbrandingstijd voor het tegelijkertijd ontsteken van meerdere ladingen werd gebruikt.

Hij werkte snel en accuraat. Toen hij Kevin onverrichter zake hoorde terugkomen, was de verraderlijke handeling verricht. Maar toen hij opkeek, zag hij Kevin tot zijn verbazing met de handen in de lucht staan. Achter hem stond een spoorwegsmeris, de agent die hem de tunnel in had zien gaan. Achterdocht had zijn door whisky opgeblazen gezicht in een masker van kille waakzaamheid veranderd. In een ijzeren greep hield hij een revolver op de beide mannen gericht.

'Omhoog!' baste hij. 'Handen omhoog!'

Zijn oog viel op de lont en de ontsteker en hij begreep het meteen. Hij drukte zijn wapen dicht tegen zijn lichaam, duidelijk een schutter met ervaring.

De oude man bewoog zich uiterst traag. Maar in plaats van het bevel om zijn handen in de lucht te steken te gehoorzamen, bukte hij zich naar zijn laars en trok een lang mes tevoorschijn.

De spoorwegagent glimlachte. Zijn stem klonk melodieus en sprak zijn woorden uit op het zichzelf aangeleerde voorleestoontje van de Engelse taal.

'Pas op, ouwe. Ook indien u per abuis meent een vuurgevecht met een mes te kunnen beslechten, zal ik mij verplicht zien u dood te schieten wanneer u het niet ogenblikkelijk uit uw hand laat vallen.'

De oude man schudde zijn pols. Het mes schoof flitsend uit tot een drie keer zo lang rapierachtig dun zwaard. En in één vloeiende beweging priemde hij de kling in de keel van de agent. De agent bracht een hand naar zijn keel en probeerde met de andere zijn wapen te richten. De oude man drukte de kling met een draaibeweging door en kraakte het ruggenmerg terwijl hij het zwaard finaal door de nek heen duwde tot het er aan de achterkant uitstak. De revolver viel kletterend op de grond. En terwijl de oude man zijn zwaard terugtrok, sloeg de agent languit naast zijn wapen tegen de stenen vloer.

Ook uit Kevins keel klonk een rochelend geluid. Zijn ogen puilden uit van schrik en angst en schoten heen en weer tussen de dode man en het zwaard dat opeens uit het niets leek te zijn opgedoken. 'Hè... wat...?'

De oude man drukte op het veermechanisme, waardoor de kling in het gevest terugschoot en hij het wapen in zijn laars terugstak. 'Hetzelfde principe als een toneelzwaard,' legde hij uit. 'Maar dan iets aangepast. Heb je je lucifers?'

Kevin zocht met trillende handen in zijn zakken, tastte ze blindelings af en diepte er ten slotte een flesje uit op.

'Ik ga kijken of de tunnelingang vrij is,' zei de oude man. 'Wacht op mijn seintje. Denk eraan, vijf minuten. Kijk of de lont vlam vat, echt goed brandt, en dan rennen! Vijf minuten.'

Vijf minuten voor een veilig heenkomen. Maar niet nu het langzaam brandende gepulverde buskruit was vervangen door snel ontbrandend TNT, dat in een oogwenk drie meter overbrugde.

De oude man stapte over het lijk van de agent en haastte zich naar de uitgang van de pioniersgang. Toen hij daar niemand zag, tikte hij hard met de beitel, twee keer. Er klonken drie tikken terug. De kust was vrij.

De oude man diepte uit zijn zak een authentiek Waltham-spoorweg-horloge op, dat geen enkele bergarbeider zich kon veroorloven. Alle conducteurs, vervoerscoördinatoren en treinmachinisten hadden wettelijk verplicht zo'n zeventiensteens ankerhorloge op zak. Het liep met een gegarandeerde maximale afwijking van een minuut per week, ongeacht of het zich in de hete cabine van een bonkende locomotief bevond of in de bittere kou op het besneeuwde perron van een goederenstation in het hooggebergte. Het witte blad met Arabische cijfers was in de schemering nog net zichtbaar. Hij keek hoe de wijzer op het binnenste cijferblad de seconden aftikte in plaats van de minuten die Kevin dankzij het traag ontbrandende gepulverde buskruit dacht te hebben om zich in veiligheid te brengen.

Vijf seconden had Kevin nodig om het met zwavelstokjes gevulde flesje te ontkurken, er een lucifer uit te trekken, de kurk terug te drukken en naast de lont te knielen. Drie seconden om de lucifer met trillende vingers over de stalen moker te strijken. Eén seconde waarin de lucifer met een flits ontbrandde en hij de vlam tegen de lont met de TNT hield.

De oude man voelde een plotselinge luchtstroming, een zuchtje maar, in zijn gezicht.

Vervolgens schoot er een windstoot uit de gang, voortgestuwd door de holle dreun van het dynamiet dat diep in het gesteente ontplofte. Een onheilspellend donderend geraas en een tweede windstoot gaven aan dat de pioniersgang was ingestort.

Nu de hoofdgang nog.

Hij verborg zich achter de balken die de doorgang ondersteunden en wachtte af. Het klopte dat er zes meter graniet tussen de pioniersgang en de graafploeg in de hoofdtunnel zat. Maar op het punt waar hij het dynamiet had aangebracht, was de berg allesbehalve solide en doortrokken van gebarsten steenlagen.

De grond schudde en schokte als bij een aardbeving.

De oude man glimlachte zuinigjes. De trilling onder zijn laarzen zei hem meer dan het angstige geschreeuw van de geschrokken bergarbeiders en springmeesters die door de hoofdtunnel naar buiten stormden. Meer ook dan het gegil van degenen die de walmende rook in de gangen trotseerden om te kijken wat er was gebeurd.

Vele tientallen meters diep in de berg was de hoofdgang ingestort. Hij had het zo uitgekiend dat de werktrein was bedolven: alle twintig wagons, de locomotief en de tender. Het deed hem niets dat er mensen bij waren verpletterd. Zij waren net zo onbetekenend als de spoorwegsmeris die hij had vermoord. Ook voelde hij geen medelijden met de gewonde mannen die in de duisternis achter de barrière van gevallen puin opgesloten zaten. Hoe groter het dodental, de vernieling en de verwarring, hoe langer het opruimen zou duren en hoe groter de vertraging zou zijn.

Hij trok zijn ooglap weg en stopte hem in zijn zak. Vervolgens zette hij zijn slappe vilten hoed af, vouwde de randen naar binnen en zette hem weer op in de vorm van een platte mijnwerkerspet. Nadat hij haastig de sjaal had losgeknoopt die onder zijn broek om zijn knie zat gebonden om hem mank te doen lijken, stapte hij op twee sterke benen uit de schaduw en voegde zich bij de groep doodsbange mannen die zich rennend en struikelend over de bielzen van het spoor uit de voeten maakten. Na een tijdje hielden de vluchtende mannen in en keerden om, aangemoedigd door de nieuwsgierigen die op de ramp afkwamen.

De man die bekendstond als de Saboteur liep door, sprong in een greppel langs het spoor en ontweek zo eenvoudig de reddingsploegen en spoorwegpolitie langs een zorgvuldig voorbereide ontsnappingsroute. Hij snelde langs een zijspoor waarop achter een glanzend zwarte locomotief de luxe passagierswagon van een privétrein stond. Het dampende gevaarte siste zachtjes, stond onder stoom voor de elektriciteits- en warmtevoorziening. Een rij met gordijnen omzoomde ramen lichtte gelig in het donker op. Er klonk gedempte muziek en hij zag obers in uniform een tafel voor de avondmaaltijd dekken. Toen ze er eerder die dag op weg naar de tunnel langsliepen, had de jonge Kevin nog gescholden op de 'bevoorrechte elite' die zo luxueus reisde, terwijl de bergarbeiders twee dollar per dag betaald kregen.

De Saboteur glimlachte. Het was de privétrein van de spoorwegdirecteur. In die luxe wagons zou zo meteen de hel losbreken wanneer ze te horen kregen dat de tunnel was ingestort en het lag voor de hand dat Kevins 'bevoorrechte elite' zich vanavond niet bepaald bevoorrecht zou voelen.

Anderhalve kilometer verderop langs het nieuw aangelegde spoor markeerde fel elektrisch licht het uitgebreide bouwterrein met de slaapbarakken voor de arbeiders, opslagloodsen, werkplaatsen, elektriciteitshuisjes, tientallen rangeersporen met goederentreinen en een remise voor het keren en repareren van de locomotieven. Achter deze verzamelplaats waren diep in een kom de olielampen zichtbaar van een 'eindpuntkampement', een tijdelijke stad van tenten en afgedankte vrachtwagens die tot geïmproviseerde danszalen, saloons en bordelen waren omgebouwd en als een reizend circus het zich voortdurend verplaatsende bouwterrein volgde.

Het zou nu een stuk minder snel verkassen.

Het ging dagen duren om al het gevallen puin uit de tunnel te verwijderen. En het kostte minstens een week om het ondermijnde gesteente opnieuw te stutten en alle schade te herstellen alvorens het werk kon worden hervat. Hij had de spoorwegaanleg ditmaal grondig gesaboteerd, zijn beste resultaat tot nu toe. En als ze er al in slaagden om de restanten van Kevin, de enige getuige die hem als dader kon aanwijzen, te identificeren, dan zouden ze de jongeman herkennen als een driftkikker die in het arbeiderskamp radicale taal uitsloeg en zichzelf vervolgens per ongeluk naar God had geholpen.

2

In 1907 was het bezit van een privétrein in Amerika het summum van rijkdom en macht. Normale miljonairs met een landhuis in Newport en een stadsvilla aan Park Avenue of een landgoed aan de Hudson-rivier pendelden in particuliere, aan reguliere passagierstreinen gekoppelde wagons tussen hun vorstelijke onderkomens op en neer. Maar de giganten – de eigenaren van de spoorlijnen – reisden in speciale privétreinen met eigen locomotieven waarmee ze geheel naar eigen believen het hele continent doorkruisten. De snelste en meest luxueuze privétrein in de Verenigde Staten was van Osgood Hennessy, de directeur van de Southern Pacific Railroad Company.

Hennessy's trein was glimmend vermiljoenrood geverfd en werd getrokken door een sterke Baldwin Pacific 4-6-2-locomotief zo zwart als de kolen in de tender. Zijn privéwagons, de Nancy No. 1 en de Nancy No. 2, genoemd naar zijn overleden echtgenote, waren vierentwintig meter lang en drie meter breed. Ze waren door de Pullman Company op zijn aanwijzingen gemaakt van staal en door Europese meubelmakers ingericht.

In de Nancy No. 1 bevonden zich Hennesy's werkkamer, salon en privévertrekken, voorzien van marmeren baden, koperen bedden en een telefoon die verbonden kon worden met het telefoonnet van alle steden die hij aandeed. De Nancy No. 2 was uitgerust met een moderne keuken, voorraadkamers waarin proviand voor een maand kon worden opgeslagen, een eetkamer en verblijven voor de bedienden. In de bagagewagon was ruimte gereserveerd voor de auto van zijn dochter Lillian, een Packard Gray Wolf. Een restauratierijtuig en een Pullman-slaapwagon vormden de luxueuze accommodatie voor de technici, bankiers en juristen die de bouw van de Cascades Cutoff begeleidden.

Eenmaal terug op het hoofdspoor bracht Hennessy's privétrein hem in een halve dag naar San Francisco, in drie dagen naar Chicago en in vier naar New York, waarbij onderweg naar gelang de omstandigheden van locs werd gewisseld. Indien hem dit nog niet snel genoeg ging in zijn streven om de controle over alle spoorlijnen van het land in handen te krijgen, beschikte zijn privétrein over een zogenaamde 'sprinkhaantelegraaf', een door Thomas Edison ontworpen elektromagnetisch inductiesysteem waarmee telegrammen vanuit de rijdende trein naar langs het spoor gespannen draden werden overgebracht.

Hennessy zelf was een oud spichtig mannetje, klein, kaal en zag er griezelig broos uit. Hij had zwarte, fretachtig levendige ogen, waarin een kille blik lag die liegen ontmoedigde en valse hoop de bodem insloeg, en het hart, zo bezwoeren zijn overtroefde rivalen, van een onverzadigbaar gilamonster. Enkele uren na het instorten van de tunnel zat hij nog in hemdsmouwen aan een telegrafist in een ratelend tempo berichten te dicteren, toen zijn eerste gast voor het diner die avond werd binnengelaten.

De beleefd vriendelijke en elegante Amerikaanse senator Charles Kincaid droeg onberispelijke avondkleding. Hij was lang en opvallend knap van uiterlijk met gladgekamde haren en een keurig verzorgde snor. Niets aan zijn bruine ogen verraadde wat hij dacht – of dat hij überhaupt wel dacht. Maar om zijn lippen lag een mierzoet glimlachje op de loer.

Hennessy begroette de politicus met nauw verholen minachting.

'Voor het geval je het nog niet hebt gehoord, Kincaid, er was weer een ongeluk. En godallemachtig, dit was sabotage.'

'Mijn hemel! Weet je dat zeker?'

'Absoluut. Ik heb onmiddellijk het Detectivebureau Van Dorn een telegram gestuurd.'

'Dat is een goede keus. Sabotage gaat de plaatselijke sheriffs boven de pet, als ik zo vrij mag zijn, als je er al een kan vinden hier in de middle of nowhere. Dit kan zelfs uw spoorwegpolitie niet aan.' Boeventuig in uniform, had Kincaid eraan willen toevoegen, maar de senator had veel te danken aan het spoor en was voorzichtig met zijn woorden tegen de man die hem had gemaakt en hem even makkelijk kon breken. 'Wat is het motto van Van Dorn ook alweer?' vroeg hij vleierig. '"We geven nooit op, nooit!" En omdat ik ertoe bevoegd ben, zie ik het als mijn plicht om uw ploegen te leiden bij het opruimen van de tunnel.'

Hennessy keek hem laatdunkend aan. De verwaande kwast had in het buitenland voor de Bagdad Spoorwegmaatschappij in het Ottomaanse

Rijk bruggen gebouwd tot de kranten hem de Heldhaftige Ingenieur gingen noemen omdat hij Amerikaanse Rode Kruis-verpleegsters en missionarissen uit Turkse gevangenschap zou hebben gered. Hennessy nam die zogenaamd heroïsche daden met flink wat korrels zout. Maar Kincaid had die valse roem op een slinkse manier te gelde gemaakt door zich door een corrupte legislatuur tot vertegenwoordiger te laten benoemen van 'de belangen' van de spoorwegmaatschappijen in de 'Miljonairs Club' van de Amerikaanse senaat. En Hennessy was er zich maar al te goed van bewust dat Kincaid schatrijk was geworden van de spoorwegaandelen die hij als steekpenningen verwierf.

'Drie doden in één klap,' bromde hij. 'Vijftien man opgesloten. Nog meer technici heb ik niet nodig. Wel een begrafenisondernemer. En een eersteklas privédetective.'

Hennessy draaide zich om naar de telegrafist. 'Heeft Van Dorn al geantwoord?'

'Nog niet, meneer. We hebben zojuist…'

'Joe van Dorn heeft agenten in alle grote steden op het continent. Stuur ze allemaal een telegram.'

Vanuit hun privévertrekken kwam Lillian, de dochter van Hennessy, de kamer ingestormd. Kincaids ogen verwijdden zich en zijn glimlach werd breder. Hoewel ze zich op een stoffig rangeerspoor diep in de Cascade Range bevonden, was ze gekleed alsof ze in de chicste restaurants van New York de aandacht wilde trekken. Haar avondjurk van witte chiffon zat strak om haar smalle middel en was aan de voorkant diep uitgesneden, een decolleté met een delicaat gepositioneerde zijden roos. Ze droeg een met diamanten bezette parelketting om haar bevallige hals en haar haren waren hoog opgestoken, als een gouden wolk waaruit lokken op haar hoge voorhoofd krulden. Glinsterende oorbellen van driezijdig geslepen Peruzzi-briljanten vestigden de aandacht op haar gezicht. Optutterij, dacht Kincaid cynisch, om te laten zien wat ze te bieden had, wat zo al meer dan voldoende was.

Lillian Hennessy was oogverblindend mooi, jong en puissant rijk. Een goede partij voor een koning. Of een senator die zijn oog op het Witte Huis had laten vallen. Het probleem was dat de felle glans in haar schitterende lichtblauwe ogen deed vermoeden dat ze weliswaar mooi, maar niet makkelijk te temmen was. En nu had haar vader, die haar nooit in toom had kunnen houden, haar als zijn belangrijkste vertrouwenspersoon aangesteld, wat haar zo mogelijk nog onafhankelijker maakte.

'Vader,' zei ze, 'ik heb zojuist telegrafisch contact gehad met de hoofd-ingenieur. Hij denkt dat ze de pionierstunnel vanaf de andere kant in kun-nen om vandaar een doorgang naar de hoofdtunnel te hakken. De red-dingsploegen zijn al onderweg. Je telegrammen zijn verzonden. Je moet je nu voor het diner verkleden.'

'Ik eet niet zolang er mensen opgesloten zitten.'

'Met honger lijden worden zij niet geholpen.' Ze wendde zich tot Kin-caid. 'Hallo, Charles,' zei ze koeltjes. 'Mevrouw Comden verwacht ons in de salon. Dan drinken we eerst een cocktail terwijl mijn vader zich omkleedt.'

Toen hun glazen allang leeg waren, was Hennessy nog altijd niet ver-schenen. Mevrouw Comden, een sensuele, donkerharige vrouw van rond de veertig, gekleed in een groene handgemaakte zijden jurk met een dia-manten versiering in ouderwetse Europese stijl, zei: 'Ik ga hem wel halen.' Ze liep naar Hennessy's werkkamer. Terwijl ze de telegrafist negeerde, die net als alle telegrafisten een eed had afgelegd dat hij te allen tijde over de inhoud van in- en uitgaande berichten zou zwijgen, legde ze zachtjes een hand op Hennessy's bonkige schouder en zei: 'We hebben allemaal hon-ger.' Om haar lippen krulde een onweerstaanbare glimlach. 'Laten we gaan eten. Dat bericht van Van Dorn komt heus wel.'

Terwijl ze dat zei, floot de locomotief twee keer, het vertreksignaal, en kwam de trein langzaam in beweging.

'Waar gaan we naartoe?' vroeg ze, allerminst verbaasd dat ze alweer ver-trokken.

'Sacramento, Seattle en Spokane.'

3

Vier dagen na de explosie in de tunnel meldde Joseph van Dorn zich op het spoorwegemplacement van de Great Northern Railway in Hennessyville bij de zich razendsnel verplaatsende en voortdurend doorreizende Osgood Hennessy. In de splinternieuwe stad in de periferie van Spokane in de staat Washington vlak bij de grens met Idaho stonk het naar vers gekapt timmerhout, creosootolie en brandende kolen. Maar de stad werd nu al het 'Minneapolis van het Noordwesten' genoemd. Van Dorn wist dat Hennessy dit hier had gebouwd als onderdeel van zijn plan om de omvang van het Southern Pacific Railroad-spoorwegnet te verdubbelen door de noordelijke oost-westlijnen in zijn net op te nemen.

De oprichter van het illustere detectivebureau Van Dorn was een forse, kalende, goed geklede man van in de veertig die er eerder uitzag als een succesvolle handelsreiziger dan als iemand die de onderwereld schrik aanjoeg. Hij kwam over als een levenslustige man, met een krachtige Romeinse neus, een montere glimlach die enigszins werd afgezwakt door een licht Ierse melancholie in zijn ogen en fraaie rode bakkebaarden die doorliepen in een zo mogelijk nog fraaiere rode baard. Toen hij de privétrein van Hennessy naderde, ontlokte het geluid van ragtimemuziek uit een grammofoon hem een knikje van intense opluchting. Hij herkende de energieke, doorleefde melodie van Scott Joplins nieuwe 'Search-Light Rag' en leidde hieruit af dat Hennessy's dochter Lillian in de buurt was. De humeurige directeur van de Southern Pacific Railroad was iets milder in de omgang wanneer zijn dochter in de buurt was.

Hij hield in op het perron omdat hij merkte dat er in de wagon een storm opstak. Op hetzelfde moment verscheen Hennessy in de deuropening die de burgemeester van Spokane de wagon uitwerkte. 'Mijn trein uit! Hennessyville zal zich nooit laten annexeren door die gefuseerde stad van jou. Ik ga mijn spoorwegemplacement niet aan Spokanes belastingen blootstellen!'

Vervolgens snauwde hij tegen Van Dorn: 'Dat heeft wel geduurd, zeg.'

Van Dorn beantwoordde Hennessy's botheid met een brede glimlach. Zijn sterke witte tanden blikkerden in de omkransing van zijn rode snor, terwijl hij de kleine hand van de man tussen zijn knuisten klemde en vriendelijk bulderde: 'Ik was in Chicago en je was een heel eind uit de richting. Je ziet er goed uit, Osgood, al ben je wat humeurig. Hoe is 't met de schone Lillian?' vroeg hij, terwijl Hennessy hem gebaarde in te stappen.

'Nog altijd lastiger dan een vrachtwagen vol pottenkijkers.'

'Kijk eens aan, daar is ze! Nou, nou, wat ben jij gegroeid jongedame, hoelang is dat wel niet geleden...'

'Was dat niet in New York, toen mijn vader je had ingehuurd om me naar Miss Porter's School terug te brengen?'

'Nee,' corrigeerde Van Dorn. 'De laatste keer was, geloof ik, toen we je in Boston op borgtocht uit de gevangenis moesten halen, na die nogal uit de hand gelopen suffragettebetoging.'

'Lillian!' zei Hennessy. 'Ik wil dat je een verslag van deze bijeenkomst uittypt en toevoegt aan het samenwerkingscontract met het Detectivebureau Van Dorn.'

De schalkse schittering in haar lichtblauwe ogen maakte plaats voor een starre blik die opeens een en al zakelijkheid uitstraalde. 'Het contract is klaar om getekend te worden, vader.'

'Joe, ik neem aan dat je iets hebt gehoord over de aanslagen.'

'Ik begrijp,' zei Van Dorn op neutrale toon, 'dat de bouw van een snelle verbindingslijn door de Cascades ernstige hinder ondervindt van een reeks afschuwelijke ongevallen. Er zijn arbeiders bij omgekomen plus diverse onschuldige treinpassagiers.'

'Het kunnen niet allemaal ongelukken zijn,' reageerde Hennessy bits. 'Iemand doet zijn stinkende best om deze spoorlijn te saboteren. Ik schakel jullie in om die saboteurs te pakken, om 't even of het anarchisten, buitenlanders of stakers zijn. Schiet ze dood, hang ze op, doe wat je nodig acht, maar ruim ze grondig uit de weg.'

'Meteen toen ik je telegram kreeg heb ik mijn beste man op de zaak gezet. Als de situatie inderdaad is zoals je vermoedt, zal ik hem de leiding over het onderzoek geven.'

'Nee!' zei Hennessy. 'Ik wil dat jij dat doet, Joe. Jij moet persoonlijk de leiding op je nemen.'

'Isaac Bell is mijn beste man. Ik wou dat ik zijn talent had toen ik zo oud was als hij.'

Hennessy onderbrak hem. 'Luister goed, Joe. Mijn trein staat hier maar zeshonderd kilometer ten noorden van de gesaboteerde tunnel, toch heeft het me ruim elfhonderd kilometer gekost om hier te komen, steeds heen en weer, voortdurend zigzaggend door de bergen. Die afsnijding reduceert de reistijd met een volledige dag. Het succes van de afkorting en de toekomst van de hele spoorwegmaatschappij zijn te belangrijk om in handen van een huurknecht te leggen.'

Van Dorn wist dat Hennessy gewend was zijn zin te krijgen. Hij had tenslotte van de Atlantische tot de Stille Oceaan een transcontinentaal net van spoorlijnen aaneengeregen door zijn rivalen commodore Vanderbilt en J.P. Morgan te verpletteren, door de Interstate Commerce Commission en het Amerikaanse Congres te slim af te zijn en aanklachten wegens trustvorming door gevlei met president Teddy Roosevelt af te wenden. Daarom kwam het Van Dorn goed uit dat ze werden gestoord door Hennessy's hoofdconducteur. In de deuropening stond de treinchef in zijn onberispelijke donkerblauwe uniform, versierd met glanzende geelkoperen knopen en de voor de Southern Pacific Railroad kenmerkende rode biezen.

'Sorry, dat ik u stoor, meneer. Maar ze hebben een zwerver opgepakt die uw trein probeerde binnen te komen.'

'Waarom valt u me hiermee lastig? Ik probeer hier een spoorwegmaatschappij te runnen. Geef hem over aan de sheriff.'

'Hij beweert dat meneer Van Dorn hem vrij zal pleiten.'

Er stapte een lange man Hennessy's privéwagon binnen, geëscorteerd door twee potige spoorwegagenten. Hij droeg de slonzige kleding van een landloper die op zoek naar werk met goederentreinen meelift. Zijn jas en broek van spijkerstof zaten onder de vlekken en aangekoekt vuil. Zijn schoenen waren versleten en zijn hoed, een aftandse J.B. Stetson-cowboyhoed, had heel wat regen getrotseerd.

Lillian Hennessy vielen meteen zijn paarsachtig blauwe ogen op die de salon met een intense, onderzoekende blik tot in de kleinste hoekjes en gaatjes opnamen. Hoe snel zijn ogen ook bewogen, ze leken op alle gezichten even te rusten alsof ze de gedachten van haar vader, Van Dorn en ten slotte ook haarzelf probeerden te doorvorsen. Ze staarde onbewogen terug, maar het had een biologerende uitwerking op haar.

Hij was ruim één meter tachtig lang en soepel als een Arabisch raspaard. Een brede snor bedekte zijn bovenlip, net zo blond als zijn dikke haardos en de stoppels op zijn ongeschoren wangen. Zijn handen hingen losjes langs zijn zij en hij had lange, elegante vingers. Lillian viel de vastberaden trek rond zijn kin en lippen op en kwam tot de conclusie dat hij rond de dertig moest zijn en ongelooflijk zelfverzekerd.

Zijn escorte stond dicht naast hem, maar raakte hem niet aan. Pas toen ze haar blik van het gezicht van de lange man afwendde, zag ze dat een van de spoorwegbewakers een bloederige zakdoek tegen zijn neus gedrukt hield. De andere had een blauw opgezwollen oog.

Om de lippen van Joseph van Dorn krulde een zelfvoldaan glimlachje. 'Osgood, mag ik je Isaac Bell voorstellen. Hij zal in mijn plaats het onderzoek leiden.'

'Goedemorgen,' zei Isaac Bell. Hij stapte naar voren en stak zijn hand uit. De bewakers wilden hem volgen.

Met een kortaf 'Wegwezen!' zei Hennessy dat ze konden gaan.

De bewaker met de zakdoek tegen zijn neus fluisterde iets tegen de hoofdconducteur die hen naar de deur begeleidde.

'Neem me niet kwalijk, meneer,' zei de conducteur. 'Ze willen hun spullen terug.'

Isaac Bell diepte een stuk loden pijp uit zijn zak op. 'Hoe heet je?'

'Billy,' klonk het stuurs. Bell wierp hem de knuppel toe en zei met nauwelijks ingehouden woede: 'Billy, de volgende keer dat iemand zegt dat hij rustig meekomt, neem dat dan serieus.'

Hij wendde zich tot de man met het blauwe oog. 'En jij?'

'Ed.'

Bell haalde een revolver tevoorschijn en gaf hem met de kolf naar voren aan Ed. Vervolgens drukte hij de bewaker vijf patronen in zijn hand met de woorden: 'Trek nooit een wapen waar je niet mee om kunt gaan.'

'Dat kon ik wel, dacht ik,' mompelde Ed en iets in zijn schuldbewuste houding leek de lange detective te ontroeren.

'Cowboy voordat je bij het spoor kwam?' vroeg Bell.

'Ja, meneer, ik had werk nodig.'

Het blauw in Bells ogen werd iets zachter en zijn lippen krulden tot een vriendelijke glimlach. Hij pakte een gouden munt uit een zakje aan de binnenkant van zijn riem. 'Alsjeblieft, Ed. Koop een biefstuk voor dat oog en drink er eentje van mij.'

De bewakers knikten. 'Bedankt, meneer Bell.'

Bell richtte zijn aandacht op de directeur van de Southern Pacific Company, die hem verwachtingsvol aankeek. 'Meneer Hennessy, ik zal verslag doen zodra ik in bad ben geweest en me heb omgekleed.'

'De bediende van de slaapwagon heeft je tas,' zei Joseph van Dorn glimlachend.

De detective was binnen een halfuur terug. Hij had zijn snor bijgepunt en zijn zwerverskledij omgewisseld voor een zilvergrijs driedelig ongetailleerd kostuum, gemaakt van dure, dicht geweven Engelse wol die zeer geschikt was voor het herfstachtige weer. Een lichtblauw overhemd en een donkerpaarse stropdas accentueerden de kleur van zijn ogen.

Isaac Bell besefte dat hij direct van het allereerste begin af aan duidelijk moest laten merken dat hij, en níét de heerszuchtige spoorwegdirecteur, het onderzoek zou leiden. Om te beginnen beantwoordde hij de warme glimlach van Lillian Hennessy. Vervolgens maakte hij een beleefde buiging naar een vrouw met donkere ogen, die zwijgend binnenkwam en in een leren fauteuil plaatsnam. Tot slot wendde hij zich tot Osgood Hennessy.

'Ik ben er niet volledig van overtuigd dat de ongelukken het gevolg van sabotage zijn.'

'Om de dooie dood wel! In het hele Westen wordt het werk neergelegd. En in Wall Street heerst paniek die wordt opgehitst door radicale, heethoofdige oproerkraaiers.'

'Het klopt,' reageerde Bell, 'dat de tramstaking in San Francisco en de staking van de telegrafisten van Western Union de vakbondsleden verbittert. En zelfs als de leiders van de Western Federation of Miners die in Boise terechtstaan, inderdaad gouverneur Steunenberg hebben willen vermoorden – een aanklacht waar ik mijn twijfels over heb, gezien de onzorgvuldigheid waarmee het onderzoek is uitgevoerd –, was er duidelijk geen gebrek aan radicalen die kwaad genoeg zijn om dynamiet bij de voordeur van de gouverneur te plaatsen. En ook de man die president McKinley heeft vermoord is niet de enige anarchist in het land. Maar...'

Isaac Bell pauzeerde even om de diepe ernst in zijn blik goed tot Hennessy te laten doordringen. 'Meneer Van Dorn betaalt me voor het vangen van moordenaars en bankrovers tot in alle uithoeken van het continent. In een maand maak ik meer kilometers in exprestreinen en snelbussen dan de meeste mensen in hun hele leven.'

'Wat heeft al dat reizen van u te maken met de aanslagen op mijn spoorlijnen?'

'Treinongelukken zijn geen uitzonderingen. Vorig jaar heeft de Southern Pacific Railroad in totaal twee miljoen dollar schadevergoeding aan slachtoffers uitbetaald. Nog voor het einde van 1907 zijn er al *tienduizend* botsingen en achtduizend ontsporingen geteld, waarbij ruim vijfduizend mensen om het leven kwamen. Als vaste klant gaat het mij persoonlijk aan wanneer spoorwagons herhaaldelijk als een telescoop in elkaar worden geramd.'

Osgood Hennessy liep hoogrood aan van een opwellende woede. 'Ik zal u vertellen wat ik iedere hervormer vertel die meent dat de spoorwegen de bron van al het kwaad zijn. De Southern Pacific Railroad heeft honderdduizend mensen in dienst. We werken ons uit de naad voor het vervoer van *honderd miljoen* passagiers en *driehonderd miljoen* ton aan goederen, per jaar!'

'Ik ben toevallig dol op treinen,' zei Bell welwillend. 'Maar de spoorwegwerkers overdrijven niet als ze stellen dat het met de dunne stalen flens die de wielen op de rails moet houden "wel heel magertjes is gesteld".'

Hennessy sloeg op de tafel. 'Die moordzuchtige radicalen zijn door haat verblind! Zien ze dan niet dat de snelheid van het spoor voor iedereen op deze planeet een godsgeschenk is? Amerika is gigantisch! Groter dan het eeuwig kibbelende Europa. Breder dan het verdeelde China. Het spoor verenigt ons. Wat kunnen de mensen nog zonder onze treinen? Met postkoetsen? Wie brengt hun oogsten naar de markt? Ossen? Muilezels? Eén locomotief van mij vervoert meer goederen dan alle huifkarren tezamen die ooit de Great Plains zijn overgestoken – meneer Bell, weet u wat een Thomas Flyer is?'

'Natuurlijk. Een Thomas Flyer is een automobiel, een in Buffalo gemaakte Thomas Model 35 met een zestig pk-viercilindermotor. Persoonlijk hoop ik dat de Thomas Company volgend jaar de New York-Parijs Race wint.'

'Waarom dacht u dat ze die auto naar een trein hebben genoemd?' snauwde Hennessy. 'Snelheid! Een *flyer* is een eersteklas *trein* beroemd vanwege zijn snelheid! En...'

'Snelheid is prachtig!' onderbrak Bell. 'Daarom...'

Dat Hennessy dit deel van zijn privéwagon als zijn werkkamer gebruikte, was te zien aan de trekkers van de kaartrollen die aan het houten plafond hingen. De lange vlasblonde detective maakte zijn keuze aan de hand van de koperen naambordjes en rolde een kaart uit met het spoorwegnet in Californië, Oregon, Nevada, Idaho en Washington. Hij wees op de bergachtige grens tussen Noord-Californië en Nevada.

'Zestig jaar geleden heeft een groep pioniersfamilies, die zich de Donner Party noemden, geprobeerd met een stoet wagens dit gebergte over te trekken. Ze wilden naar San Francisco, maar de pas die ze door de Sierra Nevada wilden nemen, was door vroegtijdige sneeuwval geblokkeerd. De Donner Party heeft daar de hele winter vastgezeten. Het eten raakte op. Degenen die niet van de honger stierven, hielden zich in leven door de lichamen van de overledenen te eten.'

'Wat hebben kannibalistische pioniers in godsnaam met mijn spoorwegmaatschappij te maken?'

Isaac Bell grijnsde. 'Als je nu op de Donner Pas honger krijgt, is het dankzij uw spoorwegmaatschappij een rit van nauwelijks vier uur naar de beste restaurants van San Francisco.'

Het verschil tussen een stuurse of een vriendelijke uitdrukking was niet erg groot op het ernstige gezicht van Osgood Hennessy, maar tegenover Joseph van Dorn gaf hij zich gewonnen. 'U hebt gelijk. Ga door, Bell. Vertel maar op.'

Bell wees op de kaart. 'In de afgelopen drie weken waren er verdachte ontsporingen hier in Redding, hier in Roseville en bij Dunsmuir, plus het instorten van de tunnel, wat voor u de aanleiding was om meneer Van Dorn in te schakelen.'

'Hiermee vertelt u me niets nieuws,' gromde Hennessy. 'Er zijn vier spoorwegwerkers en een locomotiefmachinist bij gedood en tien arbeiders kunnen door verwondingen hun werk niet meer doen. Dat kost me een vertraging van acht dagen.'

'En er is een detective van de spoorwegpolitie in de pionierstunnel om het leven gekomen.'

'Wat? O ja. Dat was ik nog vergeten. Een van mijn agenten.'

'Een zekere Clarke. Aloysius Clarke. Zijn vrienden noemden hem Wish.'

'Wij kenden hem,' legde Joseph van Dorn uit. 'Hij heeft voor mijn bureau gewerkt. Een voortreffelijke detective. Maar hij had zo zijn makken.'

Bell keek de aanwezigen om beurten aan en sprak met een heldere stem het grootste compliment uit dat je in het Westen kon geven. 'Wish Clarke was een vent met wie je bergen kon verzetten.'

Daarna richtte hij zich expliciet tot Hennessy: 'Onderweg hiernaartoe heb ik in de arbeiderskampen rondgeneusd. Bij de Siskiyou-lijn even buiten Crescent City' – hij wees het op de kaart bij de noordkust van Californië aan – 'hoorde ik geruchten over een extremist of een anarchist die onder de arbeiders de Saboteur wordt genoemd.'

'Een extremist! Net wat ik zei.'

'De arbeiders kennen hem niet goed, maar ze zijn bang voor hem. Mensen die zich bij hem aansluiten, worden daarna nooit meer teruggezien. Uit wat ik tot dusver heb kunnen achterhalen, leid ik af dat hij voor de aanslag in de tunnel een handlanger had aangetrokken. Een jonge activist, een zekere Kevin Butler, een mijnwerker, heeft men ten zuiden van Crescent City op een goederentrein zien springen.'

'Naar Eureka!' onderbrak Hennessy. 'Van Santa Rosa is hij natuurlijk naar Redding en Weed gegaan en vandaar naar de Cascades Cutoff. Zoals ik de hele tijd al zeg. Radicale arbeiders, buitenlanders, anarchisten. Heeft deze activist zijn misdaad bekend?'

'Bekennen zal Kevin Butler alleen nog tegen de duivel, meneer. Zijn lijk is in de pioniersgang naast dat van detective Clarke aangetroffen. Maar uit zijn achtergrond valt niet af te leiden dat hij in staat zou zijn geweest een dergelijke aanslag alleen uit te voeren. De Saboteur, zoals hij wordt genoemd, is nog altijd de hoofdverdachte.'

In het aangrenzende vertrek ratelde een telegraafsleutel. Lillian Hennessy spitste haar oren. Direct nadat het geluid ophield, stormde de telegrafist met het genoteerde bericht de kamer binnen. Het viel Bell op dat Lillian de tekst op het papier niet gelezen had, toen ze tegen haar vader zei: 'Uit Redding. Een botsing ten noorden van Weed. Een trein met spoorwegwerkers heeft een sein genegeerd. Een werktrein die erachteraan kwam, wist niet dat de goederentrein zich nog in dat traject bevond en knalde er achterop. De personeelswagon werd in een goederenwagon gedrukt. Twee doden onder het treinpersoneel.'

Hennessy sprong met een knalrood hoofd overeind. 'Geen sabotage? Een sein genegeerd, ammehoela. Die treinen waren op weg naar de Cascades Cutoff. Dit betekent opnieuw vertraging.'

Joseph van Dorn stapte naar voren om de cholerische spoorwegdirecteur te kalmeren.

Bell deed een stapje naar Lillian toe.

'U kent het morsealfabet?' vroeg hij zachtjes.

'Heel opmerkzaam van u, meneer Bell. Ik reis al van kinds af aan met mijn vader en bij hem is een morsesleutel nooit ver weg.'

Bell herzag zijn mening over de jonge vrouw. Misschien was Lillian toch meer dan het verwende, eigenzinnige enig kind dat ze op het eerste gezicht leek. Ze zou een waardevolle informatiebron over de kring van vertrouwelingen rond haar vader kunnen zijn. 'Wie is die dame die zich zojuist bij ons heeft gevoegd?'

'Emma Comden is een vriendin van de familie. Ze heeft me Franse en Duitse les gegeven en erg haar best gedaan me betere manieren bij te brengen' – Lillian knipperde met haar lange wimpers en vervolgde – 'aan de piano.'

Emma Comden droeg een nauwsluitende jurk met een decente ronde kraag en een elegante broche onder haar hals. Ze was een volstrekte tegenpool van Lillian met rondingen waar de jongere vrouw slank was, donkerbruine, bijna zwarte ogen en donker kastanjebruin haar dat rood glansde en was opgebonden in een Franse rol.

'Wilt u zeggen dat u thuis privéles hebt gekregen zodat u uw vader kon helpen?'

'Daarmee wil ik zeggen dat ik zo vaak van school werd gestuurd dat pa mevrouw Comden in dienst heeft genomen om mijn opvoeding te volbrengen.'

Bell keek glimlachend terug. 'Hoe kunt u nog tijd hebben voor dat Frans en Duits en die pianolessen, terwijl u tegelijkertijd de rechterhand van uw vader bent?'

'Ik ben mijn gouvernante inmiddels wel ontgroeid.'

'En toch is mevrouw Comden hier…?'

Lillian reageerde onbewogen. 'Als u goed had opgelet, meneer de detective, dan was het u opgevallen dat pa een bijzondere belangstelling voor onze "huisvriendin" aan de dag legt.'

Hennessy zag dat Isaac en Lillian met elkaar spraken. 'Waar gaat 't over?'

'Ik vertelde net dat ik heb gehoord dat mevrouw Hennessy een opmerkelijk mooie vrouw moet zijn geweest.'

'Lillian heeft haar gezicht niet van mijn kant van de familie. Wat krijgt u zoal betaald als detective, meneer Bell?'

'De hoogste vergoeding binnen het gangbare tariefstelsel.'

'Dan begrijpt u ongetwijfeld dat ik u als vader van een onschuldige jonge vrouw wel moet vragen wie die chique kleding voor u heeft bekostigd?'

'Mijn grootvader Isaiah Bell.'

Osgood Hennessy keek hem met grote ogen aan. Als Bell hem had verteld dat hij een nazaat van koning Midas was, was de verbazing niet groter geweest. 'Was Isaiah Bell uw grootvader? Dan is uw vader dus Ebenezer Bell, directeur van de American States Bank of Boston. Goeie godallemachtig, een bankier.'

'Mijn vader is een bankier. Ik ben detective.'

'Míjn vader heeft van zijn leven nooit een bankier zelfs maar gezien. Hij was spoorwegwerker en sloeg spijkers. U staat tegenover een spoorwegarbeider in hemdsmouwen, Bell. Ik ben net zo begonnen als hij met het vastspijkeren van spoorstaven op bielzen. Ik heb m'n eigen eetketeltje gedragen. Ik heb dagen van tien uur gemaakt en alle stadia doorlopen, van remmer, machinist, conducteur, telegrafist tot koerier... van het spoor via het station naar het hoofdkantoor.'

'Wat mijn vader wil zeggen,' zei Lillian, 'is dat hij van het slaan op spoorspijkers in de hete zon is opgeklommen tot het ceremonieel slaan van gouden spijkers onder een parasol.'

'Drijf niet de spot met me, jongedame.' Hennessy trok een andere kaart van het plafond omlaag. Het was een blauwdruk, een gedetailleerde technische werktekening op lichtblauw papier van een cantileverbrug met vakwerkliggers, die op twee hoge pijlers van steen en ijzer een diepe kloof overspande.

'Dit is waar we naartoe willen, meneer Bell, de Cascade Canyon Brug. Ik heb Franklin Mowery, een topingenieur, uit zijn pensioen teruggehaald om voor mij de mooiste spoorwegbrug ten westen van de Mississippi te bouwen, en die is nu zo goed als klaar. Om tijd te winnen heb ik die brug, vooruitlopend op de aanleg van de afsnijdingslijn, alvast laten bouwen door werktreinen om te laten rijden via een verlaten houthakkersspoor dat er vanuit de Nevada-woestijn naartoe slingert.' Hij wees op de plattegrond. 'Wanneer deze gang hier geboord is – Tunnel 13 –, ligt de brug daar al voor ons klaar. Snelheid, meneer Bell. Het draait allemaal om snelheid.'

'Hebt u een deadline?' vroeg Bell.

Hennessy keek Joseph van Dorn streng aan. 'Joe, kan ik ervan op aan dat de geheimhouding bij uw detectives net zo is gewaarborgd als bij mijn juristen?'

'Beter nog,' antwoordde Van Dorn.

'Er is een deadline,' gaf Hennessy tegenover Bell toe.

'Opgelegd door uw bankiers?'

'Nee, niet door die honden. Moeder Natuur. Vadertje Winter komt eraan en zodra hij de Cascades bereikt, ligt de spoorwegbouw tot het voorjaar stil. Ik heb de beste kredieten in de hele spoorwegbusiness, maar als de verbinding van de Cascades Cutoff met de Cascade Canyon Brug niet voor het invallen van de winter een feit is, komt er zelfs aan mijn krediet een eind. Onder ons, meneer Bell, wanneer de aanleg van deze verbinding stagneert, is na de eerste sneeuwstorm elke kans verkeken dat ik de Cascades Cutoff nog kan afbouwen.'

'Wees gerust, Osgood,' zei Joseph van Dorn. 'We pakken hem.'

Hennessy was niet gerustgesteld. Hij schudde aan de blauwdruk alsof hij hem wilde wurgen. 'Als die saboteurs de boel tegenhouden, duurt het zo twintig jaar voordat een ander zich aan de Cascades Cutoff waagt. Het is de laatste barrière die de vooruitgang in het Westen in de weg staat en ik ben de laatste pionier met het lef om hem te nemen.'

Isaac Bell twijfelde absoluut niet aan de liefde van de oude man voor zijn spoorwegmaatschappij. Ook speelde zijn eigen verontwaardiging mee bij het vooruitzicht dat er door toedoen van de Saboteur nog meer onschuldige doden en gewonden zouden vallen. De onschuldigen waren heilig. Maar op dat moment stond in Bells overwegingen zijn herinnering aan Wish Clarke voorop, hoe die op zijn nonchalante, onbeholpen wijze in de punt van een mes was gestapt dat voor Bell was bedoeld. 'Ik beloof u dat ik hem te pakken krijg,' zei hij.

Hennessy keek hem lang en onderzoekend aan. Traag liet hij zich in een fauteuil zakken. 'Een hele opluchting, meneer Bell, dat ik over een topman van uw kaliber beschik.'

Toen Hennessy op zoek naar bevestiging zijn dochter aankeek, zag hij dat ze de rijke en van uitstekende familierelaties voorziene detective keurde als de nieuwe sportwagen die ze van hem voor haar verjaardag wilde hebben. 'Jongeman?' vroeg hij. 'Is er een mevrouw Bell?'

Het was Bell al opgevallen dat de lieftallige jonge vrouw hem waarderend in ogenschouw nam. Dat was vleiend, verleidelijk ook wel, maar hij vatte het niet al te persoonlijk op. Het was wel duidelijk waarom. Hij was zonder meer de eerste man bij wie ze zag dat hij zich niet door haar vader liet afblaffen. Maar gezien haar belangstelling en haar vaders plotselinge interesse in hem als een mogelijke huwelijkskandidaat, leek het Bell hoog tijd om voor eens en voor altijd duidelijk te maken waar hij stond.

'Ik ben verloofd,' antwoordde hij.

'Verloofd? Eh... waar is ze?'

'Ze woont in San Francisco.'

'Hopelijk heeft ze de aardbeving goed doorstaan?'

'Ze is haar huis kwijt,' antwoordde Bell cryptisch, terwijl hij weer levendig voor zich zag hoe er abrupt een einde kwam aan hun eerste nacht samen, toen hun bed door de schok door de kamer stuiterde en Marions piano door de voorgevel op straat was gekletterd.

'Marion is gebleven en heeft bij de opvang van weeskinderen geholpen. Nu de meesten zijn ondergebracht, heeft ze een baan bij een krant.'

'Is al bekend wanneer u gaat trouwen?' vroeg Hennessy.

'Spoedig,' zei Bell.

Lillian Hennessy leek dat 'spoedig' als een uitdaging op te vatten. 'San Francisco is hier ver vandaan.'

'Ruim vijftienhonderd kilometer,' zei Bell. 'Over een weg dwars door het Siskiyou-gebergte met steile hellingen en een eindeloze reeks haarspeldbochten – precies de reden voor uw Cascades Cutoff, die de duur van de tocht met een volle dag bekort,' vervolgde hij, waarmee hij het onderwerp sluw weer van huwbare dochters op sabotage bracht. 'Wat me eraan doet denken dat het handig zou zijn als ik een gratis vervoerpas zou kunnen krijgen.'

'Ik regel iets veel beters!' zei Hennessy, terwijl hij overeind sprong. 'U krijgt zo'n pasje – een gratis vervoerbewijs voor alle treinen in het land. Maar u krijgt ook een door mij met de hand geschreven verklaring waarmee u te allen tijde een speciale trein voor uzelf kunt charteren. U bent nu in dienst van de spoorwegmaatschappij.'

'Nee, meneer. Ik werk voor meneer Van Dorn. Maar u kunt ervan op aan dat ik uw speciale treinen voor de goede zaak zal inzetten.'

'Meneer Hennessy heeft u vleugels gegeven,' merkte mevrouw Comden op.

'Nu alleen nog weten waar u naartoe moet vliegen...' De mooie Lillian glimlachte. 'Of naar wie.'

Terwijl de morsesleutel weer begon te ratelen, knikte Bell naar Van

Dorn, waarop ze allebei zwijgend de wagon uitstapten en het perron op liepen. Over het emplacement waaide een koude noordenwind die rook en as in hun gezichten blies. 'Ik heb veel van onze mensen nodig.'

'Je zegt 't maar. Wie wil je hebben?'

Isaac Bell noemde een lange rij namen op. Van Dorn luisterde en knikte goedkeurend. Toen hij klaar was, zei Bell: 'Ik wil Sacramento graag als uitvalsbasis nemen.'

'Ik had gedacht dat je voor San Francisco zou kiezen.'

'Uit persoonlijke overwegingen, ja, dan zit ik het liefst bij mijn ver-loofde in dezelfde stad. Maar Sacramento heeft snellere spoorverbindin-gen met de westkust en het binnenland. Is het goed als we bij Miss Anne verzamelen?'

Van Dorn kon zijn verbazing niet verbergen. 'Waarom in een bordeel?'

'Als die zogenaamde Saboteur het tegen een grote landelijke spoorweg-maatschappij opneemt, gaat het om een crimineel met een lange arm. Ik wil niet dat onze ploeg voor iedereen zichtbaar in een openbare gelegen-heid bijeenkomt voordat ik weet wat hij weet en hoe hij dat weet.'

'Ik weet zeker dat Anne Pound in haar achterhuis wel een ruimte voor ons vrij wil maken,' zei Van Dorn stijfjes. 'Als jou dat het beste lijkt. Maar vertel eens, heb je nog iets meer ontdekt dan wat je zojuist aan Hennessy hebt gemeld?'

'Nee. Maar ik heb zo 't gevoel dat de Saboteur bijzonder op zijn qui-vive is.'

Van Dorn reageerde met een knikje. Zijn ervaring was dat wanneer een dermate begripvol detective als Isaac Bell een 'gevoel' had, dat gevoel voortkwam uit kleine, maar veelbetekenende details die de meeste mensen niet zouden zijn opgevallen. Ten slotte zei hij: 'Wat een verschrikkelijk nieuws over Aloysius.'

'Dat kwam als een enorme klap. De man heeft me in Chicago het leven gered.'

'En jij het zijne in New Orleans,' kaatste Van Dorn terug, 'En ook in Cuba.'

'Hij was een uitmuntende detective.'

'Redelijk. Maar hij was zichzelf aan het dooddrinken. En daar kon je hem niet van redden. Niet dat je het niet geprobeerd hebt.'

'Hij was de beste,' hield Bell koppig vol.

'Hoe is hij omgekomen?'

'Hij is onder stenen verpletterd. Wish was op dat moment precies op de plek waar het dynamiet ontplofte.'

Van Dorn schudde verdrietig zijn hoofd. 'De intuïtie van die man was goud waard. Zelfs als hij dronken was. Ik had er de pest in dat ik hem moest laten gaan.'

Bells reactie bleef neutraal. 'Zijn vuurwapen lag vlak bij zijn lijk, waaruit blijkt dat hij het voor de explosie in de aanslag had.'

'Het kan er ook door de ontploffing terecht zijn gekomen.'

'Het was dat oude enkelschots legerpistool waar hij zo verzot op was. In zo'n klapholster. Daar valt het niet uit. Hij moet 't in zijn hand gehad hebben.'

Van Dorn reageerde met een nuchtere vraag ter bevestiging van Bells aanname dat Aloysius Clarke de aanslag had geprobeerd te voorkomen. 'Waar was zijn heupfles?'

'Die zat nog in zijn zak.'

Van Dorn knikte en wilde op een ander onderwerp overgaan, maar voor Isaac Bell was dit nog niet afgesloten.

'Ik moest weten hoe hij in die tunnel kwam. Is hij bij de explosie gedood of al eerder? Dus heb ik het lichaam in een trein gelegd en naar een arts in Klamath Falls gebracht. Ik heb meegekeken toen hij onderzocht werd. De dokter heeft me laten zien dat Wish voordat hij werd verpletterd een mes in zijn keel heeft gehad.'

Van Dorn huiverde. 'Hebben ze zijn keel doorgesneden?'

'Niet doorgesneden. Doorboord. Het mes is via zijn keel tussen twee ruggenwervels door het ruggenmerg gegaan en er aan de achterkant van zijn nek weer uitgekomen. De dokter zei dat het nauwkeurig was gedaan als door een chirurg of een slager.'

'Of gewoon geluk.'

'Als dat zo is, heeft de moordenaar twee keer geluk gehad.'

'Hoe bedoel je?'

'Om Wish Clarke te slim af te zijn, moet je om te beginnen een behoorlijke portie geluk hebben, dacht je ook niet?'

Van Dorn keek weg. 'Zat er nog iets in de heupfles?'

Bell keek zijn baas met een triest glimlachje aan. 'Maak je geen zorgen, Joe, ik had hem ook ontslagen. Dat was zo klaar als een klontje.'

'Van voren aangevallen?'

'Zo te zien wel, ja,' antwoordde Bell.

'Maar je zegt dat Wish zijn wapen al had getrokken.'

'Klopt. Dus hoe heeft de Saboteur hem met een mes afgetroefd?'

'Gegooid?' vroeg Van Dorn twijfelend.

Bells hand flitste naar zijn laars en kwam met een werpmes tevoorschijn. Hij liet het stalen voorwerp soepel tussen zijn vingers door glijden en hield het wegend op. 'Je hebt een katapult nodig om een werpmes dwars door een mensennek heen te krijgen.'

'Natuurlijk… Kijk uit, Isaac. Zoals je zegt, die Saboteur moet bliksemsnel zijn geweest als hij een al dan niet dronken Wish Clarke te vlug af was.'

'Hij krijgt de kans om me te laten zien hoe snel hij wel niet is,' zwoer Isaac Bell.

4

De elektrische lampen op de Venice Pier van Santa Monica verlichtten het tuigage van een permanent aan de steiger afgemeerde driemaster en de contouren van het dak van een groot paviljoen. Een fanfarekorps speelde in uptempo de 'Gladiator March' van Philip Sousa.

De strandjutter draaide de bitterzoete muziek de rug toe en liep over het harde zand de duisternis in. Het licht van de lampen weerkaatste op de golven en wierp een dansende schaduw voor hem uit, terwijl de zeewind aan zijn vodderige kleren rukte. Het was eb en hij was op zoek naar een anker dat hij kon stelen.

Hij liep langs een barakkenkamp. De Japanse vissers die daar woonden, hadden hun boten tot vlak bij hun barakken het strand opgetrokken om er een oogje op te kunnen houden. Even voorbij de Japanners vond hij wat hij zocht: een van de zeewaardige sloepen die de United States Lifeboat Society over de stranden verspreid had liggen om schipbreukelingen en overmoedige toeristen te kunnen redden. De boten waren door de uit vrijwilligers bestaande bemanning volledig voor een snelle tewaterlating uitgerust. Hij trok het zeildoek opzij en zocht op de tast de inhoud af: hij voelde roeiriemen, reddingsvesten, hoosblikken en ten slotte het koude metaal van een anker.

Hij droeg het anker naar de pier. Voordat hij de rand van de lichtcirkel bereikte, sjokte hij door het steil oplopende losse zand omhoog de stad in. De straten waren leeg, de huizen donker. Hij dook weg voor een te voet patrouillerende bewaker en verdween ongezien in een stal, die zoals de meeste stallen in die buurt gedeeltelijk was omgevormd tot een garage voor motorvoertuigen. Vrachtwagens en automobielen die gerepareerd moesten worden, stonden kriskras tussen houten karren en allerhande rijtuigen. Er hing een geur van dieselolie vermengd met die van hooi en mest.

Overdag was het er een drukte van belang met rokende, kauwgum kauwende en oeverloos kletsende stalknechten, chauffeurs, koetsiers en monteurs. Maar op dit late avonduur was er alleen nog de hoefsmid, die de strandjutter tot zijn verbazing een hele dollar voor het anker gaf. Hij had hem maar vijftig cent beloofd, maar hij had gedronken en was iemand die gul werd van whisky.

De smid ging meteen aan het werk, want hij wilde het anker snel omvormen voordat iemand kon zien dat het gestolen was. Hij begon met het verwijderen van een van de twee smeedijzeren bladen door er net zo lang met een hamer en koude beitel op te slaan tot het afbrak. Toen hij het anker tegen het licht ophield, leek wat er van over was op een haak.

Ondanks de koude nachtlucht zwetend, dronk hij een fles bier leeg en nam een flinke slok uit zijn fles Kellogg's Old Bourbon voordat hij het gat in de schacht begon te boren waar de klant om had gevraagd. Het boren van gaten in smeedijzer was zwaar werk. Terwijl hij pauzeerde om op adem te komen, nam hij nog een slok Kellogg's en boorde bijna een gat in zijn hand in plaats van in de haak.

Hij wikkelde de haak in de deken die de klant hem had gegeven en borg hem weg in de reistas van de man. Met een duizelend hoofd raapte hij het afgebroken blad op van de grond waar het naast zijn aambeeld in het zand was gevallen. Hij vroeg zich af wat hij ervan kon maken, toen de klant op de deur klopte. 'Breng 't naar buiten.'

De man stond in het donker en de smid zag nu nog minder van zijn scherpe gelaatstrekken dan de avond ervoor. Maar hij herkende de heldere stem, het exact articulerende accent van de oostkust, zijn aanmatigende manier van doen, zijn lengte en zijn stadse, knielange en met een enkele rij knopen sluitende overjas van waterafstotende stof.

'Breng 't hierheen, zei ik.'

De smid droeg de reistas naar buiten.

'Sluit de deur.'

Hij trok hem achter zich dicht, waarop het licht wegviel en de klant de tas met een kortaf 'Bedankt, beste man' aannam.

'Graag gedaan,' mompelde de smid, terwijl hij zich afvroeg waar deze dandy in overjas in godsnaam een half anker voor nodig had.

In de duisternis glinsterde een gouden tiendollarmunt, een heel weekloon in deze zware tijden. De smid greep ernaar, miste en moest in het zand knielen om hem op te rapen. Hij voelde dat de man naar hem toe boog. Omzichtig keek hij op en zag de man zijn hand in een wildleren cow-boylaars steken die niet bij de rest van zijn chique kleding paste. Op dat-zelfde moment vloog de deur achter hem open en viel het licht op het ge-zicht van de man. De smid dacht dat het hem bekend voorkwam. Er stapten drie stalknechten en een automonteur naar buiten, ladderzat en ze schoten gillend in de lach toen ze hem geknield in het zand zagen zitten. 'Sodeju!' schreeuwde de monteur. 'Zo te zien heeft Jim ook een flinke slok op.'

De klant draaide van hen weg en verdween in de steeg, zonder dat de hoefsmid ook maar vermoedde dat hij op een haar na was vermoord door een man die hem enkel en alleen voor alle zekerheid had willen doden.

Voor het grootste deel van de zevenenveertig jaar dat Sacramento de hoofdstad van de staat Californië was, had het witte herenhuis van Anne Pound een prettige gastvrijheid geboden aan de wetgevers en lobbyisten die van nog geen drie straten verderop kwamen. Het was een groot en mooi gebouw, opgetrokken in de onopgesmukte vroeg-victoriaanse stijl met glanzend witte houten torentjes, gevelspitsen, veranda's en balustra-des. Achter de geboende walnoothouten voordeur domineerde een olie-verfschilderij van de dame des huizes de grote hal. De met rood tapijt beklede trap was in politieke kringen zo beroemd dat de graad van be-langrijkheid in staatskringen kon worden afgeleid uit het feit of de be-trokkene al dan niet veelbetekenend glimlachte bij het horen van de woor-den 'De Trap naar de Hemel.'

Om acht uur 's avonds hield de dame zelf, aanmerkelijk ouder geworden en opvallend forser met een enorme dos spierwitte manen die ooit blond waren geweest, in een ontvangkamer hof op een bourgondische chaise longue, wulps genesteld in een berg groene zijden kussens. In de kamer stonden veel meer van dat soort sofa's, volumineuze fauteuils, blinkend gepoetste kwispedoors, goudomlijste schilderijen van weelderige vrouwen in diverse stadia van ontkleding, en een exquis barmeubel met kristallen glazen. Die avond was de ruimte zorgvuldig van de voorkamer afgesloten door twee tien centimeter dikke mahoniehouten schuifdeuren. Naast haar waakte een elegante, met hoge hoed uitgedoste uitsmijter, een voormalige beroepsbokser van wie werd gezegd dat hij in zijn hoogtijdagen 'Gentle-man Jim' Corbett tegen de grond had geslagen en dat kon navertellen.

Isaac Bell moest inwendig grinniken toen hij zag hoezeer Van Dorn van slag raakte bij het zien van de nog altijd beeldschone eigenaresse. Van onder zijn baard steeg een blos op zo rood als zijn bakkebaarden. Ondanks zijn herhaaldelijk bewezen moed ten overstaan van gewelddadige aanvallers was Van Dorn merkwaardig bedeesd tegenover vrouwen in het algemeen en intiem gedrag in het bijzonder. Het was duidelijk dat hij zich allesbehalve op zijn gemak voelde in de salon van het chicste bordeel van Californië.

'Zullen we beginnen?' vroeg Van Dorn.

'Miss Anne,' zei Bell, terwijl hij haar hoffelijk zijn hand bood om haar van de sofa overeind te helpen. 'We danken u voor uw gastvrijheid.'

Toen Bell haar naar de deur begeleidde, mompelde ze met een licht lijzig Virginiaans accent hoe dankbaar ze het detectivebureau Van Dorn nog altijd was voor de uiterst discrete manier waarop ze een gevaarlijke moordenaar in de kraag hadden gevat die het op haar hardwerkende meiden had voorzien. Het monster, een gestoorde geest die door de speurders van Van Dorn in een van de meest vooraanstaande families van Sacramento was ontmaskerd, was voorgoed opgesloten in een inrichting voor geestelijk gestoorde misdadigers en niets hiervan was haar vaste klantenkring ooit ter ore gekomen.

Joseph van Dorn stond op en zei zacht maar goed verstaanbaar: 'Ter zake. Isaac Bell leidt dit onderzoek. Wanneer hij iets zegt, zegt hij dat uit mijn naam. Isaac, vertel hoe je dit wilt aanpakken.'

Voordat hij begon, keek Bell alle aanwezigen één voor één aan. Hij kende of had zelfs samengewerkt met de hoofden van alle in de westelijke steden gevestigde filialen: Phoenix, Salt Lake, Boise, Seattle, Spokane, Portland, Sacramento, San Francisco, Los Angeles, Denver en de overige agenten die Van Dorn had opgetrommeld.

De meest bekwame mensen onder hen waren Horace Bronson, de imposante, krachtig gebouwde directeur van het kantoor in San Francisco, en de kleine dikke Arthur Curtis, met wie Bell in de Butcher Bandit-zaak had samengewerkt, waarbij ze hun beider vriend en de partner van Curtis, Glenn Irvine, hadden verloren.

'Texas' Walt Hatfield, een bebaarde broodmagere ex-agent van de bereden politie, die gespecialiseerd was in het verijdelen van overvallen op expresse-posttreinen, zou in deze zaak van bijzonder nut kunnen zijn. Net als Eddie Edwards uit Kansas City, een vroeg grijs geworden expert in het verjagen van bendes die in stedelijke opslagplaatsen opereerden, waar op rangeersporen geparkeerde wagons extra kwetsbaar voor overvallen en sabotage waren.

De oudste aanwezigen waren Mack Fulton uit Boston, een kil kijkende man die alle kluizenkrakers in het land kende, en zijn partner, Wally Kisley, een springstofdeskundige gekleed in zijn typerende driedelig tamboerkostuum van een opvallend bonte ruitjesstof. Mack en Wally werkten al vanaf het begin samen in Chicago. Door hun gevatte en snedige opmerkingen stonden ze onder hun collega's bekend als het duo Weber en Fields, naar de beroemde vaudevillekomieken en producenten van kluchtige musicals op Broadway.

Als laatste was er Bells speciale vriend Archie Abbott uit New York, een volstrekt onopvallende undercoveragent, die gekleed als een vagebond op zoek naar een hap eten het huis van Miss Anne via de keukendeur was binnengeglipt.

'Als hier iemand een bom naar binnen gooit,' zei Bell, 'dan staan alle boeven op het continent te juichen.'

Nadat ze waren uitgelachen, stelde Walt Hatfield de vraag die op ieders lippen lag: 'Isaac, ga je ons nog vertellen waarom wij hier vanochtend als een stelletje in het dal verdwaalde runderen in dit bordeel bijeen zijn gedreven?'

'Omdat we achter een saboteur aan zitten die groot denkt, 't sluw speelt en het werkelijk geen moer kan schelen wie hij omlegt.'

'Nou, als je 't zo stelt…'

'Hij is een bloedlinke, gewetenloze moordenaar. Hij heeft zoveel schade aangericht en zoveel onschuldige mensen gedood dat het onder de spoorwegarbeiders is opgevallen en ze hem de bijnaam "de Saboteur" hebben gegeven. Hij schijnt het vooral op de Cascades Cutoff van de Southern Pacific Railroad te hebben voorzien. Die spoorwegmaatschappij is onze opdrachtgever. De Saboteur is ons doelwit. Het Detectivebureau Van Dorn heeft twee taken: het beschermen van de opdrachtgever door te voorkomen dat de Saboteur verdere schade aanricht en hem te pakken met voldoende bewijs om hem aan de galg te krijgen.'

Bell knikte fel. Een klerk in hemdsmouwen sprong naar voren en hing een spoorwegplattegrond over een afbeelding van badende nimfen. Op de kaart stond het westelijk spoorwegnet van Salt Lake City tot San Francisco, dat de staten Californië, Oregon, Washington, Idaho, Utah, Nevada en Arizona besloeg.

'Opdat jullie weten waar de meest kwetsbare locaties van de spoorweg-maatschappij zich bevinden, heb ik Jethro Watt, commissaris van de spoorwegpolitie, gevraagd het een en ander toe te lichten.'

De detectives reageerden met spottend gemompel.

Isaac Bell maande hen met een kille blik tot stilte. 'De tekortkomingen van de spoorwegagenten kennen we allemaal. Maar Van Dorn heeft niet de mankracht om ruim duizend kilometer spoor in de gaten te houden. Jethro heeft informatie waar we zelf niet zo makkelijk aankomen. Dus als hier iemand is die commissaris Watts enthousiaste medewerking wenst te ondermijnen, laat hij dat dan nu zeggen.'

Op Bells teken liet de klerk commissaris Watt binnen, wiens uiterlijk geen afbreuk deed aan de lage verwachtingen die de detectives van de spoorwegpolitie koesterden. Van zijn vettige haren, die boven zijn slecht geschoren, zure gezicht op zijn voorhoofd plakten, zijn smoezelige kraag, gekreukte jas en broek en zijn versleten laarzen tot de bobbels in zijn kle-ren die de aanwezigheid van zwaar kaliber vuurwapens, knotsen en knup-pels verraadden, was Jethro Watt, die bijna net zo groot en twee keer zo breed als Bell was, het prototype van de spoorwegsmeris zoals je die in het hele land zag. Toen hij zijn mond opende verraste hij alle aanwezigen.

'Een oud gezegde luidt: voor de Southern Pacific is niets onmogelijk. En wat de spoorarbeiders daarmee bedoelen is dit: we doen alles. We egalise-ren onze eigen weg. We leggen onze eigen rails. We bouwen onze eigen lo-comotieven en rollend materieel. We bouwen onze eigen bruggen... veer-tig in het nieuwe traject, nog afgezien van de Cascades Canyon. We boren onze eigen tunnels... dat zijn er vijftig als we klaar zijn. We onderhouden onze eigen werktuigen. We ontwikkelen speciale sneeuwschuivers voor het hooggebergte in de winter, en brandweerwagons voor in de zomer. We zijn een reusachtige onderneming.'

Zonder zijn stem te dempen of ook maar een spoor van een glimlach vervolgde hij: 'In de baai van San Francisco beweren de passagiers van onze veerboten die van Oakland Mole naar het centrum varen, dat zelfs de donuts die we op de schepen verkopen, in onze machinewerkplaatsen worden gebakken. Hoe dan ook, ze worden wel gegeten. De Southern Pacific Railroad is een reusachtige onderneming. Of je dat nu leuk vindt of niet.'

Jethro Watts bloeddoorlopen oog viel op het sierlijke barmeubel met de piramide van opgestapelde kristallen glazen, en hij likte zijn lippen.

'Een reusachtige onderneming maakt veel vijanden. Wanneer iemand 's morgens met z'n verkeerde been uit bed stapt, geeft hij de spoorwegmaatschappij de schuld. Wanneer zijn oogst mislukt, is 't de schuld van het spoor. Als hij zijn boerderij kwijtraakt, is 't de schuld van het spoor. Als zijn bond zijn loon niet omhoog krijgt, is 't de schuld van het spoor. Als hij in paniek raakt, is 't de schuld van het spoor. Als zijn bank over de kop gaat en hem zijn geld niet teruggeeft, is 't de schuld van het spoor. Soms is hij zo gek om een handeltje in sneltreinkaartjes te beginnen. Gaat treinen beroven. Maar erger dan treinen beroven is sabotage. Erger, en lastiger te stoppen omdat een reusachtige onderneming een gigantisch doelwit vormt.

Sabotage door boze lieden is de belangrijkste reden waarom het bedrijf een politiekorps heeft om zichzelf te beschermen. Een heel leger. Maar net als alle legers hebben we zoveel mensen nodig dat we niet al te kieskeurig kunnen zijn. Soms moeten we lieden in dienst nemen die door anderen met een kritischer blik uitschot genoemd zouden worden...'

Hij keek uitdagend het vertrek rond en een deel van de detectives verwachtte dat hij een stiletto zou trekken. In plaats daarvan concludeerde hij met een kil, spottend glimlachje: 'Van hogerhand is ons gezegd dat ons leger u heren detectives moet bijstaan. We staan te uwer beschikking en mijn jongens hebben de opdracht gekregen de bevelen van u heren op te volgen.

De heer Bell en ik hebben al een lang gesprek gehad met de hoofdingenieurs en hoofdopzichters van het bedrijf. De heer Bell weet wat wij weten. Namelijk dat wanneer deze zogenaamde Saboteur ook de bouw van onze Cascades Cutoff wenst te verstoren, hij dat na zondag op zes manieren kan doen:

Hij kan een trein vernielen door met de wissels te knoeien op de trajecten waar treinen elkaar passeren. Of hij kan de telegrammen manipuleren aan de hand waarvan opzichters het treinverkeer regelen.

Hij kan een brug in brand steken. Hij heeft al een tunnel met dynamiet opgeblazen, dus dat kan hij weer doen.

Hij kan de werkplaatsen en gieterijen voor de werkzaamheden aan de afsnijdingslijn aanvallen. Het meest waarschijnlijk zijn dan Sacramento en Red Bluff, waar de stalen spanten voor de Cascade Canyon Brug worden gemaakt.

Hij kan onze reparatieloodsen in de fik steken wanneer ze volstaan met locomotieven waaraan wordt gewerkt.

Hij kan de rails ondermijnen.

En steeds als hem dit lukt en er slachtoffers bij vallen, raken onze arbeiders meer in paniek.

Op verzoek van de heer Bell hebben we ons "leger" gestationeerd op de plekken waar de gevaren voor het spoor het grootst zijn. Onze "soldaten" zijn ter plaatse en wachten op uw orders. De heer Bell zal deze plaatsen nu voor u aanwijzen, terwijl ik mezelf even een borrel inschenk.'

Zonder zich te verontschuldigen banjerde Watt door de salon recht op de met kristal beladen bar af.

'Luister goed,' zei Bell. 'Voor ons is het gesneden koek wat ons te doen staat.'

Rond middernacht had in de salon van miss Anne het gelach van jonge meiden de serieuze stemming van het gewichtige overleg volledig verdreven. De detectives van Van Dorn waren vertrokken, alleen of in groepjes van twee stilletjes weggeglipt naar hun hotelkamers, en alleen Isaac Bell en Archie Abbott waren achtergebleven in de bibliotheek van miss Anne, een vensterloos vertrek diep verborgen in het herenhuis, waar ze zich nogmaals over de spoorwegkaarten bogen.

Archie Abbott deed de geloofwaardigheid van zijn zwerversvermomming geweld aan door zichzelf in een ballonvormig glas een stevige slok twaalf jaar oude Napoleon-cognac in te schenken en genietend als een kenner de geur op te snuiven.

'Weber en Fields hadden wel gelijk met die kruithuisdiefstallen. Vermiste explosieven zijn een aanwijzing.'

'Tenzij hij ze gewoon in een normale winkel koopt.'

Archie hief zijn glas voor een toost. 'Op het uitschakelen van de Saboteur! Dat hij de wind van voren krijgt en de felle zon hem verblindt!'

Archies zorgvuldig gestileerde accent klonk alsof hij rechtstreeks uit New York City's Hell's Kitchen kwam. Maar Archie beschikte over talloze accenten die hij op zijn uitdossing afstemde. Hij was detective geworden nadat zijn familie, van blauw bloed maar verarmd sinds de beurscrisis van 1893, hem had verboden om acteur te worden. Ze hadden elkaar voor het eerst ontmoet toen Isaac Bell voor Yale bokste en Archibald Angell Abbott IV zich met de weinig benijdenswaardige taak opgezadeld zag om de eer van Princeton te verdedigen.

'Alle bases bezet?'

'Dat lijkt er wel op.'

'Waarom kijk je dan niet wat vrolijker, Isaac?'

'Zoals Watt zei: het is een gigantische onderneming.'

'O, zeker.' Abbott nipte van zijn cognac en leunde weer over de kaart, zijn voorhoofd gefronst. 'Wie bewaakt de terreinen in Redding?'

'Lewis en Minalgo waren het dichtst in de buurt,' zei Bell, niet blij met dat gegeven.

'"En de eerste was een knaller",' citeerde Archie het populaire honkbalgedicht 'Casey aan slag', '"en de laatste was een makkie".'

Bell knikte instemmend en met zijn gedachten bij het werkschema zei hij: 'Ik zal ze naar Glendale overplaatsen en Hatfield in Redding zetten.'

'Glendale, verdomme. Ik zou ze in Mexico plaatsen.'

'Ik ook, als ik genoeg mensen had. Maar Glendale is behoorlijk ver weg. Ik denk dat we ons over Glendale geen zorgen hoeven te maken. Dat ligt op meer dan duizend kilometer van het Cascades-traject...' Hij trok zijn gouden horloge tevoorschijn. 'We hebben vanavond gedaan wat we konden. Ik heb een extra kamer in mijn hotelsuite. Als ik jou tenminste langs de portier krijg in die kleding.'

Abbott schudde zijn hoofd. 'Bedankt, maar toen ik hier via de keuken binnenglipte, heeft de kok van miss Anne me een soupertje beloofd.'

Bell keek zijn oude vriend hoofdschuddend aan. 'Dat kan alleen jij, Archie, de nacht doorbrengen in een bordeel en dat in gezelschap van de kok.'

'Ik heb het spoorboekje bekeken,' zei Abbott. 'Doe juffrouw Marion de groeten. Je kunt nog net de nachtexpres naar San Francisco halen.'

'Dat was ik ook van plan,' zei Bell, waarop hij de duisternis in stapte en rechtstreeks naar het station liep.

5

Onder een heldere sterrenhemel, in het holst van de nacht tussen Burbank en Glendale, worstelde een man, verkleed als een spoorweg-
medewerker in een net pak met flambard, met de hendels en voetpedalen
van een Kalamazoo Vélocipède, een driewielig spoorinspectievoertuig. De
rails van dit recent voltooide traject van de lijn San Francisco-Los Angeles
liepen soepel. Met zijn armen roeiend en zijn voeten trappend haalde hij
een snelheid van zo'n dertig kilometer per uur in de onheilspellende stilte,
die alleen werd verbroken door het ritmische geklik van de wielen over de
naden tussen de spoorstaven.

De Vélocipède werd gebruikt voor de controle op de onderhoudsploe-
gen die versleten of verrotte bielzen vervingen, de stenen onder de verbindingsstukken aanstampten, rails richtten, losse spijkers vastsloegen en
moeren aandraaiden. Het frame, de twee hoofdwielen en het steunwiel dat
hem recht op de rails hield, waren gemaakt van sterk maar licht essenhout
met smeedijzeren loopvlakken. Het hele voertuig woog nog geen zeventig
kilo. Het kon door één man van de rails worden getild om om te draaien
of weg te halen voor een passerende trein. De Saboteur, die alleen mank
liep als een vermomming nodig was, zou hem zonder probleem van het
talud kunnen gooien als hij hem niet meer nodig had.

Vastgebonden op de lege zitplaats naast hem lagen een koevoet, moersleutel, nijptang en een stuk gereedschap waarvan geen enkele onderhoudsploeg het in het hoofd zou halen om het op de rails te laten liggen.
Het was een bijna zestig centimeter lange haak in de vorm van een smeedijzeren scheepsanker waarvan een van de bladen was verwijderd.

De Vélocipède had hij gestolen. Hij had een uit planken opgetrokken
loods aan de rand van het vrachtdepot in Burbank opengebroken waarin
een opzichter van de Southern Pacific Railroad hem had gestald, en hem

met de hand naar het spoor geduwd. Voor het onwaarschijnlijke geval dat een spoorwegsmeris of een dorpsagent hem zag en vroeg wat hij in hemelsnaam midden in de nacht op het hoofdspoor deed, waren zijn pak en vilten hoed goed voor een paar seconden respijt. Precies voldoende voor een zwijgend antwoord met het mes in zijn laars.

Nadat hij de lichten van Burbank achter zich had gelaten en slechts donkere boerderijen passeerde, raakten zijn ogen al snel gewend aan het vale schijnsel van de sterrenhemel. Een halfuur later, zo'n vijftien kilometer ten noorden van Los Angeles, minderde hij vaart toen hij de getande hoeken en het dichte traliewerk herkende van een ijzeren schraagbrug over een droge rivierbedding. Hij rolde de brug over, waarna de rails scherp naar rechts bogen en parallel aan de rivierbedding doorliepen.

Hij stopte een paar meter verderop nadat hij de wielen over een lasnaad tussen twee stukken rails voelde gaan. Hij laadde zijn gereedschap uit en knielde op het ballastbed van vergruisde stenen, waarbij hij met zijn knieën op een houten biels steunde. Door met zijn vingers in het donker de verbinding tussen de rails af te tasten vond hij de lasplaat, een vlak stuk metaal waarmee de rails aan elkaar vastzaten. Met zijn nijptang trok hij de spijker los die de lasplaat met het verbindingsstuk verbond. Vervolgens schroefde hij met de moersleutel de vier moeren van de bouten af waarmee de lasplaat aan de rails was bevestigd en trok het geheel los. Nadat hij drie van de moeren en bouten plus de lasplaat naar de voet van het steile talud had gegooid, waar zelfs een spoorinspecteur met de scherpste ogen ze in het licht van zijn hoofdlamp niet zou kunnen zien, stak hij de laatste bout door een gat in de steel van de haak.

Hij vloekte toen hij een scherpe pijnscheut voelde.

Hij had zijn vinger aan een braam gesneden. De dronken smid vervloekend die niet de moeite had genomen de scherpe rand van het gat dat hij had geboord glad te vijlen, wikkelde hij zijn vinger in een zakdoek om het bloeden te stelpen. Met enige moeite lukte het hem de moer weer op de bout te draaien. Met de moersleutel draaide hij hem zo strak aan dat de haak rechtop stond. Het losse uiteinde wees naar het westen, de richting van waaruit de Coast Line Limited zou komen.

De Coast Line was een intercity, een van de snelle personentreinen die zonder tussenstops tussen de grote steden reden. Over het spoor dat via nieuwe tunnels door het Santa Susana-gebergte van Santa Barbara naar Oxnard, Burbank en Glendale leidde, was de sneltrein op weg naar Los Angeles.

Plotseling voelde de Saboteur dat de rails trilden. Hij sprong overeind. De Coast Line Limited zou die nacht vertraagd zijn. Als dit hem al was, had de sneltrein al veel tijd ingehaald. Als dat niet zo was, had hij een hoop moeite gedaan en veel risico's genomen om een waardeloze melktrein te laten ontsporen.

Er klonk een stoomfluit. Snel greep hij de nijptang en trok spijkers los waarmee de rail op de bielzen vastzat. Hij wist er acht los te wrikken voordat hij het schijnsel van een koplamp op het spoor zag opdoemen. Hij wierp de nijptang van het steile talud af, sprong op de Vélocipède en trapte zo hard als hij kon op de pedalen. Nu hoorde hij de locomotief. Het geluid was nog vaag in de verte, maar hij herkende het kenmerkende heldere, scherpe *hoefff* van een Atlantic 4-4-2. Het was de intercity en uit het snelle ritme van de stoomwolken uit de schoorsteen concludeerde hij dat de trein snel naderde.

De Atlantic 4-4-2 die de Coast Line Limited trok was gebouwd op snelheid.

Daarom was Rufus Patrick, de machinist, dol op deze locomotief. De American Locomotive Company of Schenectady in New York had hem uitgerust met reusachtige tachtig-inch-drijfwielen. Met bijna honderd kilometer per uur hield het vierwielige draaistel aan de voorkant hem muurvast op de rails, terwijl een tweewielig draaistel aan de achterkant een enorme vuurkist droeg die voldoende oververhitte stoom genereerde.

Rufus Patrick moest toegeven dat hij zo sterk nou ook weer niet was. Voor de nieuwe, veel zwaardere stalen personenrijtuigen die binnenkort werden geleverd, zouden ze de veel sterkere Pacifics moeten inzetten. Deze loc was geen bergbeklimmer, maar voor hoge snelheden over langere afstanden op een vlak traject met een sleep van eersteklas houten personenwagons was hij niet te kloppen. Bij zijn identieke broer was vorig jaar een snelheid van 204,5 kilometer per uur geklokt, een record dat volgens Patrick niet snel verbeterd zou worden. In elk geval niet door hem, ook vanavond niet nu ze laat waren en tijd moesten inhalen, zeker niet met tien personenwagons vol passagiers die veilig hoopten thuis te komen. Negentig was prima, nog altijd anderhalve kilometer per minuut.

Het was druk in het machinistenhuis van de locomotief. Behalve Rufus Patrick en Zeke Taggert, zijn stoker, waren er twee gasten: Bill Wright, een afgevaardigde van de Electrical Workers Union en een vriend van Rufus, en Bills neef, zijn naamgenoot Billy, die hem vergezelde naar Los Angeles, waar de jongen stage zou gaan lopen in een laboratorium waar celluloid films voor bewegende beelden werden ontwikkeld. Tijdens hun laatste tussenstop om water te tanken was Rufus naar achteren gelopen, naar de bagagewagon waarin ze gratis meeliftten, en had hen bij hem in de cabine uitgenodigd.

De veertienjarige Billy kon zijn geluk om in een locomotief mee te mogen rijden niet op. Hij had vaak verlangend naar de treinen gekeken die zijn hele leven al langs zijn huis denderden en had de nacht voor deze reis van pure opwinding geen oog dichtgedaan. Maar hij had nooit durven dromen dat hij echt in het machinistenhuis zou mogen meerijden. Meneer Patrick droeg net als in de films een gestreepte pet en was de meest betrouwbare en rustige man die hij ooit had ontmoet. En hij verklaarde stap voor stap alles wat hij deed, terwijl hij twee stoten met de fluit gaf en de trein weer in beweging bracht.

'We rijden, Billy! Ik zet deze ganghendel, de Johnson-bar, op volle kracht vooruit. Helemaal naar voren is vooruit, helemaal naar achteren is achteruit. Achteruit kunnen we net zo snel als vooruit.'

Patrick greep een lange horizontale stang. 'Kijk, hiermee zet ik de smoorklep open, zodat er stoom bij de cilinders komt die ervoor zorgen dat de drijfwielen gaan draaien, en dan open ik de zandbak om grip op de rails te krijgen. Nu trek ik de smoorklep weer wat dicht opdat we niet meteen te snel gaan. Voel je dat hij hem pakt en niet doorslipt?'

Billy knikte enthousiast. De locomotief trok soepeltjes zonder schokken op, terwijl Patrick de stang in een vaste stand zette.

Nu raasden ze op het laatste stuk naar Los Angeles op Glendale af en terwijl bij alle spoorwegovergangen de stoomfluit snerpte, vertelde Patrick de van ontzag vervulde jongen: 'Er bestaat geen fijnere locomotief. Hij is goed onder stoom en rijdt als een zonnetje.'

Zeke Taggert, de stoker, die aan één stuk door kolen in de bulderende ketel had geschept, sloeg het deurtje dicht en ging zitten om op adem te komen. Hij was een potige vent, zwart en smerig, en stinkend naar zweet. 'Billy?' brulde hij met een zware stem. 'Zie je dit glas hier?' Taggert tikte op een manometer. 'Dit is het belangrijkste raampje in de trein. Hierop zie je het waterniveau in de stoomketel. Is dat te laag, dan wordt de kroonplaat te heet en gaat hij smelten, en dan BHAMM! blaast-ie ons allemaal naar de verdommenis!'

'Let maar niet op hem, Billy,' zei Patrick. 'Het is Zekes taak om ervoor te zorgen dat er genoeg in de ketel zit. We hebben een tender vol water hier recht achter ons.'

'Waarom staat de stang in het midden?' vroeg Billy.

'Als we rijden staat hij in het midden. Op dit moment hebben we niet meer nodig voor een gelijkmatige snelheid van zo'n honderd kilometer per uur. Als je 'm helemaal naar voren schuift gaan we tweehonderd.'

De machinist knipoogde naar oom Bill. 'Met de stang kunnen we hem ook door scherpe bochten sturen. Zeke, zie jij een bocht aankomen?'

'Schraagbrug recht voor ons. Direct erna een scherpe bocht.'

'Neem jij 'm maar, jongen.'

'Wat!?'

'Stuur 'm de bocht in. Snel, nu! Stevig beetpakken. Steek je kop naar buiten en kijk.'

Billy nam de stang in zijn linkerhand en leunde uit het raam zoals de machinist hem had voorgedaan.

De stang was heet en klopte in zijn hand alsof hij leefde. De lichtbundel van de koplamp van de locomotief gleed over de glimmende rails. Billy zag de schraagbrug aankomen. Hij leek erg smal.

'Gewoon een heel klein rukje,' waarschuwde Rufus Patrick met opnieuw een knipoog naar de mannen. 'Je hoeft nauwelijks iets te doen. Rustig. Rustig. Yep, je krijgt er al gevoel voor. Maar je moet 'm recht in het midden hebben. Het is behoorlijk krap.'

Zeke en Oom Bill keken elkaar grijnzend aan.

'Pas op nu. Yep, dat doe je goed. Gewoon rustig aan…'

'Wat is dat daar, meneer Patrick?'

Rufus Patrick keek naar waar de jongen op wees.

De lichtbundel van de locomotief wierp schaduwen en glinsteringen over het traliewerk van de schraagbrug waardoor het moeilijk te zien was. Waarschijnlijk gewoon een schaduw. Plotseling scheen de koplamp op iets vreemds.

'Wel go…' In het bijzijn van de jongen veranderde Patrick zijn vloek onwillekeurig in 'goeie grut nog aan toe'.

Het was een stuk metaal in de vorm van een haak dat als een hand uit een graf recht uit de rails omhoogstak.

'Geef lucht!' gilde Patrick tegen de stoker.

Zeke wierp zich op de remkraan en rukte eraan met zijn volle gewicht. De trein remde zo krachtig dat het leek alsof hij op een muur knalde. Heel even maar, want het volgende moment drukte het gewicht van tien volledig bezette personenrijtuigen en een tender gevuld met ettelijke tonnen aan kolen en water de locomotief weer vooruit.

Patrick sloeg zijn eigen ervaren hand om de remkraan. Hij bespeelde de rem met de gevoelige precisie van een horlogemaker en zette de ganghendel in zijn achteruit. De grote drijfwielen slipten luid krijsend in een wolk van opspattende vonken, waarbij hele staalsplinters van de rails schuurden. De remmen en de terugdraaiende raderen verminderden de vaart van de Coast Line Limited. Maar het was te laat. De Atlantic 4-4-2 op de hoge wielen schoof krassend over de schraagbrug en schoot met nog altijd ruim zestig kilometer per uur op de haak af. Patrick kon nog slechts bidden dat de wigvormige baanschuiver, de zogenaamde koeienvanger die aan de voorkant van de locomotief het spoor schoonveegde, hem wegdrukte voordat hij de voorste as van het draaistel raakte.

In plaats daarvan nam de ijzeren haak, die de Saboteur op de losgetrokken spoorstaaf had vastgeschroefd, de baanschuiver in een dodelijke greep. Hij trok de spoorstaaf vlak voor de rechtervoorwielen van de bijna tachtigduizend kilo zware locomotief los. De massieve drijfwielen schoten van de rails af en sloegen met zestig kilometer per uur bonkend over de houten bielzen en het ballastbed.

Door de snelheid, het gewicht en de aanhoudende stuwkracht sloegen het hout en het staal van de verbindingsstukken aan splinters. De wielen maaiden door de lucht en nog altijd voorwaarts doorschietend zakte het draaistel zijwaarts weg en sleurde de tender met zich mee. De tender rukte de bagagewagon van de rails en de bagagewagon trok het eerste personenrijtuig met zich mee, waarop de koppeling met de tweede personenwagon losschoot.

Vervolgens leek de locomotief zich op wonderbaarlijke wijze weer op te richten. Maar dat was van korte duur. Weggedrukt door het gewicht van de tender en wagons draaide hij weg, klapte om en schoof het talud af tot hij met zijn verwrongen baanschuiver en koplamp tegen de rotsachtige bodem van de droge rivierbedding sloeg.

Zo kwam hij eindelijk tot stilstand, sterk overhellend met de neus omlaag en het achterste draaistel in de lucht. Het tot honderdnegentig graden oververhitte water in de hermetisch afgesloten stoomketel golfde naar voren, weg van de roodgloeiende kroonplaat, die zich aan de achterkant van de ketel bevond.

'Eruit!' schreeuwde de machinist. 'Wegwezen voordat hij ontploft!'

Bill lag languit bewusteloos tegen de vuurkist. Kleine Billy zat verdwaasd met zijn hoofd in zijn handen op de voetplaat. Er stroomde bloed langs zijn vingers.

Zeke had zich net als Patrick schrap gezet voor de klap en was niet ernstig gewond.

'Neem jij Bill,' zei Patrick tegen Zeke, die heel sterk was. 'Dan neem ik de jongen.'

Patrick klemde Billy als een jutezak onder zijn arm en sprong op de grond. Zeke gooide Bill Wright over zijn schouders, sprong uit de loc en rende meteen de steile zandhelling op. Patrick struikelde met de jongen. Zeke greep Patrick met zijn vrije arm en hield hem overeind. Het kabaal van de klap was abrupt weggestorven. In de relatieve stilte hoorden ze gewonde passagiers kermen in de eerste wagon, die als verkreukeld cadeaupapier was opengescheurd.

'Rennen!'

Het kolenvuur waar Zeke Taggert zo zijn best op had gedaan, brandde nog laaiend onder de kroonplaat van de locomotief. Het bleef branden om de 1200 graden te leveren die nodig waren om 9000 liter water aan de kook te houden, en bleef zo ook het staal verhitten. Maar omdat daar geen water meer was dat de warmte absorbeerde, liep de temperatuur van het staal van de normale 300 graden op tot de 1200 graden van het vuur. Bij die temperatuur werd de ruim 1,5 centimeter dikke plaat zo zacht als boter in een steelpan.

De stoomdruk van 90 kilo per 6,5 vierkante centimeter was veertien keer zo hoog als de normale luchtdruk buiten. Binnen enkele seconden zou de opgesloten stoom een gat in de plotseling verzwakte kroonplaat slaan.

Zelfs als de stoom ontsnapte zou de 7500 liter tot 190 graden oververhit water in het reservoir, zodra het met de koude lucht van Glendale in aanraking kwam, eveneens in stoom opgaan. Met als gevolg dat het volume met de factor 1600 toenam. In een flits verdampte 7500 liter water dan in 11 miljoen liter stoom. Gevangen in de ketel van de Atlantic 4-4-2 ontwikkelde dat een naar buiten stuwende kracht die maakte dat de stalen locomotief met een gigantische knal in miljoenen stukjes uiteenspatte.

Billy en zijn oom hebben nooit geweten waardoor ze werden geraakt. De koerier van de Wells Fargo Express in de bagagewagon evenmin, of de drie vrienden die in het voorste deel van de ontspoorde Pullmanwagon hadden zitten pokeren. Maar Zeke Taggert en Rufus Patrick, die de oorzaak en aard van de nachtmerrieachtige, zich als een tornado samenballende krachten kenden, voelden nog een tiende van een seconde de onbeschrijfelijke pijn van het schroeiende stoom, voordat de explosie een eind aan al hun levensverwachtingen maakte.

Met het gerinkel van smeedijzer op steen en het gekraak van versplinterend essenhout kletterde de Kalamazoo Vélocipède het spoorwegtalud af.

'Wat was dat?'

Jack Douglas, tweeënnegentig, was zo oud dat hij als voorvechter van het recht op vrije doortocht voor de westerse spoorwegmaatschappij nog tegen de indianen had gevochten. Het bedrijf hield hem om zeldzaam sentimentele redenen op het rustige rangeerterrein van Glendale in dienst als een soort nachtwaker met een zware enkelschots .44 Colt op zijn heup. Hij greep het wapen met een dooraderde, knokige hand beet en trok het met een geroutineerde, soepele beweging uit het ingevette holster.

De Saboteur haalde met een griezelig flitsende beweging uit. Zijn uithaal was zo effectief dat hij er een man van zijn eigen leeftijd mee tegen de grond had gekregen. De bewaker had geen schijn van kans. Nog voordat hij op de grond ineenzakte schoot het uitschuivende zwaard zijn keel in en weer uit.

De Saboteur keek vol walging neer op het lijk. Wat konden er toch rare dingen fout gaan. Verrast door zo'n oude gek die al uren geleden in zijn bed had moeten liggen. Hij haalde zijn schouders op en mompelde glimlachend: 'Wie spaart die heeft wat.' Daarop haalde hij een poster uit zijn zak en verfrommelde die tot een prop. Vervolgens knielde hij naast het lijk, wrikte de dode hand open en vouwde de vingers om de prop papier.

De straten die naar de plek liepen waar het spoor van de Southern Pacific Railroad het smalspoor van de Los Angeles & Glendale Electric Railway kruiste, waren donker en leeg. De grote groene trams van het interlokale personenvervoersbedrijf reden niet meer na middernacht. In plaats daarvan maakte de spoorwegmaatschappij voor het goederenvervoer dankbaar gebruik van het goedkopere nachttarief voor elektriciteit. Op zijn hoede voor politie verstopte de Saboteur zich in een voor Los Angeles bestemde wagon vol melkbussen en een lading verse wortelen.

Het werd al licht toen hij er in de grote stad gekomen uitsprong en naar de East Second Street liep. De koepel van het in Moorse stijl opgetrokken La Grande Station van de Atchison, Topeka and Santa Fe Railway stak scherp af tegen de spookachtig rode ochtendhemel. Hij haalde een koffer op uit het bagagedepot en trok schone kleren aan in het mannentoilet. Daarna stapte hij in de sneltrein naar Albuquerque, waar hij in de met zilveren bestek en porseleinen serviesgoed uitgeruste restauratiewagon een stevig ontbijt met een steak en eieren nuttigde.

Terwijl de locomotief van de exprestrein goed op stoom raakte, kwam de imposante conducteur van de Santa Fe Railway langs: 'Kaartjes alstublieft.'

Met de norse houding van iemand die veel voor zaken reisde, nam de Saboteur niet de moeite om uit zijn *Los Angeles Times* op te kijken, ook omdat hij zo zijn gezicht niet hoefde te tonen, terwijl hij zijn vingers aan een fraai linnen servet afveegde en zijn portefeuille tevoorschijn trok.

'U hebt in uw vinger gesneden,' zei de conducteur, die een helderrode bloedvlek op het servet ontwaarde.

'Bij het slijpen van mijn scheermes,' reageerde de Saboteur, nog steeds niet uit zijn krant opkijkend en opnieuw de dronken hoefsmid vervloekend die hij helaas niet had gedood.

6

Het was pas drie uur in de ochtend toen Isaac Bell van de trein sprong, nog voordat deze goed en wel in het aan de waterkant gelegen eindstation op de Oakland Mole tot stilstand was gekomen. Dit was het eindpunt voor de reizigers naar het westen, een anderhalve kilometer lange stenen uitloper die de Southern Pacific Railroad in de baai van San Francisco had gebouwd. De pier liep nog anderhalve kilometer verder de baai in zodat de goederentreinen konden doorrijden tot aan de zeeschepen en de vlotschuiten voor goederenwagons naar de stad, maar de passagiers moesten hier op hun veerboot overstappen.

Bell rende naar de pont, onderwijl de hal afspeurend naar Lori March, de oude boerin bij wie hij altijd bloemen kocht. Onder in zijn horlogezakje lag een kleine, platte sleutel van Marion Morgans flat.

Slaperige krantenjongens met de sprietjes van het hooi waarin ze hadden geslapen nog in hun haren, schreeuwden met schrille stemmen 'Extra! Extra!', zwaaiend met speciale edities van alle in San Francisco verschijnende dagbladen.

De eerste kop waar Isaac Bells oog op viel, maakte dat hij stokstijf bleef staan.

COAST LINE LIMITED DOOR SABOTAGE ONTSPOORD
BIJ GLENDALE

Bell had het gevoel alsof hij met een mes in zijn buik werd gestoken. Glendale lag op elfhonderd kilometer van de Cascades Cutoff.

'Meneer Bell? Meneer Bell?'

Recht achter de krantenjongen stond een detective van het filiaal van Van Dorn in San Francisco. Hij leek nauwelijks ouder dan de jongen die met de kranten ventte. Zijn bruine haar lag met de kussenafdruk er nog in tegen zijn hoofd geplakt. Maar zijn heldere blauwe ogen waren wijd opengesperd van opwinding.

'Ik ben Dashwood, meneer Bell. Bureau San Francisco. De heer Bronson heeft mij de leiding gegeven toen hij met de anderen naar Sacramento is gegaan. Ze zijn pas morgen weer terug.'

'Wat weet u van de Limited?'

'Ik heb zojuist met de politiechef hier in Oakland gesproken. Het schijnt dat ze de locomotief met dynamiet hebben opgeblazen, waardoor hij is ontspoord.'

'Hoeveel doden?'

'Zes, tot dusver. Vijftig gewonden. Een aantal vermisten.'

'Hoe laat gaat de eerstvolgende trein naar Los Angeles?'

'Over tien minuten vertrekt een exprestrein.'

'Die neem ik. Bel naar het kantoor in Los Angeles. Zeg dat ik heb gezegd dat ze naar het wrak moeten gaan om te zorgen dat niemand iets aanraakt. Ook de politie niet.'

De jonge Dashwood boog naar hem toe alsof hij iets wilde zeggen wat de krantenjongen niet mocht horen, en fluisterde: 'De politie vermoedt dat de treinsaboteur bij de explosie is omgekomen.'

'Wat?!'

'Een zekere William Wright, een agitator van de vakbond. Een radicaal kennelijk.'

'Wie zegt dat?'

'Iedereen.'

Isaac Bell wierp een kille blik op de caleidoscoop aan koppen die de krantenjongens ophielden.

EEN DAAD VAN LAFAARDS
AANTAL DODEN GROEIT. TWINTIG DODELIJKE SLACHTOFFERS
TREINSABOTEURS BLAZEN LOCOMOTIEF OP
EXPRESTREIN EINDIGT IN RIVIERBEDDING

Hij vermoedde dat de kop EXPRESTREIN EINDIGT IN RIVIERBEDDING het dichtst bij de feiten kwam. Hoe het was gebeurd, was pure speculatie. Hoe konden ze nu het dodental al weten van een ontsporing die pas een paar uur geleden op achthonderd kilometer afstand had plaatsgevonden? Het ver-

66

baasde hem niet dat de schreeuwende kop AANTAL DODEN GROEIT. TWINTIG DODELIJKE SLACHTOFFERS de voorpagina innam van een krant die eigendom was van de sensatiejournalist Preston Whiteway, een man voor wie de verkoopcijfers altijd al belangrijker waren dan de feiten. Marion Morgan was net begonnen als assistente van de uitgever van zijn *San Francisco Inquirer*.

'Dashwood! Wat is je voornaam?'

'Jimmy... James.'

'Oké, James. Dit is wat ik wil dat je gaat doen. Probeer meer over die meneer William Wright te weten te komen, alles wat "iedereen" nog niet weet. Van welke vakbond hij is. Of hij officieel bij die vakbond in dienst is. Waarom de politie hem had opgepakt. Wat zijn grieven zijn. Of hij handlangers heeft.' Op de kleinere man neerkijkend staarde hij James Dashwood strak aan. 'Kun je dat voor me doen?'

'Ja, sir.'

'Het is van het grootste belang dat we weten of hij alleen werkte of met een bende. Je hebt mijn toestemming om de hulp van alle detectives van Van Dorn te vragen die je nodig hebt. Telegrafeer je rapportage naar het station van Southern Pacific in Burbank. Dan lees ik 't meteen als ik daar ben aangekomen.'

Er hing een dikke mist toen de sneltrein naar Los Angeles van het perron vertrok en Isaac Bell tuurde vergeefs naar de glinsterende lichtjes van San Francisco aan de overkant van de baai. Hij zag op zijn horloge dat de trein op tijd was vertrokken. Toen hij het horloge in het zakje terugstak, voelde hij de koperen sleutel die daar ook lag. Hij had Marion met een middernachtelijk bezoekje willen verrassen. Maar nu was hij degene die werd verrast. Pijnlijk verrast. De arm van de Saboteur reikte verder dan hij had verwacht. En weer waren er onschuldige mensen gedood.

De felle middagzon van Zuid-Californië verlichtte een ravage zoals Isaac Bell nog niet eerder had gezien. De voorkant van de locomotief van de Coast Line Limited lag onder aan het spoorwegtalud onder een scherpe hoek voorover gekanteld in de droge rivierbedding. De baanschuiver die in de grond stak, de koplamp en schoorsteen waren als zodanig vrijwel onherkenbaar. Erachter, waar de rest van de locomotief hoorde te zijn, was nog slechts een chaotische wirwar van in alle mogelijke hoeken verwrongen buizen en pijpen. Zo'n negentig ton aan stalen stoomketel, stenen vuurkist, machinistenhuis, zuigers en drijfwielen was verdwenen.

'Kantje boord voor de passagiers,' zei de chef onderhoud en beheer van Southern Pacific, die Bell rondleidde. Het was een gezette man met een bierbuik in een eenvoudig driedelig pak, en hij scheen oprecht verwonderd dat het aantal doden niet veel hoger was dan de inmiddels bevestigde zeven. De passagiers waren al in een extra trein naar Los Angeles gebracht. De speciale ziekenwagon van Southern Pacific stond ongebruikt op het hoofdspoor nu de arts en verpleegster niet veel meer te doen hadden dan het verbinden van af en toe een snijwond, opgelopen door een van mannen van de onderhoudsploeg die met man en macht aan de reparatie van het spoor werkten.

'Negen wagons zijn op de rails blijven staan,' verklaarde de chef. 'De tender en bagagewagon hebben ze tegen de grootste kracht van de explosie beschermd.'

Bell zag hoe ze de schokgolf en de rondvliegende brokstukken hadden opgevangen. De tender met de lading die er aan de opengebarsten zijkanten was uitgevallen, leek meer een kolenberg dan een kolenwagen. De bagagewagon lag erbij alsof hij door kanonnen aan flarden was geschoten. Maar hij zag nergens het soort schroeiplekken dat je bij een dynamietontploffing zou verwachten.

'Een locomotief krijg je zo met dynamiet niet opgeblazen.'

'Natuurlijk niet. Wat je ziet is het effect van een ontplofte ketel. Het water schoot bij het kantelen naar voren waarop de kroonplaat is bezweken.'

'Dus hij is eerst ontspoord?'

'Dat lijkt er wel op.'

Bell keek hem strak aan. 'Volgens een passagier reden ze heel hard door de bochten.'

'Onzin.'

'Weet u dat zeker? Hij was te laat.'

'Ik kende Rufus Patrick. De veiligste machinist op het spoor.'

'Waarom is hij dan van de rails gelopen?'

'Met behulp van die klootzak van een vakbondsman.'

'Laat eens zien waar hij van de rails is gelopen,' zei Bell.

De chef leidde Bell naar het punt waar de rails aan één kant weg waren. In het open stuk lag een rij versplinterde bielzen en door het ballastbed liep een diepe voor, die de drijfwielen door het steenslag hadden getrokken.

'De schurk verstond zijn vak, dat moet ik toegeven.'

'Wat bedoelt u met "verstond zijn vak"?'

De gezette spoorwegman stak zijn duimen achter zijn vest en legde het uit. 'Er zijn talloze mogelijkheden om een trein te laten ontsporen. En ik heb ze allemaal wel eens gezien. In de jaren tachtig was ik machinist tijdens de grote stakingen, die behoorlijk gewelddadig waren, zoals u zich zult herinneren... o nee, daar bent u te jong voor. Neem maar van mij aan dat er in die tijd heel wat sabotage is gepleegd. En voor gasten zoals ik die de kant van het bedrijf kozen, was het niet fijn om op een trein te rijden terwijl je nooit wist of er stakers samenspanden om de rails onder je weg te slaan.'

'Wat zijn de mogelijkheden om een trein te laten ontsporen?' vroeg Bell.

'Je kunt het spoor met dynamiet ondermijnen. Het probleem is dat je dan in de buurt moet zijn om de lont aan te steken. Je kunt van een wekker een tijdontsteker maken, waardoor je tijd hebt om weg te komen, maar als de trein vertraging heeft, komt de ontploffing te vroeg. Of je maakt een mechanisme waarbij het buskruit door het gewicht van de loc tot ontploffing wordt gebracht, maar dat soort mechanismes is niet betrouwbaar, en dan komt er een arme railinspecteur op een draisine langs die zichzelf naar de eeuwige jachtvelden helpt. Een andere manier is om een paar spoorspijkers los te trekken en de bouten uit de lasplaat te schroeven die twee spoorstaven verbindt, waarna je een lange kabel door de gaten trekt en daar een ruk aan geeft als de trein eraan komt. Het probleem hierbij is, dat je een hele ploeg mensen moet hebben die sterk genoeg zijn om een spoorstaaf te verschuiven. Bovendien sta je in het volle zicht met die kabel in je hand als de trein ontspoort. Maar deze schurk heeft een haak gebruikt en dat gaat vrijwel nooit fout.'

De chef wees Bell op de sporen van een nijptang in het hout van de biels. Vervolgens liet hij hem op de laatste spoorstaaf krassen zien die door een moersleutel waren gemaakt. 'Uitgetrokken spoorspijkers en een losgeschroefde lasplaat, zoals ik u vertelde. We hebben gereedschap gevonden dat van het talud is gegooid. In een bocht kan een losliggende spoorstaaf verschuiven. Maar voor de zekerheid was er een haak op de losliggende rail vastgeschroefd. De locomotief heeft de haak geraakt en de spoorstaaf onder zichzelf weggerukt. Een duivelse daad.'

'Wat voor iemand verzint zoiets effectiefs?'

'Effectief?' reageerde de chef verontwaardigd.

'U zei daarnet dat hij zijn vak verstond.'

'O ja, ik begrijp wat u bedoelt. Nou, het kan een spoorwegman zijn geweest. Of zelfs een civiel ingenieur. En van wat ik over de explosie in de tunnel van de afsnijdingslijn hoorde, leid ik af dat hij het een en ander van geologie moet hebben geweten om met één springlading allebei de gangen op te kunnen blazen.'

'Maar de dode vakbondsman die u hebt gevonden was elektricien.'

'Dan hebben zijn radicale vakbondsvriendjes hem dat geleerd.'

'Waar hebt u het lijk van de vakbondsman gevonden?'

De chef wees op een hoge boom die zo'n zestig meter verderop stond. Door de explosie van de ketel zat er geen blad meer aan en de kale takken staken als de hand van een skelet in de lucht. 'Hij lag samen met de arme stoker bij die plataan.'

Isaac Bell keek nauwelijks naar de boom. In zijn zak zat het rapport van James Dashwood over William Wright. Het was zo uitzonderlijk gedetailleerd dat de jonge Dashwood de eerstvolgende keer dat hij hem zag een 'schouderklop'-promotie kon verwachten. Binnen acht uur had Dashwood ontdekt dat William Wright penningmeester van de Electrical Workers Union was geweest. Van hem was bekend dat hij door tactisch onderhandelen stakingen had voorkomen, wat hem de bewondering van zowel arbeiders als bazen had opgeleverd. Hij was ook diaken bij de Trinity Anglicaanse Kerk in Santa Barbara geweest. Volgens zijn rouwende zus vergezelde Wright haar zoon naar zijn nieuwe werkplek in een filmlaboratorium in Los Angeles. De kantoorchef van het laboratorium had bevestigd dat ze de jongen die ochtend verwachtten en had tegenover Dashwood verklaard dat de leerbaan hem was aangeboden omdat hij en William Wright van dezelfde loge van de Shrine-broederschap lid waren. Onzin dus, dat de Saboteur was omgekomen. De gevaarlijke moordenaar was nog springlevend en alleen God wist waar hij de volgende keer zou toeslaan.

'Waar is de haak?'

'Uw mannen daar verderop hebben hem onder hun hoede. Maar als u me wilt verontschuldigen, meneer Bell, ik heb nog een spoorlijn die hersteld moet worden.'

Bell liep langs het opengereten ballastbed naar de plek waar Larry Sanders van het kantoor van Van Dorn in Los Angeles op zijn knieën een biels onderzocht. Twee van zijn potige krachtpatsers hielden de spoorwegpolitie op een afstandje. Bell stelde zich voor, waarop Sanders overeind kwam en het zand van zijn knieën sloeg.

Larry Sanders was een slanke man met een modieuze korte haarsnit en een snor die zo dun was dat het leek alsof hij hem met een potlood had getekend. Hij droeg net als Bell een wit linnen kostuum dat bij de warme weersomstandigheden paste, maar zijn hoed was een stadse bolhoed die merkwaardigerwijs net zo wit was als zijn pak. In tegenstelling tot Bells laarzen droeg hij glanzend gepoetste lakschoenen en hij keek alsof hij zich een stuk prettiger zou voelen als observant in de lobby van een duur hotel dan hier op het met roet besmeurde ballastbed van dit drukke spoor. Bell, gewend aan de excentrieke kleding die je in Los Angeles vaak zag, besteedde aanvankelijk weinig aandacht aan Sanders' merkwaardige schoeisel en hoofddeksel en ging ervan uit dat de man als Van Dorn-employé competent was.

'Ik ben over u ingelicht,' zei Sanders, terwijl hij hem een slappe, gemanicuurde hand toestak. 'Mijn baas telegrafeerde uit Sacramento dat u eraan kwam. Ik heb u altijd al eens willen ontmoeten.'

'Waar is de haak?'

'De spoorwegagenten hadden hem al gevonden toen wij hier aankwamen.'

Sanders bracht Bell naar een spoorstaaf die zo krom was als een pretzel. Aan het uiteinde zat een haak vastgeschroefd die eruitzag als een afgebroken anker. 'Is dat bloed of roest?'

'Dat was me nog niet opgevallen.' Sanders klapte een met parels bezet zakmes open en schraapte erover. 'Bloed. Opgedroogd bloed. Zo te zien heeft hij zijn hand aan een braam opengehaald. Knap gezien, meneer Bell.'

Isaac negeerde het compliment. 'Zoek uit wie dat gat heeft geboord.'

'Hoezo dat, meneer Bell?'

'We kunnen niet alle mannen in Californië met een snee in hun hand oppakken, maar je kunt wel uitzoeken wie dit gat in dit specifieke stuk ijzer heeft geboord. Controleer alle machinewerkplaatsen en hoefsmeden in de staat. Nu meteen. Hup!'

Isaac Bell draaide zich op zijn hakken om en liep naar de spoorwegagenten, die stuurs stonden toe te kijken. 'Hebt u wel eens eerder zo'n haak gezien?'

'Een stuk van een scheepsanker.'

'Dat dacht ik ook.' Hij opende een gouden sigarettenkoker en ging ermee rond. Toen ze er allemaal een op hadden gestoken en Bell hun namen had gevraagd, Tom Griggs en Ed Bottomley, vroeg hij: 'Als die vent in de boom daar de Limited niét heeft gesaboteerd, hoe is de echte saboteur volgens u hier dan weggekomen nadat hij de trein had laten ontsporen?'

De spoorwegagenten keken elkaar aan.

'Door die haak,' antwoordde Ed, 'had hij tijd zat.'

'En in Glendale,' vulde Tom aan, 'hebben we een van het talud gekieperd spoorweginspectievoertuig gevonden. Volgens een rapport was die gestolen uit een goederendepot in Burbank.'

'Oké. Maar als hij met een draisine naar Glendale is gegaan, moet hij daar om een uur of drie, vier zijn aangekomen,' zei Bell peinzend. 'Hoe denkt u dat hij uit Glendale is vertrokken? Om die tijd rijden er geen trams.'

'Het kan zijn dat er een auto op hem wachtte.'

'Denkt u dat?'

'Nou, dat had u Jack Douglas kunnen vragen, maar hij is dood. Hij bewaakte Glendale. Hij is vannacht vermoord. Hij is doorboord als een varken aan 't spit.'

'Dat hoor ik voor 't eerst,' zei Bell.

'Nou, dan hebt u misschien niet de juiste mensen gesproken,' zei de spoorwegsmeris met een smalende blik op de fatterige Sanders die op enige afstand stond te wachten.

Isaac Bell reageerde met een flauw glimlachje. 'Wat bedoelde u met "doorboord"? Neergestoken?'

'Neergestoken?' vroeg Ed. 'Hebt u wel eens steekgaten aan beide kanten in de jas van een mens gezien? De vent die hem heeft vermoord was ofwel oersterk of heeft een zwaard gebruikt.'

'Een zwaard?' herhaalde Bell. 'Waarom denkt u aan een zwaard?'

'Zelfs als hij sterk genoeg was om een bowiemes dwars door hem heen te steken, dan was het een verdomd lastige klus geweest om hem er weer uit te trekken. Daarom laten ze messen altijd in lijken achter. Die dingen zitten verdomd goed vast. Daarom denk ik aan een lang dun lemmet, zoals van een zwaard.'

'Dat is heel interessant,' zei Bell. 'Een bijzonder interessante gedachte... Nog iets wat ik moet weten?'

De spoorwegsmerissen dachten hier een moment over na. Bell wachtte geduldig, terwijl hij hen beiden strak aankeek. Commissaris Jethro Watts' 'orders van bovenaf' om samen te werken sijpelden niet automatisch door tot de agenten op straat en al helemaal niet als ze te maken kregen met zo'n hautaine Van Dorn-detective als Larry Sanders. Plotseling nam Griggs een besluit. 'Dit heb ik in Jacks hand gevonden.' Hij haalde een verkreukeld papiertje tevoorschijn en streek het met zijn groezelige vingers glad. De zwarte letters waren goed leesbaar in het zonlicht.

STA OP!
STOOK OP DE VLAMMEN VAN ONVREDE
ELIMINEER DE BEVOORRECHTE ELITE
LEVE DE ARBEIDERS!

'Ik neem aan dat dit niet van Jack is,' zei Tom. 'Die oude vent was niet van het slag dat zomaar radicaliseert.'

'Zo te zien,' verklaarde Ed, 'had Jack het tijdens hun gevecht afgepakt.'

'Hij had beter zijn wapen kunnen pakken,' merkte Tom op.

'Dat zou je denken, ja,' zei Isaac Bell.

'Vreemd dat hij dat niet heeft gedaan.'

'Wat bedoelt u daarmee?' vroeg Bell.

'Ik bedoel,' antwoordde Tom, 'dat je niet moet denken dat Jack Douglas omdat hij tweeënnegentig was tijdens zijn dienst zat te slapen. Afgelopen jaar nog kwam er een stel jongens uit Glendale op zoek naar een makkelijke buit. Ze namen Jack onder schot, maar hij schoot de ene met die oude blaffer van hem door zijn schouder en de andere in zijn zij.'

Ed grinnikte. 'Jack zei nog tegen me dat hij milder was geworden. Vroeger had hij ze allebei gedood en gescalpeerd. Waarop ik zei: "Dat scheelde ook niet veel, Jack. Je schoot er een in z'n schouder en de ander in z'n rug." Maar Jack zei: "Ik zei *mild*, maar niet *meedogend*. Ik heb ze niet *gemist*. Ik heb ze precies geraakt waar ik dat wilde. Zo word ik toch wat aardiger op m'n ouwe dag." Dus degene die het vannacht tegen Jack opnam, kon goed voor zichzelf opkomen.'

'Vooral,' vulde Tom aan, 'omdat hij alleen maar een zwaard had. Jack had dat op een kilometer afstand zien aankomen. Ik bedoel, hoe neemt iemand met een zwaard iemand met een pistool te grazen?'

'Dat vroeg ik me ook al af,' zei Bell. 'Bedankt, heren. Heel erg bedankt.' Hij pakte twee visitekaartjes en gaf er één aan beide. 'Als u ooit nog eens iets van het Detectivebureau Van Dorn nodig heeft, neem dan contact met me op.'

'Ik had gelijk,' zei Bell tegen Joseph van Dorn, nadat Van Dorn hem naar San Francisco had laten komen. 'Maar niet genoeg. Hij denkt nog groter dan ik had gedacht.'

'Dat klinkt alsof hij zijn vak verstaat,' zei Van Dorn in navolging van de chef onderhoud van Southern Pacific. 'In ieder geval goed genoeg om ons op een dwaalspoor te brengen. Maar hoe verplaatst hij zich? In goederentreinen?'

'Ik heb mensen van ons op pad gestuurd,' antwoordde Bell, 'om de rondtrekkende arbeiders in alle kampementen in het Westen te ondervragen. En we vragen aan alle stationschefs en kaartjesverkopers van alle stations waar hij in de buurt kan zijn geweest naar mensen die een kaartje voor een exprestrein hebben gekocht.'

Van Dorn kreunde. 'De kans bij de kaartjesverkopers is nog kleiner dan bij de arbeiders. Hoeveel passagiers zei Hennessy dat de Southern Pacific jaarlijks vervoert?'

'Honderd miljoen,' moest Bell toegeven.

7

Toen Isaac Bell Marion Morgan opbelde met de mededeling dat hij in San Francisco een uur overhad voordat zijn trein naar Sacramento ging, en de vraag of ze misschien eerder van haar werk kon komen, antwoordde Marion: 'Ik sta onder de klok!'

De Grote Magneta Klok, het eerste staande horloge ten westen van de Mississippi, dat hier per stoomschip rond Kaap Hoorn naartoe was gebracht, was nu al beroemd, hoewel hij pas een week daarvoor in het St. Francis Hotel was geplaatst. Het met houtsnijwerk versierde uurwerk uit Wenen, dat de aan de Powell Street gelegen lobby van het St. Francis domineerde, leek op een reusachtige grootvadersklok en maakte een wat ouderwetse indruk voor Europese modebegrippen. Maar de klok werkte op elektriciteit en stuurde automatisch alle overige klokken aan in het enorme hotel dat hoog boven Union Square uittorende.

De lobby was ingericht met stoelen en banken in strakke rijen op oosterse tapijten. Elektrische lampen met kappen van glas en perkament verspreidden een warm schijnsel dat reflecterend in goudomrande spiegels alle kanten op straalde. Het rook er licht zoetig naar zaagsel en verse verf. Achttien maanden nadat de brand als gevolg van de Grote Aardbeving het interieur had vernietigd, had het nieuwste en grootste hotel van San Francisco haar deuren weer geopend, met vierhonderdtachtig kamers en een nieuwe vleugel die voor het komend voorjaar stond gepland. Het was meteen het populairste hotel van de stad. De meeste stoelen en banken waren bezet door betalende gasten die kranten lazen. De koppen verkondigden de laatste geruchten over de arbeidersagitatoren en buitenlandse radicalen die de Coast Line Limited hadden laten ontsporen.

Marion was als eerste in de lobby en zo opgewonden bij het vooruitzicht Isaac te zien, dat ze niets merkte van de openlijke blikken van bewondering van diverse heren die haar bekeken terwijl ze voor de klok heen en weer liep. Ze droeg haar stroblonde haren hoog opgebonden op haar hoofd, een modieus kapsel dat haar lange, sierlijke hals en de schoonheid van haar gezicht accentueerde. Ze had een smalle taille, tengere handen en afgaande op de manier waarop ze over het tapijt leek te zweven, lange benen onder haar tot aan de enkels reikende rok.

Haar zeegroene ogen schoten omhoog naar de klok toen de grote wijzer recht naar boven wees en de Grote Magneta drie zware gongslagen liet horen die als de klokken van een kathedraal zo sterk galmden dat de muren ervan trilden.

Een minuut later stapte Isaac de lobby in. De lange, robuust aantrekkelijke man droeg een crèmekleurig ongetailleerd pak van wol, over een felblauw overhemd met opstaande kraag en de goud gestreepte stropdas die zij hem had gegeven en die zo mooi bij zijn vlasblonde haren en snor kleurde. Ze was zo verrukt om hem weer te zien dat ze niets anders kon zeggen dan: 'Ik heb jou nog nooit te laat meegemaakt.'

Isaac keek glimlachend terug, terwijl hij zijn gouden zakhorloge openklapte. 'De Grote Magneta loopt zestig seconden voor.' Hij nam haar aandachtig op en zei: 'En ik heb jou nog nooit zo mooi gezien.' Vervolgens nam hij haar in zijn armen en kuste haar.

Hij leidde haar naar een paar stoelen, vanwaar hij met behulp van diverse spiegels de hele lobby kon overzien, en bij een kelner in een jacquet bestelden ze thee met citroencake.

'Waar kijk je naar?' vroeg Bell. Ze keek hem met een vaag glimlachje op haar mooie gezicht aan.

'Je hebt m'n hele leven op z'n kop gezet.'

'Dat was de aardbeving,' reageerde hij plagerig.

'Al voor de aardbeving. De aardbeving was maar een onderbreking.'

Dames van Marion Morgans leeftijd werden geacht al jaren eerder te zijn getrouwd, maar zij was een evenwichtige vrouw die van haar onafhankelijkheid genoot. Als dertigjarige met een jarenlange ervaring als hoofdadministrateur in het bankwezen woonde ze al op zichzelf sinds ze aan de Stanford Universiteit als meester in de rechten was afgestudeerd. De knappe, rijke minnaars die haar om haar hand hadden gevraagd, had ze allemaal afgewezen. Mogelijk was het de lucht van San Francisco, zo vervuld van eindeloos veel mogelijkheden, die haar daartoe de moed gaf. Misschien lag het aan haar opleiding door zelfgekozen docenten en de liefde van haar vader na de dood van haar moeder. Misschien was het de moderne tijd, de pure opwinding om te leven in de uitdagende eerste jaren van de nieuwe eeuw. Maar iets had haar het zelfvertrouwen gegeven en het uitzonderlijke vermogen om oprecht te kunnen genieten van het alleen zijn.

Tenminste, tot Isaac Bell haar leven binnen wandelde en haar hart op hol deed slaan alsof ze als zeventienjarige haar eerste afspraakje had.

Wat ben ik gelukkig, dacht ze.

Isaac pakte Marions hand.

Hij zweeg vrij lang, omdat hij moeilijk uit zijn woorden kwam. Haar schoonheid, haar rust en haar bevalligheid ontroerden hem steeds opnieuw. Terwijl hij in haar groene ogen keek, zei hij ten slotte: 'Ik ben de gelukkigste man van San Francisco. En als we nu in New York zouden zijn, was ik de gelukkigste man van New York.'

Ze glimlachte en keek weg. Toen ze weer terugkeek en zijn ogen zocht, merkte ze dat zijn blik naar de kop van een krant was verschoven: ONTSPOORD!

Treinongelukken waren dagelijkse kost in 1907, maar de gedachte dat er een exprestrein naar Los Angeles was ontspoord plus de wetenschap dat Isaac voortdurend in treinen reisde, was angstaanjagend. Merkwaardig genoeg maakte ze zich minder zorgen over de gevaren van zijn werk zelf. Die waren reëel, ze had zijn littekens gezien. Maar om je zorgen te maken over Isaac en zijn confrontaties met schutters en messenvechters was net zo onzinnig als in te zitten over de gevaren die een tijger in de jungle liep.

Hij staarde naar de krant, zijn gezicht rood van woede. Ze streelde zijn hand. 'Isaac, heeft dat ongeluk met jouw zaak te maken?'

'Ja. Het is al minstens de vijfde aanslag.'

'Maar ik zie aan je gezicht dat er meer achter zit, iets heel persoonlijks. Je kijkt zo verbeten.'

'Herinner je je wat ik je over Wish Clarke heb verteld?'

'Natuurlijk. Hij heeft je leven gered. Ik hoop hem ooit eens te ontmoeten, zodat ik hem kan bedanken.'

'De man die deze trein heeft laten ontsporen, heeft Wish gedood,' zei Bell onbewogen.

'O, Isaac, wat vreselijk!'

Hierop vertelde Bell haar het hele verhaal, zoals hij gewend was haar altijd alles te vertellen. Gedetailleerd deed hij uit de doeken wat hij wist over de aanslagen van de Saboteur op de Cascades Cutoff van Osgood Hennessy's Southern Pacific Railroad en hoe hij daar een eind aan probeerde te maken. Marion had een uitstekend, analytisch stel hersenen. Bovendien kon ze kritische vragen stellen die zijn eigen gedachten scherpten.

'Het motief is nog een open vraag,' besloot hij. 'Wat zou zijn achterliggende motief kunnen zijn om zo gewelddadig tekeer te gaan?'

'Geloof je in de theorie dat de Saboteur een radicaal is?' vroeg Marion.

'De bewijzen zijn er. Zijn handlangers. Het radicale affiche. Ook het doelwit: het spoor is een belangrijke boosdoener voor de radicalen.'

'Je klinkt niet erg overtuigd, Isaac.'

'Dat klopt,' gaf hij toe. 'Ik heb me voorgesteld hoe het is om in zijn schoenen te staan en als een boze agitator te denken... maar dan kan ik me dat willekeurige afslachten van onschuldige mensen nog altijd niet voorstellen. In de hitte van rellen of tijdens een staking kunnen ze de politie aanvallen. Hoewel ik dat soort geweld niet goedkeur, kan ik me indenken dat je een keer doordraait. Maar deze meedogenloze aanslagen op gewone mensen... dergelijke wreedheid slaat nergens op.'

'Zou het een gek kunnen zijn? Een geestelijk gestoorde?'

'Dat kan. Behalve dat hij voor een krankzinnige opmerkelijk ambitieus is en methodisch. Dit zijn geen impulsieve aanslagen. Ze zijn minutieus uitgekiend. En hoe hij wegkomt is net zo zorgvuldig gepland. Voor een gek heeft hij zijn zaakjes goed voor elkaar.'

'Misschien is hij anarchist.'

'Mogelijk. Maar waarom doodt hij zoveel mensen? In feite,' mijmerde hij, 'lijkt het bijna alsof hij angst probeert te zaaien. Maar wat wil hij daarmee bereiken?'

'Een publiekelijke vernedering van de Southern Pacific Railroad Company,' antwoordde Marion.

'Dat lukt 'm uitstekend,' zei Bell.

'Misschien moet je je hem niet als een radicaal, een anarchist of een krankzinnige voorstellen, maar als een bankier.'

'Hoe bedoel je dat?' Hij keek haar niet-begrijpend aan.

Marion antwoordde met een heldere, vaste stem. 'Denk je eens in wat dit Osgood Hennessy kost.'

Bell knikte peinzend. De man die een voor de hand liggende carrière bij de machtige bank van zijn eigen familie had afgewezen, zag er de ironie wel van in om nu 'als een bankier' te moeten denken. Hij streelde haar wang. 'Bedankt,' zei hij. 'Je hebt me veel stof tot nadenken gegeven.'

'Gelukkig maar,' zei Marion en voegde er pesterig aan toe: 'Ik heb liever dat je nadenkt dan dat je in schietpartijen verwikkeld raakt.'

'Ik hou wel van een pittige schietpartij,' kaatste Bell terug. 'Die scherpen de geest. Hoewel het in dit geval eerder om zwaardgevechten gaat.'

'Zwaardgevechten?'

'Het is heel vreemd. Hij heeft Wish en een andere vent gedood met iets wat verdacht veel op een zwaard lijkt. De vraag is: hoe kan het dat hij iemand met een vuurwapen te snel af is? Je kunt een zwaard niet verstoppen.'

'Wat dacht je van een degenstok? Heel wat mensen in San Francisco hebben een degenstok om zich te verdedigen.'

'Maar voordat je die getrokken hebt, het hele lemmet uit de stok, heeft iemand met een pistool alle tijd om als eerste te schieten.'

'Maar goed, als hij met een zwaard achter jóú aanzit, is hij de klos. Jij hebt voor Yale geschermd.'

Bell schudde glimlachend zijn hoofd. 'Geschermd, niet geduelleerd. Er is een groot verschil tussen de sport en een echt gevecht. Ik weet nog goed dat mijn trainer, die duellist was geweest, me erop wees dat je door het schermmasker de ogen van je tegenstander niet ziet. En zoals hij het zei: de eerste keer dat je een duel uitvecht, schrik je van de kille blik van degene die eropuit is om jou te doden.'

'En?'

'Wat en?'

'Schrok je?' Ze glimlachte. 'Doe nou niet alsof jij nooit geduelleerd hebt.'

Ook Bell glimlachte. 'Eén keer maar. We waren allebei heel jong. En toen we echt bloed zagen vloeien, waren we er snel van overtuigd dat we elkaar niet echt wilden doden. We zijn zelfs nog steeds vrienden.'

'Als je nu op zoek gaat naar een duellist, zul je die in deze tijd niet zo snel meer vinden.'

'Misschien een Europeaan,' mijmerde Bell. 'Een Italiaan of Fransman.'

'Of een Duitser. Met zo'n afschuwelijk Heidelberg-litteken op zijn wang. Schreef Mark Twain niet dat ze de hechtingen van de arts uiteentrokken en wijn in hun wonden smeerden om de littekens nog lelijker te maken?'

'Waarschijnlijk geen Duitser,' zei Bell. 'Die staan bekend om hun plongerende stoot. De manier waarop Wish en die andere gast zijn neergestoken, heeft meer het signatuur van een Italiaan of Fransman.'

'Of een student,' suggereerde Marion. 'Een Amerikaan die in Europa heeft gestudeerd. Er zijn veel anarchisten in Frankrijk en Italië. Misschien is hij dat daar geworden.'

'Ik begrijp nog steeds niet hoe hij dan iemand met een vuurwapen te snel af is.' Hij deed het met een armzwaai voor. 'In de tijd die het kost om een zwaard te trekken, kun je naar voren stappen en hem op zijn neus slaan.'

Marion pakte over de theekopjes zijn hand. 'Om eerlijk te zijn zou ik het heel fijn vinden als een bloedneus het enige is waar ik me zorgen over hoef te maken.'

'Zoals we er nu voorstaan, teken ik voor een bloedneus of zelfs een paar snijwonden.'

'Hoezo dat?'

'Herinner je je Weber en Fields?'

'Die grappige ouwe mannetjes.' Wally Kisley en Mack Fulton hadden haar mee uit eten genomen toen ze onlangs even in San Francisco waren, en hadden haar de hele avond kostelijk vermaakt.

'Wally en Mack zeggen altijd: "Bloedneuzen zijn een teken dat je progressie boekt. Je weet dat je bijna beet hebt als je bij je speurwerk een tik op je muil krijgt." Op dit moment kan ik een tik op m'n muil goed gebruiken.' Hier moesten ze allebei om lachen.

Er stapten twee vrouwen de lobby in, modieus gekleed in jurken en hoeden van de nieuwste snit, die ze in een wolk van wapperende veren en zijde doorkruisten. De jongste was zo beeldschoon dat veel van de gezakte kranten op de schoot van de eigenaar bleven liggen.

'Wat een prachtige meid!' zei Marion.

Bell had haar al in een spiegel gezien.

'Die vrouw in het lichtblauw,' zei Marion.

'Dat is Lillian, de dochter van Osgood Hennessy,' zei Bell, terwijl hij zich afvroeg of het toeval was dat Lillian uitgerekend nu hij hier was in het St. Francis opdook, en hij vermoedde van niet.

'Ken je haar?'

'Ik heb haar vorige week in de privétrein van Hennessy ontmoet. Ze is zijn adviseur.'

'Hoe is ze?'

Bell glimlachte. 'Ze doet zich voor als een verleidster. Ze knippert net zo met haar ogen als die Franse actrice.'

'Anna Held.'

'Ze is wel intelligent en een gewiekste zakenvrouw. Ze is nog erg jong, verwend door een vader die haar aanbidt, en naar ik vermoed nog volledig onschuldig als het om hartzaken gaat. De donkerharige vrouw naast haar is haar vroegere gouvernante. Nu is ze Hennessy's maîtresse.'

'Wil je naar haar toe om gedag te zeggen?'

'Niet nu ik nog maar een paar minuten heb om bij jou te zijn.'

Marion reageerde met een blije grijns. 'Ik voel me gevleid. Ze is jong, onbeschrijflijk mooi en waarschijnlijk erg rijk.'

'Jij bent onbeschrijflijk mooi en als je met me trouwt, ben jij ook erg rijk.'

'Maar ik ben geen erfgename.'

'Ik heb m'n portie erfgenamen wel gehad, dankjewel, toen we op dansles de Boston Wals moesten leren,' zei hij terug grijnzend. 'Dat is een langzame wals met een lange glijpas. We kunnen hem op ons huwelijk dansen, als je wilt.'

'O, Isaac, weet je zeker dat je met me wilt trouwen?'

'Heel zeker.'

'Veel mensen noemen me al een ouwe vrijster. En ze vinden ook dat een man van jouw leeftijd met zo'n jonge meid als zij zou moeten trouwen.'

'Ik doe nooit wat ik "zou moeten" doen. Waarom zou ik, nu ik eindelijk de vrouw van mijn dromen heb ontmoet? Én een vriendin voor het leven heb gemaakt?'

'Maar wat zal je familie wel niet van me vinden? Ik heb geen geld. Ze denken dat ik op je geld uit ben.'

'Zij zullen mij de gelukkigste man van Amerika vinden.' Isaac glimlachte, maar vervolgde opeens ernstig: 'En zo niet, dan kunnen ze allemaal de pot op. Zullen we een datum vaststellen?'

'Isaac... ik moet met je praten.'

'Wat is er? Is er iets?'

'Ik ben verschrikkelijk verliefd op je. Hopelijk weet je dat.'

'Dat laat je me overduidelijk merken.'

'En ik wil ook heel graag met je trouwen. Maar zullen we toch niet nog even wachten?'

'Waarom?'

'Ik heb een spannende baan aangeboden gekregen en dat is iets wat ik heel graag wil doen.'

'Wat voor baan?'

'Kijk... je weet wie Preston Whiteway is, toch?'

'Natuurlijk. Preston Whiteway is een sensatiejournalist die drie van de belangrijkste kranten van Californië heeft geërfd, inclusief de *San Francisco Inquirer*.' Hij keek haar vragend aan. 'De krant waar jij toevallig voor werkt... Ze zeggen dat hij best knap is en hij schijnt een gevierde man in de stad te zijn. Hij pronkt met zijn rijkdom, die hij verdient met het publiceren van schandaalkoppen. Hij heeft zijn vleugels ook naar de landelijke politiek uitgeslagen en gebruikt de macht van zijn kranten om zijn vrienden in de Amerikaanse senaat te krijgen... met Osgood Hennessy's juridische schoothondje senator Charles Kincaid voorop. Ik geloof zelfs dat het jouw meneer Whiteway was die Kincaid de bijnaam "Heldhaftige Ingenieur" gaf.'

'Hij is niet míjn meneer Whiteway, maar... O, Isaac, hij heeft een schitterend nieuw idee. Hij kwam erop toen de krant verslag deed van de aardbeving: een bioscoopjournaal. Hij noemt het *Picture World*. Ze maken films van actuele gebeurtenissen en vertonen die in theaters en bioscopen. En Isaac!' – ze greep hem in haar enthousiasme bij zijn arm – 'Preston heeft mij gevraagd om mee te helpen bij het opzetten.'

'Voor hoelang?'

'Dat weet ik niet. Zes maanden of een jaar. Isaac, ik weet dat ik dit kan. En die man geeft mij de kans om het te proberen. Je weet dat ik aan Stanford rechten heb gestudeerd, maar een vrouw krijgt geen werk in de legislatuur en daarom heb ik negen jaar voor banken gewerkt. Ik heb zoveel geleerd. Het is niet dat ik m'n hele leven wil werken. Maar ik wil iets beréíken en dit is dé kans voor mij om iets te bereiken.'

Bell verbaasde zich niet over Marions wens om spannend werk te doen. Ook twijfelde hij niet aan haar liefde. Ze waren zich allebei maar al te zeer bewust van het geluk dat ze hadden gehad elkaar te leren kennen om ooit nog iemand tussen hen in te laten komen. Een compromis moest dan ook mogelijk zijn. En hij kon niet ontkennen dat hij zelf zijn handen vol had aan het tot zwijgen brengen van de Saboteur.

'Als we elkaar nu eens beloven dat we over zes maanden een datum voor ons huwelijk vaststellen? Als we het allebei weer wat rustiger hebben. Je kunt toch ook werken als je getrouwd bent?'

'O, Isaac, dat zou fantastisch zijn. Het lijkt me zo leuk om aan de wieg van *Picture World* te staan.'

De klokken van de Magneta Klok sloegen vier uur.

'Ik wou dat we wat meer tijd hadden,' zei ze bedroefd.

Het leek Bell dat ze daar pas een paar minuten zaten. 'Ik breng je met de auto naar je kantoor.'

Het viel hem op dat Lillian Hennessy demonstratief de andere kant op keek toen ze de lobby uitliepen. Maar mevrouw Comden verwijdde haar lippen tot een discreet glimlachje toen hun ogen elkaar ontmoetten. Hij reageerde met een beleefd knikje, opnieuw hevig getroffen door de sensualiteit van die vrouw, en greep Marions arm wat steviger vast.

Recht voor het St. Francis stond een brandweerrode, op benzine lopende Locomobile-racewagen geparkeerd. Hij was met bumpers en extra koplampen geschikt gemaakt voor het normale wegverkeer. De hotelportiers bewaakten de auto tegen opdringerige jongetjes en dreigden met fikse strafmaatregelen tegen de eerste die het waagde de glanzende koperen adelaar die op de radiator troonde, aan te raken met zijn vieze poten of ook maar in de buurt te komen van de rode leren stoelen.

'Je hebt je racewagen terug! Hij is prachtig,' zei Marion verrukt.

Bells geliefde Locomobile was half uit elkaar gerammeld tijdens een achthonderd kilometer lange race van San Francisco naar San Diego tegen een locomotief, waarbij de locomotief over gladde spoorrails raasde terwijl de Locomobile de route bonkend over de hobbelige, ongeplaveide wegen van Californië aflegde. Maar die wedstrijd, herinnerde Bell zich glimlachend, had hij wel gewonnen. Zijn trofee was de arrestatie van de Butcher Bandit geweest.

'Zodra de fabriek hem had gerepareerd, hem ik hem vanuit Bridgeport in Connecticut hiernaartoe laten verschepen. Stap in.'

Bell leunde over het grote stuur om de contactschakelaar op het houten dashboard om te draaien. Hij stelde de gashendel en het ontstekingsmechanisme af, en pompte de druktank op. De portier bood aan om de motor aan te slingeren. Omdat hij nog warm was van de rit vanaf het goederendepot, waar Bell hem had opgehaald, sloeg de viercilindermotor al bij de eerste slinger bulderend aan. Bell ontkoppelde en drukte de gashendel in. Terwijl hij de handrem vastpakte en lostrok, vroeg hij de kleinste van de jongetjes die met grote ogen stonden toe te kijken, dichterbij te komen.

'Kan je me even helpen? Hij rijdt niet als er niet op de toeter wordt gedrukt!'

Het jongetjes drukte met beide handen de grote rubberen bal van de toeter in. De Locomobile slaakte een blatende gil als van een dikhoornschaap uit de Rocky Mountains. De jongens stoven uiteen. De auto sprong naar voren. Marion lachte en leunde over de benzinetank om Bells arm beet te pakken. Als snel stoven ze, tussen paard-en-wagens en trams laverend en langzamere automobielen inhalend, richting Market Street.

Toen ze bij het twaalf etages tellende kantoorgebouw aankwamen waarin de *San Francisco Inquirer* was gehuisvest, zag Bell langs de stoeprand nog een laatste vrije parkeerplek. Een blonde kerel in een open Rolls-Royce schoot er luid toeterend op af.

'O, dat is Preston! Dan kun je kennismaken.'

'Ik kan niet wachten,' zei Bell, terwijl hij razendsnel opschakelde en afremde, en zo met de grote Locomobile het laatste plekje in glipte, een halve seconde voor de Rolls van Preston Whiteway.

'Hé, dat is mijn plek.'

Bell zag dat Whiteway inderdaad zo knap was als men zei: een forse, breedgeschouderde, gladgeschoren man met een opvallend golvende blonde haardos. Hij was even groot als Bell, maar wel aanzienlijk steviger rond zijn middel, en zag eruit alsof hij op de middelbare school American football had gespeeld en zich niet kon heugen dat hij ooit zijn zin niet had gekregen.

'Ik was er 't eerst,' zei Bell.

'Ik ben de eigenaar van dit gebouw!'

'U kunt hier zo terecht als ik mijn meisje gedag heb gezegd.'

Waarop Preston Whiteway zijn hals verdraaide om langs Bell te kijken en brulde: 'Marion? Ben jij dat?'

'Ja! Dit is Isaac. Ik wil 'm aan je voorstellen.'

'Prettig kennis te maken,' zei Preston Whiteway met een blik waaruit iets heel anders sprak. 'Marion, laten we naar boven gaan. We hebben nog een hoop werk.'

'Ga jij maar voor,' zei ze koeltjes. 'Ik wil nog even afscheid nemen van Isaac.'

Whiteway sprong uit zijn auto en snauwde tegen de portier dat hij de auto moest parkeren. Toen hij voorbijsnelde, vroeg hij aan Bell: 'Hoe snel is die Locomobile van u?'

'Sneller dan die,' zei Bell met een knikje naar de Rolls-Royce.

Marion bedekte haar mond om niet te laten zien dat ze lachte en zodra

Whiteway buiten gehoorsafstand was, zei ze tegen Bell: 'Jullie lijken wel kleuters op het schoolplein. Waarom ben je jaloers op Preston? Hij is echt heel aardig. Jij mag hem ook als je hem beter leert kennen.'

'Ja hoor,' zei Bell. Hij nam haar mooie gezichtje teder in beide handen en kuste haar op haar lippen. 'Pas goed op jezelf.'

'Ik? Pas jij maar goed op jezelf. Alsjeblieft.' Ze glimlachte geforceerd. 'Misschien moet je je zwaardvechttechniek wat opfrissen.'

'Dat was ik al van plan.'

'O, Isaac, ik wou dat we meer tijd hadden.'

'Ik kom zo gauw mogelijk terug.'

'Ik hou van je, schat.'

Hoog boven het bouwterrein van de Cascades Cutoff stond een eenzame open goederenwagon op een zijspoor. Hij stond net iets boven de wissel die, als hij gesloten was, het zijspoor aansloot op het steile bevoorradingsspoor dat de nieuwe in de bergen gelegen houtzagerij van de spoorwegmaatschappij verbond met het bouwterrein beneden. De wagon was zwaar beladen met een tot ver boven de zijkanten opgestapelde lading bielzen van vers gezaagd dennenhout, bestemd voor de creosoteerinstallatie waarbij het hout met koolteer werd geïmpregneerd.

De Saboteur zag een mogelijkheid om opnieuw toe te slaan, al eerder dan hij had gepland en daarbij sloeg hij twee vliegen in één klap. Deze aanslag zou niet alleen de Southern Pacific Railroad treffen. Als dit hem lukte zou dat aantonen hoe immuun hij was voor alle inspanningen van het Detectivebureau Van Dorn.

Hij was een berekenende kouwe kikker. Hij had de aanslag in de tunnel minutieus voorbereid en voor elke stap voldoende tijd uitgetrokken, van het vinden van een handlanger met de ideale mix van enthousiasme en naïviteit tot het vaststellen van de geologisch meest geschikte plek voor de plaatsing van de springstof en het uitdenken van een vluchtroute. De aanslag op de Coast Line Limited had soortgelijke uitgekiende voorbereidingen gevergd, inclusief het gebruik van een haak waardoor het duidelijk was dat het om sabotage ging en niet zomaar een ongeluk. Hij had meer van dergelijke scenario's in petto, in diverse stadia van voorbereiding, hoewel hij er een aantal had moeten schrappen nu de detectives van Van Dorn alle belangrijke emplacementen en onderhoudswerkplaatsen bewaakten.

Maar niet alle sabotagedaden moesten worden voorbereid. Het spoorwegennet dat het hele land doorkruiste was ongelooflijk ingewikkeld. De mogelijkheden tot vernieling waren legio, zolang hij met zijn superieure kennis maar alert bleef en geen fouten uit onachtzaamheid maakte.

Zolang hij maar snel te werk ging en onverwachts toesloeg.

De open goederenwagon zou maar kort op het zijspoor blijven staan. Aangezien er voor anderhalve kilometer spoor ruim tweeënhalfduizend bielzen nodig waren, zou het hoogstens een dag of twee duren alvorens een getergde materiaalopzichter op het bouwterrein beneden zou schreeuwen: 'Waar blijft verdomme de rest van m'n bielzen?' Waarop geschrokken kantoorklerken wanhopig alle facturen en vrachtbrieven begonnen uit te kammen op zoek naar de vermiste wagon.

Het dichtstbijzijnde arbeiderskampement dat groot genoeg was om niet op te vallen in de drukte van mannen die bezig waren met het bereiden van maaltijden, het zoeken van een slaapplaats en het heen en weer lopen op jacht naar werk, bevond zich net buiten het emplacement bij Dunsmuir in Californië. Maar Dunsmuir lag tweehonderdveertig kilometer verderop aan het spoor. Daarom was er geen tijd meer voor het rekruteren van een handlanger. Hij zou de klus met de open goederenwagon alleen moeten doen. Daar was een zeker risico aan verbonden, en ook aan zijn voornemen het zo snel mogelijk uit te voeren. Maar de ravage die hij met die ene wagon kon aanrichten was haast niet te overzien.

8

Met Marions afscheidskus nog natintelend op zijn lippen nestelde Isaac Bell zich op zijn zitplaats in de sneltrein naar Sacramento en wachtte tot de trein uit het station van Oakland zou vertrekken. Ze kende hem goed, beter dan hij zichzelf kende. Aan de andere kant waren er dingen die ze waarschijnlijk nooit zou weten. *Waarom ben je jaloers op Preston?* Nou, redenen zat, dacht Bell. Om te beginnen is Whiteway daar bij jou en ik niet, omdat ik al achterloop in de race om de Saboteur te stoppen.

Hij sloot zijn ogen. Hij had al dagen niet in een bed geslapen, maar de slaap wilde niet komen. Zijn gedachten maalden. Vanuit de hoofdstad van de staat moest hij op weg naar het verre, noordelijk gelegen Oregon diverse keren op andere treinen overstappen. Hij wilde de opgeblazen tunnel van de Cascades Cutoff nog eens met een frisse blik bekijken, met het oog op de mogelijkheid dat de Saboteur een tweede aanslag op de voorkant van de tunnel wilde plegen. Onderweg zou hij Archie Abbott ontmoeten, die hem per telegram had laten weten dat hij mogelijk beethad in het arbeiderskampement buiten Dunsmuir.

'Meneer Bell?'

De conducteur onderbrak Isaacs gedachten. De man tikte met zijn vinger in een respectvolle groet tegen zijn gepoetste klep en zei met een schalkse knipoog: 'Meneer Bell, er is een dame die vraagt of u het niet aangenamer vindt om bij haar te komen zitten.'

In de verwachting dat hij de ondernemende jonge miss Hennessy in de aangrenzende pullman zou aantreffen, volgde Bell de conducteur door het gangpad. De conducteur leidde hem de trein uit en ging hem voor over het perron naar een privéwagon die was gekoppeld aan een bagagerijtuig achter een glanzende Atlantic 4-4-2, en zo erg glom dat het leek alsof hij rechtstreeks uit de fabriek kwam.

Bell stapte de wagon in en kwam via een deur in een fluweelrode salon die in het bordeel van Anne Pound niet had misstaan. Lillian Hennessy, die haar lichtblauwe, zo mooi bij haar ogen kleurende jurk had verwisseld voor een bij de salon passende scharlakenrode middagjapon, begroette hem met een glas champagne en een triomfantelijke glimlach. 'U bent niet de enige die een privétrein kan charteren.'

'Het is ongepast wanneer wij samen alleen reizen,' antwoordde Bell koeltjes.

'Wij zijn niet alleen. Helaas.'

Terwijl Bell reageerde met: 'Bovendien wil ik u eraan herinneren dat ik verloofd ben met Marion Morgan,' begon er in het achterste gedeelte van de wagon een jazzband te spelen. Bell tuurde om de hoek van de deur. Rond een piano stonden zes zwarte muzikanten met een klarinet, contrabas, gitaar, trombone en een kornet. Ze improviseerden op het populaire ragtimeliedje 'Pickles and Peppers' van Adaline Shepherd.

Lillian Hennessy drukte zich tegen Bell aan om over zijn schouder mee te kijken. Ze was in een met zwanenpennen underbustkorset ingesnoerd en Bell voelde haar borsten zacht tegen zijn rug. Hij moest zijn stem verheffen om boven de muziek uit te komen. 'Ik heb nog nooit meegemaakt dat jazzmuzikanten als chaperons waren aangesteld.'

'Die niet.' Ze trok een grimas. 'Maar zíj. Pa kwam erachter dat ik u in San Francisco wilde verrassen. Hij heeft haar meegestuurd om een oogje in het zeil te houden.'

De kornetspeler stak zijn instrument omhoog alsof hij het plafond wilde doorboren. Door de opening die hierdoor in de kring van muzikanten ontstond, zag Bell dat het niemand minder dan mevrouw Comden was die voorovergebogen, met glinsterende ogen en haar volle lippen in een gelukzalige glimlach gekruld, haar vingers razendsnel over de toetsen liet gaan.

'Ik weet niet hoe hij erachter is gekomen,' zei Lillian. 'Maar dankzij pa en mevrouw Comden is uw eer veilig, meneer Bell. Blijft u alstublieft. Ik wil alleen dat we vrienden worden. De rit zal snel gaan. We rijden in één ruk door naar de Cascades Cutoff.'

Het aanbod was verlokkelijk. De lijn ten noorden van Sacramento was overvol met goederen- en werktreinen bestemd voor de werkzaamheden aan de afkortingslijn. Bell had overwogen om zelf een van Hennessy's speciale treinen aan te vragen. Lillian kon nu meteen het vertreksein geven.

Als hij met de privétrein van de directeursdochter over het vrijgegeven traject naar het noorden meereed, zou dat zijn reistijd met minstens een dag bekorten.

'Er is een telegrafist in de bagagewagon,' zei Lillian, 'voor als u een bericht wilt verzenden.'

Dat gaf de doorslag. 'Dank u,' zei Bell glimlachend. 'Ik accepteer uw "valstrik", hoewel ik er dan wel in Dunsmuir uit moet.'

'Neem een glas champagne en vertel me alles over uw Marion Morgan.'

De trein kwam met een schok in beweging toen zij hem het glas aangaf. Ze likte een gemorste druppel van een ragfijn gevormde vinger en knipperde als een Franse actrice met haar ogen. 'Ze is erg knap.'

'Dat vond Marion ook van u.'

Ze trok nu een andere grimas. '"Knap" is blosjes op de wangen en gingham jurkjes. Ik word over het algemeen als meer dan knap beschouwd.'

'Eigenlijk zei ze dat ze u onbeschrijflijk mooi vond.'

'Is dat waarom u me niet voorstelde?'

'Ik gaf er de voorkeur aan haar te laten merken dat ook zij onbeschrijflijk mooi is.'

Lillians lichtblauwe ogen flikkerden. 'U neemt geen blad voor uw mond, is 't niet?'

Bell reageerde met een ontwapenende glimlach. 'Nooit als je verliefd bent, jongedame… een gewoonte die u, zo raad ik u aan, als u later groot bent moet cultiveren. Maar vertelt u mij eens over de problemen die uw vader met de banken heeft.'

'Hij heeft geen problemen met de banken,' beet Lillian terug. Ze antwoordde zo snel en giftig dat Bell meteen wist hoe hij daarop in moest gaan.

'Tegen de winter wel, zei hij.'

'Alleen als u de Saboteur niet pakt,' reageerde ze scherp.

'Maar hoe zit het met de koersdalingen op de beurs in New York? Die begonnen al in maart. En het einde lijkt nog niet in zicht.'

Lillian antwoordde nuchter en beslist. 'De koersdalingen, als ze aanhouden, zullen een abrupt einde maken aan de hoogtijdagen van de spoorwegen. We maken nu een fantastische groei mee, maar zelfs pa geeft toe dat dat niet eeuwig kan doorgaan.'

Bell werd er weer aan herinnerd dat Lillian Hennessy gecompliceerder in elkaar stak dan zomaar een verwende erfgename.

'Vormen de koersdalingen ook een directe bedreiging voor uw vaders beheer van zijn lijnen?'

'Nee,' antwoordde ze vlug. 'Mijn vader,' legde ze Bell vervolgens uit, 'leerde al vroeg dat hij de aanleg van zijn tweede spoorlijn pas kon betalen wanneer hij zijn eerste zo goed onderhield dat hij geld in kas had en dus kredietwaardig was. Pas dan kon hij er geld voor lenen. De banken dansten naar zíjn pijpen. Geen enkele spoorwegman in het land deed het beter. Als de anderen over de kop gingen, nam hij de brokstukken over en maakte er een geurend boeket rozen van.'

Bell tikte zijn glas tegen het hare. 'Op de rozen.' Hij glimlachte. Maar hij was er niet zeker van of het trotse pochen van de jonge vrouw oprecht was of dat ze het rooskleuriger voorstelde dan het in feite was. En hij begreep al helemaal niet waarom de Saboteur er zo op gebrand was om het gecompliceerde spoorwegennet overhoop te halen.

'Vraag het een willekeurige bankier in het land,' zei ze trots. 'En hij zal je zeggen dat er op Osgood Hennessy niets aan te merken is.'

'Ik zou graag een telegram versturen om de mensen te laten weten waar ik ben.'

Lillian greep de fles champagne en liep met hem naar de bagagewagon, waar de conducteur, die een dubbelfunctie als telegrafist vervulde, het telegram verstuurde waarin Bell zijn verblijfsgegevens aan Van Dorn meldde. Net toen ze naar de salonwagen terug wilden gaan, begon de morsesleutel te ratelen. Lillian luisterde een paar seconden mee, rolde met haar ogen en riep over haar schouder tegen de conducteur: 'Daar niet op antwoorden.'

'Een bericht van je vader?' vroeg Bell.

'Nee. Van de senator.'

'Welke senator?'

'Kincaid. Charles Kincaid. Hij maakt me het hof.'

'Mag ik concluderen dat u niet geïnteresseerd bent?'

'Senator Charles Kincaid is te arm, te oud en te saai.'

'Maar bijzonder knap,' riep mevrouw Comden met een glimlach voor Bell.

'Bijzonder knap,' vond ook Lillian, 'maar wel te arm, te oud en te saai.'

'Hoe oud?' vroeg Bell.

'Minstens veertig.'

'Hij is tweeënveertig en uitzonderlijk vitaal,' zei mevrouw Comden. 'Veel vrouwen vinden dat je boft met zo'n man.'

'Ik krijg nog liever de bof.'

Lillian schonk haar glas en dat van Bell bij. 'Emma,' zei ze, 'zou 't nou echt niet mogelijk zijn dat je in Sacramento uitstapt en verdwijnt, terwijl de heer Bell en ik samen naar het noorden doorrijden?'

'Vergeet 't maar, liefje. Je bent te jong – en veel te onschuldig – om zonder chaperonne te reizen. En de heer Bell is te...'

'Te wat?'

Emma Comden glimlachte.

'Interessant.'

De Saboteur haastte zich in de duisternis over het spoor van de houtzagerij, waarbij hij zorgvuldig op de bielzen stapte om het knarsende geluid van voetstappen op het ballastbed te vermijden.

Hij droeg een één meter twintig lange koevoet die bijna veertien kilo woog. Op zijn rug had hij een legerrugzak uit de Spaans-Amerikaanse Oorlog van ongekeperd katoen met een rubberen flap. De draagriemen trokken hard aan zijn schouders. Er zat een zwaar blik van zevenenhalve liter teerolie in en een hoefijzer dat hij had gejat bij een van de vele hoefsmeden die het druk hadden met het beslaan van de honderden muildieren die de goederenwagens trokken.

De kille berglucht rook naar dennennaalden en iets wat hij niet meteen herkende. Er knisperde een eerste aankondiging van sneeuw in de lucht. Hoewel het een heldere nacht was, voelde hij dat er in de bergen een vroege winter op komst was. Hij versnelde zijn pas toen zijn ogen beter aan het schaarse licht van de sterrenhemel gewend waren. De rails glommen voor hem en de bomen erlangs kregen steeds meer vorm.

Hij was een grote, fitte man met lange benen en hij beklom de steile helling met een soepele tred. Het was een race tegen de klok. Hij had nog maar een kleine twee uur tot de maan opkwam. Zodra de maan de bergen bescheen en de duisternis met zijn volle schijnsel verdrong, was hij een makkelijk doelwit voor de spoorwegpolitie die te paard patrouilleerde.

Na anderhalve kilometer kwam hij bij een Y-splitsing in het spoor. Het spoor van links, waarlangs hij had geklommen, liep omlaag naar het bouwterrein. Het spoor dat van rechts kwam, liep schuin weg en sloot aan op het nieuw aangelegde hoofdspoor naar het zuiden. Hij bekeek de stand van de wissel op de splitsing.

De wissel stond zo dat een trein afkomstig van de houtzagerij naar het bouwterrein werd geleid. Hij voelde de verleiding om de zware wagon naar het hoofdspoor te leiden. Bij de juiste timing zou hij frontaal op een naar het noorden rijdende locomotief knallen. Maar zo'n botsing zou het spoor zodanig blokkeren dat de vervoerscoördinatoren alle treinen moesten stilleggen, waardoor ook de enige mogelijkheid voor hem om hier weg te komen wegviel.

Het spoor bleef stijgen, iets minder nu, en hij versnelde zijn pas. Na nog eens anderhalve kilometer zag hij de donkere goederenwagon opdoemen. Hij stond er nog!

Opeens hoorde hij iets. Hij bleef verstijfd staan. Hij hield zijn hand als een schelp om zijn oor. Hij hoorde het weer, een geluid dat hier niet thuishoorde. Gelach. Dronkemansgelal iets hoger op de berg. In de verte zag hij de oranje gloed van een kampvuur. Houthakkers, besefte hij, die een fles Squirrel-whisky soldaat maakten. Ze waren te ver weg om hem te kunnen horen of zien, verblind door het schijnsel van hun vuur. Zelfs als ze de wagon over de rails naar de wissel hoorden rollen, zou hij niet meer gestopt kunnen worden.

Hij stapte van het spoor over een greppel naar het zijspoor waarop de zwaar beladen open goederenwagon stond. Hij vond de hendel van de wissel en verzette die zo dat het zijspoor aansloot op het spoor naar de houtzagerij. Daarna liep hij door naar de goederenwagon, trapte de blokken voor de wielen aan de vooras weg, vond de koude rand van de handrem en draaide eraan tot de remschoenen loskwamen van de zware ijzeren wielen.

Nu stond de wagon los en hij wachtte tot die door zijn eigen gewicht in beweging kwam, omdat ook het zijspoor iets helde. Maar de wagon verroerde zich niet, tegengehouden door de zwaartekracht of de natuurlijke minieme afvlakking van de wielen die zwaar op de rails drukten. Hij moest iets verzinnen om de wagon in beweging te krijgen.

Hij liep naar de achterkant van de goederenwagon, legde zijn hoefijzer een centimeter of vijf achter het achterste wiel, stak zijn koevoet tussen het wiel en de rail en drukte het breekijzer omlaag naar het hoefijzer, dat als draaipunt fungeerde. Hij wierp zijn volle gewicht op het breekijzer en wrikte.

De koevoet schoot weg met het schrapende geluid van ijzer op ijzer. Hij stak hem opnieuw onder het wiel en bleef wrikken. Het wiel verschoof een paar centimeter. Hij stootte de koevoet er dieper tussen en trapte het hoefijzer ertegenaan, waarna hij zich opnieuw met zijn hele gewicht op de geïmproviseerde krik wierp.

Opeens klonk er een stem, vlak boven hem, haast in zijn oor.

'Wat doet u daar?'

Hij viel achterover, stomverbaasd. Boven op de stapel bielzen boog een houthakker omlaag. Hij was gewekt uit zijn dronkemansroes en sterk riekend uit zijn mond brabbelde hij nauwelijks verstaanbaar: 'Vriend, als je 'm laat rollen, komt-ie pas beneden tot stilstand. Mag ik eerst effe afstappen.'

De Saboteur haalde flitsend uit met de koevoet.

Het zware staal knalde tegen de schedel van de dronkaard, die als een lappenpop terug op de bielzen klapte. De Saboteur controleerde of de man nog bewoog, en toen dat niet het geval was, hervatte hij doodkalm zijn werkzaamheden alsof er niets gebeurd was

Hij voelde dat er ruimte tussen het wiel en het draaipunt ontstond. De goederenwagon kwam in beweging. Hij wierp het breekijzer weg en sprong met het blik teerolie op de wagon, die langzaam naar de wissel rolde. Daar schoof hij ratelend het hoofdspoor op. De Saboteur kroop langs het lichaam van de dronkaard en draaide de rem aan tot hij de remschoenen licht tegen de wielen voelde drukken, waardoor de vaart van de goederenwagon verminderde tot een snelheid van zo'n vijftien kilometer per uur. Vervolgens opende hij het blik en verspreidde de teerolie over de bielzen.

De goederenwagon overbrugde de anderhalve kilometer naar de Y-splitsing, waar de helling steiler werd.

Hij stak een lucifer aan en hield het vlammetje, dat hij met zijn hand tegen de vaartwind beschermde, tegen de teerolie. Zodra de vlammen zich verspreidden, draaide hij de rem los. De wagon sprong vooruit. Hij hing achterop boven de achterwielen. De maan kierde uitgerekend op dat moment over een berg en verlichtte het spoor net genoeg om een veilige plek te kunnen kiezen voor de sprong. De Saboteur zag het als pure rechtvaardigheid. Hij had altijd geluk. Alles verliep altijd in zijn voordeel. Zoals dat ook nu weer het geval was. Hij sprong en kwam soepel neer. Hij hoorde hoe de goederenwagon links afsloeg en met veel geratel over de splitsing naar het bouwterrein denderde.

Hij liep naar rechts, langs het spoor naar het hoofdspoor, weg van het bouwterrein. De wielen maakten een zoemend geluid, terwijl de wagon de steile helling af raasde. Het laatste wat hij zag waren oranje vlammen die omlaag schoten. Over drie minuten zouden alle spoorwegsmerissen op de berg zich vastberaden naar het bouwterrein begeven, terwijl hij de andere kant op snelde.

Door de versnelling naar vijftig, zestig en ten slotte tachtig kilometer per uur begon de op hol geslagen goederenwagon met de oplaaiende vlammen zo te schudden dat de zware bielzen als de spanten van een schip in een storm krakend langs elkaar schuurden. De houthakker, die Don Albert heette, rolde met zwaaiende armen en benen van links naar rechts. Daarbij gleed zijn hand in een holte tussen twee bielzen. Toen de balken weer tegen elkaar aan schoven en zijn vingers beknelden, schrok hij met een kreet van pijn wakker.

Albert stak zijn vingers in zijn mond en zoog erop, terwijl hij zich afvroeg waarom alles om hem heen bewoog. Het duizelde in zijn hoofd, dat bonkte als een gek. De weeïge smaak van goedkope whisky in zijn keel verklaarde beide vertrouwde effecten. Maar waarom verschoven de sterren boven zijn hoofd voortdurend van positie? En waarom leek het splinterige hout waar hij op lag zo te trillen? Hij tastte met de hand die geen pijn deed onder zijn dikke wollen muts en voelde een scherpe pijn in zijn schedel en een kleverige plek bloed. Hij was waarschijnlijk op zijn hoofd gevallen. Gelukkig had hij een schedel zo hard als beton.

Nee, hij was niet gevallen. Hij had gevochten. Hij herinnerde zich vaag dat hij, vlak voordat bij hem het licht uitging, een lange slanke vent had aangesproken. Het stomme was dat hij het gevoel had dat hij op een trein lag. Hoe hij in een afgelegen houthakkerskamp op een berghelling in de Cascades op een trein terecht was gekomen, was hem een volslagen raadsel. Nog steeds op zijn rug liggend keek hij om zich heen. De wind blies de vlammen van hem af, maar ze waren wel angstwekkend dichtbij. Hij voelde de hitte.

Er gilde een fluit zo dichtbij dat hij hem kon aanraken.

Don Albert richtte zich op en werd half verblind door de koplamp van een locomotief die recht in zijn gezicht scheen. Hij zat inderdaad op een trein, die hard reed, minstens negentig kilometer per uur, met een vuur achter hem en een andere trein die recht op hem afkwam. Honderden lichtjes tolden als de lampjes in een jukebox om hem heen: de vlammen achter hem, de koplamp van de locomotief geflankeerd door groene seinlichten voor hem, de elektrische lampen op palen in het goederenstation, de lampen in de gebouwen op het terrein, de lampen in de tenten, en de heen en weer zwaaiende lantaarns in de handen van voor hun leven rennende mannen, die weg probeerden te komen van de losgeslagen wagon waar hij bovenop zat.

Maar de locomotief die floot, kwam uiteindelijk niet recht op hem af. Hij stond op een spoor naast dat waar hij over reed. Dat was een enorme opluchting, totdat hij de wissel vlak voor zich zag.

Met bijna honderd kilometer per uur knalde de zware goederenwagon door de gesloten wissel alsof hij van stro was in plaats van staal en schampte de locomotief, een rangeerloc met een rij lege goederenwagons erachter. De open wagon schuurde in een vonkenregen langs de locomotief en de tender tot hij vol op de lege wagons knalde, die van de rails kantelden als de stukken van een door een kwaad kind omgekieperd schaakbord.

De klap had nauwelijks een remmende werking op de brandende goederenwagon. Nadat hij van de rails sprong, klapte hij op een houten remise, waarin talloze monteurs bezig waren met het repareren van locomotieven. Voordat Don Albert een sprong om zijn leven te redden zelfs maar had kunnen overwegen, ging het licht opnieuw bij hem uit.

Vijf kilometer zuidelijker voegde het rechterspoor zich bij het hoofdspoor, waarna het aan een steile klim begon. De Saboteur beklom de helling en vond na een kleine kilometer de canvas koffer terug die hij daar in een dicht dennenbosje had verborgen. Hij haalde er draadscharen, stijgijzers en werkhandschoenen uit, waarna hij de stijgijzers om zijn laarzen bond en naast een telegraafpaal op de eerste goederentrein met lege wagons wachtte die met enige regelmaat naar het zuiden reed om nieuwe bevoorradingen op te halen. De noordelijke hemel kleurde geleidelijk steeds roder. Hij keek tevreden toe hoe de rode gloed steeds feller werd en de sterren deed vervagen. Zoals gepland had de op hol geslagen wagon het bouwterrein en emplacement in lichterlaaie gezet.

Er kwam geen trein. Hij vreesde dat het te goed was gegaan en er zoveel schade was aangericht dat er geen goederentreinen meer van het emplacement konden vertrekken. In dat geval zat hij vast aan het einde van een doodlopende lijn. Maar uiteindelijk zag hij toch het witte schijnsel van een koplamp naderen. Hij trok zijn handschoenen aan, klom de telegraafpaal in en knipte alle vier de draden door.

95

Terug op de grond, nadat hij de kop van de afsnijdingslijn van de rest van de wereld had afgesneden, hoorde hij de 2-8-0 Consolidation van de goederentrein puffend de helling op zwoegen. Door de stijging reed de loc zo langzaam dat hij op een open wagon kon springen.

Hij nestelde zich in een dikke jas die hij uit zijn koffer pakte, en sliep tot de trein stopte om water te tanken. Op zijn hoede dat hij niet door de remmers werd gezien klom hij ook hier in een telegraafpaal om de draden door te knippen. Daarna sliep hij weer tot aan de volgende waterstop, waar hij nogmaals de telegraafdraden doorsneed. In de ochtendschemering hobbelde hij over het hoofdspoor nog altijd langzaam zuidwaarts in een felgroene veewagen die naar muildieren stonk. Het was zo koud dat hij zijn adem zag.

Hij kwam voorzichtig overeind om een blik om zich heen te werpen en zag in een bocht dat zijn groene wagon zich in een rij van zo'n vijftig lege goederenwagons bevond, halverwege tussen een trage, maar krachtige locomotief aan de voorkant en een vaalrode personeelswagon aan de achterkant. Hij dook snel weg voordat de remmer, die onder het verhoogde afdakje van de laatste wagon op de uitkijk stond, hem zag. Over slechts enkele uren zou de Saboteur bij Dunsmuir van de trein springen.

9

Isaac Bell werd wakker tussen heerlijk frisse linnen lakens en zag dat de privétrein van Lillian op een zijspoor was geleid om een voortsukkelende lege materiaaltrein te laten passeren. Door het raam van de luxe wagon bezien leek het of ze zich in de middle of nowhere bevonden. Het enige teken van menselijk leven was een hobbelig karrenpad langs de rails. Een koude wind die door een opening in het bos blies, joeg een wolk van gortdroog zand en roet op.

Hij kleedde zich snel aan. Ondanks Lillians opschepperij over een vrijgegeven spoor, was dit sinds Sacramento al de vierde tussenstop. De enige keer dat Bell in een privétrein had gereden die zo vaak was gestopt, was direct na de Grote Aardbeving, om de extra treinen met hulpgoederen voor de getroffen stad te laten passeren. Dat personentreinen en de normaal onaantastbare privétreinen voor de goederen moesten buigen, maakte opnieuw goed duidelijk van welk essentieel belang de Cascades Cutoff voor de toekomst van de Southern Pacific Railroad was.

Hij haastte zich naar de bagagewagon. Hij had daar de halve nacht doorgebracht om te kijken of de telegrafist nog nieuwe berichten van Archie Abbott had ontvangen. In zijn vorige bericht had Archie hem laten weten dat hij niet in Dunsmuir hoefde te stoppen, aangezien zijn anonieme onderzoek onder de rondtrekkende arbeiders niets had opgeleverd. De privétrein was langs het drukke bouwterrein en het achterliggende arbeiderskamp gereden en alleen gestopt om kolen in de laden en water te tanken.

James, de in een smetteloos wit uniform geklede steward in de privétrein, zag Bell door de keuken rennen en snelde achter hem aan met een kop koffie en een paar strenge woorden over het belang van een ontbijt voor iemand die de hele nacht had doorgewerkt. Een ontbijt klonk goed. Maar voordat Bell op het aanbod in kon gaan, kwam Barrett, de conducteur en telegrafist van de privétrein, op hem af met een bericht dat hij in duidelijke blokletters had uitgeschreven. Hij keek somber.

'Dit kwam net binnen, meneer Bell.'

Het was niet van Archie, maar van Osgood Hennessy persoonlijk.

SABOTEURS HEBBEN TREIN LATEN ONTSPOREN EN
TELEGRAAFDRADEN DOORGENEDEN. STOP.
BOUWTERREIN IN PUIN. STOP.
WERKPLAATSEN IN LICHTERLAAIE. STOP.
ARBEIDERS DOODSBANG

Isaac Bell greep Barrett zo stevig bij zijn schouder dat deze zijn gezicht vertrok.

'Hoelang doet een goederentrein erover om van de afsnijdingslijn hier te komen?'

'Acht à tien uur.'

'De lege goederentrein die zo-even passeerde, was die na de ontsporing vertrokken?'

Barrett keek op zijn zakhorloge. 'Nee, die was daar al weg.'

'Dus alle treinen die na de aanslag zijn vertrokken, bevinden zich nog voor ons?'

'Ze kunnen nergens anders heen. Er zijn onderweg geen aftakkingen.'

'Dan zit hij in de val.'

De Saboteur had een fatale fout gemaakt. Hij had zichzelf ingesloten aan het einde van een doodlopend spoor zonder splitsingen door een ruig landschap. Bell hoefde hem alleen nog maar te onderscheppen. Maar hij moest hem onverwachts overmeesteren, vanuit een hinderlaag, voordat hij van de trein kon springen en het bos in kon vluchten.

'Ga rijden. Dan blokkeren we hem.'

'We kunnen niet weg. We staan op een zijspoor. Anders rijden we frontaal op een goederentrein naar het zuiden in.'

Bell wees naar de morsesleutel. 'Zoek uit hoeveel treinen zich tussen ons en het eindpunt bevinden.'

Barrett nam plaats aan het telegraaftoestel en begon tergend traag een bericht te verzenden. 'Mijn hand is een beetje moe,' verontschuldigde hij zich. 'Het is alweer een poosje geleden dat ik hier mijn brood mee verdiende.'

Bell ijsbeerde door de bagagewagon en hoorde het getik van de morsesleutel aan. Het grootste deel van de open ruimte bevond zich rond het telegraaftoestel. Erachter liep tussen opgestapelde hutkoffers en dozen proviand een smalle doorgang naar de Packard Gray Wolf van Lillian, die met een zeildoek was afgedekt. De vorige avond had ze de auto aan Bell laten zien en hem vol trots herinnerd aan wat een man als hij die van snelheid hield, al wist: deze schitterende racewagen brak alle snelheidsrecords in Daytona Beach.

Barrett keek vermoeid op van zijn morsesleutel. De norse trek op Bells gezicht was net zo verbeten als de ijzige blik in zijn blauwe ogen. 'De vervoerscoördinator in Weed zegt dat hij van één goederentrein weet dat die over deze lijn op ons afkomt. Is na het ongeluk vertrokken.'

'Wat bedoelt hij met "dat hij ervan weet"? Zijn er nog meer treinen onderweg?'

'De telegraafdraden naar het noorden zijn onderweg op diverse plaatsen doorgesneden. De vervoerscoördinator kan niet exact weten wat er op weg is gegaan nadat de verbinding is verbroken. Zolang die draden niet gerepareerd zijn, is er geen zekerheid over wat er nog uit het noorden kan komen. Dus krijgen we geen toestemming om het hoofdspoor te gebruiken.'

Natuurlijk, foeterde Bell in zichzelf. Elke keer dat de lege goederentrein voor water was gestopt, was de Saboteur de dichtstbijzijnde telegraafpaal in geklommen om de draden door te snijden en zo het hele systeem te ontwrichten, zodat hij makkelijk kon ontsnappen.

'Meneer Bell, ik wil u graag helpen, maar ik ga geen mensenlevens in gevaar brengen zolang ik niet weet wat er achter de volgende bocht op ons afkomt.'

Isaac Bell dacht koortsachtig na. De Saboteur zou de rook van de locomotief van de privétrein al van kilometers ver zien aankomen, nog voordat hij de trein zelf zag. Zelfs als Bell hun trein bij wijze van blokkade op het hoofdspoor stil zou zetten, zou de Saboteur onraad ruiken zodra zijn trein stopte. Voldoende tijd om ervan af te springen. Het landschap was hier ten zuiden van de Cascade Range minder ruig, minder bergachtig, en je kon via de bossen makkelijk wegkomen.

'Hoe snel is die goederentrein hier?'

'Binnen een uur.'

Bell stak zijn arm gebiedend naar Lillians auto uit.

'Uitladen.'

'Maar miss Lillian...'

'Nú!'

Het treinpersoneel trok de schuifdeuren aan de zijkant van de bagage-wagon open, plaatste een afrit, en duwde de Packard de wagon uit naar een ongeplaveide weg langs het spoor. Het was een kleine wagen vergeleken met de Locomobile van Bell. De open wagen, die luchtig op wijd uit elkaar staande spaakwielen stond, kwam nauwelijks tot aan zijn middel. De grijze plaatmetalen kap over de motor vormde een puntige neus. Achter de motorkap zat, behalve een stuurwiel en een bank met een leren rugleuning, vrijwel niets. Het was een open kuip. Eronder liepen aan beide kanten van het chassis zeven glimmende koperen buizen: de radiator om de krachtige viercilindermotor te koelen.

'Bind een paar blikken benzine achterop,' beval Bell, 'en dat reservewiel.'

Ze deden wat hij vroeg terwijl Bell naar zijn coupé rende. Hij kwam terug, bewapend met een mes in zijn laars en zijn derringer, een klein twee-schotspistool van groot kaliber, in de lage bol van zijn hoed met brede rand. Onder zijn jas zat een nieuw pistool, dat hem direct goed was bevallen: een in België vervaardigde Browning No. 2 semiautomaat, die door een Amerikaanse wapensmid geschikt was gemaakt voor .380 kaliber-patronen. Het was licht en snel te herladen. Wat het wapen tekortkwam aan terugslagbegrenzing werd door een feilloze precisie goedgemaakt.

Lillian Hennessy kwam met een zijden peignoir over haar nachtjapon uit haar privéwagon aangesneld en het schoot Bell vluchtig door het hoofd dat zelfs de gevolgen van de roes na het drinken van drie flessen champagne haar niet lelijker maakten.

'Wat ben je aan het doen?'

'De Saboteur zit op dit spoor. Ik ga hem onderscheppen.'

'Dan rij ik wel!' Geestdriftig sprong ze achter het stuur en riep een man van het personeel de motor aan te slingeren. Onmiddellijk klaarwakker, met helder twinkelende ogen, was ze voor alles in. Maar terwijl de motor aansloeg, schreeuwde Bell zo luid als hij kon: 'Mevrouw Comden!'

Emma Comden kwam in een ochtendjas aangerend, met haar donkere haren in een lange vlecht en een door de urgentie in zijn stem wit weggetrokken gezicht.

'Pak aan!' zei hij.

Bell omvatte Lillians smalle taille met zijn grote handen en tilde haar uit de auto.

'Wat doe je nu?' riep ze. 'Zet me neer!'

Hij drukte de trappende en gillende Lillian in de armen van mevrouw Comden. Beide vrouwen tuimelden in een wervelende wirwar van blote benen tegen de grond.

'Ik kan je helpen!' riep Lillian. 'We zijn toch vrienden?'

'Ik neem geen vrienden mee naar schietpartijen.'

Bell sprong in de auto en stuurde de Gray Wolf fel accelererend in een opdwarrelende stofwolk de zandweg op.

'Dat is mijn auto! Je steelt mijn racewagen!'

'Ik heb 'm zojuist gekocht!' gilde hij over zijn schouder. 'Stuur de rekening naar Van Dorn.' Hoewel Osgood Hennessy de Gray Wolf van zijn dochter in feite twee keer betaalde wanneer hij Van Dorns onkostenrekening voldeed, bedacht hij met een verbeten glimlach, terwijl hij de laag gebouwde auto over de door vrachtwagens uitgesleten sporen loodste.

Toen hij over zijn schouder keek, zag hij dat hij een stofwolk opwierp die qua omvang en dikte niet onderdeed voor de rookwolk van een locomotief. De Saboteur kon hem van kilometers ver zien aankomen, iets wat de moordenaar extra alert zou maken.

Bell gaf een scherpe ruk aan het stuur. De Wolf zwenkte van de zandweg af, stoof tegen het spoortalud op en schoot over het ballastbed. Hij gaf nogmaals een ruk aan het stuur om de banden over de eerste rails te wippen. Met de wielen nu aan beide zijden van de rail stuiterde de Wolf over de bielzen en het ballastbed. Het was een geratel van jewelste, hoewel het ritmisch gebonk over de bielzen veel voorspelbaarder was dan het stuiteren door de lukraak verspreide kuilen in de weg. Hij keek om en zag dat zijn voornaamste reden om op het spoor te gaan rijden voldeed: er wapperde geen stofwolk meer als een uitnodigende vlag achter hem aan.

Zo raasde hij een kwartier lang in noordelijke richting over het spoor.

Plotseling zag hij een rookzuil tegen de felblauwe lucht opstijgen. De trein zelf was niet te zien, verborgen achter de bocht in het spoor dat daar tussen twee heuvels door een bebost dal leek te lopen. De trein was veel dichterbij dan hij dacht toen hij de rook voor het eerst zag. Hij stuurde meteen van het spoor af, langs het talud omlaag en schoot het niet erg dichtbegroeide struikgewas in. Nadat hij de auto in deze matige dekking had omgedraaid, zag hij de rook dichterbij komen.

Het vochtige puffen van de locomotief kwam nu boven het aanhoudende geratel van de stationair lopende motor van de Grijze Wolf uit. Al gauw werd het een indringend knallend geluid, dat steeds harder klonk. Tot de kleine zwarte loc rook blazend de bocht om kwam, met een lange kolentender en een reeks open en dichte goederenwagons achter zich aan. Over deze licht aflopende helling reed de licht beladen loc snel voor een goederentrein.

Bell telde vijftig wagons, die hij allemaal aandachtig bekeek. De open wagons leken leeg. Van een stel veewagons kon hij dat niet zien. Van de meeste goederenwagons stonden de deuren open. Hij zag niemand naar buiten kijken. De achterste wagon was een vaalrode personeelswagon met een uitkijkkoepel op het dak.

Op hetzelfde ogenblik dat de personeelswagon langs schoot, gaf Bell gas en stuurde de Wolf het struikgewas uit, waarna hij via het talud het spoor weer op reed. Nu wrikte hij de rechterbanden over de rail en trok het gas open. De Wolf scheurde achter de trein aan, woest bonkend over de bielzen. Met ruim zestig kilometer per uur slingerde hij met dreunende tikken van links naar rechts. Rubber schuurde langs staal en de banden ketsten tegen de rails. Bell halveerde de afstand tussen hem en de trein. Hij zag nu dat hij naast de trein moest rijden om op de personeelswagon te kunnen springen. Hij zwenkte de auto weer over de rail en stuurde langs de rand van het talud, dat smal en steil was en vol stond met telegraafpalen.

Hij moest naast de personeelswagon zien te komen, dan een van de ladders aan de zijkant zien te grijpen en springen voordat de racewagen snelheid verloor en achterbleef. Hij haalde de trein in en stuurde ernaast. Op een autolengte voor hem zag hij een telegraafpaal die dichter bij de rails stond dan de andere. Er was geen ruimte om tussen de paal en de trein door te glippen.

10

Bell gaf gas, greep met zijn rechterhand de ladder van de personeels-wagon en sprong.

Zijn vingers kromden zich om de koude stalen stang. Achter zich hoorde hij de Packard Wolf tegen de telegraafpaal te pletter slaan. Wild zwaaiend aan één arm zag hij in een flits hoe de Wolf van het talud gleed, terwijl hij met inzet van al zijn krachten vocht om te voorkomen dat hem hetzelfde overkwam. Maar zijn arm voelde alsof die van zijn schouder werd gescheurd. De pijn schoot als een brandende pijl door zijn arm. Hoe hard hij ook probeerde vol te houden, hij kon niet tegenhouden dat zijn vingers los glipten.

Hij viel. Op het moment dat zijn laarzen het ballastbed raakten, greep hij met zijn linkerhand de onderste sport van de ladder. Zijn laarzen sleepten over de stenen, waardoor hij zijn precaire greep dreigde te verliezen. Ten slotte kreeg hij de ladder met beide handen te pakken, waarna hij zijn benen op kon tillen om zich sport na sport langs de ladder op te trekken. Tot hij uiteindelijk een laars op de onderste sport kon zetten en zich op het achterbalkon van de personeelswagon kon hijsen.

Hij trok de achterdeur open en nam met een snelle blik het interieur van de personeelswagon in zich op. Hij zag een remmer die in een walgelijk ruikende stoofpot op een met hout gestookte potkachel stond te roeren. Er waren gereedschapskasten, langs de zijkanten voorraadkisten met klapdeksels die ook als zitbanken en kooien dienden, een wc en een bureau met stapels vrachtbrieven. Er liep een ladder naar de uitkijkkoepel, het kraaiennest van de trein, vanwaar de remmer de rij goederenwagons kon overzien en met behulp van een vlag en een lamp met de locomotief kon communiceren.

De remmer schrok toen de deur tegen de wand sloeg. Hij tolde met wijd opengesperde ogen weg van de kachel. 'Waar kom jij verdomme vandaan?'

'Bell. Detective van Van Dorn. Waar is de conducteur?'

'Tijdens het water tanken is hij naar de locomotief gegaan. Van Dorn zegt u? Het detectivebureau?'

Bell was al halverwege de ladder naar de uitkijkkoepel. 'Kom met uw vlag! Sein naar de machinist dat hij moet stoppen. De Saboteur zit in een van de wagons.'

Bell leunde met zijn armen op de plank voor het venster en keek speurend naar voren. Er bevonden zich vijftig wagons tussen hem en de rokende locomotief. Hij zag niemand op de daken van de dichte wagons, die het zicht op de lagere open wagons blokkeerden.

De remmer klom de ladder op en posteerde zich met een vlag naast Bell. De stank van de stoofpot was in de koepel al helemaal niet te harden. Of had de remmer zich de laatste tijd niet gewassen? 'Hebt u gezien of er iemand meelift?' vroeg Bell.

'Alleen een oude zwerver. Te kreupel om te kunnen lopen. Ik kon 't niet over m'n hart verkrijgen de arme drommel weg te sturen.'

'Waar zit-ie?'

'Ongeveer in het midden van de trein. Ziet u die groene veewagon? Die ouwe vent zit in de dichte wagon vlak ervoor.'

'Stop de trein.'

De remmer stak zijn vlag uit het zijraam en zwaaide heftig. Na een paar minuten verscheen er een hoofd uit het machinistenhuis van de locomotief.

'Dat is de conducteur. Hij ziet ons.'

'Zwaaien met die vlag.'

Het tjoeken van de locomotief vertraagde. Bell hoorde de remschoenen knarsen. De wagons stootten door het verminderen van de vaart tegen elkaar. Hij verloor de daken van de wagons geen moment uit het oog.

'Zodra de trein stilstaat, wil ik dat u naar voren rent en alle wagons controleert. Maar dóé niets. Geef een gil als u iemand ziet en zorg dat u wegkomt. Hij vermoordt u meteen als hij u ziet.'

'Kan niet.'

'Hoezo niet?'

'Er moet een vlaggenman naar achteren als we stoppen. Dat ben ik. Als er een trein achterop komt, moeten we een stopsein geven. De telegraaf doet raar vandaag.'

104

'Eerst alle wagons controleren,' zei Bell, terwijl hij de Browning van onder zijn jas tevoorschijn haalde.

De remmer liet zich uit de koepel zakken. Van het achterbalkon sprong hij op de rails en jogde langs de trein, waarbij hij bij iedere wagon stopte om erin te kijken. De machinist blies vragend om een verklaring op zijn fluit. Bell tuurde de daken af en schoof in de koepel heen en weer om langs de trein te kijken.

De Saboteur lag op zijn rug in een bankkast op nog geen drie meter van de ladder naar de koepel, met een mes in zijn ene hand en een pistool in zijn andere. De hele nacht was hij bang geweest dat hij te veel risico had genomen doordat hij zichzelf, na het losgooien van de goederenwagon, aan het uiteinde van deze doodlopende lijn een val had gezet. Uit angst dat de spoorwegpolitie, daartoe aangezet door detectives van Van Dorn, de trein zou omsingelen en uitkammen voordat ze Weed of Dunsmuir hadden bereikt, had hij voorzorgsmaatregelen genomen. Tijdens de laatste waterstop was hij naar de personeelswagon gerend en naar binnen geglipt toen het personeel bij de locomotief bezig was de aspotten onder de draaistellen te controleren.

Hij had een bedkast met lampen uitgekozen omdat hij ervan uitging dat niemand die overdag open zou doen. Als dat wel gebeurde, zou hij diegene ogenblikkelijk te lijf gaan met het meest voor de hand liggende wapen, eruit springen en iedereen doden die hij tegenkwam.

Hij glimlachte gemeen in de krappe donkere ruimte. Hij had goed gegokt. En degene die aan boord was gekomen, was dat niet niemand minder dan Van Dorns hoofdspeurneus zelf, de beroemde Isaac Bell? Op z'n minst zette hij Bell compleet voor gek. En op z'n best schoot hij hem recht tussen zijn ogen.

De remmer controleerde alle wagons en toen hij bij de locomotief kwam, zag Bell hem overleggen met de conducteur, de machinist en de stoker, die waren uitgestapt. Vervolgens kwamen de conducteur en de remmer terug gerend, opnieuw onderweg alle vijftig open en dichte wagons controlerend. Toen ze bij de personeelswagon kwamen, zei de conducteur, een oudere man met priemende bruine ogen en een uitgeblust gezicht: 'Geen saboteurs. Geen zwervers. Niemand. De trein is leeg. We hebben nu genoeg tijd verspild.'

Hij hief zijn vlag op om naar de machinist te seinen.

'Wacht,' zei Bell.

Hij sprong uit de koepel en rende langs de trein, daarbij in en onder alle wagons turend. Halverwege bleef hij staan bij een groene veewagon die naar muildieren stonk.

Bell draaide zich op zijn hakken om en rende zo snel als hij kon terug naar de personeelswagon.

Hij herkende de geur. Dat was geen stoofpot. En het was ook geen ongewassen remmer. Iemand die in de groene, naar muildieren stinkende veewagon was meegereden, had zich nu ergens in de personeelswagon verstopt.

Bell klauterde het achterbalkon op, sprong door de deur, rukte het dichtstbijzijnde matras van een bank en trok het klapdeksel open. In de bankkast lagen laarzen en gele regenpakken. Hij rukte de volgende open. Die lag vol met vlaggen en licht reparatiegereedschap. Er waren nog twee banken. De conducteur en de remmer keken vanuit de deuropening nieuwsgierig toe.

'Achteruit,' zei Bell, en opende de derde bank. Hier lagen blikken smeerolie en kerosine voor de lampen in. Met zijn pistool in zijn hand boog hij naar voren om de laatste te openen.

'Daar liggen alleen lampen in,' zei de remmer.

Bell trok hem open.

De remmer had gelijk. In de bankkist lagen rode, groene en gele lantaarns.

Kwaad en teleurgesteld vroeg Bell zich af of de man er mogelijkerwijs in was geslaagd het bos in te rennen aan de ene kant toen hij de andere kant inspecteerde. Met grote passen liep hij naar de locomotief en zei tegen de machinist: 'Rijden maar weer!'

Geleidelijk kwam hij tot rust. En glimlachte zelfs toen hij zich herinnerde wat Wish Clarke hem eens had geleerd: 'Je kunt niet denken als je kwaad bent. En dat geldt dubbel als je kwaad bent op jezelf.'

Hij twijfelde er niet aan dat de Saboteur slim was, briljant zelfs, maar nu leek het alsof hij nog iets in zijn voordeel had: geluk, het ongrijpbare element dat een heel onderzoek overhoop kon halen en het succes kon vertragen. Bell was ervan overtuigd dat het een kwestie van tijd was voordat hij de Saboteur te pakken kreeg, maar veel tijd was er niet meer, omdat de Saboteur zo actief was. Dit was geen normale bankrover. Hij verschool zich niet in een bordeel en verbraste de buit niet aan drank en vrouwen. Zelfs nu plande hij alweer een volgende aanslag. Bell was zich er pijnlijk van bewust dat hij nog steeds geen flauw benul had van de motieven van de man. Maar hij wist wel dat de Saboteur het soort crimineel was dat geen tijd verspilde met het vieren van zijn overwinningen.

Twintig minuten later liet Bell de trein stoppen naast de privétrein van Lillian Hennessy, die nog op het zijspoor stond. De locbemanning reed met de goederentrein door naar de watertank.

De Saboteur wachtte tot het personeel van de trein bij de locomotief bezig was. Toen liet hij zich van de plank in de uitkijkkoepel glijden en glipte terug in zijn eerste schuilplek, de lampenkist. Bij de volgende waterstop glipte hij de personeelswagon uit en verstopte zich weer in een goederenwagon, omdat de bemanning bij zonsondergang de lantaarns zou pakken.

Tien uur later sprong hij in het holst van de nacht op een emplacement in Redding van de trein. Toen hij zag dat detectives en spoorwegagenten de treinen verderop doorzochten, verborg hij zich in een duiker onder het spoor en bezag vandaar de door de duisternis bewegende lichtbundels.

Terwijl hij wachtte tot ze weg waren, dacht hij na over het onderzoek van Isaac Bell. Hij voelde de verleiding om hem een brief te schrijven: 'Jammer dat we elkaar in de goederentrein niet hebben gezien.' Maar de grap was het risico niet waard. Niet overmoedig worden. Laat Bell maar denken dat hij niet in die trein zat. Dat hij op een andere manier was ontsnapt. Hij vond wel een betere manier om verwarring te zaaien.

Vlak voordat het licht werd vertrok er ratelend een goederentrein van het emplacement naar het zuiden. De Saboteur rende een stuk mee, greep de ladder aan de achterkant van een dichte goederenwagon en wrong zich tussen het chassis aan de onderkant, waar hij een plekje tussen de stangen zocht.

In Sacramento klauterde hij eruit toen de trein stopte en op het sein wachtte om het emplacement op te rijden. Hij liep langs fabrieken en arbeiderswoningen naar een goedkoop pension dat op acht straten van het parlementsgebouw lag. Hij betaalde de pensionhoudster vier dollar voor het bewaren van zijn koffer en liep ermee naar een ander pension dat hij op goed geluk zo'n tien straten verderop uitkoos. Hij nam er een kamer en betaalde een week vooruit. Zo midden op de ochtend was het huis leeg, de gasten waren naar hun werk. Hij sloot zich op in de gezamenlijke badkamer aan het einde van de gang, propte zijn vuile kleren in een valies, schoor zich en nam een bad. In zijn kamer trok hij een blonde pruik van topkwaliteit over zijn haren en plakte met een sneldrogende gomoplossing een bijpassende verzorgde baard en snor op zijn gezicht. Daarna trok hij een schoon overhemd met stropdas en een duur ongetailleerd pak aan. Hij pakte zijn tassen in, legde zijn klimspullen in de koffer en poetste zijn laarzen.

Hij verliet het pension door de achterdeur, zodat niemand hem met zijn nieuwe uiterlijk zou zien en liep via een omweg naar het station, onderweg voortdurend oplettend dat hij niet werd gevolgd. Hij gooide het valies achter een schutting weg, maar behield de koffer.

Er stroomden honderden reizigers het station van de Southern Pacific Railroad in. Ongemerkt voegde hij zich ertussen, als een van de vele goed geklede zakenlieden op weg naar een verre stad. Opeens kon hij zich niet meer inhouden en barstte in lachen uit. Hij lachte zo hard dat hij zijn hand voor zijn mond sloeg om te voorkomen dat zijn baard verschoof.

Het nieuwste nummer van *Harper's Weekly* stond op een standaard uitgestald. De cartoon op het omslag was aan niemand minder dan Osgood Hennessy gewijd. De spoorwegdirecteur was afgebeeld als een angstaanjagende inktvis met spoorlijnen als tentakels die zich naar New York City uitstrekten. Breed glimlachend kocht de Saboteur het tijdschrift voor tien cent.

De krantenjongen staarde hem aan, waarop hij naar een ander stalletje buiten het station liep en vroeg: 'Hebt u potloden? Een dikke. En een envelop met postzegel, alstublieft.'

In de beslotenheid van een toilet in het dichtstbijzijnde hotel scheurde hij het omslag van het tijdschrift, schreef er iets op en stopte het in de envelop. De brief adresseerde hij aan Hoofdrechercheur Isaac Bell, Detectivebureau Van Dorn, San Francisco.

Hij plakte de postzegel erop, snelde terug naar het station en postte de envelop in een brievenbus. Vervolgens stapte hij in de sneltrein naar Ogden in Utah, een kleine duizend kilometer naar het oosten, een knooppunt bij Great Salt Lake, waar negen spoorlijnen bij elkaar kwamen.

De conducteur kwam langs. 'Kaartjes, alstublieft.'

De Saboteur had een kaartje gekocht. Maar toen hij zijn arm ophief om het uit zijn vestzak te pakken, voelde hij onraad. Hij vroeg zich niet af wat zijn argwaan had gewekt. Het kon alles zijn. Hij had extra spoorwegpolitie op het emplacement van Sacramento gezien. De kaartjesverkoper had hem onderzoekend aangekeken. Een lanterfanterende zwerver die hem in de stationshal was opgevallen, kon een speurder van Van Dorn zijn geweest. Op zijn intuïtie vertrouwend liet hij het kaartje in zijn zak en toonde in plaats daarvan een spoorwegpasje.

11

Bell kampte achtenveertig uur lang met gekmakende vertragingen voordat hij aan het einde van de afsnijdingslijn de bouwplaats van de Cascades Cutoff bereikte. De vervoerscoördinatoren van de Southern Pacific Railroad waren overbelast door de verbroken telegraaflijnen, wat het maken van treinschema's bemoeilijkte. Lillian had het opgegeven en was met haar privétrein naar Sacramento teruggegaan. Bell was meegereden op materiaaltreinen en uiteindelijk aangekomen met een treinlading zeildoek en dynamiet.

De mensen van de Southern Pacific Railroad hadden hun tijd beter benut dan hij. De door de brand grotendeels vernielde locomotievenremise was gesloopt en het puin was verwijderd. Minstens honderd timmerlieden werkten aan een nieuwe constructie van onbewerkt hout dat rechtstreeks van de houtzagerij kwam. 'Winter,' verklaarde een potige voorman de snelheid van aanpak. 'Je wilt geen locomotieven repareren in de sneeuw.'

Hele bergen verwrongen rails waren op open wagons geladen, en waar de op hol geslagen wagon de wissels had vernield werden nieuwe rails gelegd. Met kranen werden de ontspoorde wagons weer op de rails getild. Allerhande werkvolk zette enorme circustenten op ter vervanging van het keukengebouw dat door vonken van de brandende remise ook vlam had gevat. Onder de werklieden die staande hun lunch nuttigden, heerste een weerspannige stemming en Bell hoorde dat ze overwogen niet meer aan het werk te gaan. Dat kwam niet door het ongemak van het tekort aan banken en tafels, maar door de angst die overheerste. 'Als de spoorwegmaatschappij ons niet kan beschermen, wie dan wel?' hoorde hij zeggen. En het antwoord klonk kort maar krachtig uit diverse kelen. 'Wijzelf. Wegwezen, vergeet de poen.'

Bell zag de vermiljoenrode privétrein van Osgood Hennessy het rangeerterrein op rijden en rende erachteraan, hoewel hij niet bepaald uitkeek naar de vergadering. Joseph van Dorn, die zich in San Francisco bij Hennessy had gevoegd, begroette hem met een ernstig gezicht in de deuropening. 'De Ouwe is buiten zichzelf van woede,' zei hij. 'Jij en ik maken ons daar heel klein en laten hem rustig uittieren.'

En tieren deed Hennessy. Alhoewel, niet meteen. Eerst klonk hij als een geslagen man. 'Ik heb niet overdreven, jongens. Als ik de verbinding met de Cascade Canyon Brug niet voor elkaar krijg voordat het gaat sneeuwen, kunnen we de afsnijding vergeten. Dan laten die klootzakken van bankiers me erin stikken.' Hij keek Bell met een sombere blik in zijn ogen aan. 'Ik zag uw gezicht toen ik u vertelde dat ik net als mijn vader met het slaan van spoorspijkers ben begonnen. U vroeg zich af hoe die broodmagere stijve hark ooit met een voorhamer overweg had gekund. Ik was niet altijd vel over been. In die tijd had ik u met gemak aan gruzelementen geslagen. Maar ik heb een zwak hart en daardoor ben ik verschrompeld tot wat u nu ziet.'

'Goed, maar nu,' suste Van Dorn.

Hennessy kapte hem af. 'U vroeg naar een deadline. Ik ben degene met een deadline. Alleen ik kan de Cascades Cutoff afmaken, niemand anders. Die nieuwe gasten hebben dat niet in huis. Zij laten treinen op tijd rijden, maar wel op rails van mij.'

'Boekhouders,' zei mevrouw Comden, 'bouwen geen wereldrijken.'

Iets in haar poging om hem te kalmeren maakte Hennessy juist razend. Hij rukte de blauwdruk van de Cascade Canyon Brug van het plafond omlaag. 'De mooiste brug van het hele westen is bijna klaar,' tierde hij. 'Maar hij gaat nergens heen zolang mijn afsnijdingslijn er niet op aansluit. En wat zie ik als ik hier terugkom, waar ik duurbetaalde detectives op wacht had gezet? Weer een week naar de gossiemijne met het weer opbouwen van wat er al stond. Mijn mensen zijn doodsbenauwd, durven niet te werken. Twee remmers en een monteurchef dood in de werkplaats. Vier bergwerkers verbrand. Een voorman met een schedelbreuk. En een houthakker in coma.'

Bell wisselde een snelle blik met Van Dorn.

'Wat deed die houthakker op het bouwterrein? De houtzagerij staat hoog op de berg.'

'Hoe moet ik dat verdomme weten?' brulde Hennessy. 'En ik denk niet dat hij even wakker wordt om het te vertellen.'

'Waar is hij?'

'Dat weet ik niet. Vraag 't Lillian... O nee, dat kan niet. Ik heb haar naar New York gestuurd om die abjecte bankiers wat te kietelen.'

Bell draaide zich op zijn hakken om en snelde de privéwagon uit naar het veldhospitaal dat het bedrijf in een pullman had ingericht. Hij trof er de verbrande en in witte kompressen gewikkelde bergwerkers aan en een in verband verpakte voorman die schreeuwde dat hij genezen was en dat ze hem verdomme moesten losmaken, want hij had een spoorweg te repareren. Maar geen houthakker.

'Zijn vrienden hebben hem meegenomen,' zei de dokter.

'Waarom?'

'Mij hebben ze niets gevraagd. Ik was aan het eten.'

'Was hij bij bewustzijn?'

'Soms.'

Bell rende naar het kantoor van de terreinopzichter, waar hij op goede voet stond met de koerier en de hoofdklerk die van heel veel zaken op de hoogte waren. De hoofdklerk zei: 'Ik hoorde dat ze hem naar ergens in de stad hebben gebracht.'

'Hoe heet hij?'

'Don Albert.'

Bell leende een paard uit de stal van de spoorwegpolitie en reed, het dier tot een snelle galop aansporend, naar het stadje dat vlak bij het eindstation in korte tijd uit de grond was gestampt. Het lag in een kom, een tijdelijke stad van tenten, barakken en afgedankte goederenwagons die voor de mannen van de bouwploegen tot saloons, danszalen en bordelen waren omgebouwd. Op deze namiddag halverwege de week waren de ongeplaveide straten verlaten, alsof de bewoners hun krachten spaarden voor de komende betaaldag, zaterdagavond.

Bell stak zijn hoofd om de deur van een groezelige saloon. De barkeeper, die achter een bar van planken op whiskytonnen troonde, keek chagrijnig op uit een krant van een week oud uit Sacramento. 'Waar,' vroeg Bell, 'vind ik de houthakkers?'

'In de Double Eagle, verderop in de straat. Maar daar is nu niemand. Die zijn op de berg bielzen aan het zagen. Ze doen dubbele diensten om het hout beneden te krijgen voordat 't gaat sneeuwen.'

Bell bedankte hem en haastte zich naar de Double Eagle, een aftandse goederenwagon zonder wielen. Op het dak was een rode arend met gespreide vleugels geschilderd en ze hadden ergens een stel klapdeurtjes gemaakt. Net als in de vorige saloon was de enige aanwezige een al even chagrijnige barkeeper. Hij ontdooide toen Bell een munt op zijn plank wierp.

'Wat zal 't zijn, mister?'

'Ik ben op zoek naar de houthakker die bij het ongeluk gewond is geraakt. Don Albert.'

'Die ligt in coma, hoorde ik.'

'Ik heb gehoord dat hij af en toe bijkomt,' zei Bell. 'Waar kan ik hem vinden?'

'Bent u een spoorwegsmeris?'

'Zie ik eruit als een spoorwegsmeris?'

'Weet ik niet, mister. Ze zwermen hier rond als vliegen om een karkas.' Hij bekeek Bell nog eens goed en besloot hem te vertrouwen. 'Hij wordt door een oude dame verzorgd in een keet bij de beek. Als je de geulen naar het water volgt, kom je er vanzelf.'

Bell liet zijn paard staan waar hij het had vastgebonden en daalde af naar de beek die, afgaand op de geur die eruit opsteeg, als het riool van de nederzetting diende. Hij passeerde een oude goederenwagon van Central Pacific die ooit geel was geweest. Vanuit een van de gaten die bij wijze van ramen in de zijkant waren uitgehakt riep een jonge vrouw met een loopneus: 'Je hebt 't gevonden, knapperd. Je bent waar je wezen moet.'

'Nee, dank u wel,' antwoordde Bell beleefd.

'Schatje, je vindt hier echt niks beters, hoor.'

'Ik zoek de dame die de gewonde houthakker verzorgt.'

'Meneer, die is met pensioen.'

Bell liep door tot hij bij een rij gammele hutjes kwam, haastig in elkaar getimmerd met het hout van verpakkingskisten. Hier en daar stond nog in sjabloonletters wat er oorspronkelijk had in gezeten. SPIJKERS. KATOEN-PLUIS. PIKHOUWELEN. OVERALLS.

Voor een hut met het opschrift PIANOROLLEN zag hij een oude vrouw met het hoofd in haar handen op een omgekeerde emmer zitten. Ze had spierwit haar. Haar kleding, een katoenen jurk met een sjaal om haar schouders, was te dun voor de koude damp die uit de stinkende beek oprees. Ze zag hem aankomen en sprong geschrokken op.

'Hij is hier niet!' schreeuwde ze.

'Wie? Rustig, mevrouw. Ik doe u niets.'

'Donny!' gilde ze. 'De pelisie!'

'Ik ben geen politie. Ik…' zei Bell.

'Donny! Rennen!'

Er kwam een bijna twee meter lange houthakker de hut uitgestormd. Hij had een reusachtige walrussnor die tot over zijn grijze kin hing, lange vettige haren en een jachtmes in zijn vuist.

'Bent u Don Albert?' vroeg Bell.

'Donny is mijn neef,' zei de houthakker. 'Maak dat u wegkomt, mister. Dit gaat alleen de familie aan.'

Omdat hij bang was dat Don Albert er door de achterdeur vandoor zou gaan, reikte Bell naar zijn hoed, waarna hij zijn arm liet zakken met de .44 derringer in zijn hand. 'Ik hou evengoed van een messengevecht, maar daar heb ik nu geen tijd voor. Laat vallen!'

De houthakker gaf geen krimp. In plaats daarvan deed hij vier stappen naar achteren en trok een tweede, korter mes zonder heft tevoorschijn. 'Wedden dat ik beter mik dan jij met dat korte loopje?' vroeg hij.

'Ik ben geen gokker,' zei Bell, waarop hij zijn nieuwe Browning van onder zijn jas tevoorschijn trok en het jachtmes uit de hand van de houthakker schoot. De houthakker slaakte een kreet van pijn en staarde ongelovig naar zijn mes dat glinsterend in het zonlicht wegvloog. 'Een jachtmes raak ik altijd wel,' zei Bell, 'maar of dat met dat kleine ding in je hand ook lukt, weet ik niet. Dus mik ik voor de zekerheid maar meteen op je hand.'

De houthakker liet zijn werpmes vallen.

'Waar is Don Albert?' vroeg Bell.

'Laat 'm met rust, mister. Hij is zwaargewond.'

'Als hij zwaargewond is, hoort hij in het ziekenhuis.'

'Dat kan nu niet.'

'Hoezo niet?'

'De spoorwegsmerissen geven hem de schuld van het ongeluk.'

'Waarom?'

'Hij zat op die wagon.'

'Erop?' herhaalde Bell. 'Moet ik geloven dat hij een ongeluk met honderd kilometer per uur heeft overleefd?'

'Ja, sir. Want zo is 't wel.'

'Donny's kop is zo hard als een kanonskogel,' zei de oude vrouw.

Stapje voor stapje peuterde Bell het hele verhaal uit de houthakker en de oude vrouw los, die de moeder van Don Albert bleek te zijn. Albert had op de goederenwagon een onschuldige roes uit liggen slapen tot hij werd gestoord door de man die de wagon aan het rollen bracht. De man had hem met een breekijzer op zijn kop geslagen.

'Een schedel van staal,' benadrukte de houthakker tegenover Bell, wat Dons moeder bevestigde. In tranen vertelde ze dat elke keer wanneer Don in het hospitaal zijn ogen opendeed, er een spoorwegsmeris tegen hem begon te schelden. 'Donny was bang om hun iets over de man die hem had neergeslagen te vertellen.'

'Waarom?' vroeg Bell.

'Hij ging ervan uit dat ze hem niet zouden geloven, dus deed hij alsof hij ernstiger gewond was dan feitelijk het geval was. Dat heb ik neef John verteld. En die heeft zijn vrienden opgetrommeld om Donny daar weg te halen toen de dokter aan het eten was.'

Bell verzekerde haar dat hij ervoor zou zorgen dat de spoorwegpolitie haar zoon niet meer lastigviel. 'Ik ben een rechercheur van Van Dorn, mevrouw. Ze staan onder mijn commando. Ik zal ze zeggen dat ze u met rust laten.' Tot slot haalde hij haar over hem in de hut toe te laten.

'Donny? Hier is iemand die je wil spreken.'

Bell ging op een krat zitten naast het bed van planken en een stromatras, waarop de in verband gewikkelde Don Albert lag te slapen. Hij was een reus van een vent, groter nog dan zijn neef, met een vollemaansgezicht, eenzelfde snor als zijn neef en enorme arbeidershanden. Zijn moeder streelde de rug van zijn hand, waarop hij bewoog.

'Donny? Hier is iemand die je wil spreken.'

Don Albert keek Bell met wazige ogen aan, die helderder werden naarmate hij scherper zag. Toen hij helemaal wakker was, bleken ze staalblauw en straalden een sprankelende intelligentie uit. Bells belangstelling steeg. Niet alleen was de man niet in coma, maar hij leek zelfs van het slag dat alles goed in zich opnam. Bovendien was hij voor zover Bell wist de enige die de Saboteur van dichtbij had gezien en dat had overleefd.

'Hoe voelt u zich?' vroeg Bell.

'Koppijn.'

'Dat verbaast me niets.'

Don Albert lachte en kreunde vervolgens van de pijn die het hem bezorgde.

'Ik begrijp dat iemand u heeft neergeslagen.'

Albert knikte traag. 'Met een breekijzer, geloof ik. Zo voelde het in ieder geval. IJzer, geen hout. En het voelde ook niet als de steel van een bijl.'

Bell knikte. Don Albert sprak als iemand die misschien wel meer dan eens in zijn leven tegen de steel van een bijl was aangelopen, wat niet zo vreemd was voor een houthakker. 'Hebt u zijn gezicht toevallig gezien?'

Albert keek eerst zijn neef en vervolgens zijn moeder aan.

'Meneer Bell,' zei zijn moeder, 'zegt dat hij de spoorwegsmerissen van je weghoudt.'

'Hij is recht voor z'n raap,' zei John.

Don Albert knikte en kreunde opnieuw omdat die beweging in zijn hoofd door bonkte. 'Ja, ik heb zijn gezicht gezien.'

'Het was nacht,' zei Bell.

'In de bergen zijn sterren net schijnwerpers. Ik had geen kampvuur op die wagon, niets wat mijn ogen kon verblinden. Ja, ik kon hem zien. Ook keek ik op hem neer – ik lag boven op de bielzen – en hij keek op in het licht van de sterren toen ik hem aansprak, daarom kon ik zijn gezicht goed zien.'

'Weet u nog hoe hij eruitzag?'

'Volslagen overdonderd. Kon ieder moment uit zijn vel springen. Hij verwachtte geen gezelschap.'

Dit was haast te mooi om waar te zijn, dacht Bell, steeds enthousiaster. 'Kunt u hem beschrijven?'

'Gladgeschoren vent, geen baard, mijnwerkersmuts op zijn hoofd. Zwart haar waarschijnlijk. Grote oren. Scherpe neus. Ogen wijd uiteen. Kon de kleur niet zien. Zo licht was het nou ook weer niet. Smalle wangen... iets ingevallen, bedoel ik. Brede mond, zoiets als die van u, afgezien van de snor.'

Bell was niet gewend dat een getuige zo snel met zo'n gespecificeerde omschrijving kwam. Gewoonlijk moest je goed luisteren en veel subtiele vragen stellen voordat je zulke details te horen kreeg. Maar de houthakker had het geheugen van een krantenverslaggever. Of van een kunstschilder. Dat bracht Bell op een idee. 'Als ik een tekenaar meebreng, kunt u dit dan nog eens vertellen, terwijl hij het op papier zet?'

'Ik teken hem zelf wel.'

'Pardon?'

'Donny kan goed tekenen,' zei zijn moeder.

Bell keek ongelovig naar Alberts ruwe handen. Hij had worstvingers

116

vol met eeltplekken. Maar als hij echt kon tekenen, zou dat zijn opmerkzaamheid voor details verklaren. Opnieuw dacht Bell: wat een verbazingwekkende ontwikkeling. Te mooi om waar te zijn.

'Geef me potlood en papier,' zei Don Albert. 'Ik kan tekenen.'

Bell gaf hem zijn opschrijfboekje en een potlood. Met verbazingwekkend snelle, trefzekere halen schetsten de sterke handen een knap, scherp doorgroefd gezicht. Bell bestudeerde het aandachtig en zijn hoop vervloog. Inderdaad te mooi om waar te zijn.

Zijn teleurstelling verbergend klopte hij de gewonde reus lichtjes op zijn schouder. 'Bedankt, partner. U hebt ons enorm geholpen. Tekent u mij nu eens.'

'U?'

'Kunt u een tekening van mij maken?' vroeg Bell. Het was een eenvoudige test van het observatievermogen van de reus.

'Oké, goed.' Weer vlogen de dikke vingers over het papier. Een paar minuten later hield Bell de tekening op in het licht. 'Het is haast alsof ik in de spiegel kijk. U tekent echt wat u ziet, hè?'

'Wat zou ik anders moeten doen?'

'Heel erg bedankt, Donny. Rust nu lekker uit.' Hij drukte de oude vrouw een aantal gouden munten in haar hand, tweehonderd dollar, voldoende om hen de winter door te helpen, waarna hij naar zijn paard terugsnelde en de heuvel op reed naar het bouwterrein. Daar trof hij een sigaar rokende Joseph van Dorn ijsberend voor de salonwagen van Hennessy.

'En?'

'De houthakker is een kunstenaar,' zei Bell. 'Hij heeft de Saboteur gezien en zijn gezicht voor me getekend.' Hij sloeg zijn opschrijfboekje open en toonde Van Dorn de eerste tekening. 'Herken je deze man?'

'Natuurlijk,' gromde Van Dorn. 'Jij niet?'

'Broncho Billy Anderson.'

'De acteur.'

'Die heeft die arme drommel waarschijnlijk in *The Great Train Robbery* gezien.'

The Great Train Robbery was een paar jaar eerder een populaire bioscoopfilm geweest. Nadat ze de trein al schietend tot stilstand hadden gebracht, gingen de boeven er met de locomotief die ze hadden losgekoppeld vandoor, en achtervolgd door een politiemacht reden ze ermee naar hun paarden, die een stuk verderop langs het spoor stonden. Er waren maar weinig mensen in Amerika die de film niet minstens één keer hadden gezien.

'De eerste keer dat ik die film zag zal ik nooit vergeten,' zei Van Dorn. 'Ik zag hem in Hammerstein's Vaudevilletheater in New York City op de hoek van 42nd Street en Broadway. Dat was zo'n schouwburg waar ze tussen de voorstellingen door een film draaiden. Toen de film begon, stonden we als gewoonlijk allemaal op voor een drankje of een sigaretje in de foyer. Maar een paar gingen terug om toch even te kijken en geleidelijk gingen iedereen weer zitten. Gebiologeerd... Ik had het toneelstuk al in de jaren negentig gezien. Maar de film was beter.'

'Voor zover ik me herinner,' zei Bell, 'heeft Broncho Billy in meerdere films gespeeld.'

'Ik hoorde dat hij tegenwoordig in zijn eigen trein door het Westen reist en films maakt.'

'Ja,' zei Bell. 'Broncho Billy is een eigen studio begonnen.'

'Het lijkt me niet dat hij dan veel tijd heeft voor het plegen van aanslagen op spoorwegen,' merkte Van Dorn droogjes op. 'Dus dit leidt tot niks.'

'Toch niet helemaal,' zei Bell.

Van Dorn keek sceptisch. 'Onze houthakker herkent een beroemde acteur van een film die nog ergens in wat er van zijn hoofd over is, is blijven hangen.'

'Moet je dit zien. Ik heb getest hoe nauwkeurig hij is.' Hij toonde Van Dorn de tekening van hemzelf.

'Sodeju. Dat is behoorlijk goed. Dit heeft hij getekend?'

'Terwijl ik daar zat. Hij tekent gezichten echt zoals ze zijn.'

'Niet helemaal. Je oren lijken nergens op. En hij heeft je net zo'n kuiltje in je kin gegeven als Broncho Billy. Dat van jou is een litteken, geen kuiltje.'

'Hij is niet perfect, maar wel bijna. Bovendien vindt Marion ook dat het net een kuiltje is.'

'Marion is bevooroordeeld, geluksvogel. Het punt is: onze houthakker heeft een van Broncho Billy's films gezien. Of hij heeft hem ergens op een podium gezien.'

'Hoe dan ook, we weten nu wel hoe de Saboteur eruitziet.'

'Wil je daarmee zeggen dat hij eruitziet als Broncho Billy's tweelingbroer?'

'Meer als zijn neef.' Bill wees één voor één alle gezichtskenmerken in de tekening van de houthakker aan. 'Niet zijn tweelingbroer. Maar als het gezicht van de Saboteur de houthakker aan Broncho Billy deed denken dan moeten we op zoek naar een man met een dergelijk breed en hoog voorhoofd, een kin met een kuiltje, indringende ogen, een intelligent, scherp getekend gezicht en grote oren. Niet precies Broncho Billy's tweelingbroer. Maar volgens mij lijkt de Saboteur meer in het algemeen op een vrouwenheld.'

Van Dorn trok geërgerd aan zijn sigaar. 'Moet ik mijn detectives instrueren niet meer naar lelijke boeven uit te kijken?'

Isaac Bell drong er bij zijn baas op aan toch de mogelijkheid ervan onder ogen te zien. Hoe meer hij erover nadacht, hoe meer hij het gevoel had dat ze op de goede weg waren. 'Hoe oud denk je dat deze vent is?'

Van Dorn wierp een norse blik op de tekening. 'Ergens tussen eind twintig en begin veertig.'

'We zijn dus op zoek naar een knappe vent van ergens achter in de twintig tot begin veertig. We laten hier kopieën van maken. Die laten we rondgaan onder de rondtrekkende arbeiders. We laten ze zien aan stationschefs en kaartjesverkopers, overal waar hij een trein kan hebben genomen. Aan iedereen die hem kan hebben gezien.'

'Voorlopig is dat niemand. Geen overlevenden in ieder geval. Behalve die houthakkende Michelangelo van jou.'

'Ik gok nog altijd op de machinist of hoefsmid die dat gat in de haak bij Glendale heeft geboord,' zei Bell.

'De jongens van Sanders lukt het misschien om hem te vinden,' reageerde Van Dorn. 'Het heeft genoeg in de kranten gestaan en wie weet, ik heb hem goed duidelijk gemaakt dat het met zijn gespreide bedje in Los Angeles gedaan is als ik hem overplaats naar Missoula in Montana. Maar als het niet lukt, is er misschien iemand die de Saboteur bij de volgende keer ziet en dat overleeft. En er komt een volgende keer, dat is duidelijk.'

'Er komt een volgende keer,' zei Bell grimmig. 'Tenzij we hem voor die tijd te pakken krijgen.'

12

Het arbeiderskampement buiten Ogden besloeg een dun bebost terrein tussen het spoor en een riviertje dat schoon water leverde om te drinken en te wassen. Het was een van de grootste kampementen van het land – de negen spoorlijnen die er bijeenkwamen zorgden voor een constante aanvoer van goederentreinen die zich vierentwintig uur per dag in alle richtingen verspreidden – en het groeide nog dagelijks. Omdat fabrieken door de crisis hun poorten moesten sluiten, liftten er steeds meer mannen op de treinen mee op zoek naar werk. Door hun hoeden onderscheidden ze zich als nieuwkomers. De stadse bolhoeden waren tegenwoordig talrijker dan de arbeiderspetten en cowboyhoeden. Er werden zelfs al slappe deukhoeden waargenomen op de hoofden van vroegere hotemetoten die nooit hadden gedacht dat ze nog eens zo diep zouden zinken.

Een duizendtal arbeiders was druk aan het opruimen voordat het donker werd. Ze schrobden wasgoed en pannen in ketels met heet water, hingen de gewassen kleren aan waslijnen en boomtakken en plaatsten de pannen ondersteboven op keien om te drogen. Bij het invallen van de duisternis schopten ze zand op de vuurtjes en zochten een plekje in het donker om een karige maaltijd te eten.

Kampvuren waren welkom geweest. In het noorden van Utah was het koud in november en er dwarrelden voortdurend sneeuwvlokken op het kamp neer. Deze op vijftienhonderd meter hoogte gelegen plek werd geteisterd door westerstormen van het nabijgelegen Great Salt Lake en oostenwinden afkomstig van de Wasatch Mountains. Maar de spoorwegsmerissen van de werkplaatsen in Ogden waren het terrein drie nachten op rij met pistolen en knuppels binnengevallen om de razendsnel groeiende populatie te bewegen op te rotten. Niemand wilde dat ze nog een vierde keer terugkwamen, dus was het geen nacht voor kampvuren. Ze aten zwijgend, bang voor de smerissen en de invallende winter.

Een arbeiderskampement had net als alle steden wijken met voor de bewoners duidelijke grenzen. Sommige buurten waren gezellig, sommige veiliger dan andere. Verderop langs de beek, het verst verwijderd van de spoorweg, waar de beek in de rivier de Weber uitmondde, was een buurt waar je maar beter niet ongewapend kwam. Daar heerste de wet van oog om oog, tand om tand.

De Saboteur ging er zonder angst naartoe. Hij was thuis in boevenland. Toch klikte hij het mes in zijn laars los en verplaatste hij zijn pistool van een diepe binnenzak naar zijn riem, vanwaar hij hem snel kon trekken. Hoewel er geen kampvuren waren, was het niet volledig donker. De treinen die voortdurend langs tuften doorboorden de duisternis met hun koplampen, en het dunne laagje sneeuw weerkaatste het gelige schijnsel uit de ramen van de personenwagons. Een rij helverlichte pullmans gleed voorbij, vaart minderend voor de dichtbijgelegen stad, en in dit licht zag de Saboteur bij een boom een ineengedoken, huiverende gestalte met beide handen in zijn zakken.

'Sharpton,' riep hij met een schorre stem, waarop Sharpton antwoordde: 'Hierzo, mister.'

'Houd je handen zo dat ik ze kan zien,' beval de Saboteur.

Sharpton gehoorzaamde, enerzijds omdat de Saboteur hem voor zijn diensten betaalde en anderzijds uit angst. Pete Sharpton, een bank- en treinrover die in de gevangenis had gezeten, herkende gevaarlijke lieden meteen wanneer hij ze zag. Hij had zijn gezicht nog nooit gezien. Ze hadden elkaar maar één keer eerder ontmoet, toen de Saboteur Sharpton had opgespoord en hem in het steegje achter de stalhouderij waar hij een kamer huurde, had aangeschoten. Maar hij had zijn hele leven al in de onderwereld doorgebracht en wist dat dit er één was van de allergevaarlijkste soort.

'Heb je iemand gevonden?' vroeg de Saboteur.

'Hij doet 't voor duizend dollar,' antwoordde Sharpton.

'Geef hem vijfhonderd vooraf en laat hem terugkomen voor de tweede helft als hij z'n werk gedaan heeft.'

'Wat weerhoudt hem ervan om er met die eerste vijfhonderd vandoor te gaan? Gevonden geld, geen risico.'

'Wat hem weerhoudt, is dat jij hem goed onder z'n neus wrijft dat jij dan achter hem aangaat en hem vermoordt. Denk je dat je hem dat duidelijk kunt maken?'

Sharpton grinnikte in het donker. 'O ja. Bovendien is hij zo wild niet meer. Hij doet wat 'm gevraagd wordt.'

'Hier,' zei de Saboteur.

Sharpton bevoelde het pakje met zijn vingers. 'Dit is geen geld.'

'Dat krijg je zo. Dit is de ontsteker die hij moet gebruiken.'

'Mag ik vragen waarom?'

'Ja hoor,' antwoordde de Saboteur doodkalm. 'Deze lijkt erg op een snelontsteker. Zelfs een ervaren brandkastenkraker ziet het verschil niet. Kan ik ervan uitgaan dat die van jou ervaren is?'

'Hij blaast zijn hele leven al brandkasten en posttreinen op.'

'Zoals ik had gevraagd. Hoewel hij er niet op lijkt, is dit een trage ontsteker. Als hij hem aansteekt, zal het langer duren voordat de dynamiet ontploft dan waar hij op rekent.'

'Als 't te lang duurt, wordt de trein opgeblazen in plaats van alleen de rails.'

'Is dat een probleem voor jou, Sharpton?'

'Ik zeg alleen wat er zal gebeuren,' reageerde Sharpton haastig. 'Als u de trein wilt opblazen in plaats van beroven, ook goed, dat is mijn zaak niet. U betaalt.'

De Saboteur drukte Sharpton een tweede pakje in zijn hand. 'Dit is drieduizend dollar. Tweeduizend voor jou en duizend voor die man. Hier in het donker kun je 't niet natellen. Je zult me moeten geloven.'

13

De door de houthakker gemaakte tekening van de Saboteur leverde na vijf dagen succes op.

Een kiene loketbeambte van Southern Pacific in Sacramento herinnerde zich dat hij een kaartje naar Ogden, Utah, aan iemand had verkocht die erg leek op de man die Don Albert had getekend. Ook al had zijn klant een baard en was zijn haar bijna net zo blond als dat van Bell. Maar hij herkende iets in het gezicht, bleef de klerk volhouden.

Bell ondervroeg hem persoonlijk om er zeker van te zijn dat de klerk niet weer een fan van *The Great Train Robbery* was, en was voldoende overtuigd om agenten het treinpersoneel van de exprestrein naar Ogden te laten ondervragen.

Ze hadden beet in Reno, Nevada. Een conducteur van de exprestrein, een inwoner van Reno, herinnerde zich de passagier ook en meende dat het de man op de tekening kon zijn geweest, hoewel ook hij op het verschil in haarkleur wees.

Bell haastte zich naar Nevada, zocht de conducteur thuis op en vroeg langs z'n neus weg, alsof hij het gesprek op gang hield, of hij *The Great Train Robbery* had gezien. Hij was het van plan, antwoordde de conducteur, zodra de film weer in het variététheater draaide. Zijn vrouw zeurde al het hele jaar dat ze ernaartoe wilde.

In Reno nam Bell een nachtexpres naar Ogden en nuttigde een avondmaaltijd terwijl de trein door de Trinity Mountains klom. Hij verzond telegrammen tijdens een tussenstop in Lovelock en ontving diverse reacties gedurende een stop in Imlay. Uiteindelijk viel hij in een comfortabele pullman in slaap toen ze Nevada doorkruisten. De telegrammen die in Montello op hem lagen te wachten, net voordat ze de grens met Utah passeerden, bevatten geen nieuws.

Rond het middaguur naderde de trein Ogden en stak het Great Salt Lake over via de lange, uit roodhout opgetrokken schraagbrug van de Lucin Cutoff. Osgood Hennessy had acht miljoen dollar en een uitgehakte baan door vele kilometers bos geïnvesteerd voor de aanleg van het nieuwe, vlakke traject van Lucin naar Ogden. Deze afkorting zorgde voor een tijdwinst van twee uur op het traject Sacramento-Ogden en vervulde Commodore VanderBilt en J.P. Morgan, zijn concurrenten op de zuidelijke en noordelijke routes, met wanhoop. Toen Bell de stad bij het spoorwegknooppunt zo dicht was genaderd dat hij de besneeuwde toppen van de Wasatch Mountains ten oosten van Ogden zag liggen, kwam zijn trein knarsend tot stilstand.

Tien kilometer verderop was het spoor geblokkeerd, vertelde de conducteur.

Door een ontploffing was de in westelijke richting rijdende Sacramento Limited ontspoord.

Bell sprong op de grond en rende langs de trein naar de voorkant. De machinist en stoker waren uit de locomotief gestapt en stonden op het ballastbed een sjekkie te rollen. Bell toonde hun zijn Van Dorn-identiteitsbewijs en zei: 'Breng me zo dicht mogelijk bij het ongeluk.'

'Sorry, meneer de detective, ik sta onder strikt bevel van de vervoerscoördinator.'

Opeens had Bell zijn derringer in zijn hand. Twee donkere lopen gaapten de machinist aan. 'Dit is een kwestie van leven of dood, om te beginnen voor u,' zei Bell. Hij wees naar de koevanger voor op de locomotief en zei: 'Rij deze trein naar het ongeluk en stop pas als u de wrakstukken raakt!'

'U schiet heus niet iemand in koelen bloede neer,' zei de stoker.

'De pot op met dat doet-ie niet,' zei de machinist, terwijl zijn blik nerveus tussen het pistool en Isaac Bells gezicht heen en weer schoot. 'Stap op en ga kolen scheppen.'

De locomotief, een grote 4-6-2, stoomde tien kilometer op tot een remmer met een rode vlag hen liet stoppen vlak voor de plek waar de rails in een enorm gat in het ballastbed omlaag bogen. Direct naast het gat lagen zes pullmans, een bagagewagon en een tender op hun zij. Bell klom uit de locomotief en liep op de wrakstukken af. 'Hoeveel gewonden?' vroeg hij aan de spoorwegman die hem was aangewezen als de ongevalscoördinator.

'Vijfendertig. Vier ernstig.'

'Doden?'

'Geen. Ze hadden geluk. De klootzak heeft de rails een minuut te vroeg opgeblazen. De machinist kon nog afremmen.'

'Vreemd,' zei Bell. 'Zijn aanslagen zijn altijd heel precies uitgekiend.'

'Nou, dan is dit z'n laatste. We hebben hem.'

'Wat? Waar is hij?'

'De sheriff heeft hem in Ogden opgepakt. Had hij mazzel mee. De passagiers wilden hem lynchen. Hij kon wegkomen, maar later heeft een van hen hem gevonden, verstopt in een stal.'

Bell vond een locomotief aan de andere kant van de ongevalsplek, die hem naar het Union Depot bracht.

De gevangenis bevond zich in het gemeentehuis van Ogden, een gebouw met een mansardedak op een huizenblok afstand van het treinstation. Er waren al twee topagenten van Van Dorn, het oudere Weber-en-Fields-duo Mack Fulton en Wally Kisley. Ze maakten geen van beiden grapjes. In feite stonden ze er nogal mistroostig bij.

'Waar is hij?' vroeg Bell.

'Het is 'm niet,' antwoordde Fulton vermoeid. Wat ziet hij er afgepeigerd uit, dacht Bell, en voor het eerst vroeg hij zich af of Mack niet beter met pensioen kon gaan. Hij was altijd al mager, maar nu was zijn gezicht ingevallen als dat van een lijk.

'Niet degene die de trein heeft opgeblazen?'

'Ja, dat wel degelijk,' zei Kisley, wiens kenmerkende driedelige ruitjespak onder de modder zat. Wally zag er net zo vermoeid uit als Mack, maar niet ziek. 'Alleen is hij de Saboteur niet. Ga je gang, probeer maar iets uit 'm te krijgen.'

'Jij hebt meer kans dat je 'm aan 't praten krijgt. Tegen ons zegt-ie geen woord.'

'Waarom dan wel tegen mij?'

'Het is een oude vriend van je,' verklaarde Fulton cryptisch. Hij en Kisley waren allebei twintig jaar ouder dan Bell, gevierde veteranen en vrienden, die vrijelijk konden zeggen wat in hen opkwam, ook al was Bell dan de baas van het onderzoek naar de Saboteur.

'Ik had 't wel uit hem geslagen,' zei de sheriff. 'Maar uw mensen zeiden dat ik op u moest wachten en de spoorwegmaatschappij vertelde me dat Van Dorn aan de touwtjes trekt. Volslagen dwaasheid, in mijn ogen. Maar mijn mening wordt niet gevraagd.'

Bell stapte de kamer in waar ze de gevangene aan een stevig op de stenen vloer verankerde tafel hadden gekluisterd. Inderdaad een 'oude' vriend. De gevangene was Jake Dunn, een brandkastenkraker. Op een hoek van de tafel lag een keurig bijeengebonden bundel vijfdollarbiljetten, in totaal vijfhonderd dollar, volgens de sheriff duidelijk de betaling voor bewezen diensten. Bells eerste onverbiddelijke gedachte was dat de Saboteur nu handlangers inhuurde om het vuile werk voor hem te doen. Wat inhield dat hij overal kon toeslaan terwijl hij ten tijde van de aanslag al ver weg was.

'Jake, waar heb je je in godsnaam nou weer mee ingelaten?'

'Hallo, meneer Bell. Ik heb je niet meer gezien sinds je me naar San Quentin hebt geholpen.'

Bell ging zwijgend zitten en nam hem op. San Quentin had zijn sporen nagelaten. Hij zag er twintig jaar ouder uit, nog slechts een schaduw van de krachtpatser die hij was geweest. Zijn handen trilden zo erg dat je je moeilijk kon voorstellen dat hij springstof kon aanbrengen zonder dat het per ongeluk afging. Hoewel hij aanvankelijk opgelucht was een vertrouwd gezicht te zien, huiverde Dunn nu onder Bells kille blik.

'Het opblazen van Wells Fargo-kluizen is roof, Jake. Het laten ontsporen van personentreinen is moord. De man die jou dat geld gaf, heeft al tientallen onschuldige mensen vermoord.'

'Ik wist niet dat we de trein lieten ontsporen.'

'Jij wist niet dat een trein ontspoort als je de rails eronder opblaast?' zei Bell met een blik vol ongeloof en walging. 'Wat dacht jij dat er dan gebeurde?'

De gevangene liet zijn hoofd hangen.

'*Jake, wat dacht jij dat er dan gebeurde?*'

'U moet me geloven, meneer Bell. Van hem moest ik de rails opblazen zodat de trein zou stoppen en zij de sneltrein konden overvallen. Ik wist niet dat hij hem uit de rails wilde laten lopen.'

'Wat bedoel je eigenlijk? Jij hebt de lont toch aangestoken.'

'Hij heeft met de lonten geknoeid. Ik dacht dat ik een snelontbrander aanstak, die de springlading snel zou laten ontploffen zodat de trein tijd genoeg had om te stoppen. Maar hij brandde langzaam. Ik geloofde m'n eigen ogen niet. Hij brandde zo traag dat de trein over de springlading heen reed. Ik heb nog geprobeerd 't te stoppen.'

Bell keek hem kil aan.

'Daarom hebben ze me ook gepakt, meneer Bell. Ik ben ernaartoe gerend om 't uit te trappen. Te laat. Ze zagen me en zodra de boel stillag, kwamen ze achter me aan alsof ik McKinley had neergeschoten.'

'Jake, je hebt de strop al om je hals en er is één manier om 'm eraf te krijgen. Breng me naar de man die jou dat geld heeft betaald.'

Jake schudde heftig zijn hoofd. Hij leek net zo uitzinnig, dacht Bell, als een wolf met een poot verstrikt in een val. Nee, niet als een wolf. Er stak geen brute kracht in hem, geen trots. Eerlijk gezegd leek Dunn meer op een bastaardhond die als aas was achtergelaten voor een grotere vangst.

'Waar is hij, Jake?'

'Dat weet ik niet.'

'Waarom lieg je tegen me, Jake?'

'Ik heb niemand gedood.'

'Je hebt een trein laten ontsporen, Jake. Je hebt verdomme geluk dat je niemand hebt gedood. Als ze je niet ophangen, stoppen ze je voor de rest van je leven in de bak.'

'Ik heb niemand gedood.'

Bell veranderde op slag van tactiek.

'Hoe komt 't dat je zo snel uit de gevangenis bent, Jake? Hoelang heb je gezeten, drie jaar? Waarom hebben ze je laten gaan?'

Jake keek Bell aan met een onverwacht naïeve blik in zijn wijd opengesperde ogen. 'Ik heb kanker.'

Bell was geschokt. Hij had geen medelijden met overtreders van de wet, maar een dodelijke ziekte maakte van een crimineel weer een gewoon mens. Jake Dunn was niet onschuldig, maar hij was opeens ook een slachtoffer dat pijn, angst en wanhoop kende. 'Dat spijt me, Jake. Dat wist ik niet.'

'Ik neem aan dat ze me hebben vrijgelaten zodat ik alleen dood kan gaan. Ik had het geld nodig. Daarom had ik die klus aangenomen.'

'Jake, je was altijd een vakman, nooit een moordenaar. Waarom dek je dan nu een moordenaar?' drong Bell aan.

'Hij zit in de stalhouderij aan de Twenty-fourth Street, aan de overkant van het spoor,' antwoordde Jake schor fluisterend.

Bell knipte met zijn vingers. Wally Kisley en Mack Fulton kwamen aangesneld. 'Twenty-fourth Street,' zei Bell. 'Stalhouderij. Bewaak 't gebouw, posteer de mensen van de sheriff eromheen en wacht op mij.'

Jake keek op. 'Hij loopt daar niet weg, meneer Bell.'

'Hoe bedoel je?'

'Toen ik erheen ging om de tweede helft van m'n geld op te halen, vond ik hem boven, in een van de kamers die ze verhuren.'

'Je vond hem? Dood, bedoel je?'

'Keel doorgesneden. Ik durfde 't niet te zeggen – bang dat ze me dat ook in de schoenen zouden schuiven.'

'*Keel doorgesneden?*' vroeg Bell. 'Of *doorgestoken?*'

Jake streek met zijn hand door zijn dunne haren. 'Doorgestoken, zou kunnen.'

'Heb je een mes gezien?'

'Nee.'

'Was 't door en door? Was de wond tot achter in zijn nek?'

'Ik ben niet gebleven om hem te onderzoeken, meneer Bell. Zoals ik zei, ik begreep dat ik de schuld zou krijgen.'

'Ga erheen,' zei Bell tegen Kisley en Fulton. 'Sheriff, kunt u er een dokter naartoe sturen? Kijk of hij kan zien wat de doodsoorzaak is en hoelang hij al dood is.'

'Wat ga jij doen, Isaac?'

Weer een doodlopend spoor, dacht Bell. De Saboteur had niet zomaar geluk, hij dwong het af. 'Treinstation,' antwoordde hij zonder al teveel hoop. 'Kijken of er een loketbeambte is die zich kan herinneren dat hij hem een kaartje heeft verkocht.'

Met kopieën van Don Alberts tekening ging hij naar het Union Depot, een twee verdiepingen tellend gebouw met een rij gevelspitsen en een hoge klokkentoren, en ondervroeg er alle klerken. Vervolgens bracht een spoorwegpolitieman hem in een Ford naar lommerrijke wijken met uit eenvoudige planken opgetrokken bungalows, waar hij klerken en opzichters die op dat moment vrij hadden, thuis opzocht. Bell liet iedereen de tekening zien en wanneer het gezicht niet werd herkend, toonde Bell een door middel van een baard ouder gemaakte versie. Niemand herkende een van de gezichten.

Hoe was de Saboteur uit Ogden weggekomen? vroeg Bell zich af.

Het antwoord was simpel. De stad telde negen verschillende spoorwegverbindingen. Dagelijks passeerden er honderden, zo niet duizenden reizigers. Ondertussen moest de Saboteur weten dat het detectivebureau Van Dorn achter hem aan zat. Wat betekende dat hij voorzichtiger te werk ging als het op de voorbereiding van zijn vluchtroutes aankwam.

Bell gaf Van Dorn-agenten van het kantoor in Ogden opdracht om alle hotels af te gaan voor het geval de Saboteur in de stad was gebleven. Geen enkele baliemedewerker herkende de tekeningen. In de Broom, een duur, stenen hotel van drie verdiepingen, dacht de eigenaar van de tabakkiosk dat hij wellicht een klant had bediend die eruitzag als de getekende man met baard. Een serveerster in de ijssalon herinnerde zich een man die eruitzag als de gladgeschoren versie. Hij was haar bijgebleven omdat hij zo knap was. Maar ze had hem maar één keer gezien en dat was drie dagen geleden.

Kisley en Fulton ontmoetten Bell in het spartaanse kantoor van Van Dorn, één grote ruimte aan de verkeerde kant van de Twenty-fifth Street, een brede boulevard met tramrails in het midden. De straatkant met winkels die aan de logische noden van de treinreizigers tegemoetkwamen, bestond uit restaurants, herenmodezaken, barbiers, frisdrankkiosken, ijssalons en een Chinese wassalon, allemaal voorzien van kleurrijke zonweringen. Aan de kant van Van Dorn waren saloons, pensions, gokhuizen en als hotels gemaskeerde bordelen gevestigd.

In het kantoor met slechts één raam stond op een kale vloer wat oud meubilair. De muurversiering bestond uit WANTED-posters met als laatste aanwinst twee afdrukken van het door de houthakker getekende portret van de Saboteur. Eén zonder en één met de baard, waarmee de oplettende loketbeambte van Southern Pacific in Sacramento hem had gezien.

Kisley en Fulton waren enigszins op krachten gekomen, hoewel Fulton een afgematte indruk maakte.

'De baas,' merkte Wally op, 'wenste duidelijk geen geld aan kantoorruimte te besteden in Ogden.'

'Of aan meubels,' vulde Mack aan. 'Dat bureau ziet eruit alsof het nog met de kolonisten is meegekomen.'

'Spuuglelijk ja, maar misschien is de locatie aantrekkelijk, zo op steenworp afstand van het Union Depot.'

'Spugen, ja, dat kunnen ze hier op de stoep.'

De Weber-en-Fields-act vervolgend liepen ze naar het raam en wezen omlaag naar het drukbevolkte trottoir. 'Zie hoe geniaal van meneer Van Dorn. Het uitzicht uit dit raam kan dienstdoen als instructiemateriaal voor leerling-detectives: zie de misdaad in al zijn variëteiten.'

'Kom eens, Belletje, kijk eens neer op al die saloons, bordelen en opiumtenten hier in de buurt. Moet je zien hoe die potentiële klanten daar beneden op goed geluk wat poen voor een borrel of een vrouw bij elkaar bedelen. Of hoe ze, als het met de goedgeefsheid van de mensen niet zo wil lukken, burgers beroven in dat steegje.'

'Kijk daar, hoe dat beknevelde fatje met balletje-balletje op dat klaptafeltje goedgelovigen probeert te lokken.'

'En zie je die in vodden geklede werkeloze bergwerkers, die daar op de stoep voor die saloon doen alsof ze pitten, terwijl ze eigenlijk liggen te wachten tot ze een dronkaard kunnen rollen.'

'Hoelang was die man dood?' vroeg Bell.

'Vrijwel een hele dag, denkt de dokter. Je had gelijk wat dat steken betreft. Een smal lemmet door de hals. Net als bij Wish en de nachtwaker in Glendale.'

'Dus als de Saboteur hem heeft gedood, is hij niet voor gisteravond uit Ogden vertrokken. Maar niemand heeft hem een kaartje zien kopen.'

'Goederentreinen zat hier,' opperde Wally.

'Hij overbrugt in korte tijd wel machtig grote afstanden om daarbij op het meeliften met goederentreinen te kunnen vertrouwen,' zei Mack.

'Hij doet 't waarschijnlijk allebei, afhankelijk van zijn situatie,' merkte Wally op.

'Die vermoorde man, wat was dat voor iemand?' vroeg Bell.

'Plaatselijk bekend uilskuiken, volgens de sheriff. Een soort Broncho Billy in 't echt, onze belangrijkste verdachte... sorry, Isaac, ik kon 't niet laten.' Fulton knikte naar de WANTED-poster.

'Als je zo doorgaat kan ik 't niet laten om Van Dorn te vragen Weber en Fields naar Alaska over te plaatsen.'

'... Verdacht van een overval op een postkoets in de bergen afgelopen augustus. De spoorwegsmerissen hebben hem tien jaar geleden opgepakt bij het beroven van de loonkas in een kopermijn. Verlinkte zijn handlangers voor strafvermindering. Waarschijnlijk kende hij Jake Dunn uit de gevangenis.'

Bell schudde walgend zijn hoofd. 'De Saboteur huurt niet alleen hulpjes in, maar nu zelfs criminelen om hulpjes in te huren. Hij kan op het hele continent overal toeslaan.'

Er klonk een voorzichtige klop op de deur. De detectives keken op en tuurden met samengeknepen ogen naar een nerveus ogende jongeling in een kreukelig ongetailleerd pak. Hij had een goedkope koffer in zijn ene hand en zijn hoed in zijn andere. 'Meneer Bell, sir?'

Isaac Bell zag dat het de jonge James Dashwood van het kantoor in San

Francisco was, de leerling-detective die zulk prima werk had geleverd met het natrekken van de vakbondsman die bij de ontsporing van de Coast Line Limited was omgekomen.

'Kom binnen, James. Dit zijn Weber en Fields, de oudste detectives van Amerika.'

'Hallo, meneer Weber. Hallo, meneer Fields.'

'Ik ben Weber,' zei Mack. 'Hij is Fields.'

'Neem me niet kwalijk.'

'Wat kom je doen, James?' vroeg Bell.

'Meneer Bronson heeft me gestuurd, met dit. Ik moest de exprestrein nemen om sneller te zijn dan de post.'

De leerling overhandigde Bell een bruine envelop. Er zat een tweede, met blokletters aan hem geadresseerde envelop in, gestuurd naar het kantoor in San Francisco. Bronson had er een aantekening aan vastgemaakt: 'Heb niet gewacht met openen. Blij toe. Hij daagt je uit zo te zien.'

Bell opende de aan hem geadresseerde envelop, en trok er het voorblad van een recente *Harper's Weekly* uit. In een cartoon van William Allen Rogers was Osgood Hennessy afgebeeld met de hoge zijden hoed van een magnaat op het hoofd. Hij zat schrijlings op een locomotief van de Southern Pacific Railroad die wagons met het opschrift CENTRAL RAILROAD OF NEW JERSEY achter zich aan naar New York City trok. De trein was getekend als een kronkelende octopus. In zwarte handgeschreven potloodletters stond over de cartoon de vraag: REIKT DE LANGE ARM VAN DE SABOTEUR VERDER DAN OSGOODS TENTAKELS?

'Wat is dit, verdorie?' vroeg Wally.

'Een test,' antwoordde Bell. 'Hij daagt ons uit.'

'En hij wrijft 't ons goed in,' zei Mack.

'Mack heeft gelijk,' zei Wally. 'Ik zou me niet gek laten maken door 't al te persoonlijk te nemen, Isaac.'

'Het tijdschrift zit er ook in,' zei Dashwood. 'Meneer Bronson dacht dat u het wel zou willen lezen, meneer Bell.'

Inwendig ziedend van woede keek Bell snel de hoofdlijnen van de eerste pagina door. *Harper's*, dat zichzelf als 'Beschaafde Krant' afficheerde, deed verlekkerd verslag van de vernietigende invloeden van de spoorwegmonopolies. In dit nummer was een artikel gewijd aan Osgood Hennessy's ambities. Hennessy had in het geheim, zo leek 't, 'een zo goed als meerderheidsbelang' in de Baltimore & Ohio Railroad Company verworven.

B&O had samen met Illinois Central – waarin Hennessy ook een aanzienlijk belang had – al een meerderheidsbelang in de Reading Railroad Company. Reading controleerde de Central Railroad of New Jersey, wat Hennessy een ingang in het begerenswaardige district New York gaf.

'Wat betekent dit?' vroeg James.

'Dit betekent,' legde een verbolgen Isaac Bell uit, 'dat de Saboteur Hennessy nu ook in New York rechtstreeks kan treffen.'

'Een treinongeluk dat hij in New York veroorzaakt,' zei Mack Fulton, 'zal de Southern Pacific nog harder treffen dan een aanslag in Californië.'

'New York,' benadrukte Wally Kisley, 'is de grootste stad van het land.'

Bell keek op zijn horloge. 'Ik kan de Overland Limited nog halen. Stuur m'n bagage na naar de Yale Club in New York.'

Onderwijl bevelen uitdelend snelde hij naar de deur. 'Telegram naar Archie Abbott! Voor een afspraak in New York. En een telegram naar Irv Arlen, dat hij de emplacementen in Jersey City in de gaten houdt. En ook naar Eddie Edwards. Hij kent die terreinen goed. Hij maakte een einde aan de Lava Bed-bende die sneltreinwagons op de pieren overvielen. Jullie twee maken het hier af, overtuig je ervan dat de Saboteur niet meer in Ogden is – wat ik betwijfel – en zoek uit waar hij naartoe is gegaan.'

'Volgens hen hier is New York,' zei Wally, waarbij hij de *Harper's Weekly* ophield en eruit citeerde, '"het heilige land waar alle spoorwegmensen op pelgrimstocht naartoe willen".'

'Wat betekent,' zei zijn partner, 'dat hij al onderweg is en je daar zal opwachten.'

In de deuropening keek Bell om naar Dashwood, die vragend terugkeek.

'James, wil je iets voor me doen?'

'Ja, meneer.'

'Heb je de verslagen over de aanslag op de Coast Line Limited gelezen?'

'Ja, meneer.'

'Zeg tegen meneer Bronson dat ik je naar Los Angeles stuur. Ik wil dat je de hoefsmid of machinist vindt die een gat heeft geboord in de haak waardoor de Limited is ontspoord. Wil je dat voor me doen... wat is er?'

'Maar meneer Sanders is onze man in Los Angeles en hij zou...'

'Ga hem uit de weg. Je moet 't alleen doen. Neem de eerstvolgende sneltrein naar het westen. Hup, wegwezen!'

Dashwood rende langs Bell en stormde als een schooljongen die naar huis mag, de houten trap af.

'Wat moet zo'n joch in zijn eentje?' vroeg Wally.

'Hij is keigoed,' zei Bell. 'En slechter dan Sanders 't tot dusver doet is onmogelijk. Goed, ik ben onderweg. Mack, neem wat rust. Je ziet er belabberd uit.'

'Jij ook, alsof je de hele week rechtop in treinen hebt geslapen.'

'Mag ik jullie erop wijzen, jongens, dat je uit je doppen kijkt. De Saboteur is bloedlink.'

'Bedankt voor de wijze raad, jochie,' reageerde Wally.

'We zullen ons best doen eraan te denken,' zei Mack. 'Maar zoals ik al zei, fiftyfifty dat hij al op weg is naar New York.'

Wally Kisley liep naar het raam en zag Isaac Bell wegrennen om de Overland Limited te halen.

'Zo, dit wordt leuk. Onze bergwerkers zijn door hun dronkaards heen.'

Hij gebaarde Mack om bij hem aan het raam te komen. Plotseling van de stoep opspringend belaagden de bergwerkers van twee kanten de goed verzorgde dandy die in zijn dure pak naar zijn trein rende. Zonder ook maar enigszins af te remmen stoof Bell als een eenpersoons vliegende wig door ze heen en de bergwerkers vlogen met het gezicht omlaag terug naar de stoep.

'Zag je dat?' vroeg Kisley.

'Nee. En zij ook niet.'

Ze bleven bij het raam en bestudeerden de mensen op de stoep aandachtig.

'Dat Dashwood-joch?' vroeg Fulton. 'Deed hij je niet aan iemand denken?'

'Aan wie? Isaac?'

'Nee. Vijftien – wat zeg ik – twintig jaar geleden zat Isaac nog achter lacrosseballen aan op die chique voorbereidingsschool waar zijn ouweheer hem naartoe stuurde. Wij zaten in Chicago. Jij deed onderzoek naar de betrokkenheid van bepaalde partijen bij het verwerven van het monopolie in graan. Ik zat tot over m'n oren in de bomaanslag op de Haymarket, tot we erachter kwamen dat agenten de meeste moorden pleegden. Herinner je je dat straatjochie nog dat om werk kwam vragen? Meneer Van Dorn mocht 'm wel en liet hem door ons de kneepjes van het vak leren. Hij was een natuurtalent. Slim, snel en ijswater in z'n aderen.'

'Moordgozer,' zei Mack. 'Wish Clarke.'

'Hopelijk is Dashwood geheelonthouder.'

'Kijk!' Mack leunde met zijn hoofd tegen de ruit.

'Ik zie 'm!' zei Wally. Hij rukte de schets van de houthakker van de muur, de tekening met baard, en liep ermee naar het raam.

Een lange bebaarde arbeider gekleed in een overall met een derby, die met een grote gereedschapstas over zijn schouder op het treinstation af-stevende, werd voor een saloon opgehouden door twee barkeepers die vier dronkaards de tent uit knikkerden. Ingesloten door joelende omstanders keek de lange man ongeduldig om zich heen, waarbij zijn gezicht onder de schaduw van zijn vilthoed uitkwam.

De detectives keken naar de tekening.

'Is het 'm?'

'Zou kunnen. Maar zo te zien heeft hij die baard al een tijdje.'

'Tenzij die vals is.'

'Dan is 't wel een heel goede,' zei Mack. 'Mij bevallen de oren ook niet. Die zijn lang zo groot niet.'

'Als hij 't niet is,' drong Wally aan, 'kan het zijn broer zijn.'

'Zullen we hem gaan vragen of hij een broer heeft?'

14

'Ik eerst, jij kijkt.'
Wally Kisley snelde de trap af.

De lange arbeider met de tas over zijn schouder wrong zich door de menigte, stapte over een dronkaard, liep om een andere heen en nam zijn haastige pas naar het Union Depot weer op. Van achter het raam volgde Mack Fulton het pad dat hij zich door de voetgangers baande die het station in en uit snelden.

Wally kwam de trap af en stormde het gebouw uit. Op de stoep gekomen keek hij omhoog. Mack wees hem de richting aan. Wally spurtte weg. Met een snelle zwaai van zijn hand gaf hij aan dat hij hun prooi had gevonden, waarop Mack de trap af snelde en met bonkend hart achter hem aan ging. Hij voelde zich al dagen beroerd en nu kreeg hij bijna geen lucht.

Hij haalde Wally in, die zei: 'Je bent spierwit. Voel je je wel goed?'

'Tiptop. Waar is hij?'

'In die steeg. Ik geloof dat hij me heeft gezien.'

'Als dat zo is en hij vlucht, dan is het hem. Kom mee!'

Mack ging voor, naar lucht happend. De steeg was modderig en stonk. In plaats van dat hij doorstak naar de Twenty-fourth Street, zoals de detectives dachten, boog de steeg scherp naar links waar hij doodliep op de stalen deuren van een pakhuis. Er stonden vuilnisvaten groot genoeg om je achter te verbergen.

'Hij zit in de val,' zei Wally.

Mack gaapte. Wally keek hem aan. Zijn gezicht was vertrokken van de pijn. Hij klapte voorover, greep naar zijn borst en viel hard in de modder. Wally knielde naast hem neer. 'Jezus, Mack!'

Macks gezicht was lijkbleek, zijn ogen opengesperd. Hij tilde zijn hoofd op en keek over Wally's schouder. 'Achter je!' mompelde hij.

In een flits draaide Wally zich om naar het geluid van voetstappen.

De man achter wie ze aan zaten, de man die op de tekening leek, de man die beslist de Saboteur was, kwam met een mes recht op hem afgerend. Wally schermde het lichaam van zijn oude vriend af met dat van hemzelf en trok soepeltjes een vuurwapen van onder zijn ruitjesjas tevoorschijn. Met een geschoolde beweging van zijn duim spande hij de haan van de revolver en richtte de loop. Kalm mikte hij op het verbrijzelen van de botten in de schouder van de Saboteur in plaats van hem te doden, zodat ze hem konden ondervragen over toekomstige aanslagen die al in gang waren gezet.

Voordat Wally kon schieten, hoorde hij een metaalachtige klik en zag tot zijn verbazing een glinstering in het staal van het mes dat plotseling naar zijn gezicht flitste. De Saboteur was nog ruim anderhalve meter van hem vandaan, maar de punt drong zijn oog al binnen.

Hij heeft een zwaard gemaakt dat uit een springmes naar voren schuift, was Wally Kisleys laatste gedachte toen het lemmet van de Saboteur zich door zijn hersenen boorde. En ik dacht dat ik alles wel gezien had.

De Saboteur rukte de kling uit de schedel van de detective en ramde hem door de hals van zijn gevallen partner. De man zag eruit alsof hij al dood was, maar dit was niet het moment om risico's te nemen. Hij trok de kling er weer uit en keek kil om zich heen. Toen hij zag dat niemand de detectives in de steeg gevolgd was, wreef hij het lemmet aan de geruite jas schoon, drukte op het knopje van het intrekmechanisme en stopte het wapen terug in de schede in zijn laars.

Dit was kantje boord, zo'n bijna-ramp waar je niet op kon anticiperen, behalve dat je ervoor zorgde altijd snel en dodelijk toe te kunnen slaan, en hij voelde zich gesterkt dat hij het op het nippertje toch weer had gered. Doorgaan! dacht hij. De Overland Limited wachtte niet tot hij was uitgevierd.

Hij haastte zich de steeg uit, drong zich door de menigte op het trottoir en stak Twenty-fifth Street over. Hij schoot voor een trolleybus langs, sloeg Wall Street in en liep het hele stuk parallel aan het lange Union Depot-treinstation. Toen hij er zeker van was dat hij niet werd gevolgd, stak hij Wall Street over en liep het station in door een deur aan de noordkant.

Daar vond hij een herentoilet, waar hij zich in een hokje opsloot. In een race tegen de klok trok hij de overall uit die hij over zijn elegante reiskleding droeg en diepte een dure leren Gladstone-reistas met koper beslag uit zijn gereedschapstas op. Uit de Gladstone haalde hij een paar gepoetste zwarte lakschoenen tevoorschijn, een grijze Homburg uit de bijpassende hoedendoos en een derringer zakpistool, waarna hij zijn laarzen met het mes in de tas stopte. Hij knoopte de veters van de lakschoenen dicht en stopte de derringer in zijn jaszak. Hij verwijderde zijn baard, die hij ook in de Gladstone opborg en wreef de resten van het plaksel van zijn huid. Vervolgens propte hij de overall in de gereedschapstas en schoof hem achter de wc-pot. Er zat niets in de overall of de tas wat naar hem verwees. Hij keek op zijn spoorweghorloge hoe laat het was en wachtte nog precies twee minuten, poetste zijn schoenen door ze tegen de achterkant van zijn broekspijpen te wrijven en haalde een ivoren kam door zijn haar.

Hij stapte het wc-hokje uit en inspecteerde zichzelf aandachtig in de spiegel boven de wastafel. Hij trok nog een stukje plaksel van zijn kin en zette zijn grijze Homburg op.

Glimlachend liep hij het herentoilet uit en stak de drukke hal over, waar het wemelde van de spoorwegrechercheurs. In de laatste seconden die hij nog had, haastte hij zich langs de perronchefs die de hekken naar de rokerige perrons sloten. Een locomotieffluit gilde het dubbele vertreksignaal, waarop de Overland Limited, een luxe exprestrein bestaande uit acht eersteklas pullmans, een restauratiewagon en een panoramarijtuig, op gang kwam voor een rit in oostelijke richting naar Cheyenne in Omaha en Chicago.

De Saboteur holde naast de achterste wagon, het panoramarijtuig, en mat angstvallig om zich heen kijkend zijn passen.

Ver voor zich zag hij net achter de bagagewagon een man op de treden van de voorste pullman staan met zijn hand aan een beugel zodat hij opzij kon leunen om te kijken of er op het laatste moment nog iemand instapte. De man was honderdtachtig meter verwijderd van de plek waar de Saboteur een beugel greep om zich aan boord van de achterste wagon van de rijdende trein te hijsen, maar het was duidelijk het scherpe silhouet van een speurder.

De voorkant van de trein schoof onder de schaduw van het station uit en hij zag dat de man die naar buiten hing om het perron te controleren, een vlasblonde haardos had die goudgeel glansde in het licht van de ondergaande zon. De speurder, zoals hij vermoedde, was niemand minder dan de detective Isaac Bell.

Zonder aarzeling greep de Saboteur de beugel en stapte op het achterbalkon van de trein. Van deze open ruimte ging hij het panoramarijtuig binnen. Hij trok de deur achter zich dicht, waardoor hij rook en herrie buitensloot, en genoot van de rust en stilte van een eersteklas transcontinentale exprestrein, ingericht met brede sierlijsten, geboende lambriseringen, spiegels en een dik tapijt op de grond. Stewards serveerden drankjes op zilveren dienbladen aan reizigers die het zich op comfortabele banken gemakkelijk hadden gemaakt. Degenen die opkeken van hun krant of gesprek reageerden met het beleefde knikje van een collega-clublid op de binnenkomst van de keurig geklede laatkomer.

De conducteur verstoorde de stemming. Met een gemene oogopslag, een harde trek om zijn mond en in een onberispelijk uniform was hij van zijn glimmende klep tot zijn glanzende schoenen gebiedend, kortaf en argwanend, zoals alle conducteurs waar ook ter wereld waren. 'Kaartjes, heren! Uit Ogden.'

De Saboteur toonde zijn spoorwegpas.

De ogen van de conducteur verwijdden zich toen hij de naam op de pas zag en hij groette zijn nieuwe passagier met hoogachting.

'Welkom aan boord, sir.'

De bevoorrechte elite

15

'Breng me onmiddellijk naar mijn coupé!'
Isaac Bell zou meteen naar de achterkant van de trein snellen om te zien wie er op het laatste ogenblik was ingestapt en de Saboteur ontmoette de detective liever op een moment van eigen keuze.

De conducteur, overgedienstig als een paleislakei in dienst van een prins in een hermelijnen mantel, leidde de Saboteur door een gangpad met vensters naar een grote suite in het midden van een wagon waar de trein het minste schudde.

'Kom binnen! Sluit de deur!'

De privésuite, gereserveerd voor speciale gasten van de spoorwegmaatschappij, was vorstelijk ingericht en voorzien van met houtsnijwerk versierde kasten en een gewatteerd leren plafond. De suite bestond uit een zitkamer, een slaapgedeelte en een eigen badkamer met een marmeren kuip en zilveren kranen. Hij gooide zijn Gladstone op het bed.

'Nog "iets interessants" in de trein?' vroeg hij aan de conducteur, waarmee hij bedoelde of er nog andere belangrijke mensen aan boord waren. Hij stelde de vraag met een vertrouwelijke glimlach en stopte de conducteur een gouden munt toe.

Geen enkele gast van de Southern Pacific Railroad hoefde fooien te geven om van een goede behandeling en een kruiperige service verzekerd te zijn. Maar de conducteur van een transcontinentale trein kon, net als de purser van een lijnschip op de Atlantische Oceaan, een nuttige bondgenoot zijn en een bron van *inside-information* over de belangrijke passagiers die het land doorkruisten. De combinatie van voorgewende intimiteit en kille contanten was een investering die zich driedubbel terugbetaalde. En inderdaad, de conducteur antwoordde vrijuit.

'De heer Jack Thomas, directeur van de First National Bank, is in Oakland ingestapt, samen met de heer Bruce Payne, Esquire.'

'De olie-advocaat?'

'Ja, meneer. De heer Payne en de heer Thomas zijn goed bevriend, zoals u zich kunt voorstellen.'

'Geld en olierecht vormen een goed huwelijk.' De Saboteur glimlachte als aansporing aan de conducteur om door te praten.

'De rechter Congdon en kolonel Bloom, van de kolenhandel, zitten sinds Sacramento in de trein.'

De Saboteur knikte. De rechter James Congdon en J.P. Morgan hadden de handen ineengeslagen om het staalconcern van Andrew Carnegie op te kopen. Kenneth Bloom bezat kolenmijnen in zijn samenwerking met de Pennsylvania Railroad.

'En de heer Moser uit Providence, de fabriekseigenaar wiens zoon in de Senaat zit.'

'Prachtkerel,' zei de Saboteur. 'De belangen van zijn vaders textielindustrie zijn zo in goede handen.'

De conducteur straalde en genoot van het feit dat hij in de nabijheid van zulke beroemde plutocraten verkeerde. 'Ik weet zeker dat ze het een eer zouden vinden als u voor het diner bij hen aanschuift.'

'Ik zie wel hoe ik me voel,' reageerde hij ongeïnteresseerd, maar vervolgde met een nauwelijks waarneembare knipoog: 'Een spelletje kaart, is daar nog sprake van?'

'Ja, meneer. Poker na het diner in de coupé van rechter Congdon.'

'En wie zijn er nog meer aan boord?'

De conducteur raffelde de namen af van veebaronnen, mijnmagnaten en de gebruikelijke bezetting spoorwegjuristen. Daarna fluisterde hij op een vertrouwelijk toontje: 'In Ogden is vlak voor u een detective van Van Dorn ingestapt.'

'Een detective? Klinkt spannend. Hebt u zijn naam gehoord?'

'Isaac Bell.'

'Bell... hmm. Hij is dus niet "undercover" als hij u zijn naam noemde.'

'Ik heb hem herkend. Hij reist veel.'

'Werkt hij aan een zaak?'

'Dat weet ik niet. Maar hij reist met een door directeur Hennessy persoonlijk ondertekende pas. En wij hebben de opdracht om agenten van Van Dorn alle medewerking te verlenen die ze vragen.'

De glimlach van de Saboteur verstarde, terwijl de glans in zijn ogen verkilde. 'Heeft Isaac Bell u iets gevraagd?'

'Nog niets, sir. Ik neem aan dat hij alle ontsporingen van Southern Pacific naloopt.'

'Misschien kunnen we de kosten voor meneer Bell wat opvoeren met ons vriendschappelijke kaartspelletje.'

De conducteur keek verbaasd. 'Zou een detective het in zich hebben om aan dergelijk herenvermaak mee te doen?'

'Ik vermoed dat de heer Bell zich dat kan veroorloven,' zei de Saboteur. 'Als hij de Isaac Bell is over wie ik zoveel heb gehoord, moet hij een rijk man zijn. Ik heb nog nooit met een detective gepokerd. Kan interessant zijn. Waarom vraagt u hem niet of hij ook wil komen?' Dat was geen vraag, maar een bevel en de conducteur beloofde de detective uit te nodigen voor een pittig spelletje poker na het diner in de coupé van de rechter Congdon.

De manier waarop iemand poker speelt, onthulde alles wat je over de persoon weten wilde. De Saboteur zou de gelegenheid te baat nemen om Bell te observeren en daarna te besluiten hoe hij hem zou doden.

De coupé van Isaac Bell bevond zich in een pullmanwagon die aan de voorkant was voorzien van een herentoilet met schuin afgekante spiegels, nikkelen kranen en zware marmeren wastafels. Er was ruimte voor twee fauteuils. Een palm schommelde in een pot heen en weer op het ritme van de trein die, getrokken door een krachtige locomotief, langs de rivier de Weber de gestage helling van zo'n één procent naar het Wasatch-gebergte op reed.

Bell schoor zich hier voordat hij zich omkleedde voor het diner. Hoewel hij zich een luxe suite met een eigen wasgelegenheid kon veroorloven, gaf hij op reis de voorkeur aan gedeelde faciliteiten. In dergelijke ruimtes, net als in de kleedkamers van gymzalen en privéclubs, maakte de combinatie van marmer, tegels, stromend water en comfortabele stoelen, plus de afwezigheid van vrouwen dat mannen opschepperig werden. Pochers praatten vrijuit tegen vreemden en er zat altijd wel iets van leerzame informatie in de meegeluisterde gesprekken. En inderdaad, terwijl hij zijn stalen Wootz-scheermes over zijn wang trok, legde een gezette en vrolijke slachthuiseigenaar zijn sigaar neer en zei: 'De wagonknecht vertelde me dat senator Charles Kincaid in Ogden is ingestapt.'

'De Heldhaftige Ingenieur?' reageerde een goed geklede handelsreiziger, die onderuitgezakt in de andere leunstoel hing. 'Ik zou hem de hand wel eens willen schudden.'

'Dan hoef je hem alleen maar klem te zetten in de restauratiewagon.'

'Je weet 't nooit met die senatoren,' zei de zakenman. 'Congresleden en gouverneurs schudden elke hand waar nog bloed doorheen stroomt, maar Amerikaanse senatoren kunnen behoorlijk arrogant zijn.'

'Dat komt ervan als je wordt benoemd in plaats van gekozen.'

'Was hij die grote vent die op het laatste nippertje op de trein sprong?' vroeg Bell van voor de scheerspiegel.

De vleesverwerker uit Chicago antwoordde dat hij de krant zat te lezen toen de trein wegreed en dat hij dat niet had gezien.

De handelsreiziger wel. 'Met de soepele sprong van een landloper.'

'Een verdraaid goed geklede landloper,' zei Bell, waarop de vleesverwerker en de handelsreiziger in de lach schoten.

'Da's een goeie,' grinnikte de vleesverwerker. 'Goed geklede landloper. Wat is jouw branche, vriend?'

'Verzekeringen,' zei Bell. Via de spiegel ving hij een blik op van de handelsreiziger. 'Was de vent die je op het laatste moment nog zag instappen senator Kincaid?'

'Zou kunnen,' antwoordde de handelsreiziger. 'Zo goed heb ik niet gekeken. Ik praatte met een kerel voor in de wagon en de conducteur versperde mijn zicht erop. Maar voor een senator houden ze de trein toch wel even stil?'

'Lijkt me wel,' zei de vleesverwerker. Hij tilde zijn zware lichaam uit de stoel, drukte zijn sigaar uit en zei: 'Tot ziens, jongens. Ik ga naar het panoramarijtuig. Iemand zin in een borrel? Ik trakteer.'

Bell ging terug naar zijn coupé.

Degene die op het laatste nippertje was ingestapt, was verdwenen tegen de tijd dat Bell in het panoramarijtuig achter in de trein arriveerde, wat hem niet verbaasde, aangezien deze Overland Limited een trein was met uitsluitend privécoupés, waardoor de restauratiewagon en het panoramarijtuig de enige openbare ruimtes waren. De restauratiewagon was leeg op de stewards na die de tafels voor de avondmaaltijd dekten, en geen van de rokers in het panoramarijtuig leek op de goedgeklede man die Bell van verre had gezien. Ook leek niemand op de tekening die de houthakker van de Saboteur had gemaakt.

Bell belde de wagonbediende. De zwarte man was van middelbare leeftijd, niet alleen oud genoeg om de slavernij nog te hebben meegemaakt, maar zelfs om die nog als volwassene aan den lijve te hebben ondervonden. 'Hoe heet u?' vroeg Bell. Hij kon niet wennen aan het gebruik om pullmanbediendes met George aan te spreken, naar hun werkgever George Pullman.

'Jonathan, meneer.'

Bell drukte een gouden munt van tien dollar in zijn zachte handpalm. 'Jonathan, wilt u hier eens naar kijken? Hebt u deze man hier in de trein gezien?'

Jonathan bestudeerde de tekening.

Plotseling raasde er een naar het westen rijdende sneltrein langs het raam, wat met veel kabaal van wervelwinden en stoomvlagen gepaard ging, aangezien de beide treinen elkaar met een snelheid van zo'n tweehonderd kilometer per uur passeerden. Osgood Hennessy had over het grootste deel van het traject naar Omaha dubbelspoor laten aanleggen, waardoor de exprestreinen geen tijd verloren met het op zijsporen wachten tot tegemoetkomende treinen gepasseerd waren.

'Nee, meneer,' zei de wagonbediende hoofdschuddend. 'Ik heb niemand gezien die hierop lijkt.'

'En deze?' Bell liet hem de tekening met de baard zien, maar het antwoord was weer ontkennend. Het was een tegenvaller, maar het verbaasde hem niet. De Overland Limited naar het oosten was slechts één van de zo'n honderdvijftig treinen die uit Ogden waren vertrokken sinds de bandiet in de stalhouderij was neergestoken. Uiteraard waren het er wel minder die naar New York City gingen, de stad waar de Saboteur volgens zijn uitgeworpen aas naartoe ging.

'Bedankt, Jonathan.' Hij gaf de man zijn visitekaartje. 'Wilt u de conducteur vragen of hij langskomt zodra hij tijd heeft?'

Nog geen vijf minuten later klopte de conducteur aan. Bell liet hem binnen, stelde vast dat hij Bill Kux heette, en liet hem de beide tekeningen zien, met en zonder baard.

'Is er in Ogden iemand ingestapt die op een van deze mannen lijkt?'

De conducteur bestudeerde ze aandachtig, hield eerst de ene op, vervolgens de andere, en hield ze onder het licht van de lamp, omdat de duisternis inmiddels was ingevallen. Bell bekeek Kux' strenge gezicht aandachtig. Conducteurs, belast met de veiligheid in de trein en de verantwoordelijk-

heid dat alle passagiers voor hun reis betaalden, waren scherpe waarne-
mers met een goed geheugen. 'Nee, meneer. Ik geloof 't niet... hoewel deze
me bekend voorkomt.'

'Hebt u deze man gezien?'

'Ach, ik weet 't niet... Maar ik ken dit gezicht.' Hij wreef over zijn kin
en knipte opeens met zijn vingers. 'Nou weet ik 't weer. Ik heb hem laatst
in de film gezien.'

Bell pakte de tekeningen terug. 'Maar er is niemand die hierop lijkt in
Ogden ingestapt?'

'Nee, meneer.' Hij giechelde. 'U had me even tuk, heel even, tot ik me
die film herinnerde. Weet u op wie hij lijkt? Zo'n acteur. Broncho Bill
Anderson. Ja, toch?'

'Wie was de man die op het laatste moment instapte?'

De conducteur glimlachte. 'Nou, dat is toevallig.'

'Hoezo?'

'Ik was al op weg naar uw coupé toen de bediende me uw kaartje gaf.
De man naar wie u me nu vraagt, heeft mij verzocht u uit te nodigen voor
een spelletje kaart na het diner in de coupé van de rechter Congdon.'

'En wie is dat?'

'Nou, dat is senator Charles Kincaid!'

16

'Was dat Kincaid?'

Bell was zich ervan bewust dat het erg vergezocht was. Maar de manier waarop die laatste man was ingestapt leek zo doelbewust, alsof hij er speciaal moeite voor deed ongemerkt uit Ogden te vertrekken. Erg vergezocht, dat moest hij toegeven. Afgezien van het aantal treinen dat de Saboteur had kunnen nemen, renden mensen vaak om een trein te halen. Hijzelf deed het ook vaak. Soms heel bewust, ofwel om iemand die al in de trein zat te verrassen, ofwel om iemand die hem in het station volgde af te schudden.

'Het laatste wat ik heb gehoord,' mijmerde Bell, 'is dat de senator in New York was.'

'O, hij reist wat af, meneer. Een echte ambtenaar, altijd onderweg. Zal ik hem zeggen dat u komt?'

Bell keek Bill Kux met een koele blik aan. 'Hoe komt 't eigenlijk dat senator Kincaid weet wie ik ben en dat ik in deze trein zit?'

Het gebeurde niet vaak dat de conducteur van een exprestrein van streek raakte, over het algemeen moest de trein daar minstens voor ontsporen. Kux begon te stamelen. 'Nou, hij... ik... Nou, weet u, meneer, het zit zo.'

'Het zit zo dat een slimme reiziger zijn conducteur te vriend maakt,' zei Bell, nu vriendelijker om het vertrouwen van de man te winnen. 'Een slimme conducteur doet z'n best om het iedereen in de trein naar de zin te maken. Maar vooral de passagiers die dat het meeste verdienen. Moet ik u eraan herinneren, meneer Kux, dat u van de directeur van uw maatschappij de strikte orders hebt om de detectives van Van Dorn als uw beste vrienden te beschouwen?'

'Nee, meneer.'

'Is dat duidelijk?'

'Ja, meneer. Het spijt me als ik u in de problemen heb gebracht.'

'Maakt u zich daar geen zorgen over.' Bell glimlachte. 'U hebt niets vertrouwelijks aan een treinrover verraden.'

'Heel vriendelijk van u, meneer, dank u wel... Kan ik senator Kincaid zeggen dat u meespeelt?'

'Wie doen er nog meer mee?'

'De rechter Congdon uiteraard, en kolonel Bloom.'

'Kenneth Bloom?'

'Ja, meneer, de kolenmagnaat.'

'De laatste keer dat ik Kenny Bloom zag, liep hij met een schep achter olifanten aan.'

'Neem me niet kwalijk, meneer. Dat begrijp ik niet.'

'Als kind hebben we heel kort samen in het circus gewerkt. Tot onze vaders er een stokje voor staken. Wie nog meer?'

'De heer Thomas, de bankier, en de heer Payne, de advocaat, en de heer Moser uit Providence. Zijn zoon zit met de heer Kincaid in de senaat.'

Twee nog slaafsere volgelingen van de grote bedrijven waren nauwelijks denkbaar, dacht Bell, maar hij zei alleen: 'Zeg tegen de senator dat ik vereerd ben.'

Conducteur Kux liep naar de deur. 'Ik moet u waarschuwen, meneer Bell...'

'Dat de inzet hoog is?'

'Dat ook. Maar als een agent van Van Dorn mijn beste vriend is, zie ik 't als mijn plicht u erop te wijzen dat van een van de heren die vanavond meespeelt, erom bekendstaat dat hij het geluk naar zijn hand zet.'

Isaac Bell glimlachte een witte rij tanden bloot. 'Vertel me niet wie de valsspeler is. Het lijkt me leuker om dat zelf uit te vinden.'

De rechter James Congdon, de gastheer van het pokeravondje, was een magere, schonkige oude man met een aristocratisch voorkomen en een houding die even hard en onverzettelijk was als het gezuiverde metaal waarmee hij zijn fortuin had gemaakt. 'Een tienurige werkdag,' verklaarde hij met een stem als een kolenschraper, 'brengt de staalindustrie aan de rand van de afgrond.'

Deze waarschuwing ontlokte plechtige knikjes aan de plutocraten die rond de met groen vilt beklede kaarttafel zaten, en een hartgrondig

'Bravo!' van senator Charles Kincaid. De senator had het onderwerp ter sprake gebracht met de vleiende toezegging om voor strengere wetten in Washington te stemmen die het voor de rechterlijke macht eenvoudiger maakten om tegen stakers op te treden.

Als er nog iemand in de door het nachtelijk Wyoming razende Overland Limited twijfelde aan de ernst van het conflict tussen de vakbonden en de fabrikanten, trok Ken Bloom, die de helft van de totale antracietwinning in Pennsylvania had geërfd, diegene definitief over de streep. 'De rechten en belangen van de arbeiders worden niet behartigd door agitatoren, maar door christelijke gelovigen aan wie God in Zijn oneindige wijsheid de controle over de vermogensbelangen van het land heeft toevertrouwd.'

'Hoeveel kaarten, rechter?' vroeg Isaac Bell, die aan de beurt was om te geven. Ze waren midden in een spel en de gever was verantwoordelijk voor de voortgang van het spel. Wat niet altijd even makkelijk was, omdat het – ondanks de enorme inzetten – een vriendschappelijk spelletje was. De meeste mannen kenden elkaar en speelden vaker samen. De gespreks-onderwerpen varieerden van roddel tot goedbedoelde plagerijtjes, soms met de bedoeling een tegenstander uit de tent te lokken en de aard van zijn kaarten te achterhalen.

Senator Kincaid leek, zo was Bell al opgevallen, onder de indruk van rechter Congdon, die hem af en toe Charlie noemde, terwijl de senator er toch de man naar was om erop te staan dat hij minstens met Charles of 'meneer de senator' werd aangesproken.

'Kaarten?' vroeg Bell nogmaals.

Plotseling schudde de trein hevig.

De wielen bonkten over een ruw stuk rails. De wagon schommelde. Uit de glazen gulpte brandy en whisky op het groene vilt. Iedereen viel stil in de luxueuze coupé en werd eraan herinnerd dat ze samen met het kristal, de kaarttafel, de koperen lampen aan de wanden, de speelkaarten en de gouden munten met een vaart van ruim honderd kilometer per uur door de nacht raasden.

'Rijden we over de bielzen?' vroeg iemand. Er klonk nerveus gelach van alle aanwezigen, behalve van de onbewogen rechter Congdon, die zijn glas vastpakte voordat er nog meer uit gulpte, en terwijl de wagon nog erger schudde, opmerkte: 'Dit doet me denken, senator Kincaid, wat vindt u eigenlijk van de reeks ongelukken die de Southern Pacific Railroad te ver-werken krijgt?'

Kincaid, die kennelijk bij het eten te veel gedronken had, antwoordde luidkeels: 'Als ingenieur zou ik zeggen dat de geruchten over slechte bedrijfsvoering bij de Southern Pacific echt schandalige leugens zijn. Een spoorwegonderneming is een gevaarlijke business. Dat was zo en dat blijft zo.'

Net zo plotseling als het schokken was begonnen, hield het weer op en de trein snelde voort, veilig op de rails. De passagiers slaakten zuchten van verlichting en waren opgelucht dat de ochtendkranten niet hun naam zouden publiceren in het rijtje dodelijke slachtoffers van weer een treinongeluk.

'Hoeveel kaarten, rechter?'

Maar rechter Congdon was nog niet uitgesproken. 'Ik had 't niet over slechte bedrijfsvoering, Charlie. Wanneer je niet als ingenieur maar als naaste deelgenoot van Osgood Hennessy zou spreken, hoe staan de zaken er dan voor bij Hennessy's Cascades Cutoff, waar toch de meeste ongelukken schijnen plaats te vinden?'

Kincaid stak een gloedvolle speech af die meer geschikt leek voor een zitting van het congres dan voor een spelletje poker met hoge inzetten. 'Ik verzeker u, heren, dat de roddelverhalen over een roekeloze uitbreiding van de Cascades Lijn pure kletspraat zijn. Ons fantastische land is opgebouwd door stoutmoedige lieden als directeur Hennessy van de Southern Pacific, die ondanks tegenslag enorme risico's nam en doorzette toen nuchterder koppen voorstelden het rustig aan te doen, en daarbij zelfs een faillissement en financiële ondergang trotseerde.'

Het viel Bell op dat Jack Thomas, de bankier, daar minder van overtuigd leek. Kincaid deed Hennessy's reputatie hier vanavond beslist geen goed.

'Hoeveel kaarten had u willen hebben, rechter Congdon?' vroeg hij opnieuw.

Congdons antwoord was aanzienlijk alarmerender dan de onverwachte schokken in de cadans van de Overland Limited. 'Geen kaarten, dank u. Ik heb er geen nodig. Ik pas.'

De overige spelers staarden voor zich uit. Bruce Payne, de olie-advocaat, sprak uit wat iedereen dacht. 'Passen bij vijf getrokken kaarten is zoiets als aan het hoofd van een plunderende ruiterbende een stadje binnen galopperen.'

Ze waren bezig met de tweede speelronde. Isaac Bell had alle spelers al vijf kaarten rondgedeeld. Congdon, in de 'gedekte' positie direct aan Bells linkerkant doorgaans degene die past, had als eerste geboden. Afgezien van Payne hadden alle spelers in de chique coupé het bod van de staalbaron aangenomen. Charles Kincaid, die aan de rechterkant naast Bell zat, had dat bod onbezonnen verhoogd en daarmee de spelers die nog volgden gedwongen meer geld in te zetten. De gouden munten rolden geruisloos over het vilten tafeldek toen alle spelers, inclusief Bell, het hogere bod accepteerden, voornamelijk omdat Kincaid tot dan toe met een opvallend gebrek aan inzicht had gespeeld.

Nu het bieden in de eerste ronde was afgesloten, was het de spelers toegestaan om één, twee of drie kaarten af te gooien en nieuwe te trekken om hun hand te verbeteren. De aankondiging van rechter Congdon dat hij nu al geen kaarten nodig had – dank u – en paste, vond niemand leuk. Door te beweren dat hij geen verbetering nodig had, suggereerde hij dat nu al een winnende hand had, vijf goede kaarten dus en uitkomsten als *two pairs* en *three-of-a-kind* zou overbieden. Het betekende dat hij minstens een straat (vijf chronologisch opeenvolgende kaarten) had of zelfs een full house (three-of-a-kind plus *two-of-a-kind*), een machtige combinatie waarmee je een straat of een flush sloeg.

'Als de heer Bell zo vriendelijk wil zijn de andere heren het door hen gewenste aantal kaarten te geven,' zei een zich verkneukelende Congdon, die plotseling geen enkele belangstelling meer had voor onderwerpen als arbeidsonrust en treinontsporingen, 'ik popel om een volgend bod uit te brengen.'

'Kaarten, Kenny?' vroeg Bell. En Bloom, die lang niet zo rijk was in kolen als Congdon in staal, vroeg zonder veel hoop om drie kaarten.

Jack Thomas nam twee kaarten, wat erop wees dat hij mogelijk al een *three-of-a-kind* in handen had. Maar het was waarschijnlijker, besloot Bell, dat hij een gemiddeld paar had en een aas achter de hand hield in de ijdele hoop dat hij er twee azen bij trok. Wanneer hij echt een drietje had, had hij het bod in de eerste ronde verhoogd.

De volgende, Douglas Moser, de aristocratische textielfabrikant uit New England, zei dat hij één kaart wilde, waarmee hij waarschijnlijk op *two pairs* mikte, maar misschien ook op een straat of een flush. Bell had aan zijn spel gezien dat hij te rijk was om echt om de winst te willen spelen. Nu alleen senator Kincaid nog, die rechts naast Bell zat.

'Ik pas ook,' zei Kincaid.

Rechter Congdons wenkbrauwen, twee ruige, borstelige strepen, schoten twee volle centimeters omhoog. Een aantal aanwezigen reageerde luid-keels. Dat er twee spelers in dezelfde ronde pasten was ongekend.

Bell was net zo verbaasd als de anderen. Hij had al vastgesteld dat senator Kincaid als het kon vals speelde door handig van onder op het spel kaarten te geven. Maar Kincaid had dit spelletje niet gegeven, dat deed Bell. Hoe ongebruikelijk een perfecte hand ook was, indien Kincaid die had, was dat puur geluk, niet een kwestie van bedrog.

'De laatste keer dat er twee keer werd gepast,' zei Jack Thomas, 'ein-digde dat met een schietpartij.'

'Gelukkig,' zei Moser, 'is er niemand aan deze tafel gewapend.'

Wat niet waar was, had Bell gezien. De vals spelende senator had een zakpistool dat een bolling in de stof van zijn zijzak veroorzaakte. Een ver-standige voorzorgsmaatregel, vond Bell, voor publiekelijk bekende lieden sinds McKinley was neergeschoten.

'De gever neemt er twee,' zei Bell, waarop hij twee kaarten afgooide, zichzelf twee vervangers gaf en het spel op tafel legde. 'Eerste inzetter biedt,' zei hij. 'Ik meen dat u dat was, rechter Congdon.'

De oude James Congdon, met meer gele tanden in zijn mond dan een volwassen wolf, keek glimlachend langs Bell naar senator Kincaid. 'Ik ver-dubbel de pot.'

Ze speelden met de gezamenlijke inzet als limiet, wat inhield dat een bod nooit hoger mocht zijn dan het bedrag dat op dat moment op tafel lag. Uit Congdons bod bleek dat hoewel het passen van Kincaid hem had ver-wonderd, hij er niet bang voor was, daarmee suggererend dat hij een heel sterke hand had, eerder een full house dan een straat of een flush. Bruce Payne, zichtbaar blij dat hij uit het spel was, telde de inzet en meldde met zijn schrale, schrille stem: 'Afgerond is je bod dan 3600 dollar.'

Joseph van Dorn had Isaac Bell geleerd vermogens altijd te vertalen naar wat een arbeider per dag verdiende. Hij had hem meegenomen naar de ruigste saloon in Chicago en goedkeurend toegekeken hoe zijn keurig geklede leerling een aantal vuistgevechten won. Vervolgens vestigde hij Bells aandacht op de klanten die in de rij stonden voor een gratis lunch. Het was duidelijk dat een telg uit een bankiersfamilie uit Boston en bo-vendien afgestudeerd aan Yale zich in de denkwereld van de bevoor-rechte klasse kon inleven, had zijn baas glimlachend vastgesteld. Maar een detective moest de overige achtennegentig procent van de bevol-king ook begrijpen. Hoe dacht iemand die geen cent te makken had?

Hoe handelde iemand die niets anders te verliezen had dan zijn angst? De zesendertighonderd dollar in de pot van dit ene spelletje was meer geld dan de metaalarbeiders van rechter Congdon in zes jaar verdienden.

'Ik zet drieduizend zeshonderd in,' zei Congdon, waarop hij alle munten die voor hem lagen naar het midden van de tafel schoof en een rood laken zakje met munten leegschudde die met doffe tikjes op het vilt ploften.

Ken Bloom, Jack Thomas en Douglas Moser legden hun kaarten haastig neer.

'Ik ga met je zesendertighonderd mee,' zei senator Kincaid. 'En ik verhoog de pot. 10.800 dollar.' Achttien jaarlonen.

'De spoorwegmaatschappij heeft zich kennelijk heel dankbaar getoond,' zei Congdon, de senator jennend over de spoorwegaandelen waarmee parlementsleden notoir werden omgekocht.

'De spoorwegmaatschappij is z'n geld waard,' antwoordde Kincaid glimlachend.

'Of je wilt ons echt doen geloven dat je een perfecte hand hebt.'

'Perfect genoeg om het bod te verhogen. Wat ga jij doen, rechter? Het bod is tienduizend achthonderd dollar.'

'Ik dacht,' onderbrak Bell hem, 'dat 't mijn beurt was om te bieden.'

'O, neem me niet kwalijk, meneer Bell. We hebben uw beurt om op te geven overgeslagen.'

'Geeft niet, senator. Ik zag dat u in Ogden de trein nog net op het nippertje haalde. U bent waarschijnlijk nog steeds wat gehaast.'

'Ik dacht dat ik een detective aan de zijkant van de trein zag hangen. Gevaarlijk werk, meneer Bell.'

'Niet zolang je niet door een misdadiger op de hielen wordt gezeten.'

'Het bod,' gromde rechter Congdon ongeduldig, 'is mijn zesendertighonderd dollar plus de 10.800 dollar van senator Kincaid en dat maakt het bod voor meneer Bell dus 14.400 dollar.'

Waarop Payne met monotone stem tussenbeide kwam: 'De pot is inclusief de inzet van senator Kincaid nu 21.600 dollar.'

Paynes berekeningen waren eigenlijk overbodig. Zelfs de rijkste, meest zorgeloze heren aan de tafel waren zich ervan bewust dat je met 21.600 dollar de locomotief van deze trein kon kopen, plus waarschijnlijk nog een van de pullmans.

'Meneer Bell,' zei rechter Congdon, 'we wachten op uw antwoord.'

'Ik ga mee met uw bod, rechter, en de verhoging van 10.800 dollar door senator Kincaid,' zei Bell. 'Dat brengt de inzet dus op zesendertigduizend dollar, die ik verhoog.'

'U verhoogt?'

'36.000 dollar.'

Bells beloning was de lol om te zien hoe de monden van een Amerikaanse senator en de rijkste staalbaron van Amerika gelijktijdig openvielen.

'De inzet is nu 72.000 dollar,' berekende de heer Payne.

Er viel een diepe stilte in de coupé. Alleen het gedempte tikken van de wielen was nog te horen. De rimpelige hand van rechter Congdon schoof zijn borstzak in en diepte er een cheque uit op. Hij pakte een gouden vulpen uit een andere zak, deed het dopje eraf en schreef bedaard een bedrag op zijn cheque. Vervolgens zette hij zijn handtekening, blies op het papier om de inkt te drogen en glimlachte.

'Ik ga mee met uw verhoging van 36.000 dollar, meneer Bell, plus de 10.800 van de senator, wat inmiddels een fooitje lijkt, en ik verhoog met 118.800 dollar... senator Kincaid, het is aan u. Mijn verhoging en die van de heer Bell houden in dat het u 154.800 dollar kost om in het spel te blijven.'

'Goeie God,' zei Payne.

'Wat doe je, Charlie?' vroeg Congdon. '154.800 dollar als je mee wilt doen.'

'Ik bied,' reageerde Kincaid stijfjes, terwijl hij het bedrag op zijn biedkaart krabbelde en dat op de stapel geld wierp.

'Geen verhoging?' zei Congdon spottend.

'Je hebt me gehoord.'

Congdon richtte zich met zijn wezenloze glimlach tot Bell. 'Meneer Bell, mijn verhoging was 118.800 dollar.'

Bell glimlachte terug en bedacht zich dat het bod op zich al een enorme aanslag op zijn privévermogen betekende. Een verhoging zou het gevaarlijk onder druk zetten.

Rechter James Congdon was een van de rijkste mensen van Amerika. Als Bell verhoogde, zou niets de man tegenhouden opnieuw te verhogen en hem zo buitenspel te zetten.

17

'Meneer Payne,' vroeg Isaac Bell, 'hoeveel geld zit er in de pot?'
'Goed, eens kijken... De inzet is nu 237.600 dollar.'
Bell dacht aan de staalarbeiders. Voor deze inzet zouden vierhonderd man ruim een jaar moeten werken. Tien mensen zouden dit bedrag met elkaar, als ze het geluk hadden dat ze het een lang werkzaam leven zonder ongelukken en ziektes volhielden, van hun jeugd tot op hoge leeftijd misschien net bij elkaar krijgen.

'Meneer Payne,' vroeg Congdon argeloos, 'wat wordt de inzet wanneer de heer Bell blijft volhouden dat zijn twee nieuwe kaarten hem voldoende vertrouwen schenken voor een volgend bod?'

'Hm, dan is de inzet 475.200 dollar.'

'Bijna een half miljoen,' zei de rechter. 'Dan praten we echt over geld.'

Bell besloot dat Congdon te veel praatte. De harde oude staalbaron klonk nogal nerveus. Als iemand met een straat in zijn hand, wat in pokertermen toch onder in het vat was. 'Ik neem aan dat u een cheque van de American States Bank of Boston accepteert?'

'Natuurlijk. We zijn met gentlemen onder elkaar.'

'Ik ga mee en verhoog met 475.200 dollar.'

'Ik ben plat,' zei Congdon, waarbij hij zijn kaarten op tafel gooide.

Kincaid glimlachte, duidelijke opgelucht dat Congdon uit het spel was. 'Hoeveel kaarten had u gepakt, meneer Bell?'

'Twee.'

Kincaid staarde enige tijd naar de kaarten in Bells hand. Toen Bell opkeek, liet hij zijn gedachten afdwalen, wat het makkelijker maakte om niet bezorgd te lijken over het feit of Kincaid al dan niet overbood.

De pullmanwagon schommelde doordat de trein versnelde. Door het dempende effect van de tapijten en het meubilair in de vorstelijke coupé was het nauwelijks waarneembaar dat de snelheid van de trein op de vlakte van het Great Divide Basin in Wyoming tot zo'n honderddertig kilometer per uur was toegenomen. Bell kende dit droge, door wind geteisterde hoogland heel goed, want hij had er in de achtervolging van de Wild Bunch maandenlang op de rug van een paard rondgereden.

Kincaids vingers tastten naar het vestzakje waarin zijn biedkaarten zaten. De man had grote handen, zag Bell. En sterke polsen.

'Dat is een hoop geld,' zei de senator.

'Voor een ambtenaar zeker,' stemde Congdon in. Uit ergernis dat hij zich had moeten terugtrekken, liet hij er nog een onaardige verwijzing naar de spoorwegaandelen van de senator op volgen. 'Zelfs voor iemand met "belangen" achter de hand.'

Payne herhaalde Congdons taxatie. 'Bijna een half miljoen dollar.'

'Veel geld in deze tijden van crisis, met dalende beurzen,' vulde Congdon aan.

'Meneer Bell,' vroeg Kincaid, 'wat doet een aan de zijkant van de trein hangende detective als er inderdaad een misdadiger op zijn hielen zit?'

'Hangt ervan af,' antwoordde Bell.

'Waarvan?'

'Of hij heeft leren vliegen.'

Kenny Bloom lachte.

Kincaids ogen bleven strak op Bells gezicht gericht. 'Hebt u geleerd te vliegen?'

'Nog niet.'

'Wat doet u dan?'

'Dan trap ik hem op zijn hielen,' antwoordde Bell.

'Dat geloof ik graag,' zei Kincaid. 'Ik pas.'

Nog altijd zonder een spier te vertrekken legde Bell zijn kaarten ongeopend op tafel en streek de 950.400 dollar in gouden munten, biedkaartjes en cheques, inclusief die van hemzelf, naar zich toe. Kincaid stak zijn hand uit naar Bells kaarten. Bell legde zijn hand er stevig op.

'Benieuwd naar wat u hebt liggen,' zei Kincaid.

'Ik ook,' zei Congdon. 'Tegen twee perfecte handen hebt u toch niet durven bluffen.'

'Ik had het idee dat de perfecte handen bluften, rechter.'

'Allebei? Dat dacht ik niet.'

'Ik blufte in elk geval niet,' zei Kincaid. 'Ik had een behoorlijk mooie hartenflush.'

Hij draaide zijn kaarten om en spreidde ze uit zodat iedereen ze kon zien.

'Allemachtig, senator!' zei Payne. 'Acht, negen, tien, boer en heer. Eén tekort voor een echte flush. Daarmee had je beslist kunnen blijven bieden.'

'Tekort is hier het sleutelwoord,' merkte Bloom op. 'En een geheugensteuntje dat een echte flush zeldzamer is dan een handvol azen.'

'Ik zou heel graag uw kaarten willen zien, meneer Bell,' zei Kincaid.

'Daar hebt u niet voor betaald,' zei Bell.

'Dat zal ik doen,' reageerde Congdon.

'Wat zegt u, sir?'

'Het is mij honderdduizend dollar waard om het bewijs te zien dat u een hoge three-of-a-kind had en daarna een paar trok, waardoor u een full house had. Wat de flush van de senator en mijn miserabele straat zou slaan.'

'Ga ik niet op in,' zei Bell. 'Een oude vriend van me zei altijd dat als je bluft je dat geheim moet houden.'

'Net wat ik dacht,' reageerde Congdon. 'U wilt er niet op ingaan omdat ik gelijk heb. U had geluk en trok nog een paar.'

'Als u dat zo wilt geloven, rechter, prima, dan gaan we allebei tevreden naar huis.'

'Verdomme!' zei de staalmagnaat. 'Ik maak er tweehonderdduizend van. Laat 't me nou zien.'

Bell draaide de kaarten om. 'Die vriend zei ook dat je ze af en toe wel moest laten zien om ze te verbazen. U had gelijk wat betreft de hoge three-of-a-kind.'

De staalmagnaat reageerde verbluft. 'Ik word gek. Alleen drie vrouwen. U hebt wél gebluft. U had alleen een drietal. Ik had u met mijn straat geslagen. Hoewel jouw flush mij weer had geslagen, Charlie. Als meneer Bell ons niet allebei had afgetroefd.'

Charles Kincaid ontplofte haast. 'U hebt een half miljoen dollar ingezet op drie lullige vrouwen?'

'Ik ben dol op vrouwen,' zei Isaac Bell. 'Altijd geweest.'

Kincaid stak zijn arm uit en raakte de vrouwen aan alsof hij zijn ogen niet kon geloven. 'Ik zal fondsen moeten vrijmaken zodra ik in Washington ben,' zei hij stijfjes.

'Geen haast,' zei Bell coulant. 'Dat had ik ook gemoeten.'

'Naar welk adres zal ik mijn cheque sturen?'

'U vindt me in de Yale Club in New York City.'

'Kerel,' zei Congdon, terwijl hij een cheque uitschreef die gedekt was zonder dat hij eerst fondsen moest vrijmaken, 'u hebt uw treinkaartje wel terugverdiend zo.'

'Treinkaartje? Mijn God,' zei Bloom. 'Hij kan de hele trein kopen.'

'Verkocht!' reageerde Bell lachend. 'Kom mee naar het panoramarijtuig, de drankjes zijn voor mijn rekening, en misschien is er nog een hapje te eten. Ik heb honger gekregen van al dat gebluf.'

Terwijl Bell hen voorging naar het achterste deel van de trein, vroeg hij zich af waarom senator Kincaid had gepast. Het was een volstrekt correcte zet, nam hij aan, maar nadat Congdon had gepast, was dat veel voorzichtiger dan Kincaid de hele avond was geweest. Dat was vreemd. Het leek wel alsof Kincaid zich in het begin veel dommer had voorgedaan dan hij in werkelijkheid was. En vanwaar die kletspraat dat Osgood Hennessy zulke enorme risico's nam? Het had de reputatie van zijn weldoener onder de bankiers beslist geen goed gedaan.

In het panoramarijtuig bestelde Bell champagne voor alle aanwezigen en vroeg de stewards op de late avond een souper te serveren. Kincaid zei dat hij alleen even één snel glas meedronk. Hij was moe, zei hij. Maar hij liet toe dat Bell hem een tweede glas champagne inschonk, waarna hij een biefstuk met eieren at en al helemaal over zijn teleurstelling aan de speeltafel heen leek. De spelers mengden zich onder elkaar en enkele andere reizigers die de nacht drinkend doorbrachten. Groepjes die uit elkaar vielen, gingen soepeltjes in andere over. Het verhaal over de drie vrouwen was het onderwerp dat steeds terugkwam. Nadat het gezelschap sterk was uitgedund, bleef Isaac Bell met Ken Bloom, rechter Congdon en senator Kincaid over, die hem vroeg: 'Ik begrijp dat u het treinpersoneel een WANTED-poster laat zien.'

'Een schets van de man naar wie we op zoek zijn,' antwoordde Bell.

'Laat eens zien!' zei Bloom. 'Misschien hebben wij hem gezien.'

Bell pakte een tekening uit zijn jas, schoof wat borden opzij en spreidde hem op tafel uit.

Bloom reageerde na één vluchtige blik. 'Dat is die acteur! In *The Great Train Robbery*.'

'Is dit echt de acteur?' vroeg Kincaid.

'Nee. Maar hij lijkt inderdaad op Broncho Billy Anderson.'

Kincaid streek met zijn vingers over de tekening. 'Hij lijkt wel wat op mij.'

'Arresteer hem!' bulderde Ken Bloom lachend.

'Inderdaad,' zei Congdon. 'In zekere zin. Deze vent heeft scherpe gelaatstrekken. Net als de senator. Zie je dat kuiltje in zijn kin? Dat heb jij ook, Charles. In Washington hoorde ik een stelletje dwaze, als kippen kakelende vrouwen zeggen dat je iets van een filmidool hebt.'

'Mijn oren zijn toch niet zo groot?'

'Nee.'

'Een hele opluchting,' zei Kincaid. 'Met zulke grote oren ben je echt geen filmidool.'

Bell lachte. 'Mijn baas heeft ons gewaarschuwd. Arresteer geen lelijkerds.'

Nieuwsgierig keek hij van de tekening naar de senator en weer terug naar de tekening. Ze hadden allebei een hoog voorhoofd. De oren waren beslist anders. Maar de getekende verdachte en de senator hadden beiden een intelligent gezicht met scherpe trekken. Dat hadden veel mannen, zoals Joseph van Dorn had opgemerkt. Een ander verschil tussen de senator en de verdachte was, behalve het formaat van de oren, de blik in hun ogen. De man die de houthakker met een koevoet had neergeslagen, had een harde, vastberaden blik. Het was niet verbazingwekkend dat hij de man die hij aanviel indringend had aangekeken. Maar Kincaid leek helemaal niet zo fanatiek. Zelfs op het hoogtepunt van het pokerspel kwam Kincaid op hem over als zelfvoldaan en genotzuchtig, meer een dienaar van de machtigen dan dat hij er zelf toe behoorde. Maar Bell herinnerde zich dat hij zich op een gegeven moment wel had afgevraagd of Kincaid zich dommer voordeed dan hij was.

'Goed,' zei Kincaid, 'als we deze vent zien, zullen we hem voor je oppakken.'

'Als je 'm ziet, blijf dan uit zijn buurt en vraag om versterking,' zei Bell ernstig. 'Hij is bloedlink.'

'Oké, ik ga naar bed. Lange dag geweest. Welterusten, meneer Bell,' zei Kincaid hoffelijk. 'Dat was interessant, zo'n kaartspel met u.'

'Duur ook,' vulde rechter Congdon aan. 'Wat gaat u doen met uw winst, meneer Bell?'

'Ik ga een herenhuis kopen voor mijn verloofde.'

'Waar?'

'San Francisco. Daarboven in Nob Hill.'

'Hoeveel mensen hebben daar de aardbeving overleefd?'

'Het huis waar ik aan denk is voor de eeuwigheid gebouwd. Het enige probleem is dat het er naar mijn verloofdes idee te veel spookt. Het was eigendom van een vroegere werkgever van haar die een verloederde bankrover en moordenaar bleek te zijn.'

'In mijn ervaring,' giechelde Congdon, 'kun je een vrouw van wie je wilt dat ze zich in het huis van een voorgangster lekker voelt, het beste een staaf dynamiet in haar hand stoppen met de mededeling dat ze de boel opnieuw mag inrichten. Dat heb ik meermaals gedaan. Werkt als een tovermiddel. Dat gaat misschien voor voormalige werkgevers ook op.'

Charles Kincaid stond op en zei iedereen goedenacht. Ten slotte vroeg hij langs z'n neus weg, haast spottend: 'Wat is er eigenlijk van die verloederde bankrover en moordenaar geworden?'

Isaac Bell keek de senator zo strak aan dat hij zijn ogen neersloeg. Pas toen antwoordde de lange detective: 'Ik heb hem uitgeschakeld, senator. Van hem zal niemand ooit nog last hebben.'

Kincaid reageerde met een hartelijke lach. 'Het beroemde motto van Van Dorn: we geven nooit op.'

'Nooit,' zei Bell.

Senator Kincaid, rechter Congdon en de anderen verdwenen naar hun coupés, waarna Bell en Kenny Bloom alleen in het panoramarijtuig achterbleven. Een halfuur later begon de trein vaart te minderen. Hier en daar glinsterde een lichtje in de duisternis. De buitenwijken van de stad Rawlins doemden op. De Overland Limited rolde door schaars verlichte straten.

De Saboteur mat de snelheid van de trein vanaf het balkon van de laatste pullmanwagon, waarin zijn privécoupé zich bevond. Bells tekening was harder bij hem aangekomen dan zijn enorme verlies bij het pokerspel. Het geld betekende weinig voor hem, aangezien hij spoedig rijker zou zijn dan Congdon, Bloom en Moser bij elkaar. Maar die tekening was een zeldzaam staaltje pure pech. Iemand had zijn gezicht gezien en hem aan een tekenaar beschreven. Gelukkig waren zijn oren fout. En goddank was er die gelijkenis met een filmster. Maar op meer van dat soort gelukkige omstandigheden die Isaac Bell op het verkeerde been zetten, mocht hij niet rekenen.

Hij sprong van de afremmende trein en liep de duistere straten in. Hij moest snel zijn. De tussenstop hier zou maar een halfuur duren en hij kende Rawlins niet. Maar er zat een patroon in het stratennet van steden met een treinstation en hij geloofde dat het geluk dat zich die avond tegen hem had gekeerd, zijn kant weer opschoof. Om te beginnen was Isaac Bell minder alert. De detective was in zijn nopjes met zijn geluk aan de speeltafel. En hoogstwaarschijnlijk zat tussen de telegrammen die op het station voor hem klaarlagen het tragische nieuws uit Ogden, dat hard bij hem zou aankomen.

Al binnen een paar minuten vond hij wat hij zocht, en kwam door op het geluid van een piano af te gaan bij een saloon aan waar het er nog levendig aan toeging, hoewel het al ver na middernacht was. Hij stapte niet door de klapdeurtjes, maar nam een dik pak geld in zijn hand en liep onbevreesd door zij- en achtersteegjes om de saloon heen. Op de eerste verdieping verraadde helle verlichting de aanwezigheid van een danszaal en een gokpaleis, terwijl gedempt licht de peeshokjes van het aangrenzende bordeel markeerde. De sheriff, die was omgekocht om de illegale praktijken te gedogen, zou zich hier in de buurt niet laten zien. Daarom waren er ongetwijfeld uitsmijters aangesteld om de orde te handhaven en de boeven buiten de deur te houden. En ja hoor, daar waren ze.

Twee vuistboksers met gebroken neuzen zaten op de onderste trede van de trap naar de eerste verdieping te roken. Ze waren van het type dat aan rodeo's meedeed, en bekeken hem met groeiende belangstelling toen hij met een enigszins onvaste tred naderde. Op een meter of zes voor de trap struikelde hij en greep naar de muur om overeind te blijven. Zijn hand raakte het ruwe hout precies op een door het schijnsel vanboven verlichte plek zodat het geld in zijn hand zichtbaar was. De twee stonden op, wisselden een veelbetekenende blik en trapten hun sigaretten uit.

De Saboteur wendde zich met een dronken zwaai af en stommelde de duisternis in naar de openstaande deur van een stalhouderij. Hij zag opnieuw een blik van verstandhouding bij de uitsmijters die een buitenkansje roken. De dronkaard met een handvol *dinero* maakte het hen wel erg makkelijk om hem daar in afzondering van te bevrijden.

Hij liep voor hen de stal in en zocht daar snel een plek op waar door een raam licht van de overkant naar binnen scheen. Ze kwamen achter hem aan, waarbij de voorste uitsmijter een knuppel uit zijn zak pakte. De Saboteur trapte zijn voeten onder hem weg. Hij werd compleet verrast en viel op het door hoeven platgetrapte stro. Zijn compagnon, die begreep dat de Saboteur niet zo dronken was als ze dachten, hief zijn machtige vuisten op.

De Saboteur liet zich op een knie zakken, trok zijn mes uit zijn laars en gaf er een draai aan met zijn pols. Het lemmet schoof tot volle lengte uit, waarbij de punt de keel van de uitsmijter raakte. Met zijn andere hand drukte de Saboteur zijn derringer tegen de slaap van de man die op het stro lag. Heel even was het stil, op de piano in de verte en de luide, gespannen ademhaling van de uitsmijters na.

'Rustig, heren,' zei de Saboteur. 'Het gaat om een zakelijk voorstel. Ik betaal u tienduizend dollar voor het vermoorden van een passagier in de Overland Limited. Hij staat nog twintig minuten in het station.'

De uitsmijters hadden er geen moeite mee om voor tienduizend dollar iemand om te leggen. De Saboteur had ze ook voor vijfduizend zover gekregen. Maar ze waren praktisch ingesteld.

'Hoe krijgen we hem de trein uit?'

'Hij is een beschermer van onschuldigen,' antwoordde de Saboteur. 'Hij zal iemand in gevaar te hulp komen – een belaagde jonkvrouw bijvoorbeeld. Heb je daar niet iemand voor?'

Ze keken naar de overkant van de steeg. In een raam hing een rode remmerslantaarn. 'Voor twee dollar doet ze 't wel.'

De Overland Limited was met metaalachtige gekrijs van de remschoenen en schel gebonk over verbindingsstukken tot stilstand gekomen in de smalle, elektrisch verlichte strook langs het lage bakstenen station van Rawlins. De meeste passagiers lagen in hun bed te slapen. De enkeling die nog wakker was, stapte het perron op om de benen te strekken, maar schrok terug van de stank van alkalibronnen vermengd met de rook van kolen. Het treinpersoneel verwisselde de locomotief, terwijl er etenswaren, kranten en telegrammen aan boord werden gebracht.

De wagonbediende, de ex-slaaf Jonathan, meldde zich bij Isaac Bell, die in het panoramarijtuig tevreden onderuitgezakt met Kenneth Bloom herinneringen aan hun gezamenlijke tijd in het circus ophaalde.

'Telegram uit Ogden, meneer Bell.'

Bell gaf de oude man duizend dollar fooi.

'Dat is mooi, Jonathan,' zei hij lachend. 'Ik had geluk vanavond. Die rijkdom delen is toch het minste wat ik kan doen. Excuseer me een momentje, Ken.' Hij wendde zich af om het telegram te lezen.

Zijn gezicht verstarde, terwijl er tranen in zijn ogen brandden.

'Alles oké, Isaac?' vroeg Ken.

'Nee,' bracht hij met moeite uit, waarna hij het achterbalkon opstapte om zijn longen vol te zuigen met de scherp stinkende lucht. Hoewel het midden in de nacht was, duwde een rangeerloc goederenwagons over het emplacement. Bloom voegde zich bij hem.

'Wat is er gebeurd?'

'Weber en Fields...'

'Vaudeville? Waar heb je 't over?'

'Goeie vrienden van me,' was het enige wat Bell kon zeggen. Hij verfrommelde het telegram in zijn vuist en fluisterde tegen zichzelf: 'Ik heb ze nog zo gezegd dat ze moesten oppassen. Ik heb ze gezegd dat de Saboteur bloedlink is.'

'Wie?' vroeg Bloom.

Bell keek hem met een schrikwekkende blik in de ogen aan en Bloom trok zich haastig terug in het panoramarijtuig.

Bell streek het telegram glad en herlas het. Hun lichamen waren gevonden in een steeg op twee straten afstand van het kantoor. Ze moeten de Saboteur hebben ontdekt en hem zijn gevolgd. Het was haast onvoorstelbaar dat een man in z'n eentje twee ervaren detectives kon uitschakelen. Maar Wally voelde zich niet goed. Waarschijnlijk heeft dat hem parten gespeeld. Als hoofdrechercheur, als de man die voor de veiligheid van zijn mensen verantwoordelijk is, had hij hem moeten vervangen... Hij had een kwetsbare man uit het gevaar moeten weghalen.

Bells hoofd voelde alsof 't op ontploffen stond, tot barstens toe gevuld met pijn en woede. Het leek een eeuwigheid voordat hij weer enigszins kon nadenken en het geleidelijk tot hem doordrong dat Wally en Mack hem wel iets hadden nagelaten. De man die ze hadden achtervolgd, moet voldoende op het door de houthakker getekende portret hebben geleken om hun argwaan te wekken. Waarom waren ze hem anders in een steeg gevolgd? Dat hij hen te lijf was gegaan en hen had gedood, bewees dat de tekening van de Saboteur leek, hoezeer hij de mensen ook aan een filmster deed denken.

De nieuwe locomotief floot het vertreksignaal. Met zijn handen om de balustrade geklemd ging Bell, terwijl de tranen over zijn wangen biggelden, zo in zijn verdriet op dat hij de fluit nauwelijks hoorde. Toen de trein in beweging kwam, was hij er zich vaag van bewust dat het leek alsof de bielzen van onder het panoramarijtuig weggleden, terwijl ze onder het schijnsel van de laatste elektrische lamp van het rangeerterrein door het station uitreden.

Er gilde een vrouw.

Bell keek op. Hij zag haar langs het spoor rennen alsof ze de optrekkende trein nog probeerde te halen. Haar witte jurk glinsterde in de duisternis door het schijnsel van de lampen in de verte. Er dook een man achter haar op, een forse gestalte die zijn armen om haar heen sloeg en haar geschreeuw smoorde door een hand om haar mond te slaan, waarna hij haar onder het gewicht van zijn lichaam tegen het ballastbed drukte.

Bell kwam met een ruk in beweging. Hij sprong over de balustrade en landde met rennende voeten op de bielzen om onmiddellijk zo hard als hij kon weg te spurten. Maar de trein reed te hard en hij verloor zijn evenwicht. Hij kromde zich tot een bal, beschermde zijn gezicht met zijn handen, sloeg tegen de bielzen en rolde tussen de rails door, terwijl de trein met een vaart van zo'n vijftig kilometer per uur van hem wegreed.

Bell rolde over een wissel en kwam tegen een seinpaal tot stilstand. Hij krabbelde overeind en rende de vrouw te hulp. De man hield zijn ene hand om haar keel en woelde met de andere onder haar jurk.

'Laat haar gaan!' schreeuwde Bell.

De man sprong overeind.

'Wegwezen,' zei hij tegen de vrouw.

'Betalen!' eiste ze, waarbij ze haar hand ophield. Hij wierp er wat geld in. Ze keek Bell met een lege blik aan en liep terug naar het station in de verte. De man die had gedaan alsof hij haar overviel, richtte zich tot Bell en haalde als een beroepsbokser met snelle stoten naar hem uit.

Terwijl hij ongelovig het rode licht achter op de Overland Limited in het donker zag verdwijnen, ontweek Bell intuïtief de stoten van de man, die zonder effect over zijn schouder heen maaiden. Tot een staalharde vuist hem keihard tegen zijn achterhoofd raakte.

De Saboteur keek toe vanaf het achterbalkon van de Overland Limited, die steeds meer vaart maakte. Het rode licht achter op het panoramarijtuig glansde op de rails. Tegen de gloed van het treinemplacement van

Rawling staken de gestaltes van drie snel kleiner wordende figuren af. Twee leken niet te bewegen, terwijl de derde tussen hen in heen en weer vloog.

'Vaarwel, meneer Bell. Vergeet vooral niet "terug te slaan".'

18

Ze waren met zijn tweeën.

Door de klap van achter vloog Bell naar voren op de eerste bokser af, die hem met een kaakslag opving. Hierdoor tolde hij terug. De tweede bokser wachtte hem op met een vuistslag waarmee hij de detective tegen de grond sloeg.

Bell raakte het ballastbed met zijn schouder, rolde over de splinterige bielzen en smakte tegen een spoorstaaf. Het koude staal lag als een kussen onder zijn hoofd en hij keek op in een poging zich te concentreren op wat hem overkwam. Een paar seconden eerder had hij op het achterbalkon van een trein met louter eersteklas privécoupés gestaan. Tot hij een vrouw te hulp was geschoten die helemaal geen hulp nodig had. Nu sloegen er twee beroepsvuistvechters op hem in.

Ze sloten hem in, daarmee elke gedachte aan ontsnappen blokkerend.

Een halve kilometer verderop werd de omgewisselde locomotief op een zijspoor gezet, waarna het licht van de koplamp over het spoor scheen en Bell en zijn aanvallers voldoende verlichtte om elkaar te kunnen zien, maar niet voldoende, begreep Bell, om zichtbaar te zijn voor iemand die hem kon helpen.

In het schijnsel van de verre koplamp zag hij dat het potige mannen waren, niet zo groot als hij, maar wel aanzienlijk zwaarder. Aan hun houding zag hij dat het profs waren. Met soepel voetenwerk wisten ze wat een goede stoot was en waar ze het lichaam moesten raken om de meeste schade aan te richten. Ze kenden alle smerige trucjes. Aan hun wrede gelaatstrekken zag hij dat hij niet op hun genade hoefde te rekenen.

'Opstaan, klojo. Overeind jij en verdedig je als een vent.'

Ze stapten achteruit om hem ruimte te geven, zozeer vertrouwden ze op hun ervaring en het feit dat ze met twee tegen één in de meerderheid waren.

Bell schudde zijn hoofd om wat bij te komen en drukte zich half overeind. Hij was een getrainde bokser. Hij kon stoten incasseren. Hij kon stoten opvangen. Hij kon stoten in flitsende combinaties uitdelen. Maar zij waren in de meerderheid en ook zij kenden hun vak.

De eerste man stond klaar om uit te halen, zijn ogen fel glanzend, zijn vuisten laag in de vechthouding van John L. Sullivan, de laatste zwaargewichtkampioen die met blote handen bokste. De tweede man hield zijn handen hoger in de stijl van 'Gentleman Jim' Corbett, de enige die Sullivan ooit knock-out had geslagen. Hij was degene voor wie je moest oppassen. Corbett was een technische bokser, in tegenstelling tot de vechters. Met zijn linkerhand en schouder beschermde hij zijn kaak, zoals ook Corbett dat deed. Zijn rechter, waarmee hij zijn maag afschermde, was een moker die hij in reserve hield.

Bell stond op.

Corbett stapte achteruit.

Sullivan viel aan.

Hun strategie, zag Bell, was simpel en meedogenloos effectief. Terwijl Sullivan hem van voren aanviel, stond Corbett achter hem klaar om Bell terug te slaan zodra die uit evenwicht gebracht achteruit stapte. Wanneer Bell het lang genoeg volhield om Sullivan af te matten, zou Corbett het fris van hem overnemen.

Bells derringer zat in zijn hoed, die in zijn coupé hing. Zijn pistool lag ook in de trein die op Cheyenne afstoomde. Hij droeg avondkleding, waarin hij had gedineerd en poker gespeeld: een smokingjasje, een geplisseerd overhemd met diamanten manchetknopen en een zijden vlinderdas. Alleen zijn gepoetste zwarte laarzen, grotendeels verscholen onder zijn broekspijpen, in plaats van lakleren dansschoenen, zouden voor een kritische oberkelner reden geweest zijn hem niet als gegadigde voor het beste tafeltje van het restaurant in te schatten.

Sullivan haalde uit voor een zwaaistoot. Bell dook weg. De vuist zoefde over zijn hoofd en Sullivan, uit evenwicht gebracht, struikelde langs hem. Op datzelfde moment raakte Bell hem twee keer, één stoot in zijn staalharde maag, die geen enkel effect sorteerde, en de tweede tegen de zijkant van zijn gezicht, die hem een kreet van woede ontlokte.

Corbett lachte wreed. 'Een technische bokser,' spotte hij. 'Waar heb je dat geleerd, vriend? Harvard?'

'Yale,' antwoordde Bell.

'Mooi, dan is dit er één voor Boola Boola.' Corbett dreigde met zijn rechter en kwam met een felle stoot van links in Bells ribben. Hoewel Bell nog opzij kon stappen, was het alsof hij door een locomotief werd geraakt. Met een scheurende pijn in zijn zij sloeg hij tegen de grond. Sullivan stapte op hem af voor een trap tegen zijn hoofd. Bell rolde razendsnel opzij en de op zijn gezicht gerichte spijkerschoen schampte de schouder van zijn smokingjasje.

Bij twee tegen één was er geen tijd om je aan de regels van de Marquess of Queensberry te houden. Overeind springend graaide hij een zware steen van het ballastbed.

'Had ik al gezegd dat ik ook in Chicago heb gestudeerd?' vroeg hij. 'Aan de West Side?'

Hij gooide de steen met al zijn kracht in Corbetts gezicht.

Corbett schreeuwde het uit van de pijn en greep naar zijn oog. Bell had gehoopt hem hiermee onderuit te halen, zo niet helemaal buiten gevecht te stellen. Maar Corbett reageerde flitsend. Hij dook snel genoeg weg om de volle kracht van de steen te ontwijken. Hij liet zijn hand van voor zijn oog zakken, wreef het bloed af aan de voorkant van zijn hemd en sloot zijn hand opnieuw tot een vuist.

'Dat zet ik je betaald, studentje. Er zijn snelle wegen naar de dood en langzame. En jij hebt een langzame verdiend.'

Corbett draaide om hem heen, zijn ene vuist hoog, de andere laag, zijn ene oog dof, de andere kwaadaardig fel schitterend. Hij stootte een aantal keren met links – vier, vijf, zes – met de bedoeling om uit Bells reacties af te leiden hoe goed hij was en waar zijn zwaktes lagen. Plotseling haalde hij met een bliksemsnelle één-twee naar Bell uit, een linkse en een rechtse, om hem te verzwakken voor een veel hardere stoot.

Bell ontweek beide stoten. Maar Sullivan viel van opzij aan en zijn harde vuist trof Bell vol op de mond, waardoor hij opnieuw neerging.

Bell proefde zout in zijn mond. Hij richtte zich half op en schudde zijn hoofd. Er stroomde bloed over zijn gezicht, langs zijn lippen. Het licht van de rangeerloc glom op zijn tanden.

'Hij glimlacht,' zei Sullivan tegen Corbett. 'Is-ie geschift?'

'Versuft. Ik heb hem harder geraakt dan ik dacht.'

'Hé, studentje, wat is er zo grappig?'

'Kom op nou, maak 'm af.'

'En dan?'

'Dan laten we 'm hier op de rails liggen. Lijkt 't of-ie door een trein is overreden.'

Bells glimlach verbreedde zich.

Hoogstens een bloedneus, dacht hij. Wally en Mack, oude vrienden. Ik zit de Saboteur dichter op de hielen dan ik dacht.

De Saboteur was wel degelijk in Ogden ingestapt. Hij had zich koest gehouden en zijn kans afgewacht, terwijl Bell dineerde, pokerde en een overwinningsfeestje in het panoramarijtuig gaf. Uiteindelijk was de Saboteur in Rawlins uitgestapt en had dit tweetal ingeschakeld om hem te vermoorden.

'Ik zal hem iets te lachen geven,' zei Sullivan.

'Heb je een lucifer?' vroeg Bell.

Sullivan liet zijn handen zakken en keek hem aan. 'Wat?'

'Een vuurtje. Een lucifer. Ik heb meer licht nodig om je een plaatje te laten zien dat ik in m'n zak heb.'

'*Wat?*'

'Je vroeg wat er zo grappig was. Ik zit achter een moordenaar aan. Dezelfde vent die jullie, stelletje hondsdolle stinkdieren, heeft betaald om mij te doden. Dit is de grap: jullie hondsdolle stinkdieren gaan mij vertellen hoe hij eruitziet.'

Sullivan schoot naar voren en haalde met een gemene rechtse uit naar Bells gezicht. Bell dook weg. De vuist zoefde als een kei over zijn hoofd heen en hij trof Sullivans hoofd met links terwijl die door de kracht van de gemiste stoot naar voren duikelde. Sullivan sloeg als een heiblok tegen de grond. Nu was Bell erop bedacht dat Corbett van opzij aanviel. Hij pareerde Corbett met de rug van diezelfde linkse en verbrijzelde met een krakende voltreffer zijn neus.

Corbett kreunde en zwenkte gracieus weg uit een hachelijke positie die een normale sterveling niet zou hebben overleefd. Hij zwaaide zijn linkerarm omhoog om zijn kin tegen Bells rechtse hoekstoot te beschermen en hield zijn rechtervuist laag om Bells stoot met links naar zijn maag te blokkeren. Op een gemoedelijk toontje zei hij: 'Dit is er een die ze je niet op school hebben geleerd,' waarop hij Bell met een één-twee raakte die hem deed duizelen.

Sullivan trof Bell in het voorbijgaan. De volle kracht van de stoot raakte hem net boven zijn slaap en sloeg hem tegen de grond. De pijn schoot als een naald door zijn hersenen. Maar het feit dat hij pijn voelde, betekende dat hij nog leefde en hij besefte dat Sullivan en Corbett zich opmaakten voor de genadeklap. Zijn hoofd duizelde en hij moest zich met zijn handen overeind drukken.

'Heren, dit is uw laatste kans. Is dit de man die jullie heeft betaald om me te doden?'

Met zijn krachtige linkse directe sloeg Sullivan het papier uit Bells hand.

Bell richtte zich vechtend tegen de stekende pijn in zijn ribben zo recht mogelijk op en slaagde erin de hierop volgende één-twee van Sullivan te ontwijken. 'Jij komt hierna aan de beurt,' tartte hij Sullivan. 'Maar eerst laat ik je maat even zien wat ik op school heb geleerd.' Vervolgens richtte hij zijn spot tot Corbett. 'Als je ook maar half zo goed was als je denkt dat je bent, zou je je niet laten betalen om mensen op een godverlaten spoorwegemplacement in elkaar te slaan.'

Het werkte. Zoals je aan de speeltafel door te praten mensen kon uithoren, kon je met praten tijdens een gevecht roekeloosheid uitlokken. Corbett duwde Sullivan opzij.

'Ga weg! Ik ga deze klootzak voordat hij sterft nog een potje laten janken.'

Hij viel woedend aan met een spervuur van stoten.

Bell wist dat hij al te zeer was aangeslagen om nog op snelheid te kunnen rekenen. Hij had nog een laatste kans om al zijn kracht te bundelen voor één dodelijke uithaal. Te vermoeid om de stoten te ontwijken, ving hij er twee op, stapte voor de volgende opzij en trof Corbett hard op zijn kaak, waardoor Corbetts hoofd naar achteren klapte. Vervolgens haalde Bell met al zijn overgebleven kracht uit voor een rechtse directe, waarmee hij Corbett vol op het lichaam trof. De lucht knalde uit zijn longen en de man klapte in elkaar alsof zijn knieën opeens van water waren. Tot het laatst doorvechtend, greep hij Bell in zijn val naar de keel, maar hij miste.

Bell sprong op Sullivan af. Hij hijgde van inspanning, maar zijn gezicht straalde een verbeten wilskracht uit: Wie heeft jullie betaald om me te doden?

Sullivan zakte naast Corbett op zijn knieën, tastte in de jaszak van zijn maat en rukte een stiletto tevoorschijn. Overeind springend haalde hij uit naar Bell.

Bell begreep dat de zwaar gebouwde vechtersbaas sterker was dan hij. In zijn half gesloopte toestand was het te riskant om te proberen hem zijn mes af te nemen. Hij trok zijn eigen mes uit zijn laars en wierp het bovenhands, waarbij hij zijn wijsvinger langs de gladde handgreep legde om te voorkomen dat het ging draaien. Flitsend als een hagedissentong sneed het plat door de lucht recht Sullivans keel in. De vechtersbaas stortte neer, terwijl het bloed door zijn handen spoot waarmee hij wanhopig de wond probeerde dicht te drukken.

Hij zou geen vragen van Bell meer beantwoorden.

De detective knielde naast Corbett. Zijn ogen waren wijd opengesperd. Er druppelde bloed uit zijn mond. Als hij nu niet aan de inwendige bloedingen van Bells stoot in zijn maag bezweek, zou dat toch niet lang meer duren en ook hij zou geen vragen van Bell meer beantwoorden. Zonder nog een seconde te verliezen strompelde Isaac Bell langs het spoor naar het station van Rawlins en viel het kantoor van de vervoerscoördinator binnen.

De vervoerscoördinator staarde de man in de gehavende avondkleding en het bloedende gezicht met open mond aan.

'Wat is er in hemelsnaam met u gebeurd?'

'De directeur van de spoorwegmaatschappij heeft me gemachtigd met een privétrein te reizen.'

'Reken maar. En van de paus kreeg ik zojuist een pasje voor de hemelpoort.'

Bell diepte Osgood Hennessy's briefje uit zijn portefeuille op en gooide het de vervoerscoördinator in het gezicht.

'Ik wil uw snelste locomotief.'

De vervoerscoördinator las het briefje twee keer, stond op en zei: 'Ja, sir! Maar ik heb er maar één en die staat klaar om aan de sneltrein naar het westen te worden gekoppeld. En die wordt over twintig minuten verwacht.'

'Draai 'm om, wij gaan naar het oosten.'

'Waarheen?'

'Achter de Overland Limited aan.'

'Die haalt u nooit in.'

'Zo niet, dan krijgt u met meneer Hennessy van doen. Pak die morsesleutel en maak het spoor vrij.'

De Overland Limited had een voorsprong van vijftig minuten, maar Bells locomotief had het voordeel dat hij alleen het gewicht van zijn eigen kolen en water vervoerde, terwijl de loc van de exprestrein acht pullmans plus bagage-, restauratie- en panoramarijtuigen trok. Fooien van honderd dollar voor de machinist en stoker werkten ook niet bepaald vertragend. Ze zwoegden door de nacht en tegen de sneeuw in de Medicine Bow

171

Mountains, een voorbode van de winter, die de spoorwerkers van Osgood Hennessy trachtten te verslaan, ondanks alle dood en verderf die de Saboteur zaaide om hen te stoppen.

Ze lieten de sneeuw achter zich toen ze in de Laramie Valley afdaalden, waar ze doorheen raasden en alleen even voor water in het stadje stopten. Daarna ging het weer omhoog. Op het station van Buford ten oosten van Laramie, waar de opkomende zon het roze graniet op de top van Sherman Hill verlichtte, haalden ze de Overland Limited ten slotte in. De exprestrein stond op een zijspoor bij de watertank, waar de stoker met de tapkraan onder aan de grote houten tank worstelde en aan de ketting trok om het water in de tender van de locomotief te laten stromen.

'Hebt u voldoende water om zonder te stoppen naar Cheyenne te kunnen doorrijden?' vroeg Bell aan zijn stoker.

'Ik denk 't wel, meneer Bell.'

'Ga erlangs!' zei Bell tegen de machinist. 'Breng me in één ruk naar het station van Cheyenne. Zo snel als u kunt.'

Van Buford Station tot Cheyenne daalde het spoor ruim zeshonderd meter over een afstand van zo'n vijftig kilometer. Zonder obstakels op het oostwaarts leidende spoor stoof Bells privétrein met ruim honderdveertig kilometer per uur op Cheyenne af.

19

De Saboteur was meteen wakker toen de trein stopte. Hij schoof het gordijn op een kiertje open en zag de zon op het roze Sherman-graniet schijnen, dat door de spoorwegmaatschappij werd gewonnen voor de aanleg van de ballastbedden. Ze zouden voor het ontbijt in Cheyenne zijn. Hij sloot zijn ogen, blij nog een uur te kunnen slapen.

Er denderde een locomotief langs de op een zijspoor staande Limited. De Saboteur opende zijn ogen. Hij belde de wagonbediende.

'George,' zei hij tegen Jonathan. 'Waarom zijn we gestopt?'

'Om water te tanken, m'neer.'

'Waarom haalde die trein ons in?'

'Weet ik niet, m'neer.'

'Wij zijn toch de exprestrein?'

'Ja, m'neer.'

'Welke trein kan dan sneller zijn dan deze, verdomme?'

De wagonbediende kromp ineen. Senator Kincaids gezicht was opeens vertrokken van woede met vurige ogen en een van haat verwrongen mond. Jonathan was doodsbang. De senator kon hem op staande voet laten ontslaan. Dan werd hij op het volgende station uit de trein gezet. Of meteen al, hier hoog in de Rocky Mountains. 'Dat was niet geen trein die ons passeerde, m'neer. Dat was gewoon een locomotief op z'n eentje.'

'Alleen een locomotief?'

'Ja, m'neer! Hij alleen met een tender.'

'Dan was 't dus een speciaal geregelde privétrein.'

'Moet wel, m'neer. Zoals u zegt, m'neer. Ging als een speer, m'neer.'

De Saboteur ging weer op zijn bed liggen, vouwde zijn handen onder zijn hoofd en dacht diep na.

'Had u nog iets anders gewenst, m'neer?' vroeg Jonathan voorzichtig.
'Koffie.'

Bells privélocomotief raasde even na negen uur 's ochtends langs de veekralen van Cheyenne het Union Depot in. Hij rende rechtstreeks naar het
Inter-Ocean Hotel, het beste van de drie verdiepingen tellende logementen
die hij vanaf het station kon zien. Na één blik op de lange man in de ver-
kreukte en gescheurde avondkleding en het met bloed doordrenkte overhemd, stak de huisdetective met grote passen de lobby over om hem te
onderscheppen.

'Zo komt u er hier niet in.'

'Bell. Detectivebureau Van Dorn. Breng me naar de kleermaker. En laat
een verkoper van een herenmodezaak komen, een schoenpoetser en een
kapper.'

'Deze kant op, sir... Zal ik ook een dokter laten komen?'

'Geen tijd.'

De Overland Limited reed veertig minuten later het Union Depot binnen.

Isaac Bell stond halverwege de trein op het perron te wachten. Hij zag
er een stuk beter uit dan hij zich voelde. Zijn hele lichaam deed zeer en er
trok bij iedere ademhaling een pijnscheut door zijn ribben. Maar hij was
net zo keurig gekamd, geschoren en gekleed als de vorige avond bij het pokeren, in een onberispelijk zwart avondkostuum, een spierwit overhemd,
een zijden vlinderdas en sjerp, en als spiegels glimmende laarzen.

Er speelde een glimlach om zijn opgezwollen lippen. Iemand in deze
trein stond een enorme verrassing te wachten. De vraag was of de Saboteur zo zou schrikken dat hij zich verraadde?

Voordat de trein helemaal tot stilstand was gekomen, stapte Bell in de
pullman direct voor de restauratiewagon, hees zich moeizaam de treden
op, stak over naar de restauratiewagon en stommelde naar binnen. Terwijl
hij zich ten overstaan van de aanwezigen dwong zo rechtop en normaal
mogelijk te lopen, vroeg hij aan de steward een tafeltje in het midden, van
waaruit hij aan beide kanten kon zien wie er binnenkwam.

De duizend dollar fooi die hij de vorige avond in het panoramarijtuig
had gegeven, was niet ongemerkt aan het overige treinpersoneel voorbij-
gegaan. Hij kreeg onmiddellijk een tafeltje, waarna hem hete koffie en
warme broodjes werden geserveerd met de hartelijke aanbeveling om toch
vooral de vers gevangen Wyoming-forel te kiezen.

Bell had aandachtig de gezichten van alle aanwezigen in de restauratiewagon opgenomen om de reacties op zijn aanwezigheid te peilen. Een enkeling merkte met een knipoog naar zijn avondkostuum op: 'Laat geworden?' De vleeshouwer uit Chicago zwaaide vriendelijk naar hem, evenals de goed geklede handelsreiziger die hij in het toilet had gesproken.

Rechter Congdon kwam binnen en zei: 'Neem me niet kwalijk dat ik niet bij u kom zitten, meneer Bell. Maar met uitzondering van een jongedame als gezelschap, ben ik 's morgens het liefst op mezelf.'

Kenny Bloom stapte licht wankelend met de doffe blik van een fikse kater in zijn ogen de wagon in en ging naast Bell zitten.

'Goedemorgen,' zei Bell.

'Wat is er in godesnaam goed aan... Zeg 's, wat is er met je gezicht gebeurd?'

'Gesneden bij het scheren.'

'George! George! Koffie alsjeblieft, voordat ik bezwijk.'

Bruce Payne, de olie-advocaat, kwam op hun tafel af gesneld en praatte honderduit over iets wat hij in de kranten van Cheyenne had gelezen. Kenny Bloom bedekte zijn ogen. Jack Thomas nam op de laatste lege stoel plaats en zei: 'Da's een lel van een snee.'

'Gesneden bij het scheren.'

'Daar is de senator! O jee, er is geen plaats meer vrij voor hem. George! George! Trommel nog ergens een stoel op voor senator Kincaid. Iemand die zoveel geld verliest als hij hoeft 's morgens niet alleen te eten.'

Bell keek gespannen toe hoe Kincaid dichterbij kwam en naar de kennissen knikte die hij in de restauratiewagon passeerde. Plotseling deinsde hij geschrokken terug. De goedgeklede handelsreiziger was opgesprongen om hem een hand te geven. Kincaid wierp hem een kille blik toe, liep hem straal voorbij en stapte op Bells tafeltje af.

'Goedemorgen, heren. Tevreden zeker, meneer Bell?'

'Tevreden? Waarover, senator?'

'Waarover? Over de winst van bijna een miljoen gisteravond. Waarvan een aanzienlijk deel van mij afkomstig.'

'O, heb ik dat gisteravond gedaan,' reageerde Bell, die nog steeds de deuren in de gaten hield. 'Ik kon het me niet meer herinneren. Het was iets wat me heeft geraakt, dat weet ik wel.'

'Zo te zien heeft iets uw gezicht nogal stevig geraakt. Wat is er gebeurd? Bent u van de rijdende trein gevallen?'

'Geknipt en geschoren,' antwoordde Isaac Bell, terwijl hij nog steeds de deuren in de gaten hield. Maar hoewel hij met zijn ontbijt treuzelde tot het laatste tafeltje was afgeruimd, zag hij verder bij niemand een schrikreactie op zijn aanwezigheid. Dat verbaasde hem niet echt en hij was dan ook niet teleurgesteld. Het was een gok geweest. Maar zelfs als hij de Saboteur er niet toe had kunnen brengen zijn identiteit prijs te geven, zou de Saboteur van nu af aan toch iets bezorgder over zijn schouder kijken. Wie zei er dat een Van Dorn-detective niet kon vliegen?

20

Wong Lee uit Jersey City, New Jersey was een klein mannetje met een scheef gezicht en een blind oog. Twintig jaar geleden had een Ierse opperman met oersterke armen van het stenen sjouwen Wongs hoed van zijn hoofd geslagen en toen Wong vroeg waarom hij hem had beledigd, hadden de opperman en twee collega's hem zo erg in elkaar geslagen dat zijn vrienden hem niet meer herkenden toen ze hem in het ziekenhuis opzochten. Hij was achtentwintig en vol goede moed. Hij leerde Engels en werkte in een wasserij om voldoende geld te verdienen zodat hij zijn vrouw uit hun dorp in Kowloon naar Amerika kon laten overkomen.

Nu was hij bijna vijftig. Op een gegeven moment had hij genoeg gespaard om aan de overkant van de Hudson op het eiland Manhattan in New York City een eigen wasserij te kopen in de hoop zo sneller het geld voor haar overtocht bij elkaar te krijgen. Met zijn goede beheersing van het Engels trok hij klanten tot de beurscrisis van 1893 een abrupt einde aan die droom maakte en Wong Lee's Wassalon voor de Fijne Handwas zich bij de tienduizenden andere zaakjes schaarde die in de jaren negentig failliet gingen. Toen het economisch weer beter ging, was Wong door de lange harde jaren te zeer aangeslagen om een nieuwe zaak op te zetten. Nog altijd optimistisch spaarde hij nu geld door op de grond te slapen in de wasserij in Jersey City waar hij werkte. Een groot deel van dat geld ging op aan een verblijfsvergunning, die als een nieuwe vereiste was opgenomen in de Chinese Exclusion Act, toen die in 1902 werd vernieuwd. Het bleek, verklaarde de advocaat, dat hij had nagelaten zich tegen aanklachten wegens bedreiging te verweren die jaren eerder tegen hem waren ingebracht toen hij nog in het ziekenhuis lag. Dus moest er smeergeld worden betaald. Dat beweerde de advocaat althans.

Afgelopen februari, toen het nog stevig winter was, was Wong op een moment dat hij alleen in de wasserij van zijn werkgever was, door een onbekende man benaderd. Het was een blanke Amerikaan die zich zo dik tegen de riverwind had ingepakt dat alleen zijn ogen tussen de kraag van zijn overjas en de rand van zijn gleufhoed zichtbaar waren.

'Wong Lee,' zei hij. 'Ik moet u de groeten doen van onze gezamenlijke vriend Peter Boa.'

Wong Lee had Peter Boa in geen vijfentwintig jaar gezien, niet meer sinds ze allebei als net geëmigreerde dynamiteurs voor de Central Pacific Railroad in de bergen hadden gewerkt. In hun jeugdige overmoed en nog vol hoop dat ze als rijk man naar hun dorpen zouden terugkeren, waren ze langs rotswanden geklauterd om springladingen aan te brengen in een onderlinge strijd wie de meeste gaten voor de treinen kon opblazen.

Wong zei dat hij het fijn vond om te horen dat het goed ging met Boa. Toen Wong hem voor het laatst had gezien, in de Sierra Nevada, had Peter net een hand verloren bij een lading die sneller explodeerde dan hij had verwacht. Zijn arm was door gangreen aangetast en hij was te zeer verzwakt om uit Californië weg te vluchten voor de bendes die het op Chinese immigranten hadden voorzien.

'Peter Boa heeft me gevraagd u in Jersey City op te zoeken. Hij zei dat u me zou kunnen helpen, omdat hij dat niet kon.'

'Aan uw kleren te zien,' reageerde Wong, 'bent u te rijk om door iemand die arm is geholpen te kunnen worden.'

'Rijk wel, ja,' zei de onbekende man, waarbij hij een pak bankbiljetten over de houten toonbank schoof. 'Een voorschot,' zei hij, 'tot ik terugkom,' en voegde eraan toe: 'Rijk genoeg om te betalen wat u vraagt.'

'Maar wat vraagt u?' reageerde Wong.

'Peter Boa heeft me verteld dat u een speciaal talent hebt voor sloopwerkzaamheden. Hij zei dat u één staaf dynamiet nodig had voor iets wat anderen met vijf deden. U werd Wong de Draak genoemd. En toen u daartegen inbracht dat alleen keizers draken konden zijn, riepen ze u uit tot de Keizer van het Dynamiet.'

Wong Lee voelde zich gevleid en hij wist dat het waar was. Hij had een intuïtief gevoel voor dynamiet in een tijd waarin niemand nog veel ervaring met de nieuwe springstof had. Hij had die gave nog steeds. Hij had de moderne ontwikkeling op sloopgebied bijgehouden, inclusief de kennis over hoe elektriciteit explosieven veiliger en krachtiger maakte, in de weinig realistische verwachting dat mijnen en bouwondernemingen zich ooit weer zouden verwaardigen de Chinezen in dienst te nemen die ze vroeger wel aannamen, maar nu weigerden.

Wong gebruikte het geld meteen om een belang van vijftig procent in de zaak van zijn baas te kopen. Maar een maand later, afgelopen maart, werd Wall Street opnieuw door een crisis getroffen. De fabrieken in Jersey City gingen dicht, zoals veel fabrieken overal in het land. De treinen hadden minder goederen te vervoeren, waardoor ook de ponten minder wagons hoefden over te zetten. In de haven werden banen schaars en minder mensen konden het zich veroorloven hun kleren te laten wassen. Gedurende het voorjaar en de zomer verergerde de crisis. In de herfst had Wong weinig hoop meer dat hij zijn vrouw ooit nog zou zien.

Nu was het november, een bitterkoude dag, met een nieuwe winter voor de deur.

En de onbekende man was terug in Jersey City, ook nu weer ingepakt tegen de bijtende Hudsonwind.

Hij herinnerde Wong eraan dat hij met het aannemen van een voorschot had beloofd een tegenprestatie te leveren.

Wong herinnerde de vreemdeling eraan dat hij had beloofd om te betalen wat hij van hem verlangde.

'Vijfduizend dollar na afloop. Is dat genoeg voor u?'

'Heel goed, sir.' Waarna Wong, die een ongebruikelijke moed bekroop omdat hij voelde dat de vreemdeling hem echt nodig had, vroeg: 'Bent u anarchist?'

'Waarom vraagt u dat?' vroeg de onbekende man onbewogen.

'Anarchisten hebben iets met dynamiet,' antwoordde Wong.

'Net als stakende arbeiders,' reageerde de vreemdeling geduldig, waarmee hij bewees dat hij Wong Lee en uitsluitend Wong Lee echt nodig had. 'Kent u de uitdrukking "de artillerie van het proletariaat"?'

'Maar u draagt niet de kleren van een arbeider.'

De Saboteur bestudeerde het afgeleefde gezicht van de Chinees alsof hij ieder litteken in zich opnam.

Hoewel de toonbank van de wasserij tussen hen in stond, voelde Wong toch opeens dat ze te dicht bij elkaar stonden.

'Het maakt me niet uit,' probeerde hij uit te leggen. 'Gewoon nieuwsgierigheid,' voegde hij er nerveus aan toe.

'Vraag 't me niet nog eens,' zei de vreemdeling, 'anders ben je dat andere oog van je ook kwijt.'

Wong Lee deed een stapje achteruit. De vreemdeling stelde een vraag, waarbij hij Wongs afgeleefde gezicht aanstaarde alsof hij hem op de proef stelde.

'Wat heb je nodig om met vijfentwintig ton het grootst mogelijke effect te bereiken?'

'Vijfentwintig ton dynamiet? Vijfentwintig ton is wel héél veel dynamiet.'

'Een goederenwagon vol. Wat heb je nodig voor de grootst mogelijke knal?'

Wong vertelde hem exact wat hij nodig had, waarop de onbekende man zei: 'Dat krijg je.'

Op de pont terug naar Manhattan stond Charles Kincaid buiten op het open dek, nog altijd stevig ingepakt tegen de koude wind die de kolenwolk verjoeg die normaal boven de haven hing. Hij moest glimlachen.

Staker of anarchist?

In feite was hij geen van beide, ondanks het angst zaaiende 'bewijs' dat hij steeds welbewust achterliet. Radicale praat, opruiende posters, gevaarlijke buitenlanders, de angst voor het Gele Gevaar dat Wongs lijk binnenkort nieuw leven zou inblazen, en zelfs de naam de Saboteur, het was allemaal zand in de ogen van zijn vijanden. Hij was geen radicaal. Hij was geen vernietiger. Hij was een bouwer.

Zijn glimlach verbreedde zich, terwijl de blik in zijn ogen verhardde.

Hij had niets tegen de 'bevoorrechte elite'. Nog voordat hij klaar was, zou hij de machtigste onder hen zijn, de meest bevoorrechte van allemaal.

21

Isaac Bell en Archie Abbott klommen boven op een goederenwagon die was gevuld met dynamiet, om het intercontinentale overslagstation te overzien dat het hele Communipaw District van Jersey City besloeg. Dit was het eindstation voor alle spoorwegen uit het westen en het zuiden. Goederenwagons die drie- tot vijfduizend kilometer door Amerika hadden gereisd, stopten bij de kades van New Jersey op anderhalve kilometer van hun bestemming, waar hun weg was afgesneden door een waterweg die zeelieden als de North River kenden, maar door alle anderen de Hudson werd genoemd.

De goederenwagon stond aan de kruitkade, een laad- en losplaats met slechts één spoor dat gereserveerd was voor het verladen van explosieven. Maar ze waren dichtbij genoeg om ook het hoofdterrein te kunnen zien dat zich op de honderdtachtig meter lange pieren in de Hudson uitstrekte. Vier goederentreinen stonden op verschillende pieren te wachten tot ze op robuuste houten schuiten de rivier werden overgezet. Ze vervoerden alle voor de stad bestemde handelswaar: cement, timmerhout, staal, zwavel, graan, maïs, kolen, benzine en gekoeld fruit, groente, rund- en varkensvlees.

Anderhalve kilometer verderop, aan de overkant van het water, rees Manhattan in een woud van torenspitsen en scheepsmasten op uit de rokerige haven. Boven de spitse daken en masten torenden de machtige silhouetten van de Brooklyn Bridge en tientallen wolkenkrabbers uit, waarvan er diverse nieuw waren sinds Bells vorige bezoek nog geen jaar eerder. Het tweeëntwintig verdiepingen tellende Flatiron Building was in de hoogte gepasseerd door het Times Building, maar beide vielen in het niet bij het hoge stalen skelet van het in aanbouw zijnde hoofdkwartier van de Singer Sewing Machine Company, dat nabij tweehonderd meter hoog was.

'Uniek voor New York,' pochte Archie Abbott.

Abbott was trots als een promotor van de Kamer van Koophandel en kende de stad op zijn duimpje, wat hem voor Bell tot een waardevolle gids maakte.

'Zie je die boot waarop de vlag van de Southern Pacific Railroad wappert, ook al is hij hier zo'n vijfduizend kilometer van de thuisplaat? Iedereen komt naar New York. We zijn het centrum van de wereld geworden.'

'Je bent een doelwit geworden,' zei Bell. 'De Saboteur had je meteen in zijn vizier nadat Osgood Hennessy het contract had afgesloten waarmee hij Jersey Central in handen kreeg en zich toegang tot de stad verschafte.'

Abbotts persoonlijke grote trots was een lange stoomlichter die diep in het water lag, een werkschip dat aanzienlijk groter was dan de gemiddelde sleepboot. Ze behoorde tot de nieuw opgerichte Eastern Marine Division van de Southern Pacific Railroad en was veel opvallender van kleur dan de plaatselijke werkschepen die de havens van New York doorkruisten. Er wapperde een splinternieuwe vermiljoenkleurige vlag in de bries en rond de met roet besmeurde schoorsteen glommen vier rode ringen alsof ze met was waren ingesmeerd.

Zelfs haar oude naam, *Oxford*, was overgeschilderd. *Lillian I* sierde nu de ronde achtersteven. Hennessy had de namen van alle lichters en sleepboten in de vloot van de Eastern Marine Division veranderd, van *Lillian I* tot en met *Lillian XII* en tevens in helder witte letters SOUTHERN PACIFIC RAILROAD op de hekbalken en stuurhutten laten schilderen.

'Voor het geval,' merkte Archie op, 'dat de Saboteur nog niet wist dat hij hier al voet aan de grond heeft.'

'Dat weet-ie wel,' zei Bell nors.

Zijn rusteloos onderzoekende ogen keken somber van bezorgdheid. New York City was het Heilige Land, zoals *Harper's Weekly* het had genoemd, en voor alle spoorwegmaatschappijen een verlokkend pelgrimsoord. Osgood Hennessy had dat doel bereikt en Isaac Bell wist in zijn hart dat de honende opmerking van de Saboteur op de cartoon van de spoorwegdirecteur bepaald geen bluf was. De moorddadige Saboteur stuurde op een openlijke strijd aan. De volgende slag zou hier worden gestreden.

Met een strak gezicht keek Bell naar een van de talloze sleepboten die met een spoorschuit, ofwel een pont voor wagons, langs de pier voer. Dekknechten gooiden de schuit los, die vervolgens op eigen kracht doorgleed en keurig als een biljartbal met een zacht tikje afmeerde. In de korte tijd die de dokwerkers nodig hadden om de schuit vast te leggen, had de sleper al een volgende schuit met een tiental goederenwagons opgepikt en trok die door de sterke stroming in de richting van Manhattan. Dergelijke manoeuvres werden overal waar Bell keek herhaald, als de bewegende onderdelen in een kolossale, goed geoliede machine. Maar ondanks alle voorzorgsmaatregelen die hij had getroffen, leken de rangeerterreinen, de pieren en de spoorponten het ideale speelterrein voor de Saboteur.

Hij had een hele groep Van Dorn-speurders op het eindstation gezet. Hoofdinspecteur Jethro Watt had honderd speciaal geselecteerde agenten van de spoorwegpolitie van Southern Pacific gemobiliseerd en al een week lang was niets ongezien in- of uitgegaan. Alle goederen werden gecontroleerd. Met name de dynamiettreinen werden wagon na wagon en doos na doos doorzocht. Ze hadden een verbazingwekkend achteloze houding ten opzichte van de omgang met explosieven vastgesteld hier in Jersey City, de grootste stad van de staat en net zo dichtbevolkt als Manhattan en Brooklyn aan de andere kant van de haven.

Onder Bells regime gingen er op een aantal kilometer voordat ze het terrein bereikten gewapende bewakers aan boord van de dynamiettreinen. Nadat de treinen het rangeerterrein op mochten, hielden de bewakers toezicht op elke stap van het overladen, waarbij de levensgevaarlijke lading van vijfentwintig ton dynamiet per goederenwagon werd verdeeld over stoomlichters en schuiten, plus ook kleinere ladingen van twee ton voor de door paarden getrokken wagens. De detectives van Van Dorn onderschepten alles wat niet onmiddellijk naar de handelaren werd doorverscheept.

Desondanks besefte Bell dat de Saboteur hier beslist niet om explosieven verlegen zou zitten. Er was zo'n enorme vraag naar dynamiet dat er aan de kruitkade dag en nacht hele treinladingen van werden aangevoerd. De New Yorkers bliezen de vaste grond van gelaagd micagesteente onder Manhattan, Brooklyn, Queens en de Bronx op voor de aanleg van kelders en metrobuizen. In New Jersey bliezen ze trapgesteente van de heuveltoppen voor de productie van beton. Mijnwerkers hakten bouwstenen uit de klippen langs de Hudson, het hele stuk van de Palisades in New Jersey tot aan West Point. En spoorwerkers bliezen gaten in de bodem om ingangen te creëren van de tunnels die onder de rivier werden geboord.

'Wanneer volgend jaar de spoortunnels die New Jersey met New York verbinden, klaar zijn,' pochte Archie, 'kan Osgood Hennessy zijn privétrein op acht blokken van Times Square parkeren.'

'Godzijdank zijn die tunnels nog niét klaar,' zei Bell. 'Als dat wel zo was, zou de Saboteur ze proberen op te blazen met een Southern Pacific Limited die hopeloos in de val zit onder de rivier.'

Archie Abbott gaf blijk van dezelfde minachting die veel New Yorkers voelden voor de districten ten westen van de Hudson in het algemeen en de staat New Jersey in het bijzonder, door Isaac Bell eraan te herinneren dat in de loop der jaren hele delen van Jersey City en het nabijgelegen Hoboken om de zoveel tijd door ongelukken met dynamiet waren weggevaagd, meest recentelijk in 1904.

Bell hoefde daar niet aan herinnerd te worden. Het nieuws dat er extra politie was ingezet, had zich razendsnel verspreid en van de angstige burgers stroomden tips binnen. Gisteren nog hadden ze een dwaas opgepakt die op een vrachtkar een halve ton dynamiet bestemd voor de New York and New Jersey Trap Rock Company door Neward Avenue vervoerde. Het niet tijdig uitwijken voor een trolleybus zou tot een dodelijke explosie in de drukste straat van Jersey City hebben geleid. Het bedrijf klaagde steen en been over de hoge kosten die ze moesten maken nu ze werden gedwongen de dynamiet via de rivier de Hackensack naar hun mijn in Secaucus te verplaatsen. Maar de brandweercommandant van Jersey City, die absoluut niet blij was met alle publiekelijke aandacht, had zijn poot onverwacht stijf gehouden.

'Die dolkoppen uit Jersey hebben de hulp van de Saboteur niet nodig om zichzelf huizenhoog de lucht in te blazen,' voorspelde Archie Abott, 'dat doen ze een dezer dagen zelf wel, puur uit achteloosheid.'

'Niet tijdens mijn wacht,' zei Isaac Bell.

'Maar toch,' hield Abbott vol. 'Wanneer er iets ontploft, hoe weten we dan of het de Saboteur was en niét zo'n dolkop uit Jersey?'

'Dat merken we vanzelf. Als hij ons te slim af is, zal het de zwaarste explosie zijn die New York ooit heeft meegemaakt.'

Bijgevolg had Bell op alle treinen, boten en goederenwagons van de Southern Pacific een spoorwegagent gestationeerd. Ze werden ondersteund door rechercheurs van Van Dorn en inspecteurs van het Bureau of Explosives, dat onlangs door de spoorwegmaatschappijen was opgericht voor de beveiliging van dynamiet-, buskruit- en TNT-transporten.

Ze hadden allemaal kopieën van de schets van de houthakker. Bells vertrouwen hierin was versterkt door een rapport over de aanslag in Ogden van Nicolas Alexander, het zelfvoldane hoofd van het kantoor in Denver, die ondanks zijn zwakke kanten toch een goede detective was. Anderen hadden zich afgevraagd of de Saboteur Wally Kisley en Mack Fulton bewust had opgezocht omdat hij het op agenten van Van Dorn had gemunt. Maar Alexander had Bells aanvankelijke conclusie bevestigd dat Wally en Mack de Saboteur een steeg in waren gevolgd. Wat betekende dat ze hem van de tekening hadden herkend. En afgaande op de inmiddels vertrouwde steekwonden was er geen twijfel mogelijk dat de Saboteur hen eigenhandig had gedood.

'Beste vriend,' zei Archie, 'je maakt je te veel zorgen. We hebben alles gedekt. We zitten er al een week bovenop. Nog geen kik van de Saboteur. De baas is helemaal tevreden.'

Bell wist dat Joseph van Dorn pas echt tevreden zou zijn als ze de Saboteur hadden opgepakt of doodgeschoten. Maar het was waar dat de intensieve inzet van Van Dorn het mooie neveneffect had dat ze al diverse misdadigers en vluchtelingen in de kraag hadden gevat. Ze hadden een gangster uit Jersey City gearresteerd die zich voor spoorwegdetective van Jersey Central uitgaf, een drietal bankrovers en een corrupte inspecteur van de brandweer. Die laatste had smeergeld aangenomen voor het door de vingers zien van de gevaarlijke praktijk om dynamiet tegen bevriezing in de winterse kou op stoomradiatoren op te slaan.

De kruitkade baarde Bell de meeste zorgen, ook al wemelde het er van de spoorwegpolitie. Hij lag zo ver mogelijk afgezonderd van de belangrijkste pieren, maar dat was in Bells ogen nog altijd te dichtbij. Uit maar liefst zes wagons werd tegelijkertijd dynamiet overgeladen op de lichters die eromheen lagen. Voor alle zekerheid had Bell de leiding over de spoorwegpolitie in handen gegeven van de ervaren Van Dorn-agent Eddie Edwards, die de rangeerterreinen, de havens en de plaatselijke bendes goed kende.

Wong Lee liep naar de pieren van Communipaw, zijn kleine gestalte diep voorovergebogen onder het gewicht van een reusachtige waszak. Er dook een spoorwegdetective naast hem op die hem vroeg waar dat spleetoogje wel niet dacht dat hij heen ging.

'Gauw-gauw, was voor kapitein,' antwoordde Wong in het steenkolenengels waarvan hij wist dat de detective het van hem verwachtte.

'Welk schip?'

Expres de l's en de r's verwisselend noemde hij de *Julia Reidhead*, een stalen driemaster die beenderen voor de productie van meststof vervoerde, waarop de agent hem doorliet.

Maar toen hij bij het schip kwam, waar Poolse dagloners de stinkende lading ontscheepten, sjokte hij door en beklom de loopplank van een haveloze tweemaster, een schoener voor het transport van timmerhout.

'Hé, spleetoog!' riep de stuurman. 'Waar ga jij naartoe?'

'Kapitein Yatkowski, gauw-gauw, kleren.'

'In zijn hut.'

De kapitein was een verweerde zeeman uit Yonkers, die illegale whisky, Chinese opium en vluchtelingen op zoek naar een rechtsgebied met een mildere wetgeving de rivier over smokkelde. Criminelen die de opslag voor de overtocht weigerden te betalen, werden later ontzield in de Lower Bay aangetroffen en het was in de onderwereld algemeen bekend dat er met kapitein Paul Yatkowski en zijn stuurman 'Big Ben' Weitzman niet te spotten viel.

'Wat heb je daar, Chineesje?'

Wong Lee zette de zak neer en trok het sluittouw los. Vervolgens tastte hij behoedzaam tussen de schone hemden en lakens, en diepte een rond koekjesblik op. Het steenkolenengels was niet nodig meer.

'Ik heb alles wat ik nodig heb,' antwoordde hij. In het blik zat een houder, gemaakt van een metalen plaat met ingeboorde gaten waarin koperen capsules pasten, die zo opgeslagen en vervoerd konden worden zonder dat ze elkaar raakten. Er waren dertig gaten, allemaal gevuld met een koperen capsule met de doorsnee van een potlood en half zo lang. Uit de zwavelkleurige stop staken bij allemaal twee geïsoleerde 'draadpootjes' uit. Het waren nr. 6 hoogwaardige slagkwikontstekers, de krachtigste die er bestonden.

Het geheim van Wong 'de Draak' Lees succes in zijn vroegere leven als dynamiteur voor de spoorwegbouwers in het westen was een combinatie van intuïtie en lef. Door zijn werk, zeven dagen per week op de rotswanden, waarbij hij ongewoon oplettend was, had hij geleerd dat de dynamietstaven in hun vettige verpakking elk meer kracht bezaten dan men dacht. Het hing er volledig van af hoe snel de staaf explodeerde. Hij had er een speciaal gevoel voor ontwikkeld dat meerdere gelijktijdig ontbrandende ontstekers de snelheid van detonatie verhoogden.

Hoe sneller een lading ontplofte, hoe groter de kracht en hoe meer Wong het verwoestende effect kon vergroten. Zo'n dertig jaar geleden, toen dynamiet nog relatief nieuw was, was dat maar bij weinig civiele ingenieurs bekend en zo goed als helemaal niet bij ongeletterde Chinese boeren. Bovendien had niemand het lef om, voordat elektrisch ontstoken slaghoedjes het gevaar verminderden, de risico's te nemen die onvermijdelijk waren toen de enige manier van ontsteking nog een onbetrouwbaar brandende lont was. Het eigenlijke geheim van de echt grote knallen was dus lef.

'Hebt u de elektrische slaghoedjes?' vroeg Wong.

'Heb ik,' antwoordde de kapitein van de schoener.

'En het draad?'

'Alles is er. En nu?'

Wong genoot van het moment. De kapitein, een harde, wrede man die op straat ongegeneerd op zijn vestje zou spuwen, was onder de indruk van Wongs duistere vaardigheden.

'En nu?' herhaalde Wong. 'Nu ik aan de slag. U met boot varen.'

Een tiental met geweren uitgeruste spoorwegagenten bewaakte op de kruitkade een rij van zes goederenwagons. Drie ervan hielden scherp toezicht op een groep dagloners die bezig waren met het uitladen van een goederenwagon gevuld met achthonderdvijftig dozen met dertig kilo aan staven van vijftien centimeter lengte, vervaardigd door de Du Pont de Nemours Powder Works in Wilmington, Delaware. Vier anderen bewaakten de bemanning van de *Lillian I* die het dynamiet in het enorme ruim van het lichterschip opstapelden. Een van hen, een geschoolde bankaccountant, irriteerde de kapitein van de lichter mateloos door voortdurend in zijn vrachtbrieven en andere formulieren te bladeren.

De baas van de *Lillian I*, kapitein Whit Petrie, was slecht gehumeurd. Hij had de vloed al gemist die een steuntje in de rug was bij hun vaart stroomopwaarts. Met nog meer vertraging moest hij de hele honderd kilometer naar de steengroeve bij Sutton Point tegen de stroom opboksen. Bovendien waren zijn nieuwe bazen van de Southern Pacific nog krentiger dan zijn vorige van New Jersey Central en nog minder geneigd geld uit te geven aan de noodzakelijkste reparaties op zijn geliefde *Oxford*. Die ze tegen alle tradities in een nieuwe naam hadden gegeven, terwijl iedereen met ook maar een beetje hersens in zijn kop wist dat het ongeluk bracht als je de naam van een schip veranderde. Dat was de goden verzoeken, en nog erger was het om haar tot een nummer te degraderen, *Lillian I*, alsof ze niet een veel betere stoomlichter was dan de *Lillian II* tot en met *XII*.

'Hé, ik heb een idee,' zei de getergde kapitein. 'Ik ga en eet lekker thuis bij moeder de vrouw. En jullie doen de boot.'

Geen van de agenten glimlachte. Pas toen ze er absoluut zeker van waren dat hij een geautoriseerde lading van vijfentwintig ton dynamiet ging afleveren bij een geautoriseerd bedrijf gespecialiseerd in gesteentewinning uit de klippen in de Hudson Valley – een tocht stroomopwaarts die hij, zo had hij herhaaldelijk benadrukt, al acht jaar maakte – lieten ze hem uiteindelijk gaan.

Niet zo snel!

Net toen ze de trossen losgooiden, kwam er een lang, nors kijkend heerschap met een vlasblonde haardos in een dure overjas de kruitkade opgemarcheerd, vergezeld door een makker met het uiterlijk van een Fifth Avenue-dandy, afgezien dan van de dunne witte lijntjes van door het boksen opgelopen littekens die zijn voorhoofd sierden. Ze sprongen soepeltjes als acrobaten aan boord, waarbij de vlasblonde man met een Van Dorn-detectivebadge zwaaide. Hij zei dat hij hoofdrechercheur Isaac Bell was en de ander detective Archibald Abbott, en vroeg naar Petries papieren. De kille blik in Bells ogen zei Petrie geen grapjes over thuis eten te maken en hij wachtte geduldig terwijl zijn vrachtbrieven voor de tiende keer die middag regel voor regel werden doorgelezen.

Het was de tweede man, Abbott, die ten slotte met een stem rechtstreeks uit de New Yorkse buurt Hell's Kitchen zei: 'Oké, kap, opgehoepeld. Sorry voor het oponthoud, maar we nemen geen enkel risico.' Hij gebaarde naar een smeris van de Southern Pacific Railroad met armen als van een gorilla. 'McColleen, u gaat met kapitein Petrie mee. Hij vaart naar de Upper Hudson Pulverized Slate Company bij Sutton Point. Hij heeft vijfentwintig ton dynamiet in zijn ruim. Als er iemand van koers wil veranderen, neerknallen die klootzak!'

Vervolgens sloeg Abbott een arm om Isaac Bells schouders en probeerde hem de loopplank op te duwen, terwijl hij tegen hem op een hele andere toon sprak, alsof hij wel degelijk een Fifth Avenue-dandy was. 'Zo, vriend. Je bent nu al een hele week vol in touw. Je hebt overal goede mensen staan. Wij nemen een avond vrij.'

'Nee,' gromde Bell, terwijl hij een bezorgde blik op de vijf overgebleven wagons van de dynamiettrein wierp. Het begon donker te worden. Drie spoorwegbewakers hielden een watergekoelde, op een driepoot gemon-

188

teerde Vickers-mitrailleur met patroonband gericht op het hek waarmee het spoor van de rest van het rangeerterrein was afgesloten.

'Opdracht van meneer Van Dorn,' zei Abbott. 'Hij zei dat hij je, als jij niet een nacht vrijaf neemt, van de zaak afhaalt en mij ook. Dat is geen geintje, Isaac. Hij zei dat hij heldere koppen wilde. Hij heeft zelfs kaartjes voor de *Follies* voor ons gekocht.'

'Ik dacht dat die dicht waren.'

'Ze hebben de zaak voor een speciale voorstelling heropend, terwijl ze de boel gereedmaken om op tournee te gaan. Mijn vriend de dagblad-recensent noemde het, ik citeer: "De beste melange van jolijt, muziek en mooie meiden die hier in jaren te zien was." In de stad lopen ze de deuren plat voor kaartjes. En wij hebben ze! Kom. We gaan ons omkleden en dan eten we eerst een hapje in mijn club.'

'Eerst,' zei Bell verbeten, 'wil ik dat er drie met kolen volgeladen tenders met geblokkeerde wielen aan de andere kant van dat hek worden neerge-zet, voor het geval een knappe kop op het briljante idee komt om het met een locomotief te rammen.'

22

Archie Abbott, wiens aristocratische familie hem had verboden om acteur te worden, was lid van een toneelvereniging in Gramercy Park: The Players. De vereniging was negentien jaar eerder opgericht door de acteur Edwin Booth, de beste Hamlet van de vorige eeuw en de broer van de man die president Lincoln had doodgeschoten. Mark Twain en generaal William Tecumseh Sherman, die met zijn beroemde verwoestende mars door Georgia het einde van de Burgeroorlog had versneld, hadden de oprichting gesteund. Booth had zijn eigen huis ter beschikking gesteld en de gevierde architect Stanford White had het tot een clubhuis omgebouwd, voordat hij in Madison Square Garden door Harry Thaw, erfgenaam van een staalconcern, werd doodgeschoten.

Bell en Abbott ontmoetten elkaar voor een snelle avondmaaltijd in de Grill op de benedenverdieping. Het was hun eerste maaltijd sinds het ontbijt dat ze bij zonsopgang in een saloon in Jersey City naar binnen hadden gewerkt. Ze liepen een brede trap op voor een kop koffie voordat ze naar de hoek van de Fourty-second Street en Broadway zouden lopen om naar de *Follies of 1907* te gaan.

Bell bleef staan in de Leeszaal om het levensgrote portret van Edwin Booth te bewonderen. De onmiskenbare stijl van de kunstenaar, een krachtige mengeling van nuchter realisme en romantisch impressionisme, maakte een golf van emoties in hem los.

'Dat is geschilderd door een Player,' merkte Abbott op. 'Behoorlijk goed, hè?'

'John Singer Sargent,' zei Bell.

'O ja, natuurlijk herken je zijn werk,' zei Abbott. 'Sargent heeft het portret van je moeder geschilderd dat in de salon van je vader in Boston hangt.'

'Vlak voordat ze stierf,' zei Bell. 'Hoewel je daar geen idee van hebt als je die prachtige jonge vrouw ziet.' Hij glimlachte bij de herinnering. 'Soms ga ik ervoor zitten en praat met haar. Ze lijkt ongeduldig en volgens mij zegt ze tegen Sargent: "Schiet eens op, ik heb geen zin meer om die bloem op te houden."'

'Eerlijk gezegd,' grapte Abbott, 'zou ik liever met een schilderij praten dan met míjn moeder.'

'Laten we gaan! Ik moet bij het kantoor langs om te zeggen waar ze me kunnen vinden.' Net als alle kantoren van Van Dorn was ook hun hoofdkwartier aan Times Square vierentwintig uur per dag open.

In hun avondkleding, bestaande uit een jacquet, cape en een hoge hoed, haastten ze zich naar Park Avenue, die verstopt bleek met een traag naar het centrum kruipende stroom huurrijtuigjes, taxi's en stadsbussen. 'We zijn sneller met de metro.'

Het metrostation in de Twenty-third Street baadde in het licht van elektrische lampen en glanzend witte tegels. De reizigers op het perron vertegenwoordigden het hele gamma van mannen en vrouwen op weg voor een avondje uit tot zakenlieden, arbeiders en werksters op weg naar huis. Er raasde een uitpuilende exprestrein door het station, waarop Abbott opschepperig meldde: 'Onze metro zal miljoenen New Yorkers in staat stellen om in de wolkenkrabbers te gaan werken.'

'Jullie metro,' merkte Bell droogjes op, 'zal criminelen in staat stellen om aan de ene kant van de stad banken te beroven en dat aan de andere kant te vieren voordat de politie de plaats delict heeft bereikt.'

De metro bracht hen in een oogwenk naar de Fourty-second Street en Broadway. Ze liepen de trap op en stapten een wereld binnen waar de nacht was uitgebannen. Times Square was verlicht alsof het dag was door 'spectaculars', elektrische reclameborden waarop theaters, hotels en visrestaurants met duizenden witte lampjes reclame maakten. Automobielen, taxi's en bussen knetterden door de straten. Op de brede trottoirs verdrong zich een dichte menigte voetgangers.

Bell liep het Knickerbocker Hotel in, een eersteklas etablissement waar een door Maxfield Parrish gemaakte muurschildering van Old King Cole de lobby opsierde. Het kantoor van Van Dorn bevond zich op de tweede etage, achteraf gelegen op discrete afstand van de grote trap. Een betrouwbaar ogende jongeling met achterovergekamd haar en een piepklein vlinderdasje begroette de klanten in een smaakvol ingerichte voorkamer. Zijn maatcolbert verhulde een vuurwapen dat voor hem geen geheimen

191

had. Een jachtgeweer met korte loop lag binnen handbereik in de onderste la van zijn bureau. Met een elektrische schakelaar bij zijn knie bediende hij het slot in de deur naar de achterkamer.

De achterkamer zag eruit als het kantoor van een reclamedirecteur met typemachines, lampen met kappen van groen glas, stalen dossierkasten, een kalender aan de muur, een morsesleutel en een rij candlestick telefoons op het bureau van de officier van dienst. In plaats van vrouwen in witte blouses achter typemachines zat een zestal detectives formulieren in te vullen, strategieën te bespreken of uit te rusten van een dienst als huisdetective in een van de hotels aan Times Square. Er was een aparte ingang voor bezoekers die hun gezicht liever niet in de chique lobby van het Knickerbocker Hotel lieten zien en een detectivebureau liever via een zijsteegje in- en uitgingen.

Catcalls begroette Bell en Abbott in hun avondkostuums.

'Opzij, opzij! Daar komen de fatjes!'

'Nog nooit een gentleman gezien, stelletje armoedzaaiers?' vroeg Abbott.

'Waar gaat 't in die pinguïnvermomming naartoe?'

'Naar het Jardin de Paris op het dak van het Hammerstein Theater,' antwoordde Abbott met een tikje tegen zijn zijden hoed en zwaaiend met zijn wandelstok. 'Naar de *Follies of 1907.*'

'Wat? Hebben jullie kaartjes voor de *Follies*?' reageerden ze vol verbazing. 'Hoe hebben jullie dat voor elkaar gekregen?'

'Met dank aan de baas,' zei Abbott. 'De producer, de heer Ziegfeld, was meneer Van Dorn nog een gunst schuldig. Iets met een vrouw die niet van hem was. Kom op, Isaac. Het doek gaat zo op!'

Maar Isaac Bell stond stokstijf stil naar de telefoons te staren die als soldaten in een rij stonden opgesteld. Er knaagde iets in hem. Er was iets vergeten. Iets was over het hoofd gezien. Een vage herinnering aan iets wat niet goed zat.

Hij zag de kruitkade van Jersey City voor zich. Hij had een fotografisch geheugen en in zijn hoofd ging hij de hele pier af, vanaf de kade tot in het water, meter voor meter, stap voor stap. Hij zag het Vickers-machinegeweer gericht staan op het hek dat de kade afsloot van het hoofdterrein. Hij zag de kolentenders die hij had laten aanrukken om het hek af te schermen. Hij zag de rij goederenwagons, de rook, het kolkende water, de roodstenen passagiersterminal van Communipaw met de veerkade aan het water in de verte…

Wat klopte er niet?

Er rinkelde een telefoon. De officier van dienst pakte de hoorn van de middelste, die iemand met een slordige streep lipstick als de belangrijkste had gemarkeerd. 'Ja, sir, meneer Van Dorn!... Ja, sir! Hij is hier... Ja, sir! Ik zal 't zeggen. Tot ziens, meneer Van Dorn.'

Met de hoorn in beide handen zei de officier van dienst tegen Isaac Bell: 'Meneer Van Dorn zegt dat hij u, als u het kantoor niet onmiddellijk verlaat, op staande voet ontslaat.'

Ze vluchtten het Knickerbocker Hotel uit.

Terwijl ze op Broadway liepen, wees Archie Abbott, als altijd weer de trotse toeristengids, op de gele, twee verdiepingen hoge voorgevel van het Rector's Restaurant. Hij vroeg om speciale aandacht voor een reusachtig standbeeld dat ervoor stond. 'Zie je die griffioen?'

'Die is niet te missen.'

'Die bewaakt het beste visrestaurant van de hele stad!'

Lillian Hennessy had zich als altijd op haar entree in het Rector's Restaurant verheugd. Toen ze langs de griffioen op de stoep zwierde en de overweldigende, groen-met-gele wondere wereld van goud en kristal, glinsterend verlicht door reusachtige kroonluchters, binnenstapte, voelde ze hoe het moest zijn om een beroemd en geliefd actrice te zijn. Het mooist waren de spiegelwanden die van het plafond tot aan de vloer reikten, waardoor iedereen in het restaurant kon zien wie er door de draaideur naar binnen kwam.

Die avond hadden de mensen haar prachtige gouden avondjurk bewonderd, zich vergaapt aan de diamanten rond haar borsten en gefluisterd over de verbazingwekkend knappe man aan haar zijde. Of, om het in de woorden van Marion Morgan te zeggen, de onbeschrijfelijk knappe vent aan haar zijde. Helaas was het senator Kincaid maar, die haar onvermoeibaar het hof bleef maken in de stille hoop zo haar fortuin te bemachtigen. Hoe oneindig veel opwindender zou het zijn om hier haar entree te maken met een man als Isaac Bell, knap maar niet fatterig, gespierd maar niet bonkig, stoer maar niet ruig.

'Een cent voor je gedachten,' zei Kincaid.

'Ik dacht dat we snel onze kreeft moeten opeten en naar de voorstelling gaan... O, de band gaat spelen... Anna Held komt!'

De band van het restaurant zette altijd snel de nieuwste hit in van de

Broadway-actrice die ze zagen binnenkomen. Nu speelden ze 'I Just Can't Make My Eyes Behave'.

Lillian zong zachtjes en perfect in de maat mee.

In the northeast corner of my face,
And the northeast corner of the self-same place…

Daar was ze, de Franse actrice Anna Held, haar slanke taille geaccentueerd door een schitterende, groene avondjapon, aanzienlijk langer dan de jurk die ze op het toneel droeg, een en al glimlach en stralende ogen.

'O, Charles, wat fantastisch, wat ben ik blij dat we zijn gegaan.'

Charles Kincaid glimlachte naar de ongelooflijk rijke vrouw die over het tafelkleed leunde, en besefte opeens hoe jong en onschuldig ze nog was. Hij durfde te wedden dat ze het spelletje dat ze met haar mooie ogen speelde van Held had afgekeken, dat ze het kleinste gebaartje van haar had bestudeerd. En met succes, moest hij toegeven, nu ze met zo'n goed gespeelde blik in haar lichtblauwe ogen naar hem opkeek.

'Ik ben blij dat je me belde,' zei hij.

'De *Follies* zijn terug,' reageerde ze vrolijk. 'Daar moest ik heen. En alleen gaan is niet leuk, toch?'

Dit gaf wel ongeveer weer hoe ze hem zag. Hij had er de pest in dat ze hem afwees. Maar als hij eenmaal met haar vader had afgerekend, had die ouwe geen rooie cent meer te vererven, terwijl hij dan rijk genoeg zou zijn om Lillian te kopen, op te sluiten en naar zijn pijpen te laten dansen. Dat hij haar ondertussen het hof maakte, stelde hem in staat vaker en dichter in de buurt van haar vader te zijn dan mogelijk was geweest in zijn rol van timide senator die met voor spoorwegmaatschappijen gunstige voorstellen naar stemmen hengelde. Laat Lillian Hennessy haar te oude, licht komische, geldgeile vrijer maar als een hopeloze kandidaat afwijzen en als een onopvallend meubelstuk aan de kant zetten. Uiteindelijk zou ze van hem zijn… niet als echtgenote maar als een object, als een prachtig kunstvoorwerp waar hij van kon genieten wanneer hij dat wilde.

'Ik moest hier toch zijn,' antwoordde Kincaid, in zichzelf de vuistvechters uit Rawlins vervloekend die het niet was gelukt om Isaac Bell te vermoorden.

Op deze avond der avonden moest hij in het openbaar gezien worden. Als Bell nu nog geen argwaan koesterde, zou dat snel veranderen. Inmiddels moest er in het brein van de detective toch een belletje zijn gaan rinkelen dat er iets niet klopte. Hoelang kon het nog duren tot iemand die de WANTED-poster van Bell onder ogen kreeg, hem bij de voorbereidingen voor de allesverwoestende aanslag herkende? De te grote oren in de tekening zouden hem niet eeuwig beschermen.

Maar wat was een beter alibi dan zijn aanwezigheid bij de *Follies of 1907* in Hammerstein's Jardin de Paris?

Honderden mensen zouden zich herinneren dat ze senator Charles Kincaid in Rector's met de meest gewilde erfgename van New York hadden zien dineren. Duizenden zouden zien hoe de Heldhaftige Ingenieur met een onvergetelijk mooie vrouw aan zijn arm bij de grootste show van Broadway arriveerde... op zo'n tweeënhalve kilometer afstand van een 'show' die de *Follies* veruit zou overtreffen.

'Wat zit je toch te glimlachen, Charles?' vroeg Lillian.

'Ik verheug me op de voorstelling.'

23

Piraterij kwam op de Hudson aan het begin van de twintigste eeuw zo goed als niet voor. Toen kapitein Whit Petrie een spitse boeg uit de regen zag opdoemen, was zijn enige reactie een stoot met de fluit van de *Lillian I* om de andere boot te waarschuwen niet te dichtbij te komen. De sonore stoomstoot wekte McColleen, de spoorwegsmeris die op de bank achter in de stuurhut lag te pitten, terwijl de *Lillian I* langs Yonkers naar het noorden tufte en bonkend tegen de krachtige, door het lage tij nog versterkte stroming van de rivier op zwoegde.

'Wat was dat?'

'Een zeilend schip... De idioot lijkt wel doof.'

De opdoemende boeg kwam nog steeds op hen af en was nu dicht genoeg genaderd om aan de zeilen, die tegen de donkere lucht afstaken, te kunnen zien dat het een schoener was. Whit Petrie liet de ruit van de stuurhut zakken om beter te kunnen kijken en hij hoorde nu ook het duidelijke dreunen van een extra benzinemotor. Hij trok nog eens aan het touw van de fluit en draaide aan het stuurrad om door weg te draaien een aanvaring te voorkomen. Maar het andere schip draaide met hem mee.

'Wat krijgen we nou?'

Ondertussen was McColleen overeind gesprongen en trok, tot op het bot gespannen, een revolver uit zijn jas.

Er klonk een schot, waarop de ruiten versplinterden en het rondvliegend glas McColleen verblindde. De spoorwegagent sloeg achterover, schreeuwend van de pijn en met een hand tegen zijn gezicht blindelings vurend. Kapitein Petrie reageerde met zijn van jongs af aan ingebakken New Jerseys straatvechtersinstinct. Hij gaf een ruk aan het stuurrad om de aanvaller vol te rammen.

Dat was de juiste tactiek. De zwaarbeladen stoomlichter zou zich dwars door de houten schoener ploegen. Maar de versleten roerstangen van de *Lillian I*, te lang verwaarloosd door achtereenvolgens de New Jersey Central Railroad en de Southern Pacific, begaven het onder de wrikkende manoeuvre. Stuurloos geworden door het weggevallen roer bleef de dynamietboot halverwege de scherpe draai steken en slingerde hulpeloos. De schoener gleed langszij en er sprong een troep mannen aan boord, krijsend als gillende keukenmeiden en schietend op alles wat bewoog.

De Jardin de Paris was een geïmproviseerd theater op het dak van Hammerstein's Olympia. Op deze koude, regenachtige avond hadden ze zeildoeken gordijnen tegen de wind opgehangen, maar het geluid van de autobussen beneden op Broadway werd er niet door tegengehouden. Toch leek iedereen met een entreebewijs verheugd dat ze dit mee mochten maken.

Op de vlakke vloer stonden de tafels en stoelen meer als in een danszaal opgesteld dan als in een schouwburg. De directie had er een aantal afgescheiden loges aan toegevoegd om er, wat Archie Abbott 'publiek van betere klasse' noemde, mee aan te trekken. De loges waren nieuw, gebouwd op een fraaie, hoefijzervormige verhoging boven op een pagode die de liftingang omgaf. Florenz Ziegfeld, de producer van de *Follies*, had de detectives van Van Dorn hier de beste plaatsen gegeven. Vandaar hadden ze een goed zicht op het podium en een panoramische blik op de overige loges, die zich vulden met mannen in jacquet en vrouwen in jurken geschikt voor een koninklijk bal.

Terwijl hij het binnenkomende publiek overzag, keek Bell opeens in de ogen van Lillian Hennessy, die aan de andere kant recht tegenover hem plaatsnam. In een goudkleurige jurk zag ze er mooier uit dan ooit, met haar hoog op het hoofd opgebonden blonde haren. Hij glimlachte naar haar en op haar gezicht verscheen een glans van oprechte vreugde. Kennelijk had ze hem het vernielen van haar Packard vergeven. In feite, bedacht hij zich bezorgd, glimlachte ze naar hem als een waanzinnig verliefde bakvis – en verliefdheid was iets wat ze nu allebei absoluut niet konden gebruiken.

'Moet je die meid zien!' flapte Abbott eruit.

'Archie, als je nog iets verder doorbuigt, lazer je zo de goedkope rangen in.'

'Dat is het waard als zij zich huilend over mijn dode lichaam ontfermt... en jij haar vertelt hoe ik stierf. Wacht eens, ze glimlacht naar jóú!'

'Dat is Lillian,' zei Bell. 'De stoomlichter die je vanmiddag hebt bewaakt, die is naar haar genoemd. Zoals al het drijvende materieel van de spoorwegmaatschappij. Zij is Hennessy's dochter.'

'Ook nog rijk? Mijn God. Wie is die stijve hark naast haar? Hij komt me bekend voor.'

'Senator Charles Kincaid.'

'O ja. De Heldhaftige Ingenieur.'

Bell beantwoordde koel Kincaids knikje. Het verbaasde hem niet dat Kincaids cheque met zijn pokerschuld nog niet in de Yale Club was aangekomen. Mensen die vals speelden bij het delen, betaalden meestal ook hun schulden niet als ze dachten dat ze daarmee wegkwamen.

'De senator kan zich gelukkig prijzen.'

'Dat dacht ik niet,' reageerde Bell. 'Ze is te rijk en onafhankelijk om voor iemand van zijn slag te vallen.'

'Hoe weet je dat?'

'Dat heeft ze me verteld.'

'Waarom zou je jou in vertrouwen nemen, Isaac?'

'Ze was al aan haar derde fles Mumm.'

'Dus jij was de gelukkige.'

'Ik ben gelukkig met Marion en dat wil ik graag zo houden.'

'Liefde,' spotte Archie op een droevig, klagerig toontje terwijl de lichten doofden, 'achtervolgt ons net zo hardnekkig als de dood en de belastingen.'

Een imposante douairière, gewikkeld in meters zijde, omkranst door veren en fonkelende diamanten, leunde uit de aangrenzende loge en tikte Abbott dwingend met haar lorgnet op zijn schouder.

'Rustig, jongeman. De voorstelling begint… O, Archie, ben jij 't. Hoe is 't met je moeder?'

'Heel goed, dank u, mevrouw Vanderbilt. Ik zal zeggen dat u naar haar heeft gevraagd.'

'Graag. En Archie? Ik kon niet anders dan meeluisteren. Maar die gentleman bij jou heeft gelijk. De jongedame heeft weinig op met die weerzinwekkende wetgever. En het moet gezegd, ze zou jouw aangeslagen familiefortuin er flink bovenop kunnen helpen.'

'Moeder zou verrukt zijn,' stemde Abbott in, waar hij mompelend zodat alleen Bell het kon horen, op liet volgen: 'Aangezien moeder de Vanderbilts al als onbeschaafd "nieuw geld" afdoet, kun je je haar afschuw wel voorstellen wanneer ik met de dochter van een "uit de klei getrokken spoorwegman" thuiskom.'

'Je mocht willen dat het waar was,' zei Bell.

'Weet ik. Maar moeder is daar duidelijk in, op z'n minst een Astor.'

Bell wierp een blik langs de loges op Lillian en er schoot hem een briljant plan te binnen. Een plan waarmee hij Lillians groeiende verliefdheid voor hem kon bekoelen en tegelijkertijd de arme Archie van de bemoeizucht van zijn moeder kon bevrijden. Maar het vereiste wel de zelfbeheersing van een diplomaat en de fijngevoeligheid van een juwelier. Dus het enige wat hij zei, was: 'Muil dicht! Het begint.'

In het midden van de Hudson, anderhalve kilometer ten westen van Broadway, raasde de gekaapte stoomlichter *Lillian I* van Southern Pacific stroomafwaarts. Het terugtrekkende tij verdubbelde de snelheid van de stroming, waardoor ze de tijd goedmaakten die ze met het repareren van het roer hadden verloren. Het schip voer gelijk op met de houten zeilschoener van de kapers. Er stond een zuidoostenwind met zware regenbuien. De schoener voer met strak aangetrokken zeilen, terwijl ook de benzinemotor op volle toeren liep om de *Lillian I* bij te houden.

De kapitein van de schoener, de smokkelaar uit Yonkers, voelde wel iets van medelijden met de oude meid die op het punt stond om te worden opgeblazen. Niet echt veel, bedacht de glimlachende Yatkowski, die het dubbele van wat de schoener waard was had gekregen om de bemanning van de stoomlichter in de rivier te verdrinken en de Chinees te redden voordat ze de lichter op haar laatste reis stuurden. De baas die het allemaal betaalde, was duidelijk geweest: let op de Chinees tot de klus is geklaard. Breng hem heelhuids terug. De baas had meer werk voor de springstofexpert.

De Anna Held Girls, volgens de producer 'de mooiste vrouwen die ooit in één theater bijeen waren geweest', wervelden in korte witte jurkjes met grote hoeden en rode sjerpen over het toneel, waarbij ze 'I Just Can't Make My Eyes Behave' zongen.

'Een aantal van deze vrouwen is rechtstreeks uit Parijs geïmporteerd,' fluisterde Abbott.

'Ik zie Anna Held niet,' mompelde Bell, die net als alle mannen onder de negentig in het land de expressieve ogen, wespentaille en dientengevolge welgevormde heupen van de Franse actrice maar al te goed kende. Haar huid verzorgde ze, naar verluidt, met een dagelijks bad in melk. Bell keek naar Lillian Hennessy, die gebiologeerd toekeek en hij realiseerde zich opeens dat haar gouvernante, mevrouw Comden, vrijwel dezelfde vormen had als Anna Held. Zou directeur Hennessy haar ook in melk laten baden?

Abbott applaudisseerde luid en het publiek volgde meteen. 'Om de een of andere reden, die alleen de heer Ziegfeld kent,' zei hij boven het kabaal uit tegen Bell, 'is Anna Held niet een van de Anna Held Girls. Ook al is ze dan zijn vrouw zonder boterbriefje.'

'Daar zal het hele Detectivebureau Van Dorn hem niet uit kunnen redden, vrees ik.'

De *Follies of 1907* raasde voort. Burleske komieken kibbelden met een Duits accent over een caférekening à la Weber en Fields, en dat deed de opeens weer ernstig gestemde Bell aan Mack en Wally denken. Toen Annabelle Whitford in een zwart badpak als het Badende Meisje van Gibson het podium opkwam, stootte Abbott Bell aan en fluisterde: 'Herinner je je de kindermatinees nog toen we klein waren? Zij deed de vlinderdans.'

Bell luisterde maar met een half oor en dacht na over wat de Saboteur van plan kon zijn. Waar zou hij toeslaan nu overal alles werd bewaakt? Het ontnuchterende antwoord was dat wanneer ze iets over het hoofd hadden gezien, dat de Saboteur niet zou ontgaan.

Het orkest had een ruige 'I've Been Working on the Railroad' ingezet en weer stootte Abbott Bell aan.

'Kijk. Ze hebben onze klant in de act opgenomen.'

De burleske komieken stonden voor een doek waarop een aanstormende locomotief van de Southern Pacific was geschilderd alsof hij hen ieder moment kon overrijden. Zelfs voor wie maar met een half oog keek, was het duidelijk dat de als koloniaal verklede komiek steigerend op een hobbelpaard Paul Revere moest voorstellen. Zijn maat in de gestreepte overall van een mecanicien speelde directeur Osgood Hennessy van de Southern Pacific Railroad.

Paul Revere kwam aangegaloppeerd, zwaaiend met een telegram.

'Telegram van de Senaat van de Verenigde Staten, directeur Hennessy.'

'Geef 't maar, Paul Revere!' Hennessy pakte het van de ruiter aan en las hardop voor: 'Stuur instructies, alstublieft, sir. U bent vergeten te zeggen hoe we moeten stemmen.'

'Wat zijn uw instructies voor de senatoren, directeur Hennessy?'

'Het spoor komt! Het spoor komt!'

'Hoe moeten ze stemmen?'

'Eén indien over land.'

'Eén lantaarn aansteken in de torenspits als het spoor over land gaat?'

'Steekpenningen, *dummkopf*! Geen lantaarns. Steekpenningen!'

'Hoeveel steekpenningen indien over zee?'

'Twee indien over...'

Isaac Bell sprong op uit zijn stoel.

24

•

In het donkere ruim van de stoomlichter *Lillian 1* voltooide Wong Lee zijn complexe bedrading in het licht van een Eveready-houten fietslamp op drie droge 'D'-celbatterijen. Daar was Wong Lee heel blij mee en hij dacht allerminst met heimwee terug aan de tijd dat hij in het licht van een open vlam dynamietlonten met elkaar verbond. Godzijdank was er elektriciteit, die zorgde voor licht om te kunnen werken en energie om de ontstekers met een bijna griezelige precisie te doen ontbranden.

Isaac Bell verliet de Jardin de Paris door een spleet in de canvas regengordijnen en kloste een ijzeren trap af langs de buitenzijde van het Hammerstein Theater. Hij kwam uit in een steeg en rende naar Broadway. Het was twee huizenblokken naar het Knickerbocker Hotel. Op de stoepen was het stampvol met voetgangers. Hij sprong de straat op, rende het verkeer ontwijkend richting downtown, spurtte door de lobby van het Knickerbocker en stoof de trap op naar het kantoor van Van Dorn, waar hij onder het bureau van de geschrokken detective van dienst de deurschakelaar overhaalde en de achterkamer instormde.

'Ik moet Eddie Edwards op de kruitkade spreken. Wat is de telefoon met de directe lijn naar Jersey City?'

'Nummer één, sir. Zoals u had gezegd.'

Bell greep de hoorn en klikte een aantal keren driftig.

'Geef me Eddie Edwards.'

'Ben jij dat, Isaac? Heb je een meid van de *Follies* voor ons meegenomen?'

'Luister, Eddie. Stel het Vickers-machinegeweer zo op dat je zowel het water als de hoofdingang bestrijkt.'

'Kan niet.'

'Waarom niet?'

'Die vijf kruitwagons staan dan in de vuurlinie. Het is het één of het ander, maar niet de ingang én het water.'

'Haal er dan nog een machinegeweer bij. Voor het geval hij vanaf het water aanvalt.'

'Ik zal kijken of ik er een van het leger kan lenen, maar dat lukt vanavond niet meer. Sorry, Isaac. Zal ik een stel schutters op het uiteinde van de pier zetten?'

'Je zei toch dat de kruitwagons in de vuurlijn staan? Zet het machinegeweer er dan bovenop.'

'Bovenop?'

'Je hoort wat ik zeg. Zet het machinegeweer boven op de dynamietwagons zodat het alle kanten op kan draaien. Op die manier bestrijk je de ingang en het water. Aan de slag, Eddie, nu meteen!'

Opgelucht nam Bell de hoorn in beide handen. Dat was wat hij was vergeten. Het water. Een aanslag met een schip. Hij keek de andere detectives, die nieuwsgierig hadden meegeluisterd, grijnzend aan.

'Het opstellen een van automatisch machinegeweer boven op een dynamiettrein is lastig genoeg om ze voorlopig wakker te houden,' zei hij.

Gerustgesteld slenterde hij terug naar het theater, waar hij net bij zijn stoel terugkwam toen aan het einde van de eerste akte het doek viel.

'Wat was dat opeens?' vroeg Abbott.

'Als de Saboteur besluit om vanaf het water aan te vallen krijgt hij nu wel de loop van een Vickers-machinegeweer op zich gericht.'

'Niet slecht, Isaac. Dan kan je je nu ontspannen door me aan die kennis van je voor te stellen.'

'Senator Kincaid?' vroeg Bell onnozel. 'Die zou ik geen kennis willen noemen. We hebben samen aan de speeltafel gezeten, maar...'

'Je weet wie ik bedoel, mafkees. Ik heb 't over de Helena van Troje van de Southern Pacific die met haar aanbiddelijke gezichtje een hele vloot stoomschepen aan het dampen krijgt.'

'Volgens mij valt ze niet voor een vent van Princeton, daar is ze veel te intelligent voor.'

'Ze loopt naar de lift! Kom op, Isaac!'

Bij de liften stond een hele menigte mensen te wachten. Bell leidde Abbott door de canvas regengordijnen, waarna ze via de trap aan de buitenkant naar de ruime lobby op de begane grond liepen die als foyer diende voor alle drie de theaters in het gebouw.

'Daar staat ze!'

Lillian Hennessy en senator Kincaid werden omringd door bewonderaars. Vrouwen verdrongen elkaar om hem een hand te geven, terwijl hun echtgenoten elkaar op de tenen trapten om zich aan Lillian voor te stellen. Iets wat hun vrouwen nauwelijks opmerkten en wat hen waarschijnlijk ook weinig kon schelen. Bell zag twee van hen heimelijk hun visitekaartje in Kincaids jaszak schuiven.

De beide Van Dorn-detectives, die langer waren dan de meeste aanwezigen en ervaring hadden in het sussen van caféruzies en kleine opstandjes, baanden zich als een eskadron slagschepen een weg door het gedrang. Lillian glimlachte naar Bell.

Bell richtte zijn blik op Kincaid en deze wuifde hem vriendelijk toe.

'Is het geen fantastische show?' riep de senator over de hoofden naar de naderende Bell. 'Ik ben dol op theater. Weet je, ik hoorde dat je het er met Kenny Bloom over had dat jullie wegliepen naar het circus. Voor mij was dat toneel in plaats van circus. Ik wilde altijd acteur worden. Ik ben zelfs met een reizend gezelschap meegegaan, tot het gezonde verstand de overhand kreeg.'

'Net als mijn goeie vriend Archie Abbott hier. Archie, dit is senator Charles Kincaid, ook een gedwarsboomde toneelspeler.'

'Goedenavond, senator,' zei Abbott, terwijl hij beleefd zijn hand uitstak, maar die van Kincaid volledig miste, omdat hij Lillian aangaapte.

'O, hallo Lillian,' zei Bell achteloos. 'Mag ik je mijn oude vriend Archibald Angel Abbott voorstellen?'

Lillian knipperde met haar ogen zoals Anna Held het zou doen. Maar het leek alsof ze in Abbotts gezicht iets zag waardoor ze het nog eens goed opnam. Hij had aantrekkelijke grijze ogen en Bell zag dat die hun uiterste best deden om haar aandacht vast te houden. Haar blik streek over de littekens op Abbotts voorhoofd en ze liet zijn rode haren en stralende glimlach op zich inwerken. Kincaid zei iets tegen haar, maar ze hoorde hem kennelijk niet, want ze keek Abbott recht in de ogen en zei: 'Leuk om kennis te maken, meneer Abbott. Isaac heeft veel over u verteld.'

'Niet alles, miss Hennessy, anders was u stante pede weggevlucht.'

Lillian lachte, Archie praalde en senator Kincaid keek hoogst ongelukkig.

Bell gebruikte de pokerschuld als excuus om Kincaid van Archie en Lillian weg te lokken. 'Ik heb van ons spelletje kaart genoten. En het was me een genoegen om uw visitekaartje te krijgen, maar een cheque voor het bedrag dat erop staat zou de herinnering nog aanzienlijk veraangenamen.'

'Mijn cheque zal er morgen zijn,' antwoordde Kincaid minzaam. 'U bent nog in de Yale Club?'

'Tot nader bericht. En u, senator? Blijft u nog een poosje in New York of gaat u terug naar Washington?'

'Nee, ik vertrek morgenochtend naar San Francisco.'

'Is er geen senaatszitting?'

'Ik ben voorzitter van een subcommissie die in San Francisco een hoorzitting houdt over het probleem met de Chinezen.' Hij keek om zich heen naar de menigte theaterbezoekers die zijn aandacht probeerden te trekken, daarop greep hij Bells elleboog en dempte zijn stem. 'Onder ons pokerspelers gezegd, meneer Bell, die hoorzitting is een prima dekmantel voor de ware reden waarom ik naar San Francisco ga.'

'En die is?'

'Een select groepje Californische zakenlieden heeft me overgehaald om naar hun smeekbeden te komen luisteren dat ik me kandidaat voor het presidentschap moet stellen.' Hij knipoogde samenzweerderig. 'Ze hebben me uitgenodigd voor een kampeertocht door de sequoiabossen. U kunt zich voorstellen dat een voormalig bruggenbouwer weinig lol beleeft aan buiten slapen. Ik heb ze gezegd dat ik zo'n befaamd western-etablissement van hen veruit prefereer. Geweien, opgezette grizzlyberen, opgestapeld dennenhout... en overdekt sanitair.'

'Bent u over te halen?' vroeg Bell.

'Onder ons gezegd doe ik alsof ik er weinig zin in heb. Maar uiteraard zie ik de kandidatuur voor het presidentschap als een hele eer,' zei Kincaid. 'Wie niet? Het is de ultieme droom voor iedere politicus die het land dient.'

'Is Preston Whiteway een van die Californische zakenlieden?'

Kincaid keek hem doordringend aan.

'Gehaaide vraag, meneer Bell.'

Heel even hadden beide mannen, die elkaar strak in de ogen keken, net zo goed alleen op rotsplateau in Oregon kunnen staan in plaats van in een drukke schouwburgfoyer.

'En uw antwoord?' vroeg Bell.

'Dat mag ik u niet zeggen. Het hangt er vooral van af wat president Roosevelt volgend jaar gaat doen. Ik zie weinig speelruimte voor mij wanneer hij voor een derde termijn op wil. Hoe dan ook zou ik het op prijs stellen als u dit voor uzelf houdt.'

Bell zei dat hij dat zou doen. Wel vroeg hij zich af waarom een senator iemand in vertrouwen nam die hij maar één keer eerder had ontmoet. 'Hebt u de heer Hennessy in vertrouwen genomen?'

'Dat doe ik als de tijd daar rijp voor is, en dat is pas wanneer het vaststaat en het geregeld is.'

'Waarom dan pas? Is de steun van een spoorwegdirecteur niet juist nu al heel handig?'

'Ik wil hem in dit vroege stadium niet de hoop geven dat hij een vriend in het Witte Huis krijgt als hij daàrin alleen maar teleurgesteld kan worden.'

De lampen in de foyer knipperden ten teken dat de pauze was afgelopen. Ze keerden terug naar hun plaatsen in het daktheater.

'Wat een verrukkelijke vrouw,' zei Abbott tegen Bell.

'Wat vind je van de senator?'

'Welke senator?' vroeg Abbott, terwijl hij over de loges naar Lillian zwaaide.

'Vind je 'm nog steeds een stijve hark?'

Abbott keek Bell aan, merkte dat hij dat niet zomaar vroeg en antwoordde bloedserieus: 'Zo gedraagt hij zich in elk geval wel. Waarom vraag je dat, Isaac?'

'Omdat ik het gevoel heb dat er bij Kincaid meer speelt dan je ziet.'

'Als je de blik zag waarmee hij naar me keek toen ik met miss Lillian sprak, zou je zeggen dat hij voor het binnenhalen van haar en haar poen een moord niet uit de weg zal gaan.'

'Hij wil ook president worden.'

'Van de spoorwegen?' vroeg Archie. 'Of van de Verenigde Staten?'

'De Verenigde Staten. Hij vertelde me dat hij in het geheim Californische zakenlieden ontmoet die willen dat hij zich kandidaat stelt wanneer Teddy Roosevelt volgend jaar niet voor een derde termijn gaat.'

'Als dat geheim is, waarom vertelt hij jou dat dan?' vroeg Archie.

'Dat vraag ik me ook af. Alleen een volslagen idioot zou dat er uitflappen.'

'Geloof je hem?'

'Goeie vraag, Archie. Het grappige is dat hij niets over William Howard Taft zei.'

'Ja, dat is alsof je de olifant in de porseleinkast niet noemt. Als Roosevelt besluit niet zelf voor een derde termijn te gaan, zal hij beslist zijn goede vriend Taft, de minister van Oorlog, als opvolger aanwijzen. Geen wonder dat Kincaid het geheim wil houden. Hier daagt hij zijn eigen partij mee uit.'

'Opnieuw een reden om mij niet in vertrouwen te nemen,' zei Isaac Bell. 'Wat is hij van plan?'

In de loge aan de overkant vroeg Lillian Hennessy: 'Wat vind jij van de heer Abbott, Charles?'

'De Abbotts zijn een van de oudste families in New York, afgezien van de Nederlanders, en ze hebben heel wat Nederlands bloed in hun stamboom. Heel triest dat ze bij de beurspaniek van '93 al hun geld zijn kwijtgeraakt,' voegde Kincaid er met een brede glimlach aan toe.

'Dat heeft hij me meteen verteld,' zei Lillian. 'Hij schijnt er niet heel erg mee te zitten.'

'Nou, de vader van iedere jonge vrouw die hij ten huwelijk vraagt wel degelijk,' reageerde Kincaid pesterig.

'En wat vind je van Isaac Bell?' pestte Lillian terug. 'Archie vertelde me dat je met Isaac hebt gepokerd. Ik zag dat jullie een ernstig gesprek voerden in de foyer.'

Kincaid bleef glimlachen, intens genietend van zijn gesprek met Bell. Als de detective achterdochtig mocht worden, dan was het doen alsof hij een van de vele senatoren was die ervan droomde ooit president van de Verenigde Staten te worden, een overtuigend bewijs dat hij niet de spoorsaboteur kon zijn. Als Bell verder zocht, zou hij ontdekken dat er inderdaad Californische zakenlieden waren, met Preston Whiteway voorop, die op zoek waren naar een eigen kandidaat voor het presidentschap. En senator Charles Kincaid stond boven aan hun verlanglijstje, nadat hij de kwieke krantenmagnaat uit San Francisco al manipulerend had gesterkt in zijn geloof dat de Heldhaftige Ingenieur, die hij had geholpen senator te worden, hem ook in het Witte Huis van dienst kon zijn.

'Waar hadden jullie het over?' drong Lillian aan.

Er sloop iets gemeens in Kincaids glimlach

'Bell is verloofd en gaat trouwen. Hij vertelde me dat hij een groot huis gaat kopen voor zijn toekomstige... de gelukkige.'

Versomberde haar gezicht of kwam het doordat het zaallicht doofde voor de tweede akte?

'Jersey City recht vooruit, spleetoog!' gilde stuurman 'Big Ben' Weitzman, die door kapitein Yatkowski aan boord van de *Lillian I* was geposteerd om de stoomlichter te besturen nadat ze de bemanning in de rivier hadden gedumpt. 'Schiet 's op daarbeneden.'

Wong Lee werkte in zijn eigen tempo door en behandelde de vijfentwintig ton dynamiet met het respect dat de springstof verdiende. Hij had dikke handen gekregen van de tientallen jaren dat hij met zware stalen strijkijzers overhemden had geperst. Zijn vingers waren niet zo soepel meer.

Hij had nog één ontsteker over toen hij klaar was en stak die gewoontegetrouw in zijn zak, puur uit spaarzaamheid. Vervolgens pakte hij de dubbele elektrische draad die hij van de boeg van de boot naar het ruim had gelegd, waarin de dozen dynamiet stonden. Hij had al vijf centimeter koperdraad blootgelegd door de isolatielaag te verwijderen. Een van de beide draden verbond hij met een van de polen van de eerste ontsteker. Hij pakte de tweede draad en wachtte.

'Weitzman! Ben jij daarboven?'

'Wat is er?'

'Kijk of de schakelaar op de boeg nog openstaat.'

'Staat open. Ik had al gekeken.'

'Als hij niet openstaat, vliegen we de lucht in als ik deze draden verbind.'

'Wacht! Niet doen. Ik kijk nog even.'

Weitzman sloeg een touw met een lus om een spaak van het stuurrad om de lichter op koers te houden en snelde, de koude regen vervloekend, naar de boeg. Yatkowski had hem een cilindervormige zaklantaarn gegeven en in de zwaaiende lichtstraal zag hij dat de bek van de schakelaar die de Chinees op de punt van de boeg had bevestigd, openstond en open zou blijven tot de boeg tegen de kruitkade te pletter sloeg. Door de klap zou de bek dichtslaan en zo de elektrische verbinding tussen de batterij en de ontstekers sluiten, met als gevolg dat er vijfentwintig ton dynamiet de lucht in ging. Dat zou vervolgens nog eens honderd ton op de kruitkade opgeslagen springstof tot ontploffing brengen, wat de grootste explosie zou zijn die New York ooit had meegemaakt.

Weitzman haastte zich terug naar het stuurrad en schreeuwde door het luik: 'Hij staat open. Zoals ik al zei.'

Wong haalde diep adem en maakte de positieve draad aan de tweede pool van de ontsteker vast. Er gebeurde niets. Natuurlijk, dacht hij grimmig, als het fout was gegaan had hij het niet kunnen navertellen, dan was hij op slag dood geweest. Hij klauterde de ladder op, klom door het luik en zei tegen de man aan het roer dat hij de schoener het afgesproken sein moest geven. Het schip kwam met flapperende zeilen langszij en bonkte hard tegen de lichter.

'Rustig een beetje!' gilde Weitzman. 'Wil je ons dood hebben?'

'Chinees!' schreeuwde kapitein Yatkowski. 'Kom hierheen.'

Wong Lee hees zich met zijn stramme halfbejaarde ledematen langs een touwladder omhoog. In de bergen had hij veel lastiger passages beklommen, maar toen was hij dertig jaar jonger.

'Weitzman!' schreeuwde de kapitein. 'Zie je de kade?'

'Niet te missen!'

Op een halve kilometer voor hen baadde de kade in een zee van elektrisch licht. De spoorwegagenten hadden de boel zo fel verlicht dat de Great White Way er niets bij was, zodat niemand hen ongezien vanaf het emplacement kon benaderen, maar het was geen moment in hen opgekomen dat een aanval ook vanaf het water mogelijk was.

'Stuur er recht op af en maak dat je wegkomt.'

Weitzman draaide aan het stuurrad tot de boeg van de *Lillian I* recht op de lampen op de kruitkade wees. Ze naderden van opzij en de kade was tweehonderd meter lang, dus zelfs als ze iets van de koers afweek zou ze niet al te ver van de vijf goederenwagons met dynamiet inslaan.

'Snel, kom nou!' schreeuwde de kapitein.

Weitzman had geen aansporing nodig. Als een haas klauterde hij aan dek van de schoener.

'Snel nu!' riep Wong. 'Zorg dat we wegkomen.'

Niemand wist beter dan Wong welke onvoorstelbare krachten er vrij zouden komen op het rangeerterrein, in de haven en de omringende steden.

Toen Wong en de bemanning van de schoener achterom keken om te zien of de stoomlichter nog op koers lag, zagen ze een veerboot van de New Jersey Central Railroad bij de Communipaw Passagiersterminal afmeren. Er was kennelijk een trein aangekomen en de pont nam de passagiers aan boord voor de laatste etappe.

'Welkom in New York!' mompelde de kapitein. Wanneer de vijfentwintig ton op de lichter de honderd ton op de kruitkade tot ontploffing bracht, zou die veerpont in een laaiende vuurzee verdwijnen.

25

Marion Morgan stond buiten op het open dek van de veerboot van Jersey Central. Ongehinderd door de regen stond ze tegen de reling gedrukt. Haar hart bonkte van opwinding en plezier. Ze had New York niet meer gezien sinds haar vader haar als klein meisje had meegenomen op een reis langs de oostkust. Nu zag ze de verlichte ramen van tientallen wolkenkrabbers aan de overkant van de rivier. En ergens op dat fameuze eiland was haar geliefde Isaac Bell.

Ze had er lang over nagedacht of ze hem zou inlichten of verrassen. Ze had voor verrassen gekozen. Omdat Preston Whiteway met een drukke agenda goochelde, was het lange tijd onzeker of haar reis zou doorgaan. Op het allerlaatst had hij besloten in Californië te blijven en haar naar zijn bankiers in New York te sturen met zijn voorstel voor de financiering van de *Picture World*-filmjournaals. De ondernemende jonge krantenuitgever was kennelijk voldoende onder de indruk van haar bankervaring om haar zo'n belangrijke opdracht toe te vertrouwen. Maar de werkelijke reden dat hij haar stuurde, zo vermoedde ze, was dat hij haar zo voor zich hoopte te winnen, door haar onafhankelijkheid te respecteren. Ze had een zin uitgedacht waarmee ze de volhardende Whiteway steeds weer op haar verhouding met Isaac wees.

Mijn hart is al vergeven.

Ze had de zin al twee keer gebruikt. Meer was er niet te zeggen en ze zou hem nog tien keer herhalen als het moest.

De regen nam af en de lichtjes van de stad werden helderder. Zodra ze in haar hotel was, zou ze Isaac in de Yale Club bellen. In chique hotels als de Astor keek men neer op ongetrouwde vrouwen die herenbezoek ontvingen. Maar er was geen enkele huisdetective in het land die geen oogje zou dichtknijpen voor een speurder van Van Dorn. Collegiale beleefdheid, zou Isaac glimlachend zeggen.

De fluit van de veerboot ging. Ze voelde de schroeven onder haar voeten trillen. Terwijl ze van de oever wegdraaiden, zag ze de zeilen van een ouderwetse schoener tegen een felverlichte kade afsteken.

Vier man hadden er tien volle minuten voor nodig gehad om het loodzware machinegeweer boven op de goederenwagon te krijgen. En zoals Isaac Bell al had voorspeld bleven de spoorwegagenten die het watergekoelde, op een driepoot gemonteerde Vickers boven op de dynamiettrein bedienden, klaarwakker. Maar Eddie Edwards, de veertigjarige rechercheur van Van Dorn met de te vroeg grijzende haardos, klom steeds weer op de goederenwagon om hen te controleren.

Hun wapen was minstens even betrouwbaar, afgeleid van het Maximgeweer dat zich met het neermaaien van Afrikaanse legers had bewezen. Een van de spoorwegsmerissen was een geïmporteerde Engelsman die vol zat met verhalen over het met een Maxim afslachten van 'inboorlingen' tijdens de koloniale oorlogen van de voorgaande decennia. Edwards had hem geïnstrueerd de inboorlingen van Jersey City met rust te laten. Tenzij ze iets in het schild voerden. De oude bendes daar waren niet meer zo ruig als toen Edwards er de Van Dorn-ploeg leidde bij het schoonvegen van de rangeerterreinen, maar ze waren nog steeds link.

Terwijl hij zich boven op de wagon langzaam op zijn hakken omdraaide en de vuurlijn van het machinegeweer overzag, die nu een volledige cirkel besloeg, dacht Edwards terug aan de tijd dat hij goudschepen bewaakte. Natuurlijk bestond het wapenarsenaal van de Lava Bed Bende toen voornamelijk uit loden pijpen, boksbeugels en een enkel jachtgeweer met afgezaagde loop. Hij zag hoe een felverlichte veerboot van de Communipaw Terminal wegvoer. Hij draaide terug naar het toegangshek dat door drie met geweren bewapende agenten werd gebarricadeerd en zag dat het goederenemplacement er net zo rustig bij lag als alle goederenemplacementen er altijd bij lagen. Er waren rangeerlocs in de weer met het samenstellen van treinen. Maar in alle cabines reed een bewapende detective mee. Hij keek weer naar de rivier. Het regengordijn trok op. De lichten van New York waren nu goed te zien.

'Gaat die schoener die stoomlichter rammen?'

'Nee. Het scheelde niet veel, maar ze varen naast elkaar. Zie je dat? De schoener zwenkt weg en de lichter draait deze kant op.'

'Dat zie ik,' zei Edwards, terwijl zijn kaaklijn verstrakte. 'Waar gaat die verdomme naartoe?'

'Komt onze kant op.'

Wat Edwards zag beviel hem steeds minder.

'Hoe ver ligt die rode boei hiervandaan?' vroeg hij.

'Die rode lamp? Een halve kilometer ongeveer.'

'Als hij die boei passeert, geef 'm dan vier schoten voor de boeg.'

'Meen je dat?' vroeg de spoorwegagent aarzelend.

'Ja, verdomme, dat meen ik. Klaar om te vuren?'

'Hij vaart erlangs, meneer Edwards.'

'Vuur! Nu!'

De Vickers maakte een raar gedempt *pop-pop-pop-pop*-geluid. Waar de kogels neerkwamen was in de verre duisternis niet te zien. De stoomlichter bleef recht op de kruitkade afkomen.

'Tien schoten over het dak van de stuurhut.'

'Daar worden ze wel wakker van,' zei de Engelsman. 'Deze kogels maken een herrie als donderslagen als ze vlak over je kop scheren.'

'Kijk uit dat je erachter niks raakt. Ik wil niet dat je een onschuldige sleepboot treft.'

'Alles vrij.'

'Vuur! Nu! Niet meer wachten!'

De canvas patroonband ratelde. Er vlogen tien kogels uit de loop. Uit de waterkoeler krinkelde een stoomwolkje.

De boot bleef komen.

Eddie Edwards bevochtigde zijn lippen. God mocht weten wat dit te betekenen had. Een dronkaard? Een doodsbange scheepsjongen aan het roer terwijl de kapitein sliep? Een van angst verstijfde ouwe baas die geen idee had waar de schoten vandaan kwamen?

'Ga daar in het licht staan. Zwaai dat ze weg moeten blijven... Jij niet! Jij blijft bij het geweer.'

De patroonbandhouder en de waterdrager sprongen heftig met hun armen zwaaiend op en neer op het dak van de goederenwagon. De boot bleef komen.

'Uit de weg!' riep Edwards. 'Schiet op de stuurhut.' Hij greep de patroonband en leidde hem het geweer in, dat als een gek begon te ratelen.

De loop spuwde tweehonderd kogels uit, die een halve kilometer water overbrugden en in een wolk van versplinterend hout en glas de stuurhut

doorzeefden. Twee kogels verbrijzelden de bovenste spaak van het stuurrad. Een andere doorsneed het touw dat er met een lus omheen geslagen
was. Het stuurrad was nu los. Maar het water dat langs het roerblad
stroomde hield het roer stabiel op de kruitkade gericht. Toen stortte de
hele stuurhut in. Het dak viel op het stuurrad en drukte de spaken in elkaar, waardoor het rad opzij sloeg, evenals het roer waar het mee verbonden was.

De tweede akte van de *Follies* begon overweldigend. De 'Ju-Jitsu Waltz'
door prins Tokio 'rechtstreeks uit Japan' werd gevolgd door het komische
lied 'I Think I Oughtn't Auto Any More':

> *… happened to be smoking when I got beneath her car,*
> *gasoline was leaking and fell on my cigar,*
> *blew that chorus girl so high I thought she was a star…*

Na afloop van het lied klonk er een luide roffel op een kleine trom. Een
danseres in een blauwe blouse, een kort wit rokje en een rode maillot hup-
pelde het lege toneel op. Er viel een tweede kleine trom in. En er kwam een
tweede danseres op. Daarna nog een trom en weer een meisje. Even later
roffelden er zes trommels en huppelden er zes danseressen op en neer. En
daarna nog een en nog een. Grote trommels namen het ritme over met een
zware dreun die de stoelen deed trillen. Tot de vijftig mooiste danseressen
van heel Broadway hun dans plotseling onderbraken, vijftig trommels van
rekken in de coulissen graaiden en de trappen aan beide zijden van het
podium afrenden, waarna ze op de trommels slaand en hun rood beklede
benen hoog opzwaaiend de gangpaden instormden.

'Ben je niet blij dat we zijn gegaan?' riep Abbott.

Bell keek op. Hij zag een flits in het dakraam, alsof er behalve de lampen op het toneel nog extra lichtbundels vanaf het theaterdak omlaag
schenen. Het was alsof de nachthemel in brand stond. Hij voelde een
schok die het hele gebouw deed schudden en dacht heel even dat het een
aardbeving was. Maar het volgende ogenblik hoorde hij een donderende
explosie.

26

Het *Follies*-orkest stopte abrupt met spelen. De zaal verzonk in een griezelige stilte. Vervolgens kletterde er met het geluid van honderden roffeltrommen een regen van brokstukken op het dunne dak neer. Het glas vloog uit het dakraam en alle aanwezigen – publiek, toneelknechten en danseressen – begonnen te gillen.

Isaac Bell en Archie Abbott schoten als één man overeind, stoven het gangpad uit, door de canvas regengordijnen en renden naar de buitentrap. Ze zagen een rode gloed aan de zuidwestelijke hemel in de richting van Jersey City.

'De kruitkade,' zei Bell en de moed zonk hem in de schoenen. 'Laten we er maar naartoe gaan.'

'Kijk,' zei Archie, terwijl ze de trap afdaalden. 'Overal gebroken ruiten.'

Van alle gebouwen in het blok waren ruiten gebroken. De Fourty-fourth Street lag bezaaid met glasscherven. Ze keerden de menigte die in paniek over Broadway rende de rug toe en snelden door de Fourty-fourth Street in westelijke richting naar de rivier. Ze staken Eighth en Ninth Avenue over en renden vervolgens door de achterbuurt die Hell's Kitchen werd genoemd, waar ze zich een weg baanden door de groepen buurtbewoners die uit de saloons en huurwoningen de straat op waren gestormd. 'Wat is er gebeurd?' schreeuwde iedereen.

De detectives van Van Dorn staken Tenth Avenue over, vervolgens het spoor van de New York Central Railroad en ten slotte Eleventh Avenue, waar ze tussen brandweerwagens en op hol geslagen paarden door laveerden. Hoe dichter ze bij het water kwamen, hoe meer gebroken ruiten ze zagen. Een agent probeerde hen de weg naar de pieren te versperren. Ze lieten hem hun pasjes zien en stoven langs hem heen naar de kade.

'Blusboot!' schreeuwde Bell.

Een blusboot van de New Yorkse brandweer, die met brandspuiten was volgeladen en dikke rookwolken uitwalmde, maakte zich net los van Pier 84. Bell spurtte ernaartoe en sprong. Abbott landde naast hem.

'Van Dorn,' zeiden ze tegen de geschrokken dekknecht. 'We moeten naar Jersey City.'

'Verkeerde boot. Wij varen richting downtown om daar de pieren nat te houden.'

De reden voor deze opdracht was al snel duidelijk. Aan de overkant van de rivier laaiden de vlammen boven de pieren van Jersey City huizenhoog op. Nadat het was opgehouden met regenen, was de wind naar het westen gedraaid en blies de vonken over de rivier naar de pieren van Manhattan. Dus in plaats van bij het blussen van de brand in Jersey City te assisteren, voer de blusboot naar de pieren van Manhattan om te voorkomen dat de daken en afgemeerde houten schepen daar door vonken in brand vlogen.

'Hij is een genie,' zei Bell, 'dat moet ik hem nageven.'

'Een Napoleon van de misdaad,' vond ook Archie. 'Alsof Conan Doyle professor Moriarty tegen ons heeft opgezet in plaats van tegen Sherlock Holmes.'

Bell ontwaarde bij de Lackawanna Terminal aan de Twenty-third Street een motorsloep van de New Yorkse havenpolitie. 'Zet ons daar af!'

De agenten verklaarden zich bereid hen over te zetten. Ze passeerden zwaar beschadigde schepen met aan flarden gescheurde zeilen en omgeknakte schoorstenen. Sommige dreven stuurloos rond. Op andere schepen waren bemanningsleden driftig in de weer met noodreparaties om ze aan de wal te krijgen. Een veerboot van de Jersey Central Railroad voer met verbrijzelde ruiten en een zwartgeblakerde bovenbouw hortend naar Manhattan.

'Daar is Eddie Edwards!'

Edwards witblonde haren waren zwart besmeurd en zijn ogen glommen in zijn beroete gezicht, maar verder was hij ongedeerd.

'Godzijdank dat je hebt gebeld, Isaac. We hadden het machinegeweer op tijd in stelling om de klootzakken tegen te houden.'

'Tegen te houden? Waar heb je 't over?'

'De kruitkade hebben ze niet opgeblazen.' Hij wees door de dikke rook. 'De dynamiettrein is oké.'

Bell tuurde door de rook en zag de rij wagons. Het vijftal stond er nog net zo bij als toen hij uit Jersey City vertrok voor een avondje vrijaf om naar de *Follies* te gaan.

'Wat hebben ze dan opgeblazen? We voelden de klap in Manhattan. In het centrum liggen alle ruiten eruit.'

'Zichzelf. Dankzij de Vickers.'

Eddie beschreef hoe ze de stoomlichter van Southern Pacific met het machinegeweer op afstand hadden gehouden.

'Het schip draaide om en voer achter een schoener aan. We hadden ze eerder al samen gezien. Ik ga ervan uit dat de schoener de bemanning had opgenomen, nadat dat moordenaarstuig het roer op de kade had gericht en vastgezet.'

'Hebben jullie het dynamiet met jullie geweervuur ontstoken?'

'Dat geloof ik niet. We hebben de stuurhut aan flarden geschoten, maar toen explodeerde de lichter niet. Hij zwenkte weg, draaide honderdtachtig graden om en stoomde weg. Dat gebeurde zo'n drie, vier minuten voordat het dynamiet explodeerde. Een van de jongens bij de Vickers dacht dat te zien dat de stoomlichter de schoener raakte. En in de flits hebben we allemaal de zeilen gezien.'

'Het is vrijwel onmogelijk dat dynamiet door een inslag ontbrandt,' mijmerde Bell. 'Ze moeten iets van een ontstekingsmechanisme hebben gebruikt... Wat denk jij, Eddie? Hoe zouden ze de stoomlichter van Southern Pacific te pakken hebben gekregen?'

'Volgens mij,' antwoordde Edwards, 'hebben ze het schip stroomopwaarts in een hinderlaag gelokt, McColleen neergeschoten en de bemanning overboord gezet.'

'Dan moeten we hun lichamen kunnen vinden,' concludeerde Bell met een van verdriet verstikte stem. 'Archie, laat de politie aan beide kanten van de rivier gaan zoeken. Jersey City, Hoboken, Weehawken, New York, Brooklyn, Staten Island. Het detectivebureau Van Dorn wil alle lichamen die worden geborgen. Ik betaal de begrafenissen van onze man en de onschuldige bemanning van de lichter. We moeten de misdadigers zien te identificeren die voor de Saboteur hebben gewerkt.'

De ochtendschemering kleurde een afschuwelijk schouwspel van verwoesting dat zich aan beide zijden van de haven uitstrekte. Waar eerder zes Communipaw-steigers in de rivier staken, waren er nu nog maar vijf. De zesde was tot aan de waterlijn afgebrand. Er staken alleen nog wat zwartgeblakerde palen en de restanten van zwaar beschadigde goederenwagons boven het lage water uit. Alle ruiten aan de rivierkant van de passagiersterminal van Jersey Central waren kapot en de helft van het dak was weggeblazen. Een daar afgemeerde veerboot lag als een dronkenlap schuin weggezakt in het water. Hij was geramd door een losgeslagen sleepboot, die er nog steeds als een zogend lammetje tegenaan beukte. De scheepsmasten langs de steigers waren versplinterd, de dunne daken en zijwanden van de schuren op de steigers waren aan diggelen en rond opengebarsten goederenwagons lag de lading verspreid. Ingezwachtelde spoorwegwerkers, die door rondvliegend glas en vallend puin verwondingen hadden opgelopen, doorzochten de puinhopen op het rangeerterrein. In de nabijgelegen sloppenwijken zag je de geschrokken bewoners met hun karige bezittingen op de rug wegvluchten.

Het meest uit de toon vallende schouwspel dat Bell in de vage ochtendschemering ontwaarde, was de achtersteven van een houten zeilschoener die uit het water was geblazen en op een drie sporen brede treinpont was terechtgekomen. Van de andere kant van de Hudson kwamen meldingen van duizenden gebroken ruiten en met glasscherven bezaaide straten in het centrum van Manhattan.

Abbott stootte Bell aan.

'Daar heb je de baas.'

Er naderde een slank motorjacht van de New Yorkse politie met een lage cabine en een korte schoorsteen. Op de voorplecht stond Joseph van Dorn in een overjas met een krant onder zijn arm.

Bell liep meteen op hem af.

'Het is hoog tijd dat ik m'n ontslag indien.'

218

27

'Verzoek afgewezen!' snauwde Van Dorn terug.

'Het is geen verzoek, sir,' zei Isaac Bell bedaard. 'Dit wil ik zo. Ik ga voor mezelf achter de Saboteur aan, al kost 't me de rest van m'n leven. En ik beloof u dat ik het onderzoek door Van Dorn, geleid door een beter gekwalificeerde rechercheur niet voor de voeten zal lopen.'

Er kruldc een flauw glimlachje onder Van Dorns rode snor. 'Beter gekwalificeerd? Je had 't zeker te druk om de ochtendkranten te lezen?'

Hij pakte Bells hand en verbrijzelde die haast in zijn stalen greep. 'We hebben eindelijk een ronde gewonnen, Isaac. Goed gedaan!'

'Een ronde gewonnen? Waar hebt u 't over, sir? Er zijn mensen gedood op de veerboot. De helft van de ruiten op Manhattan ligt eruit. De steigers liggen in puin. Dat allemaal door sabotage op een schip van de Southern Pacific Railroad dat ik in mijn functie had moeten beschermen.'

'Een gedeeltelijke overwinning, dat geef ik toe. Maar wel een overwinning. Je hebt voorkomen dat de Saboteur de dynamiettrein heeft opgeblazen, wat het eigenlijke doelwit was. Als jij hem daar niet van had weerhouden, waren er honderden slachtoffers gevallen. Kijk.' Van Dorn sloeg de krant open. Drie reusachtige koppen domineerden de voorpagina.

RAVAGE VAN EXPLOSIE EVEN GROOT ALS BIJ PIERBRAND IN MEI 1904
MEESTE SLACHTOFFERS OP VEERBOOT, 3 DODEN
TALLOZE GEWONDEN
HAD VEEL ERGER GEKUND
VOLGENS BRANDWEERCOMMANDANT

'En moet je dit lezen! Nog mooier...'

De Saboteur was razend.

De straten van Manhattan lagen bezaaid met gebroken glas. Aan de kust van Jersey zag hij nog altijd dikke rookwolken van de spoorwegpont opwalmen. In de haven was het een chaos van gehavende schepen en sloepen. En in de saloons en eethuisjes aan beide kanten van de rivier werd over niets anders gesproken. Het onderwerp was zelfs doorgedrongen tot het panoramarijtuig, het luxueuze heiligdom van de privétrein van de Pennsylvania Railroad, die uit het gehavende station van Jersey City naar Chicago vertrok.

Het was om gek van te worden, alle krantenjongens in de stad blèrden luidkeels de koppen op de extra edities en alle kiosken hingen vol met de leugens:

SABOTEURS AFGETROEFD
SPOORWEGPOLITIE EN VAN DORN AGENTEN
REDDEN DYNAMIETTREIN
VOORAL DANKZIJ AANPAK DIRECTIE SOUTHERN PACIFIC

Als Isaac Bell in deze trein had gezeten, had hij hem met zijn blote handen de nek omgedraaid. Of hem doorboord. Dat moment zou komen, hield hij zichzelf voor. Hij had maar een slag verloren, niet de oorlog. De oorlog zou hij winnen, met Bell als verliezer. En dat moest gevierd worden!

Hooghartig riep hij een steward.

'George!'

'Ja, senator.'

'Champagne!'

De steward serveerde hem haastig een fles Renaudin Bollinger in een ijskoeler.

'Niet dat bocht! De *company* weet dondersgoed dat ik uitsluitend Mumm drink.'

De steward boog diep.

'Het spijt me vreselijk, senator. Maar aangezien Renaudin Bollinger de favoriete champagne van koningin Victoria was en nu van koning Edward, hoopten we dat dit een waardige vervanger zou zijn.'

'Vervanger? Waar heb je 't verdomme over? Breng me Mumm-champagne als je je baan wilt behouden!'

'Maar, sir, de gehele voorraad Mumm van de Pennsylvania Railroad is door de ontploffing verloren gegaan.'

'Eindelijk een overwinning,' herhaalde Joseph van Dorn. 'En als je vermoeden klopt dat de Saboteur dit alles doet om de Southern Pacific Railroad in diskrediet te brengen, dan zal hij niet blij zijn met het resultaat. "Dankzij Aanpak Directie Southern Pacific" inderdaad. Exact het tegengestelde van wat hij met zijn aanslag beoogde.'

'Voor mij voelt het niet als een overwinning,' zei Isaac Bell.

'Geniet ervan, Isaac. En ga dan uitzoeken hoe hij dit heeft opgezet.'

'De Saboteur is niet uitgeschakeld.'

'Bij deze aanslag,' zei Van Dorn ernstig, 'is hij niet over één nacht ijs gegaan. Uit de manier waarop hij dit heeft aangepakt moet af te leiden zijn wat hij verder van plan is.'

Bij het doorzoeken van het gedeelte van het achterschip van de schoener, dat op de treinpont was geslingerd, had men het lichaam gevonden van een man die de havenpolitie maar al te goed kende. 'Weitzman de waterrat', zoals hij door de grijze kapitein van een patrouillesloep werd genoemd. 'Trok op met de kapitein van die schoener, Yatkowski, een onvoorstelbare klootviool. Smokkelaar zolang hij niet iets ergers van plan was. Uit Yonkers.'

Op zoek naar Yatkowski kamde de politie van Yonkers tevergeefs het oude rivierstadje uit. Maar de volgende ochtend spoelde het stoffelijk overschot van de kapitein aan bij Weehawken. Ondertussen hadden rechercheurs van Van Dorn uitgezocht wie de eigenaar van de schoener was: een houthandelaar die een aangetrouwd familielid van Yatkowski was. De handelaar had geen strafblad en beweerde dat hij het schip vorig jaar aan zijn zwager had verkocht. Op de vraag of de kapitein de schoener wel eens had gebruikt om vluchtelingen de rivier over te smokkelen, antwoordde de handelaar dat hij wat zijn zwager betrof nergens voor instond.

Zoals Bell in Ogden al was opgevallen, had de Saboteur zijn tactiek veranderd. In plaats van op fanatieke radicalen te vertrouwen, was hij nu meer geneigd om koelbloedige criminelen in te schakelen die hij voor poen het smerige werk liet doen.

'Heeft een van deze mannen bij hun misdaden met springstof gewerkt?' vroeg hij de kapitein van de motorsloep.

'Zo te zien was dit voor het eerst,' antwoordde de havenagent lichtjes

221

grinnikend, 'en waren ze daar ook niet zo goed in. Als je ziet hoe ze zich-zelf de hel in hebben gekegeld.'

'Een mooie meid voor u, meneer Bell.'

Bell keek niet op van zijn bureau in het kantoor van Van Dorn in het Knickerbocker Hotel. Drie van de telefoons rinkelden onophoudelijk. De berichten vlogen heen en weer. Er stonden detectives te wachten om ver-slag te doen en nieuwe orders in ontvangst te nemen.

'Ik ben bezig. Stuur haar maar door naar Archie.'

'Archie is in het mortuarium.'

'Stuur haar dan weg.'

Er was veertig uur verstreken sinds de ontploffing de haven van New York had ontregeld. Experts van het met de spoorwegen samenwerkende Bureau of Explosives die het wrak van de lichter doorzochten, hadden een droge celbatterij gevonden waaruit ze concludeerden dat het dynamiet met behulp van elektriciteit op ingenieuze wijze tot ontploffing was gebracht. Maar Bell had geen flauw benul of de omgekomen bemanning van de schoener daar zelf debet aan was, of hulp van buiten had gehad. Hij vroeg zich af of de Saboteur het ontstekingsmechanisme niet zelf had aange-bracht. Was hij op de schoener geweest? Was hij dood? Of was hij zijn vol-gende aanslag aan het voorbereiden?

'Als ik u was zou ik haar toch even te woord staan,' drong de man uit de voorkamer aan.

'Ik heb haar gezien. Ze is mooi. Ze is rijk. En ik heb geen tijd.'

'Maar ze heeft een stel mannen met een filmcamera bij zich.'

'Wat?' Bell keek door de deuropening. 'Márion!'

Bell stormde door de deur, nam haar in zijn armen en zoende haar op haar mond. Zijn verloofde droeg een hoed waar ze een hoofddoek om-heen had geslagen die de zijkant van haar gezicht verborg en het viel Bell op dat ze haar stroblonde haren, die ze normaal hoog opgestoken droeg, zo had gekamd dat er een lok over haar wang viel.

'Wat kom je hier doen?'

'Ik probeer plaatjes te schieten van een held, als je me tenminste neer-zet. Kom mee naar buiten in het licht.'

'Held? Ik ben een held voor het ruitenzettersgilde.' Hij drukte zijn lip-pen tegen haar oor en fluisterde: 'En neerzetten doe ik je alleen op een bed.'

'Maar eerst wat beelden van de beroemde detective die New York heeft gered.'

'Het tonen van m'n gezicht in bioscopen maakt 't mij niet makkelijker om boeven te vangen.'

'We filmen je van achter, alleen de achterkant van je hoofd, heel mysterieus. Kom snel, anders hebben we geen licht meer.'

Met de hele ploeg liepen ze de brede trap van het Knickerbocker Hotel af, op de voet gevolgd door Bells assistenten die meldingen mompelden en vragen fluisterden, terwijl Marions cameraman en assistenten een compacte Lumière-camera, een houten driepoot en koffers met toebehoren meezeulden. Buiten op de stoep waren handwerkers bezig de ruiten van het Knickerbocker te vervangen.

'Laat 'm daar gaan staan!' zei de cameraman, waarbij hij naar een plek op de stoep wees waar zonlicht op viel.

'Hier,' zei Marion. 'Dan zien we ook de glasscherven achter hem.'

'Ja, m'vrouw.'

Ze pakte Bell bij zijn schouders.

'Draai deze kant op.'

'Ik lijk wel een pakketje dat wordt verzonden.'

'Je bent... een verrukkelijk pakketje getiteld "De Detective in het Witte Pak". Wijs nu op die gebroken ruit.'

Bell hoorde achter hem radertjes en vliegwielen ratelen, een apparaat dat tikte als een naaimachine, en het flapperen van film.

'Wat ga je vragen?' riep hij over zijn schouder.

'Ik weet dat je 't druk hebt. Ik heb je antwoorden voor op de titelkaartjes alvast uitgeschreven.'

'Wat heb ik gezegd?'

'Het Detectivebureau Van Dorn zal de misdadiger die de aanslag op New York City heeft gepleegd tot aan het einde van de wereld achtervolgen. We geven nooit op. Nooit!'

'Ik had 't zelf niet beter kunnen zeggen.'

'Goed, blijf even zo staan tot wij de telescooplens hebben gemonteerd... Oké, wijs naar de kraan die een ruit ophijst... Dank je. Dat was prima.'

Terwijl Bell zich naar haar glimlach omdraaide, wapperden haar haren door een windvlaag op en opeens zag hij dat ze haar haren, hoed en sjaal zo droeg om een verband te verbergen.

'Wat is er met je gezicht gebeurd?'

'Rondvliegend glas. Ik stond op de veerboot tijdens de explosie.'

'Wat?!'

'Het stelt niets voor.'

'Ben je bij een dokter geweest?'

'Natuurlijk. Ik hou er nauwelijks een litteken aan over. En als dat wel zo is, kan ik altijd mijn haar eroverheen doen.'

Bell was verbijsterd en haast verlamd van woede. Het had maar een haar gescheeld of de Saboteur had haar gedood. Op het moment dat hij bijna zijn beheersing verloor, kwam er een detective van Van Dorn het hotel uitgerend, wild zwaaiend om Bells aandacht te trekken.

'Isaac! Archie belde uit het mortuarium. Hij denkt dat hij iets heeft gevonden.'

De gemeentelijke lijkschouwer van het stadsdeel Manhattan ontving een jaarsalaris van 36.000 dollar, ruim voldoende voor een luxueus midden-klasseleventje. Daartoe behoorden zomervakanties in het buitenland. Recentelijk had hij een modern fotografisch identificeertoestel geïnstalleerd dat hij in Parijs had ontdekt.

Onder een groot dakraam hing een camera met de lens naar de grond gericht, waarop markeringen waren geschilderd die lengtes in decimeters en centimeters aangaven. Op de grond lag een lijk, goed zichtbaar in het licht dat door het dakraam viel. Bell zag dat het een man was, hoewel het gezicht door vuur en brute kracht verminkt was. Zijn kleren waren nat. Van de markering bij zijn voeten tot aan de markering aan de bovenkant van zijn hoofd was hij één meter zestig lang.

'Het is maar een Chinees,' zei de lijkschouwer. 'Althans, ik denk dat het een Chinees is, gezien zijn handen, voeten en huidskleur. Maar ze zeiden dat u alle verdronken lijken wilde zien.'

'Dit heb ik in zijn zak gevonden,' zei Abbott, en hield een buisje ter dikte van een potlood omhoog waar twee draden als pootjes uitstaken.

'Een slagkwikontsteker,' zei Bell. 'Waar is deze man gevonden?'

'Drijvend bij de Battery.'

'Kan 't dat hij van Jersey City over de rivier naar de punt van Manhattan is afgedreven?'

'De stromingen zijn niet te voorspellen,' zei de lijkschouwer. 'Door de zeegetijden en de rivierstroming kan een lijk afhankelijk van eb en vloed alle kanten op gaan. Denkt u dat hij de ontploffing heeft veroorzaakt?'

'Zo te zien was hij heel dicht in de buurt,' merkte Abbott neutraal op met een onderzoekende blik op Bell.

'Bedankt dat u ons hebt gebeld, dokter,' zei Bell en liep het vertrek uit. Abbott haalde hem in op de stoep.

'Zou de Saboteur hier echt een Chinees voor hebben aangetrokken?'

'Daar komen we pas achter wanneer we weten wie deze man was,' antwoordde Bell.

'Dat wordt niet eenvoudig zo zonder gezicht.'

'We moeten uit zien te vinden wie hij was. Wat zijn de belangrijkste beroepen voor Chinezen in New York?'

'Chinezen werken voornamelijk in de sigarenfabrieken, hebben een kruidenierswinkeltje of een wasserij, uiteraard.'

'Deze man had veel eelt op zijn vingers en handpalmen,' zei Bell, 'dus heeft hij hoogstwaarschijnlijk als wasman met hete, zware strijkijzers gewerkt.'

'Er zijn erg veel wasserijen,' zei Archie. 'In de arbeiderswijken op iedere hoek.'

'Begin in Jersey City. Daar was de schoener afgemeerd. En daar is de lichter van Southern Pacific ook met dynamiet beladen.'

Opeens ging het allemaal heel snel. Een spoorwegrechercheur van Jethro Watt herinnerde zich dat hij een Chinees met een enorme waszak op een pier had doorgelaten. 'Hij zei dat hij naar de *Julia Reidhead* moest, een stalen schuit die beenderen vervoerde.'

De *Julia Reidhead* lag met door de ontploffing verwoeste masten nog aan de pier. Nee, zei de kapitein. Hij had zijn was niet aan de wal laten doen. Hij had een echtgenote aan boord die het zelf deed. Vervolgens bleek uit het logboek van de havenmeester dat de houten schoener van Yatkowski die middag naast de *Julia* had gelegen.

De detectives van Van Dorn vonden missionarisleerlingen die Chinees studeerden aan een seminarie in Chelsea. Ze betaalden de leerlingen voor vertaalwerkzaamheden en concentreerden zich op het vinden van de wasserij waar de dode man had gewerkt. Triomfantelijk keerde Archie Abbott terug in het Knickerbocker Hotel.

'Hij heette Wong Lee. Mensen die hem kenden, vertelden dat hij vroeger voor de spoorwegen heeft gewerkt. In het westen.'

'Dynamietladingen plaatsen in de bergen,' zei Bell. 'Daar heeft hij het natuurlijk geleerd.'

'Hij is waarschijnlijk zo'n twintig, vijfentwintig jaar geleden hiernaartoe gekomen,' zei Abbott. 'Veel Chinezen zijn toen uit angst voor de bendes uit Californië weggevlucht.'

'Heeft zijn baas dat verteld om een goede indruk te maken? Of om de blanke rechercheur zo snel mogelijk weg te krijgen?'

'Wong Lee was niet echt een loonwerker. Niet meer althans. Hij had een belang van vijftig procent in de zaak van zijn baas gekocht.'

'De Saboteur heeft hem goed betaald,' concludeerde Bell.

'Heel goed. Als voorschot, het hele bedrag. En voldoende om zelf een zaak te kunnen kopen. Ik bewonder zijn ondernemingslust. Hoeveel arbeiders weerstaan de verleiding om het aan drank en vrouwen uit te geven? Isaac, waarom kijk je zo naar me?'

'Wanneer?'

'Wanneer wat?'

'Wanneer heeft Wong Lee dat belang van vijftig procent in zijn wasserij gekocht?'

'Afgelopen februari.'

'Februari?! Van wie kreeg hij dat geld?'

'Van de Saboteur natuurlijk. Toen hij hem rekruteerde. Hoe komt die arme Chinese wasman anders aan dat geld?'

'Weet je zeker dat het in februari was?'

'Absoluut. De baas vertelde me dat het direct na het Chinese nieuwjaar was. Dat past in het patroon van de Saboteur, toch? Hij plant ver vooruit.'

Isaac Bell kon zijn enthousiasme nauwelijks verbergen.

'Wong Lee heeft zijn belang in de wasserij afgelopen februari gekocht. Maar Osgood Hennessy sloot zijn geheime overeenkomst pas nu, in november, af. Hoe kon de Saboteur al in februari weten dat de Southern Pacific Railroad in november de toegang tot New York zou verwerven?'

28

'Op de een of andere manier heeft de Saboteur er lucht van gekregen,' antwoordde Abbott.

'Nee!' reageerde Bell fel. 'Osgood Hennessy wist dat het verkrijgen van een meerderheidsbelang in de Jersey Central Railroad in het diepste geheim moest gebeuren omdat zijn concurrenten hem dat anders onmogelijk zouden maken. Niemand "krijgt lucht" van de plannen van die ouwe piraat zolang hij dat niet wil.'

Bell greep de dichtstbijzijnde telefoon.

'Boek twee eersteklascoupés in de Twentieth Century Limited, met een doorgaande verbinding naar San Francisco!'

'Wil je zeggen dat de Saboteur als ingewijde van binnenuit dingen over de Southern Pacific te weten komt?' vroeg Archie.

'Op de een of andere manier wel, ja,' antwoordde Bell, terwijl hij zijn jas en hoed pakte. 'Een stommerik heeft zijn mond voorbijgepraat of een spion heeft de informatie over Hennessy's plannen bewust doorgegeven. In beide gevallen heeft die persoon contact met de vriendenkring van Hennessy.'

'Of behoort ertoe,' zei Abbott, die met de uit het kantoor wegstuivende Bell opliep.

'Hij zit beslist dicht bij de top,' was Bell met hem eens. 'Sluit jij hier de operatie in Jersey City af. Laat iedereen die gemist kan worden naar de Cascades Cutoff gaan. Nu het in New York is mislukt, durf ik te wedden dat de Saboteur daar zal toeslaan. Kom zo snel mogelijk naar me toe.'

'Wie zitten er in die vriendenkring van Hennessy?' vroeg Archie.

'Er zitten bankiers in zijn directie. Hij heeft juristen. En zijn privétrein bevat pullmanslaapwagons vol ingenieurs en hoofdopzichters die aan de afsnijdingslijn werken.'

'Het duurt eeuwen om die allemaal door te lichten.'

'We hebben geen eeuwen de tijd,' zei Bell. 'Ik begin bij Hennessy zelf. Vertel hem wat we weten en kijk of hij iemand zou kunnen aanwijzen.'

'Ik zou hem die vraag niet per telegram stellen,' zei Archie.

'Daarom ga ik naar het westen. Voor zover we nu weten zou de spion van de Saboteur ook een telegrafist kunnen zijn. Ik moet Hennessy onder vier ogen spreken.'

'Waarom regel je niet een privétrein?'

'Omdat de spion van de Saboteur daarachter kan komen en iets kan gaan vermoeden. Dat is de dag die ik bespaar niet waard.'

Abbott grinnikte. 'Dat is ook waarom je twee eersteklascoupés hebt geboekt. Heel slim, Isaac. Zo lijkt het of meneer Van Dorn je van de zaak heeft genomen en je met een andere opdracht op pad stuurt.'

'Waar heb je 't over?'

'Persoonsbeveiliging, toch?' antwoordde Archie onnozel. 'Voor een zekere dame van het bioscoopjournaal op de terugweg naar huis in Californië?'

De staking van de telegrafisten in San Francisco was voor hun vakbond rampzalig geëindigd. De meerderheid was weer aan het werk gegaan. Maar een aantal telegrafisten en lijnwachters, verbitterd door de tactische spelletjes van de bazen van het bedrijf, was tot sabotage overgegaan, had telegraafdraden doorgesneden en telegraafkantoren platgebrand. Een van deze door afvalligen gevormde bendes vond een nieuwe geldschieter in de persoon van de Saboteur, een mysterieuze figuur die via berichten communiceerde en geld achterliet in de bagagedepots op treinstations. Op zijn aanwijzing oefenden ze op een landelijke storing van het telegraafsysteem. Op een cruciaal moment zou hij Osgood Hennessy van zijn bankiers isoleren.

De lijnwachters van de Saboteur voerden een oude tactiek uit de Burgeroorlog uit, waarbij ze belangrijke telegraafverbindingen doorsneden en de uiteinden zodanig met omleidingsdraden verbonden dat de coupures vanaf de grond niet met het blote oog zichtbaar waren. Het zou dagen duren voordat de verbindingen gerepareerd waren. Omdat er van het noorden van Californië en Oregon nog geen telefoonverbindingen met de oostelijke staten bestonden, was telegraferen de enige manier waarop een directe intercontinentale communicatie mogelijk was. Wanneer de Saboteur er klaar voor was, kon hij voor een gecoördineerde storing zorgen, waardoor de Cascades Cutoff in één klap vijftig jaar terug in de tijd werd geslingerd, toen de snelste manier van communicatie het verzenden van brieven via postkoetsen of paardenkoeriers was.

In de tussentijd had hij ander werk voor ontevreden telegrafisten.

Zijn aanslag op de Southern Pacific Railroad in New York was een debacle geworden. Bell had met zijn detectives en de spoorwegpolitie afgewend wat de doodsteek in het hart van de in een overwinningsroes verkerende Southern Pacific Railroad had moeten zijn. Zijn poging om de Southern Pacific in diskrediet te brengen was mislukt. En na zijn aanslag had het detectivebureau Van Dorn niet geaarzeld om de spoorwegdirecteur, in samenwerking met de dagbladen, als held af te schilderen.

Een afschuwelijk ongeluk zou daar verandering in brengen.

De spoorwegen onderhielden een eigen telegraafsysteem om het treinverkeer vlot en veilig te laten verlopen. Lijnen met enkelspoor, die nog in de meerderheid waren, waren verdeeld in streng gereguleerde baanvakken. Een trein met de toestemming om in een baanvak te staan, had voorrang. Pas nadat hij het baanvak weer uit was gereden of op een zijspoor was gezet, mocht een andere trein het baanvak in. Als een trein een baanvak had verlaten, werd dat via een melding met de telegraaf doorgegeven. Het bevel om een zijspoor op te gaan ging ook via de telegraaf, evenals de ontvangstbevestiging van de opdracht. En de melding dat de trein veilig op het zijspoor stond moest ook weer door de telegraaf worden bevestigd met een telegram.

De telegrafisten van de Saboteur konden al deze orders onderscheppen, tegenhouden of veranderen. Hij had met deze methode al een ongeluk veroorzaakt: een kopstaartbotsing bij de Cascades Cutoff, waarbij een goederentrein zich in de personeelswagon van een werktrein had geboord en twee arbeiders waren omgekomen.

Een veel bloediger ongeluk zou Isaac Bells 'overwinning' uitvlakken.

En wat kon er bloediger zijn dan een frontale botsing tussen de locomotieven van twee met arbeiders volgepakte werktreinen? Toen zijn trein naar San Francisco in Sacramento stopte, gaf hij in het bagagedepot een tas af met daarin instructies en een dikke envelop met contanten. Het afhaalbewijs verzond hij aan Ross Parker, een verbitterde ex-vakbondsman.

'Goedenacht, miss Morgan.'

'Goedenacht, meneer Bell. Dat was een heerlijk diner, dank u.'

'Nog hulp nodig met uw deur?'

'Dat lukt wel.'

Vijf uur nadat de passagiers over de beroemde rode loper van de Grand Central Terminal de 20th Century Limited waren ingestapt, raasde de exprestrein met zo'n honderddertig kilometer per uur door de vlaktes in het westen van de staat New York. De bediende van een pullmanwagon liep, discreet ongeïnteresseerd voor zich uit starend, door de smalle gang langs de coupés en verzamelde de schoenen die de slapende passagiers voor de deur hadden gezet om te worden gepoetst.

'Nou, goedenacht dan maar.'

Bell wachtte tot Marion in haar coupé de deur achter zich had gesloten. Daarna opende hij de deur naar zijn coupé, kleedde zich om en trok een zijden ochtendjas aan, haalde zijn werpmes uit zijn laars en zette de laarzen op de gang. Door de snelheid van de trein rinkelde het ijs in de zilveren koeler. Er stond een fles Mumm in. Bell wikkelde de druipende fles in een linnen doek en hield hem achter zijn rug.

Hij hoorde een zacht geklop en wierp de tussendeur open.

'Ja, miss Morgan?'

Marion stond in een peignoir in de deuropening, haar weelderige haardos golvend op haar schouders, haar ogen schalks en om haar lippen een stralende glimlach.

'Hebt u misschien een glas champagne voor me te leen?'

Later, toen ze in de nachtelijk voortrazende 20th Century naast elkaar lagen te fluisteren, vroeg Marion: 'Heb je echt met pokeren een miljoen gewonnen?'

'Bijna, maar de helft was m'n eigen inzet.'

'Dat is nog altijd een half miljoen. Wat ga je ermee doen?'

'Ik denk erover om Cromwell Mansion te kopen.'

'Hoezo dat?'

'Voor jou.'

Marion keek hem aan, verwonderd en geïntrigeerd. Hier wilde ze meer van weten.

'Ik weet wat je denkt,' zei Isaac. 'En je hebt misschien wel gelijk. Het zou er kunnen spoken. Maar een ouwe vent met wie ik kaartspeelde, vertelde dat hij z'n nieuwe echtgenote altijd een staaf dynamiet gaf om het huis opnieuw in te richten.'

'Dynamiet?' Ze glimlachte. 'Het overwegen waard. Ik vond het huis vanbuiten prachtig. Maar binnen beviel het me niet. Het was er zo kil, net als hij… Isaac, je rilt. Ben je gewond?'

'Nee.'

'Wat is dit?'

Ze streek over een grote gelige plek op zijn borstkas en Bell kromp onwillekeurig ineen.

'Gewoon m'n ribben.'

'Gebroken?'

'Nee, nee, nee… Alleen gekneusd.'

'Wat is er gebeurd?'

'Ben in Wyoming tegen een stel vuistvechters opgelopen.'

'Waar haal je de tijd vandaan om te knokken terwijl je eigenlijk achter de Saboteur aan zit?'

'Hij had ze betaald.'

'O,' zci ze doodgemoedereerd, waarna ze glimlachte. 'Een bloedneus? Dat betekent dat je hem dicht op de huid zit, toch?'

'Je weet 't nog. Ja, het was het beste nieuws van de afgelopen week… Meneer Van Dorn denkt dat hij voor ons op de vlucht is.'

'Jij niet dan?'

'Alle lijnen van Hennessy worden zwaar bewaakt. We hebben die tekening. We hebben de beste mensen op de zaak gezet. Er komt een moment dat de weegschaal naar onze kant doorslaat. Vraag is alleen: gebeurt dat voordat hij opnieuw toeslaat?'

'Oefen je nog wel eens in het duelleren?' vroeg ze, eigenlijk maar half schertsend.

'In New York trainde ik elke dag,' antwoordde Bell. 'Mijn oude schermleraar had me aan een marineofficier gekoppeld die erg goed was. Voortreffelijke schermer. Heeft in Frankrijk getraind.'

'Heb je van hem gewonnen?'

Bell glimlachte en schonk nog wat champagne in haar glas. 'Laten we zeggen dat luitenant Ash het beste in me naar boven bracht.'

James Dashwood had een opschrijfboekje vol met de namen van de hoefsmeden, stallen, autogarages en machinewerkplaatsen die hij met de schets van de houthakker had bezocht. De lijst had de honderd bereikt. Ontmoedigd en strontziek van alle verhalen over Broncho Billy Anderson

231

stuurde hij Bell een telegram om te melden dat hij alle steden, dorpen en gehuchten in het district Los Angeles had afgewerkt, van Glendale in het noorden en Montebello in het oosten tot Huntington Park in het zuiden. Geen enkele smid, monteur of machinist had het portret herkend en ze wisten al helemaal niets over een tot een haak omgevormd anker.

'Ga naar het westen, jongeman,' telegrafeerde Bell terug. 'En pas stoppen als het water om je oren klotst.'

En zo reed hij de volgende dag aan het einde van de middag in een tram van Red Train langs de kust van de Stille Oceaan naar Santa Monica. Tegen zijn gewoonte in gunde hij zich een paar minuten de tijd om de Venice Pier op te lopen, de geur van het zoute water op te snuiven en naar de meisjes te kijken die in de ondiepe branding baadden. Twee van hen droegen felle badpakken en hadden blote benen tot bijna aan hun knieën toe. Ze renden naar een uitgespreide handdoek naast een reddingsboot, die op het strand klaarlag en op ieder gewenst moment het water in kon worden getrokken. In de nevelige verte een kilometer verderop zag Dashwood nog een reddingsboot liggen. In allebei lag ongetwijfeld een anker onder het zeildoek. Hij kon zich wel voor zijn kop slaan dat hij niet eerder aan Santa Monica had gedacht. Hij rechtte zijn magere schouders en snelde de stad in.

Het eerste adres waar hij naartoe liep, was een typisch voorbeeld van alle stalhouderijen die hij had bezocht. Het was een langgerekt houten gebouw, groot genoeg voor het stallen van een heel scala aan huurrijtuigen en -wagens, plus stalruimte voor tientallen paarden en een nieuwe werkplaats met moersleutels, vetspuiten en een kettingtakel voor het repareren van motoren. Er zat een groepje mannen met elkaar te kletsen: stalknechten, palfreniers, automonteurs en een gespierde hoefsmid. Inmiddels had hij dit soort types goed leren kennen en liet hij zich niet meer door hen intimideren.

'Paard of auto, kid?' riep een van hen.

'Hoefijzers,' zei James.

'Hier is de smid. Het is voor jou, Jim.'

'Goedemiddag, sir,' zei James tegen de hoefsmid, die er wel erg chagrijnig uitzag. Hoe groot de man ook was, hij had ingevallen wangen en rode ogen alsof hij slecht had geslapen.

'Wat kan ik voor je doen, jongeman?'

Dashwood had gemerkt dat hij zijn vragen beter onder vier ogen kon stellen. Later zou hij de tekening aan de hele groep laten zien. Maar als hij daarmee begon, zou het gesprek al snel ontaarden in een gekrakeel van het niveau van cafégebral.

'Kunnen we buiten praten? Ik wil u iets laten zien.'

De hoefsmid haalde zijn bonkige schouders op, kwam omhoog van de melkbus waar hij op zat en volgde James Dashwood naar de nieuw geplaatste benzinepomp die buitenstond.

'Waar is je paard?' vroeg de smid.

Dashwood gaf hem een hand. 'Ik ben ook een Jim. James, James Dashwood.'

'Ik dacht dat je hoefijzers wilde?'

'Herkent u deze man?' vroeg Dashwood, terwijl hij de tekening met de snor ophield. Hij bekeek het gezicht van de smid en tot zijn verrassing en vreugde zag hij hem terugschrikken. Op het ongelukkige gezicht van de man verscheen een donkere blos.

Het hart klopte Dashwood in de keel. Dit was de hoefsmid die de haak had gesmeed waardoor de Coast Line Limited was ontspoord. Deze man had de Saboteur gezien.

'Wie bent u?' vroeg de hoefsmid.

'Rechercheur van Van Dorn,' antwoordde James trots. Voor hij besefte wat er gebeurde, lag hij plat op zijn rug en rende de smid zo snel als zijn benen hem dragen konden een steeg in.

'Stop!' gilde Dashwood, terwijl hij opsprong en de achtervolging inzette. De smid liep hard voor zo'n forse vent en was verbazingwekkend lenig. Hij scheurde hoeken om alsof hij op rails liep en verloor geen snelheid bij het maken van bochten kriskras door steegjes en achtererven, waarbij hij onder wasgoed aan waslijnen door dook, langs houten schuurtjes glipte en over gereedschapskisten sprong tot hij via tuinen weer op een straat terechtkwam. Maar hij had niet het uithoudingsvermogen van een man in de bloei van zijn leven die rookte noch dronk. Zodra ze op open terrein waren, begon Dashwood op hem in te lopen. 'Stop!' bleef hij roepen, maar geen van de voetgangers op de trottoirs was geneigd om zich in de baan van zo'n forse kerel te werpen. Ook was er nergens een diender of nachtwaker te zien.

Hij haalde hem in voor een presbyteriaanse kerk die aan een met bomen omzoomde laan lag. Op de stoep stonden drie keurig in pak geklede mannen van middelbare leeftijd: de predikant met een witte boord, de koorleider met bladmuziek in zijn hand, en de diaken met de kasboeken van de parochie onder zijn arm. Met James op zijn hielen stoof de hoefsmid aan hen voorbij.

'Stop!'

Op een meter achter hem sprong James Dashwood in een vliegende tackle naar voren. Onderweg kreeg hij een hak tegen zijn keel, maar hij slaagde erin zijn dunne armen om de enkels van de smid te slaan. Ze sloegen tegen de stoep, rolden een grasveld op en krabbelden weer overeind. James omklemde een arm van de smid, die zo dik was als de dijen van een jonge detective.

'Nu je hem te pakken hebt,' vroeg de diaken, 'wat ga je met hem doen?'

Het antwoord kwam van de smid in de vorm van een stevige vuist, geribbeld met harde knokkels. Toen James Dashwood bijkwam lag hij languit in het gras, terwijl drie mannen in pakken nieuwsgierig op hem neerkeken.

'Waar is-ie?' vroeg James.

'Hij is weggerend.'

'Waarheen?'

'Waar hij naartoe wilde, neem ik aan. Alles goed met jou, jochic?'

James Dashwood hees zich duizelig overeind en veegde het bloed van zijn gezicht met een zakdoek, die zijn moeder hem had gegeven toen hij naar San Francisco verhuisde om voor het detectivebureau van Van Dorn te gaan werken.

'Heeft iemand van u die man herkend?'

'Volgens mij was 't de hoefsmid,' antwoordde de koorleider.

'Waar woont hij?'

'Weet ik niet,' luidde het antwoord en de predikant zei: 'Waarom laat je 't hier niet gewoon bij, jongen? Voordat je echt klappen krijgt.'

Dashwood liep wankelend terug naar de stalhouderij. De hoefsmid was er niet.

'Waarom is Jim weggerend?' vroeg een monteur.

'Weet ik niet. Zeg jij 't maar.'

'Hij doet wel vreemd de laatste tijd,' merkte een stalknecht op.

'Gestopt met drinken,' zei een ander.

'Dat zal 't zijn,' reageerde een palfrenier lachend.

'Hebben de kerkvrouwtjes weer eens iemand te pakken. Arme Jim. Je bent op straat niet meer veilig als de dames van de Christelijke Geheelonthoudersbond bijeenkomen.'

Hierop zetten de palfreniers, stalknechten en monteurs een lied in dat James nooit had gehoord, maar dat verder iedereen kende:

Proost op een geheelonthoudersmaaltijd
Met water in glazen groot
En koffie en thee er nog bij...
Maar dan wel zonder mij!

James pakte een andere kopie van de tekening. 'Herkent u deze man?'

Hij kreeg een koor van nee's ten antwoord. Hij zette zich schrap voor minstens twee 'Broncho Billy's', maar kennelijk ging niemand van hen wel eens naar de film.

'Waar woont Jim?' vroeg hij.

Dat wilde niemand zeggen.

Daarop ging hij naar het politiebureau van Santa Monica, waar een oudere agent hem naar de commandant van het district bracht. De commandant was een vijftigjarige, goed verzorgde heer in een donker pak met volgens de mode kort opgeknipt haar aan de zijkanten. Dashwood stelde zich voor. De commandant reageerde beleefd en zei dat hij een detective van Van Dorn graag van dienst was. De achternaam van de hoefsmid was Higgins, vertelde hij. Jim Higgins woonde in een huurkamer boven de stallen. Waar zou hij heen gaan om zich te verbergen? De commandant had geen idee.

Dashwood ging naar het kantoor van de Western Union om een telegram met een verslag naar het kantoor in Sacramento te versturen, vanwaar ze het moesten doorzenden naar Isaac Bell. Daarna liep hij in de avondschemering wat door de straten in de hoop een glimp van de smid op te vangen. Om elf uur, toen de laatste tram naar Los Angeles vertrok, besloot hij een kamer in een toeristenhotel te nemen in plaats van terug te reizen, zodat hij de zoektocht 's morgens vroeg meteen weer kon hervatten.

Een eenzame ruiter op een glanzende vos reed over een bergkam die uitkeek over de afgelegen spoorlijn van de Southern Pacific net ten zuiden van de grens met Oregon. De drie mannen die rond een telegraafpaal tussen de rails en een verlaten schuur bijeen hokten, zagen zijn silhouet tegen de staalblauwe lucht afsteken. Hun leider zette zijn breedgerande Stetson af en zwaaide er een trage cirkel mee boven zijn hoofd.

'Hé, wat doe je nou, Ross? Zwaai 'm nou niet gedag als een uitnodiging om hiernaartoe te komen.'

'Ik zwaai 'm niet gedag,' zei Ross Parker. 'Ik zwaai naar 'm dat-ie weg moet blijven.'

'Hoe ziet hij in godsnaam het verschil?'

'Hij berijdt zijn paard als een veehoeder. Alle cowboys kennen het veehoedersteken voor "Bemoei je met je eigen zaken en maak dat je wegkomt".'

'Wij hoeden geen vee. Er is zelfs nergens vee te zien.'

'Het principe is hetzelfde. Als de man geen volslagen idioot is, laat hij ons met rust.'

'En als hij dat niet doet?'

'Dan knallen we z'n kop van z'n romp.'

Terwijl Ross het wegwezen-teken aan Andy uitlegde, een opgedirkt stadsfatje uit San Francisco, wendde de ruiter zijn paard af en verdween achter de bergkam uit het zicht. De drie mannen gingen weer aan het werk. Ross zei tegen Lowell, de onderhoudsmonteur, dat hij met twee lange draden, die aan Andy's morsesleutel waren gekoppeld, de paal in moest klimmen.

Als de cowboy op de kam iets dichterbij had gereden, had hij gezien dat ze ongebruikelijk zwaar bewapend waren voor een onderhoudsploeg in 1907. Vele decennia na de laatste aanval van Indianen had Ross Parker een .45 op zijn heup en een Winchester-geweer achter zijn zadel. Lowell had een *coach gun*, een jachtgeweer met afgezaagde loop, die hij over zijn schouder droeg zodat hij er onmiddellijk bij kon. En zelfs de stadse jongen, de telegrafist Andy, had een .38 revolver onder zijn riem gestoken. Hun paarden stonden vastgebonden in de schaduw van een paar bomen. Ze waren door het veld gekomen en niet met een draisine over het spoor.

'Blijf daarboven!' riep Ross tegen Lowell. 'Dit gaat niet lang duren.' Hij en Andy gingen naast het oude schuurtje zitten.

Toch verstreek er bijna een uur voordat Andy's seinsleutel begon te ratelen en ze een bericht onderschepten van de treincoördinator aan de seinwachter in Weed, dat ten noorden van hen lag. Ondertussen zaten ze alle drie onderuitgezakt tegen de muur van het schuurtje, beschut tegen de gure wind doezelend in het zonnetje.

'Wat zegt-ie?' vroeg Ross.

'De vervoerscoördinator geeft instructies aan de seinwachter in Weed

236

door. Hij zegt dat de goederentrein uit het noorden in Azalea een sein moet krijgen om het zijspoor op te kunnen.'

Ross bekeek zijn kopie van het schema.

'Oké. De werktrein uit het zuiden passeert het zijspoor in Azalea over een halfuur. Verander de instructies zodanig dat de goederentrein uit het noorden vrij baan krijgt om naar Dunsmuir door te rijden.'

Andy deed wat hem gezegd was en zorgde ervoor dat de goederentrein het bericht kreeg dat het spoor vrij was, terwijl daar in werkelijkheid een werktrein aankwam die was volgestouwd met arbeiders. Als ervaren telegrafist imiteerde hij de 'seinhand' van de vervoerscoördinator in Dunsmuir opdat de seinwachter in Weed niet zou merken dat een ander de seinsleutel bediende.

'O, o. Ze willen weten hoe het met de trein zit die volgens de dienstregeling uit het zuiden komt.' Ingeroosterde treinen hadden voorrang op de extra treinen.

Ross was hierop voorbereid. Hij deed er zijn ogen niet voor open.

'Zeg maar dat de ingeroosterde trein uit het zuiden zojuist via de telegrafoon heeft laten weten dat ze in Shasta Springs met een doorgebrande aspot op een zijspoor staan.'

Met deze vervalste mededeling werd gesuggereerd dat de trein uit het zuiden defect was en door het personeel van het hoofdspoor op een zijspoor was gezet. Vervolgens hadden ze met een in de remmerswagon opgeslagen vijfenhalve meter lange demonteerbare 'hengel' een draagbare telegrafoon op de telegraafdraden aangesloten. Een telegrafoon maakte een rudimentaire communicatie via de stem mogelijk. De seinwachter in Weed accepteerde de verklaring en gaf de valse instructies door met als gevolg dat beide treinen nu een frontale botsing tegemoet gingen.

'Hup, naar boven, Lowell,' zei Ross nog altijd met gesloten ogen. 'Haal de draden weg. We zijn klaar.'

'Lowell is achter de schuur,' reageerde Andy. 'Hij moest pissen.'

'Wat netjes van hem.'

Alles verliep exact zoals gepland, totdat er opeens een geweerloop om de hoek van het schuurtje stak en keihard tegen het hoofd van de telegrafist drukte.

29

Er klonk een lijzige, melodieuze stem. 'Corrigeer het bericht dat je zo-juist hebt verzonden.'

De telegrafist keek ongelovig op naar het grimmige, havikachtige gezicht van de Van Dorn-rechercheur 'Texas' Walt Hatfield. Achter hem stond zijn paard, een glanzende vos, stil als een standbeeld. 'Voor het geval je eraan twijfelt, ja, ik ken het morsealfabet. Als je ook maar een woord verandert, knal ik je overhoop en doe ik het zelf. En jij, mister,' zei Hatfield tegen Ross Parker, wiens hand voorzichtig naar zijn holster kroop, 'doe geen domme dingen of je bent er geweest.'

'Ja, sir,' zei Ross, die zijn handen in de lucht stak. Behalve de Winchester die hij op Andy's hoofd gericht hield, droeg de lange Texaan twee revolvers in leren holsters laag op zijn heupen. Hij was dan misschien geen revolverheld, maar zo kleedde hij zich wel.

Ook Andy besloot hem te geloven. Hij tikte ratelend een correctie van het vervalste bericht.

'Goed, en verstuur nu het oorspronkelijke bericht dat jullie stelletje ratten hadden onderschept.'

Andy verzond de oorspronkelijke instructie dat de extra trein uit het noorden in Azalea op het zijspoor moest wachten tot de werktrein uit het zuiden was gepasseerd.

'Da's beter,' merkte Hatfield lijzig op. 'Dat locomotieven elkaar kopstootjes gaan geven, kunnen we niet hebben, toch?'

Zijn glimlach was net zo innemend als dat lijzige melodieuze toontje van hem. Zijn ogen daarentegen waren zo kil als een graf.

'En nou, heren, gaat u me netjes vertellen wie jullie heeft betaald voor het uitvoeren van zo'n lafhartige daad.'

'*Laat vallen!*'

Lowell de lijnwachter kwam met zijn korteloops *coach gun* van achter de schuur tevoorschijn gestapt.

Walt Hatfield twijfelde er niet aan dat de kerel met de *coach gun* hem aan flarden had geschoten als hij niet bang was geweest dat hij met hetzelfde schot hagel per ongeluk ook zijn metgezellen doodde. Zijn eigen stommiteit vervloekend – daar was geen ander woord voor, want hij had, ook al had hij hem niet gezien, er rekening mee moeten houden dat er nog een derde man was om in de paal te klimmen – deed hij wat hem gezegd werd.

Hij liet zijn geweer vallen. Alle ogen richtten zich als vanzelf op het gekletter van staal op steen.

Hatfield sprong opzij en trok bliksemsnel zijn beide revolvers. Hij zond een goed gerichte kogel naar Lowell die het hart van de lijnwachter doorboorde. Maar al stervend haalde Lowell de trekkers van zijn *coach gun* over. Beide lopen knalden en een dubbele portie lood vloog op Andy af die de telegrafist haast volledig doormidden scheurde.

Ross was al in een volle spurt op weg naar zijn paard. Andy was op Hatfields geweer gevallen en in de tijd die het duurde om het wapen onder zijn lichaam vandaan te trekken, zat Ross al op zijn paard en galoppeerde weg. Hatfield pakte het geweer, dat glibberig was van het bloed, en loste één schot. Hij dacht dat hij hem in zijn arm trof. Ross wankelde in zijn zadel. Maar het volgende ogenblik was hij tussen de bomen verdwenen.

'Verdomme,' mompelde Hatfield. Een vluchtige blik op de lichamen zei hem dat geen van beiden ooit nog iets over de Saboteur zou zeggen. Hij sprong op zijn vos en brulde 'Erachteraan!', waarop het grote paard in galop wegspurtte.

Marion Morgan nam in Sacramento met een kus afscheid van Isaac Bell. Ze reisde door naar San Francisco. Hij stapte over op een trein in noordelijke richting naar de Cascades Cutoff. Bij het vertrek fluisterde ze: 'Ik heb nog nooit zo van een treinreis genoten.'

Een halve dag later telde Bell, terwijl hij op een dolly het rangeerterrein van Dunsmuir overstak, een geruststellend aantal spoorwegagenten die de belangrijkste wissels, de locomotievenremise en de seinhuizen bewaakten. Op het station sprak hij met een tweetal Van Dorn-rechercheurs in donkere pakken en met een gleufhoed op het hoofd, die hem meenamen voor een korte rondleiding langs de diverse controlepunten die ze hadden ingericht. Tevredengesteld vroeg hij waar hij Texas Walt Hatfield kon vinden.

Sacramento Avenue, de hoofdstraat van Dunsmuir, was een modderige verkeersader die door karrensporen was omgeploegd. Aan één kant waren de houten huizen en winkels van de modder gescheiden door een smalle stoep van planken. De overzijde werd begrensd door het spoor van de Southern Pacific, lange rijen telegraaf- en elektriciteitspalen, en een reeks haveloze schuren en pakhuizen. Het hotel was een gebouw van twee verdiepingen met balkons die over de stoep heen staken. Bell trof Hatfield in de foyer, waar hij whisky uit een theekopje dronk. Hij had een verband om zijn voorhoofd en zijn rechterarm lag in een mitella.

'Het spijt me, Isaac, dat ik je teleurstel.'

Hij vertelde Bell hoe hij, toen hij de wachtposten afreed die hij langs de kwetsbare spoorlijn had opgesteld, iets zag wat van een afstand op een poging tot sabotage van de telegraafdraden leek. 'Eerst dacht ik dat ze de draden doorsneden. Maar toen ik dichterbij kwam, zag ik dat ze een morsesleutel hadden aangesloten. Ik begreep toen dat ze treininstructies onderschepten. Met de bedoeling een botsing te veroorzaken.'

Hij schoof ongemakkelijk op zijn stoel heen en weer. Hij had duidelijk overal pijn en moest toegeven dat hij aanvankelijk dacht dat ze maar met zijn tweeën waren. 'Ik zag over het hoofd dat er ook een lijnwachter moest zijn om in de paal te klimmen, en die nam me te grazen. Ik heb me eruit kunnen redden, maar helaas hebben twee van hen dat niet overleefd. De derde ging ervandoor. Ik nam aan dat hij de leider was, dus ben ik achter hem aangegaan met het idee dat hij ons een en ander over de Saboteur zou kunnen vertellen. Ik heb hem met mijn geweer aangeschoten, maar niet zo erg dat zijn schotvastheid eronder leed. Die van de pot gepleurde duivel heeft mijn paard onder me weggeschoten.'

'Misschien mikte hij op jou en heeft hij je paard geraakt.'

'Het spijt me echt, Isaac. Ik voel me zo'n stomme klojo.'

'En terecht,' zei Bell, waarna hij glimlachend vervolgde: 'Maar vergeet niet dat je een frontale botsing van twee treinen hebt voorkomen, waarvan er een vol zat met arbeiders.'

'De bruut toont z'n tanden nog,' reageerde Hatfield knorrig. 'De Saboteur tegenhouden is iets anders dan hem te pakken hebben.'

Dat was meer dan waar, besefte ook Bell. Maar de volgende dag, toen hij Osgood Hennessy ontmoette bij het punt tot waar ze met de afsnijding waren gevorderd, bekeek ook de directeur van de Southern Pacific het van de zonnige kant. Deels omdat de werkzaamheden weer geheel op schema lagen. De laatste lange tunnel op het traject naar de Cascade Canyon Brug – Tunnel 13 – was bijna door de berg heen.

'We zijn hem nu in alles de baas,' jubelde Hennessy. 'New York was erg, maar hoe erg het ook was, iedereen weet dat het nog veel erger had kunnen zijn. De Southern Pacific komt er stralend uit naar voren. En nu hebben jullie een catastrofale botsing kunnen voorkomen. Bovendien beweer je dat je de hoefsmid bijna te pakken hebt die de haak smeedde waardoor de Coast Line Limited is ontspoord.'

Bell had Hennessy van de essentie van Dashwoods rapport op de hoogte gesteld en verteld dat de smid, die was gevlucht, ongetwijfeld meer over de haak kon vertellen en dan dus ook over de Saboteur. Bell had Larry Sanders laten weten dat hij Dashwood met volledige inzet van het kantoor in Los Angeles moest bijstaan bij het opsporen van de hoefsmid, die in rook leek te zijn opgegaan. Nu de gehele Van Dorn-ploeg uit Los Angeles achter hem aan zat, moest hij spoedig ergens opduiken.

'Die hoefsmid kan jullie rechtstreeks naar de Saboteur leiden,' zei Hennessy.

'Dat hoop ik,' reageerde Bell.

'Ik realiseer me nu dat die moordzuchtige radicaal voor jullie op de vlucht is. Hij heeft geen tijd meer om moeilijkheden te veroorzaken zolang hij jullie voor wil blijven.'

'Ik hoop dat u gelijk hebt, sir. Maar we mogen niet vergeten dat de Saboteur sluw is. En hij plant vooruit, ver vooruit. We weten nu dat hij zijn handlanger voor de aanslag in New York al een jaar van tevoren had ingehuurd. Dat is ook waarom ik het hele land ben doorgereisd om u onder vier ogen één vraag te stellen.'

'En die is?'

'Ik verzeker u dat dit onder ons blijft. Daar staat tegenover dat ik u moet vragen dan ook volstrekt openhartig te zijn.'

'Dat stond van het begin af aan al voorop,' gromde Hennessy. 'Wat wil je me verdomme vragen?'

'Wie had iets kunnen weten van uw plan om een meerderheidsbelang in de New Jersey Central Railroad te verwerven?'

'Niemand.'

'Niemand? Ook niet een jurist of een bankier?'

'Ik moest 't echt in het diepste geheim spelen.'

'Maar zo'n complexe handeling vereist toch de hulp van diverse deskundigen.'

'Ik heb één jurist bij een deel van de overeenkomst betrokken en een andere bij een ander onderdeel. Net zo met bankiers. Ik heb verschillende duvelstoejagers op verschillende aspecten gezet. Als het bekend zou worden, waren J.P. Morgan en Vanderbilt als aardverschuivingen over me heen gevallen. Hoe langer ik het stilhield, hoe beter mijn kans om Jersey Central te kunnen binnenhalen.'

'Dus geen enkele jurist of bankier kende het totale plaatje?'

'Correct... Uiteraard,' vervolgde Hennessy peinzend, 'had iemand die echt goed bij de pinken is, van één plus één twee kunnen maken.'

Bell trok zijn opschrijfboekje tevoorschijn.

'Geef me alstublieft de namen van de bankiers en juristen die wellicht genoeg wisten om uw intenties te doorzien.'

Hennessy ratelde vier namen af met de nadrukkelijke toevoeging dat het maar bij twee van hen waarschijnlijk was dat ze inzicht in het grotere geheel hadden. Bell noteerde de namen.

'Hebt u met uw ingenieurs en opzichters die bij de nieuwe lijn betrokken zouden worden, over de op handen zijnde veranderingen gesproken?'

Hennessy aarzelde. 'Tot op zekere hoogte. Maar nogmaals, ik heb ze alleen maar die dingen laten weten die nodig waren om hen aan het werk te houden.'

'Kunt u me de namen geven van degenen die op basis van hun voorkennis conclusies konden trekken over uw plannen?'

Hennessy noemde twee ingenieurs. Bell schreef de namen op en stak het boekje weg.

'Wist Lillian ervan?'

'Lillian? Natuurlijk. Maar die houdt haar mond wel.'

'Mevrouw Comden?'

'Net als Lillian.'

'Hebt u uw plannen met senator Kincaid besproken?'

'Kincaid? U maakt een geintje. Natuurlijk niet, waarom zou ik?'

'Om u van zijn hulp in de Senaat te verzekeren.'

'Hij helpt me wanneer ik dat van hem vraag. Ik hoef hem niet te paaien.'

'Waarom zei u "natuurlijk niet"?'

'Die vent is gek. Hij denkt dat ik niet doorheb dat hij hier rondhangt omdat hij het op mijn dochter heeft voorzien.'

Bell vroeg per telegram om een Van Dorn-koerier en toen die arriveerde, overhandigde hij hem een verzegelde brief voor het kantoor in Sacramento, waarin hij een onmiddellijk onderzoek gelastte naar de hoofdingenieur van Southern Pacific, Lillian Hennessy, mevrouw Comden, twee bankiers, twee juristen en senator Charles Kincaid.

30

Een werktrein uit het noorden, die honderden uitgeputte arbeiders na vier weken keihard zwoegen terugbracht voor een rustperiode van drie dagen, stond op een zijspoor om een goederentrein uit het zuiden te laten passeren. Na dit oponthoud wachtte de zogenaamde Diamond Canyon Loop, een steile klim met haarspeldbochten die zo'n tachtig kilometer ten zuiden van Tunnel 13 lag. Het zijspoor was aan de voet van een steile rotswand in het gesteente uitgehakt en door de scherpe haarspeldbocht had men vandaar goed zicht op het spoor hoger op de helling. Wat de inzittenden toen zagen, zou hen de rest van hun leven achtervolgen.

De locomotief voor de lange rij dichte en open goederenwagons was een zware 2-8-0 Consolidation. Met acht drijfwielen was het een werkpaard voor in de bergen. In deze lichte daling langs de rand van het dal waren de koppelstangen die de wielen met elkaar verbonden een wazige razendsnel heen en weer bewegende streep, terwijl de loc met een vaart van ruim zestig kilometer per uur de scherpe bocht naderde. De meesten van de afgepeigerde zwoegers die in de op het zijspoor gestationeerde werktrein zaten besteedden er geen aandacht aan, maar degenen die wel opkeken zagen hoe de rook afvlakte achter de hoog boven hen omlaag razende locomotief. Een van hen maakte er zelfs een opmerking over tegen een naast hem doezelende vriend. 'Die dendert omlaag alsof de Ouwe Hennessy persoonlijk aan de gashendel trekt.'

Het draaistel van de 2-8-0, de kleine stabiliserende voorwielen die het slingeren bij dergelijke snelheden moesten voorkomen, schuurden door de druk op de rails piepend door de bocht. De machinist kende het traject naar de afsnijdingslijn op zijn duimpje en met name in deze bocht langs de rand van de Diamond Canyon was het knarsen van een loszittende rail wel het allerlaatste wat hij wilde horen. 'Dat geluid bevalt me absoluut niet,' begon hij tegen zijn stoker. In de volgende milliseconde, nog voordat hij zijn zin goed en wel had afgemaakt, raakte het voorste drijfwiel van de honderdtwintig ton zware locomotief de losliggende spoorstaaf. Met een enorme knal vloog de spoorstaaf van de bielzen.

De rails, die losschoten van de houten bielzen waarop ze op exact één meter en drieënveertig centimeter van elkaar verankerd waren, schoven uiteen. De vier drijfwielen die zich aan de buitenkant van de bocht bevonden vielen van het staal, waarop de locomotief met ruim zestig kilometer per uur rechtdoor reed in een regen van opspattende stenen, versplinterend hout en afbrekende spoorspijkers.

Voor de mannen die het vanuit de werktrein op het zijspoor onder in het dal zagen gebeuren leek het alsof de boven hen voortrazende goederentrein het heft in eigen handen had genomen en besloot te gaan vliegen. Jaren later bezwoeren overlevenden dat de trein onvoorstelbaar lang doorvloog voordat de zwaartekracht de overhand kreeg. Een aantal van hen werd er gelovig van, omdat ze ervan overtuigd waren dat God de helpende hand had geboden door de goederentrein net ver genoeg te laten doorvliegen om bij het neerstorten over de wachtende werktrein heen te kunnen schieten. Op dat moment echter zagen de meesten van hen, toen ze door het geweldige kabaal geschrokken opkeken, een 2-8-0 Consolidation-locomotief over de rand van een klip schieten en met vijftig goederenwagons, die bomen en rotsen als een lange zwarte bezem van de helling veegden, recht op hen afkomen.

De meesten herinnerden zich het geluid. Het begon als een donderslag, die aanzwol tot het bulderen van een lawine en uren later, zo leek het, eindigde in het scherpe, verscheurende gekletter van ijzer en hout dat op de stilstaande werktrein neerdaalde. De angst van dat moment zou geen van hen ooit vergeten.

Isaac Bell was binnen enkele uren ter plaatse.

Hij telegrafeerde Hennessy dat het hier hoogstwaarschijnlijk een echt ongeluk betrof. Er was geen bewijs dat de Saboteur met de rails had geknoeid. Hij moest toegeven dat de zware Consolidation de plek waar hij uit de bocht vloog zodanig had vernield dat het onmogelijk nog was vast te stellen of er sprake was van moedwillig verwijderde spoorspijkers of van een toevallig loszittende spoorstaaf. Maar uit de uiterst nauwgezet ingevulde verslagen van de spoorwegpolitie bleek dat het hele gebied voortdurend door patrouilles te paard en op draisines werd gecontroleerd. Het was onwaarschijnlijk, concludeerde Bell, dat de Saboteur kans had gezien om in de Diamond Canyon Loop toe te slaan.

Hennessy was furieus omdat de werkzaamheden door het ongeluk opnieuw vertraging opliepen en stuurde Franklin Mowery, de gepensioneerde civiel ingenieur die hij had teruggehaald voor de bouw van de Cascade Canyon Brug, voor een inspectie naar de plek des onheils. Mowery liep hinkend langs het vernielde ballastbed, daarbij zwaar op de arm van zijn bebrilde assistent leunend. Hij was een oude, praatgrage man – geboren, zo vertelde hij Bell, in 1837, toen Andrew Jackson nog president was. Hij zei dat hij erbij was geweest toen de eerste continentale spoorweg in 1869 bij Promotory Point, Utah, de lijnen in het oosten en westen met elkaar verbond. 'Nauwelijks veertig jaar geleden. De tijd vliegt. Niet te geloven dat ik toen jonger was dan deze deugniet naast me.'

Hij gaf zijn assistent een vriendelijk klapje op zijn schouder. Eric Soares, die er met zijn draadbrilletje, donkere golvende haren, expressieve ogen, brede voorhoofd, smalle kin en dunne, ingevette krulsnor eerder als een dichter of schilder uitzag dan als een civiel ingenieur, reageerde met een flauw glimlachje.

'Wat denkt u, meneer Mowery?' vroeg Bell. 'Was het een ongeluk?'

'Moeilijk te zeggen, jongen. De bielzen zijn tot aanmaakhoutjes versplinterd, veel te klein om nog sporen van gereedschap op te ontdekken. De spijkers zijn verbogen of finaal doormidden gebroken. Dit doet me denken aan een ontsporing uit '83. De achterste wagons van een personentrein die toen in de High Sierra afdaalde, waren op dezelfde manier in elkaar geschoven als de remmerswagon hier in die goederenwagon.'

De lange detective en de beide ingenieurs bekeken de remmerswagon die als een haastig ingepakte koffer in de goederenwagon zat gepropt.

'Wat gaat u de heer Hennessy melden?' vroeg Bell.

Mowery stootte Eric Soares aan. 'Wat zullen we hem zeggen, Eric?'

Soares zette zijn bril af, keek kippig om zich heen, zakte op zijn knieën en bestudeerde aandachtig een dwarsligger die door een drijfwiel van de locomotief beschadigd was.

'Zoals u al zei, meneer Mowery,' zei hij, 'als er spijkers zijn losgetrokken, zijn daar geen sporen meer van.'

'Maar,' zei Mowery, 'ik vrees dat de ouwe heer niet graag hoort dat slecht onderhoud de schuldige is, denk je niet, Eric?'

246

'Nee, meneer Mowery,' antwoordde Eric opnieuw flauwtjes glimlachend. Het viel Bell op dat hun vriendschap een samenspel leek waarin Mowery de oom was en Soares zijn favoriete neef.

'Ook zal hij niet blij zijn met de mogelijkheid dat een te haastige aanleg tot een zwakke plek heeft geleid die een zware, snel rijdende locomotief fataal werd, toch, Eric?'

'Nee, meneer Mowery.'

'Compromissen, meneer Bell, daarin ligt de essentie van het ingenieurschap. Wc zwichten voor het een om iets anders gedaan te krijgen. Als je te snel bouwt, krijg je een slechte constructie. Bouw je te kieskeurig, dan krijgen we het werk niet af.'

Eric kwam overeind, haakte de brillenpoten achter zijn oren en nam het relaas van zijn baas over.

'Bouw je het zo sterk dat het nooit kapot gaat, dan lopen we het risico dat de constructie te zwaar wordt. Maken we het licht, dan is het misschien niet sterk genoeg.'

'Eric is metallurg,' verklaarde Mowery grinnikend. 'Over essentie gesproken. Hij kent veertig soorten staal die in mijn tijd nog niet eens bestonden.'

Bell bestudeerde nog altijd het inccngeschoven wrak van de in de goederenwagon gedrukte remmerswagon tot hij opeens een idee kreeg. Deze mannen waren ingenieurs. Zij wisten exact hoe dingen werden gemaakt.

'Zou je een zwaard kunnen maken dat eerst klein is en dan langer wordt?' vroeg hij.

'Pardon?'

'U had 't over in elkaar schuiven en staal. Nu vroeg ik me af of je het lemmet van een zwaard zo kunt maken dat het in zichzelf verborgen zit en langer wordt als het eruit komt.'

'Zoals een inschuifbaar toneelzwaard?' vroeg Mowery. 'Waarbij het lijkt alsof de acteur gestoken wordt, terwijl het lemmet in zichzelf terugschuift?'

'Alleen dat dit niet terugschuift, maar juist toesteekt.'

'Wat denk jij, Eric? Jij hebt in Cornell metallurgie gestudeerd. Zou jij zo'n zwaard kunnen maken?'

'Je kunt alles maken, als je 't geld hebt,' antwoordde Eric. 'Maar het wordt moeilijk om het echt sterk te maken.'

'Sterk genoeg om er iemand mee te steken?'

'Makkelijk sterk genoeg om toe te steken. Sterk genoeg om huid te doorboren. Maar te zwak voor een zijdelingse slag.'

'Een zijdelingse slag?'

'Eric bedoelt,' verklaarde Mowery, 'dat het een klap tegen de zijkant in een zwaardgevecht tegen een echt zwaard niet zal weerstaan.'

'Het slaan,' zei Bell. 'Een harde tik om de kling van je tegenstander weg te slaan.'

'Om het compact te houden doe je concessies aan de sterkte. Twee tot drie aan elkaar gevoegde stukken staal zijn nooit zo sterk als één lang stuk. Waarom vraagt u dat, meneer Bell?'

'Ik was benieuwd of het mogelijk is om een mes in een zwaard te laten veranderen,' antwoordde Bell.

'Verrassend,' merkte Mowery droogjes op, 'voor iemand in de top van het bedrijf.'

De bruggenbouwer wierp nog een laatste blik om zich heen en zocht weer steun bij Erics arm.

'Laten we gaan, Eric. Geen uitstel meer. Ik ga de ouwe precies melden wat meneer Bell ook heeft gemeld en dat is precies wat de ouwe wil horen. Geen mens weet wat er is gebeurd. Maar we hebben geen bewijs van sabotage gevonden.'

Toen Mowery zijn bevindingen overbracht, vroeg een kwade Osgood Hennessy op een lage, dreigende toon: 'Heeft de machinist het overleefd?'

'Nauwelijks een schrammetje. Hij heeft het grootste geluk van de wereld gehad.'

'Ontsla hem! Als het geen sabotage van radicalen was, dan heeft hij te snel gereden. Zo zien de arbeiders dat ik geen roekeloze machinisten toleer die hun levens op het spel zetten.'

Maar het ontslag van de machinist was niet voldoende om de doodsbange arbeiders te kalmeren die aan de voltooiing van de Cascades Cutoff werkten. Of de ontsporing een ongeluk was of het werk van een saboteur kon ze niet schelen. Hoewel ze toch meer geneigd waren om te geloven dat de Saboteur opnieuw had toegeslagen. Politiespionnen meldden dat er in het kampement serieus over een staking werd gesproken.

'Staking!' herhaalde een cholerische Hennessy. 'Ik betaal ze toplonen. Wat willen ze verdomme nog meer?'

'Ze willen naar huis,' verklaarde Isaac Bell. Hij volgde de stemming onder het werkvolk op de voet door zijn geheim agenten in de gaarkeukens en saloons te polsen en er ook zelf heen te gaan om te zien welk effect de aanslagen van de Saboteur hadden op de gemoederen van de spoorwerkers van Southern Pacific. 'Ze durven niet meer met de werktrein te reizen.'

'Dat is krankzinnig. We zijn bijna door de laatste berg naar de brug heen.'

'Ze zeggen dat de afsnijding de gevaarlijkste spoorlijn van het westen is geworden.'

Ironisch genoeg moest Bell toegeven dat de Saboteur deze ronde had gewonnen, ongeacht of hij daar al dan niet bewust op had aangestuurd.

De ouwe nam zijn hoofd in zijn handen. 'Godallemachtig, waar haal ik in hemelsnaam nu met de winter op komst duizend mensen vandaan?' Hij keek kwaad op. 'Pak hun leiders op. Stop er een stel in de gevangenis. De rest bedaart dan wel.'

'Mag ik,' zei Bell, 'een productievere aanpak voorstellen?'

'Nee! Ik weet heus wel hoe je een staking breekt.' Hij wendde zich tot Lillian, die hem aandachtig bekeek. 'Ga Jethro Watt halen. En stuur een telegram naar de gouverneur. Ik wil hier morgen troepen hebben.'

'Sir,' zei Bell. 'Ik kom net van het kamp. Er heerst angst. Watts politie zal in het gunstigste geval tot rellen leiden en in het ergste geval grote groepen wegjagen. Het leger zal het alleen maar erger maken. Je kunt mensen die bang zijn niet tot werken dwingen. Maar je kunt wel proberen om hun angst weg te nemen.'

'Wat bedoelt u?'

'Haal Jethro Watt erbij. En met hem vijfhonderd agenten. Maar laat ze langs het spoor patrouilleren. Zet alles af zodat het overduidelijk is dat ú en niet de Saboteur elke centimeter van het traject van hier tot aan Tunnel 13 onder controle heeft.'

'Dat lukt nooit,' zei Hennessy. 'Die oproerkraaiers tuinen daar niet in. Ze willen gewoon staken.'

Ten slotte mengde Lillian zich in het gesprek.

'Probeer 't, pa.'

En daarop ging de ouwe akkoord.

Binnen een dag werd iedere kilometer van het traject bewaakt en was elke centimeter gecontroleerd op losliggende rails en verborgen explosieven. Net als ook in Jersey City was gebeurd, waar rechercheurs van Van Dorn tijdens hun zoektocht naar handlangers van de Saboteur diverse criminelen hadden opgepakt, ontdekten de ploegen tijdens hun speurtocht naar sporen van sabotage diverse zwakke punten in het spoor, die ze meteen repareerden.

Bell stapte op een paard en reed het ruim dertig kilometer lange traject af. Hij keerde terug per locomotief en verzekerde zich ervan dat dit nieuwste stuk van de afsnijdingslijn van het gevaarlijkste spoor in het Westen was omgetoverd in het best onderhouden traject. En het best bewaakte.

De Saboteur mende een koopmanswagen die door twee sterke muildieren werd getrokken. De huifkar had een over zeven ijzeren beugels gespannen kap van verbleekt zeildoek, dat her en der met lappen versteld was. Onder het zeildoek lagen potten, pannen en wollen doeken, zout, een vat varkensvet en een krat in stro verpakt porselein serviesgoed. Onder deze koopmanswaar was een spoorbiels van vers gezaagd Canadees dennenhout verborgen, met een lengte van tweeënhalve meter en een breedte van vijfentwintig bij dertig centimeter.

De handelaar was gedood, van al zijn kleren ontdaan en naakt van een helling gegooid. Hij was bijna net zo groot als de Saboteur en zijn kleren pasten hem vrij redelijk. Door de biels was over de gehele lengte een gat geboord dat met dynamiet was volgestopt.

De Saboteur volgde een landweg die lang voor de aanleg van de spoorlijn waarschijnlijk als een indianenspoor was ontstaan en daarna door muildieren verder was uitgesleten. De weg was steil en smal, maar volgde feilloos de best begaanbare hellingen door het ruige landschap. De meeste nederzettingen die de weg aandeed, waren verlaten. De plekken waar nog wel mensen woonden meed hij. De uitgemergelde inwoners zouden de wagen misschien herkennen en zich afvragen wat er met de eigenaar was gebeurd.

Zo nu en dan kruiste de weg de nieuwe spoorlijn, op plaatsen waar hij met de wagen tot op het spoor kon komen. Maar steeds wanneer hij de afkortingslijn naderde, zag hij patrouilles, politie te paard en agenten op draisines. Zijn plan was om 's nachts met de wagen langs het spoor naar de rand van een diep ravijn te rijden en daar een van de bielzen door de met springstof gevulde variant te vervangen. Maar toen het aan het einde van de middag op de hellingen geleidelijk donker werd, moest hij toegeven dat hem dat niet ongezien zou lukken.

Deze voorzorgsmaatregelen waren duidelijk het werk van Bell en de Saboteur vervloekte opnieuw de moordenaars die hij in Rawlins had betaald en die het vervolgens hadden verknald. Maar al zijn gevloek en oplopende ergernis veranderden niets aan het feit dat het door Bells patrouilles te riskant was om met de wagen langs het spoor te rijden. Het uitgehakte spoortraject was smal. Op veel stukken was er aan de ene kant een loodrechte rotswand omhoog en aan de andere kant een steile helling omlaag. Als hij een patrouille tegenkwam, was er geen plek om de wagen te verbergen en op de meeste plaatsen ook geen mogelijkheid om van het spoor weg te rijden.

De biels van Canadees dennenhout woog ruim negentig kilo. De koevoet die hij nodig had om de spoorspijkers uit de aanwezige biels te trekken, woog negen kilo. De koevoet kon hij ook als breekijzer gebruiken om de biels uit het ballastbed te wrikken, maar hij kon er geen spijkers mee inslaan, dus had hij ook een hamer nodig van minstens vijf kilo. Hij was sterk. Hij kon ruim honderd kilo tillen. Hij kon de biels met de hamer en de koevoet erop vastgebonden optillen en op zijn schouder hijsen. Maar hoeveel kilometer kon hij ermee lopen?

Toen hij de biels uit de wagen tilde, voelde die zelfs zwaarder aan dan hij had gedacht. Godzijdank was het hout niet met koolteerdistillaat behandeld, want dan had het nog eens veertien kilo van het zwarte vocht opgezogen.

De Saboteur zette de biels tegen een telegraafpaal en bond de koevoet en hamer er met een touw aan vast. Vervolgens reed hij de huifkar tot achter een stel bomen die niet al te ver van het spoor stonden. Hij schoot beide muildieren met zijn pistool dood, waarbij hij de loop tegen hun schedels drukte om de schoten te dempen voor het geval er een patrouille in de buurt was. Daarna haastte hij zich terug naar het spoor, waar hij knielde en het enorme gewicht op zijn schouders nam. Hij drukte zich overeind en begon te lopen.

Het ruwe hout prikte door zijn jas en hij betreurde het dat hij uit de wagen geen deken als onderlegger had meegenomen. Het begon als een zeurende pijn, die al snel heviger werd en diep doordrukte. Het hout sneed in de spieren op zijn schouder, een stekende pijn tot op het bot. Na nauwelijks een kilometer brandde het als vuur. Zou hij de biels neerleggen en naar de wagen teruggaan om een deken te halen? Maar dan zou een patrouille hem langs de rails kunnen vinden.

Ook in de benen van de Saboteur sloeg de vermoeidheid toe. Zijn knieën begonnen te trillen. Maar zijn trillende knieën en de snijdende pijn in zijn schouder waren snel vergeten toen het gewicht het kraakbeen in zijn ruggengraat samendrukte en er zenuwen bekneld raakten. De zenuwen straalden een brandend gevoel uit naar zijn benen en er schoten pijnscheuten door zijn dijen en kuiten. Hij vroeg zich af of hij de biels, als hij die neerlegde om even uit te rusten, wel weer zou kunnen optillen. Terwijl hij hierover nadacht, werd het besluit voor hem genomen.

Hij was anderhalve kilometer gevorderd toen hij een witachtig schijnsel in de lucht voor hem ontwaarde. Het werd snel feller. De koplamp van een locomotief die snel naderde. Hij kon hem al boven het geluid van zijn gehijg uit horen. Hij moest van de rails af. Er stonden bomen vlakbij. In het donker zijn weg aftastend daalde hij het ballastbed af en liep het bosje in. De koplamp wierp dansende schaduwen voor zich uit. Hij wrong zich dieper de struiken in, knielde voorzichtig en kantelde de zware biels zodanig dat het uiteinde op de grond rustte.

De opluchting om van het enorme gewicht verlost te zijn was een haast overweldigend genot. Hij zette het andere uiteinde tegen een boom. Vervolgens liet hij zich op de grond zakken en strekte zich uit op het bed van dennennaalden. Het geluid van de locomotief zwol aan en hij denderde langs met het typische hoge scherpe geratel van goederenwagons die leeg waren. De trein was te snel voorbij. Hij moest alweer opstaan, het drukkende gewicht op zijn schouder hijsen en er de helling naar de rails mee opklauteren.

De hak van zijn laars bleef achter de rand van de spoorstaaf haken toen hij eroverheen wilde stappen. Hij voelde zich naar voren hellen en dreigde op zijn gezicht te vallen. Uit alle macht probeerde hij zijn evenwicht te bewaren. Maar voordat hij met zijn voet zijn val voorover kon stoppen, bezweek hij onder het gewicht. Met een verwoede draaibeweging probeerde hij onder de biels weg te komen. Maar door het enorme gewicht lukte dat maar gedeeltelijk. Hij kwam als een mokerslag neer op zijn arm en hij schreeuwde het uit van de pijn.

Met zijn gezicht op het ballastbed wrong hij zijn arm onder de biels uit, knielde er als in gebed verzonken naast, hees hem op zijn pijnlijke schouder, drukte zich overeind en liep door. Hij probeerde zijn stappen te tellen, maar raakte steeds weer de tel kwijt. Het was acht kilometer. Maar hij had geen idee hoe ver hij was gevorderd. Hij begon de bielzen te tellen. De moed zonk hem in de schoenen. Er lagen zo'n tweeduizend bielzen per kilometer. Na honderd dacht hij dat hij doodging. Na vijfhonderd werd hij bijna gek bij het besef dat vijfhonderd bielzen maar net een kwart kilometer waren.

Zijn gedachten sloegen op hol. Hij stelde zich voor dat hij de biels helemaal naar Tunnel 13 droeg. En dan door de berg tot aan de Cascade Canyon Brug.

Ik ben de 'Heldhaftige Ingenieur'!

Een duizeligmakende lachbui smoorde in een zucht van pijn. Hij voelde dat hij buiten zinnen raakte. Hij moest de pijn en de angst dat hij het niet zou volhouden van zich afzetten.

Hij verschoof zijn gedachten naar wat hij tijdens de lessen in wiskunde en techniek uit het hoofd had geleerd. Bouwkunde – de fysica die bepaalde of een brug bleef staan of instortte. Stutten. Dwarsbalken. Pijlers. Hefbomen. Ankerarmen. Trage massa. Zware massa.

De natuurkundige wetten bepaalden hoe je gewicht moest verdelen. De natuurkundige wetten zeiden ook dat hij de biels geen meter verder kon dragen. Hij verdrong die dwaasheid uit zijn hoofd en concentreerde zich op aanvalstechnieken, de lichte, luchtige bewegingen van een zwaard. 'Aanvallen,' zei hij hardop. 'Treffer. Uitval. Parade. Riposte. Schijnaanval. Dubbele schijnaanval.' En hij sjokte voort met het gewicht dat zijn botten tot moes drukte. *Aanval. Treffer. Uitval. Parade.* Er kwamen Duitse woorden in hem op. Plotseling mompelde hij technische termen uit zijn studententijd. Tot hij opeens de taal uit Heidelberg brulde, waar hij had leren doden. '*Angriff. Battutaangriff. Ausfall. Parade. Doppelfinte.*' Hij stelde zich voor dat er iemand in zijn oor mompelde. Aanval: *Angriff.* Slag: *Battutaangriff.* Uitval: *Ausfall.* Schijnaanval: *Finte.* Iemand die hij niet zag, bromde een weinig melodieus deuntje. Het klonk steeds scheller. Nu hoorde hij het recht achter hem. Hij draaide zich om, waarbij hij door het gewicht van de biels bijna zijn evenwicht verloor. Over het spoor viel het felle licht van een acetyleenlamp. Het was een politiepatrouille, pompend op een haast geruisloze draisine.

Links van hem sneed een steile rotswand hem de pas af. Aan zijn rechterkant liep de berghelling bijna recht naar beneden. Hij voelde de diepte meer dan dat hij er iets van zag. Uit de veerachtige boomtoppen die in de duisternis schemerden, leidde hij af dat het er minstens zeven meter diep moest zijn. Hij had geen keuze. De draisine had hem bijna bereikt. Hij gooide de biels over de rand en sprong erachteraan.

Hij hoorde dat de biels een boom raakte en de stam krakend deed breken. Vervolgens smakte hij in een veerkrachtige boomkruin die zijn val brak.

Het brommen werd lager van toon. De draisine verminderde vaart. Tot zijn schrik stopten ze. Hij hoorde mannen op zo'n vijf meter boven hem praten en zag de lichtbundels van zaklampen en lantaarns. Ze stapten van de draisine. Hij hoorde hun laarzen knarsen op het ballastbed dat ze in het licht van hun lampen afzochten. Een van hen riep. Even abrupt als ze gekomen waren, vertrokken ze weer. De draisine kwam piepend in beweging en reed brommend weg, waarna hij vijfenhalve meter lager onder aan de steile helling achterbleef.

Voorzichtig bewegend, naar de helling toegebogen, met zijn hakken stevig in de aarde geplant, tastte hij in het duister naar de biels. Hij rook pijnhars en wist dat die geur van de omgeknakte boom kwam. Anderhalve meter lager stuitte hij op het rechthoekige uiteinde van de biels. Hij tastte naar het gereedschap. Het was er nog. Hij keek langs de helling omhoog. De rand van het ballastbed torende hoog boven hem uit.

Hoe kwam hij daar met de biels op zijn nek tegenop?

Hij zette hem rechtop, wrong zijn schouder eronder en drukte zich met veel moeite overeind.

De kilometers die hij tot dan toe had afgelegd, de keren dat hij aan ontdekking was ontsnapt, betekenden niets. Dit was de echte test: terugklimmen naar het ballastbed. Het was maar zes meter, maar die meters leken wel kilometers. De combinatie van het gewicht dat hij droeg, de afstand die hij had afgelegd en de steilte van de helling leken fnuikend.

Als hij nu niet sterk genoeg was, zag hij hier voor zijn eigen ogen zijn droom van rijkdom en macht vervliegen. Hij gleed uit en viel, maar krabbelde weer overeind. Had hij Isaac Bell nu maar gedood. Hij besefte dat hij meer tegen Bell streed dan tegen de biels, of tegen de afsnijdingslijn, of tegen de Southern Pacific.

De nachtmerrie dat Bell hem zou tegenhouden, gaf hem de kracht om door te zetten. Centimeter voor centimeter, stap voor stap. Aanval: *Angriff*. Slag: *Battutaangriff*. Uitval: *Ausfall*. Dubbele schijnaanval: *Doppelfinte*. Twee keer gleed hij weg. Twee keer stond hij weer op. Hij kwam boven en liep wankelend door. Ook al werd hij negentig, die verschrikkelijke klim zou hij nooit vergeten.

Het bonken van zijn hart klonk steeds luider, zo hard dat hij pas na een tijdje besefte dat het zijn hart niet kon zijn. Een locomotief? Midden op de rails bleef hij stokstijf staan, verbluft en ontsteld. Toch niet weer een patrouille. Onweer? Een bliksemflits. Hij hoorde een rommelende donderslag. Hij voelde koude regendruppels. Hij was zijn hoed kwijt. De regen sijpelde over zijn gezicht.

De Saboteur lachte.

In de regen werden de patrouilles nat en zouden ze gaan schuilen. Uitzinnig schaterde hij het uit. Regen in plaats van sneeuw. Het water in de rivieren zou stijgen, maar de rails werden niet geblokkeerd door sneeuw. Osgood Hennessy zou er dolblij mee zijn. Fijn, al die deskundigen die een vroege winter voorspelden. De spoorwegdirecteur had zijn geloof in de meteorologen verloren en had zelfs een indiaanse medicijnman betaald voor een weersvoorspelling en die hem had gezegd dat de sneeuw dit jaar pas laat zou komen. Regen in plaats van sneeuw betekende dat er meer tijd was om de afsnijdingslijn af te maken.

De Saboteur verstevigde zijn greep op de biels op zijn schouder en zei hardop:

'Nooit!'

Een enorme bliksemschicht hulde alles in fel wit licht.

Het spoor maakte een scherpe bocht langs de steile wand. Beneden bulderde een rivier door een duizelingwekkend diepe kloof. Dit was de plek. De Saboteur liet de biels vallen, maakte het touw om het gereedschap los en trok aan beide kanten de spijkers uit een bestaande biels en legde ze zorgvuldig bijeen. Vervolgens schraapte hij met de koevoet het vergruizelde grind eromheen los, waarna hij de scherpe stenen van onder de biels wegharkte en voorzichtig verspreidde opdat ze niet van het ballastbed afrolden.

Toen hij alle ballaststenen had verwijderd, gebruikte hij de koevoet als een hefboom om de biels onder de rails los te wrikken. Daarna schoof hij zijn biels van Canadees dennenhout met het dynamiet ervoor in de plaats en schepte de ballaststenen terug die hij vervolgens onder de biels duwde. Tot slot hamerde hij de rails met de acht spoorspijkers weer vast. Nu de biels stevig onder de rails op het zorgvuldig geëffende ballastbed lag, bevestigde hij de pal voor de ontsteker: een spijker die hij in een in de biels voorgeboord gat klemde.

In het hout bevond de spijker zich tweeënhalve centimeter boven een slagkwikontsteker. Hij had het zorgvuldig uitgerekend en met het inslaan

255

van zo'n honderd spijkers de benodigde druk getest, opdat de spijker de ontsteker niet al raakte door het gewicht van een over de bielzen lopende patrouille of een op de rails rijdende draisine. Alleen het volle gewicht van een locomotief kon de springstof tot ontbranding brengen.

Er was nog één ding te doen. Hij bond zijn gereedschap aan de biels die hij had verwijderd, tilde hem op zijn schouder en drukte zich met knikkende knieën overeind. Zo waggelde hij weg van de val die hij had gezet, en mieterde de biels met het gereedschap een halve kilometer verderop van de klip, waar geen patrouille ze zou zien.

Het duizelde hem van uitputting, maar hij bleef ijzig vastberaden.

Hij had de aanleg van de afsnijdingslijn ondermijnd met dynamiet, ongelukken en branden.

Hij had de machtige Southern Pacific hard getroffen door de Coast Line Limited te laten ontsporen.

Dus wat maakte het nog uit dat Bell zijn aanslag in New York in Hennessy's voordeel had omgebogen?

De Saboteur hief zijn hoofd op naar de stormachtige lucht en liet zich door de regen verfrissen. Er klonk een galmende donderslag.

'Die is voor mij!' brulde hij terug. 'Vanavond is 't me gelukt.'

Deze laatste ronde won hij.

Van de mannen in de werktrein zou niemand overleven om de Tunnel 13 af te maken.

31

Bij zonsopgang waren er in het kampement bij het bouwterrein van de afsnijdingslijn zo'n duizend mensen in de weer. Achter een stoom afblazende locomotief stond een rij van twintig personenwagons met lege, houten banken. De mannen stonden in de regen, trotseerden liever de natte kou dan in de werktrein te schuilen.

'Koppige klojo's!' tierde Hennessy, die vanuit zijn privéwagon toekeek. 'Telegram aan de gouverneur, Lillian. Dit is rebellie.'

Lillian Hennessy legde haar vingers op de morsesleutel. Voordat ze begon te tikken, vroeg ze aan Isaac Bell: 'Is er verder echt niets wat je kunt doen?'

Volgens Bell maakten de mannen daar in de regen helemaal geen koppige indruk. Ze leken bang. En het leek of ze zich schaamden dat ze bang waren, wat juist veel over hun moed zei. De Saboteur had met dynamiet, gesaboteerd spoor, botsingen en branden veel onschuldige slachtoffers gemaakt. Bij aanslag op aanslag waren doden en gewonden gevallen. Er waren mensen omgekomen bij ontsporingen, een instortende tunnel, de aanslag op de Coast Line Limited, de losgeslagen goederenwagon en de afgrijselijke explosie in New Jersey.

'De patrouilles hebben elke centimeter van de rails geïnspecteerd,' antwoordde hij. 'Ik weet niet wat ik nu nog kan doen wat niet al gedaan is. Of ik moet op de koeienvanger gaan zitten om het met eigen ogen te doen...'

De detective draaide zich op zijn hakken om, snelde Hennessy's wagon uit, stak met stevige passen het emplacement over en baande zich een weg door de wachtende menigte. Hij beklom de ladder achter op de tender van de werktrein, werkte zich behendig over de stapel kolen en sprong op het dak van de locomotiefcabine. Vanaf dit hoge punt boven op het ronkende gevaarte zag hij over het hele bouwterrein verspreid een zee van norse

spoorwegarbeiders en bergwerkers. Er viel een stilte. Ruim duizend gezichten keerden zich naar het ongebruikelijke schouwspel van een man die
in een wit pak boven op de locomotief stond.

Bell had gezien hoe William Jennings Bryan bij de Atlanta Exposition
een menigte toesprak. Hij had vlak voor Bryan gestaan en raakte onder
de indruk van het feit dat de beroemde redenaar zo langzaam sprak. Dat
was, zo had Bryan hem bij een latere ontmoeting verteld, omdat woorden
samenklonteren als ze zich door lucht verplaatsen. Wanneer ze de achterste rijen van de menigte bereiken, hebben ze de normale cadans.

Nu hief Bell zijn handen op. Hij haalde zijn stem diep uit zijn binnenste. Hij sprak langzaam, héél langzaam. Maar ieder woord was een uitdaging recht in hun gezicht.

'Ik zal op wacht staan.'

Bell tastte voorzichtig onder zijn jas.

'Deze locomotief rijdt langzaam naar het eindpunt.'

Traag trok hij zijn Browning-pistool tevoorschijn.

Hij stak het pistool in de lucht.

'Ik schiet ten teken dat de machinist de trein stopt, zodra ik gevaar zie.'

Hij haalde de trekker over. De knal weerkaatste tegen de remise en
werkplaatsen.

'De machinist hoort dit schot.'

Hij schoot nog een keer.

'Hij stopt de trein.'

Bell hield het wapen omhoog gericht en praatte langzaam door.

'Ik zeg niet dat iemand die niet achter me mee wil rijden, de grootste laf-
aard van de Cascade Mountains is.'

Weer klonk er een schot.

'Maar ik zeg wel dit… Iemand die niet mee wil rijden, moet teruggaan
naar waar hij vandaan komt om daar te schuilen onder de rokken van zijn
moeder.'

Uit alle hoeken van het terrein klonk bulderend gelach op. Er was een
voelbare beweging in de richting van de trein. Heel even dacht hij dat hij
ze had overtuigd. Maar een boze stem brulde: 'Heb je wel eens met een
spoorploeg gewerkt?' En een volgende stem: 'Hoe had jij gedacht te kunnen zien of er iets fout zit?' Daarop klauterde er een grote man met een
vlezig rood gezicht en felblauwe ogen de ladder van de tender op en stapte
over de kolen op Bell af. 'Ik ben Malone. Spooropzichter.'

'Wat wilt u, Malone?'

'Dus u wilt op de koevanger gaan staan? Terwijl u niet eens weet dat dat ding een baanschuiver heet, dacht u wel even te kunnen zien of er iets fout is aan de rails, voordat we met z'n allen de lucht in gaan? Koevanger, mijn goeie god... Maar ik moet u één ding nageven: u hebt wel lef.'

De voorman stak een eeltige hand naar Bell uit.

'Da's afgesproken! Ik rij met u mee.'

De twee mannen schudden elkaar voor iedereen zichtbaar de hand. Vervolgens verhief Malone zijn stem, die schalde als een scheepshoorn.

'Is er iemand die beweert dat Mike Malone het niet ziet als er iets niet in orde is?'

Niemand.

'Is er nog iemand die naar z'n moeder wil?'

Met luid gelach en gejuich uit duizend kelen stapten de arbeiders de trein in en verdrongen zich op de houten banken.

Bell en Malone klommen van de locomotief af en hesen zich op de wigvormige baanschuiver. Er was aan beide kanten plek om te staan en je vast te houden aan een rail die onder de koplamp van de locomotief doorliep. De machinist, conducteur en stoker kwamen voor instructies naar voren.

'Hoe snel wilt u rijden?' vroeg de machinist.

'Vraag 't de deskundige,' zei Bell.

'Hou 't onder de vijftien kilometer per uur,' zei Malone.

'Vijftien?' protesteerde de machinist. 'Dan duurt 't twee uur om bij de tunnel te komen.'

'U snijdt liever af via een klif?'

Het treinpersoneel droop af naar het machinistenhuis.

'Hou dat pistool bij de hand, mister,' zei Malone, waarop hij Bell grijnzend aankeek. 'Gewoon niet vergeten dat wij, als we op een mijn of een losliggende spoorstaaf stuiten, de eersten zijn die de gevolgen ervan ondervinden.'

'Daar was ik me al van bewust,' reageerde Bell droogjes. 'Maar feit is dat ik elke centimeter van deze lijn de afgelopen twee dagen heb laten controleren. Patrouilles op draisines, te voet en te paard.'

'We zullen 't zien,' zei Malone met een strak gezicht.

'Hebt u hier iets aan?' vroeg Bell, terwijl hij hem zijn Carl Zeiss-kijker aanbood.

'Nee, bedankt,' antwoordde Malone. 'Ik inspecteer het spoor al twintig jaar met deze ogen. Dit is niet het moment om iets nieuws te leren.'

Bell sloeg het riempje van de verrekijker over zijn hoofd, zodat hij de kijker op zijn borst kon laten hangen, en trok zijn pistool voor een waarschuwingsschot.

'Twintig jaar? Dan bent u de man om 't te zeggen, Malone. Waar moet ik op letten?'

'Ontbrekende spijkers waarmee de rails op de bielzen vastzitten. Ontbrekende lasplaten, waarmee de spoorstaven aan elkaar zitten. Breuken in de rails. Graafsporen in het ballastbed voor het geval de klootzak de boel heeft ondermijnd. Dit ballastbed is net gelegd. Het moet glad zijn, zonder kuilen of hobbels. Kijk of er losse stenen op de bielzen liggen. En let extra op als we een bocht doorgaan, want de Saboteur weet dat een machinist dan altijd te laat is als hij iets ziet.'

Bell hield de verrekijker voor zijn ogen. Het drong opeens tot hem door dat hij de duizend man achter hem had overgehaald om hun leven te riskeren. Zoals Malone had opgemerkt, kregen hij en Bell hier voor op de trein bij een aanslag de volle laag. Maar slechts als eersten. Bij een ontsporing werden ze allemaal de dood in gesleurd.

32

De rails liepen over een smalle richel langs de berghelling. Links rees een met boren en dynamiet uitgehakte rotswand op. Rechts was niets dan lucht. De diepte van het ravijn varieerde van een paar meter tot een halve kilometer. Waar de bodem vanaf het spoor zichtbaar was, zag Bell boomtoppen, rotsblokken en door de regen opgezwollen beken.

Hij speurde de rails tot zo'n dertig meter vooruit af. Zijn verrekijker had moderne Porro-prisma's die het licht intensiveerden. Hij kon de uitstekende spijkerkoppen duidelijk zien, acht stuks in iedere biels. De chocoladebruine rechthoekige balken schoten met een monotone regelmaat onder hem door.

'Hoeveel bielzen per kilometer?' vroeg hij aan Malone.

'Zevenentwintighonderd,' antwoordde de voorman. 'Zo ongeveer.'

Bruine biels na bruine biels na bruine biels. Acht spoorspijkers per keer. Elke spijker zorgvuldig vastgezet in het hout. Alle rails aan elkaar gezet met lasplaten, half verborgen onder de uitstulping van de spoorstaaf. Het ballastbed van scherp gerande vergruizelde stenen glinsterde in de regen. Bell keek uit naar kuilen in het gladde oppervlak. Naar losliggende stenen. Naar losse moeren, ontbrekende spoorspijkers en gleuven in de glanzende rails.

'*Stop!*' schreeuwde Malone.

Bell haalde de trekker van zijn Browning over. De harde knal van het schot weerkaatste tegen de rotswand en echode door het ravijn. Maar de loc reed door.

'*Schiet!*' schreeuwde Malone. 'Nog een keer!'

Bell had de trekker al overgehaald. Het ging steil omlaag in die bocht, de bodem van het ravijn lag bezaaid met rotsblokken. Toen Bells tweede schot klonk, werden de remschoenen met een klap en luid sissend aangetrokken en de locomotief kwam met piepende wielen slippend tot stilstand. Bell sprong op de grond en spurtte weg met Malone op zijn hielen.

'Daar!' riep Malone.

Zo'n zes meter voor de trein bleven ze staan en staarden naar een haast onzichtbare bobbel in het ballastbed. Terwijl de pas gelegde stenen van de bielzen tot aan de klifrand een vlak, licht glooiend talud vormden, was hier een kleine verhoging van een paar centimeter.

'Niet te dichtbij komen!' waarschuwde Malone. 'Het lijkt alsof hier is gegraven. Zie je hoe het hier anders is dan de rest?'

Bell liep recht op de bobbel af en stapte erbovenop.

'Pas op!'

'De Saboteur,' zei Bell, 'zou er beslist voor zorgen dat alleen het gewicht van een locomotief de springstof tot ontploffing brengt.'

'Daar bent u wel verdomd zeker van.'

'Inderdaad,' reageerde Bell. 'Hij is te slim om zijn kruit aan een draisine te verschieten.'

Hij knielde op een biels en bekeek de stenen. Hij streek met zijn hand over het ballastbed.

'Maar ik zie hier toch geen tekenen dat hier onlangs is gegraven. Deze stenen liggen hier al een tijdje. Het neergeslagen roet is onaangetast.'

Malone kwam aarzelend dichterbij en knielde, op zijn hoofd krabbend, naast Bell. Hij streek met zijn vingers over het door de regen vettige roet. Hij pakte een paar ballaststenen op en bestudeerde ze. Abrupt stond hij op.

'Slordig werk, geen explosieven,' zei hij. 'Ik weet precies wie bij het leggen van dit stuk de leiding had en dit krijgt hij beslist op zijn boterham. Sorry, meneer Bell. Vals alarm.'

'Beter het zekere voor het onzekere.'

Ondertussen was de treinbemanning uitgestapt. Achter hen werden ze door vijftig arbeiders aangegaapt en anderen sprongen nog uit de wagons.

'Iedereen terug in de trein!' brulde Malone.

Bell nam de machinist terzijde.

'Waarom stopte u niet meteen?'

'U verraste me. Ik moest even bijkomen.'

'Blijf alert!' reageerde Bell streng. 'U hebt het lot van mensen in handen.'

Nadat iedereen was ingestapt, zette de trein zich weer in beweging.

De bielzen gleden voorbij. Balk na balk. Acht spoorspijkers, vier per spoorstaaf. Lasplaten als verbindingsstukken. De scherpe steentjes van het ballastbed glinsterend van het vocht. Bell zocht naar bobbels in het gladde oppervlak, omgewoelde stenen, ontbrekende moeren of spoorspijkers en gleuven in de rails. Biels na biels na biels.

Zevenentwintig kilometer tufte de trein zo langzaam door. Bell hoopte tegen beter weten in dat zijn voorzorgsmaatregelen succes hadden gehad. De patrouilles en voortdurende inspecties hadden ervoor gezorgd dat de spoorlijn veilig was. Nog vijf kilometer en dan konden de mannen weer aan het werk, en verdergaan met het boren van de cruciale Tunnel 13.

Terwijl ze een scherpe bocht maakten langs het diepste ravijn van de hele route, zag Bell opeens iets ongewoons. Hij kon eerst niet goed zeggen wat het was. Het drong maar nauwelijks tot hem door.

'Malone!' zei hij met overslaande stem. 'Kijk! Wat is dat daar?'

De man met het rode gezicht naast hem boog voorover en tuurde met een strak geconcentreerd gelaat.

'Ik zie niks.'

Bell bekeek de rails door zijn verrekijker. Zijn voeten op de baanschuiver schrap zettend nam hij de verrekijker in zijn ene hand en trok met de andere zijn pistool.

Het ballastbed was glad. Er ontbraken geen spoorspijkers. De bielzen...

In zevenentwintig kilometer was de werktrein over vijftigduizend bielzen gereden. Alle vijftigduizend waren ze chocoladebruin, het hout donker gekleurd door de geïmpregneerde conserveringsmiddelen. Maar daar, nog maar een paar meter voor de locomotief zag Bell een houten biels die geelachtig wit was... de tint van pas gezaagd Canadees dennenhout dat niet met creosoot was behandeld.

Bell schoot en schoot nogmaals zo snel als hij de trekker kon overhalen. 'Stop!'

De machinist trok de remmen aan. De wielen blokkeerden. Staal schuurde over staal. De zware locomotief gleed door de enorme kracht van de voorwaartse beweging door. Het gewicht van twintig wagons schoof mee.

Bell en Malone sprongen van de baanschuiver en renden voor de doorslippende locomotief uit.

'Wat is 't?' schreeuwde de voorman.

'Die biels,' riep Bell wijzend.

'Godallemachtig!' schreeuwde Malone.

De twee draaiden zich als één man om en hieven hun armen in de lucht alsof ze de trein met hun blote handen probeerden te stoppen.

33

De machinist rukte de ganghendel in z'n achteruit.
Acht massieve drijfwielen sloegen terug, waarbij een regen van vonken en ijzersplinters van de rails opspatte. Even leek het alsof twee sterke mannen daadwerkelijk een Consolidation-locomotief tegenhielden. En toen hij met een denderende trilling knarsend tot stilstand kwam, keek Bell omlaag en zag dat zijn laarzen stevig tegen de verdachte biels aangedrukt stonden.

De punt van de baanschuiver stak eroverheen. De voorste wielen van het draaistel stonden er nog geen twee meter van af.

'Een stukje achteruit,' riep Malone. 'Zachtjes!'

Nadat hij voorzichtig de ballaststeentjes aan beide uiteinden van de verdachte biels had weggeschraapt, ontdekte Bell bij nadere inspectie een gat waarin een ronde houten plug stak, als de stop in een whiskyvat. De plug had de doorsnee van een zilveren dollar en was nauwelijks te onderscheiden van de houtnerf eromheen.

'Laat iedereen verder weggaan,' zei hij tegen Malone. 'Hij heeft de biels met dynamiet gevuld.'

Het ontstekingsmechanisme bestond uit een speciaal afgestelde spijker boven een ontsteker. Er was voldoende dynamiet om de rails van onder de locomotief weg te blazen, waardoor de loc over de uitgehakte rand was gestort en de hele trein met zich mee het ravijn in had gesleurd. Maar in plaats daarvan kon Bell Osgood Hennessy per telegram melden dat Detective-bureau Van Dorn opnieuw een overwinning op de Saboteur had geboekt.

Hennessy reed in zijn privétrein naar het eindpunt van de lijn, waar de bergarbeiders en de spoorwerkers die er veilig waren aangekomen, hard werkten aan het doorboren van de laatste dertig meter van Tunnel 13.

De volgende ochtend liet Osgood Hennessy Bell in alle vroegte naar zijn privéwagon komen. Lillian en mevrouw Comden serveerden hem koffie. Hennessy glunderde van oor tot oor. 'We zijn de berg bijna door. Bij lange tunnels vieren we dat altijd met een ceremonie waarbij ik de laatste rots wegsla. Deze keer kwam er een delegatie van de bergwerkers met het verzoek dat u die laatste slag doet, als dank voor wat u gisteren heeft gedaan. Dat is een hele eer, ik zou erop ingaan als ik u was.'

Bell wandelde met Hennessy de tunnel in, waar ze van de rails af moesten om tegen de wand gedrukt een loc met een rij met puin gevulde kiepkarren te laten passeren. Over honderden meters waren de zijwanden en het plafond al met specie afgewerkt. Het laatste stuk werd nog door een tijdelijke stellage van balken gestut. En de laatste paar meter werkten de arbeiders onder een op balken steunend smeedijzeren scherm dat hen tegen vallend gesteente beschutte.

De ratelende boren stopten toen Bell en de spoorwegdirecteur naderden. De bergwerkers maakten de weg met schuivers en scheppen vrij van gruis en losse stenen, waarna ze wegstapten van het laatste stuk rots dat de doorgang versperde.

Een boomlange bergwerker met lange slungelige armen en een gehavende rij tanden in zijn grijnzende mond gaf Bell een acht kilo zware moker aan.

'Wel eens eerder met zo'n ding gewerkt?'

'Tentharingen inslaan voor het circus.'

'Het lukt wel.' De bergwerker leunde naar hem toe en fluisterde: 'Zie je dat kalkstreepje? Daarop slaan. Dat zetten we altijd speciaal voor de ceremonie... Opzij, jongens! Geef die man de ruimte.'

'U weet zeker dat u dit niet wilt doen?' vroeg Bell aan Hennessy.

Hennessy stapte achteruit. 'Ik heb inmiddels tunnels genoeg doorgeslagen. Deze hebt u verdiend.'

Bell zwaaide de zware moker over zijn schouder en haalde hard uit naar de kalkstreep. Er spatten steensplinters uiteen en er priemde een lichtstraaltje door de wand. Hij sloeg nog een keer toe. De bergwerkers juichten terwijl de rotswand instortte en het daglicht binnenstroomde.

Bell stapte in de ruw uitgehakte opening en zag de Cascade Canyon Brug glinsterend in het zonlicht. Een lange, uit lagen opgebouwde stalen rasterconstructie overspande de diepe kloof van de rivier de Cascade op twee hoge, smalle pijlers die uit een massieve stenen fundering omhoogstaken. Hoog boven de waterige mistflarden en het opspattende schuim zwevend, leek de belangrijkste brug van de afsnijdingslijn zo goed als voltooid. De bielzen lagen er al op in afwachting van de stalen spoorstaven die door de tunnel werden aangevoerd.

Bell zag dat de brug zwaar werd bewaakt. Om de vijftig meter stond er een agent van de spoorwegpolitie. Aan beide uiteinden stond een wachthokje, evenals bij de fundamenten van de pijlers. Terwijl Bell keek, schoof er een wolk voor de zon waardoor alle zilverglanzende draagbalken in de schaduw verdwenen.

'Wat vindt u ervan?' vroeg Hennessy trots.

'Schitterend.'

Hoe zou de Saboteur hier toeslaan?

In de schaduw van de brug lag het stadje Cascade, ontstaan waar de oorspronkelijke laagland spoorlijn eindigde aan de voet van de bergen. Hij zag de keurige Cascade Lodge uit 1870, die lange tijd in trek was bij avontuurlijke toeristen die niet terugdeinsden voor de lange, trage klim via talloze haarspeldbochten de uitlopers van het gebergte in. Van dat eindpunt had Hennessy een tijdelijk vrachtspoor met nog meer haarspeldbochten laten aanleggen voor het transport van bouwmateriaal naar het bouwterrein van de brug. Het spoor dat bijna onmogelijk steil langs een stel ruige hellingen omhoog kronkelde, kreeg van de bergwerkers de bijnaam Slangenlijn. Het stijgingspercentage was zo groot dat een rij goederenwagons die Bell omhoog zag kruipen, door drie, dikke rookwolken uitstotende locomotieven werd getrokken, geholpen door nog eens vier duwlocs aan het einde van de trein. De locomotieven van de Slangenlijn hadden hun werk gedaan. Van nu af aan zou het materiaal over het uitgehakte spoor worden aangevoerd.

De Saboteur zou de Slangenlijn met rust laten, die werd afgedankt. In het stadje zou hij ook niet toeslaan. Hij zou zich op de brug zelf richten. Het vernielen van de lange schraag-en-pijlerbrug zou het afsnijdingsproject jarenlang vertragen.

'Wel verdraaid, wat is dat daar nou weer?' vroeg Hennessy. Hij wees op een stofwolk die over de kronkelende zandweg vanaf het stadje beneden omhoogkwam.

Op Isaac Bells gezicht verscheen een brede grijns van herkenning. 'Dat is de Thomas Flyer, de automobiel waar we het laatst over hadden. Model 35, vier cilinders, zestig pk. Moet je 'm zien scheuren!'

De felgele auto spoot uit de laatste bocht, vloog het rotsachtige plateau op en kwam met gierende banden op een meter of zes voor Bell in Hennessy in de opening van de tunnel tot stilstand. De canvas kap was omlaag en naar achteren gevouwen en de enige inzittende was de bestuurder, een lange man met een stofbril en een hoed gekleed in een enkellange overjas. Hij sprong van achter het houten stuur de auto uit en stevende op hen af.

'Gefeliciteerd!' riep hij, terwijl hij met een theatraal gebaar de motorbril van zijn gezicht trok.

'Wat doe jij verdomme hier?' vroeg Hennessy. 'Vergadert het parlement niet?'

'Ik kom de voltooiing van je laatste tunnel vieren,' zei Charles Kincaid. 'Ik had toevallig een bijeenkomst met een stel belangrijke Californische heren in de Cascade Lodge. Ik heb mijn gastheren gezegd dat ze even moesten wachten, zodat ik naar boven kon om je de hand te schudden.'

Kincaid greep Hennessy's hand en schudde hem stevig.

'Gefeliciteerd, sir. Een magnifieke prestatie. Niets zal je nu nog tegenhouden.'

De brug

34

Mike Malone, de blozende, fel kijkende spooropzichter van de Southern Pacific, beende door het gat van Tunnel 13, gevolgd door sjouwers met lange spoorstaven in hun draagtangen en daarachter een rook en stoom spuwende locomotief. 'Kan iemand die automobiel weghalen voordat-ie aan diggelen gaat,' brulde hij.

Charles Kincaid rende weg om zijn Thomas Flyer te redden.

'Bent u niet verbaasd dat de senator u hier opwacht?' vroeg Isaac Bell aan Osgood Hennessy.

'Ik verbaas me nooit over mannen die hun hoop op de erfenis van mijn dochter hebben gevestigd,' antwoordde Hennessy boven het lawaai van Malones werkploeg uit die de stenen voor het ballastbed voor de loc stortte om er vervolgens de bielzen op te leggen.

Senator Kincaid kwam teruggerend.

'Meneer Hennessy, de belangrijkste zakenlieden en bankiers van Californië willen u een banket aanbieden in de Cascade Lodge.'

'Ik heb geen tijd voor banketten totdat die rails de brug over is en de eerste meters op vaste grond aan de andere kant zijn gelegd.'

'Kunt u niet komen als 't donker is?'

Mike Malone kwam aangebanjerd.

'Senator, als 't niet te veel moeite is, zou u dan alstublieft die vermaledijde automobiel daar willen weghalen voordat mijn jongens hem in het ravijn mieteren?'

'Ik heb 'm net weggezet.'

'Hij staat nog steeds in de weg.'

'Haal 'm weg daar,' snauwde Hennessy. 'Hier wordt een spoorlijn aangelegd.'

Bell keek toe hoe Kincaid wegsnelde om nogmaals zijn auto te verplaatsen en zei tegen Hennessy: 'Ik ben wel benieuwd wat ze van plan zijn met dat banket.'

'Waarom dat nou weer?'

'Het is wel heel toevallig dat Kincaid hier vandaag is.'

'Ik zei toch, hij zit achter m'n dochter aan.'

'De Saboteur wist dingen van de Southern Pacific die alleen ingewijden wisten. Hoe kan dat?'

'Dat heb ik u ook verteld. Een of andere slimmerik heeft één plus één opgeteld. Of een idioot heeft z'n mond voorbijgepraat.'

'Hoe dan ook, de Saboteur is geen vreemde in uw directe omgeving.'

'Goed,' zei Hennessy. 'Ik kan wel tegen een banket als u dat ook kan.' Hij verhief zijn stem boven de herrie uit en riep: 'Kincaid! Zeg tegen uw vrienden dat als de uitnodiging over drie dagen nog staat, ik dan kom.'

De senator veinsde verbazing. 'Over drie dagen bent u beslist nog niet klaar tot aan de overkant.'

'Er rollen koppen als dat niet zo is.'

De gedrongen oude man knipte met zijn vingers. Er kwamen ingenieurs op hem afgerend die werktekeningen voor hem uitvouwden. Ze werden gevolgd door landmeters met meetinstrumenten op hun schouders, die op hun beurt werden gevolgd door kettingdragers met rood en wit geschilderde jalons.

Isaac Bell hield Kincaid tegen, die in zijn auto wilde stappen.

'Wel heel toevallig dat die vergadering uitgerekend hier is.'

'Helemaal niet. Ik wil Hennessy aan mijn zijde. Als die Californische heren bereid zijn een hele herberg af te huren om mij over te halen me kandidaat voor het presidentschap te stellen, dacht ik: waarom dan niet bij hem in de buurt?'

'U houdt 't nog altijd af?' vroeg Bell terugdenkend aan hun gesprek bij de *Follies*.

'Meer dan ooit. Zodra je tegenover dat soort lieden toegeeft, denken ze dat je van hen bent.'

'Wilt u het doen?'

Bij wijze van antwoord stak Charles Kincaid een hand onder de revers van zijn jas en sloeg die om. Op een tot dan toe onder de stof verborgen speld stond: KINCAID VOOR PRESIDENT.

'Mondje dicht!'

'Wanneer gaat u dat ding tonen?'

'Ik wilde meneer Hennessy ermee verrassen op zijn banket. Ze willen dat u ook komt. Voor hen bent u de man die de spoorlijn van de Saboteur heeft gered.'

Erg geloofwaardig klonk de detective dit alles niet in de oren.

'Ik verheug me erop,' zei Bell.

De Saboteur deed alsof hij Bells indringende blik niet opmerkte. Hij wist dat de Van Dorn-detective zich niet meer door zijn vermeende presidentskandidatuur voor de gek liet houden. Maar hij vertrok geen spier en liet zijn blik nieuwsgierig, alsof er geen vuiltje aan de lucht was, over de glanzende brug gaan.

'Dat brede plateau aan de overkant van de kloof,' merkte hij terloops op, 'lijkt voor Hennessy uitstekend geschikt voor een volgend bouwterrein op vaste grond.' Er waren momenten, dacht hij trots, waarop hij bewees dat hij echt acteur had moeten worden.

'Hebt u er spijt van dat u als bouwheer bent gestopt?' vroeg Bell.

'Als ik de politiek niet zo leuk had gevonden, dan wel, ja.' Kincaid lachte. Maar die lach maakte direct weer plaats voor gespeelde ernst. 'Ik had daar misschien anders over gedacht wanneer ik als ingenieur net zo briljant was geweest als de heer Mowery, die deze brug heeft gebouwd. Moet je die constructie zien! Zo gracieus en sterk tegelijk. Hij was een ster. Nog altijd, ondanks zijn leeftijd. Ik was nooit meer dan een capabele vakman.'

Bell keek hem zwijgend aan.

Kincaid glimlachte. 'U vindt dat vreemd. Dat is omdat u nog jong bent, meneer Bell. Wacht maar tot u de veertig gepasseerd bent. Dan leer je je beperkingen kennen en vind je je stiel op andere terreinen waar je misschien beter in bent.'

'Zoals de kandidatuur voor het presidentschap?' vroeg Bell luchtigjes.

'Precies!'

Kincaid lachte, gaf een tikje op Bells keiharde arm en stapte achter het stuur van zijn Thomas Flyer. Hij liet de motor opkomen, die hij had laten lopen, en reed zonder om te kijken de berg af. Het minste teken dat hij zich zorgen maakte zou de verbeelding van de detective alleen maar sterken.

Maar hij verkeerde in jubelstemming.

Osgood Hennessy stoomde op volle kracht door, waarbij hij onbewust zijn kop in een valstrik stak. Hoe sneller de afkortingslijn de brug over was, hoe eerder Osgood zou hangen. Want als je de nieuwe bouwplaatsen

aan de overkant van de brug als Hennessy's hoofd zag en het hele netwerk van de Southern Pacific Railroad als zijn torso, dan was de Cascade
Canyon Brug zijn nek.

35

Isaac Bell had in alle werkploegen mensen geplaatst om op sabotage te letten.

Hennessy had hem verteld dat de doorgang door de berg nog maar het begin was. Hij wilde voordat de eerste sneeuw viel zo ver mogelijk de brug over zijn. Zelfs de lafste Wall Street-bankier zou, zo pochte de spoorwegman, worden gerustgesteld door het bewijs dat de Southern Pacific de aanleg van de afsnijdingslijn zou afronden zodra de sneeuw in het voorjaar weggesmolten was.

Bell arrangeerde patrouilles te paard om het traject te bewaken dat de spoorwegmaatschappij al tot diep in het gebergte had aangelegd. Vervolgens had hij Jethro Watt gevraagd de persoonlijke leiding over zijn spoorwegpolitie op zich te nemen. Ze wandelden de brug over en kwamen overeen dat de ploegen die de pijlers beneden en de overspanning erboven bewaakten versterkt moesten worden. Daarna inspecteerden ze het omliggende gebied te paard, waarbij de reusachtige Watt een kolossaal paard bereed, dat Dondersteen heette en aan één stuk door naar de benen van de politiechef hapte. Watt kalmeerde het dier met klapjes op het hoofd, maar de eerste de beste paardenkenner begreep dat Dondersteen zijn kans afwachtte.

In de avondschemering van die eerste dag van hernieuwde bedrijvigheid hadden timmerlieden tijdelijke stutten in Tunnel 13 aangebracht en een ruwhouten bekisting rond de pas uitgehakte doorgang getimmerd. Ze werden op de voet gevolgd door metselaars die de wanden met specie afwerkten. En de spoorwerkersploegen hadden van de tunnel tot aan de rand van de kloof rails gelegd.

Osgood Hennessy's rode trein stoomde door de tunnel, een rij met materiaal beladen wagons tot aan de zwaar bewaakte brug voor zich uit duwend. Werkploegen laadden de rails uit en werkten in het licht van elektrische lampen door. De bielzen, vervaardigd door een houtzagerij iets hogerop in de bergen, waren al op de brug gelegd. De hele nacht klonk het inslaan van spoorspijkers. Zodra de rails vastlagen, duwde Hennessy's locomotief de zware materiaalwagons de overspanning op.

Een duizendtal spoorwegwerkers hield de adem in.

De enige geluiden die klonken waren van mechanische aard: het puffen van de locomotief, het zoemen van de dynamo voor de elektrische verlichting en het knarsen van smeedijzer op staal. Terwijl de voorste, met spoorstaven beladen wagon vooruitschoof, waren alle ogen op Franklin Mowery gericht. De bejaarde bruggenbouwer keek aandachtig toe.

Isaac Bell hoorde hoe Eric, de bebrilde assistent van Mowery, zijn baas ophemelde. 'Meneer Mowery was net zo'n koele kikker toen hij de Lucin Cutoff van meneer Hennessy over de Great Salt Lake af had.'

'Maar,' zei een grijzende landmeter in het diepe ravijn turend, 'die brug lag een stuk dichter bij het water.'

Mowery leunde nonchalant op zijn wandelstok. Op zijn gezicht geen tekenen van emotie, geen zorgelijk trekje om zijn geprononceerde kaaklijn of een nerveuze trilling in zijn sik. Hij hield een koude, rookloze pijp stevig tussen zijn brede, vrolijk gekrulde lippen geklemd.

Bell bekeek Mowery's pijp. Toen de goederenwagon zonder incidenten de overkant bereikte, vierden de arbeiders dat met gejuich. Mowery haalde de pijp uit zijn mond en plukte wat splinters van de stukgebeten steel tussen zijn tanden uit.

'Je hebt me betrapt,' zei hij grinnikend tegen Bell. 'Bruggen zijn rare jongens, hoogst onvoorspelbaar.'

Rond middernacht lag er een dubbelspoor op de brug.

In een continue koortsachtige bedrijvigheid werden er tientallen zijsporen gelegd. Spoedig was het tegenoverliggende plateau omgetoverd in een bouwterrein met een rangeeremplacement. Hennessy's rode privétrein stak het ravijn over en werd op een verhoogd zijspoor gerangeerd, vanwaar de directeur van de Southern Pacific de gehele operatie kon overzien. Een constante stroom van materiaalwagons stak het ravijn over. Gevolgd door telegraafdraden, waarlangs het goede nieuws naar Wall Street werd verzonden.

Hennessy's telegrafist overhandigde Bell een papier met gecodeerde berichten.

Geen enkele telegrafist op het continent was zorgvuldiger gescreend dan J.J. Meadows van het Detectivebureau Van Dorn. 'Zo eerlijk als goud en plichtsgetrouw als geen ander,' luidde het verdict. Maar met de herinnering aan de verraderlijke telegrafist van de Saboteur die Texas Walt Hatfield had beschoten nog vers in het geheugen nam Bell geen enkel risico. Al zijn Van Dorn-correspondentie was gecodeerd. Hij ontsloot de deur van zijn privécoupé, twee wagons verderop in de privétrein, en ontcijferde de berichten.

Het waren de eerste resultaten van het onderzoek dat Bell had gelast naar een mogelijke spion in de dichtste kring rond de spoorwegdirecteur. Uit niets in het verslag over de hoofdingenieur van de Southern Pacific bleek dat hij onbetrouwbaar zou zijn. Hij was loyaal aan de Southern Pacific, loyaal aan Osgood Hennessy en loyaal aan de hoge normen die zijn vak aan hem stelde.

Hetzelfde gold voor Franklin Mowery. Het leven van de bruggenbouwer was een open boek dat uitpuilde van professionele prestaties. Naast het talrijke charitatieve vrijwilligerswerk dat hij deed was hij ook directeur van een Methodistenweeshuis.

Lillian Hennessy was opmerkelijk vaak gearresteerd voor een dergelijke jonge vrouw uit de hogere klasse, maar dat was uitsluitend bij demonstraties voor vrouwenkiesrecht. De aanklachten waren altijd weer ingetrokken. Als gevolg, zo nam Bell aan, van overijverig politie-ingrijpen of de macht van een liefhebbende vader die toevallig de directeur van de grootste spoorwegmaatschappij van het land was.

Van de twee bankiers die volgens Hennessy mogelijk zijn plannen hadden kunnen doorzien, was de ene ooit wegens fraude veroordeeld en werd de andere genoemd als betrokkene bij een echtscheiding. Een van de juristen was als advocaat geroyeerd in Illinois en de andere had een fortuin vergaard met spoorwegaandelen door ze te kopen met voorkennis van de plannen van de bewuste spoorwegmaatschappij. Bij nader onderzoek, vermeldden de rechercheurs van Van Dorn, was gebleken dat beide bankiers de overtredingen in hun jeugd hadden begaan, terwijl de geroyeerde advocaat later weer was toegelaten. Maar de bezitter van het fortuin, Erastus Charney, trok Bells aandacht, omdat hij duidelijk had gehandeld als iemand die van tevoren wist uit welke hoek de wind waaide. Bell telegrafeerde terug dat ze dieper in de antecedenten van Charney moesten spitten.

Het verbaasde Bell niet dat de energieke mevrouw Comden een kleurrijk leven had geleid voordat ze met het gezin van de spoorwegmagnaat in contact kwam. Als pianowonderkind maakte ze op haar veertiende haar concertdebuut met het New York Philharmonic, waarbij ze Chopins Concert voor piano en orkest no. 2 in F-mineur speelde; 'een onding om te spelen, hoe oud je ook bent,' had de Van Dorn-rechercheur erbij aangetekend. Ze was op tournee geweest door de Verenigde Staten en Europa, waar ze was gebleven en in Leipzig had gestudeerd. Ze was getrouwd met een rijke arts verbonden aan het Duitse hof, die zich van haar liet scheiden toen ze wegliep met een man van adel, een officier van de Eerste Garde Cavalerie Brigade. Ze hadden in Berlijn samengewoond tot de gechoqueerde familie ingreep. Daarna huwde Emma een armoedige portretschilder die Comden heette en van wie ze binnen het jaar weduwe was. Zonder een cent op zak en met de concertsuccessen ver achter zich was de weduwe Comden in New York aangekomen en doorgereisd naar New Orleans en San Francisco, waar ze op een advertentie had gereageerd waarin naar een gouvernante voor Lillian werd gezocht. Haar nomadische leven zette zich voort in de luxueuze privétrein van haar eeuwig rondreizende werkgever. Bij de zeldzame gelegenheden dat de prikkelbare Osgood zich in het sociale leven vertoonde was de lieftallige Comden steevast aan zijn zijde. En wee, had de Van Dorn-rechercheur erbij vermeld, de politicus, bankier of industrieel wiens vrouw het in haar hoofd haalde haar publiekelijk te schofferen.

Het leven van Charles Kincaid was aanzienlijk minder kleurrijk dan de kranten van Preston Whiteway de lezers wilden doen geloven. Hij had korte tijd techniek gestudeerd aan de militaire academie van West Point, was overgestapt naar civiele techniek aan de Universiteit van West-Virginia, had een vervolgstudie gedaan in civiele techniek aan de Technische Hochschule van München en had in dienst van een Duitse firma aan de aanleg van de Bagdad Spoorweg gewerkt. De feiten achter het hele 'Heldhaftige Technieker'-verhaal waren twijfelachtig. Dat Turkse revolutionairen Amerikaanse verpleegsters en missionarissen hadden lastiggevallen, die Armeense vluchtelingen verzorgden, was geloofwaardig. De verslagen in de kranten van Whiteway over de rol van Kincaid bij hun bevrijding waren dat, zoals de Van Dorn-rechercheur cynisch had genoteerd, 'in veel mindere mate'.

Bell zond nog twee vragen terug: 'Waarom had Kincaid zijn studie aan West Point afgebroken?' en 'Wie is Eric Soares?'

De assistent van Franklin Mowery was altijd aan zijn zijde. Alles wat de bruggenbouwer over de plannen van Hennessy wist, wist de jeugdige Eric ook.

Over jeugdige assistenten gesproken, waarom had James Dashwood er zo lang voor nodig om de hoefsmid te vinden die de haak had gemaakt waardoor de Coast Line Express was ontspoord? Isaac Bell herlas de uiterst gedetailleerde verslagen. Daarop stuurde hij een telegram naar de stagiair per adres het kantoor in Los Angeles.

HOEFSMID STOPTE MET DRINKEN
INFORMEER BIJ GEHEELONTHOUDERSBIJEENKOMSTEN

Van het kantoor in Kansas City ontving Isaac Bell een rapport waarin stond dat Eric Soares een wees was, wiens studie aan de Cornell University door Franklin Mowery was betaald die hem daarna als assistent had aangesteld. Volgens sommige bronnen was Soares een getalenteerd ingenieur, volgens andere had hij die voorspoedige carrièrestart volledig te danken aan de befaamd genereuze begunstiger.

Bell dacht na over het feit dat Mowery fysiek niet sterk en behendig genoeg was om al het veldwerk zonder hulp te kunnen doen. Eric deed de dingen die lichamelijke kracht vereisten, zoals het uitvoeren van inspecties op de brug. Hij telegrafeerde naar Kansas City dat ze verder moesten spitten.

'Een privételegram, meneer Bell.'

'Dank u, meneer Meadows.'

Bell liep met het telegram naar zijn coupé in de hoop dat het van Marion was. Dat was ook zo en hij schreeuwde het uit van blijdschap toen hij las:

WIL NIET – HERHAAL NIET – MET PRESTON WHITEWAY VOOR PICTURE WORLD JOURNAAL NAAR CASCADE LODGE. MAAR BEN JIJ DAAR NOG? ZO JA,
WAT WIL JIJ?

Bell ging bij Lillian Hennessy langs. Zijn bemoeienissen om de verliefdheid van de jonge vrouw voor hem te doen bekoelen en Archie Abbott van zijn moeder te bevrijden, leken succesvol. Sinds zijn terugkeer uit New York gingen hun gesprekken meestal over Abbott, en ze leek Bell nu meer als een broer of oudere neef te beschouwen. Nadat hij haar had gesproken, beantwoordde hij Marions telegram.

KOM! ALS HENNESY'S GAST IN ZIJN PRIVÉTREIN.

Terwijl Bell zijn onderzoek voortzette en zijn inspanningen om de Cascade Canyon Brug te beveiligen bleef aanscherpen, vorderden de werkzaamheden aan het spoor gestaag. Twee dagen nadat ze het ravijn waren overgestoken, had het bouwterrein op het plateau aan de overkant voldoende ruimte en sporen voor de opslag van de eindeloze rij goederenwagons die er met stalen spoorstaven, spoorspijkers, ballaststenen en kolen arriveerde. Een creosoteerinstallatie werd in delen aangevoerd. Hij werd opgebouwd naast de voorraad opgestapelde bielzen en spuwde al snel zwarte giftige wolken uit, terwijl het ruwe hout er aan de ene kant inging om er aan de andere kant doordrenkt van het conserveringsmiddel weer uit te komen.

De karren waarop de bielzen langs een kronkelend bergspoor van de verafgelegen East Oregon Lumber Company waren aangevoerd, brachten nu planken en balken. Een complete treinlading timmerlieden bouwde remises met tinnen daken voor de locomotieven, elektriciteitshuisjes voor de dynamo's, smederijen, keukens, kantines voor het werkvolk en stallen voor de muildieren en paarden.

Door de laatste tunnel, die via de brug verbonden was met de strategisch gepositioneerde bouw- en rangeerterreinen, kon Hennessy nu rechtstreeks uit Californië arbeiders en materiaal aanvoeren. De beveiliging van dit zeshonderdveertig kilometer lange traject inclusief de brug lag volledig in handen van de detectives van Van Dorn en de spoorwegpolitie van Southern Pacific. Isaac Bell drong er bij Joseph van Dorn op aan om troepen van het Amerikaanse leger in te schakelen om hun hiervoor te beperkte mankracht te versterken.

Een kleine dertien kilometer stroomopwaarts van de Cascade Canyon Brug klonk in de bossen van de East Oregon Lumber Company van 's morgens vroeg tot 's avonds laat het onophoudelijke gehak van dubbelbladige bijlen. Met moderne hoogwaardige takelconstructies werden de stammen langs de steile hellingen omhoog gesleept. Zogenaamde 'stoomezels', krachtige vaste stoomlieren, draaiden haspels rond met kabels waaraan de boomstammen over een met corduroy beklede glijbaan naar de houtzagerij werden getrokken. Daar werden de bielzen gezaagd, ge-kantrecht en op houtwagens over verschrikkelijk slechte wegen wegge-bracht. Wanneer het werk bij het invallen van de duisternis was gestopt, hoorden de afgepeigerde houthakkers in de verte het fluiten van de loco-motieven, wat hen eraan herinnerde dat de spoorwegbouw naar meer hout smachtte.

Voor de voermannen die het hout op het bouwterrein van de afkor-tingslijn afleverden, leek de afstand van het houthakkerskamp naar de brug eerder honderddertien kilometer in plaats van de daadwerkelijke der-tien. De bergwegen waren zo slecht dat Gene Garret, de ambitieuze en geestdriftige bedrijfsleider van de houtzagerij, blij was met de beurspaniek die de moeilijke tijden had ingeluid. Als het met de economie beter was gegaan, had hij nu een tekort aan personeel gehad. De muildiermenners hadden dan ergens anders werk gezocht en waren niet voor een nieuwe vracht de berg op gezwoegd. En de houthakkers die op zaterdagavond met boomstamkano's door de stroomversnellingen de rivier afzakten om het weekloon te verbrassen, zouden die dertien kilometer niet teruglopen om op zondag te werken.

Naast het afgelegen houthakkerskamp ontstond een enorm kunstmatig meer. Het modderige water steeg dagelijks langs de randen van een na-tuurlijke kom in de rivier de Cascade, die werd gevormd door drie naar el-kaar toelopende berghellingen. De vierde zijde was een grof uit rotsblok-ken en boomstammen opgetrokken dam. Deze stak zo'n vijftien meter boven het oorspronkelijke metselwerk uit dat daar jaren eerder voor de aandrijving van de zaagmachines was aangebracht. Nu kwam de stroom van de stoomezels die de nieuwe eigenaren van East Oregon Lumber met ossenkarren in delen hadden laten afleveren. De oorspronkelijke molen-kolk was verdwenen onder het steeds dieper wordende meer. De muildier-stallen, kantines en veldkeukens hadden ze twee keer voor het oprukkende water moeten verplaatsen.

De Saboteur was trots op die dam.

Hij had hem ontworpen volgens het principe van een beverdam, waar-mee het waterpeil kon worden geregeld zonder dat de stroming volledig werd gestopt. Bij zijn ontwerp maakte hij gebruik van dikke boomstam-men in plaats van takken, en manshoge keien in plaats van modder. De kunst was om de doorstroming van het rivierwater zodanig af te remmen dat het meer volliep, terwijl er voldoende water doorheen ging zodat de waterstand niet al te veel afweek van het normale peil. Als de waterstand van de rivier in het stadje Cascade al iets lager leek dan gebruikelijk in de late herfst, was dat maar weinig inwoners opgevallen. En door de bouw van de nieuwe Cascade Canyon Brug waren de oude hoogwatermarkeringen, waarmee het waterpeil van het langs de stenen pijlers razende rivierwater werd vergeleken, verdwenen.

De bedrijfsleider Garret zou zich geen moment afvragen waarom dat meer ontstond of waarom er zulke enorme investeringen werden gedaan voor een houtwinning die te verafgelegen lag om ooit winstgevend te kunnen zijn. De dekmantelfirma van de Saboteur die in het geheim de houtzagerij had gekocht, betaalde de bedrijfsleider een vette bonus voor iedere plank en biels die hij aan het spoor leverde. Voor Garret was alleen van belang hoe hij nog zo veel mogelijk werk uit zijn houthakkers kon persen als menselijk mogelijk was, voordat de sneeuw hen tot stoppen dwong.

Het meer bleef stijgen toen de talloze naar de rivier stromende kreken en beekjes door de heftige herfstregens buiten hun oevers traden. Met een cynisch gevoel voor humor noemde de Saboteur het meer Lake Lillian, naar de koppige jonge vrouw die hem bleef afwijzen. Hij berekende dat de diepe kom inmiddels al met meer dan een miljoen ton water was gevuld. Lake Lillian was een miljoen ton zware verzekeringspolis voor het geval de Cascade Canyon Brug niet uit zichzelf instortte door de zwakke plekken die hij erin had ingebracht.

Hij wendde zijn paard en reed zo'n anderhalve kilometer over een pad omhoog naar een hut, gelegen op een open plek bij een bron. Onder een met zeildoek afgedekt afdak stond brandhout opgestapeld. Er kringelde rook uit de van leem en stro opgetrokken schoorsteen. Het enige raam keek uit op het pad. De schietsleuven in alle vier de muren van de hut creëerden een schootsveld van driehonderdzestig graden.

Door de deur stapte Philip Dow naar buiten. Hij was een forse, kordate man van in de veertig, gladgeschoren, met een dikke bos krullerige zwarte haren. De uit Chicago afkomstige man was gekleed in een donker pak en een gleufhoed, wat bij de hut nogal uit de toon viel.

Zijn scherpe ogen en onbeweeglijke gezicht konden van een ervaren agent zijn, of van een scherpschutter uit het leger, of van een moordenaar. Hij was dat laatste, en had een beloning van tienduizend dollar op zijn hoofd staan, uitgeloofd door de Bond van Mijneigenaren aan wie hem dood of levend te pakken kon krijgen. In de loop van zestien jaar felle

Coeur d'Alene-stakingen had Philip Dow, zoals hij dat zelf uitdrukte, 'plutocraten, aristocraten en meer van dat soort ratten' vermoord.

Met zijn bedaarde aard, een aanleg voor leiderschap en een onbuigzaam eergevoel waarbij loyaliteit boven alles gaat, vormde Dow een zeldzame uitzondering op Charles Kincaids regel dat hij geen enkele handlanger die zijn gezicht had gezien in leven liet, en al helemaal niet als diegene zijn ware identiteit kende. Kincaid had hem een schuilplaats aangeboden toen het Dow na de moord op gouverneur Steunenberg in de smalle strook van Noord-Idaho te heet onder de voeten werd. Sindsdien zat de meester in het moorden met knuppels, messen, vuurwapens of springstoffen veilig in zijn hut in het houthakkerskamp van de Saboteur, aandoenlijk dankbaar en volstrekt loyaal.

'Isaac Bell komt vanavond voor het banket naar de herberg. Ik heb een plan voor een hinderlaag verzonnen.'

'Die smerissen van Van Dorn laten zich niet makkelijk uit de weg ruimen,' antwoordde Dow. Het was een zakelijke vaststelling, geen klacht.

'Is een van jouw jongens bereid om 't op zich te nemen?'

Dows 'jongens' waren een groep bikkelharde houthakkers die hij tot een machtige bende had gedrild. Een groot aantal van hen was op de vlucht voor justitie, vandaar dat dit afgelegen kamp van de East Oregon Lumber Company zo aantrekkelijk voor hen was. De meesten pleegden liever een moord voor geld dan zich hier met het hakken van hout af te beulen. Charles Kincaid trad nooit rechtstreeks met hen in contact – niemand wist van zijn betrokkenheid – maar onder Dows leiding vergrootten zij het bereik van de Saboteur, of het nu een aanslag op de spoorlijn betrof of het onder de knoet houden van zijn betaalde, maar soms onbetrouwbare handlangers. Hij had twee van hen op pad gestuurd met de opdracht in Santa Monica de hoefsmid die zijn gezicht had gezien, te vermoorden. Maar de hoefsmid was verdwenen en de houthakkers waren gevlucht. Het dun beboste, door de zon geteisterde zuiden van Californië was niet veilig voor gespierde, breed besnorde, in dikke wollen kleding gehulde woudlopers met prijsgeld op hun hoofd.

'Ik doe 't zelf,' zei Dow.

'Zijn meissie komt,' merkte de Saboteur op. 'Theoretisch gezien is hij dan afgeleid. Dat maakt het voor hen makkelijker om Bell uit z'n evenwicht te krijgen.'

'Toch doe ik het zelf, senator. Dit is wel het minste wat ik voor u kan doen.'

'Ik waardeer je vriendelijke inzet, Philip,' zei Kincaid, zich goed bewust dat Dows eergevoel een zekere archaïsche formele benadering vereiste.

'Hoe ziet Bell eruit? Ik heb over hem gehoord, maar heb 'm nooit onder ogen gehad.'

'Isaac Bell is ongeveer even groot als ik... iets groter eigenlijk. Dezelfde bouw als ik, hoewel misschien een tikje slanker. Streng gezicht, zoals je wel kent van wetsdienaren. Lichtblond haar en een snor. En uiteraard is hij voor het banket chic gekleed. Luister, dit is mijn plan. De vrouw verblijft in Hennessy's trein. Je kunt het beste laat toeslaan, nadat ze van het banket terug zijn. Hennessy heeft moeite met inslapen. Hij nodigt zijn gasten altijd nog uit voor een drankje...'

Ze gingen de hut binnen, die Dow vlekkeloos schoonhield. Op de met een lap zeildoek bedekte tafel spreidde de Saboteur een vel papier uit waarop de plattegrond van Hennessy's privétrein stond.

'Hier, vanaf de locomotief en de tender gezien: N1 is Hennessy's eigen wagon, evenals N2. De volgende is het bagagerijtuig waar een gang doorheen loopt. Dan krijg je de coupéwagons, Rijtuig 3 en Rijtuig 4, gevolgd door de restauratie, pullmanslaapwagons en de salon. Het bagagerijtuig vormt de afscheiding. Daar komt niemand zonder uitnodiging doorheen. De verloofde van Bell is in Rijtuig 4, coupé 4, de achterste. Bell zit in Rijtuig 4, coupé 1. Zij gaat eerst naar bed. Hij blijft nog even, om de schijn op te houden.'

'Waarom?'

'Ze zijn nog niet getrouwd.'

Philip Dow keek verbluft.

'Heb ik ergens iets gemist?'

'Net als een weekendje buiten de stad, alleen is dit een trein,' legde Kincaid uit. 'Een meegaande gastheer regelt de slaapkamers voor een rendezvous zodanig dat niemand te ver op z'n tenen door de gang hoeft te gaan. Iedereen weet 't natuurlijk, maar het is niet "algemeen bekend", als je begrijpt wat ik bedoel.'

Dow haalde zijn schouders op, alsof hij wilde zeggen dat het belangrijker was om aristocraten te vermoorden dan ze te begrijpen.

'Bell komt Rijtuig 4 aan de voorkant binnen als hij van Hennessy's salon terugkomt. Hij zal naar achteren doorlopen en op haar deur kloppen. Als ze die opent om hem binnen te laten, kom jij uit deze alkoof tevoorschijn, het hokje van de wagonbediende. Ik raad je aan je knuppel te gebruiken, omdat die geen geluid maakt, maar dat soort details laat ik uiteraard aan jou over.'

Nadenkend volgde Philip Dow de route met een gemanicuurde vinger. Voor zover hij gevoel voor iemand kon opbrengen, mocht hij de senator wel. Hij zou nooit vergeten dat de man het voor hem had opgenomen toen ieder ander hem voor de beloning zou hebben aangegeven. Bovendien wist Kincaid exact waar het op aankwam. Dit was een behoorlijk goed plan, helder en simpel. Hoewel de vrouw een probleem kon zijn. Met een beul die in Idaho al voor hem klaarstond, mocht hij niet het risico lopen te worden gepakt. Hij moest ook haar doden voor ze kon gillen.

De knuppel leek logisch. Een vuurwapen maakte uiteraard te veel herrie en als je met een mes niet heel precies toestak leverde dat een hoop geschreeuw op. Bovendien had hij, voor zover hij zich dat in zijn levenslange moorddadige destructiecarrière kon herinneren, bij elkaar meer vijanden met een knuppel gedood dan met een vuurwapen, mes of explosieven. Het geconcentreerde gewicht van een losjes bijeengebonden zak met loodhagel voegde zich zo strak naar de slaap van een mens dat over het algemeen het bot brak en de hersens er altijd door werden gekraakt.

'Mag ik u iets vragen, senator?'

'Wat?'

'U bent uit op de totale vernietiging van Osgood Hennessy, is 't niet?'

Kincaid keek weg zodat Dow niet in zijn ogen kon zien dat het maar een haartje had gescheeld of Dows schedel was door de pook van de haard verbrijzeld.

'Waarom vraag je dat?' vroeg Kincaid.

'Ik kan hem voor je doden.'

'O!' Kincaid glimlachte. Dow wilde alleen maar behulpzaam zijn. 'Dank je, Philip. Maar ik hou hem liever in leven.'

'Wraak,' zei Dow knikkend. 'U wilt dat hij ziet wat u met hem doet.'

'Klopt,' loog de Saboteur. Wraak was voor dwazen. Zelfs na duizend beledigingen was wraak de moeite niet waard. Door een vroegtijdige dood van Osgood Hennessy vielen al zijn plannen in duigen. Lillian, de erfgename van zijn fortuin, was pas twintig. Hennessy's bankiers zouden een successierechter omkopen om een voogd aan te wijzen die haar belangen behartigde. J.P. Morgan zou die gelegenheid te baat nemen en de Southern Pacific onder controle krijgen door Lillian Hennessy als pupil onder zijn hoede te nemen. En dat zou absoluut niet in Charles Kincaids plan passen om in de 'bevoorrechte elite' de absolute nummer één te worden.

Philip Dow had zijn aandacht weer op de plattegrond gericht. Hij voorzag een ander probleem. 'Wat als de wagonbediende in zijn hokje is?'

'Dat is op dat tijdstip niet erg waarschijnlijk. Is hij er wel, dan is het aan jou hoe je dat oplost.'

Philip Dow schudde zijn hoofd. 'Ik dood geen werkvolk. Alleen als het niet anders kan.'

De Saboteur keek hem onderzoekend aan. 'Hij is maar een bediende. En hij is ook niet blank.'

Dow stapte achteruit, zijn gezicht verstrakte, zijn ogen zo koud als antraciet. 'Het laagste baantje op de trein is het beste baantje dat hun soort mensen kan krijgen. Iedereen is de baas van de pullmanbediende. Dan is hij voor mij een echte arbeider.'

De Saboteur had nog nooit een vakbondsman meegemaakt die zwarten in de arbeidersbeweging verwelkomde. Hij haastte zich om de kwade moordenaar te sussen. 'Hier, dit is voor jou.'

Hij gaf Dow een zeskantige originele zilveren ster.

'Als jij er zo over denkt, Philip, is het 't veiligst als je hem gewoon van de trein af stuurt en dan laat je hem dit maar zien.'

Dow woog de badge op zijn hand en las de inscriptie.

'Commandant van de Southern Pacific Railway-politie?' Hij glimlachte, duidelijk opgelucht dat hij de wagonbediende niet hoefde te doden. 'De arme drommel stopt pas met rennen als hij in Sacramento is.'

36

Toen Marion Morgan uit San Francisco aankwam, had ze nog maar een uur voor aanvang van Preston Whiteways banket ter ere van Osgood Hennessy. Lillian Hennessy begroette haar aan boord van de privétrein en bracht haar naar haar coupé in Rijtuig 4. Ze bood aan om Marion met haar jurk te helpen, maar Isaac Bells verloofde had al snel door dat de mooie jonge erfgename voornamelijk bleef om haar over Archie Abbott uit te horen.

Isaac Bell was al naar het stadje gereden om de wachthuisjes te inspecteren die onder aan de pijlers van Cascade Canyon Brug stonden. Hij sprak streng met de wachtcommandant en herinnerde hem er voor de derde keer aan dat wachtposten met onregelmatige tussenpozen van plaats moesten veranderen, zodat een aanvaller nooit precies wist wat hem te wachten stond. Voorlopig gerustgesteld haastte hij zich naar de Cascade Lodge.

Het was een groot uit balken en planken opgetrokken gebouw, opgesmukt met opgezette jachttrofeeën, Navaho-tapijten, rustiek meubilair dat comfortabeler was dan het eruitzag en gaslampen met Louis Comfort Tiffany-kappen. Een band bracht de stemming erin met 'There'll Be a Hot Time in the Old Town Tonight', terwijl Bell de linnen overjas uittrok die hij over een donkerblauw single-breasted smokingjasje droeg. Niet veel later arriveerde Osgood Hennessy met mevrouw Comden, Lillian, Franklin Mowery en Marion.

Isaac vond dat Marion er verbluffend mooi uitzag in haar rode, laag uitgesneden jurk. Als hij haar nooit eerder had gezien, was hij nu op haar afgestapt en had haar ten huwelijk gevraagd. Haar groene ogen straalden. Ze had haar blonde haren hoog opgestoken en haar decolleté geraffineerd bedekt met de halsketting van robijnen die ze van hem voor haar verjaardag had gekregen. Ze had het verband over de snee in haar wang weggehaald en de wond met wat extra rouge voor iedereen behalve hem onzichtbaar gemaakt.

'Welkom in Cascades Canyon, miss Morgan,' begroette hij haar glimlachend en vormelijk, omdat er te veel mensen om hen heen waren om haar in zijn armen te nemen. 'Ik heb je nog nooit zo mooi gezien.'

'Wat ben ik blij om je te zien,' zei ze, eveneens glimlachend.

Preston Whiteway, die op de voet werd gevolgd door kelners met champagne en eruitzag alsof hij er zelf al een paar achter de kiezen had, kwam met een rood aangelopen gezicht haastig op hen af om hen te begroeten. 'Hallo, Marion.' Hij streek zijn golvende haardos glad. 'Wat zie je er fantastisch uit… O, hallo, Bell. Doet die Locomobile van u het nog?'

'Als een zonnetje.'

'Als u hem ooit wilt verkopen…'

'Nee, hoor.'

'Prima, eet smakelijk. Marion, ik heb jou tussen mij en senator Kincaid in gezet. We hebben een hoop zaken te bepraten.'

Osgood Hennessy mompelde: 'Dat regel ik wel even.' Waarop hij naar de hoofdtafel liep en doodkalm alle naambordjes verwisselde.

'Pa,' protesteerde Lillian. 'Dat doe je toch niet zomaar.'

'Als dit ter ere van mij is, kunnen ze me om te beginnen wel tussen de twee mooiste vrouwen hier aanwezig laten zitten, op jou na dan. Ik heb jou naast Kincaid gezet, Lillian. Het is afzien, maar iemand moet het doen. Bell, ik heb u tussen Whiteway en miss Morgan gezet, dan stopt dat gestaar van hem in haar jurk misschien. Oké, aan tafel!'

Nog voordat Philip Dow een voet op het reusachtige bouwterrein van de Cascades Canyon had kunnen zetten, werd hij door een spoorwegagent tegengehouden. 'Waar gaat dat heen, meneer?'

Dow richtte zijn kille ogen op de spoorwegsmeris en hield zijn zilveren ster op.

De agent struikelde bij het terugdeinzen haast over zijn eigen benen.

'Sorry, commandant. Ik had u niet meteen herkend.'

'Beter blo Jan dan dô Jan,' zei Dow, dolblij dat hij die badge had. Smerissen die hem dachten te herkennen, hadden de WANTED-posters goed bestudeerd.

'Kan ik u ergens mee van dienst zijn, commandant?'

'Ja. Hou dit tot morgenochtend voor uzelf. Hoe is uw naam, agent?'

'McKinney, sir. Darren McKinney.'

'Ik zal u positief in mijn rapportage vermelden, McKinney. U had me al gezien nog voordat ik me goed en wel op het terrein had vertoond. Goed werk.'

'Dank u, commandant.'

'Ga door met uw ronde.'

'Ja, sir.'

Terwijl hij energiek doorliep en erop vertrouwde dat hij er in zijn keurige pak met gleufhoed tussen de rangeerlocs en goederenwagons uitzag als een bevoegde aanwezige, stak Dow spoor na spoor over. Aan de rand glom het rood en goud van Osgood Hennessy's privétrein in het schelle schijnsel van de felle lampen. De privétrein van de directeur van de spoorwegmaatschappij stond op een verhoging met uitzicht over het gehele emplacement.

Tussen de verschillende gangen van het diner danste Bell met Marion.

'Wanneer mag ik je nou eindelijk de langzame Boston Waltz leren?'

'Niet als ze "There'll Be a Hot Time in the Old Town Tonight" spelen.'

Toen Preston Whiteway op hen afkwam om tussenbeide te komen, hield een scherpe blik van de Van Dorn-detective hem daarvan af en begaf hij zich met mevrouw Comden op de dansvloer.

Het dessert was een Baked Alaska, cake met roomijs verpakt in schuimgebak. Gasten die nog nooit ten oosten van de Mississippi waren geweest, bezwoeren dat deze niet onderdeed voor de Baked Alaska die in het beroemde Restaurant Delmonico's in New York werd geserveerd.

New York deed Lillian aan Archie Abbott denken.

'Je glimlach is betoverend,' zei Charles Kincaid, haar gedachten verstorend.

'Ik verheugde me op je toespraak,' reageerde ze.

Bell hoorde dat en keek haar olijk grijnzend aan.

Het viel Lillian op dat Isaac, ondanks de aanwezigheid van zijn lieftallige verloofde, stiller en serieuzer was dan anders. Bijna net zo stil als de nogal ongerust ogende Franklin Mowery. Hij maakte zich ergens zorgen over. Ze boog zich voor Kincaid langs om hem een geruststellend tikje op zijn hand te geven. Hij knikte afwezig. Op dat moment tikte Preston Whiteway met een lepel tegen een glas en de dubbele rij mollige roze gezichten rond de lange tafel keek verwachtingsvol op.

'Heren, en dames' – de krantenuitgever boog naar Emma Comden, Lillian Hennessy en Marion Morgan, de enige vrouwen in de herberg – 'ik ben vereerd dat u samen met mij dit saluut aan de voortreffelijke bouwers van de Southern Pacific Railroad wilt vieren. Om hen te laten merken dat wij, terwijl zij onvervaard naar hun uiteindelijk doel toewerken, met onze gebeden bij hen zijn, en ons te laten hopen dat onze diepe bewondering een aanmoediging zal zijn toch vooral door te gaan. Het zijn de bouwers die Amerika groot maken en wij zijn vereerd in het gezelschap te mogen verkeren van de meest doortastende bouwers van het Westen.'

Het luide 'Bravo!' van de overige aanwezigen weerkaatste tegen de dakspanten. De Californiërs stonden applaudisserend als één man op. Osgood Hennessy bedankte knikkend.

'Zoals we voor deze mannen klappen die zich met hart en ziel voor deze bouwwerken inzetten, hebben we nog iemand in deze prachtige dinerzaal die zich als leider met bezieling en wijsheid aan de toekomst van ons fantastische land wijdt. Ik doel hiermee uiteraard op onze goede vriend, senator Charles Kincaid, die naar ik meen zo dadelijk een aankondiging wil doen die de harten zal verwarmen van alle hier vanavond aanwezige mannen en vrouwen. Senator Kincaid.'

Kincaid stond op en nam glimlachend het applaus in ontvangst. Hij haakte zijn duimen onder zijn revers en wachtte tot het klappen was weggeëbd. Hij keek de kring bewonderende gezichten rond. Daarop draaide hij zich opzij en glimlachte naar Lillian, en keek vervolgens recht in het gezicht van Osgood Hennessy. Hierna richtte hij zijn aandacht op de koppen van de elanden en grizzlyberen die aan de houten muren hingen.

'Ik ben hier op uitnodiging van de succesvolste zakenlieden van Californië en Oregon. Mannen die hard hebben gewerkt om dit prachtige land te ontwikkelen. Inderdaad herinnert dit rustieke decor ons eraan dat onze belangrijkste taak hier in het Amerikaanse Westen gelegen is in het temmen van de natuur voor de welvaart van de gehele Verenigde Staten. De houtindustrie, de mijnen, landbouw en veeteelt, ze profiteren allemaal van de spoorwegen. Nu deze heren me hebben gevraagd om hen naar nieuwe prestaties ten faveure van ons prachtige land te leiden en het te beschermen tegen haar vijanden... Welnu, zij hebben dat bijzonder overtuigend gedaan.'

Hij liet zijn blik over de tafels gaan.

Het viel Bell op dat hij de voor politici belangrijke gave bezat om iedereen schijnbaar persoonlijk aan te kijken. Opeens keerde Kincaid zijn revers binnenstebuiten, waardoor de rood met witte speld KINCAID VOOR PRESIDENT, die hij Bell al had laten zien, voor iedereen zichtbaar was.

'*Ze hebben me overgehaald!*' zei hij, zijn knappe gezicht één en al glimlach. 'U hebt me overtuigd. Ik zal mijn land dienen zoals u, heren, dat wilt.'

'President?' vroeg Osgood Hennessy aan Bell, terwijl er een luid applaus losbarstte en de band begon te spelen.

'Lijkt er wel op, sir.'

'Van de Verenigde Staten?'

'Jazeker, meneer Hennessy,' riep Preston Whiteway uit. 'Wij, de hogere heren uit Californië, steunen senator Charles Kincaid, de Heldhaftige Ingenieur.'

'Nou, daar kijk ik van op.'

'Het verbaast mij ook!' schreeuwde een rijke hardhouthandelaar uit Marin County. 'Hij heeft ons peentjes laten zweten. We hebben hem praktisch moeten knevelen voordat hij toegaf.'

Preston Whiteway liet het lachen over zich heen gaan en zei toen: 'Ik geloof dat senator Kincaid hier nog een paar woorden over kwijt wil.'

'Een paar maar,' reageerde Kincaid. 'Ik zou graag de geschiedenis ingaan als de president die de kortste toespraken hield.' Nadat hij het gelach in ontvangst had genomen, vervolgde hij ernstig: 'Zoals u al zei, ik was vereerd maar heel terughoudend toen u de mogelijkheid voor het eerst naar voren bracht. Maar de afschuwelijke gebeurtenissen twee weken geleden in New Jersey en New York hebben me ervan overtuigd dat iedere staatsdienaar moet opstaan om het Amerikaanse volk te verdedigen tegen het Gele Gevaar. Die laaghartige ontploffing is veroorzaakt door een Chinees. De straten van de stad lagen bezaaid met gebroken ruiten. Het knarsen van de banden van de ambulances over al dat glas, toen ik de getroffenen te hulp schoot, zal ik nooit vergeten. Een geluid dat ik eveneens nooit meer zal vergeten...'

Isaac Bell luisterde aandachtig terwijl Kincaid in die trant doorging. Geloofde Kincaid zelf wat hij zei? Of was die waarschuwing voor het Gele Gevaar het soort politieke gebral dat zijn aanhangers van hem verwachtten? Bell keek naar Marion. Er glinsterde een schalkse twinkeling in haar ogen. Ze voelde zijn blik op haar gericht en sloeg, op haar lip bijtend, haar ogen neer. Lillian boog achter haar vader langs om haar iets toe te fluisteren en Bell zag dat beide vrouwen hun mond bedekten om een lach te verbergen. Hij was blij, maar niet verrast, dat ze goed met elkaar konden opschieten.

'... het Gele Gevaar dat ons bedreigt, de aanhoudende stroom Chinese immigranten, die Amerikaanse banen inpikken en Amerikaanse vrouwen angst aanjagen, was die afschuwelijke nacht in New York City opeens heel dichtbij. Om een of andere raadselachtige reden, waar geen enkele blanke ooit iets van zal begrijpen, bracht die laffe Chinees op een druk rangeerterrein vlak bij een dichtbevolkte stad ettelijke tonnen explosieven tot ontploffing...'

In de schaduw van een rij goederenwagons bekeek Philip Dow de verlichte ramen van de privétrein van de spoorwegdirecteur. Senator Kincaid had hem de etenstijden doorgegeven van het personeel dat in de trein werkte. Hij wachtte tot de avondmaaltijd voor de gasten was opgediend. Daarna klom hij, terwijl de serveerploeg zelf met de wagonbedienden en het overige blanke personeel in de bagagewagon zat te eten, de trein in aan de voorkant van Rijtuig 3. Hij controleerde de indeling van de Rijtuigen 3 en 4 en zocht naar vluchtroutes door de trein en uit de diverse wagons.

Het bediendehokje in Rijtuig 4 was een soort kast met een gordijn als deur. Het was volgestouwd met schone handdoeken en servetten, medicamenten tegen verkoudheid en katers, een schoenpoetskist en een petroleumstel voor het verwarmen van water. Dow schroefde een lichtpeertje los boven het deel van de gang dat hij door moest om bij Marion Morgans coupé 4 te komen. Vervolgens repeteerde hij zijn aanvalsplan.

Hij oefende hoe hij van achter het bediendengordijn de gang in de gaten kon houden, bestudeerde de route die Isaac Bell van de voorkant van de wagon naar achteren zou nemen. En daarna oefende hoe hij stil de gang in zou stappen en met de knuppel zou uithalen. Door de krappe ruimte die hij ter beschikking had, deed hij dat onderhands. Door de vaart van zijn aanloop en een lange uithaal ver naar achteren, zou de zware buidel met loodhagel Isaac Bells slaap met een dodelijke kracht treffen.

Isaac Bell drukte zijn vingers tegen zijn slaap.

'Hoofdpijn?' mompelde Marion.

'Gewoon de hoop dat deze "korte toespraak" gauw is afgelopen,' fluisterde hij terug.

'Anarchie?' schreeuwde Charles Kincaid, steeds kwader. 'Trouw aan de keizer? Wie weet wat er in zo'n Chinees omgaat? Haat tegen de blanken. Of krankjorum van het opium snuiven, zijn favoriete bezigheid...'

Zijn aanhangers sprongen applaudisserend overeind.

'Slaat de senator de spijker niet precies op de kop met het Gele Gevaar,' bulderde Preston Whiteway met een rode neus van de wijn in Osgood Hennessy's oor.

'We hebben de transcontinentale spoorlijn met John de Chinees gebouwd,' bracht Hennessy ertegen in. 'En dat maakt hem voor mij goed genoeg.'

Franklin Mowery stond van tafel op en mompelde, terwijl hij Whiteway strak aankeek: 'Als u weer eens met uw trein door de Donner Summit rijdt, let dan eens op hun steenhouwerswerk.'

Whiteway, niet van plan in te binden, keek Marion grijnzend aan. 'Ik wed dat de beste Isaac senator Kincaids verklaring van het gevaar zal beamen, aangezien hij de gevierde detective is die de door opium verdwaasde Chinees heeft gestopt.'

Bell vond dat Whiteways gegrijns naar Marion gevaarlijk op gelonk begon te lijken. Dat wil zeggen, gevaarlijk voor Whiteway.

'De motivatie schijnt geld te zijn geweest,' reageerde Bell ernstig en Marions trap onder de tafel ontwijkend, vervolgde hij: 'Er is geen enkel bewijs dat de man die hem heeft betaald iets sterkers rookt dan tabak.'

Mowery pakte zijn wandelstok en liep trekkebenend naar de uitgang.

Bell snelde voor hem uit om de deur voor hem open te houden, aangezien zijn jonge assistent niet voor het banket was uitgenodigd. Mowery kloste de overdekte veranda op en leunde op de balustrade, vanwaar hij op de rivier uitkeek.

Bell bekeek hem nieuwsgierig. De ingenieur gedroeg zich de hele dag al vreemd. Nu staarde hij naar de pijlers van de brug, die door elektrische booglampen werden verlicht. De oude man leek gehypnotiseerd.

Bell voegde zich bij hem aan de balustrade.

'Schitterend gezicht vanaf hier, hè.'

'Wat? Ja, ja, natuurlijk.'

'Is er iets, sir? Voelt u zich niet goed?'

'Het water stijgt,' zei Mowery.

'Het heeft veel geregend. Ik geloof zelfs dat het net weer begint.'

'De regen maakt het alleen maar erger.'

'Pardon, sir?'

'Al duizenden jaren stroomt de rivier langs een steile hellingshoek de bergen uit,' antwoordde Mowery alsof hij voorlas uit een leerboek. 'Bij zo'n hellingsgraad sleurt het water ontelbare tonnen puin mee. Schurende materialen: aarde, zand, kiezels, keien. Ze schrapen het rivierbed steeds dieper en breder uit. Daarbij sleuren ze weer nieuw puin los. Waar de hellingshoek afneemt, blijft het materiaal liggen. Wanneer de rivier over een vlakte stroomt, zoals hier bij dit stadje, gaat hij vertakken en meanderen. Alle vertakkingen verweven zich met elkaar als een vlecht. Tot ze weer bijeenkomen zoals hier in dit ravijn, waarbij er tonnen en tonnen aan sediment wordt afgezet. Alleen God weet hoeveel er tussen hier en het vaste gesteente ligt.'

Opeens keek hij Bell recht in de ogen. Zijn eigen gezichtstrekken leken in het harde elektrische licht uitgemergeld als een schedel.

'In de Bijbel staat dat alleen een dwaas zijn huis op zand bouwt. Maar er wordt niet bij verteld wat te doen als we geen andere keus hebben dan op zand te bouwen.'

'Ik neem aan dat we daar ingenieurs voor hebben.' Bell glimlachte hem bemoedigend toe, omdat hij voelde dat de ingenieur hem iets probeerde te zeggen wat hij nauwelijks durfde uit te spreken.

Mowery grinnikte maar glimlachte niet. 'Je slaat de spijker op z'n kop. Dat is waarom we op ingenieurs vertrouwen.'

De deur achter hen ging open.

'We gaan terug naar de trein,' zei Marion. 'Meneer Hennessy is moe.'

Ze bedankten hun gastheren en namen afscheid. Charles Kincaid liep met hen mee, waarbij hij Franklin Mowery zijn arm gaf om op te steunen. Isaac pakte Marions hand terwijl ze door de regen naar de voet van het steile vrachtspoor liepen.

'Ik begin de vermoeidheid van de reis te voelen en duik meteen m'n bed in,' fluisterde ze.

'Niet te moe, hoop ik, voor nog een klopje op de deur?'

'Als jij 't niet doet, klop ik bij jou.'

Ze stapten in de personenwagon van de Slangenlijn, waarmee ze waren gekomen. De drie motoren voorin en de twee achterin brachten hen puffend traag door de vele haarspeldbochten langs de steile helling omhoog naar het plateau, waar Hennessy's privétrein met uitnodigend verlichte ramen op het verhoogde zijspoor stond.

'Kom binnen, heren,' commandeerde Hennessy. 'Cognac en sigaren.'

'Ik dacht dat je moe was,' zei Lillian.

'Doodmoe van zwetsende zakenlieden,' reageerde Hennessy. 'Dames, voor jullie is er champagne in de restauratie, terwijl de heren een rokertje opsteken.'

'Zo kom je niet van me af,' zei Lillian.

Ook mevrouw Comden bleef en ging stilletjes in een hoekje zitten borduren.

Marion Morgan zei welterusten en zocht haar coupé op.

Isaac Bell observeerde Kincaid nog altijd aandachtig, intussen een geschikt moment afwachtend waarop hij zich met goed fatsoen kon verontschuldigen.

Philip Dow gluurde langs het gordijn toen hij iemand aan de voorkant het coupérijtuig hoorde betreden. Hij zag een mooie vrouw recht op het bediendehokje afkomen. Ze droeg een rode jurk en een brede halsketting van rode robijnen. Het op zo'n manier tentoonspreiden van rijkdom wekte over het algemeen een intuïtieve woede in de vakbondsman op. Maar hij was onder de indruk van haar gelukkige glimlach. Zulke mooie vrouwen als zij met haar stroblonde haren, slanke hals, smalle taille en zeegroene ogen glimlachten altijd alsof ze zichzelf feliciteerden met hun uiterlijk. Maar bij haar was het anders. Zij glimlachte van geluk.

Hij hoopte dat ze niet bij Marion Morgans deur zou stoppen. Hij zag ertegenop om zo'n mooie vrouw te moeten doden. Maar ze stopte en ging coupé 4 binnen. Hij had nog nooit een vrouw gedood. En dat wilde hij zo houden. Vooral in dit geval. Maar hij zag ook niet uit naar een ontmoeting met de beul.

Snel veranderde hij zijn aanvalsplan. In plaats van te wachten tot ze opendeed wanneer Isaac Bell aanklopte, zou hij toeslaan op het moment dat hij zijn hand ophief om aan te kloppen. Bell zou minder afgeleid zijn dan wanneer hij haar even later in zijn armen nam. De detective zou meer op zijn hoede zijn voor een aanval, maar dat was de prijs die Dow bereid was te betalen om haar niet te hoeven doden. Hij schoof zijn revolver achter zijn riem opdat hij hem snel kon trekken indien Bell de knuppel kon ontwijken. Een schot zou het moeilijker maken om weg te komen, maar ook die prijs zou hij betalen om de vrouw niet te hoeven doden. Tenzij ze hem geen keus liet.

37

Isaac Bell zag dat senator Kincaid zijn mond verwrong van afschuw toen Lillian Hennessy zich als een moderne vrouw manifesteerde. Niet alleen weigerde ze weg te gaan toen de heren een sigaar opstaken, ze stak er ook zelf een op en zei tegen haar vader: 'Als de dochter van president Roosevelt mag roken, dan mag ik 't ook.'

Het irriteerde Hennessy niet minder dan de senator. 'Ik wens de naam van die megalomane, opportunistische, zichzelf verheerlijkende branie-schopper hier in mijn trein niet te horen.'

'Je mag jezelf gelukkig prijzen dat ik alleen maar rook. Alice Roosevelt staat er ook om bekend dat ze de party's in het Witte Huis gehuld in een python opluistert.'

'Roosevelt die 't met slangen doet, nou, dat ben ik ontgroeid.'

Senator Kincaid moest er hartelijk om lachen.

Bell had al gemerkt dat de senator ervan uitging dat hij met zijn KINCAID VOOR PRESIDENT-speld in Hennessy's achting was gestegen. Het viel hem ook op dat Hennessy de potentie van de senator leek te her-overwegen.

'Vertel eens, Kincaid,' vroeg de spoorwegdirecteur in alle ernst, 'wat gaat u doen als u tot president wordt gekozen?'

'Dat leer je terwijl je 't doet,' antwoordde Kincaid botweg. 'Net zoals u het vak van spoorwegdirecteur gaandeweg hebt geleerd.'

Mevrouw Comden bemoeide zich ermee. 'Meneer Hennessy heeft het vak van spoorwegondernemer niet geleerd. Hij doceert het.'

'Ik laat me graag corrigeren.' Kincaid glimlachte stijfjes.

'Meneer Hennessy is de spoorwegen van Amerika aan het monopoliseren.'

Hennessy suste haar met een glimlach. 'Mevrouw Comden is heel kien met woordgebruik. Ze heeft in Europa gestudeerd, moet u weten.'

'Dat is aardig van je, Osgood. Ik heb in Leipzig gestudeerd, maar alleen muziek.' Ze borg haar borduurwerk op in een met satijn gevoerde tas. Daarna stond ze op uit haar fauteuil en verliet met een 'Blijft u alstublieft zitten, heren' het vertrek.

Ze zwegen, hun sigaren paffend en van de cognac nippend.

'Nou, ik denk dat ik ook maar eens ga,' zei Isaac Bell.

'Voordat u gaat,' zei Kincaid, 'moet u ons nog even vertellen hoe het met de jacht op die zogenaamde Saboteur staat.'

'Verdraaid goed!' antwoordde Hennessy voor hem. 'Bell heeft een radicaal einde aan het moorden gemaakt.'

Bell klopte met zijn knokkels op zijn leunstoel. 'Afkloppen, sir. We hebben nu een paar keer geluk gehad.'

'Als u hem hebt gestopt,' zei Kincaid, 'dan bent u dus klaar met uw werk hier.'

'Ik ben hier pas klaar als hij is gepakt. Hij is een moordenaar. En hij bedreigt de levens van duizenden mensen. Hoeveel mensen zei u dat u in dienst hebt, meneer Hennessy?'

'Honderdduizend.'

'Meneer Hennessy is bescheiden,' zei Kincaid. 'Als je alle toeleveringsbedrijven waarin hij een meerderheidsbelang heeft meerekent, houdt hij meer dan een miljoen mensen aan het werk.'

Bell keek naar Hennessy. De spoorwegdirecteur sprak deze enorme bewering niet tegen. Bell was vol bewondering. Zelfs terwijl hij zo in beslag werd genomen door de gigantische inspanningen van de aanleg van de afsnijdingslijn, bleef de oude man zijn imperium uitbreiden.

'Zolang u hem nog niet te pakken hebt,' vroeg Kincaid, 'wat denkt u dat zijn volgende stap zal zijn?'

Bell glimlachte een glimlach die zich niet in zijn ogen weerspiegelde. Hij dacht terug aan de vorige woordenwisseling met Kincaid, het gesprek dat ze aan tafel tijdens hun spelletje poker hadden gevoerd. 'Dat is voor u eenzelfde gok als voor mij, senator.'

Kincaid glimlachte net zo koeltjes terug. 'Ik dacht dat de gok van een detective toch beter was dan die van mij.'

'Laat maar horen.'

'Ik gok dat hij een aanslag op de Cascade Canyon Brug pleegt.'

'Daarom wordt die ook zwaar bewaakt,' zei Hennessy. 'Hij heeft een leger nodig om in de buurt te kunnen komen.'

'Waarom denkt u dat hij het op de brug heeft voorzien?' vroeg Bell.

'Iedere dwaas kan zien dat de Saboteur, wie hij ook is – anarchist, buitenlander of staker –, weet hoe hij gegarandeerd de meeste schade aanricht. Hij is duidelijk een briljant ingenieur.'

'Die gedachte is al bij meer mensen opgekomen,' zei Bell droogjes.

'U ziet iets over het hoofd, meneer Bell. Zoek naar een civiel ingenieur.'

'Iemand zoals uzelf?'

'Ik niet. Zoals ik u laatst al heb gezegd, ik heb de opleiding en ik ben vakbekwaam, maar zeker niet briljant.'

'Wat maakt een ingenieur briljant, senator?'

'Goede vraag, Bell. Stel die maar aan ingenieur Mowery, die is briljant.'

Mowery, die gewoonlijk heel spraakzaam was, had vrijwel geen woord meer gezegd sinds Bell in de schaduw van de brug met hem had gesproken. Hij wimpelde Kincaid met een ongeduldig gebaar af.

Kincaid wendde zich tot Hennessy. 'Een spoorwegdirecteur kan hem misschien het beste beantwoorden. Wat maakt een ingenieur briljant, meneer Hennessy?'

'Spoorwegtechniek is niets meer dan het beheersen van hellingen en water. Hoe vlakker je ballastbed, hoe sneller je trein.'

'En water?'

'Water zal er alles aan doen om je ballastbed weg te vagen als je het niet omleidt.'

'Ik stel de vraag aan u, senator,' zei Bell. 'Wat maakt een ingenieur briljant?'

'Onzichtbaarheid,' antwoordde Kincaid.

'Onzichtbaarheid?' herhaalde Hennessy met een verbaasde blik naar Bell. 'Waar hebt u het in hemelsnaam over, Kincaid?'

'Geheimhouding. Stilzwijgen. Vernuft.' Kincaid glimlachte. 'Ieder project vereist compromissen. Stevigheid versus gewicht. Snelheid versus kosten. Wat een ingenieur met zijn ene hand binnenhaalt, geeft hij met de andere op. Een briljant ingenieur verbergt de compromissen. Je zult het in zijn werk nooit zien. Neem nu de brug van meneer Mowery. Voor het oog van een vakman zijn de compromissen onzichtbaar. Hij staat er gewoon.'

'Onzin,' gromde Franklin Mowery. 'Het is gewoon wiskunde.'

'Maar u hebt me laatst na het ongeluk bij de Diamond Canyon Loop toch zelf over bouwtechnische compromissen verteld,' zei Bell tegen Mowery. 'Wat denkt u, sir? Is de Saboteur een briljant ingenieur?'

Mowery pulkte afwezig aan het puntje van zijn baard. 'De Saboteur heeft duidelijk laten zien dat hij verstand heeft van geologie, springstoffen, het ballastbed en niet te vergeten het gedrag van locomotieven. Als hij geen ingenieur is, is hij zijn roeping misgelopen.'

Emma Comden kwam terug, tot aan haar kin in een bontjas gehuld. De kraag omlijste haar mooie gezicht. Over haar haren droeg ze een bijpassende bontmuts en haar donkere ogen straalden.

'Kom, Osgood. Een klein wandelingetje langs het spoor.'

'Waarom dat nou weer?'

'Een beetje naar de sterren kijken.'

'Sterren? Het regent.'

'De bui is overgetrokken. De lucht is schitterend.'

'Het is te koud,' klaagde Hennessy. 'Bovendien, ik moet telegrammen versturen zodra Lillian die verdomde sigaret heeft uitgedrukt en haar opschrijfboekje pakt. Kincaid, wandelt u met mevrouw Comden mee, als u wilt. Beste man.'

'Natuurlijk. Met alle plezier, als altijd.' Kincaid pakte zijn jas en bood mevrouw Comden zijn arm aan, waarna ze samen de treden naar het ballastbed afdaalden.

Bell stond op, vol ongeduld om naar Marion te gaan. 'Nou, dan laat ik u verder alleen met uw werk, sir. Ik ga naar bed.'

'Blijf nog even zitten... Lillian, wil je ons excuseren?'

Ze keek verbaasd, maar protesteerde niet en trok zich terug in haar coupé in de *Nancy No. 2.*

'Nog iets drinken?'

'Ik heb genoeg gehad, dank u, sir.'

'Dat is een leuke vrouw met wie u zich heeft verbonden.'

'Dank u, sir. Ik mag me heel gelukkig prijzen.' En hopelijk, dacht hij bij zichzelf, ga ik nu heel gauw merken hoe gelukkig.

'Dat doet me aan mijn vrouw denken... en zij was geen katje om zonder handschoenen aan te pakken... Maar wat weet u over uw vriend Abbott?'

Bell keek hem verwonderd aan. 'Archie en ik zijn al bevriend sinds onze studietijd.'

'Wat is hij voor iemand?'

'Ik moet u vragen waarom u dat wilt weten. Hij is mijn vriend.'

'Ik begrijp dat mijn dochter een oogje op hem heeft.'

'Heeft ze u dat verteld?'

'Nee. Dat weet ik van een andere bron.'

Bell dacht een ogenblik na. Mevrouw Comden was niet in New York geweest, maar was met Hennessy in het Westen gebleven. 'Omdat u mij naar mijn vriend vraagt, moet ik u vragen van wie u dat weet.'

'Kincaid. Wie dacht u dan? Hij was met haar in New York, waar ze Abbott heeft ontmoet. Begrijp me alstublieft goed, Bell, ik ben me heel goed bewust dat hij er alles aan zal doen om een naar haar hand dingende rivaal in diskrediet te brengen... Een hand die hij over mijn lijk niet krijgt.'

'En ook niet over dat van Lillian, neem ik aan,' zei Bell, wat bij Hennessy een glimlach ontlokte.

'Hoewel,' vervolgde Hennessy, 'ik moet toegeven dat dat presidentverhaal een frisse benadering van hem is. Misschien heb ik Kincaid toch onderschat...' Hij schudde zijn hoofd van verbazing. 'Ik heb altijd gezegd dat ik liever een baviaan in het Witte Huis heb dan Theodore Roosevelt. We moeten voorzichtig zijn met wat we willen. Maar Kincaid is dan in elk geval míjn baviaan.'

'Als u een baviaan in het Witte Huis accepteert,' vroeg Bell, 'zou u, vooropgesteld dat hij inderdaad uw baviaan is, hem dan wel als schoonzoon willen hebben?'

Hennessy ontweek die vraag en zei alleen: 'Ik vraag u naar uw vriend Abbott, omdat ik, als ik me over huwelijkskandidaten een mening moet vormen, wil weten wat de mogelijkheden zijn.'

'Oké, sir. Nu begrijp ik het. Ik zal u vertellen wat ik weet over Archie Abbott – Archibald Angell Abbott IV. Hij is een voortreffelijke detective, een meester in het vermommen, behendig met zijn vuisten, bliksemsnel met een mes, dodelijk met een vuurwapen en een trouwe vriend.'

'Iemand met wie je in zee kan gaan?' vroeg Hennessy glimlachend.

'Zonder voorbehoud.'

'En zijn materiële positie? Is hij zo arm als Kincaid beweert?'

'Hij leeft van zijn salaris als detective,' antwoordde Bell. 'Zijn familie is in de beurspaniek van '93 alles kwijtgeraakt. Zijn moeder woont bij haar schoonfamilie in huis. Daarvoor waren ze in redelijk goede doen, zoals veel oude New Yorkse families in die tijd, met een mooi huis in een goede buurt.'

Hennessy keek Bell indringend aan. 'Is hij op geld uit?'

'Twee keer heeft hij rijke jongedames de bons gegeven, terwijl hun moeders dolgraag hadden gezien dat ze met iemand uit zo'n illustere familie als de Abbotts waren getrouwd. De ene was het enige kind van een man die een stoomvaartmaatschappij bezat, en de andere de dochter van een textielmagnaat. Hij had ze alleen maar hoeven vragen. In beide gevallen had hun vader duidelijk gemaakt dat hij hem in de zaak zou nemen of dat hij, als hij liever niet wilde werken, simpelweg op een toelage van hem kon rekenen.'

De oude man staarde hem strak aan. Bell keek rustig terug.

Ten slotte zei Hennessy: 'Ik appreciëer uw openhartigheid, Bell. Ik leef niet eeuwig en ik ben zo'n beetje de enige familie die ze heeft. Ik wil dat ze in goede handen is voordat er iets met mij gebeurt.'

Bell kwam overeind. 'Lillian kan 't een stuk slechter treffen dan met Archie Abbott.'

'De First Lady van de Verenigde Staten van Amerika, dat kan ook heel wat slechter.'

'Ze is een bijzonder begaafde jonge vrouw,' reageerde Bell neutraal. 'Ze kan iedereen aan met wie ze te maken krijgt.'

'Ik wil niet dat dat nodig is.'

'Natuurlijk wilt u dat niet. Welke vader wil dat wel? Maar mag ik ú nu iets vragen, sir?'

'Ga je gang.'

Bell ging weer zitten. Hoe graag hij ook naar Marion wilde, hij zat met een vraag in zijn maag waarop hij een antwoord wilde.

'Denkt u echt dat senator Kincaid een kans heeft op die kandidatuur?'

Charles Kincaid en Emma Comden waren zwijgend langs de onophoudelijk sissende stoomlocomotief van de privétrein gelopen en daarna langs het emplacement de nacht in gewandeld, tot ver buiten het schijnsel van de elektrische lampen. Waar het ballastbed voor de nieuwe rails eindigde, stapten ze op de pas net vrijgemaakte bosgrond die al voor de aanleg van het spoor was afgevlakt.

Er fonkelde een machtige sterrenhemel in de dunne berglucht. De Melkweg lag als een witte rivier in de duisternis. Mevrouw Comden sprak Duits. Haar stem klonk gesmoord door het bont van haar kraag.

'Pas wel op dat je het niet te ver doordrijft.'

Kincaid reageerde in het Engels. Zijn Duits, dat hij had opgedaan gedurende zijn tienjarige studietijd in Duitsland en de jaren dat hij voor

Duitse firma's aan de bouw van de Bagdad Spoorweg werkte, was net zo goed als dat van haar, maar het laatste wat hij wilde was dat iemand zou doorvertellen dat hij hem in een buitenlandse taal met de maîtresse van Osgood Hennessy had horen praten.

'We verslaan ze,' zei hij, 'lang voordat ze erachter komen wie we zijn en wat we willen.'

'Maar bij alles wat je nu nog doet, loopt Isaac Bell je voor de voeten.'

'Bell heeft geen flauw benul wat ik voor hem in petto heb,' zei Kincaid smalend. 'Ik ben er zo dichtbij, Emma. Mijn bankiers in Berlijn zitten klaar om toe te slaan zodra ik de Southern Pacific Company failliet heb laten gaan. Mijn geheime houdstermaatschappijen kopen die dan voor een grijpstuiver op en zo verwerf ik een meerderheidsbelang in alle spoor-wegmaatschappijen van Amerika. Dankzij de imperiumopbouw van Osgood Hennessy. Niemand kan me tegenhouden.'

'Isaac Bell is niet gek. En Osgood ook niet.'

'Waardige tegenstanders,' vond ook Kincaid, 'maar steeds een paar stappen achter.' En wat Bell betreft, dacht hij zonder het uit te spreken, die overleeft hoogstwaarschijnlijk zelfs de nacht niet eens, wanneer Philip Dow net zo dodelijk accuraat is als altijd.

'Ik moet je waarschuwen dat Franklin Mowery zich steeds meer zorgen over zijn brug maakt.'

'Te laat om er nog iets aan te doen.'

'Ik ben zo bang dat je roekeloos wordt. Zo roekeloos dat ze ons pakken.'

Kincaid keek omhoog naar de sterren en mompelde: 'Dat kunnen ze niet. Ik heb zo mijn geheime wapens.'

'Wat voor geheime wapens zijn dat?'

'Jij, om te beginnen, Emma. Jij die me alles vertelt wat ze van plan zijn.'

'En wat heb ik daaraan?' vroeg ze.

'Alles wat je met geld kunt kopen, zodra we hebben gewonnen.'

'En wat als ik iets wil – of iemand – die niet voor geld te koop is?'

Kincaid schoot in de lach. 'Ik ben dan heel gewild. Je zult in de rij moe-ten aansluiten.'

'In de rij...?' Emma Comden hief haar sensuele gezicht op in het sterren-schijnsel. Haar ogen glinsterden ontstemd. 'En wat is je andere geheime wapen?'

'Dat is geheim,' antwoordde Kincaid.

In het onwaarschijnlijke geval dat Bell de aanslag op de een of andere manier zou overleven en het geluk had hem nog eens dwars te kunnen zitten, was het te riskant om haar over 'Lake Lillian' te vertellen.

'Heb jij geheimen voor mij?' vroeg ze.

'Doe niet zo beledigd. Je weet dat jij de enige bent die ik ooit de macht heb gegeven om me te verraden.'

Hij zag er het nut niet van in om Philip Dow te noemen. Net zoals hij Dow nooit iets zou vertellen over zijn affaire met Emma, die jaren geleden was begonnen, nog voordat ze de maîtresse van de spoorwegdirecteur werd.

Er speelde een bits glimlachje om haar lippen. 'Je bent de verschrikkelijkste vent die ik ooit heb ontmoet, Charles. Maar ik zal je nooit verraden.'

Kincaid keek opnieuw om zich heen om er zeker van te zijn dat niemand hen zag. Vervolgens schoof hij een arm onder haar jas en trok haar tegen zich aan. Het verbaasde hem absoluut niet dat ze niet tegenstribbelde. Ook verbaasde het hem niet dat ze al haar kleren had uitgetrokken voordat ze zich in haar bont had gehuld.

'En wat hebben we daar?' vroeg hij met een van verlangen verstikte stem.

'De voorkant van de voorste in de rij,' antwoordde mevrouw Comden.

38

'Als het op politiek aankomt,' bromde Osgood Hennessy als antwoord op Isaac Bells vraag, 'geloof ik dat alles mogelijk is.'

'Ik meen 't serieus, sir,' zei Bell. 'Gelooft u dat Kincaid echt een kansrijke kandidaat is voor het presidentschap?'

'Politici kunnen zichzelf alles wijsmaken wat maar in ze opkomt. Of hij gekozen kan worden? Ik neem aan van wel. Kiezers doen de raarste dingen. Godzijdank mogen vrouwen niet stemmen. Dan zou hij alleen al om dat knappejongensuiterlijk van hem gekozen worden.'

'Maar zou hij genomineerd kunnen worden?' drong Bell aan.

'Dat is de echte vraag.'

'Hij heeft Preston Whiteway achter zich. Dus Whiteway ziet wel een mogelijkheid.'

'Die volksmenner deinst nergens voor terug als het om het verkopen van kranten gaat. Vergeet niet, "Kincaid als president" zorgt, of hij wint of verliest, voor krantenkoppen tot aan de laatste avond van de conventie.'

Bell somde diverse namen op van Californische zakenlieden in de groep van Whiteway. 'Denken ze echt dat ze Kincaid langs de bekende partijbonzen kunnen werken?'

Osgood Hennessy giechelde cynisch. 'Succesvolle zakenlieden denken dat ze succes hebben omdat ze intelligent zijn. Feit is dat de meeste zakenlieden leeghoofden zijn, op dat ene kleine slimmigheidje na waarmee ze hun geld verdienen. Maar ik begrijp niet waarom ze niet volstrekt tevreden zouden zijn met William Howard Taft. Natuurlijk weten ze dat ze de verkiezing van de Democraten en die populistische maniak William Jennings Bryan verliezen als de partij uiteenvalt. Mijn god, misschien genieten ze gewoon van een gratis uitstapje op kosten van Whiteway.'

'Misschien,' zei Bell.

'Waarom vraagt u dit?' vroeg Hennessy, waarbij hij Bell met een sluwe blik opnam.

'Het klopt gewoon niet,' reageerde Bell.

'U probeert toevallig toch niet om de rivaal van uw vriend in de strijd om de hand van mijn dochter zwart te maken?'

Bell stond op. 'Ik ben niet geniepig. Of slinks. Ik zeg u hier en nu, recht in uw gezicht, dat uw dochter beter verdient dan Charles Kincaid. Goedenacht, sir.'

'Wacht,' zei Hennessy. 'Wacht… wacht… ik bied mijn excuses aan. Dat was ongepast en duidelijk niet waar. U bent recht door zee. Het spijt me. Ga zitten. Hou deze oude man nog even gezelschap. Emma kan ieder moment van haar wandeling terugkomen.'

Charles Kincaid bracht Emma Comden tot aan de deur van de dubbele coupé die ze met Osgood Hennessy deelde. Ze hoorden dat Bell en Hennessy nog in de salon aan de voorkant van de wagon zaten te praten.

'Dank u voor deze wandeling naar de sterren, senator.'

'Het was me zoals altijd een waar genoegen. Goedenacht, mevrouw Comden.'

Ze gaven elkaar een kuise hand. Daarna begaf Kincaid zich naar zijn eigen coupé, een aantal wagons verder naar achteren in de trein. Zijn knieën knikten, het gebruikelijke effect dat Emma Comden op hem had, het duizelde hem nog, en pas nadat hij zijn deur had geopend en weer achter zich had gesloten, merkte hij dat er iemand in de leunstoel zat. Dow? Op de vlucht voor een achtervolger? Onmogelijk. Volgens de strenge normen van de moordenaar zou hij eerder zichzelf door zijn hoofd schieten dan zelfs maar het risico te lopen een vriend te verraden. Kincaid trok zijn pistool uit zijn zak en deed het licht aan.

'Kiekeboe, senator,' zei Eric Soares.

'Hoe bent u hier binnengekomen?' vroeg Kincaid aan de ingenieur.

'Het slot geforceerd,' antwoordde hij achteloos.

'Waarom dat in godsnaam?'

Soares zette zijn draadbril af en begon die omstandig met zijn zakdoek te poetsen. Ten slotte zette hij hem weer op, draaide aan de puntjes van zijn krulsnor en antwoordde: 'Chantage.'

'Chantage?' herhaalde Kincaid verwoed nadenkend.

Als senator Kincaid wist hij dat Eric Soares de assistent van Franklin Mowery was. Maar als de Saboteur wist hij ook dat Soares de voor Mowery bestemde inspectierapporten vervalste die de toestand van de stenen funderingen van de Cascade Canyon Brug beschreven.

Hij drukte het pistool tegen het hoofd van de ingenieur. Soares gaf geen krimp.

'Je kunt me hier niet doodschieten, in je eigen coupé. Die overigens machtig luxueus is vergeleken met mijn armzalige benauwde bovenkooi. Hij is zelfs chiquer dan die van Mowery.'

'Ik kan u wel degelijk neerknallen en ik doe 't ook,' zei Kincaid doodkalm. 'Het was donker. En ik zag niet dat het de arme meneer Soares was die me liet schrikken. Ik dacht dat het een moordenaar van de radicalen was en heb me verdedigd.'

'Voor de wet zal dat misschien voldoende zijn. Maar het neerschieten van een wees die in feite de geadopteerde zoon van de beroemdste bruggenbouwer van het continent is, zal niet bepaald bevorderlijk zijn voor uw presidentiële ambities.'

Kincaid stak zijn wapen in zijn zak, schonk zich een glas cognac in uit de kristallen karaf van de Southern Pacific Railroad en nam leunend tegen de gelambriseerde wand een slok, waarna hij de indringer strak aanstaarde. Dat was een geweldige opluchting. Soares geloofde, net als alle anderen, in die Kincaid als President-komedie. Dat betekende waarschijnlijk ook dat Soares niet wist dat hij de Saboteur was. Maar wat wist hij dan waarvan hij dacht dat het chantagewaardig was?

'Ik wil ook wel een slok.'

Kincaid negeerde het verzoek. Hoewel het misschien handig was om hem dronken te voeren, was het waarschijnlijk zinniger dat wezeltje zijn plek te wijzen.

'Wat mijn politieke ambities betreft hebt u volkomen gelijk,' zei hij. 'Dus laten we elkaar niet voor de gek houden. U bent hier binnengedrongen met een doel. Wat is dat? Wat wilt u?'

'Dat zei ik. Geld.'

'Waarom zou ik u geld geven? Waarvoor?'

'Hou u niet van de domme, senator. Voor het niet bekendmaken dat u een meerderheidsbelang hebt in de Union Pier and Caisson Company of St. Louis, Missouri.'

De Saboteur wist zijn verbazing te verbergen, maar het was op het nippertje. Het leek alsof de grond onder zijn voeten werd weggeslagen en dit-maal kon hij Emma Comden niet de schuld geven.

'Hoe komt u daarbij?' vroeg hij.

'Ik was nieuwsgierig naar degene die me betaalde om over de pijlers te liegen. Ik ging ervan uit dat het saboteren van de grootste brug in het Westen een paar centjes meer waard zou zijn als ik wist waar dat smeergeld vandaan kwam. Daarom heb ik m'n vroegere slapie in het weeshuis opgezocht. Hij is in het bankwezen gestapt toen ik techniek ging doen. Hij heeft een netwerk van houdstermaatschappijen uitgeplozen. Dat netwerk bleek een jungle, maar m'n ouwe slapie is echt goed. Hij is uiteindelijk bij u terechtgekomen. U hebt in het geheim aandelen gekocht, genoeg voor een meerderheidsbelang, van het bedrijf dat de pijlers voor de Cascade Canyon Brug heeft gebouwd.'

Het moest een keer gebeuren, dacht Kincaid somber. Maar het was nooit in hem opgekomen dat deze ramp hem als zo'n slechte grap zou treffen: beentje gelicht door een wees die door een vriendelijke bruggenbouwer onder de arm was genomen.

Kincaid overwoog zijn opties. Soares doden, zo niet vannacht, dan morgen of overmorgen. Hem van tevoren de naam van zijn kornuit ontfutselen en ook dat slapie vermoorden. Helaas had hij Eric Soares nog nodig om de waarheid omtrent de pijlers verborgen te houden. Mowery zou hem onmiddellijk vervangen als hij verdween. Bij een nadere controle en een aandachtige bestudering van Erics vervalste rapporten zou de eerste de beste competente ingenieur die zijn plaats innam, ontdekken dat de pijlers niet sterk genoeg waren om de brug te houden als het water zou stijgen.

'U werkt net als ik ook voor de Saboteur,' zei Soares.

'Nou, nou, straks beschuldig je me ook nog dat ik de Saboteur zou zijn.'

'Laat me niet lachen. U hebt nog een te grote toekomst voor u, als senator. Zelfs als president, als ik u niet aangeef.'

Da's gepiept, dacht Kincaid. Gevaar geweken.

'Hoeveel wilt u?'

'Drie keer zoveel als wat uw Union Pier and Caisson Company me betaalt om de andere kant op te kijken.'

Kincaid pakte zijn portefeuille. 'Dat valt te regelen,' zei hij, niet in het minst verbaasd over hoe bescheiden de dromen van Soares waren.

Isaac Bell rukte zich ten slotte los uit de paaiende greep van Osgood Hennessy en haastte zich naar de coupéwagons. Toen hij door Hennessy's wagon *Nancy No. 2* liep, dook Lillian uit haar coupé op en versperde hem de weg met een fles Mumm. Ze had haar jurk verwisseld voor een nauwsluitende ochtendjapon en had haar hoogsluitende halsketting van diamanten en parels afgedaan, waardoor de gladde huid van haar hals zichtbaar was. Haar losse haren hingen in krullende golven over haar schouders en haar lichtblauwe ogen straalden. De fles droop van het water uit de ijsemmer. De folie om de kurk was eraf gescheurd, maar de ijzerdraadjes hielden de kurk nog stevig op zijn plaats.

'Ik heb je afgeluisterd,' fluisterde ze. 'Bedankt voor wat je over Archie hebt gezegd.'

'Ik heb alleen maar de waarheid verteld.'

Ze drukte de fles in Bells hand.

'Voor Marion. Zeg haar welterusten van me.'

Bell boog voorover en kuste haar op haar wang.

'Goedenacht.'

In het bagagerijtuig nam hij even de tijd om bij de slaperige telegrafist langs te gaan. Geen urgente telegrammen. Hij trok de achterdeur van de bagagewagon open en stak het halletje over, waarna hij de deur opende van de voorste coupéwagon. Hij moest glimlachen. Hij voelde zich net een kind. Zijn mond was droog door de gedachte aan Marion. Maar goed dat ze die champagne van Lillian hadden.

Hij stapte door de deur naar het gangetje met rechts de voor de nacht verduisterde ramen en de glimmend geboende walnoothouten deuren van de coupés aan de linkerkant. Aan het einde van de gang zag hij een man wegsnellen. De manier waarop had iets heimelijks en Bell bleef staan om hem beter te kunnen zien. Hij was klein tot gemiddeld van statuur en droeg een zwart ruimvallend pak. Donker haar. Toen de man de hoek omschoot naar het halletje, ving Bell een glimp op van een potlooddunne krulsnor en draadbril.

Eric Soares, Mowery's assistent, kwam kennelijk net uit de coupé van de oude man en ging terug naar zijn kooi in een van de pullmanwagons. Omdat het vreselijk laat was voor een ontmoeting, vooral nu het voor de oude man door het langdurige banket later dan anders was geworden, had Bell Soares ruim de tijd om de volgende wagon door te lopen om niet nog eens door een gesprek te worden opgehouden.

308

Ten slotte wandelde Bell door Rijtuig 3, stapte het halletje in en stak over naar het halletje van Rijtuig 4.

Philip Dow hoorde iemand aankomen, drukte zich dieper in het bediendehokje en gluurde door een spleet in het gordijn. Uit wat hij hoorde, leidde hij af dat het niet Isaac Bell was, maar een kleiner iemand, tenzij de detective een uitzonderlijk lichte tred had. De man hield niet in toen hij het gordijn passeerde, maar snelde langs alsof hij alleen door de coupéwagon liep omdat hij verder achter in de trein moest zijn. Dow had het goed gehoord. Er schoot een slanke man in een zwart pak langs de coupé van Marion Morgan, waarna hij door de achterdeur naar de pullmanwagons verdween.

Een minuut later hoorde hij zwaardere voetstappen. Hij wachtte tot de man was gepasseerd voordat hij het gordijn op een kiertje opende. Dit was hem. Een lichtblonde man, groter dan Kincaid, in de chique kleren voor een banket, stevende recht op Marion Morgans deur af. Hij droeg een fles champagne en neuriede een wijsje: 'There'll Be a Hot Time in the Old Town Tonight'.

Dow hoorde de woorden van de Chicago-versie van het lied in zijn hoofd, terwijl hij zwaaiend met de knuppel stilletjes naar voren stapte.

Old Mrs. Leary left the lantern in the shed
and when the cow kicked it over,
she winked her eye and said
it'll be a hot time, in the old town, tonight!
FIRE FIRE FIRE!

39

Voordat Philip Dow bij zijn slachtoffer was, vloog de coupédeur open. De vrouw moest erachter klaar hebben gestaan met de klink in de hand, luisterend of Bell eraan kwam. Bell zwaaide met de champagnefles. Haar stralende glimlach doofde als een kaars en haar ogen flonkerden kwaad.

'Preston! Wat doe jij...'

'Kijk uit!' brulde een stem achter Dow.

De man wiens schedel Dow op het punt stond te verbrijzelen met zijn knuppel, draaide zich vliegensvlug om en Dow zag geen blonde snor boven zijn mond die in een benevelde verwarring openzakte. Met de champagnefles die hij instinctief ophief schampte hij Dows slag. De zware knuppel zwiepte op een centimeter langs Marion Morgans gezicht en smakte tegen de coupédeur, waar hij een deuk in het harde walnoothout sloeg.

Geen blonde snor! dacht Dow. Dit was Isaac Bell niet. Dus Bell stond achter hem; hij was het die de waarschuwing had geroepen. Dow schoof langs de ineenkrimpende dronkenlap die hij bijna had gedood, om hem als schild te gebruiken.

Dow zag de detective op volle snelheid op hem afkomen. Hij rukte zijn revolver van achter zijn broekriem vandaan. Bell was op een derde van de vierentwintig meter lange gang, terwijl hij met een vloeiende soepele beweging een Browning No. 2 semi-automatisch pistool uit zijn smokingjasje tevoorschijn trok. Dow hief zijn zware .45 op, ervan overtuigd dat een Van Dorn-rechercheur die de voorkeur gaf aan een lichte Browning een mug op twintig passen afstand tussen de ogen kon schieten.

Isaac Bell zag een gezicht dat hij zich herinnerde van een WANTED-poster van de Mine Owners' Association. Philip Dow, moordenaar. Preston Whiteway tuimelde in Bells baan. Bell schoot niet. 'Liggen!' riep hij.

Dow haalde zo snel als hij kon de trekker over. Hij kon niet missen. Bell vulde de smalle gang als een locomotief in een enkelsporige tunnel.

'*Marion, niet doen!*' schreeuwde Bell.

Dow voelde dat de mooie vrouw in de rode jurk met beide handen zijn arm vastgreep.

Zijn eerste schot trof de champagnefles die de detective in zijn hand hield en in een schuimende fontein van groen glas uiteenspatte. Zijn tweede schot trof de detective. Zijn derde kogel boorde zich in de vloer. Hij rukte zijn arm los en richtte zijn revolver op het gezicht van de vrouw.

Isaac Bell voelde een klap als een mokerslag toen de kogel van de moordenaar in zijn onderarm drong. Hij nam de Browning met zijn linkerhand over en keek of hij vrij baan had om te schieten. Marion was zo verstandig om in de coupé terug te stappen, maar Preston Whiteway zwabberde nog door de gang en blokkeerde zijn schootsveld. Toen Bell zag dat de man die op hem had geschoten, zijn wapen op Marion richtte, drukte hij af.

Philip Dow hoorde een knal in zijn hoofd. Een seconde lang dacht hij dat hij de kogel had opgevangen en dat op de een of andere manier had overleefd, tot hij besefte dat Bell zijn oor eraf had geschoten. Hij voelde een tik tegen zijn arm toen Bells tweede schot hem trof. Zijn vingers verslapten onwillekeurig en de revolver vloog uit zijn hand. Dow duwde de dronkenlap naar Bell voordat deze nogmaals kon schieten en rende de paar meter naar de deur van het halletje achter hem, rukte hem open en sprong van de trein.

Er kwam een spoorwegagent op het geluid van de schoten afgesneld. Dow dacht geen seconde na. Zijn knuppel had hij nog in zijn rechterhand. Hij sloeg de agent tussen de ogen en stoof de duisternis in.

Bell kwam tot aan de onderste trede van de trap vanuit het halletje, waar de pijn in zijn arm hem op de knieën dwong. Er kwamen meer spoorwegagenten op Hennessy's privétrein afgerend. 'Daar!' Bell wees met zijn pistool. 'Eén man. Middelgroot. Donker pak en gleufhoed. Heeft zijn vuurwapen laten vallen. Heeft er waarschijnlijk nog een.'

De agenten stormden weg, en vroegen op fluitjes blazend om assistentie. Bell stommelde de treden op, terwijl Marion hem al tegemoetkwam. 'Alles goed met jou?' klonk het uit twee monden.

'Met mij wel,' zei ze, waarna ze tegen een toestormende conducteur gilde: 'Haal een dokter!'

Ze hielp Bell de wagon in. Preston Whiteway stond tegen haar deur geleund en versperde de doorgang.

'Zeg eens, wat gebeurt hier allemaal?' vroeg hij.

'Preston!' reageerde Marion Morgan. 'Uit de weg, of ik pak dat pistool en schiet je overhoop.'

De krantenuitgever schuifelde op zijn hoofd krabbend weg. Marion leidde Bell haar coupé in naar het bed.

'Handdoeken,' mompelde Bell. 'Anders gaan je lakens eraan.'

'Hoe erg ben je gewond, Isaac?'

'Ik ben wel oké, geloof ik. Hij heeft alleen m'n arm geraakt, dankzij jou.'

Tegen de tijd dat de dokter uit het hospitaalrijtuig van de Southern Pacific Company kwam, had de spoorwegpolitie aan Bell gemeld dat de man die op hem had geschoten in het donker was verdwenen.

'Blijf zoeken,' zei Bell. 'Ik weet vrij zeker dat ik hem heb geraakt. Ik denk zelfs dat ik z'n oor eraf heb geschoten.'

'Reken maar! Daar hebben we een stuk van gevonden. En een bloedspoor tot aan de rand van de lichtcirkel. Maar niet genoeg om hem uit te schakelen, helaas.'

'Zorg dat je hem vindt! Hij heet Philip Dow. Er staat tienduizend dollar op zijn hoofd. Ik wil weten of hij voor de Saboteur werkt.'

De arts van de Southern Pacific Company was van het van-dik-hout-zaagt–men-plankentype, gewend aan de snij- en breukwonden die hij bij de spoorwegbouw regelmatig tegenkwam. Voor Bell was het een opluchting dat hij opmerkelijk nuchter bleef onder de bloederige jaap die Dows .45 kaliberkogel door zijn vlees en spieren had getrokken. De dokter maakte de wond met water grondig schoon. Daarna hield hij een fles met carbolzuur op. 'Dit gaat even goed pijn doen.'

'Een bloedvergiftiging nog veel meer,' zei Bell op zijn tanden bijtend. Er lag verband op de wond. 'Giet er maar op.'

Nadat de dokter de wond met het bijtende desinfecteermiddel had ontsmet, deed hij er een verband om. 'Je kunt je arm een paar dagen in een mitella rust geven. Maar er is niets gebroken. Volgens mij steekt 't als de hel.'

'Ja,' zei Bell, naar Marion grinnikend, die een beetje bleek zag. 'Nu u het zegt.'

'Geen zorgen, daar heb ik wat tegen.'

De dokter haalde een injectiespuit uit zijn leren tas en trok een heldere vloeistof in het buisje.

'Wat is dat?' vroeg Bell.

'Morfine-waterstofchloride. Dan voel je niks meer.'

'Nee, bedankt, dokter. Ik moet een helder hoofd houden.'

'Wat u wilt,' reageerde de arts. 'Ik kom morgen het verband verschonen. Goedenacht, mevrouw.'

Marion sloot de deur achter hem.

'Helder hoofd? Isaac, je bent neergeschoten. Je ziet zo wit als een spook. Dat moet ongelooflijk veel pijn doen. Kun je de rest van de nacht niet vrij nemen?'

'Dat is de bedoeling ook,' antwoordde Bell, terwijl hij zijn goede arm naar haar uitstak. 'Daar wil ik juist een helder hoofd bij hebben.'

40

'Vader! Lieve vader,
Kom met me mee naar huis nu,'
zong het zestigkoppige koor van de Ventura County Geheelonthouders Zangvereniging.

James Dashwood strekte zijn hals uit in de hoop de breedgeschouderde hoefsmid Jim Higgins te ontdekken, die ervandoor was gegaan toen hij hem de tekening van de Saboteur had laten zien. Isaac Bell was ervan overtuigd dat Higgins op een geheelonthoudersbijeenkomst de onthoudingsgelofte had afgelegd. Deze bijeenkomst, in de bietenstad Oxnard, vond plaats in een propvolle tent die groot genoeg was voor een heel circus.

Dashwood had al zes van zulke bijeenkomsten bezocht, genoeg om de trucjes te kennen. Vaardig ontweek hij de glimlachende moeders die hun dochters in zijn richting schoven. Wanneer het om de onthoudingsgelofte ging, waren er altijd beduidend minder mannen dan vrouwen. En maar een enkeling was zo jong als hij of zo nuchter en keurig beschaafd. Een meer typisch voorbeeld van de mannelijke bezoeker was de prospector die in een versleten jas en met een slappe hoed op het hoofd naast hem zat en eruitzag alsof hij zo uit de regen kwam gelopen.

Het koor was uitgezongen. Zaalwachters staken de krachtige acetyleenlamp van een toverlantaarn aan. De lange lens projecteerde een lichtcirkel op een doek aan de andere kant van de tent. Alle ogen waren op de cirkel gericht. Er stond iets te gebeuren.

De volgende spreker was een vurige methodist.

'De keurige lieden van het rodeneuzenkorps maken ons uit voor utopisten!' bulderde hij. 'Maar het feit dat wij verkondigen dat er in deze wereld voor sterkedrank geen plaats zou mogen zijn, maakt ons niet tot utopisten. Wat wij vragen is geen gevaarlijk experiment. Geheelonthouding is helemaal niet iets nieuws. Het gevaar zit 'm in de poging om mét drank te leven.'

Hij gebaarde naar de toverlantaarn.

'Met behulp van een krachtige microscoop en deze toverlantaarn zal ik nu laten zien dat de inname van spiritualiën gelijk is aan het drinken van gif. Als je sterkedrank drinkt, vergiftig je je geest. Je vergiftigt je gezin. Je vergiftigt je eigen lichaam. Kijk naar het witte doek, dames en heren. In dit glas zit zuiver natuurlijk water, uit de bron van de kerk hier verderop in de straat. Ik zet het onder de vergrotende lens van deze microscoop neer en projecteer dit op het doek.'

Sterk vergroot was te zien dat het bronwater vol zat met zwemmende bacteriën.

De methodist hield een oogdruppelaar op, stak die in de hals van een fles Squirrel whisky en trok er het bruine vocht in op.

'Ik doe nu één druppel whisky in het water. Maar één enkele druppel.'

De uitvergrote druppel whisky viel als een troebele klodder modder in een vijver. Een bruine wolk verspreidde zich in het water. De bacteriën vluchtten, zwommen verwoed naar de randen van het glas. Maar er was geen ontkomen aan. Kronkelend, verkrampend verstarden ze en stierven. De prospector naast Dashwood huiverde.

'Moet je al dat glibberige ongedierte zien,' zei hij. 'Ik drink nooit meer water zonder whisky erin.'

Dashwood ontwaarde een grote man in een donkere jas vooraan in het publiek en snelde naar hem toe.

'Wie wil naar voren komen?' riep de spreker. 'Wie wil de verklaring van onthouding tekenen en de gelofte nooit meer te drinken?'

Toen hij dichterbij kwam, zag Dashwood dat de man in de donkere jas niet Jim Higgins was. Maar nu bevond hij zich binnen het bereik van de assistentes van de spreker, vriendelijke jongedames die hem met Water-man-vulpennen en blanco verklaringen bestookten.

'Nog twee telegrammen, meneer Bell,' zei J.J. Meadows. 'Hoe is 't met uw arm vanochtend?'

'Tiptop.'

Het eerste telegram was een reactie op Bells vraag naar het vroegtijdige vertrek van senator Charles Kincaid van de Militaire Academie in West Point. Het kantoor van Van Dorn in Washington D.C., waar men informeel toegang had tot het archief van het Amerikaanse leger, meldde dat Kincaid er vrijwillig was weggegaan om zijn studie aan de Universiteit van West-Virginia voort te zetten. Ze hadden geen enkele aanwijzing gevonden dat er sprake was van incorrect gedrag of oneervol ontslag. De rechercheur was zo vrij om hieraan toe te voegen dat de kwaliteit van de technische hogescholen beter was geworden dan die van de Militaire Academie, die voor de Burgeroorlog nog de enige opleiding voor ingenieurs bood.

Voor Bell was het tweede bericht interessanter. Het bevatte nieuwe informatie over Eric Soares, de assistent van Franklin Mowery. Uit nader onderzoek bleek dat Soares uit het door Mowery gesubsidieerde weeshuis was weggelopen. Na een paar jaar in een tuchtschool was Soares daar weer opgedoken. Mowery had hem toen persoonlijk onder zijn hoede genomen en leraren voor hem aangesteld om de gaten in zijn schoolopleiding te dichten, waarna hij hem zelf had begeleid bij zijn studie aan de technische school in Cornell. Wat, dacht Bell, hun oom-en-favoriete-neef-relatie verklaarde.

Bell ging 's middags bij de oude man langs, toen Soares voor zijn dagelijkse inspectie van de werkzaamheden aan de brugpijlers beneden bij de rivier was. Mowery's kantoor was een omgebouwde coupé in de privétrein van Hennessy. Hij keek verbaasd toen hij Bell zag.

'Ik dacht dat u in het ziekenhuis lag. U hebt niet eens een mitella.'

'Met mitella doet het meer pijn dan zonder.'

'Hebben ze de vent gepakt die op u heeft geschoten?'

'Nog niet... Meneer Mowery, mag ik u een paar vragen stellen?'

'Ga uw gang.'

'U zult zich ongetwijfeld kunnen voorstellen hoe uitgebreid ons onderzoek momenteel is. Neemt u me daarom alstublieft niet kwalijk dat de vragen wat persoonlijk lijken.'

'Kom maar op, meneer Bell. We staan aan dezelfde kant. Ik bouw die brug en u zorgt ervoor dat een crimineel 'm niet weer afbreekt.'

'Ik maak me zorgen over het verleden van uw assistent,' zei Bell recht door zee.

Mowery nam zijn pijp uit zijn mond en keek hem fel aan.

'Toen ik besloot om Eric te helpen was het een jongen van vijftien die altijd op straat had geleefd. Goedbedoelende lieden zeiden dat hij mijn portemonnee zou roven en me op m'n kop zou slaan. Ik heb hen gezegd wat ik nu tegen u zeg: ik geloof niet in het bestaan van een criminele klasse.'

'Ik ben het met u eens dat er niet zoiets als een criminele klasse bestaat,' zei Bell. 'Maar de crimineel als type ken ik wel heel goed.'

'Eric is op eigen kracht afgestudeerd,' reageerde Mowery. 'De keren dat ik me voor een baan voor hem heb ingezet, heeft hij me nooit teleurgesteld. De mensen van Union Pier and Caisson zijn zeer tevreden met zijn werk. Ze hebben hem zelfs al gevraagd of hij bij hun firma wil blijven als het werk hier gedaan is. Ik zou zeggen dat de jongeman inmiddels het ergste achter de rug heeft, dacht u ook niet?'

'Dan zult u hem wel missen als hij bij de Union Pier and Caisson blijft...'

'Ik wens hem het beste met zijn carrière. Wat mij betreft, ik ga terug naar m'n schommelstoel. Ik ben te oud voor Hennessy's tempo. Dit was een gunst. Ben blij dat ik 't gedaan heb. We hebben een mooie brug gebouwd, Osgood Hennessy en ik. En Eric Soares.'

'Toch wel grappig,' zei Bell. 'Ik hoorde hoe Jethro Watt, de commandant van de spoorwegpolitie, een oud gezegde herhaalde: voor de Southern Pacific is niets onmogelijk.'

'Niets is minder waar. Daarom is werken voor de Southern Pacific het summum voor een jongeman.'

'Jethro zei dat het betekende dat de spoorwegmaatschappij alles zelf doet. Ze bouwen eigen motoren, al het rollend materiaal, de tunnels en de bruggen.'

'Daar staan ze om bekend.'

'Maar waarom hebben ze Union Pier and Caisson dan ingeschakeld om de pijlers van uw brug te bouwen?'

'De bouw van rivierpijlers is zeer specialistisch werk. Vooral op gevaarlijke locaties zoals hier. Union is de beste op dit terrein. Dat hebben ze bewezen bij de Mississippi. Als je in de Mississippi pijlers kunt bouwen die de stroming van die rivier weerstaan, kun je dat overal.'

'Hebt u hen aanbevolen?'

Mowery aarzelde.

'Nu dat u dat vraagt,' zei hij ten slotte, 'dat is eigenlijk niet zo. Ik was er aanvankelijk voor om het door ons eigen bedrijf te laten doen. Maar mij werd voorgesteld dat het misschien beter was om Union in te schakelen, omdat de geologie nogal ingewikkeld bleek... zoals ik u gisteravond vertelde. In de bodem van de Cascade-rivier zijn we op interessante problemen gestuit, zachtjes uitgedrukt. Hij is veel minder vast dan je in dit gebergte zou verwachten.'

'Heeft Eric de Union aanbevolen?'

'Natuurlijk. Ik had hem vooruitgestuurd om het vooronderzoek te leiden. Hij kent de rivierbedding en hij kent Union. Waarom vraagt u me dit allemaal?'

De lange detective keek de oude ingenieur diep in de ogen. 'U leek gisteravond in Hennessy's salon nogal bezorgd. En eerder al, toen we beneden voor de herberg stonden, staarde u langdurig en geconcentreerd naar de brugpijlers.'

Mowery keek weg. 'U ontgaat niet veel, hè, meneer Bell? De manier waarop het water eromheen stroomde, beviel me niet. Ik kan er niet de vinger op leggen waarom – nog steeds niet – maar het zag er gewoon anders uit dan zou moeten.'

'Voelt u het intuïtief aan als er iets mis is?'

'Zou kunnen,' gaf Mowery aarzelend toe.

'Misschien hebben we dat allebei.'

'Hoezo?'

'Als het mij aan feiten ontbreekt, moet ik op mijn intuïtie afgaan. Bijvoorbeeld de vent die vannacht op me geschoten heeft. Het kan een dief zijn geweest die Preston Whiteway de trein in is gevolgd om hem daar een knal voor zijn kop te geven en van zijn portefeuille te beroven. Volgens mij heb ik hem herkend als een bekende moordenaar. Maar ik heb geen hard bewijs om te stellen dat hij op geld uit was. Whiteway was onmiskenbaar ladderzat en daardoor niet in staat zich te verdedigen. Bovendien was hij gekleed als een rijk heerschap en had hij hoogstwaarschijnlijk een goed gevulde portemonnee op zak. Omdat de "dief" is ontkomen, zijn dat de enige feiten. Maar mijn intuïtie zegt me dat hij was gestuurd om mij te doden en Whiteway voor mij heeft aangezien. Soms helpt intuïtie je om de dingen op een rijtje te zetten...'

Nu Mowery weer weg wilde kijken, hield Bell zijn blik met de volle kracht van zijn dwingende ogen vast.

'Dit klinkt,' mompelde Mowery, 'alsof u Eric ergens van beschuldigt.'

'Ja, inderdaad,' zei Bell.

Hij ging zitten, terwijl hij de oude man in zijn blik gevangen hield.

Mowery wilde protesteren. 'Jongen...'

Een kille glans in Bells blauwe ogen hield hem tegen. De detective zijn jongen niet... hoogstens voor zijn eigen vader.

'Meneer Bell...'

Bell onderbrak hem op een koele, afgemeten toon. 'Het is heel curieus dat, toen ik over de bouw van pijlers opmerkte dat we daar ingenieurs voor hebben, u daartegen inbracht dat we ingenieurs moeten *vertrouwen*. En dat u, toen ik zei dat u bezorgd leek over de pijlers, antwoordde dat ik klonk alsof ik Eric de schuld wilde geven.'

'Ik geloof dat ik beter maar even met Osgood Hennessy ga praten. Excuseert u mij, meneer Bell.'

'Ik ga met u mee.'

'Nee,' zei Mowery. 'Technische taal. Geen rechercheurstaal. Feiten, geen intuïtie.'

'Ik loop met u mee naar zijn wagon.'

'Doe wat u niet laten kunt.'

Mowery greep zijn wandelstok en hees zich moeizaam overeind. Bell hield de deur open en ging hem voor door de gang, waarna hij hem door de deuren van het halletje naar de volgende wagon hielp. Hennessy zat in zijn met hout gelambriseerde kantoor. Mevrouw Comden was bij hem en zat in haar hoekstoel te lezen.

Bell versperde een kort moment de doorgang.

'Waar is Soares nu?' vroeg hij aan Mowery.

41

Een uur later werd er in St. Louis een telegram bezorgd in de bouwvallige kelderwoning van een anarchist die uit Italië was gevlucht en zijn naam in Francis Rizzo had veranderd. Rizzo sloot de deur voor de neus van de boodschappenjongen van de Western Union voordat hij de envelop opende. Er stond maar één woord op het vaalgele papier:

'Nu.'

Rizzo zette zijn pet op, trok zijn jas aan en nam een tram naar een buurt waar niemand hem kende. Daar kocht hij een kwart blik petroleum en nam een andere tram, die hem naar de Mississippi bracht. Hij stapte uit en liep snel door een wijk met pakhuizen tot hij aan de kade een saloon vond. Hij bestelde een glas bier en at een worst aan de gratislunchbalie, zijn ogen voortdurend op de klapdeuren gericht. Toen aan het einde van de werkdag de pakhuisknechten en voermannen binnenstroomden, verliet Rizzo de saloon en haastte zich door de donkere straten naar de kantoren van de Union Pier & Caisson Company.

Een klerk sloot als laatste man af. Rizzo wachtte aan de overkant van de straat tot hij er zeker van was dat de kantoren leeg waren. Vervolgens liep hij, via een route die hij maanden eerder had uitgedokterd, een steeg in die naar een smalle doorgang tussen de achterkant van het gebouw en de kaderand liep. Hij trok een loszittende plank weg, pakte de kleine koevoet die hij erachter verborgen had en wrikte een raam open. Hij klom naar binnen, vond de centrale houten trap die naar de bovenste etage van het drie verdiepingen tellende gebouw leidde, liep naar boven en opende daar een aantal vensters. Vervolgens prikte hij met zijn zakmes een gat in het petroleumblik en liep de trap weer af, waarbij hij het brandbare vocht over de treden sprenkelde. Beneden stak hij een lucifer aan, gooide die in de petroleum en keek hoe de vlammen tegen het droge hout opkropen. Hij wachtte tot hij er zeker van was dat het hout zelf vlam had gevat. Daarna glipte hij door het raam naar buiten en liet het voor een goede zuurstoftoevoer openstaan.

Isaac Bell reed met de trage Slangenlijn over het zigzagspoor naar het lager gelegen stadje Cascade. Eric Soares had Franklin Mowery verteld dat hij tot laat zou doorwerken, zoals hij wel vaker deed. Zoals gebruikelijk zou hij 's avonds in de stad eten en daarna in een van de wachthuisjes onder aan de pijlers overnachten, zodat hij de volgende ochtend weer vroeg aan het werk kon gaan. Zo bespaarde hij zich de tijdrovende treinrit omhoog en weer omlaag.

Toen Bell bij de wachthuisjes informeerde, ontdekte de detective dat de zogenaamd hardwerkende Soares al vroeg was weggegaan.

Niemand wist waarheen.

Iets verderop langs de rivier, stroomafwaarts van de stad Cascade, was een barakken- en tentenkamp ontstaan dat Hell's Bottom werd genoemd. Het dankte zijn bestaan aan de ijzerwerkers, metselaars en steenhakkers die aan de Cascade Canyon Brug werkten, aan de spoorwerkers die de steile Slangenlijn van de stad naar het bouwterrein boven aan de brug hadden aangelegd en aan de houthakkers en voermannen die de oude East Oregon Lumber Company hogerop in de bergen nieuw leven in hadden geblazen.

Eric Soares was in opperbeste stemming op weg naar Hell's Bottom. Met het geld in zijn zak dat de senator hem als de eerste van een reeks vooruitbetalingen had toegestopt, voelde hij zich die avond de rijkste man van het uit de grond gestampte stadje. En hij was verliefd, wat zoals hij in zijn harde jeugd op straat wel had geleerd zo'n beetje het domste was wat een mens kon overkomen. Vooral als het ook nog een hoer betrof. Dom of niet, hij bezocht haar elke avond dat hij bij de ouwe Mowery weg kon. Nu had hij haar, dankzij de senator, de hele nacht voor zichzelf.

Er waren drie soorten bordelen in Hell's Bottom.

De ruigste werden voornamelijk door de houthakkers en voermannen bezocht. Deze mannen riskeerden hun levens wanneer ze op zaterdagavond in hun Hell's Bottom Flyers, boomkano's gemaakt van met bijlen en vuur uitgeholde boomstammen, er door de stoomversnellingen naartoe raasden.

De dames in de iets minder ruige bordelen bedienden de spoorwerkers, die met de Slangenlijn naar het stadje afdaalden. Het treinpersoneel, de remmers, conducteurs en machinisten die volgens de dienstregeling van het spoor werkten, kwamen er op elk tijdstip van de dag zwaaiend met hun rode lantaarns naar binnen gewaggeld.

Er was maar één topklasse-etablissement. Gabriel's was relatief chic, met name voor zo'n snel opgetrokken westernstadje, en duurder dan de gemiddelde arbeider zich zelfs in zijn stoutste dromen kon veroorloven. De klanten waren de beter gesitueerde zakenlieden en ambtenaren van Cascade, rijke toeristen die in de befaamde herberg logeerden en de goed betaalde oudere ingenieurs, juristen en bedrijfsleiders in dienst van de spoorwegmaatschappij.

Madame Gabriel begroette Eric Soares als de vaste klant die hij inmiddels was geworden.

'Ik wil Joanna graag,' liet hij haar weten.

'Bezet, sir.'

'Dan wacht ik.'

'Dat gaat wel even duren,' zei ze.

Er welde een enorme jaloezie in hem op. Dwaas, natuurlijk, dacht hij. Maar het gevoel was net zo echt als het plotselinge woedende kloppen van zijn hart, dat hem bijna de adem benam.

'Er is een nieuw meisje dat je misschien leuk vindt.'

'Ik wacht op Joanna.'

Als ze werd uitgedaagd had Madame Gabriel de kilste ogen die hij ooit bij een vrouw had gezien. Nu waren ze ronduit ijzig en ondanks zijn voor zijn jonge leeftijd al tamelijk doorgewinterde levenservaring, voelde Eric zich ietwat ongemakkelijk. Hij keek weg, uit angst haar nog meer te irriteren.

Ze verraste hem met een vriendelijke glimlach. 'Weet u wat, sir. Het nieuwe meisje is voor u gratis en voor niks als u mij achteraf recht in de ogen kunt kijken en zeggen dat ze ook geen rooie cent waard was. Ik ga zelfs zo ver dat ik u zelfs uw geld teruggeef als u mij in alle eerlijkheid kunt zeggen dat ze niet beter was dan Joanna. Wat hebt u te verliezen?'

Wat had hij te verliezen?

Madame Gabriels uitsmijter bracht Eric naar een deur achter in het in alle richtingen uitgebouwde huis, klopte aan en duwde hem open. Eric stapte een door een roze lamp verlichte kamer binnen. De uitsmijter sloot de deur achter hem. Van twee kanten werd hij door twee als houthakkers geklede mannen ingesloten.

Als een wazige streep doemde er een geweerloop op. Hij flitste langs de hand die Eric te laat ophief om hem af te weren en hij voelde een tik tegen zijn hoofd. Zijn benen klapten onder hem weg alsof zijn botten opeens van pap waren. Hij probeerde te gillen, maar ze trokken een ruwe zak over zijn hoofd en bonden zijn polsen op zijn rug bij elkaar. Hij schopte van zich af en kreeg een trap in zijn kruis. Terwijl hij verstijfd van de pijn naar adem hapte, boeiden ze zijn enkels, pakten hem op en sjouwden hem het gebouw uit. Hij voelde dat hij over een zadel werd gegooid en dat zijn handen en voeten onder de buik van het paard bijeen werden gebonden. Hij gilde door de zak heen. Weer kreeg hij een klap tegen zijn hoofd, waarop hij het bewustzijn verloor.

Hij kwam bij toen ze zijn handen en voeten losmaakten, zijn armen weer achter zijn rug rukten en opnieuw bijeenbonden. Ze verwijderden de zak en schenen met een lamp in zijn ogen. De twee mannen waren kolossale schaduwen achter de lamp. Hij rook water en hoorde het stromen. Ze bevonden zich in een soort kelder met water erin. Een watermolen misschien, dacht hij, waar een beek doorheen kolkte. De houthakkers bogen vanuit de duisternis naar voren.

'Hoe heet het slapie van jou, vroeger in het weeshuis?'

'Rot op,' reageerde Eric Soares.

Ze grepen hem bij zijn voeten, tilden hem ondersteboven op en lieten zijn hoofd in het ijskoude stromende water zaken. Het ging zo snel dat hij niet de tijd had om diep in te ademen. Hij kreeg gebrek aan zuurstof en worstelde als een gek om weer lucht binnen te krijgen. Hij worstelde zo heftig dat zijn bril van achter zijn oren weggleed. Hij moest inademen en kreeg water in zijn mond en neus. Ze tilden hem uit het water en hielden hem, nog steeds ondersteboven, met zijn gezicht op een paar centimeter boven het water.

'De naam van je slapie in het weeshuis.'

'Waarom willen jullie…' begon hij, ook al wist hij heel goed waarom.

Hij had de senator verkeerd ingeschat. Kincaid bleek iemand die niet met zich liet spotten.

De houthakkers lieten hem opnieuw met zijn hoofd in het water zakken. Nu had hij tijd om in te ademen en hij hield het zo lang vol als hij kon. Hij boog zijn rug in een poging uit het water omhoog te komen. Ze duwden hem er dieper in en hielden hem zo tot hij weer naar adem hapte en water binnenkreeg. Hij worstelde, maar hij verzwakte snel tot zijn hele lichaam geleidelijk verslapte. Ze trokken hem op. Proestend en kuchend gaf hij water over en zoog eindelijk weer lucht op. Weer enigszins op adem gekomen hoorde hij hen praten. Het drong tot hem door dat ze hem uit het water hadden gehaald om hem diezelfde vraag weer te stellen.

'De naam van je slapie in het weeshuis.'

'Paul,' bracht hij hijgend uit.

'Achternaam?'

'Wat gaan jullie...'

'*Achternaam?*'

Hij aarzelde. Zodra het licht in het weeshuis uitging hadden hij en Paul elkaar altijd gesteund en iedereen van zich afgeslagen die hen probeerde aan te vallen. Hij voelde de handen om zijn enkels verstrakken. 'Nee!' schreeuwde hij, maar hij was alweer onder water, zijn keel en neus schrijnden, zijn blik vertroebelde van roze naar zwart. Toen ze hem eindelijk optrokken, gilde hij: '*Paul Samuels! Paul Samuels! Paul Samuels!*'

'Waar woont-ie?'

'Denver,' antwoordde Soares naar adem happend.

'Waar werkt-ie?'

'Bij de bank.'

'Welke bank?'

'First Silver. Wat gaan jullie met hem doen?'

'Dat is al gebeurd. We wilden alleen zeker weten dat we het goeie slapie hadden.'

Ze lieten het hoofd van Eric Soares weer in het water zakken en hij begreep dat het de laatste keer zou zijn.

Ze doorzochten de pullmans, maar Franklin Mowery's assistent was nergens te vinden. Isaac Bell verzocht de spoorwegpolitie in Cascade en het lager gelegen tentenstadje Hell's Bottom naar hem te zoeken. Maar hij betwijfelde dat ze hem zouden vinden. Er was ook een voorman verdwenen, samen met een stel arbeiders van Union Pier & Caisson.

Bell ging naar Osgood Hennessy. 'Het lijkt me raadzaam de brugpijlers te inspecteren,' zei hij bars. 'Daar heeft hij aan meegewerkt.'

'Franklin Mowery is al beneden,' antwoordde Hennessy. 'Hij heeft de hele ochtend naar Union Pier getelegrafeerd. Nog geen antwoord.'

'Ik betwijfel of hij dat krijgt.'

Bell stuurde een telegram naar het kantoor van Van Dorn in St. Louis. Het antwoord kwam per omgaande. Het hoofdkantoor van de Union Pier & Caisson Company was tot op de grond toe afgebrand.

Hoe laat? telegrafeerde Bell terug.

Het terugkomende telegram bevatte het bewijs dat de Saboteur over kennis van binnenuit beschikte. Als je rekening hield met het tijdsverschil tussen de westkustzone en de centrale zone, dan was het eerste brandalarm afgegaan nog geen twee uur nadat Bell Franklin Mowery met zijn verdenkingen jegens Eric Soares had geconfronteerd.

Bell had Emma Comden bij Hennessy gezien toen Mowery zijn bezorgdheid over de pijlers meldde. Daarop had Hennessy al binnen enkele minuten twaalf van zijn ingenieurs opdracht gegeven de ploeg te versterken in een poging de ramp te voorkomen die Mowery voorzag. Dus Emma was niet de enige die hiervan op de hoogte was. Toch vroeg Bell zich af of de mooie vrouw niet een gemeen spelletje met de ouwe speelde.

Bell ging op zoek naar Mowery en vond hem in een van de wachthuisjes onder aan een pijler. In de ogen van de oude man blonken tranen. Er lagen werktekeningen uitgevouwen op de tafel waaraan de spoorwegagenten dagelijks aten, plus een map met door Eric Soares opgemaakte rapporten.

'Vervalst,' zei hij, de vellen doorbladerend. 'Vervalst, vervalst, vervalst, vervalst... De pijlers zijn niet sterk genoeg. Al bij een beetje extra water zullen ze in elkaar klappen.'

Bell kon het nauwelijks geloven. Vanuit het wachthuisje gezien leken de massieve stenen fundamenten onder de luchtige pijlers die het schraagwerk van de brug ondersteunden, zo stevig als een vesting.

Maar Mowery knikte somber door het raam naar een open schuit die aan het dichtstbijzijnde fundament lag afgemeerd. Met een lier werd een duiker uit het water gehesen, waarna zijn gezichtsvenster werd opengeklapt. Bell zag dat het een nieuwe Mark V-helm betrof. Dat het bedrijf extra onkosten niet schuwde was opnieuw een indicatie van het belang van de brug.

'Wat bedoelt u?' vroeg Bell.

Mowery diepte een potlood uit zijn zak op en tekende het fundament zoals het in het water stond. Aan de voet ervan kraste hij met de potloodpunt door het papier heen.

'Dat noemen we uitspoeling. Uitspoeling vindt plaats doordat het water stroomopwaarts vlak voor de pijler een kuil in de rivierbedding wegslijt. Dan heeft het fundament opeens geen houvast meer. Het zakt weg in de kuil of breekt door de ongelijke krachten doormidden... We hebben ons huis op zand gebouwd.'

42

Isaac Bell liep over de Cascade Canyon Brug.

Op de overspanning was het doodstil. Al het treinverkeer was stilgelegd. De enige geluiden die Bell hoorde, waren het tikken van zijn hakken en de echo van de stroomversnellingen diep beneden hem. Niemand wist hoe zwak de brug nu was, maar de technici waren het er allemaal over eens dat het slechts een kwestie van tijd en de stroming was voordat hij zou instorten. Toen hij halverwege tussen de randen van de kloof was, keek hij omlaag naar de rivier die met donderend geweld langs de afbrokkelende fundamenten stroomde.

Hij stond versteld van de brutaliteit van de Saboteur.

Bell had zijn hersens gepijnigd over hoe de Saboteur de brug zou saboteren. Hij had alle toegangswegen laten bewaken, evenals de fundamenten zelf, en de arbeidersploegen met argusogen in de gaten gehouden. Maar het was geen moment in hem opgekomen dat de misdadiger de sabotage had voorbereid, twee volle jaren eerder al, zelfs voordat ze met de bouw van de brug waren begonnen!

Bell had hem tegengehouden in New York. Hij had hem afgeweerd op de rails. Hij had hem het hele traject door Tunnel 13 tot aan de brug afgeweerd. Maar hier, onder deze brug, had de Saboteur zijn daadkracht bewezen met een vernietigende, op voorhand voorbereide tegenaanval voor het geval al het andere zou mislukken.

Bell schudde zijn hoofd, deels van woede en deels in een grimmige bewondering voor de doortraptheid van zijn vijand. De Saboteur was verachtelijk, een meedogenloze moordenaar, maar hij was een geweldenaar. Deze wijze van voorbereiding en uitvoering was zelfs nog vele malen vernuftiger dan bij de aanslag met dynamiet in New York.

Het enige wat Isaac Bell hier tot zijn eigen verdediging tegen in kon brengen, was dat wanneer de Cascade Canyon Brug instortte, dat op zijn minst niet als een verrassing kwam. Hij had de catastrofe van tevoren onderkend. Er zou geen trein met onschuldige arbeiders worden meegesleurd. Maar hoewel er geen mensen bij zouden omkomen, was het wel een ramp. De afsnijdingslijn, het enorme project dat hij bezworen had te zullen beschermen, was zo goed als verloren.

Hij merkte dat er iemand op hem afkwam en wist al voordat hij haar parfum geroken had, wie het was.

'Hé schatje,' riep hij zonder zijn sombere blik van het water af te wenden. 'Ik sta tegenover een meesterbrein.'

'Een Napoleon van de misdaad?' vroeg Marion Morgan.

'Zo noemde Archie hem. En hij heeft gelijk.'

'Napoleon moest zijn soldaten betalen.'

'Dat weet ik,' zei Bell neerslachtig. 'Als een bankier denken. Maar daar ben ik ook niet erg ver mee gekomen.'

'Er is nog iets wat je niet mag vergeten,' reageerde Marion. 'Napoleon was dan misschien een meesterbrein, uiteindelijk heeft hij wel verloren.'

Bell draaide zich naar haar om. Terwijl hij half een meevoelende glimlach verwachtte, zag hij een brede grijns vol hoop en vertrouwen. Ze was onvoorstelbaar mooi, met glinsterende ogen en haren, die glansden alsof ze een bad in zonlicht had genomen. Onwillekeurig glimlachte hij naar haar terug. Opeens barstte zijn glimlach open tot een net zo brede grijns als die van haar.

'Wat is er?' vroeg ze.

'Bedankt dat je me eraan herinnerde dat Napoleon heeft verloren.'

Ze had zijn brein weer aangeslingerd. Hij nam haar met een uitbundige zwier in zijn armen, vertrok zijn gezicht van de stekende pijn van Philip Dows kogel in zijn rechterarm en verschoof haar soepeltjes naar zijn ongedeerde linkerkant.

'Nu moet ik alweer zo snel weg, terwijl jij net bent gekomen. Maar deze keer is het jouw schuld, want jij hebt me op ideeën gebracht.'

'Waar ga je naartoe?'

'Ik ga terug naar New York om alle bankiers die bij het spoor betrokken zijn te ondervragen. Het antwoord op de vraag wáárom hij het op deze spoorwegmaatschappij heeft voorzien kan alleen nog in Wall Street te vinden zijn.'

'Isaac?' Marion pakte zijn hand. 'Waarom ga je niet naar Boston?'

'De grootste banken zijn in New York. Hennessy en Joe van Dorn kunnen er deuren voor me openen. Ik begin bij J.P. Morgan en werk vandaar de hele rij af.'

'De American States Bank is in Boston.'

'Nee.'

'Isaac, waarom vraag je het niet aan je vader? Hij heeft een enorme ervaring in het bankwezen. Toen ik bij de bank werkte, was hij een legende.'

Bell schudde zijn hoofd. 'Ik heb je verteld dat mijn vader niet blij was dat ik detective ben geworden. Om eerlijk te zijn, hij was er kapot van. Mensen die legendarisch zijn, hopen dat hun zonen voortbouwen op de fundering die zij hebben gelegd. *Ik heb geen spijt dat ik mijn eigen weg ben gegaan.* Maar ik heb niet het recht hem te vragen me dat te vergeven.'

Bell haastte zich naar Osgood Hennessy's privéwagon om hem te vragen het een en ander voor hem in New York te regelen. Hij trof Hennessy in een sombere stemming, zorgelijk en verslagen. Franklin Mowery was bij hem. Beide mannen leken volkomen uitgeteld. En ze schenen elkaars pessimisme te versterken.

'Negentig procent van de afsnijdingslijn ligt aan de overkant van de brug,' jammerde de spoorwegdirecteur. 'Alles is gereed voor het laatste stuk. Route, kolen, bielzen, creosoteerinstallatie, remise, locomotieven, werkplaatsen. Het ligt allemaal aan de verkeerde kant van de brug waar nog geen kruiwagen overheen kan. Ik ben verslagen.'

Zelfs de altijd opgewekte mevrouw Comden zat er verslagen bij. Toch probeerde ze hem nog op te vrolijken en merkte meevoelend op: 'Misschien is het goed om de natuur haar gang te laten gaan. Het wordt winter. Begin volgend jaar met frisse moed opnieuw. Een herstart in het voorjaar.'

'Dan ben ik dood.'

Lillian Hennessy's ogen glinsterden van woede. Ze wisselde een grimmige blik met Isaac Bell. Vervolgens ging ze aan de tafel met de telegraaf zitten en legde haar vingers op de morsesleutel.

'Pa,' zei ze, 'ik stuur een bericht naar de werkplaats in Sacramento.'

'Sacramento?' vroeg Hennessy verstoord. 'Hoezo?'

'Zij zijn klaar met de schraagbalken voor de Cascade Canyon Brug. Dus hebben ze vast de tijd om een stel schommelstoelen te maken.'

'Schommelstoelen? Waarom dat in hemelsnaam?'

'Voor je pensioen. Voor de twee grootste zielenpieten die ik ooit in m'n leven ben tegengekomen. Dan bouwen we een veranda om de remise zodat je lekker kan schommelen.'

'Wat krijgen we nou, Lillian.'

'Je geeft 't op. Precies wat de Saboteur wil.'

Hennessy richtte zich tot Mowery en vroeg hem met iets van hoop in zijn stem: 'Is er een mogelijkheid om die fundamenten te versterken?'

'De winter komt eraan,' mompelde Mowery. 'Er komen stormen van zee. Het water stijgt al.'

'Meneer Mowery?' vroeg ze poeslief met opeengeklemde kaken. 'In wat voor kleur had u uw schommelstoel willen hebben?'

'U begrijpt het niet, jongedame!'

'Het verschil tussen opgeven en terugvechten, dat begrijp ik.'

Mowery staarde naar het tapijt.

'Geef antwoord op de vraag van mijn vader!' eiste Lillian. 'Is er een mogelijkheid om die funderingen te versterken voordat ze instorten?'

Mowery knipperde tegen opwellende tranen. Hij diepte een gigantische zakdoek op uit zijn zak en droogde zijn ogen.

'We kunnen proberen om stromingsdeflectoren te maken.'

'Hoe?'

'Door vanaf de oevers dammen aan te leggen. En de oevers met steenhopen te versterken. En steenhopen voor en achter de pijlers te storten. Dezelfde steenhopen die die driedubbel overgehaalde kloot... behoorlijk had moeten aanleggen. We zouden het met kolomplaten kunnen proberen.' Hij pakte een potlood en schetste met weinig enthousiasme hoe stromingsdeflectoren de rivierstroming om de pijlers heen leidden.

'Maar dat is voor de korte termijn,' reageerde Hennessy mistroostig. 'Tot de eerste overstroming. En voor de langere termijn?'

'Op de langere termijn moeten we kijken of we op de een of andere manier de diepte van de funderingen kunnen vergroten. Helemaal tot op het vaste gesteente, als we dat kunnen vinden. Maar op zijn minst tot onder de uitgesleten rivierbedding.'

'Maar de pijlers staan er al,' gromde Hennessy.

'Dat weet ik.' Mowery keek naar Lillian. 'U begrijpt, miss Lillian, dat we dan geheel nieuwe caissons voor de graafarbeiders moeten bouwen,' – hij maakte een tekening van het fundament van de pijlers omringd door waterdichte ruimtes waarin arbeiders onder het waterpeil konden werken – 'maar voordat we er zelfs maar over kunnen denken om caissons aan te brengen, moeten we kistdammen aanleggen, als een tijdelijke bescherming rond de pijlers om de rivier op afstand te houden, hier en hier. Ziet u? Daar is geen tijd meer voor.'

Hij gooide het potlood neer en greep naar zijn wandelstok.

Voordat Mowery kon opstaan, boog Bell zich over hem heen en drukte zijn vinger stevig op de tekening.

'Deze kistdammen lijken op die kolomplaten. Kunnen kistdammen de stroming afbuigen?'

'Natuurlijk!' baste Mowery. 'Maar het punt is...'

De oude ingenieur stopte halverwege de zin. Hij staarde voor zich uit. Opeens begonnen zijn ogen te glimmen. Hij zette zijn wandelstok weg en pakte weer een potlood op.

Isaac Bell schoof een blanco vel papier naar hem toe.

Mowery begon driftig te tekenen.

'Let op, Osgood! De pot op met de korte termijn. We bouwen de caissons direct al. En dan vormen we de kistdammen zo dat ze ook als stromingsombuigers functioneren. Beter dan kolomplaten, als je er goed over nadenkt.'

'Hoelang gaat dat duren?' vroeg Hennessy.

'Op z'n minst twee weken, non-stop, voor de aanleg van de kistdammen. Misschien drie.'

'Het weer verslechtert.'

'Ik heb alle mensen nodig die u kunt missen.'

'Ik heb er duizend op het bouwterrein die niets te doen hebben.'

'We storten hier en hier steenhopen, als oeverversterking.'

'We moeten bidden dat we geen hoog water krijgen.'

'We vergroten deze stromingsdeflector...'

De bruggenbouwer en de spoorwegdirecteur merkten niet dat Isaac Bell en Lillian Hennessy zich stilletjes terugtrokken uit wat tot een volwaardig ingenieursoverleg was opgebloeid.

'Goed gedaan, Lillian,' zei Bell. 'Je hebt ze opgepept.'

'Ik besefte dat ik mijn financiële toekomst maar beter veilig kon stellen nu er een berooide detective naar mijn hand dingt.'

'Zou je dat willen?'

'Ik geloof 't wel, Isaac.'

'Liever dan met een kandidaat voor het presidentschap?'

'Ergens heb ik het gevoel dat dit opwindender zal zijn.'

'In dat geval heb ik goed nieuws voor je: Ik heb Archie getelegrafeerd dat hij het hier van me over moet nemen.'

'Komt Archie hierheen?' Ze greep Bells handen beet. 'O, Isaac, bedankt. Dat is fantastisch.'

Bells goudkleurige snor waaierde omhoog bij zijn eerste zorgeloze glimlach sinds ze de ramp met de gesaboteerde pijlers hadden ontdekt.

'Je moet me beloven dat je hem niet te veel afleidt. We hebben de Saboteur nog niet te pakken.'

'Maar als Archie hierheen komt, waar ga jij dan naartoe?'

'Wall Street.'

43

Isaac Bell racete in vierenhalve dag het hele continent over. Hij nam zo veel mogelijk exprestreinen en regelde een privétrein wanneer de treinen volgens de dienstregeling te langzaam gingen. Hij overbrugde het laatste traject van achttien uur met de Broadway Limited, de trotse naam van de maar liefst vier sporen brede verbinding tussen Chicago en New York.

Op de veerboot naar Manhattan zag hij hoe snel Jersey City en de spoorwegmaatschappijen werkten aan het herstel van de ravage die de dynamietaanslag van de Saboteur had aangericht. Het stationsdak was al gerepareerd en er verrees een nieuwe steiger op de plek waar nog geen drie weken geleden de zwartgeblakerde stompen van de pijlers boven de eblijn uitstaken. De beschadigde schepen waren weg en hoewel nog veel ramen met ruwe planken waren dichtgetimmerd, glom in de meeste kozijnen helder nieuw glas. Dit vervulde hem in eerste instantie met hoop en deed hem eraan denken dat Hennessy en Mowery in het verre Oregon met inzet van een non-stopploegendienst de Cascade Canyon Brug probeerden te redden. Maar, moest hij nuchter genoeg toegeven, hun taak was heel wat moeilijker, zo niet volstrekt onmogelijk. De fundamenten van de brug waren gesaboteerd. En de Saboteur was nog op vrije voeten, vastbesloten nog meer schade aan te richten.

Bell ging bij Liberty Street van boord en liep haastig naar het nabijgelegen Wall Street. Op de hoek met Broad Street stond het witmarmeren hoofdkantoor van J.P. Morgan & Company.

'Isaac Bell voor de heer Morgan.'

'Hebt u een afspraak?'

Bell klapte zijn gouden horloge open. 'De heer Joseph van Dorn heeft een afspraak voor vanochtend om tien uur gemaakt. Uw klok loopt achter.'

'O ja, natuurlijk, meneer Bell. Maar helaas, de heer Morgan heeft onver-wachts zijn agenda moeten veranderen. Hij zit op de boot naar Engeland.'

'Wie vervangt hem?'

'Tja, niemand kan hem vervangen, maar er is iemand die u misschien kan helpen. De heer Brooks.'

Een loopjongen leidde hem dieper het gebouw in. Hij zat bijna een uur in Brooks wachtkamer, die uitkeek op een met nikkel beklede en met sta-len tralies afgesloten kluis die door twee bewapende mannen werd be-waakt. Hij doodde de tijd door tot in de details twee onfeilbare bankroven uit te werken, één voor overdag en één voor 's nachts. Uiteindelijk werd hij in het kantoor van Brooks geroepen.

Brooks was klein, fors en kortaangebonden. Hij begroette Bell geïrri-teerd zonder excuus voor het lange wachten.

'Uw afspraak met de heer Morgan is gemaakt zonder mijn medeweten. Ik heb de opdracht uw vragen te beantwoorden. Ik ben een drukbezet man en ik kan me niet voorstellen met wat voor informatie ik een detective van nut kan zijn.'

'Ik heb maar één simpele vraag,' zei Bell. 'Wie heeft er baat bij als de Southern Pacific Railroad Company failliet gaat?'

In Brooks ogen glansde een roofdierachtige interesse.

'Hebt u aanwijzingen voor die suggestie?'

'Ik suggereer niets,' reageerde Bell streng, voordat hij onbedoeld een nieuw element toevoegde aan de eindeloze strijd om een fusie van de spoorwegen en de ondermijning van Hennessy's reputatie op de markt. 'Mijn vraag is wie er baat bij heeft *indien* dat zou gebeuren?'

'Laat één ding duidelijk zijn, detective. U hebt geen informatie dat Osgood Hennessy in een verzwakte positie verkeert?'

'Absoluut niet.'

De belangstelling vloeide weg uit Brooks' blik.

'Natuurlijk niet,' zei hij gelaten. 'Hennessy is al dertig jaar onaantast-baar.'

'Als dat nu niet…'

'Als! Als! Als! In het bankwezen kunnen we niets met dat ge-*als*, me-neer…' – hij deed alsof hij op Bells visitekaartje keek om zijn geheugen op te frissen – 'Bell. In het bankwezen werken we uitsluitend met feiten. Bankiers speculeren niet. Bankiers reageren op zekerheden. Hennessy spe-culeert. Hennessy maakt er een rotzooi van.'

'En toch,' zei Bell minzaam, 'is Hennessy onaantastbaar, zegt u zelf.'

'Hij is geraffineerd.'

Bell zag dat hij zijn tijd verdeed. Gesloten als een bus en uitsluitend hengelend naar voordeeltjes, dit soort bankiers gaf niets prijs tegenover een vreemde.

Brooks stond abrupt op. Hij staarde langs zijn neus naar Bell en zei: 'Eerlijk gezegd begrijp ik niet waarom de heer Morgan er tijd voor overhad om op de vragen van een detective in te gaan. Ik neem aan dat dit weer zo'n voorbeeld van zijn al te vriendelijke aard is.'

'De heer Morgan is niet zozeer vriendelijk,' zei Bell, zijn woede beheersend, terwijl hij zich tot zijn volle lengte oprichtte. 'De heer Morgan is intelligent. Hij weet dat hij kostbare informatie kan inwinnen door naar de vragen van anderen te luisteren. Daarom is de heer Morgan ook uw baas en bent u zijn slippendrager.'

'Waar haalt u het lef...'

'Tot ziens.'

Bell banjerde het gebouw van J.P. Morgan uit en stak de straat over naar zijn volgende afspraak.

Een halfuur later banjerde hij ook dat gebouw uit en als een volgende bankier hem op dat moment nog eens had afgepoeierd, had hij hem een knal voor zijn kop verkocht of hem simpelweg met zijn pistool overhoopgeschoten. Die gedachte ontlokte hem een spottend lachje. Hij bleef midden op het drukbevolkte trottoir staan en overwoog of het eigenlijk wel de moeite waard was nog naar zijn volgende afspraak te gaan.

'U lijkt nogal verward.'

Voor hem stond een knappe, donkerharige man van rond de veertig die hem met een vriendelijke, ondeugende glimlach aankeek. Hij droeg een dure jas met een bontkraag en op zijn hoofd een keppeltje – een klein rond fluwelen kapje dat veelal door joden werd gedragen.

'Ik bén ook verward,' zei Bell. 'Wie bent u, sir?'

'Ik ben Andrew Rubenoff.' Hij stak hem zijn hand toe. 'En u bent Isaac Bell.'

Verbaasd vroeg Bell: 'Hoe weet u dat?'

'Puur toeval. Geen toeval dat ik u herken, maar toeval dat ik u hier zie staan. Zo in verwarring.'

'Hoe hebt u me herkend?'

'Van uw foto.'

Bell vermeed fotografen altijd angstvallig. Zoals hij ook Marion op het hart had gedrukt dat het voor een detective niet handig was om een bekend gezicht te zijn.

Rubenoff glimlachte begripvol. 'U hoeft niet bang te zijn. Ik heb uw foto uitsluitend op het bureau van uw vader gezien.'

'Ach. U doet zaken met mijn vader.'

Rubenoff bewoog zijn hand heen en weer in een ja-en-neegebaar. 'Zo nu en dan treffen we elkaar.'

'U bent bankier?'

'Dat zeggen ze,' antwoordde hij. 'Toen ik hier uit Rusland aankwam, was ik niet onder de indruk van New Yorks Lower East Side en heb ik de trein genomen naar de andere kant van het land. In San Francisco ben ik een saloon begonnen. Later leerde ik een leuk meisje kennen en haar vader had een bank. Voor de rest is het een heel prettig verlopen verhaal.'

'Zou u met me willen lunchen?' vroeg Isaac Bell. 'Ik moet nodig met een bankier praten.'

'Ik heb al een afspraak voor de lunch. Maar wat dacht u van een kop thee in mijn kantoor?'

Rubenoffs kantoor bevond zich om de hoek in Rector Street, die door de politie was afgezet zodat een vleugel uit een elektrische GMC-verhuiswagen veilig naar de vijfde etage kon worden getakeld, waar een heel raam uit de sponningen was gehaald. Het open raam was van Rubenoff, die alle commotie negeerde terwijl hij Bell binnenliet. Door het gapende gat in de muur kwam eerst een guur waaiende Hudsonwind binnen en vervolgens, begeleid door het geschreeuw van de verhuizers, de schommelende zwarte piano. Een matroneachtige secretaresse bracht thee in grote glazen.

Bell legde hem de kwestie uit.

'Zo,' zei Rubenoff. 'Dus het is helemaal geen toeval. U zou me nadat ook anderen u de deur hadden gewezen toch wel zijn tegengekomen. Dat ik u herkende bespaart u tijd en moeilijkheden.'

'Ik ben u zeer dankbaar voor uw hulp,' zei Bell. 'Bij Morgan bereikte ik niets. De baas was er niet.'

'Bankiers vormen een hechte gemeenschap,' reageerde Rubenoff. 'Ze klieken samen, ook al mogen ze elkaar niet en wantrouwen ze elkaar. De elegante bankiers van Boston hebben een hekel aan de brutale New Yorkers. De protestanten wantrouwen de Duitse joden. De Duitse joden mogen de Russische joden, zoals ik, weer niet. Afkeer en wantrouwen beheersen de wereld. Maar genoeg gefilosofeerd. Wat wilt u precies weten?'

'Volgens iedereen is Osgood Hennessy onaantastbaar. Is dat zo?'

'Vraag het uw vader.'

'Pardon, sir?'

'U hebt me gehoord,' zei hij streng. 'Sla het beste advies dat je in New York City kunt krijgen niet in de wind. Vraag het aan uw vader. Doe hem de groeten van mij. En dat is alles wat u hierover van Andrew Rubenoff te horen krijgt. Ik weet niet of Hennessy onaantastbaar is. Tot vorig jaar had ik het wel geweten, maar ik ben uit de spoorwegenbusiness gestapt. Ik heb mijn geld in automobielen en de filmindustrie gestoken. Tot ziens, Isaac.'

Hij stond op en liep naar de vleugel. 'Ik zal u met muziek uitgeleide doen.'

Bell wilde niet naar Boston om het zijn vader te vragen. Hij wilde hier en nu antwoord op zijn vragen, van Rubenoff, die hij ervan verdacht meer te weten dan hij toegaf. 'De verhuizers zijn net weg. Moet u hem niet eerst stemmen?'

Bij wijze van antwoord vlogen Rubenoffs handen over de toetsen en er klonken vier akkoorden in een perfecte harmonie.

'De heren Mason en Hamlin bouwen piano's die de Niagara-watervallen trotseren voordat je ze moet stemmen... Uw vader, beste Isaac. Ga met uw vader praten.'

Bell nam de metro naar het Grand Central Station, waar hij zijn vader telegrafeerde dat hij eraan kwam, en nam de befaamde Witte Trein, een exprestrein van de New England Railroad. Hij herinnerde zich die nog goed uit zijn studententijd, toen hij ermee naar New Haven reed. Ze hadden de glimmende sneltrein tot de Spooktrein omgedoopt.

Zes uur later stapte hij op het nieuwe South Station van Boston uit, een gigantische, roze getinte spoorwegtempel. Met een lift ging hij de vijf verdiepingen omhoog naar de bovenste etage van het station, waar hij zich in het plaatselijke kantoor van Van Dorn meldde. Zijn vader had een telegram teruggestuurd: 'Ik hoop dat je me thuis opzoekt.' Toen hij het in Griekse renaissancestijl opgetrokken herenhuis van zijn vader bereikte, was het al na negenen.

Padraic Riley, de oude butler die al sinds de geboorte van Isaac het huishouden van de Bells bestierde, opende de glanzend geboende voordeur. Ze begroetten elkaar hartelijk.

'Uw vader zit aan tafel,' zei Riley. 'Hij dacht dat u een late avondmaaltijd wel zou waarderen.'

'Ik sterf van de honger,' gaf Bell toe. 'Hoe is het met 'm?'

'Helemaal zichzelf,' antwoordde Riley discreet als altijd.

Bell bleef even staan in de zitkamer.

'Wens me geluk,' mompelde hij tegen het portret van zijn moeder. Vervolgens rechtte hij zijn rug en liep door naar de eetkamer, waar zijn vaders lange, magere gestalte zich als een ooievaar van zijn stoel aan het hoofd van de tafel ontvouwde.

Ze namen elkaars gezichten op.

Riley, die weifelend in de deuropening wachtte, hield zijn adem in. Ebenezer Bell, dacht hij een tikje jaloers, leek de eeuwige jeugd te bezitten. Zijn haren waren uiteraard grijs geworden, maar hij had ze nog wel allemaal, wat Riley niet van zichzelf kon zeggen. En zijn Burgeroorlog-veteranenbaard was vrijwel wit. Maar hij had nog altijd het slanke en rechte postuur van de Union Army-officier die vier decennia eerder in het bloedige conflict had meegevochten.

Volgens de butler zou iedere vader trots zijn op de man tot wie de zoon van zijn baas zich had ontwikkeld. De ferme blik in Isaacs blauwe ogen weerspiegelde die van zijn vader, met een beetje violet erin dat hij van zijn moeder had. Wat leken ze op elkaar, dacht Riley. Misschien wel iets te veel.

'Wat kan ik voor je doen, Isaac?' vroeg Ebenezer stijfjes.

'Ik weet niet precies waarom Andrew Rubenoff me naar je toe heeft gestuurd,' antwoordde Isaac net zo stijfjes.

Riley verlegde zijn aandacht naar de oudere man. Als ze zich wilden verzoenen, was het aan Ebenezer om de eerste stap te zetten. Maar er kwam slechts een karige reactie. 'Rubenoff is een familiemens.'

'Dat begrijp ik niet.'

'Hij dacht me een plezier te doen... Dat ligt in zijn aard.'

'Bedankt voor je uitnodiging om hier te overnachten,' zei Isaac.

'Je bent hier welkom,' zei de vader. En tot Rileys enorme opluchting greep Ebenezer fier de hand aan die zijn zoon hem aanreikte door de uitnodiging om te blijven logeren te accepteren, iets wat hij in geen tijden had gedaan. In feite, dacht de butler, klonk de strenge protestant bijna enthousiast. 'Je ziet er goed uit, zoon. Ik geloof dat je werk goed bij je past.'

De beide mannen reikten elkaar de hand.

'Het eten,' zei Riley, 'is opgediend.'

Terwijl ze van toast met gesmolten kaas en koude gepocheerde zalm genoten, bevestigde Isaac Bells vader wat Marion dacht en hij vermoedde. 'Spoorwegmagnaten zijn lang niet zo machtig als ze lijken. Ze hebben controle over hun lijnen door met kleine minderheidsbelangen aan aandelen te schermen. Maar zodra hun banken het vertrouwen verliezen, als de investeerders hun geld terugeisen, merken ze opeens dat ze aan lagerwal staan.' Er krulde een glimlach om de lippen van Ebenezer Bell. 'Vergeef me dat ik in zeevaartmetaforen spreek, maar zodra de waarde van hun aandelen daalt raken ze in de problemen, want dan moeten ze kapitaal ophoesten om te voorkomen dat ze door concurrenten worden overgenomen. De New England Railroad waarmee je vandaag hiernaartoe bent gereisd, staat op het punt om geheel te worden opgezwolgen door de New York, New Haven and Hartford Railroad. En geen moment te vroeg – geen wonder dat de NE bekend staat als de Narrow Escape. Het punt is, de New England heeft er zelf niets meer over te zeggen.'

'Dat weet ik,' reageerde Isaac. 'Maar Osgood Hennessy heeft zo'n beetje elke spoorwegmaatschappij opgekocht die zijn weg kruiste. Hij is te intelligent en te zeer gevestigd om zich te vertillen. Hij geeft toe dat hij geld tekortkomt voor de afsnijdingslijn door de Cascades wanneer de Saboteur de aanleg opnieuw stillegt. Dat zou een aanzienlijk verlies betekenen, maar hij beweert dat hij genoeg in kas heeft om zijn overige lijnen operationeel te houden.'

'Bedenk hoe meer lijnen Hennessy met elkaar heeft verbonden, hoe meer hij zelf verbonden is aan...'

'Precies. Hij bezit de machtigste economische belangengemeenschap in het land.'

'Of een kaartenhuis.'

'Maar iedereen is het erover eens dat Osgood Hennessy buiten gevaar is. De man van Morgan gebruikte zelfs het woord *onaantastbaar*.'

'Niet volgens mijn bronnen.' Ebenezer Bell glimlachte.

Op dat moment zag Isaac Bell zijn vader in een geheel ander licht. Hij wist uiteraard dat Ebenezer zich als jonge officier had onderscheiden in de inlichtingendienst van het Amerikaanse leger. Hij had medailles die dat bewezen. Maar er kwam een vreemde gedachte in Isaac op. Een gedachte die hij nooit eerder had gehad. Zou ook zijn vader ooit het verlangen hebben gekoesterd meer te zijn dan een bankier?

'Vader. Wilt u hiermee zeggen dat als de Saboteur in de financiële positie zou verkeren, hij de Southern Pacific Company kan opkopen, indien de spoorwegmaatschappij onder de last van de mislukte uitbreiding door de Cascades wankelt?'

'Niet *alleen* de Southern Pacific, Isaac.'

44

'Alle spoorwegmaatschappijen van het land,' zei Isaac Bell. Uiteindelijk drong de complete waarheid tot hem door.

De misdaden van de Saboteur dienden een doel dat even brutaal als duivels was.

'Nu weet ik tenminste wat hij wil,' zei Isaac. 'Zijn motief is op een gestoorde manier zinnig. Hij is te ambitieus om met minder genoegen te nemen. Monsterlijke misdaden om de droom van een meesterbrein waar te maken. Maar hoe zal hij ooit van zijn overwinning kunnen genieten? Zodra hij alle spoorwegen in handen heeft, zullen we hem genadeloos van de ene naar de andere uithoek van het continent opjagen.'

'Integendeel,' reageerde Ebenezer Bell. 'Hij zal voor zichzelf in alle glorie van zijn overwinning genieten.'

'Hoe?'

'Hij heeft zich grondig tegen identificatie afgeschermd. Achter wie ga je aan? In welk land? Een misdadiger die zo vernuftig is als jij hem beschrijft, zal zijn "pensioen", als we het zo mogen noemen, naar de Europese munitiehandelaren modelleren. Of zoals de opiumkartels dat doen. Ik ken speculanten, zwarthandelaren en beursfraudeurs die hun illegale praktijken ongestoord dertig jaar lang hebben kunnen uitvoeren.'

'Hoe?' drong Isaac aan, hoewel hij begon te doorzien hoe het in elkaar stak.

'Als ik de Saboteur was,' antwoordde Ebenezer, 'zou ik naar het buitenland gaan. Ik zou een netwerk van buitenlandse houdstermaatschappijen oprichten onder bescherming van corrupte regeringen. Met mijn lege vennootschappen zou ik de autoriteiten omkopen om een oogje dicht te knijpen. Een minister van Oorlog, een staatssecretaris van Financiën. De Europese kanselarijen zijn berucht.'

'En in Amerika,' reageerde Isaac kalm, 'een lid van de Amerikaanse Senaat.'

'Als de bedrijven senatoren omkopen, waarom zou een crimineel dat dan niet doen? Heb je een senator op het oog?'

'Charles Kincaid.'

'De man van Hennessy. Hoewel ik moet zeggen dat ik Kincaid altijd al een van de ergste paljassen heb gevonden van al die lieden in dat potsierlijke parlement.'

'Dat lijkt maar zo. Maar ik verdenk hem nu al een poosje van het allerergste. Wat jij nu vertelt, verklaart waarom. Hij zou een agent van de Saboteur kunnen zijn.'

'Met vrije toegang tot regeringsfunctionarissen die maar wat graag gekieteld willen worden. En niet alleen als de agent van de Saboteur in de Verenigde Staten, maar tevens als de spion van de Saboteur in Hennessy's kennissenkring. Dat is toch ronduit afschuwelijk, Isaac?'

'Effectief!' zei Isaac. 'Als de Saboteur behalve zijn koelbloedige wreedheid één ding bewezen heeft, is het dat hij effectief is... Maar er is één probleem met deze theorie: Charles Kincaid schijnt naar een nominatie voor het presidentschap te hengelen.'

'Dat meen je niet!'

'Preston Whiteway steunt hem bij een voorverkiezing. Het is moeilijk voor te stellen dat een politicus die president wil worden het risico neemt gepakt te worden voor het omkopen van een moordenaar.'

'Hij zou niet de eerste politicus zijn die zo arrogant is om te denken dat niemand hem kan pakken,' zei Ebenezer Bell rustig.

Padraic Riley onderbrak het gesprek met de mededeling dat hij in de bibliotheek cognac en koffie had klaargezet en zelf naar bed ging als de heren niets meer te wensen hadden. Hij draaide zich op zijn hakken om en verdween voordat ze daar de kans toe kregen.

Hij had ook een kolenvuurtje in de haard laten branden. Terwijl Ebenezer Bell een paar royale scheuten cognac in de twee kopjes koffie goot, staarde Isaac Bell diep nadenkend in de vlammen. Het kon Kincaid geweest zijn die in Rawlins de vuistvechters had ingehuurd om hem te vermoorden.

'In de Overland Limited liep ik Kenny Bloom tegen het lijf,' zei hij.

'Hoe is 't met die schooier?'

'Zo'n dertig kilo zwaarder dan de gemiddelde schooier en rijker dan ooit. Pa, waar zou de Saboteur het geld vandaan halen om de Southern Pacific op te kopen?'

Ebenezer antwoordde zonder aarzeling. 'Van de rijkste bankiers ter wereld.'

'Morgan?'

'Nee. Voor zover ik 't heb begrepen, is bij Morgan de rek eruit. Hennessy's spoorwegen kan hij zich niet veroorloven. En dat geldt ook voor Vanderbilt of Harriman of Hill, zelfs niet als ze zich verenigen. Heeft Van Dorn filialen in het buitenland?'

'We hebben samenwerkingsovereenkomsten met buitenlandse detectivebureaus.'

'Kijk naar Europa. De enige bankiers die daar rijk genoeg voor zijn, zitten in Londen en Berlijn.'

'Je houdt 't op Europa.'

'Je hebt me een misdadiger beschreven die onder strikte geheimhouding uitzonderlijk hoge bedragen bij elkaar moet zien te krijgen. Waar kan hij dan anders heen dan naar Europa? En daar zal hij zich uiteindelijk ook verschuilen. Ik raad je aan om de Europese connecties van Van Dorn te vragen zijn bankiers onder de loep te nemen. Ondertussen zal ik je proberen te helpen door m'n oren overal zo goed mogelijk te luister te leggen.'

'Bedankt, pa.' Isaac sloeg zijn handen ineen. 'Je hebt nieuw leven in de zaak gebracht.'

'Waar ga je naartoe?'

Isaac liep met grote passen naar de hal. 'Zo snel mogelijk terug naar de afsnijdingslijn. Hij zal blijven aanvallen tot Hennessy omvalt.'

'Maar er gaan op dit late uur geen sneltreinen.'

'Ik regel een privétrein naar Albany en stap daar over op een exprestrein naar Chicago.'

Zijn vader snelde met hem mee naar de deur, hielp hem in zijn jas en zag vanuit de hal hoe zijn zoon in de nachtelijke duisternis verdween.

'Zodra ik kan, kom ik terug,' riep Isaac over zijn schouder, 'en dan is er iemand aan wie ik je wil voorstellen.'

'Ik verheug me op de kennismaking met miss Morgan.'

Bell bleef een ogenblik staan. Was het een flikkering van een gaslamp of zag hij echt een glinstering in zijn vaders ogen?

'Hoe weet je dat? Van wie heb je dat gehoord?'

'Mijn bronnen zijn unaniem: "Uw zoon," werd me verteld, "is een geluksvogel."'

Er woei weer zo'n harde lateherfststorm vanuit zee, toen James Dashwood zijn twaalfde geheelonthoudersbijeenkomst bezocht. Deze vond plaats in een tochtige, van de Elks gehuurde zaal in Santa Barbara. De regen liep in stromen langs de ramen, de wind joeg door de bomen en sloeg natte bladeren tegen de ruiten. Maar de spreker was gedreven en het publiek reageerde enthousiast op de pittige hartstocht van de knoestige, blozende 'Captain' Willy Abrams, klipperkapitein van een Kaap Hoornvaarder, schipbreukeling en bekeerde dronkenlap.

'Alcohol is niet voedzaam…' bulderde Captain Willy. 'Dat het een algemene en ongezonde lichamelijke opwinding teweegbrengt… Dat het de hersenweefsels verhardt… dat is door alle wetenschappelijke onderzoeken bewezen. Vraag iedere willekeurige scheepskapitein wat mensen tot muiters maakt. Zijn antwoord? *Alcohol.* Vraag een politieagent wat mensen tot misdaden aanzet. Zijn antwoord? *Alcohol.* Vraag 't een gevangenbewaarder. *Alcohol.* En vergeet de kosten niet! Hoeveel meer brood zou er wel niet op de plank liggen als het geld niet aan sterkedrank was uitgegeven? Hoeveel knusse woningen kunnen er wel niet van dat geld gebouwd worden? Sterker nog, van dat geld zou je de hele staatsschuld kunnen afbetalen!'

Dashwood, die zijn ogen over alle mannen in het publiek liet gaan, was even afgeleid. Van de talrijke sprekers die hij op zijn zoektocht naar de hoefsmid Higgins op dit soort gelegenheden had gehoord, was Captain Willy Abrams de eerste die afbetaling van de staatsschuld in het vooruitzicht stelde.

Toen Dashwood na afloop van de toespraak in de leeglopende zaal niemand ontdekte die op de smid leek, liep hij het podium op.

'Nog iemand?' vroeg Captain Willy, die zijn papieren bij elkaar zocht. 'Er is altijd tijd voor nog een gelofte.'

'Die heb ik al gedaan,' zei Dashwood zwaaiend met een Geheel Onthouders Verklaring die vier dagen eerder op de Ventura-bijeenkomst van de Christelijke Vrouwen Geheelonthouders Bond was geregistreerd. Hij had er zo nog tien in zijn koffer, samen met de van een anker gemaakte ontsporingshaak en een stapeltje kopieën van de door de houthakker gemaakte tekening.

'Ik ben op zoek naar een vriend van wie ik hoop dat hij de gelofte heeft afgelegd, maar die misschien is teruggevallen. Hij is verdwenen en ik vrees het ergste. Een lange, potige kerel, een hoefsmid, Jim Higgins heet hij.'

'Hoefsmid? Grote vent? Stevige schouders? Donker haar? Trieste en zorgelijke ogen?'

344

'Hebt u hem gezien?'

'Gezien? Nou, reken maar. Dankzij mij is de arme drommel tot bezinning gekomen. Tot in het extreme toe.'

'Hoe bedoelt u?'

'In plaats van de gelofte af te leggen om nooit meer alcohol te drinken, heeft hij alles afgezworen wat een man zich maar kan wensen.'

'Ik begrijp u niet, Captain Willy.'

De spreker keek om zich heen, overtuigde zich ervan dat er geen vrouwen binnen gehoorsafstand waren en knipoogde met een gerimpeld lid over zijn bloeddoorlopen oog. 'Heeft het drinken opgegeven, al zijn materiële bezittingen, zelfs vrouwen. En ik geloof echt, broeder, dat drinken en dronkenschap onscheidbare kwaden zijn. Onze Heiland Jezus Hoogstpersoonlijk zou Zijn klanten niet nuchter kunnen houden als Hij een saloon bestierde. Maar laat je niet wijsmaken dat Captain Willy propageert dat je van álle aardse genoegens afstand moet doen.'

'Wat deed Jim Higgins?'

'Het laatste wat ik heb gehoord, is dat hij monnik is geworden.'

'Monnik?'

'Hij is het klooster ingegaan, dat in elk geval.'

James Dashwood trok zijn opschrijfboekje tevoorschijn.

'Welke orde?'

'Dat weet ik niet zeker. De Orde van de Heilige Dit of Dat. Ik had er nooit eerder van gehoord. Niet een van de bekende kloosters, maar een afscheiding of zo... zoals er hier wel meer zijn.'

'Waar?'

'Iets verderop langs de kust. Ik begreep dat ze een lel van een lap grond hebben.'

'Welke stad?'

'Ergens ten noorden van Moro Bay, geloof ik.'

'In de heuvels of aan zee?' drong Dashwood aan.

'Allebei, heb ik gehoord. Een lel van een lap grond.'

Het was onderhand veertig jaar geleden dat de eerste trans-Atlantische telegraafkabel tijd en ruimte tenietdeed. In 1907 lagen er meer dan een dozijn op de oceaanbodem tussen Ierland en Newfoundland. De nieuwste kon honderdtwintig woorden per minuut verwerken. Terwijl Isaac Bell zich naar het westen haastte, werd een aanzienlijk deel van de kabelcapaciteit in beslag genomen door de telegrammen waarmee het detectivebureau Van Dorn informatie inwon bij de Europese bankiers van de Saboteur.

Bij elke tussenstop werd Isaac Bell overspoeld door kabeltelegrammen. Tegen de tijd dat hij in zijn privé-Atlantic 4-4-2 – een hoog op de wielen staande raceloc, geschikt voor het vlakke traject langs de grote meren – in Buffalo aankwam, had Bell een koffer vol papieren. Van Dorn-agenten en ingehuurde onderzoekers voegden zich onderweg bij hem, bankdeskundigen en vertalers Frans en Duits. Aanvankelijk ging het vooral om algemene verslagen over de Europese financiering van de spoorwegen in China, Zuid-Amerika, Afrika en Klein-Azië. Vervolgens, nadat de ingeschakelde bureaus er dieper waren ingedoken, werden de rapportages specifieker. Steeds weer dook de naam Schane & Simon Company op, een vrij onbekende Duitse investeringsmaatschappij.

Bell reserveerde voor zijn groeiende staf in Toledo een pullmanslaapwagon en liet de 4-4-2 door een veel sterkere Baldwin 4-6-0 vervangen. In Chicago nam hij er een restauratierijtuig bij, zodat de rechercheurs hun werk over de tafels konden uitspreiden terwijl ze door Illinois en Iowa raasden.

Ze doorkruisten Kansas, waarna ze opnieuw de locomotief verwisselden voor twee nieuwe, uiterst efficiënte, symmetrisch geveerde Atlantics, speciaal geschikt voor het licht, maar onophoudelijk stijgende traject over de Great Plains. Bij elke stop lagen er weer telegrammen klaar. De eettafels werden bedolven onder het gele papier. De rechercheurs, accountants en andere financieel deskundigen die Isaac Bell bijstonden, doopten hun privétrein de Van Dorn Express.

De Rocky Mountains kwamen in zicht, aanvankelijk blauw als de lucht, maar geleidelijk aan steeds duidelijker uit de nevel opdoemend als drie afzonderlijke met sneeuw bedekte bergketens. De hoofdopzichters van de Berg Divisie van de spoorwegmaatschappij waren maar al te bereid om te helpen en lieten hun beste locs van het Prairie-type met Vauclain geveerde cilinders aanrukken, speciaal geschikt voor deze steilere etappe. Tot dan toe hadden in totaal achttien locomotieven en vijftien bemanningsleden de continentale oversteek van de Van Dorn Express verzorgd, met snelheden die hoger lagen dan bij de vorig jaar gevestigde recordtijd van vijftien uur vanuit Chicago.

Bell zag een patroon in het steeds weer opduiken van Schane & Simon, dat in Berlijn was gevestigd. Jaren geleden hadden ze via de machtige kanselier Otto von Bismarck nauwe betrekkingen met de Duitse regering aangeknoopt. Die betrekkingen waren onder de huidige heerser, keizer Wilhelm, nog versterkt. De bronnen van Van Dorn meldden dat het er alle schijn van had dat de bank in het geheim staatsgelden had doorgesluisd naar de bouwers van de Bagdad Railway; in het geheim om de schijn op te houden dat Duitsland absoluut geen een spoorlijn aanlegde naar een haven aan de Perzische Golf die nadelig zou zijn voor de Britse, Franse en Russische belangen in het Nabije Oosten.

'Daar heeft senator Charles Kincaid gewerkt, herinner ik me,' zei een van de vertalers, die voor Buitenlandse Zaken had gewerkt tot Joseph van Dorn hem daar had weggekocht.

'In zijn tijd als Heldhaftige Ingenieur.'

Bell telegrafeerde naar Sacramento dat ze moesten zoeken naar transacties tussen Schane & Simon en mensen in Osgood Hennessy's kennissenkring.

Charles Kincaid was uiteraard geen moment meer uit Isaac Bells gedachten geweest sinds zijn vader hem had uitgelegd dat de mogelijkheid bestond dat buitenlandse houdstermaatschappijen en hun geheime eigenaar door corrupte regeringsfunctionarissen werden gedekt. Natuurlijk, een Amerikaanse senator kon veel betekenen voor de Saboteur, ook omdat geheimhouding verzekerd was. Maar welk motief bracht Kincaid ertoe om zijn toch al lucratieve politieke carrière op het spel te zetten? Geld? Dan moest het meer zijn dan hij van zijn aandelen Southern Pacific Railroad kreeg. Uit kwaadheid op Hennessy omdat die Lillian niet aanspoorde met hem te trouwen? Of was die hele hofmakerij een excuus om voortdurend in de buurt van Hennessy's altijd bedrijvige hoofdkwartier te kunnen rondhangen?

Maar hoe viel dat spioneren voor de Saboteur met zijn presidentiële aspiraties te rijmen? Of was dat hele gedoe om Preston Whiteway een campagne op te laten zetten alleen maar bedoeld als een rookgordijn? Had Charles Kincaid zijn politieke dromen opgegeven in ruil voor het vergaren van een immens fortuin aan smeergelden? Of was hij, zoals Bells vader suggereerde, zo arrogant om te denken dat hij met beide wegkwam?

Ebenezer Bells interpretatie van 'z'n oren te luister leggen' was breed en ondernemend. De voorzitter van de American States Bank was begonnen met het via de telefoon, telegrammen en privékoeriers uithoren van betrouwbare vrienden en vakgenoten in Boston, New York en Washington D.C. Nadat hij zo veel mogelijk inlichtingen bij zijn meest hoogstaande relaties had ingewonnen, groef hij dieper in het midden van het land, met speciale aandacht voor St. Louis, de thuishaven van de afgebrande Union Pier & Caisson Company. De informatie die hij in het westen van de topbankiers uit San Francisco, Denver en Portland verkreeg, bracht hem ertoe zich ook op de kleinere banken in Californië en Oregon te richten.

Een verzoek van de prominente bankier uit Boston leidde tot een besloten bijeenkomst in Eureka, een zeehaven die vrijwel geheel in dienst was van de houtindustrie, zo'n driehonderdzestig kilometer ten noorden van San Francisco. Stanley Perrone, de van-dik-hout-maakt-men-planken-directeur van de Northwest Coast Bank of Eureka, ging langs bij de ondernemende houthandelaar A.J. Gottfried. Gottfried had van Perrones bank veel geld geleend voor de modernisering van de Humboldt Bay Lumber Company. Zijn kantoor keek uit op zijn eigen houtpier, die ver in de door hevige regenbuien geteisterde haven doorliep.

Gottfried pakte een fles goede bourbon uit zijn bureau, waarna de beide mannen enige tijd van hun whisky nippend over het weer kletsten. Dat het van slecht alleen nog maar slechter zou worden, kon worden afgeleid van de rode stoomsloep die ze doelbewust bij alle afgemeerde en voor anker liggende houtschoeners langs zagen varen.

'Grote goedheid. Zo te zien krijgen we het behoorlijk voor de kiezen.'

De rode stoomsloep werd bestuurd door een speciale koerier van het Amerikaans Weer Instituut, die de voorspellingen van zwaar weer doorgaf aan de kapiteins van de schepen in de haven.

De bankier kwam ter zake. 'Voor zover ik me kan herinneren, A.J., heb jij Humboldt Bay Lumber gekocht met de opbrengst van de verkoop van je houtzagerij in Oost-Oregon.'

De houthandelaar, van plan om een slaatje uit dit onverwachte bezoek van zijn bankier te slaan, antwoordde: 'Inderdaad, zo is 't gegaan. Hoewel ík me herinner dat jij me dat makkelijker hebt gemaakt door te beloven dat je me zou helpen bij het vervangen van de verouderde installaties.'

'A.J., wie heeft jouw East Oregon Lumber Company gekocht?'

'Een vent met meer geld dan hersens,' gaf Gottfried monter toe. 'Ik had de hoop opgegeven dat ik er ooit nog vanaf zou komen, tot hij kwam. Het was gewoon te duur om het hout uit die bergen te slepen. Heel anders dan hier, waar ik de houtschoeners in mijn eigen werf kan beladen. Op voorwaarde natuurlijk dat het schip niet aan de grond loopt als het de haven probeert binnen te komen.'

Perrone knikte ongeduldig. Iedereen wist dat de toegang tot de Humbodt Bay niet zomaar het 'Kerkhof van de Stille Oceaan' werd genoemd. Dikke mist, een sterke branding met hoog opwaaiend vlokschuim en een dikke smog van de houtzagerijen maakten het vinden van de doorgang tot een crime waar de kapiteins grijze haren van kregen. 'Ik heb begrepen,' zei hij bits, 'dat je overweegt een ramen- en deurenfabriek aan je bedrijf toe te voegen.'

'Als ik daar de middelen voor kan vrijmaken,' antwoordde Gottfried in de hoop dat hij dit goed had gehoord. 'De beurspaniek maakt het er niet eenvoudiger op om geld te lenen.'

De bankier keek de houthandelaar recht in de ogen en zei: 'Ik verwacht dat gunstig te boek staande leners ondanks de crisis op een welwillend oor kunnen rekenen. Wie heeft jouw zaak in Oost-Oregon gekocht?'

'Veel kan ik je niet over hem vertellen. Zoals je je kunt voorstellen was ik voor de koper niet bepaald een geschenk uit de hemel. Zodra we de overeenkomst hadden afgerond, ben ik 'm daar zo snel mogelijk gesmeerd.'

Hij dronk zijn glas leeg en schonk er nog een in, waarna hij het glas bijvulde van de bankier, die er nog niet veel van had gedronken.

'Wat weet je wél van de koper van de East Oregon Lumber Company?' drong Perrone aan.

'Vooral dat hij over voldoende contanten beschikte.'

'Van wie was zijn cheque?'

'Nou, dat was wel interessant. Ik had verwacht uit San Francisco of Portland. Maar zijn cheque was van een New Yorkse bank. Ik was een beetje achterdochtig, maar het bleek heel snel dik in orde.'

'Kwam die vent uit New York?'

'Zou kunnen. Hij had beslist weinig verstand van de houthandel. Nu je het zegt, het viel me op dat hij het voor een ander kocht.'

De bankier spoorde de houthandelaar met een knikje aan door te praten. Ebenezer Bell had goed duidelijk gemaakt dat hij niet het hele verhaal van één persoon verwachtte. Maar alle beetjes hielpen. En de machtige directeur van de American States Bank had ook duidelijk gemaakt dat hij zich dankbaar zou tonen voor elk beetje waardevolle informatie dat Perrone hem toezond.

45

De Van Dorn Express bleef in het Union Depot-station van Denver net lang genoeg staan dat er een Van Dorn-agent in een ruitjespak en een bolhoed op het hoofd kon instappen met een vracht aan nieuwe rapporten uit Londen en Berlijn. 'Hoe is-ie, Isaac? Lang niet gezien.'

'Ga zitten, Roscoe. Ga met een stofkam door deze verslagen van Schane & Simon Company heen. Hou eventuele vragen bij de hand voor verzending bij de volgende tussenstop.'

Een advocaat die in Salt Lake City contact opnam, bracht nog meer informatie over Schane & Simon. De macht van de Duitse bank was gebaseerd op een investeringsnetwerk dat moderniseringsprojecten in het hele Ottomaanse Rijk ondersteunde. Maar al in de jaren negentig van de vorige eeuw waren ze zaken gaan doen in Noord- en Zuid-Amerika.

De Van Dorn Express raasde over de Great Salt Desert toen Roscoe beethad in de stapel kabelgrammen over Schane & Simon.

'Isaac! Wie is Erastus Charney?'

'Een spoorwegjurist. Is rijk geworden met zijn aandelen Southern Pacific. Scheen meer te weten dan zou mogen over wanneer te kopen en te verkopen.'

'Nou, hij heeft in ieder geval iets aan Schane & Simon verkocht. Moet je deze stortingen bij Charneys effectenmakelaar zien.'

In Wendover, waar de trein stopte om snel water en kolen in te slaan voor de klim dieper Nevada in, zond Bell een telegram naar Sacramento met de instructie om dieper op Roscoes ontdekking in te gaan. Maar hij vreesde dat het net te laat was. Als Schane & Simon inderdaad de Saboteur financierden, dan was het bewijs duidelijk dat Charney was omgekocht om informatie over Hennessy's plannen aan de Saboteur door te sluizen. Helaas kon uit het feit dat de onbetrouwbare spoorwegjurist nog in leven was worden afgeleid dat zijn contacten met de moorddadige Saboteur niet rechtstreeks verliepen en Charney dus niets over hem wist. Maar op zijn minst hadden ze weer een handlanger van de Saboteur die ze konden stoppen.

Toen de trein twee uur later uit Elko, Nevada vertrok, kwam er op het laatste moment nog een gezette accountant op de laatste wagon afrennen. Jason Adler, met zo'n vijftien kilo overgewicht en de jaren dat hij nog sprintjes trok ver achter zich, struikelde. Met een mollige roze hand had hij de stang van het achterbalkon al stevig vast kunnen pakken en met de andere omklemde hij een dikke aktentas. Terwijl de trein hem over het perron voortsleurde, hield hij zich uit alle macht vast, koeltjes concluderend dat het al zo hard ging dat hij er bepaald niet zonder kleerscheuren vanaf kwam als hij nu nog losliet. Een alerte conducteur haastte zich naar het achterbalkon en boorde beide handen diep in de plooien van de overjas van de accountant. Te laat besefte hij dat het gewicht van de vallende man hen beiden van de trein zou doen sleuren.

Maar er schoten forse Van Dorn-detectives te hulp.

Even later lag de accountant met de aktetas tegen zijn borst gedrukt op de vloer van het achterbalkon.

'Ik heb belangrijke informatie voor de heer Isaac Bell,' zei hij.

Bell was net voor het eerst in vierentwintig uur in slaap gevallen, toen ze het gordijntje van zijn pullmankooi opentrokken. Hij was ogenblikkelijk klaarwakker, zijn ogen glinsterden van intense concentratie. De rechercheur die hem had gewekt verontschuldigde zich en stelde hem voor aan een te dikke man die een aktetas tegen zijn colbert gedrukt hield en eruitzag alsof hij kopjeduikelend een kolenterrein was overgestoken.

'Meneer Bell, dit is de heer Adler.'

'Hallo, meneer Adler, hoe gaat 't met u?'

'Ik ben accountant in dienst van de American States Bank.'

Bell zwaaide zijn benen over de rand van de kooi. 'U werkt voor mijn vader.'

'Ja, sir,' antwoordde Adler trots. 'De heer Bell heeft mij speciaal gevraagd om dit rapport over te brengen.'

'Wat hebt u daar?'

'We hebben de naam achterhaald van de geheime eigenaar van de Union Pier and Caisson Company in St. Louis.'

'Gaat u verder!'

'Kan het onder vier ogen, meneer Bell?'

'Dit zijn agenten van Van Dorn. U kunt hier uw zegje doen.'

Adler drukte zijn aktetas nog steviger tegen zich aan. 'Neemt u mij niet kwalijk heren, en meneer Bell, maar ik heb de strikte opdracht van de heer Ebenezer Bell, directeur van de American States Bank, om dit met u te bespreken, en met u alleen.'

'Excuseert u ons,' zei Bell, waarop de detectives vertrokken. 'Wie is de eigenaar van Union Pier?' vroeg hij streng.

'Een lege vennootschap als onderdeel van een Berlijnse investerings-maatschappij.'

'Schane & Simon.'

'Ja, sir. U bent goed op de hoogte.'

'Zo ver zijn we inmiddels. Maar wie is de eigenaar van die lege vennootschap?'

Adler dempte zijn stem tot een fluistertoon. 'Die is geheel in handen van senator Charles Kincaid.'

'Weet u dat zeker?'

Adler aarzelde maar een seconde. 'Niet helemaal honderd procent, maar we zijn er tamelijk zeker van dat senator Kincaid hun cliënt is. Schane & Simon leverden het geld. Maar er zijn talloze aanwijzingen dat zij dat namens hem deden.'

'Dat houdt in dat de Saboteur in Duitsland goede contacten heeft.'

'Die conclusie trok uw vader ook,' reageerde Adler.

Bell gunde zich niet de tijd om zichzelf te feliciteren met de ontdekking dat Kincaid hoogstwaarschijnlijk, zoals hij al vermoedde, voor de Saboteur werkte. Hij gaf opdracht voor een onmiddellijk onderzoek naar alle bedrijven die de Southern Pacific Company voor de werkzaamheden aan de Cascades afsnijdingslijn van buitenaf had ingehuurd. En hij stuurde een waarschuwing naar Archie Abbott dat hij de senator goed in de gaten moest houden.

'Telegram, meneer Abbott.'

'Bedankt, meneer Meadows.'

Er verscheen een brede grijns op het gezicht van Archie Abbott toen hij het bericht van Isaac Bell ontcijferde. Hij kamde zijn rode haren in de weerspiegeling van een wagonruit en trok zijn modieuze vlinderdas recht. Vervolgens stevende hij recht op het privékantoor van Osgood Hennessy af met het mooie excuus dat hij dan ook miss Lillian zag, die was gekleed in een robijnrode fluwelen blouse met een bijpassend lijfje. Een imposante rij parelknopen sierde de voorkant van de stof, die zich opwindend om haar heupen spande.

De Ouwe was niet in een beste stemming die ochtend. 'Wat wilt u, Abbott?'

Lillian keek aandachtig toe en peilde hoe Archie met haar vader omging. Ze werd niet teleurgesteld. Archie had geen probleem met vaders. Moeders waren zijn zwakte.

'Ik wil dat u me alles vertelt wat u weet over de vanbuiten aangetrokken bedrijven die aan de afsnijdingslijn werken,' zei Abbott.

'Union Pier and Caisson, dat weten we inmiddels,' reageerde Hennessy ernstig. 'En verder nog een aantal beneden in Cascade. Leveranciers, hotels, wasserijen. Waarom vraagt u dat?'

'Isaac wil geen herhaling van het probleem met de pijlers en ik ook niet. We controleren alle van buitenaf ingehuurde bedrijven. Heb ik het goed begrepen dat er door Southern Pacific een bedrijf is ingehuurd voor de levering van de bielzen voor de afsnijdingslijn?'

'Natuurlijk. Toen we met de aanleg begonnen, heb ik geregeld dat er aan deze kant van de Canyon Brug een voorraad bielzen werd opgeslagen, zodat we direct door konden zodra we overgestoken waren.'

'Waar is die houtzagerij?'

'Zo'n dertien kilometer hogerop in de bergen. De nieuwe eigenaren hebben de oude watermolen gemoderniseerd.'

'Hebben ze de bielzen volgens afspraak geleverd?'

'Zo goed als. Het is een traag karwei om het hout vandaar naar beneden te krijgen, maar over het geheel genomen is het goed gegaan. Ik had ze een grote voorsprong gegeven en de creosoteerinstallatie heeft meer aanvoer dan ze aankunnen.'

'Is die installatie ook van een ander bedrijf?'

'Nee, die is van ons. We demonteren hem steeds en zetten hem weer neer waar we hem nodig hebben.'

'Waarom hebt u geen eigen houtzagerij ingeschakeld, zoals u in het verleden wel deed?'

'Omdat de brug te ver weg lag van overige aanvoerwegen. Deze mensen waren daar al aan het werk. Het leek de snelste manier om het gedaan te krijgen. Meer kan ik er niet over zeggen.'

'Tussen twee haakjes, hebt u senator Kincaid vandaag nog gezien?'

'Sinds gisteren niet meer, nee. Als u zo in de houtzagerij geïnteresseerd bent, waarom neemt u er dan niet zelf een kijkje?'

'Dat is ook precies wat ik ga doen.'

Lillian sprong op. 'Dan ga ik met je mee!'

'Nee!' riepen Archie Abbott en Osgood Hennessy in koor.

Haar vader sloeg daarbij hard op tafel en Archie keek haar met een hartverwarmende glimlach verontschuldigend aan.

'Ik wou dat je met me mee kon rijden, Lillian,' zei hij, 'maar de regels van Van Dorn...'

'Ik weet 't. Die ken ik inmiddels. Naar een schietpartij neem je geen vrienden mee.'

46

James Dashwood lokaliseerde het St. Swithun-klooster dankzij een uitspraak van Captain Willy Abrams, de spreker van Christelijke Vrouwen Geheelonthoudersbond: 'Een lel van een lap grond.'

De grenzen omsloten een terrein van ruim vijfduizend hectare dat zich uitstrekte van de uitlopers van het Santa Lucia Gebergte tot de steile klippen aan de kust van de Stille Oceaan. Op vele kilometers van de stad leidde een modderige weg door een ijzeren hek naar een golvend plateau beplant met wijnstokken en boomgaarden vol fruit- en notenbomen. De kapel was een bescheiden, modern gebouw met eenvoudige art nouveau glas-in-loodramen. De monniken woonden in lage gebouwen, die in dezelfde stijl waren opgetrokken. Ze negeerden James toen hij hen naar de onlangs aangekomen hoefsmid Jim Higgins vroeg.

In hun wapperende pijen wandelde de een na de ander hem straal voorbij. De monniken die druiven oogstten of noten raapten, werkten gewoon door, wat hij hen ook vroeg. Ten slotte kreeg er een medelijden. Hij pakte een stok en schreef in het zand: ZWIJGPLICHT.

Dashwood nam de stok over en schreef: HOEFSMID.

De monnik wees naar een verzameling stallen en veekralen tegenover de slaapzalen. Dashwood liep erheen, hoorde het schallende geluid van een hamer op ijzer en versnelde zijn pas. Om de hoek van een stal zag hij rook door de takken van een kastanje omhoog kringelen. Higgins stond over een smidsvuur gebogen op een hoefijzer te slaan dat op zijn aambeeld lag.

Hij droeg een bruine pij onder zijn leren schort. Ondanks de koude miezerregen had hij niets op zijn hoofd. In de pij zag hij er nog imposanter uit dan Dashwood zich herinnerde. In zijn ene sterke hand had hij een enorme moker en in de andere een lange tang waarmee hij het roodgloeiende hoefijzer vasthield. Toen hij opkeek en Dashwood in zijn stadse kleren met de aktetas zag staan, moest Dashwood de neiging onderdrukken om weg te vluchten.

Higgins staarde Dashwood lang en indringend aan.

'Ik hoop dat u de gelofte tot zwijgen nog niet hebt afgelegd, zoals alle anderen hier.'

'Ik ben maar een novice. Hoe hebt u me gevonden?'

'Toen ik hoorde dat u met drinken was gestopt, ben ik naar geheelonthoudersbijeenkomsten gegaan.'

Higgins slaakte een luide grom die half als een lach en half als een kwade snauw klonk. 'Ik dacht dat een detective me in een klooster niet zo gauw zou vinden.'

'U bent bang geworden door de tekening die ik u liet zien.'

Higgins hief de tang met het hete hoefijzer op. 'Dat was niet nodig zeker...'

'U hebt hem herkend, ja toch?'

Higgins wierp het hoefijzer in een emmer water. 'U heet James, is 't niet?'

'Ja, we zijn allebei Jims.'

'Nee, jij bent een James en ik ben een Jim...' Hij zette zijn tang tegen het aambeeld en de hamer ernaast. 'Kom, James, dan zal ik je rondleiden.'

Jim Higgins sjokte naar de steile klip. James Dashwood ging achter hem aan, haalde hem in en liep naast hem tot ze aan de afbrokkelende rand van de klip moesten blijven staan. De Stille Oceaan strekte zich zover ze konden zien voor hen uit, grauw en onheilspellend onder een lage wolkenhemel. Dashwood keek omlaag en zijn maag draaide zich om. Vele tientallen meters lager sloeg de zee met donderend geraas en hoog opspattend schuim tegen de rotsen. Had Higgins hem naar deze verlaten uithoek gelokt om hem hier van de rand te gooien?

'Ik wist al een tijdje dat ik naar de hel zou gaan,' verkondigde de hoefsmid plechtig. 'Daarom ben ik gestopt met whisky drinken. Maar dat hielp niet. Ik stopte met bier. Maar nog steeds naar de hel.' Hij keek Dashwood met een vurige blik in zijn ogen aan. 'Jij hebt ervoor gezorgd, toen je langskwam, dat ik me in mezelf terugtrok. Dat ik doodsbang op de vlucht sloeg. Dat ik me moest verstoppen.'

James Dashwood overwoog wat hij moest zeggen. Wat zou Isaac Bell doen in deze omstandigheden? Proberen om handboeien om zijn dikke polsen te slaan? Of hem laten praten?

'Een stel hoge heren heeft dit klooster gesticht,' zei Higgins. 'Veel van deze monniken zijn rijke lieden die alles hebben opgegeven om een eenvoudig leven te leiden. Weet je wat een van hen me vertelde?'

'Nee.'

'Dat ik als hoefsmid nog net zo werk als in de Bijbel, alleen brandt mijn vuur op steenkolen in plaats van houtskool. Ze zeggen dat het goed voor onze ziel is om hetzelfde werk te doen als de mensen in de Bijbel.'

Hij keerde zijn rug naar de klip en fixeerde zijn blik op de velden en weilanden. Het miezeren was in echte regen overgegaan die de wijngaarden en fruitbomen in een nevelige waas hulde.

'Ik dacht dat ik hier veilig was,' zei hij.

Hij staarde een tijdje voor zich uit alvorens hij verder sprak.

'Ik had niet gedacht dat ik het hier prettig zou vinden. Ik werk graag in de buitenlucht onder een boom in plaats van tussen vrachtwagens en automobielen die de lucht verpesten. Ik hou van het weer en kijk graag naar een storm...' Hij zwenkte op zijn hakken om naar de Stille Oceaan, die bevlekt was met donkere regenvlagen. In het zuidwesten kleurde de lucht zo zwart als kool. 'Zie je dat?' vroeg hij, wijzend naar de donkere plek.

Dashwood zag een ruige, koude zee, een afbrokkelende klip voor zijn voeten en rotsen in de diepte.

'Kijk, James. Zie je 't niet aankomen?'

De leerling-detective kreeg het idee dat de hoefsmid al lang voor het treinongeluk gek was geworden. 'Wat moet ik zien, Jim?'

'De storm.' De ogen van de hoefsmid schoten vuur. 'Meestal komen ze schuin van het noordwesten, vertelde een monnik, uit het noorden van de oceaan, waar het koud is. Deze komt uit het warme zuiden. Die geeft meer regen... Weet je wat?'

'Wat?' vroeg Dashwood terwijl zijn hoop vervloog.

'De vader van een van de monniken heeft een draadloze Marconi-telegraaf. Wist je dat nu op dit moment zo'n zeshonderd kilometer ver op zee een schip naar het Weer Instituut telegrafeert om te vragen hoe het weer daar is!' Hij zweeg en dacht dieper over die ontdekking na.

Dit was een kans om met hem in gesprek te komen en James greep hem aan. 'Dat is een idee van Ben Franklin.'

'Hè?'

'Dat heb ik op de middelbare school geleerd. Benjamin Franklin viel het op dat stormen bewegende formaties zijn, waarvan je kunt voorspellen waar ze heengaan.'

De hoefsmid reageerde belangstellend. 'Is dat zo?'

'Dus toen Samuel Morse de telegraaf uitvond, werd het mogelijk om de mensen die in de baan van de storm woonden een waarschuwing te sturen. Zoals je zegt, Jim, nu maakt de draadloze telegraaf van Marconi het mogelijk dat schepen ergens ver op zee radiografische stormwaarschuwingen naar de wal zenden.'

'Dus de Weer Instituten weten dat nu al een hele tijd? Is dat niet geweldig?'

Dashwood vond dat hij met het weer nu wel ver genoeg met hem mee was gegaan.

'Waarom was je zo bang voor me?' vroeg hij.

'Door die prent die je me liet zien.'

'Deze?' Dashwood pakte de tekening met de snor uit zijn aktetas.

De hoefsmid wendde zich af. 'Dat is de man die de Coast Line Limited heeft laten ontsporen,' zei hij zachtjes. 'Alleen zijn z'n oren te groot.'

Dashwood jubelde inwendig. Hij was op de goede weg. Hij tastte in zijn aktetas. Isaac Bell had hem getelegrafeerd dat hij contact moest opnemen met Tom Griggs en Ed Bottomley, twee spoorwegagenten van Southern Pacific. Griggs en Bottomley hadden hem mee uit genomen, hem dronken gevoerd en in hun favoriete bordeel in de armen van een roodharige schone gedreven. Daarna hadden ze hem meegetroond naar het ontbijt en hem de haak gegeven waarmee de Coast Line Limited was ontspoord. Hij haalde het zware smeedijzeren ding uit zijn tas tevoorschijn. 'Heb je deze haak gemaakt?'

De hoefsmid wierp er een stuurse blik op. 'Dat weet je toch?'

'Waarom heb je niets gezegd?'

'Omdat ze mij dan de schuld geven van de dood van die arme mensen.'

'Hoe heette die man?'

'Hij heeft nooit zijn naam gezegd.'

'Als je zijn naam niet wist, waarom ben je dan gevlucht?'

De hoefsmid liet zijn hoofd hangen. Er welden tranen in zijn ogen op, die vervolgens over zijn rode wangen biggelden.

Dashwood had geen idee wat hij moest doen, maar hij voelde wel aan dat hij nu beter even zijn mond kon houden. Hij richtte zijn aandacht op de zee en probeerde zo het stilzwijgen niet te verbreken in de hoop dat de man zijn biecht zou vervolgen. De huilende hoefsmid interpreteerde Dashwoods zwijgen als een veroordeling.

'Ik wilde dat niet. Ik wilde niemand iets aandoen. Maar wie zouden ze geloven, mij of hem?'

'Waarom zouden ze jou niet geloven?'

'Ik ben maar een hoefsmid. Hij is een hoge piet. Wie zou jij geloven?'

'Wat voor hoge piet?'

'Wie zou jij geloven? Een dronken smid of een senator?'

'Een senator?' herhaalde Dashwood volledig uit het veld geslagen. Na al die moeite die hij had gedaan, die hele achtervolging, die eindeloze zoektocht naar de hoefsmid, stond hij nu tegenover een gestoorde gek.

'Hij bleef altijd in het donker,' fluisterde Higgins, zijn tranen wegvegend. 'In de steeg achter de stal. Maar de jongens deden de deur open en daardoor viel er licht op zijn gezicht.'

Dashwood herinnerde zich het steegje. Hij herinnerde zich de deur. Hij kon zich voorstellen hoe dat licht was geweest. Hij wilde de hoefsmid geloven. En toch lukte 't hem niet.

'Waar had je die senator eerder gezien?'

'In de krant.'

'Je kon het goed zien?'

'Net zo goed als ik jou nu naast me zie,' antwoordde Higgins, en Dashwood concludeerde dat de man dit alles met dezelfde overtuiging zei als de mate waarin hij in zijn schuld aan het ongeluk van de Coast Line Limited geloofde. Maar dat nam de indruk dat de man krankzinnig was nog niet weg. 'De man die ik zag, leek sprekend op de beroemde senator. Het kon hem ook niet zijn. Maar ik begreep dat als hij het wel was – als hij het echt was – dat ik dan goed in de knel zat. Echt in de problemen. En dat ik dat verdiende. Door wat ik met deze hand heb gedaan.'

Opnieuw in huilen uitbarstend en zwaar ademhalend hief hij een vlezige knuist op die nat was van de tranen.

'Door wat ik met deze hand heb gedaan, zijn er mensen gestorven. De machinist. De stoker. Die vakbondsman. Dat jongetje...'

Door een windvlaag woei de monnikspij van Higgins op en hij keek omlaag naar de brekende golven alsof die hem eeuwige rust zouden schenken. Dashwood durfde nauwelijks te ademen, ervan overtuigd dat ook maar één fout woord, een simpel 'Welke senator?' Higgins zou aanzetten van de klip de springen.

Osgood Hennessy sprak net ernstig zijn advocaten toe, nadat hij zijn bankiers vanwege het slechte nieuws uit Wall Street door de mangel had gehaald, toen de vergadering werd verstoord door een kleine, vriendelijk ogende man met een smalle stropdas, een vest, een crèmekleurige Stetson op het hoofd en een ouderwetse enkelschots .44 op zijn heup.

'Excuseert u mij, heren. Sorry dat ik stoor.'

De spoorwegjuristen keken op, met van hoop blozende wangen. Iedere onderbreking die hun kwade directeur van zijn à propos bracht was een geschenk uit de hemel.

'Hoe bent u langs mijn conducteur gekomen?' vroeg Hennessy streng.

'Ik heb uw conducteur – en de detective met het jachtgeweer – laten weten dat ik Chris Danis ben, commandant van de Amerikaanse politie. Ik heb een bericht van de heer Isaac Bell voor de heer Erastus Charney. Is de heer Charney hier toevallig aanwezig?'

'Dat ben ik,' zei de gezette, met een dubbele onderkin zwabberende Charney. 'Wat is het bericht?'

'U bent gearresteerd.'

De kogel uit het Winchester-geweer die bijna de omgekochte telegrafist Ross Parker van zijn paard had geworpen, had zijn rechterbiceps geschampt, waarbij de spier door botsplinters was geraakt. De dokter zei dat hij geluk had dat de kogel zijn opperarmbeen slechts had geschaafd en niet verbrijzeld. Parker voelde zich geen geluksvogel. Tweeëneenhalve week nadat de Van Dorn-detective hem had beschoten en twee van zijn beste mensen had gedood, deed het nog steeds zo'n pijn dat hij al sterretjes voor zijn ogen zag als hij zijn arm optilde om de sleutel in zijn postbus om te draaien.

Het deed nog veel meer pijn om uit de postbus de brief van de Saboteur te pakken. Zelfs het opensnijden van de envelop met zijn brievenopener deed pijn. De particuliere smeris die op hem had geschoten vervloekend, moest Parker zich aan een balie vasthouden toen hij het bagagereçu eruit haalde waarvan hij had gehoopt dat het erin zou zitten.

De dagelijkse postkaart van het Weer Instituut met de weersverwachting erop gestempeld stond in een ijzeren houder op de balie. De plattelandspostbode had er elke dag een bezorgd bij de boerderij van de weduwe, waar hij voor zijn herstel had gelogeerd. De voorspelling voor vandaag was dezelfde als die van gisteren en van eergisteren: meer wind, meer regen. Nog een reden om uit Sacramento weg te gaan nu dat nog goed kon.

Parker liep met het bagagereçu naar het om de hoek gelegen treinstation en haalde de koffer op die de Saboteur daar had achtergelaten. Er zaten de gebruikelijke rolletjes van twintigdollarbiljetten in, en een plattegrond van Noord-Californië en Oregon, waarop was aangegeven waar de draden moesten worden doorgesneden, evenals de bondige mededeling: 'Meteen beginnen!'

Als de Saboteur dacht dat Ross Parker met zijn half weggeschoten arm en twee doodgeschoten kameraden in telegraafpalen ging klimmen, dan had hij dat goed mis. Parkers plannen voor deze zak geld behelsden niet dat er voor werd gewerkt. Hij stak haast hollend de stationshal over naar de rij voor het kaartjesloket.

Er stond een forse vent voor hem. Met zijn vest, wollen muts, geruite hemd, werkbroek, walrussensnor en spijkerschoenen zag hij eruit als een houthakker. En zo rook hij ook, stinkend naar opgedroogd zweet en natte wol. Het enige wat ontbrak was een achteloos over zijn schouder geslagen dubbelzijdige bijl. Bijl of geen bijl, hij was te groot om ruzie mee te maken, zag Parker in, en al helemaal met die rottige arm. Een nog grotere kerel, die net zo rook, voegde zich achter hem in de rij.

De houthakker kocht drie kaartjes naar Redding en bleef vlakbij staan om het wisselgeld na te tellen. Parker kocht een kaartje naar Chicago. Hij keek op de klok. Nog tijd genoeg voor een lunch en een middagdutje. Hij verliet het station en ging op zoek naar een saloon. Opeens liepen de houthakkers die met hem in de rij hadden gestaan ieder aan een kant van hem.

'Chicago?'

'Wat?'

'Meneer Parker, u kunt nu niet met de trein naar Chicago.'

'Hoe weet u wie ik ben?'

'De mensen hier rekenen op u.'

Ross Parker dacht razendsnel na. Deze twee hadden het bagagedepot in de gaten gehouden. Wat betekende dat de Saboteur, wie dat dan verdomme ook mocht zijn, hem een paar stappen voor was.

'Ik ben gewond,' zei hij. 'Een schotwond. Ik kan niet in palen klimmen.'

'Dat doen wij voor jou.'

'Bent u lijnwerker?'

'Hoe hoog is zo'n telegraafpaal?'

'Bijna vijf meter.'

'Meneer, wij zijn klimgeiten. Wij toppen sparren van zestig meter hoogte en daarboven schaften we ook.'

'Het is meer dan alleen klimmen. Kunt u draad splitsen?'

'Dat leert u ons wel.'

'Nou, dat weet ik niet. Daar is wel wat ervaring voor nodig.'

'Maakt niet uit. Het is toch meer knippen dan splitsen of verbinden.'

'Je moet ook splitsen,' zei Parker. 'Het doorknippen van draden is niet voldoende als je het systeem wilt uitschakelen en uitgeschakeld wilt houden. Je moet de plaatsen waar je ze hebt doorgesneden camoufleren zodat de reparatieploeg niet ziet waar de draad is doorgeknipt.'

'Als je ons niet kunt leren splitsen,' zei de houthakker gemoedelijk, 'dan maken we je af.'

Ross Parker legde zich neer bij zijn lot.

'Wanneer wilde u beginnen?'

'Zoals op de kaart staat. Nu.'

47

De uren verstreken terwijl de Van Dorn Express van Isaac Bell langs de steile helling naar de Donner Pas zwoegde. Nadat ze eindelijk de top waren gepasseerd, denderden de locomotief, tender, restauratiewagon en pullman tussen de stenen wanden door die de Chinese Muren werden genoemd, waarna ze door de Summit Tunnel stoven en aan de razende afdaling uit de Sierra Nevada begonnen.

Nu ze per kilometer aan snelheid wonnen, behaalden ze topsnelheden van rond de honderdzeventig kilometer per uur. Zelfs met een tussenstop om kolen en water in te nemen konden ze volgens Bells berekeningen met deze gemiddelde snelheid over een uur in Sacramento zijn.

Tijdens een stop in Soda Springs telegrafeerde hij dat hij eraan kwam. Om tijd te winnen bij het verwisselen van locomotieven vroeg hij de stationschef in Sacramento om alvast een volgetankte loc klaar te zetten die hem zo snel mogelijk naar de Cascade Canyon Brug in het noorden kon brengen.

Ondertussen vervolgde Bell zijn overlegrondes langs zijn accountants, advocaten, detectives en rechercheurs, en sprak zo herhaaldelijk met alle mensen in de trein. Ze maakten goede vorderingen bij het uitzoeken van welke banken de krankzinnige daden van de Saboteur financierden. Maar hoe dicht zat hij de Saboteur zelf op de hielen?

Sinds zijn vaders accountant de rol van Chrales Kincaid als agent en spion van de Saboteur had bevestigd, dacht Bell terug aan zijn hand kaarten waarmee hij Kincaid had overbluft tijdens het spelletje poker in de Overland Limited... Hij herinnerde zich dat hij de staalmagnaat James Congdon als eerste had overbluft. Dat ook Kincaid had gepast, was opmerkelijk. Het was heel slim. Gedaan door een berekenende speler, een speler die de moed had om zijn verlies te nemen, maar op dat moment wel een voorzichtigere speler dan hij de hele avond was geweest. Veel sluwer.

Er kwam opeens een rare zin in Bells hoofd op: *Ik denk het ondenkbare.*

Schrijlings op een kastanjebruin paard gezeten op een pad vanwaar hij op zijn East Oregon Lumber Company uitkeek, overzag de Saboteur alles wat zijn kant opkwam. Het was nu echt serieus aan het regenen. Na een hele reeks tegenslagen was nu het tij gekeerd. De bergen in het noorden werden door zware sneeuwstormen geteisterd. Portland en Spokane gingen ook onder heftige sneeuwbuien gebukt. Maar hier regende het en traden de kreken, beekjes en riviertjes die de Cascade-rivier voedden buiten hun oevers. Het waterpeil in Lake Lillian was tot aan de rand van de geïmproviseerde dam gestegen.

Het regende te hard om hout te hakken. De stoomlieren stonden stil. De hooggeplaatste sleepkabels waarmee de stammen naar de zagerij werden getrokken, schommelden werkeloos in de wind. De ongedurige bedrijfsleider liep ijsberend door zijn kantoortje. De muildieren doezelden in hun stallen. De ossen keerden de regen hun rug toe. De voermannen en houthakkers zaten verspreid in hun slaapverblijven, dronken van de illegaal gestookte drank.

Op de rivieroever onder aan de door het regenwater bijna overspoelde dam lag een boomstamkano die voor de sneldienst naar Hell's Bottom werd gebruikt. Geen werk, geen loon. Met de winter voor de deur gaven de saloons zo goed als geen krediet meer. En vrouwen deden dat toch al nooit.

De Saboteur wendde zijn paard en reed de steile anderhalve kilometer omhoog naar de hut van Philip Dow.

Dow kwam niet naar buiten om hem te begroeten. De Saboteur bond zijn paard onder het afdak, slingerde een zadeltas over zijn schouder en klopte op de deur. Dow deed onmiddellijk open. Hij had hem door een schietgleuf aan zien komen.

Zijn ogen glommen koortsachtig. De huid rond het verband dat het restant van zijn oor bedekte, was ontstoken. Herhaalde doseringen carbolzuur en pure whisky hielden de infectie niet in toom. Maar de Saboteur vermoedde dat het niet alleen de infectie was waar hij onder leed. Door de mislukte aanslag op Isaac Bell en de daaropvolgende schietpartij met de detective was de moordenaar op een gevaarlijke manier van slag geraakt.

'Kruit, lonten en ontstekers,' zei de Saboteur, terwijl hij de tas in de verste hoek van het haardvuur wierp. 'Waterdicht. Hoe gaat het met je gehoor?'

'Aan deze kant hoor ik prima.'

Op het vijftien kilometer verderop gelegen bouwterrein van de afkortingslijn floot een Consolidation. 'Hoor je die locomotief fluiten?'

Dow spitste zijn goede oor. 'Nu je het zegt...'

'Je moet een van je mensen hier bij je hebben zodat die mijn signaal hoort om de dam op te blazen.'

'Ik laat de deur openstaan. Ik ben niet doof. Ik hoor 't wel.'

De Saboteur maakte hier geen punt van. Hij moest Dow in een loyale, coöperatieve stemming zien te houden en het was duidelijk dat in zijn huidige toestand zo'n kolossale, stinkende houthakker in zijn krappe hutje hem al snel zo zou irriteren dat hij hem naar de keel zou vliegen.

'Maak je geen zorgen,' zei hij. 'Ik trek wel aan twee fluiten tegelijk. Dat hoor je beslist.'

Het geluid van twee locomotieffluiten zou heel wat luider over de berghellingen schallen dan gevleugelde vrouwelijke bosnimfen die 'Blaas de dam van Lake Lillian op!' gilden.

'Hoe krijg je dat voor elkaar?'

'Dacht je dat alle spoorwerkers daar op het bouwterrein voor Osgood Hennessy werkten?' vroeg de Saboteur raadselachtig. 'Ik heb ongemerkt twee locomotieven aan de rand van het terrein laten neerzetten. Tegen de tijd dat er iemand uit gaat zoeken waarom die locs hebben gefloten, heb jij je lont aangestoken.'

Dow glimlachte. Dat klonk goed.

'Jij bent echt overal, hè?' zei hij.

'Overal waar ik moet zijn,' zei de Saboteur.

Dow opende de zadeltas en inspecteerde de springstof met het oog van een kenner.

'Gelatinedynamiet,' zei hij goedkeurend. 'Je hebt er verstand van.'

De dam was doordrenkt. Water zou de nitroglycerine uit gewoon dynamiet onttrekken. De Saboteur had geligniet gebracht, wat water afstoot. De ontstekers en de lont waren ook aangepast en in een dikke laag was gedoopt.

'Ik zou de lading pas morgen rond het middaguur aanbrengen,' zei de Saboteur, 'om er zeker van te zijn dat de ontsteker droog blijft.'

Aan de normaal gesproken beleefde Dow was goed te merken hoezeer hij door de schotwond was aangeslagen. 'Ik weet hoe ik een dam moet opblazen!'

De Saboteur reed terug naar het meer. Er waren een paar stammen tegen de barrière aangedreven, waardoor de stroming nog sterker belemmerd werd. Schitterend, dacht hij. Morgenmiddag zou Lake Lillian zelfs nog groter zijn. Plotseling leunde hij voorover in zijn zadel, alle zenuwen gespannen.

Beneden in het kamp kwam een ruiter over het karrenspoor van de Cascade Canyon Brug omhoog gereden. Dertien kilometer aan modderige geulen was, zelfs als het niet goot, niet bepaald uitnodigend voor zomaar een plezierritje. De man op dat paard was doelbewust op weg naar de East Oregon Lumber Company.

Een Stetson bedekte zijn haren, een vaalgele oliejas omhulde zijn lijf en een leren hoes zijn geweer. Maar de Saboteur had wel enig idee wie dit zou kunnen zijn. Hij had hem eerder gezien in het Jardin de Paris in het Hammerstein-theater, waar de man tegenover hem had gezeten, naast Isaac Bell. Zijn hoed noch oliejas noch het feit dat hij schrijlings op een paard zat, kon zijn kaarsrechte houding met opgeheven hoofd verhullen, waarmee hij als een New Yorkse acteur als het ware uitriep: *Kijk mij eens!*

Er speelde een begerige glimlach om de lippen van de Saboteur, terwijl hij nadacht wat voor slaatje hij uit dit onverwachte bezoek kon slaan.

'Detective Archibald Angell Abbott IV,' zei hij hardop, 'u komt als geroepen...'

Werkelijk niets aan de East Oregon Lumber Company kon Archibald Angell Abbott IV bekoren. Van de modderige dertien kilometer lange klim naar de stilstaande stoomlieren tot de norse houthakkers die hem vanuit hun slaapverblijven aanstaarden, zag hij niets wat ook maar enigszins economisch zinvol was. Zelfs wanneer hij nog nooit een houtzagerij had gezien – en hij had er tientallen gezien, diep in de wouden van Maine en het Adirondack-gebergte, waar hij vroeger met zijn moeder de zomerkampen van de families Angell en Abbott bezocht – had hij kunnen concluderen dat er op deze afgelegen en onherbergzame locatie onmogelijk voldoende hout gewonnen kon worden voor een rendabele exploitatie van alle nieuwe machines, om over winst maar helemaal niet te spreken.

Hij reed langs het kantoor en de slaapbarakken.

Niemand nam de moeite een deur te openen en hem beschutting tegen de regen aan te bieden.

Het meer beviel hem nog minder. De bouwvallige dam leek op instorten te staan. Van onder tot boven lekte er water doorheen en het golfde in stromen over de overlaat. Maar wat deed dat ding daar? Hij stuurde zijn paard een steil pad op om het beter te kunnen bekijken. Het pad bracht hem naar de top van de dam en een uitkijkpost over het hele meer. Het was gigantisch, veel groter dan het mocht zijn. Er was geen speciaal doorvoerkanaal voor het water. Bovendien werden de moderne cirkelzagen die hij beneden in de houtzagerij had gezien door stoom aangedreven.

Abbott zag wat hoger op het modderige pad iets bewegen. In een gevaarlijk snelle draf kwam een ruiter omlaag. Zijn flapperende regenjas woei opzij, waardoor er een geweer zichtbaar was. Een bedrijfsagent op patrouille, nam Abbott aan.

Abbott leunde op de voorste boog van zijn zadel en rolde, terwijl de regen van zijn hoed drupte, met de vingers van één hand geroutineerd een sigaret. Het was een oud cowboytrucje dat hij van Texas Walt Hatfield had geleerd en nu goed bij zijn vermomming als rondzwervende koeienknecht paste. Hij had de sigaret net met een vochtige lucifer aangestoken, toen het tot hem doordrong dat de naderende ruiter niemand minder dan senator Charles Kincaid was.

Zo, zo, zo… Precies de man die hij van Isaac in de gaten moest houden.

Abbott gooide zijn peuk in een plas.

'Kincaid. Wat doet u hier?'

'Dat kan ik ook aan u vragen.'

'Ik doe m'n werk. En u?'

'Ik was nieuwsgierig naar wat ze hier doen.'

'Net als Isaac Bell. Hij vroeg me hier een kijkje te nemen.'

'Wat vindt u ervan?'

'U hebt het daarboven beter kunnen overzien dan ik.' Abbott knikte naar het pad omhoog. 'Wat vindt ú ervan?'

'Het komt op mij over als een goed gemoderniseerd bedrijf,' antwoordde de Saboteur, terwijl hij diverse manieren om Abbott te doden tegen elkaar afwoog. 'Het enige wat ontbreekt is een soort kabelbaan om het hout omlaag naar het spoor te slepen.'

De mannen in de slaapbarakken zouden onmiddellijk op de harde knal van zijn geweer afkomen. Een schot met zijn revolver, dat hij in een schouderholster bij zich droeg, zou hetzelfde effect hebben. Als hij de lopen van de derringer die hij in zijn zak had, tegen de schedel van de detective drukte, zou dat het geluid dempen. Maar daarvoor moest hij zo dicht bij hem komen dat hij zich blootstelde aan een ervaren vechtersbaas, en Abbott leek zonder meer in staat om hem te doden. Dus moest hij het met zijn telescopische zwaard doen. Maar dat zou in zijn oliejas verstrikt kunnen raken. Ze moesten eerst van hun paarden afstijgen en iets verder weg van de slaapverblijven zien te komen.

Net toen hij wilde zeggen dat hij op het meer iets had gezien wat voor Abbott misschien wel interessant was, hoorde hij een vrouw roepen. De Saboteur en Abbott draaiden zich om naar het pad dat uitkwam bij de glijbaan voor de stammen.

'Wel verdraaid nog aan toe,' zei Abbott glimlachend en hij verhief zijn stem om terug te roepen: 'Weet je vader dat je hier bent?'

'Wat dacht je?'

Lillian Hennessy zat comfortabel op de reusachtige Thunderbolt, het enige paard in de bedrijfsstallen dat groot genoeg was voor Jethro Watt. Ze drukte haar hakken in Thunderbolts flanken, waarop de kolos in een gemoedelijke galop op Abbott en Kincaid afkwam.

Op de wangen van de jonge erfgename lag een lichte blos van de koude regen. Haar ogen leken in het grijze schijnsel nog iets lichter blauw dan normaal. Van onder haar breedgerande hoed was een verleidelijke lok vlasblond haar losgeraakt. Geen van beide mannen kon zich voorstellen dat er in heel Oregon op dat moment iets mooiers te zien zou zijn. Ze keken haar allebei met hun meest ontwapenende glimlach aan.

'Charles, wat doe jij hier?'

'Wat ik hier ook aan het doen ben, ik ben in ieder geval niet ongehoorzaam tegen je vader.'

Maar ze had zich al met een glimlach naar Abbott omgedraaid. 'Heb je de schietpartij al gevonden waar je naar op zoek was?'

'Nog niet,' antwoordde hij ernstig. 'Ik wilde net met de bedrijfsleider gaan praten. Wacht hier op me, alsjeblieft. Ik wil liever niet dat je alleen terugrijdt.'

'Ze is niet alleen,' zei Kincaid. 'Ik rij wel met haar terug.'

'Dat is precies wat ik bedoel,' zei Abbott. 'Ik ben zo terug, Lillian.'

Hij reed naar het houten gebouw dat er als een kantoor uitzag, stapte af en klopte op de deur. Een broodmagere, onvriendelijk ogende man van achter in de dertig deed open.

'Wat is er?'

'Archie Abbott. Detectivebureau Van Dorn. Hebt u een momentje voor een paar vragen?'

'Nee.'

Abbott hield de deur met zijn laars tegen. 'Mijn cliënt is de spoorwegmaatschappij. Gezien het feit dat zij uw enige klant zijn, wilt u vast niet dat ik ga klagen, toch?'

'Waarom zegt u dat niet meteen? Kom binnen.'

De bedrijfsleider heette Gene Garret, en het ging er bij Abbott niet in dat hij niet inzag dat dit bedrijf zo nooit winstgevend kon zijn. Toen Abbott bleef aandringen en benadrukte hoeveel het wel niet had gekost om de boel hier op te zetten, snauwde Garret: 'De eigenaren betalen me een goed salaris, plus bonussen voor tijdige levering. Daar leid ik uit af dat ze hierop verdienen, en goed ook.'

Archie keek om het hoekje van de deur naar de houtzagerij, liet zijn blik over de machines gaan en voegde zich weer bij Lillian en Kincaid, die op hun paarden zwijgend onder het afdak van zeildoek stonden. Het was een trage rit over de abominabele weg terug naar het bouwterrein.

Abbott bracht het paard van Lillian naar de stal, terwijl zij zonder dat haar vader het merkte terug de trein inglipte. Daarna ging hij naar de telegrafist om een verslag naar Isaac Bell te sturen met het advies om de Van Dorn-accountants te vragen nog dieper in de achtergronden van de East Oregon Lumber Company te duiken, en de opmerking dat hij Kincaid op het terrein van het bedrijf had ontdekt en dat hij hem goed in de gaten zou blijven houden.

'Ik verstuur het zodra de verbinding is hersteld,' beloofde J.J. Meadows. 'De lijnen zijn zo dood als een pier. Door de storm zijn er waarschijnlijk palen omgewaaid.'

James Dashwood sprong bij de aanlegplaats van Oakland van de veerboot van de Southern Pacific Railroad. In de stevige bries die over de baai van San Francisco joeg, wapperden witte alarmvlaggen met een zwart vak in het midden. Een witte vlag met een zwart middenvlak voorspelde een plotselinge temperatuurdaling.

Hij rende zo hard hij kon naar de aansluitende trein naar Sacramento

in de hoop daar Isaac Bell te treffen. Zijn trein trok al op langs het perron. Hij spurtte erachteraan en sprong op het allerlaatste moment op het
achterbalkon, waar hij zwaar hijgend bleef staan om op adem te komen.
Terwijl de trein de stationshal uitreed, zag hij dat de witte vlaggen werden
neergehaald. Waarna er rode vlaggen met een zwart middenvlak langs de
masten omhoogschoten. Precies wat de hoefsmid voorspelde.

Stormwaarschuwing.

48

Isaac Bell verspilde geen tijd in Sacramento. Naar aanleiding van zijn telegram had de spoorwegmaatschappij de nieuwste Pacific 4-6-2 voor hem klaarstaan – op stoom met een volle lading kolen en een volle watertank. Enkele minuten na aankomst uit het oosten rolde de Van Dorn Express alweer in noordelijke richting.

Bell dirigeerde de nieuwkomers naar het restauratierijtuig, waar het werk werd gedaan. Hij stond met gefronst voorhoofd nog treuzelend op het achterbalkon terwijl de trein het emplacement af tufte. Die merkwaardige zin bleef maar in zijn hoofd malen: *Ik denk het ondenkbare.* Steeds maar weer.

Had Charles Kincaid zich bij het pokeren dommer voorgedaan dan hij was? Had Kincaid hem die enorme pot laten winnen als afleidingsmanoeuvre? Het was ongetwijfeld Kincaid geweest die in Rawlins was uitgestapt en de vuistvechters opdracht had gegeven hem te vermoorden. En waarschijnlijk was het ook Kincaid geweest die, in opdracht van de Saboteur, Philip Dow had ingehuurd om hem in de privétrein van Osgood Hennessy te overvallen op een moment dat hij er minder op verdacht was.

Hij herinnerde zich weer dat Kincaid deed alsof hij Hennessy bewonderde voor de enorme risico's die hij nam. Hij had bewust de reputatie van zijn weldoener ondermijnd bij de bankiers. Op deze manier was hij een uiterst efficiënte agent voor de Saboteur. Een bijzonder sluwe spion.

Maar wat als de beroemde Amerikaanse senator nu eens níét een corrupte agent in dienst van de Saboteur was? En niet zijn spion?

'Ik,' zei Bell hardop, 'denk het ondenkbare.'

De trein trok steeds sneller op.

'Meneer Bell! Meneer Bell!'

Een bekende figuur met een aktetas onder zijn arm kwam over het netwerk van sporen aangesneld, springend over wissels en locomotieven ontwijkend.

'Stop de trein!' beval Bell, terwijl hij de deur openrukte zodat de conducteur hem hoorde.

De locomotief, tender, restauratierijtuig en pullmanslaapwagon kwamen knarsend tot stilstand. Bell greep de naar hem uitgestrekte hand, die nat was van de regen en transpiratie, en trok James Dashwood op het achterbalkon.

'Ik heb de hoefsmid gevonden.'

'Waarom heb je geen telegram gestuurd?'

'Dat kon niet, meneer Bell. Dan zou u denken dat ik gek was. Ik moest u dit persoonlijk vertellen.'

Op een strenge blik van Bell trok de conducteur zich ijlings terug in de wagon en liet hen alleen op het balkon.

'Herkende hij de tekening?'

'Hij geeft toe dat hij dronken was op de avond dat hij de haak voor de Saboteur maakte. Maar hij denkt dat de man die hij zag een bijzonder vooraanstaande persoonlijkheid is. Zo vooraanstaand dat ik 't niet kan geloven. Daarom moet ik u dit persoonlijk zeggen.'

Isaac gaf Dashwood een schouderklopje en schudde hem de hand. 'Bedankt, James. Je hebt het ondenkbare denkbaar gemaakt. Senator Charles Kincaid is de Saboteur.'

49

'Hoe weet u dat?' vroeg James Dashwood stomverbaasd.
Op het moment dat Isaac Bell het uitsprak, wist hij dat het waar was. Senator Charles Kincaid was niet een spion van de Saboteur. Kincaid was de Saboteur zelf.

Charles Kincaid snelde van aanslag naar aanslag op een spoorpas voor senatoren. ('O, hij reist heel wat af, sir,' zei de conducteur van de Overland Express. 'Een echte staatsambtenaar, altijd onderweg.')

Charles Kincaid was Hennessy's kennissenkring binnengedrongen. (Hing er rond onder het voorwendsel dat hij een oogje op Lillian Hennessy had. Haar vaders hielen likkend. En naaste medewerkers als Erastus Charney rekruterend.)

Charles Kincaid was een civiel ingenieur die wist hoe hij bij iedere aanslag de meeste schade kon aanrichten. ('Ga op zoek naar een ingenieur,' had hij pesterig gesuggereerd.)

'Hoe weet u dat?'

Door de teleurstelling op het gezicht van de jongen besefte Bell dat hij een aardig antwoord moest geven.

'James, ik had dit nooit hardop durven zeggen als jij me niet had verteld wat je hebt ontdekt. Goed gedaan. Een prestatie die de heer Van Dorn zeker ter ore zal komen... Conducteur! Rij de trein terug naar het kantoor van de vervoerscoördinator. Ik heb z'n telegraaf nodig.'

Het kantoor van de spoorcoördinator bevond zich in een houten gebouw midden op het drukke treinemplacement. De vloer schudde onder het geweld van rangeerlocs die op nog geen tien centimeter afstand met ratelende wagons passeerden. Bell dicteerde een telegram aan Archie Abbott bij de Cascade Canyon Brug: 'ARRESTEER SENATOR CHARLES KINCAID.'

De telegrafist keek hem met wijd opengesperde ogen aan.

'Doorschrijven! KINCAID IS DE SABOTEUR.'

'Dóórschrijven! NEEM ALLE VOORZORGSMAATREGELEN. VERGEET NIET – HERHAAL – VERGEET NIET DAT HIJ WISH CLARKE EN WEBER EN FIELDS TE SLIM AF WAS.'

'Meteen versturen!'

De seinsleutel van de telegrafist tikte sneller dan een ratelende Vickers-mitrailleur. Maar hij kwam niet verder dan het woord ARRESTEER. Zijn hand verstarde op de knop van de seinsleutel.

'Waar wacht u op?'

'De verbindingen zijn verbroken.'

50

'We hebben de hele dag al storingen.'
'Telegrafeer naar Dunsmuir!' zei Bell. Hij had ook op dat spoorwegknooppunt agenten van Van Dorn gestationeerd. Hij zou hen opdragen een locomotief naar het noorden te sturen met het bericht voor Archie dat hij de Saboteur moest arresteren.

De telegrafist ging aan het werk, maar tevergeefs. 'Geen verbinding met Dunsmuir.'

'Telegram naar Redding.' Texas Walt Hatfield bewaakte Redding.

'Sorry, meneer Bell. Het ziet ernaar uit dat hier in Sacramento-Noord alle uitgaande verbindingen verbroken zijn.'

'Probeer dat te omzeilen.'

Bell wist dat Sacramento door middel van meerdere telegraafdraden met de rest van de wereld verbonden was. De grotere plaatsen en steden waren allemaal door commerciële netwerken met elkaar verbonden. Het privénetwerk van de spoorwegmaatschappij was een apart systeem voor de overdracht van spoormeldingen.

'Ik doe m'n best.'

Terwijl Bell over zijn schouder meekeek zocht de telegrafist contact met andere seinposten in de omgeving in een poging de omvang van de storing te achterhalen.

De angstige coördinator legde weifelend uit: 'Ten noorden van Weed lopen de lijnen van Western Union via de oude Siskiyou-route naar Portland. De nieuwe Cascade-afsnijdingslijn heeft alleen telegraafdraden van de spoorwegmaatschappij.'

'Het komt door de regen,' zei de telegrafist nog steeds op reacties wachtend. 'De grond wordt drassig en dan vallen de palen om.'

Bell liep ongedurig op en neer.

Alle verbindingen verbroken?

Dat kwam niet door het weer, dat was zeker.

Hier zat de Saboteur achter. Kincaid wilde niet het risico lopen dat Bell erachter kwam wie hij was. Hij had het doodlopende uiteinde van de Cascades Cutoff geïsoleerd voor een laatste aanslag op de brug met als gevolg dat de aanleg stopte en Southern Pacific failliet ging. Hij had het op de bouw van de versterkingen voorzien nu de pijlers nog kwetsbaar waren.

'Ook modderlawines,' zei de coördinator. 'En er komt nog meer regen.'

In een wanhopige poging de stuurse, woedend ijsberende detective gunstig te stemmen, graaide de coördinator een ochtendkrant van zijn bureau. De *Sacramento Union* berichtte dat de rivieren zes meter boven hun normale peil stonden en dat er al talloze overstromingen waren gemeld. De *San Francisco Inquirer* van Preston Whiteway kondigde groots de 'Storm van de Eeuw' aan, verluchtigd met een sensationeel opgesmukte kaart van het Weer Instituut, waarop een reeks hevige oceaanstormen was ingetekend die elkaar snel opvolgden.

'De overstromingen zouden wel eens de ergste in de geschiedenis van Oregon kunnen worden,' las de coördinator hardop voor. 'De spoorlijnen in de dalen staan onder water en kunnen wegspoelen.'

Bell bleef ijsberen. Er denderde een goederentrein voorbij, die de ruiten in de sponningen deed trillen. Het gebouw werd in dikke wolken gehuld toen Bells locomotief, die ernaast stond, de stoom moest afblazen die was ontstaan door de hoge snelheid waarmee ze naar de Cascade Canyon Brug reden.

'De lijnen naar San Francisco en Los Angeles zijn vrij,' meldde de telegrafist, waarmee hij Bells ergste vermoedens bevestigde. De Saboteur – Kincaid – concentreerde zich op het Cascade-traject.

'Maak een lusverbinding via San Francisco of Los Angeles omhoog naar Portland en dan vandaar omlaag.'

Maar de telegraafsaboteurs van de Saboteur hadden daar ook aan gedacht. Niet alleen alle telegraafverbindingen vanuit Sacramento naar het noorden waren verbroken, ook de lijnen vanuit de noordelijker gelegen steden – Dunsmuir, Weed en Klamath Falls – waren doorgesneden. Charles Kincaid had het uiteinde van de afsnijdingslijn bij de Cascade Canyon Brug volledig geïsoleerd.

Bell draaide zich bliksemsnel om naar het tumult bij de deur. Jason Adler, de accountant van de American States Bank, kwam naar binnen gestormd.

'Meneer Bell, meneer Bell. Ik heb de telegrammen doorgenomen die we kregen toen we hier aankwamen. We hebben een bedrijf gevonden dat hij via de Schane & Simon Company in handen heeft. Hij heeft de East Oregon Lumber gekocht, dat een contract heeft met de Southern Pacific Railroad voor de levering van bielzen en balken voor de bouw van de afsnijdingslijn.'

'Waar?' vroeg Bell met het hart in zijn schoenen. Maar de naam zei al genoeg.

'Boven de Canyon Brug, aan de Cascade-rivier. Dat is dezelfde brug die zijn Union Pier and Caisson…'

'*Maak het traject vrij!*' commandeerde Bell de coördinator van Sacramento met een door merg en been snijdende stem.

'Maar op de afsnijdingslijn hebben materiaal- en werktreinen voorrang, sir.'

'Mijn trein heeft toestemming om in één ruk naar de Cascade Canyon Brug te rijden,' sneerde Bell terug.

'Maar zonder verbindingen kunnen we het traject niet vrijmaken.'

'Dat doen we wel onderweg!'

'Ik protesteer,' zei de coördinator. 'Dit gaat tegen alle veiligheidsmaatregelen in.'

Bell rende de deur uit naar de trein, onderweg bevelen schreeuwend.

'Ontkoppel de pullman. Accountants, advocaten, vertalers en bedrijfsdeskundigen blijven hier! Blijf graven tot we echt álles weten over wat Kincaid in zijn schild voert. We willen niet voor nog meer verrassingen komen te staan. Gewapende rechercheurs, instappen!'

De remmers togen ijlings aan het werk. Nadat ze de extra wagon hadden ontkoppeld, zag Bell James Dashwood verloren op het achterbalkon van de pullman staan.

'Waar wacht je op, James? Instappen.'

'Ik heb geen vuurwapen.'

'Wát?'

'U zei "gewapende rechercheurs", meneer Bell. De leerlingen van Van Dorn mogen alleen handboeien bij zich hebben.'

Bulderend van het lachen wisselden de detectives ongelovige blikken.

Had dan niemand Dashwood verteld dat dat de eerste regel was die je aan je laars lapte?

Bell verhief zijn stem. 'Jongens, dit is James Dashwood, ex-leerling van het kantoor in San Francisco. Hij is zojuist gepromoveerd wegens het ontraadselen van een cruciaal probleem waardoor duidelijk werd dat senator Charles Kincaid de Saboteur is. Kan iemand hem een vuurwapen lenen?'

Overal doken handen in jassen, laarzen, onder hoeden en achter broekriemen. Een arsenaal aan automatische pistolen, revolvers, derringers en zakpistooltjes glinsterde in het regenachtige daglicht. Eddie Edwards was als eerste bij Dashwood en drukte hem een vernikkelde zesschots revolver in de hand.

'Alsjeblieft, Dash. Hij is dubbelwerkend. Gewoon de trekker blijven overhalen. Herladen als-ie niet meer knalt.'

'*Instappen!*'

Bell klauterde in het machinistenhuis van de Pacific.

'Het spoor is vrij tot Cascades Canyon,' zei hij tegen de machinist.

'Hoe weten ze dat wij eraan komen zonder telegraafverbinding?'

'Goeie vraag. Stop bij de remise.'

Bell rende de donkere, rokerige hal in, waar op de gigantische draaischijf met veel lawaai aan een twintigtal locomotieven werd gesleuteld. De spoorwegagenten die er op wacht stonden, brachten hem naar de met roet en olie besmeurde voorman.

'Ik heb veel over u gehoord, meneer Bell,' riep de voorman boven het gehamer op ijzer en staal uit. 'Wat kan ik voor u doen?'

'Hoelang gaat het duren om de koplampen van twee van deze locomotieven te halen en op die van mij te monteren?'

'Een uur.'

Bell diepte een handvol gouden munten met de dubbele adelaar uit zijn zak op. 'Als 't in een kwartier lukt, zijn deze voor u.'

'Hou dat geld maar, meneer Bell. Een rondje van het huis.'

Veertien minuten later vertrok de Van Dorn Express uit Sacramento met een driehoek van ongemeen felle koplampen.

'Nu zien ze ons wel aankomen,' zei Bell tegen de machinist.

Hij gooide de stoker zijn schop toe.

'Kolen scheppen!'

Het van zee aanstormende onweer dat Jim Higgins aan James Dashwood had laten zien, beukte op de bergketen langs de kust van Noord-Californië en Oregon en overgoot het Siskiyou-gebergte met twintig centimeter regen. Vervolgens dook het over de Coast Range heen alsof het ontdaan van veel water lichter was geworden. Maar het ging alleen maar harder regenen. De storm bleef boven land hangen en overspoelde de smalle dalen van de Klamath-rivier. De detectives in de Van Dorn Express zagen door houtopstoppingen ontstane dammen, weggeslagen stalen bruggen en boeren die in hoge rubberlaarzen door het water ingesloten vee van hun ondergelopen velden probeerden te redden.

De storm, die van het zuidwesten naar het noordoosten trok, geselde het oostelijk deel van de Cascades. De gevolgen voor het spoor naar de afsnijdingslijn leken rampzalig. Kreken en beken traden buiten hun oevers. Het water in de rivieren steeg angstwekkend. Tot overmaat van ramp begonnen de met regenwater doordrenkte hellingen te verschuiven.

Vanuit de voortrazende trein leek de Sacramento Street in Dunsmuir op ook zo'n bruine rivier. De mensen peddelden er in kano's, met moeite de drijvende houten trottoirs ontwijkend die door het kolkende water van de gebouwen waren afgerukt. In Weed dreven hele huizen rond. Langs het traject naar Klamath Falls waren de landerijen in meren veranderd en het meer van Klamath zelf leek een door de wind opgezwiepte oceaan. Een van de trossen losgeslagen stoomboot werd door de stroming tegen een pijler van de spoorbrug gedrukt. De trein van Bell scheerde er rakelings langs en snelde door.

Een aardverschuiving dwong hen ten noorden van het meer te stoppen.

Over een lengte van zo'n dertig meter lag het spoor onder een kniehoge laag modder en stenen. Uit Chiloquin was een ploeg spoorwerkers gekomen om het op te ruimen. De telegraafverbinding, vertelden ze, was nog verbroken toen ze vertrokken. Niemand wist hoelang de reparatie zou duren. Bell vroeg de remmer in een telegraafpaal te klimmen en de draad af te tappen. Nog steeds verbroken. Onder zijn leiding stapten de detectives uit de trein de stromende regen in om mee te helpen bij het puinruimen. Een uur later reden ze weer, de stemming onder de drijfnatte mannen, onder de modder en met blaren op de handen, was om te snijden.

Toen het donker werd, zagen ze mensen rond kampvuurtjes zitten die uit de ondergelopen boerderijen waren gevlucht.

Tijdens de tussenstop op het emplacement van Chiloquin zag Bell op een zijspoor een rij draisines staan. Hij vroeg om een lichtgewicht driewieler met een handpomp- en trapmechanisme van hetzelfde type dat de Saboteur had gestolen voor de ontsporing van de Coast Line Limited, aan zijn trein te koppelen. Als de trein dan nog eens door een aardverschuiving werd opgehouden, konden ze de draisine eromheen sjouwen en doorgaan.

Net toen ze het emplacement afreden, kwam er een leerling van de spoorcoördinator op hen afgerend, die met een hoog stemmetje piepte dat de telegraafverbinding met Sacramento het weer deed. Bell kreeg te horen dat lijnwerkers van Southern Pacific hadden ontdekt dat de draden op drie afzonderlijke plaatsen waren doorgesneden, wat vervolgens met degelijk splitswerk was gecamoufleerd. Een bewijs, zo vertelde hij zijn rechercheurs, dat de Saboteur weer actief was en het uiteinde van de Cascades Cutoff voor een finale aanslag had geïsoleerd.

Het tweede bericht dat door de gerepareerde lijn binnenkwam was een windsterktewaarschuwing van het Amerikaanse Weer Instituut voor het district San Francisco. Harde windstoten betekenden nog meer storm en regen. Direct daarop volgden berichten dat er op de Stille Oceaan voor de kust van Eureka een nieuwe storm woedde. De straten van Eureka stonden onder water, op de rede voor Humboldt Bay was een stoomschip aan de grond gelopen en in de haven dreven losgeslagen houtschoeners.

In het noorden sneeuwde het. Het treinverkeer lag stil. Portland was onbereikbaar geworden en afgesneden van Seattle, Tacoma en Spokane. Maar meer naar het zuiden bleef de temperatuur milder, daar was vooral sprake van zware regenval. In de rivieren verder landinwaarts verdronken houthakkers bij hun pogingen om door drijfhout ontstane opstoppingen, waardoor hele steden dreigden onder te lopen, te verwijderen. De zich snel verplaatsende nieuwe storm woedde al in het Klamath-gebergte en sloot naadloos aan op de naweeën van de storm die de afsnijdingslijn had geteisterd. Volgens de weersvoorspelling van het district Portland van acht uur 's avonds werd er meer sneeuw in het noorden en meer regen in het zuiden verwacht.

Bell probeerde opnieuw een telegram naar Archie Abbott te versturen. Maar de lijnen ten noorden van Chiloquin waren nog verbroken. De enige manier om contact met de Cascade Canyon Brug te krijgen, was om er met de Van Dorn Express naartoe te gaan.

De privétrein stoomde noordwaarts, met de drie felle koplampen voor zich uit priemend. Maar ze werden herhaaldelijk opgehouden door tegemoetkomende treinen, die nadat ze waren afgeremd kilometerslang achteruit terug moesten rijden naar het dichtstbijzijnde zijspoor. Pas als zo'n goederentrein veilig op het zijspoor was gerangeerd, kon de Van Dorn Express weer vaart maken.

Isaac Bell bleef de hele nacht in het machinistenhuis van de locomotief. Hij spoorde de stoker aan kolen op de vuurketel te blijven scheppen, maar was daar vooral om de angstige machinist aan te moedigen zo hard mogelijk door te rijden. Ze kwamen de nacht zonder ongelukken door. Toen de naargeestige, grijze ochtendschemering ten slotte de winderige bergtoppen verlichtte, raasden ze over een smalle uitgehakte richel. Links van de rails rees een steile rotswand op, die rechts loodrecht naar beneden doorliep.

James Dashwood kwam glijdend en struikelend over de tender met een pot warme koffie aanzetten. Bell schonk eerst de koffie voor de anderen in voordat hij zelf dankbaar een slok nam. Toen hij opkeek om Dashwood te bedanken, zag hij dat de pas gepromoveerde detective zijn blik met van schrik wijd opengesperde ogen strak op de berghelling gericht hield.

Bell hoorde een donderend gerommel, een laag sonoor geluid dat boven het kabaal van de locomotief uitkwam en diep uit het binnenste van de aarde afkomstig leek. De rails schudden onder de zware loc. Een stuk rotswand brak van de helling af.

'Sneller!'

Een compleet dennenwoud gleed recht op het spoor af.

51

Het bos roetsjte op een glijdende massa modder en duwde rotsen van de steile helling af. Merkwaardigerwijs bleven de bomen rechtop staan terwijl het stuk grond waarop ze groeiden in zijn geheel op de Van Dorn Express af raasde.

'Sneller!'

De machinist raakte in paniek.

In plaats van de grote Pacific op te jutten in een poging de stortvloed aan stammen, modder en keien te ontlopen, probeerde hij de trein te stoppen met een ruk aan de ganghendel en een ram op de luchtdrukremmen. Met maar één lichtgewicht restauratierijtuig achter de tender reageerde de locomotief onmiddellijk. Bell, Dashwood en de stoker knalden tegen de ketelwand.

Bell krabbelde overeind en zag de schuivende berg. 'Vooruit!' schreeuwde hij, terwijl hij de machinist bij de lat wegtrok. 'Volle kracht vooruit!'

De machinist kwam tot bezinning en slingerde de ganghendel terug. Bell schoof de lat naar voren. Het gevaarte sprong vooruit alsof het voor zijn leven vrezend op de vlucht sloeg. Maar de aardverschuiving kwam als één groot glijdend bos steeds sneller op hen af. Breder dan de lengte van de trein schoot de aardklomp als een oceaanstomer bij een zijdelingse tewaterlating langs de berghelling.

Bell voelde zo'n krachtige windstoot dat de voortijlende locomotief ervan schommelde. De samengebalde lucht die de aardverschuiving voor zich uit duwde was vochtig en koud. Een kille tocht verdreef de hitte uit het machinistenhuis alsof het onder de ketel laaiende vuur was uitgegaan.

Toen begon de voortdenderende aardklomp te breken. Hij verbrokkelde en waaierde uiteen.

De bomen op de randen van de razende massa duikelden naar voren en wezen als reusachtige lansen op de trein. Keien die voor de aardmassa uitrolden kletterden op de rails en ketsten tegen de locomotief. Een rotsblok zo groot als een aambeeld knalde door het zijraam van het machinistenhuis en sloeg de stoker en de machinist tegen de grond.

Dashwood sprong de bloedende mannen te hulp. Met een ruk trok Bell hem terug. Een tweede rotsblok vloog als een kanonskogel door de plek waar een oogwenk eerder zijn hoofd nog was geweest. De locomotief schudde onder een regen van stenen die tegen de tender kletterden en de ramen van de personenwagon verbrijzelden, waarin de detectives de scherven om de oren vlogen.

De aardverschuiving brak in tweeën. De helft schoot voor de locomotief uit. Met een versnelling schoof de aardklomp schuin naar het spoor toe, als een op drift geslagen trein die de Van Dorn Express probeerde af te troeven op een kruising die maar een van beide kon passeren. Het was een race die Bells trein niet kon winnen. Een kolkende stroom van rotsen en modder bedolf de rails voor de loc.

Het grotere deel van de aardverschuiving doorboorde de personenwagon met boomstammen. Een rotsblok zo groot als een schuur ramde de tender en sloeg hem uit de rails. De zware tender, die zich tussen de locomotief en de personenwagon bevond, dreigde beide met zich mee te sleuren. De koppeling met de locomotief brak niet en rukte het achterste draaistel uit de rails. Door de enorme druk die hierdoor ontstond sprongen de rails uiteen, waardoor de drijfwielen van de loc op de bielzen zakten. De honderd ton zware locomotief helde over naar het ravijn en dreigde, nog steeds vooruitschietend, om te kiepen. Op dat moment knalde de baanschuiver op de rotsblokken die door de aardverschuiving op de rails waren gevallen. De loc schoot er half op en overheen tot hij met een ruk tot stilstand kwam. Door deze plotselinge beweging brak de koppeling met de tender, die het ravijn in stortte.

Bell keek om, op zoek naar de wagon met zijn detectives.

Verbrijzelde telegraafpalen bungelden aan de draden. Over een lengte van tweehonderd meter lag het spoor bedolven onder modder, rotsblokken en versplinterd hout. Was de koppeling met de personenwagon ook afgebroken? Of had de tender hem mee het ravijn in gesleurd? Waar de wagon met de detectives had moeten zijn lag een wanordelijke berg afgeknapte boomstammen. Bell wreef de regendruppels uit zijn ogen en tuurde met de moed der wanhoop. Tot hij hem zag. De wagon lag nog op het spoor. Het half verpletterde wrak werd overeind gehouden door afgebroken bomen die als breinaalden in een kluwen wol door de ramen staken.

Bell vormde zijn handen tot een toeter voor zijn mond en riep naar de met puin bezaaide richel in de berg waar de spoorbaan had gelegen. 'Eddie! Ben jij oké?'

Bell spitste zijn oren of er werd geantwoord. Het enige wat hij hoorde was de rivier die door het ravijn kolkte en het sissende stoom afblazen van de vernielde loc. Hij bleef roepen. Door de waas van regen dacht hij in een flits een vertrouwde witte haardos te zien. Eddie Edwards zwaaide met één arm. De andere hing slap langs zijn zij.

'Gekneusd,' schreeuwde Eddie terug. 'Maar geen doden!'

'Ik ga door. Ik stuur een dokter naar jullie toe. *James. Snel!*'

De jongen was lijkbleek. Zijn ogen kogelrond van de schrik.

'*Draisine. Kom op. Nu!*'

Bell ging hem voor en klauterde van het schuin weggezakte machinistenhuis naar de voorkant van de vervaarlijk overhellende locomotief. De draisine was heel gebleven. Ze ontkoppelden haar van de baanschuiver en sjouwden haar glijdend en struikelend over de vijftien meter lange strook rotsblokken die op de rails lagen. Een paar minuten later trok en trapte Bell met alle kracht die hij nog in zich had aan de hendels en pedalen.

Na een minuut of vijftien kwamen ze bij een goederentrein die op een zijspoor stond te wachten. Bell zei hen de locomotief te ontkoppelen, waarmee ze vervolgens achteruitrijdend de laatste zestien kilometer naar Tunnel 13 overbrugden. Ze denderden de tunnel door. De machinist minderde pas vaart toen ze het rangeerterrein opreden dat vol stond met materiaaltreinen die de onveilige brug niet over konden. Tot zijn verbazing zag Bell een zwaarbeladen kolentrein op de brug zelf staan. De zwarte lading op vijftig hopperwagons glinsterde in de regen.

'Ik dacht dat de brug daar te instabiel voor was. Is hij al gemaakt dan?'

'Mijn hemel, nee,' antwoordde de machinist. 'Onder aan de pijlers is minstens duizend man dag en nacht aan het werk, maar het wordt kantje boord. Het is nog een week werk en de rivier blijft stijgen.'

'Wat doet die kolentrein daar dan?'

'De brug begon te wankelen. Op deze manier proberen ze hem met omlaag gerichte druk te stabiliseren.'

Bell zag dat ook het bouwterrein aan de overkant van de brug vol stond met treinen. Allemaal leeg, maar niet in staat om naar de werkplaatsen en depots in Californië terug te keren. Het feit dat alle arbeiders beneden aan de fundamenten werkten, verklaarde de akelige stilte in het verlaten kampement.

'Waar is het telegraafkantoor?'

'Ze hebben aan deze kant tijdelijk geïmproviseerd. In die gele remmerswagon.'

Bell sprong van de locomotief en rende met Dashwood op zijn hielen naar de wagon. De vervoerscoördinator zat een krant van een week oud te lezen. De telegrafist zat achter zijn morsesleutel te doezelen.

'Waar is senator Kincaid?'

'Vrijwel iedereen is beneden in de stad,' zei de coördinator.

De telegrafist sloeg zijn ogen op. 'Ik zag hem naar de privétrein van de Ouwe gaan, daarna heb ik hem niet meer gezien. Maar daar zou ik niet naartoe gaan als ik u was. Hennessy is uitzinnig van woede. Iemand heeft hem vier treinen met kolen gestuurd in plaats van de basaltblokken die hij voor de versterking van de pijlers nodig heeft.'

'Trommel een dokter op en een bergingstrein. Er zijn gewonden bij een aardverschuiving op zo'n vijfentwintig kilometer terug langs het spoor. Kom mee, Dash!'

Ze renden langs de stilstaande kolentrein over de brug. Bell zag rimpelingen in de regenplassen. Het verzwakte bouwwerk trilde, ondanks het gewicht van de kolentrein. Hij wierp een vluchtige blik over de rand en zag dat de Cascade-rivier een paar meter was gestegen in de negen dagen sinds hij naar New York vertrokken was. Hij zag honderden arbeiders langs de oevers lopen, bezig met het manoeuvreren van pramen aan lange touwen en het storten van stenen in het water in een poging de stroming te verspreiden, terwijl honderden anderen over de nieuwe kistdammen en afgezonken caissons zwermden.

'Heb je al eens een arrestatie meegemaakt?' vroeg Bell aan Dashwood, toen ze de op het verhoogde zijspoor gerangeerde privétrein naderden. Het was net het moment dat diverse ploegen elkaar aflosten. Langs Hennessy's locomotief stond een rij witte rangeerlantaarns en seinvlaggen opgesteld. De lantaarns gloeiden in het schemerige daglicht.

'Ja, sir. Meneer Bronson heeft me meegenomen toen ze "Samson" Scudder oppakten.'

Bell verbeet een glimlach. De stoer klinkende bijnaam Samson was ironisch bedoeld. Scudder was een productieve geveltoerist met een lichaamsgewicht van nauwelijks veertig kilo schoon aan de haak en stond bekend als de vriendelijkste boef van San Francisco.

'Deze is bloedlink,' waarschuwde hij nuchter. 'Blijf in de buurt en doe precies wat ik zeg.'

'Moet ik m'n wapen trekken?'

'Niet in de trein. Daar zijn te veel mensen. Hou je handboeien klaar.'

Bell liep met stevige passen langs de privéwagon van Hennessy en sprong de treden naar de *Nancy No. 1* op. De detective die hij na de overval van Philip Dow de opdracht had gegeven om de wagon te bewaken, stond in het halletje met een geweer met afgezaagde loop.

'Is Senator Kincaid in de trein?'

Osgood Hennessy stak zijn hoofd om de deur. 'U hebt hem net gemist, Bell. Wat is er aan de hand?'

'Welke kant is hij opgegaan?'

'Dat weet ik niet. Maar daar verderop staat zijn Thomas Flyer geparkeerd.'

'Hij is de Saboteur.'

'Wel allemachtig!'

Bell wendde zich tot de Van Dorn-detective. 'Als hij terugkomt, arresteer hem dan. Als hij tegenstand biedt, schiet eerst, anders neemt hij jou te grazen.'

'Ja, sir!'

'Laat Archie Abbott dit weten. Posteer spoorwegagenten bij de brug en in de stad voor het geval Kincaid onverwachts terugkomt. Van Dorn-mannen, volg mij. Dash! Neem een vlag mee en een paar lantaarns.'

Dashwood pakte een seinvlag, die strak om de houten stok was gerold, en twee rangeerlantaarns, waarmee hij achter Bell aan rende.

'Geef mij er een!' zei Bell en verklaarde: 'Als we er als rangeerders uitzien, winnen we misschien een paar seconden als we hem benaderen.'

Vanaf de gunstige positie op het verhoogde zijspoor overzag Bell de rijen stilstaande treinen en smalle gangpaden tussen de sporen. Hij had nog zes uur daglicht om Kincaid op te sporen. Hij keek naar de brug. Vervolgens tuurde hij naar het einde van de spoorbaan, waar het werk was stilgelegd sinds men had gehoord dat de brug gesaboteerd was. De weg was schoongemaakt, vrij van omgewaaide bomen en struiken tot ver voorbij de kruising met de zandweg naar de East Oregon Lumber Company.

Vanwaar hij stond kon hij de Thomas Flyer van Kincaid niet zien staan.

Was hij al bij zijn auto teruggekomen en weggereden? Maar opeens zag hij aan de rand van het verlaten emplacement een man opduiken tussen twee rijen lege goederenwagons. Hij liep met driftige passen naar twee locomotieven die naast elkaar aan het einde van het rangeerspoor stonden.

'Dat is hem!'

52

De Saboteur haastte zich naar de locomotieven om Philip Dow het sein te geven om de dam op te blazen, toen hij hun voetstappen achter zich hoorde.

Hij keek om. Er renden twee remmers, zwaaiend met hun witte rangeerlantaarns. Een tengere jongeling en een lange slanke man, breedgeschouderd en smal rond de heupen. Maar waar was de locomotief die ze met hun lampen dirigeerden? De twee locs waarnaar hij op weg was, stonden op zijsporen en waren net genoeg onder stoom om ze warm te houden.

De lange man droeg een breedgerande hoed en geen spoorwerkerspet. *Isaac Bell.* De jongen die achter hem aan rende, zag eruit alsof hij nog naar school ging.

Kincaid moest snel beslissen. Wat deed Bell hier op het rangeerterrein vermomd als remmer? Kon hij ervan uitgaan dat Bell zijn ware identiteit nog niet had achterhaald? Of moest hij hen tegemoet gaan, hallo zwaaien, dan zijn derringer trekken en ze allebei neerknallen in de hoop dat niemand dat zag? In de seconde dat hij naar zijn wapen greep, wist hij dat het fout was geweest om er zelfs maar over na te denken.

Bells hand bewoog in een flits en Charles Kincaid keek recht in de loop van een Browning.

'Doe dat pistool weg, Bell. Wat denkt u eigenlijk wel?'

'Charles Kincaid,' antwoordde Bell op een heldere, kalme toon, 'u staat onder arrest wegens moord en sabotage.'

'Onder arrest? Meent u dat?'

'Haal uw derringer uit uw linkerzak en gooi hem op de grond.'

'Dat zullen we nog wel eens zien,' reageerde Kincaid verontwaardigd. Met die gemaakt formele toon sprak de gekwetste Amerikaanse senator alsof hij door een gek te kijk werd gezet.

'Haal die derringer uit uw linkerzak en gooi hem op de grond of ik schiet u in uw arm.'

Kincaid haalde zijn schouders op, alsof hij een krankzinnige zijn zin dan maar gaf. 'Oké.' Heel langzaam tastte hij naar de derringer.

'Voorzichtig,' zei Bell. 'Neem het wapen tussen duim en wijsvinger.'

Ogen die hem zo kil aankeken had Charles Kincaid tot dan toe alleen in een spiegel gezien.

Hij trok de derringer met zijn duim en wijsvinger uit zijn zak en zakte door zijn knieën, alsof hij hem behoedzaam op de grond wilde leggen. 'U realiseert zich natuurlijk dat een privédetective niet zomaar een lid van de Amerikaanse senaat kan arresteren.'

'De formaliteiten laat ik aan een Amerikaanse sheriff over... of de lijkschouwer van dienst als die hand nog dichter bij dat mes in uw laars komt.'

'Wel verduiveld nog aan toe...'

'*Laat die derringer vallen!*' beval Bell. '*En blijf weg van dat mes!*'

Heel traag opende Kincaid zijn hand. Het pistool gleed uit zijn vingers.

'Omdraaien!'

Bewegend alsof hij in een trance verkeerde draaide Kincaid langzaam van de grimmige detective weg.

'Handen op uw rug.'

Langzaam bewoog Kincaid zijn handen naar zijn rug, elke zenuw in zijn lijf tot het uiterste gespannen. Als Bell een fout maakte, zou dat nu gebeuren. Achter hem hoorde Kincaid de woorden die hij had gehoopt te horen.

'Je handboeien, Dash.'

Hij hoorde het ijzer rinkelen. Hij liet de eerste handboei om zijn pols klikken. Pas toen hij het koude metaal van de tweede langs zijn huid voelde strijken, kwam hij flitsend in beweging, draaide achter de jongen langs en klemde zijn arm om zijn keel.

Een vuist ramde hem vol op zijn neus. Kincaid viel achterover.

Op zijn rug liggend en overdonderd door de klap keek hij op. De jonge Dashwood stond nog naast hem en staarde met een opgewonden grijns op zijn gezicht en een glimmende revolver in zijn hand op hem neer. Maar het was Isaac Bell die triomfantelijk over hem heen boog. Bell, die hem met één enkele stoot tegen de grond had geslagen.

'Dacht u echt dat ik een groentje op minder dan drie meter afstand zou laten komen van de man die Wish Clarke, Wally Kisley en Mack Fulton heeft vermoord?'

'Wie?'

'Drie van de beste detectives met wie ik samen mocht werken. Opstaan!'

Kincaid kwam heel langzaam overeind. 'Maar drie? Tel je Archie Abbott dan niet mee?'

Het bloed trok uit Bells gezicht weg en op dat ogenblik van totale ontsteltenis sloeg de Saboteur toe.

53

De Saboteur ging met een haast onmenselijke snelheid te werk. In plaats van Isaac Bell aan te vallen, richtte hij zich op James Dashwood. Hij dook onder de revolver van de jongen door, schoof achter hem en sloeg een arm om zijn keel.

'Is het oké als ik nu naar mijn laars tast?' vroeg de Saboteur spottend.

Hij had zijn mes al te pakken.

Hij drukte het vlijmscherpe lemmet tegen Dashwoods keel en trok een snee in de huid. Er droop bloed uit.

'De rollen zijn omgedraaid, Bell. Laat je pistool vallen of ik snij zijn kop eraf.'

Isaac Bell liet zijn Browning op de grond vallen.

'Jij ook, jochie. Laat vallen!'

Pas toen Bell zei: 'Doe wat hij zegt, Dash,' kletterde de revolver op het natte ballastbed.

'Maak die handboei los.'

'Doe wat hij zegt,' zei Bell. Dashwood wrong de sleutel uit zijn zak en frommelde hem in de handboei om de pols die zijn luchtpijp haast verbrijzelde. De boeien kletterden op de grond. Op het puffen van een rangeerloc ergens op het terrein na was het doodstil, tot Bell vroeg: 'Waar is Archie Abbott?'

'De derringer in je hoed, Bell.'

Bell verwijderde het tweeschotspistool uit zijn hoed en wierp hem naast zijn Browning.

'Waar is Archie Abbott?'

'Het mes in je laars.'

'Dat heb ik niet.'

'De lijkschouwer in Rawlins vermeldt in zijn rapport dat een van de profboksers met een werpmes is gedood,' zei de Saboteur. 'Ik neem aan dat je een nieuwe hebt aangeschaft.'

Hij trok een tweede snee in Dashwoods hals en een nieuw stroompje bloed voegde zich bij het eerste.

Bell diepte zijn werpmes op en legde het op de grond.

'Waar is Archie Abbott?'

'Archie Abbott? Die was aan het dagdromen over Lillian Hennessy toen ik hem zag. Ja, Bell. Ik heb je afgetroefd. Gebruikgemaakt van die afgrijselijke empathie van jou.'

Kincaid liet Dashwood los en sloeg hem met een elleboogstoot tegen zijn kaak buiten westen. Na een flitsend rukje van zijn pols schoot er een rapierdunne kling uit zijn mes naar Bells gezicht.

Bell ontweek de uithaal die voor zijn vrienden dodelijk was geweest.

Kincaid reageerde bliksemsnel en stootte opnieuw toe. Bell dook naar voren, klapte op de scherpe stenen, trok zijn lange benen in en rolde opzij. Kincaids zwaard doorboorde de lucht waar hij een seconde eerder nog had gestaan. Bell rolde door en tastte naar de tweeschotsrevolver die Eddie Edwards aan James Dashwood had gegeven.

Terwijl Bell zijn arm uitstak, zag hij staal glimmen, want Kincaid was hem voor. De flinterdunne punt van zijn telescopische zwaard zwiepte boven de revolver. 'Pak maar, als je durft,' daagde hij Bell uit.

Bell schoof zijwaarts weg, greep de seinvlag van de remmer die James had neergegooid en sprong overeind. Vervolgens viel hij in één vloeiende beweging aan, met de vlaggenstok in de *en garde*-positie.

Kincaid lachte. 'Wou je met een stok duelleren, meneer Bell? Steeds één stap te laat. Leer je 't dan nooit?'

Bell hield het strak om de stok gewikkelde doek omklemd en haalde uit. Kincaid weerde af.

Bell reageerde met een harde slag, waarbij hij het dunne metaal net onder de punt van Kincaids wapen raakte. Door de uithaal verloor hij zijn dekking, een kans die Kincaid niet onbenut liet. Zijn zwaard doorboorde Bells jas en trok een schroeiende schram langs zijn ribben. Achteruit duikend gaf Bell opnieuw een keiharde slag met de vlaggenstok.

Kincaid haalde uit. Bell ontweek de aanval en sloeg voor een derde keer hard toe.

Een volgende uitval van Kincaid. Bell draaide zich flitsend om en schoof als een toreador langs hem heen. En terwijl Kincaid zich omdraaide, gaf Bell weer zo'n harde slag, waardoor de bovenste helft van zijn zwaard omknakte.

'Compromissen, Kincaid. Bij alle technische besluiten heb je met compromissen te maken. Weet je nog? Wat je met je ene hand binnenhaalt, moet je met de andere opgeven. De mogelijkheid om het telescopische zwaard te verbergen heeft het tegelijkertijd verzwakt.'

Kincaid wierp het vernielde zwaard naar Bell en trok een revolver uit zijn jas tevoorschijn. De loop sprong omhoog toen hij het wapen spande. Bell haalde uit en sloeg opnieuw keihard toe. Ditmaal schampte hij de zachte, strak gespannen huid van de rug van Kincaids hand. Kincaid gilde van de pijn en liet de revolver vallen. Op hetzelfde moment ging hij in de aanval en haalde met zijn vuisten uit.

Bell hief ook zijn vuisten op en zei honend: 'Kan het zijn dat de bloedlinke zwaardvechter en briljante ingenieur de manhaftige kunst van het verdedigen heeft verwaarloosd? Zo'n sullige bokshouding heb ik sinds Rawlins niet meer gezien. Had je 't te druk met je moordplannen om behoorlijk te leren boksen?'

Hij trof de Saboteur twee keer, een keiharde één-twee die hem een bloedneus bezorgde en hem op zijn hakken deed wankelen. Bell had nu duidelijk de overhand. Hij stapte naar voren om het af te maken en zijn handen te boeien. Zijn zwaaiende stoot landde precies waar hij hem hebben wilde. Deze stoot had normaal gesproken vrijwel iedere tegenstander geveld. De Saboteur schudde hem van zich af en Bell besefte duidelijker dan ooit tevoren dat de Saboteur een uitzonderlijk aparte figuur was, geen echt mens, maar een kwaadaardig monster dat in deze gedaante uit een vulkaan tevoorschijn was gekropen.

Hij nam Bell op met een van haat vervulde blik. 'Je zult me nooit kunnen tegenhouden.'

Verbazingwekkend behendig van tactiek wisselend greep hij een seinlamp en zwaaide hem omhoog. Bell stapte nog net opzij. De Saboteur liet hem weer zakken en sloeg de glazen zijkant tegen een rail. Er spatte petroleum uit en de lantaarn vloog als een oplaaiende fakkel in brand, waarna de Saboteur hem naar het roerloze lichaam van James Dashwood slingerde.

54

Een waaier van vuur spreidde zich over Dashwood uit. De vlammen sloegen uit zijn broek, jas en hoed. In de rook hing de geur van brandend haar.

De Saboteur lachte triomfantelijk.

'Je mag kiezen, Bell. De jongen redden of mij achterna.'

Hij rende naar de locomotieven die aan de rand van het terrein stonden.

Isaac Bell had geen keuze. Hij rukte zijn jas uit en stapte de rook in.

Het vuur brandde het felst op Dashwoods borst, maar het belangrijkste was om zijn ogen te redden. Bell wikkelde zijn jas om het hoofd van de jongen om de vlammen te doven, waarna hij zich breeduit op het vuur op de romp en benen van de jongen liet vallen. Dashwood kwam schreeuwend bij. Terwijl Bell dacht dat het door zijn jas gesmoorde kreten van pijn en angst waren, bleken het luide verontschuldigingen te zijn. 'Sorry, meneer Bell, het spijt me. Ik heb me door hem laten verrassen.'

'Kan je opstaan?'

Met een gezicht zwart van het roet, vettige, half weggebrande haren en een bloedende keel sprong Dashwood overeind. 'Ik ben oké, sir, het spijt me...'

'Zoek Archie Abbott. Zeg hem dat hij alle Van Dorn-detectives optrommelt en met hen achter me aan komt, de berg op.'

Bell graaide zijn mes, derringer en Browning van het ballastbed. Kincaids derringer lag er vlakbij en die stak hij ook in zijn zak.

'East Oregon Lumber is van Kincaid. Als daar een vluchtweg is, dan weet de moordenaar dat. Zeg Archie dat hij opschiet!'

Een plotseling gillende stoomfluit maakte dat Bell omkeek.

Kincaid was in het machinistenhuis van de dichtstbijzijnde locomotief geklommen. Hij hield het koord van de fluit aangetrokken en probeerde de lus aan het uiteinde ergens aan vast te maken.

Bell hief zijn Browning op, mikte zorgvuldig en schoot. Het was te ver weg, zelfs voor zo'n nauwkeurig wapen. De kogel ketste tegen staal af. De Saboteur maakte het vastbinden van het koord doodbedaard af en liep naar de openstaande deur van het machinistenhuis om eruit te springen. Bell schoot nogmaals door het open raam met de bedoeling hem in dekking vast te pinnen tot hij er naartoe was gerend. Kincaid sprong toch en zette het meteen op een rennen.

De fluit stopte abrupt. Kincaid keek om, zijn gezicht van afschuw vertrokken.

In de plotseling heersende stilte begreep Bell dat hij Kincaid had gemist, maar toevallig het koord van de fluit kapot had geschoten. Kincaid rende terug naar de locomotief. Bell schoot opnieuw. Die fluit was belangrijk, een of ander signaal. Zo belangrijk dat Kincaid door de vuurlinie naar de locomotief terugrende. Bell haalde nogmaals de trekker over.

Kincaids hoed vloog de lucht in, door Bells loden kogel van zijn hoofd gerukt. Hij zwenkte weg en verdween achter een tender. De rechthoekige water- en kolenhouder blokkeerde Bells schootsveld. Hij rende zo snel als hij kon naar de tender. Nadat hij er omheen was gelopen, zag hij hoe de Saboteur met een grote voorsprong aan het einde van spoor van het ballastbed wegrende. Toen Bell daar aankwam, ving hij een glimp op van de Saboteur die de vrijgemaakte baan voor het nieuwe spoor afrende. Hij was een lastig mikpunt, slingerend en wegduikend tussen de schaduwen van de bomen langs het pad, en verdween uit het zicht waar het toekomstig spoor met de helling van de berg meeboog.

Bell sprong van het ballastbed op de vlakke bosbodem en spurtte achter hem aan.

Om de bocht van de vrijgemaakte spoorbaan zag hij in de verte, aan het einde van een lang recht stuk, een gele vlek – Kincaids Model 35 Thomas Flyer – en vervolgens Kincaid die er in een flits op afrende.

Kincaid tastte onder de met rood leer beklede bestuurdersstoel, trok er een revolver met lange loop onderuit en loste snel achter elkaar drie schoten. Bell zocht wegduikend dekking, terwijl de kogels hem om de oren vlogen. Van achter een boom vuurde hij terug. Kincaid stond voor de auto en probeerde de motor te starten, waarbij hij met zijn linkerhand op een koplamp steunde en met de rechter de slinger ronddraaide.

Bell schoot nog eens. Dat waren zes schoten. Hij had er nog twee over voordat hij het magazijn moest verwisselen. Hij schoot. Het scheelde niet veel. Kincaid dook ineen, maar bleef slingeren.

De motor sloeg aan. Bell hoorde het schorre ronken van de zes cilinders die een voor een in beweging kwamen. Kincaid sprong achter het stuur. Bell was zo dichtbij dat hij de bumpers zag schudden door het onregelmatige lopen van de koude motor. Maar de auto was aan de achterkant hoger en de canvas kap was dicht, waarvan het kleine achterraampje schuilging achter drie reservebanden die daar buiten op gebonden waren. Het enige wat hij van Kincaid zag was zijn hand waarmee hij de aan de zijkant gemonteerde versnellingspook hanteerde. Een te lastig schot om zijn laatste kogel aan te verspillen.

Het ratelen en ronken werd gelijkmatiger. De motor bracht de aandrijfketting in beweging. Bell zette aan voor een sprint, zonder nog op de ruwe bodem te letten. De Thomas begon te rijden. Er walmden blauwe rookwolken op. Het ratelende ronken ging over in scherpere, holle, dwingende knallen terwijl hij snel vaart maakte op het vrijgemaakte rechte stuk. Zo snel als een mens. Vervolgens zo snel als een paard.

Bell rende achter de gele auto aan. Hij had nog één schot in het magazijn van de Browning, geen goed zicht op Kincaid, die werd afgeschermd door de canvas kap en de banden achterop, en geen tijd om te herladen. Bell rende de benen uit zijn lijf, maar de Thomas Flyer reed van hem weg.

Het pad voor de Thomas werd opeens breder op de plek waar de rechte baan van de Southern Pacific de zandweg naar de East Oregon Lumber Company kruiste. De Thomas zwenkte van de vrijgemaakte baan de weg op naar de houtzagerij en verloor snelheid toen de wielen in de zachte modder en diepe karrensporen doorslipten. De motor loeide door het extra vermogen, de banden wierpen waaiers van aarde en water op en uit de uitlaat walmden dikke zwarte rookwolken.

Bell naderde de Thomas tot op een paar meter en sprong.

Met zijn vrije hand greep hij de achterste reserveband en klemde zijn sterke vingers om de rubberen binnenrand. Dankzij de door Bells gewicht verhoogde druk op de achterwielen kreeg de Thomas meer grip en versnelde.

Terwijl zijn laarzen door de modder sleepten, vond hij met beide handen houvast en trok hij zich verder op. Door met zijn benen te zwaaien lukte het hem een voet op een koffer te zetten die op de achterste bladveren was bevestigd. Hij kreeg een leren riem te pakken waaraan hij zich langs de koffer op de achterbumper hees. De met modder besmeurde spaken in het wiel onder hem waren een wazige vlek. De bumper boog door onder zijn gewicht en schuurde tegen de band. Het schelle geluid van metaal op rubber attendeerde Kincaid op zijn aanwezigheid.

Kincaid trapte ogenblikkelijk op de rem om Bell eraf te gooien. Bell ging in de beweging mee, waardoor hij naar voren schoof en zo dichter bij Kincaid kwam. Hij tastte naar de versnellingspook, greep mis, maar kreeg de koperen buis te pakken die olie naar de aandrijfketting leidde. Kincaid mepte met een Engelse sleutel naar Bells hand. Bell liet los en viel naar achteren. In zijn val greep hij een op de treeplank gemonteerde gereedschapskist beet.

Nu bevond hij zich gedeeltelijk voor het achterwiel, waar hij onder dreigde te komen. De ketting vlak achter het wiel zoefde op een paar centimeter afstand langs zijn gezicht. Hij rukte zijn automatische pistool uit zijn jas, strekte zijn arm tot voor het wiel en ramde de tromp onder de bovenste helft van de ketting. Het wapen schoot met de ketting mee tussen de tanden van de kettingschijf. De automobiel schokte hevig en gleed op geblokkeerde wielen door.

Kincaid ontkoppelde. De ketting sprong op, waardoor Bells wapen wegvloog en de auto weer vooruitsprong. Met zijn linkerhand sturend zwaaide Kincaid met de moersleutel, die Bells hoed schampte. Bell omklemde de gereedschapskist met zijn rechterarm en hield de linker om de bumper gehaakt, waardoor hij net bij het werpmes in zijn rechterlaars kon. Kincaid hakte met de moersleutel op hem in.

Terwijl Bell moest loslaten om te voorkomen dat Kincaid zijn botten tot moes sloeg, ramde hij het mes in de zijkant van de band. Het draaiende wiel rukte Bell het mes uit zijn hand en hij viel op de weg.

Uit de Thomas Flyer klonk een holle knal terwijl hij vooruitschoot, de top van de helling bereikte en door een haarspeldbocht uit het zicht verdween. Bell, onder de modder, krabbelde overeind en rende terug, in de drek naar zijn pistool speurend. Eerst vond hij zijn hoed en vervolgens het automatische wapen, demonteerde het, veegde de modder weg, zette het weer in elkaar en verruilde het lege magazijn voor een volle. Nu had hij nog één kogel in de kamer en zes op voorraad. Hij ontdeed zich van zijn jas, die zwaar van de modder was, en rende zo hard hij kon de houtweg op achter de Saboteur aan.

Er klonk hoefgetrappel achter hem.

Archie Abbott kwam de bocht om gestoven aan kop van een groep van tien Van Dorn-detectives te paard met uit de zadelhouders omhoogstekende Winchester-geweren. Archie reikte hem de teugels aan van het paard dat ze voor hem hadden meegebracht. Bell wilde opstijgen, maar het paard hapte naar zijn been.

'Lillian Hennessy had geen enkel probleem met dit paard,' zei Abbott.

Bell drukte Thunderbolts hoofd met zijn sterke linkerarm omlaag en sprak streng in zijn gespitste oor. 'Thunderbolt. We moeten aan het werk.' Het dier liet Bell opstijgen en stoof over de oneffen bodem voor de rest van de troep uit.

Na drie kilometer zag Bell een gele glans tussen de bomen.

De Thomas was midden op de weg tot stilstand gekomen. De rechter achterband was aan flarden gescheurd en half van de velg gelopen. Bells mes, dat er nog uitstak, had zijn werk gedaan. Kincaids voetsporen liepen over de weg die recht omhoogging. Bell vroeg een van zijn mannen achter te blijven, de band te verwisselen en met de auto achter hen aan te komen.

Nadat ze nog zo'n vijf kilometer moeizaam tegen de berg op waren geploeterd, raakten de paarden op nauwelijks nog anderhalve kilometer van het kampement van de East Oregon Lumber Company vermoeid. Zelfs de één meter tachtig hoge kolos onder Bell ademde zwaar. Maar hij en Thunderbolt vormden nog steeds de voorhoede toen ze in de hinderlaag van de Saboteur liepen.

In het donkere bos flitste een vlam op. Geknal van Winchester-geweren. Een regen van lood doorzeefde de lucht. Er floot een kogel rakelings langs Bells gezicht, een andere schampte zijn mouw. Hij hoorde iemand schreeuwen en zag hoe het paard onder de man wegzakte. De Van Dorn-detectives zochten dekking en trokken hun eigen lange geweren uit de holsters. De maaiende hoeven van de geschrokken paarden ontwijkend, verspreidden de detectives zich langs de weg. Bell zat nog op zijn paard en vuurde onophoudelijk in de richting van de aanval. Het razendsnel bewegende uitwerpmechanisme van zijn Winchester lag als een wazige streep op het geweer. Toen zijn mannen ten slotte tussen de bomen een veilig heenkomen hadden gezocht, sprong hij van zijn paard en posteerde zich achter een dikke Canadese den.

'Hoeveel?' riep Abbott.

Hierop ratelde er een tweede salvo door het struikgewas.

'Zo te horen een stuk of zes, zeven,' antwoordde Bell. Hij herlaadde zijn geweer. De Saboteur had een goede plek uitgekozen. De kogels kwamen van een vrij hoge positie. Zijn schutters konden de Van Dorn-detectives zien, maar die moesten om terug te kunnen kijken hun hoofd in de vuurlinie steken.

Er was maar één manier om daar verandering in te brengen.

'Archie?' riep Bell. 'Klaar?'

'Klaar?'

'Jongens?'

'Klaar, Isaac,' klonk het in koor.

Bell wachtte een volle minuut.

'Nú!'

De Van Dorn-troep viel aan.

De Saboteur hield zijn hoofd koel. Wat het detectivebureau Van Dorn betrof verbaasde hij zich nergens meer over. Ook hun moed viel niet te betwisten. Dus deze geconcentreerde, goed georganiseerde tegenaanval had hij al half verwacht. Ook Philip Dow hield het hoofd koel. Hij schoot alleen als hij een doelwit tussen de bomen zag bewegen, onmiskenbaar het gedrag van iemand die zich in een gevecht helemaal thuisvoelde. Maar Dows houthakkers waren schurken die alleen twee-tegen-ééngevechten gewend waren. Omdat ze beter met hun vuisten of bijlstelen overweg konden dan met geweren, raakten ze in paniek bij het zien van tien schutters die als een stelletje vuurspuwende duivels over de helling op hen afkwamen.

De Saboteur voelde dat ze weifelden. Een paar seconden later braken ze en sloegen op de vlucht, waarbij sommigen zelfs hun geweren lieten vallen. Ze renden door het bos omhoog alsof ze in hun staat van paniek dachten dat ze zich daar veilig konden verbergen. Vlakbij bleef Dow schieten. Zonder veel kans dat hij een van de mannen trof, die van boom naar boom spurtten en steeds dichterbij kwamen.

'Terugtrekken,' beval de Saboteur beheerst. 'Waarom op ze schieten als we ze kunnen verdrinken?'

Isaac Bell had zijn plan ondermijnd om Dow met de stoomfluiten het sein te geven dat hij in actie moest komen. Zelfs als Dow die paar seconden had gehoord dat de stoomfluit van slechts één locomotief had geklonken – want langer had het niet geduurd tot Bell was gaan schieten – dan nog had de moordenaar dat niet geïnterpreteerd als het sein om de dam op te blazen die het water van Lake Lillian tegenhield.

De twee mannen trokken zich terug uit hun hinderlaagpositie en liepen over het muildierenpad omhoog waarlangs Dow zijn mannen van het houthakkerskamp omlaag had geleid. Toen ze in het kamp aankwamen, stonden de houthakkers en voermannen die niet tot Dows bende behoorden, langs de weg omlaag te turen in de richting vanwaar ze hadden horen schieten. Toen ze de Saboteur en Dow met geweren in de hand tussen de bomen zagen opdoemen, trokken ze zich wijselijk terug in hun slaapverblijven in het besef dat je gewapende mannen beter geen vragen kon stellen.

'Philip,' zei de Saboteur. 'Ik reken erop dat je de dam opblaast.'

'Maak je geen zorgen.'

'Ze zullen 't je niet makkelijk maken.'

'Dan zullen ze me eerst moeten pakken,' zei Dow. Hij stak zijn hand uit.

De Saboteur schudde hem plechtig, als een soort ceremoniële bezegeling. Het was absoluut geen emotionele ontroering, maar hij was opgelucht. Hoe merkwaardig de gedragscodes van de moordenaar ook waren, Dow zou de explosieven tot ontploffing brengen, ook al was het met de allerlaatste krachten die hij nog in zijn lichaam had.

'Ik zal je dekken,' zei hij tegen Dow. 'Geef me je geweer. Ik hou ze af zolang ik munitie heb.'

Hij zou uiteindelijk nog ontsnappen voordat de Cascade Canyon Brug door het kolkende water het ravijn werd ingesleurd. Met een beetje geluk was hij de laatste die eroverheen zou gaan.

55

Abbott sloop naar Bell toe, toen de bende van de Saboteur het schieten staakte.

'Isaac, hij heeft daar een enorm meer achter een dam gecreëerd. Ik denk dat als hij die opblaast, de brug wegspoelt.'

Bell stuurde vier detectives achter de schutters aan die wegvluchtten in het bos. Hij posteerde drie gewonde mannen, zo goed en zo kwaad als het ging, langs de weg, zodanig dat op zijn minst één van hen de anderen kon verdedigen in het geval dat de aanvallers terugkwamen. Er lagen twee dode paarden op de weg. De rest was op hol geslagen. Bell rende met Abbott en Dashwood in zijn kielzog het met diepe sporen omgeploegde pad op.

'Dat daar voor ons is het kamp,' riep Abbott.

Daar waar de weg zich bij de ingang van het kampement verbreedde, dwong ratelend geweervuur hen opnieuw de struiken in.

'Dit is een afleidingsaanval,' zei Bell. 'Zo kan hij de dam opblazen.'

Ze schoten hun Winchesters in de richting van hun aanvallers leeg. Het schieten stopte, waarna ze met getrokken pistolen doorliepen.

Ineengedoken aan de voet van de houten dam en drijfnat van het opspattende water dat van vijftien meter hoogte in de rivier naast hem stortte, besefte Philip Dow dat het met hem gedaan was toen de Winchesters zwegen. Kincaid had de detectives zo lang mogelijk tegengehouden.

De moordenaar treurde er niet om.

Hij was zijn principes trouw gebleven. En hij had de wereld van een aanzienlijk aantal plutocraten, aristocraten en andere ratten verlost. Maar hij wist wanneer het genoeg was geweest. Om het eervol af te ronden moest hij alleen nog deze allerlaatste daad tot een goed einde brengen. De dam opblazen voordat de detectives van Van Dorn hem konden doden. Of hem levend te pakken kregen, wat veel erger was. Maar eerst, voordat hij de lont aanstak en de Grote Sprong maakte, wilde hij nog een paar extra ratten voor hem uit sturen.

Drie van hen kwamen met getrokken pistolen het bos uitgestormd. Ze zouden hem te grazen nemen zodra hij aanviel. Dit moest met een bom gebeuren en gelukkigerwijs had hij er al een paar klaarliggen in de dam. Hij trok een bundel van zes gelignietstaven uit de holte tussen twee stammen. Vervolgens scheurde hij een kort stuk van de lont af en verwijderde behoedzaam een van de ontstekers.

De detectives zagen hem. Hij hoorde hun geroep zwakjes boven het bulderende water uit. Ze kwamen rennend, glijdend en struikelend over de natte stammen van de glijbaan op hem af. Hij had maar een paar seconden. Met vingers zo vast dat ze uit steen leken gehouwen, bevestigde hij de korte lont aan de ontsteker en drukte de ontsteker in de bundel gelignietstaven. Hij keerde zijn rug naar het opspattende water, nam een droge lucifer en een strijkhoutje uit het met een kurk afgesloten flesje en hield het vlammetje tegen de lont. Daarna hield hij de zes staven achter zijn rug en liep snel de detectives tegemoet.

'Laat je pistool vallen!' riepen ze.

Dow hief zijn lege hand in de lucht.

'Ook je andere hand!'

Ze hielden hun wapens op hem gericht. Hij liep door. De afstand was nog te groot voor de pistolen.

Isaac Bell schoot met zijn Browning en raakte Dow in zijn schouder.

Dow was zo gefixeerd op het feit dat hij zo dicht mogelijk bij de detectives wilde komen, dat hij de van grote afstand afgeschoten lichtkaliberkogel nauwelijks voelde. Hij stopte niet, maar draaide zijn schouder in hun richting, waarbij hij de explosieven naar achteren zwaaide en zijn arm strekte om de bom zo hoog en ver mogelijk van zich af te gooien. Een van de detectives rende voor de anderen uit en hief een grote, glanzende revolver op. Die was groot genoeg om hem uit te schakelen. Als een rennende schutter zijn doel tenminste over die afstand kon treffen.

'Kom terug, Dash!' gilde Bell. 'Hij heeft daar iets.'

Dow kromde zich voor de worp. De man die Bell Dash noemde, bleef stokstijf staan en stak zijn wapen naar voren. Hij legde heel geconcentreerd aan. Vervolgens balde hij zijn andere hand tot een vuist en drukte die tegen zijn borst als een scherm voor zijn hart en longen, en zette zich schrap voor het schot. Dow dook ineen. Dash was iemand die kon schieten.

De zware kogel trof Dow vol en sloeg hem achteruit voordat hij de bom had kunnen gooien. Alles in Dows gezichtsveld stond stil. Het enige geluid was het bulderen van het water dat over de dam stroomde. Hij realiseerde zich dat hij de lont van de springlading waarmee de dam moest worden opgeblazen, nog niet had aangestoken. De lont die hij wel had aangestoken, brandde op het geligniet in zijn hand af. Hoe kon hij hier vrede mee hebben als het karwei niet was afgerond?

Zijn armen en benen voelden aan als van hout. Maar met alle kracht die hij nog in zich had, keerde hij de vuurwapens de rug toe en schuifelde naar de dam.

'*Dash! Maak dat je daar wegkomt!*'

Ze begrepen onmiddellijk wat Dow van plan was. Alle drie openden ze het vuur. Hij kreeg een kogel in zijn schouder en een tweede in zijn rug. Een derde trof hem in zijn been en hij dreigde neer te gaan. Maar door de treffers schoot hij vooruit. Hij viel tegen de dam aan. Hij lag over het geligniet gekromd, dat hij met zijn borst tegen de natte stammen drukte terwijl hij de vlam van de lont op de ontsteker zag overspringen. In de laatste microseconde van zijn leven besefte hij dat hij zijn werk had gedaan en een stel van die Van Dorn-ratten met zich mee zou slepen.

56

Isaac Bell greep James Dashwood bij zijn nekvel en wierp hem naar Archie Abbott, die hem onder het rennen opving en hem als een voetballer die de bal in één keer op de slof neemt verder de rivieroever opslingerde. Hij tastte naar Bells hand toen de bom ontplofte. Twintig passen, nog geen dertig meter scheidde hen van de explosie. De schokgolf had die afstand in een oogwenk overbrugd en de twee vrienden zagen een caleidoscoop van rondvliegende stammen waarin ze werden opgetild en meegesleurd, achter Dashwood aan. Met suizende oren vlogen ze klauterend en struikelend de oever op in een even wanhopige als hopeloze poging aan de muur van water te ontkomen die zich ongetwijfeld door de opgeblazen dam op hen zou storten.

Toen de Saboteur de explosie hoorde, begreep hij dat er iets fout was gegaan. Hij klonk niet hard genoeg. Niet alle geligniet was ontploft. Hij stopte op een punt op de weg vanwaar hij de rivier door het ravijn zag stromen en wachtte gespannen op de muur van water die door de opgeblazen dam omlaag zou storten. Het waterpeil van de rivier steeg, het water stond beslist hoger, maar niet zo hoog als hij verwachtte en hij vreesde het ergste. Omdat maar een deel van de springstof was ontploft, was de dam slechts beschadigd en niet ingestort.

In de hoop dat er tenminste zo veel mogelijk detectives bij waren omgekomen, vervolgde hij zijn vlucht de helling af, vol vertrouwen dat de dam op den duur toch zou breken en er zich een allesvernietigende watervloed op de brug zou storten. Of dat over enkele minuten zou gebeuren of over een uur deed er niet toe. Opeens hoorde hij het geluid van een auto – zijn Thomas Flyer – die over de weg omhoogkwam.

Zijn gezicht verstarde met een vergenoegd glimlachje. De Van Dorn-detectives hadden de band verwisseld. Aardig van ze. Met zijn pistool in de ene hand en het mes in de andere zocht hij snel een plek langs de weg op waar de auto door de diepe sporen vaart zou moeten minderen.

'Het is een wonder,' zei Abbott.
'Een wonder van korte duur,' reageerde Bell.
Een waterstraal zo dik als een os spoot door het gat dat door de bom van de moordenaar in de dam van stammen en keien was geslagen. Maar de bom waarmee Philip Dow hen had willen doden had niet de overige springladingen tot ontploffing gebracht en de dam had standgehouden. Voor zolang het duurde althans.

Bell overzag de schade en probeerde uit te rekenen hoelang de dam het vol zou houden. Er stroomde een hele waterval over de rand en door scheuren in de dam spoten stralen als uit brandweerslangen.
'Dash, waar heb jij zo goed leren schieten?' vroeg Abbott.
'Ik mocht van mijn moeder pas bij Van Dorn gaan werken als ze het me had geleerd.'
'Je móéder...'
'Toen ze jong was, deed ze mee aan de Wild West Show van Buffalo Bill.'
'Dan kun je je moeder vertellen dat je dankzij haar je hachje hebt gered,' zei Bell. 'En waarschijnlijk ook de brug. Hopelijk houdt die kolentrein de boel stabiel... Wat is er, Archie?'
Abbott keek hem geschrokken aan. 'Maar dat was een idee van Kincaid.'
'Wat voor idee?'
'Om de brug met neerwaartse druk te stabiliseren. Kincaid zei dat hij dat een keer in Turkije had gedaan. Toen leek 't te werken.'
'Kincaid heeft in zijn hele leven nooit iets zonder vooropgezet plan gedaan,' zei Bell.
'Maar Mowery en de andere ingenieurs hadden het niet toegestaan als ze dachten dat het gewicht van de trein niet zou helpen. Ik neem aan dat hij begreep dat zijn spel uit was toen hij me hierboven zag rijden. Daarom deed hij zich behulpzaam voor, om geen argwaan te wekken.'
'Ik moet zo snel mogelijk naar beneden.'
'De paarden zijn op hol geslagen,' reageerde Abbott. 'Maar er staan muildieren in de stallen.'
Bell keek om zich heen, op zoek naar iets beters. Muildieren die eraan gewend waren om houtkarren te trekken zouden hem nooit op tijd bij de

brug brengen om het plan dat de Saboteur met de kolentrein in gang had gezet nog tegen te kunnen houden.

Zijn oog viel op een boomstamkano die op de rivieroever lag. Het water was al zo ver gestegen dat het tegen de voorplecht klotste. 'We nemen de Hell's Bottom Express!'

'Wat?'

'De boomstamkano. Daar varen we mee naar de brug.'

Met vereende krachten draaiden ze de zware, uitgeholde boomstam op zijn zij om het regenwater eruit te gieten.

'Hup! Pak de peddels!'

Ze duwden de kano de rivier in en hielden hem langs de oever. Bell stapte aan de voorkant in, voor de dwarsbalk die de houthakkers er ter versteviging hadden ingezet, en hield de peddel in de aanslag. 'Instappen!'

'Rustig aan, Isaac,' waarschuwde Abbott. 'Dit is gekkenwerk. We verdrinken.'

'Geile houthakkers overleven dit al jaren. Stap in.'

'Als de dam het begeeft, wordt deze kano door de omlaagdenderende watermassa als een lucifershoutje gekraakt.'

Bell keek om naar de dam. De straal die door het gat spoot dat Dow onder in de dam had gemaakt, waaierde uiteen.

'Het gat wordt groter,' zei Abbott. 'Zie je niet dat de stammen erboven al doorbuigen?'

'Hij heeft gelijk,' zei Dash. 'Hij kan ieder ogenblik in elkaar storten.'

'Jullie hebben allebei gelijk,' zei Bell. 'Ik mag jullie niet in levensgevaar brengen. Probeer me bij te houden.'

'*Isaac!*'

Bell duwde zich tegen de oever af. Abbott probeerde de achterkant van de kano te grijpen, maar de kano schoot meteen naar het midden van de smalle rivier.

'Ik zie jullie beneden!' riep Bell, terwijl hij woest aan het peddelen sloeg om te voorkomen dat hij door de stroming tegen de rotsen smakte. 'Geniet van jullie muildiertochtje.'

De snelheid verraste hem. De razende stroming sleurde de kano sneller met zich mee dan een paard of zelfs de meeste auto's hadden aangekund. Als het in dit tempo zo doorging, was hij binnen twintig minuten bij de Cascade Canyon Brug.

Als hij niet verdronk.

De oevers waren steil en de met rotsblokken bezaaide rivier was smal. Overal staken gevelde boomstammen uit. Hij haalde lange stammen in die vrijwel volledig ondergedompeld met de stroming meedreven. De kleine kano knalde boven op zo'n stam en dreigde om te slaan. Door zijn gewicht naar de andere kant te werpen hield Bell de boot recht. Vervolgens dreef er een van de oever afgerukte boom naast hem, die heftig schommelend met zijn gigantische wortels als tentakels naar de kano sloeg. Hij weerde ze af met zijn peddel waarna hij die weer diep door het water haalde in een poging het ranselende monster voor te blijven. Een wortel raakte hem vol in het gezicht en zwiepte hem bijna de kano uit.

Als een gek doorpeddelend wist hij de razende boom af te schudden, ontweek vervolgens nog net een enorme kei, schoot tussen twee andere door en vloog met een klap over een platte rots die net onder de waterspiegel verborgen lag. De kloof versmalde en het hoge water kolkte in een lang, relatief recht stuk van een paar kilometer lang tussen de beide steile rotswanden door. Dit was beter te doen en Bell begon te geloven dat hij de brug heelhuids zou bereiken.

Hij keek herhaaldelijk om. Nog geen enkel teken dat de dam was ingestort.

Het rechte stuk eindigde in een reeks scherpe bochten. In die bochten ontstonden kolken, waarin de kano zo krachtig rondslingerde dat slechts één man, die bovendien voorin zat, de boot onmogelijk in bedwang kon houden. Bell concentreerde zich daarom op het overeind houden van de kano en het afweren van rotsblokken die voortdurend als uit het niets opdoken. Terwijl hij achterwaarts de derde bocht uitschoot, keek hij over zijn schouder om te zien waar hij op afging. De ravijnwanden weken hier verder uiteen en het water spoelde over een zandbank waarin met rotsen bezaaide stroomversnellingen waren ontstaan. De stroming sleurde hem erdoorheen. Hij peddelde als een bezetene om de kano recht te houden en stuurde op het diepere water in de oorspronkelijke bedding af.

Maar zodra hij in rustiger water weer rechtop zat, hoorde hij een onheilspellend gerommel dat razendsnel tot luid gebulder aanzwol. Het klonk als een achter hem aanrollende muur van water. Het ergste vrezend keek hij om. Maar de rivier was niet wilder dan daarvoor, wat wild genoeg was. De dam, nu kilometers achter hem, hield het kennelijk nog steeds. Maar het gebulder bleef aanzwellen. Opeens besefte Bell dat het geluid dat tegen de steile ravijnwanden weerkaatste, van achter de bocht kwam die vóór hem lag.

De stroming sleurde hem door de bocht in de rivier.

Hij ving een glimp op van touwen die aan de bomen op de oever hingen. Vandaar volgde hij met zijn ogen iets wat een over de rivier gespannen koord leek. Maar het was geen koord. Het was een afbreking van de waterlijn die aangaf dat de rivier daar in een waterval omlaag stortte.

De houthakkers hadden die touwen aan de bomen gebonden om zich aan vast te houden als ze uit hun kano's klommen, om die vervolgens langs de waterval te sjouwen. Voor Isaac Bell was dragen geen optie. De stroming werd al sterker en stuwde zijn kano met zo'n vijftig kilometer per uur op de waterval af.

De zware regenval bleek zijn redding. Bij een lage waterstand had hij het niet overleefd en was hij tegen de rotsen te pletter geslagen. De hoge waterstand verkortte de val en verzachtte zijn landing.

Hij dreef nog, vrijwel stuurloos voortrazend, tot hij plotseling op een kolossaal eilandachtig rotsblok afvloog dat de rivier in tweeën splitste. Hij duwde zijn peddel in het water in een poging eromheen te sturen. De gespleten stroming kwam aan de andere kant van het rotsblok weer bijeen in een hoog opspattende kolkende watermassa die heftig op beide kanten van de kano inbeukte.

Direct daarna zag hij tegen de donker wordende lucht het dunne lijnenspel met de luchtige boog van de Cascade Canyon Brug afsteken, die de beide zijden van het ravijn met elkaar verbond. Het was een merkwaardig idee dat de treffendste omschrijving van de schoonheid ervan van de Saboteur afkomstig was: 'Hij lijkt te zweven.' Het was haast onvoorstelbaar dat een dergelijke omvangrijke constructie er zo luchtig uit kon zien en tegelijkertijd zo'n grote afstand kon overbruggen. De kolentrein die er midden op stond, bestond uit vijftig wagons en nog was er aan beide kanten ruimte over.

Maar de Saboteur, die de Cascade Canyon Brug zo kunstig had omschreven, was ook de man die hem zou verwoesten. Natuurlijk kende de Saboteur het geheim van die kolentrein die hem uiteindelijk aan de macht over alle belangrijke spoorlijnen van het land zou helpen. Uit alles wat Bell hem had zien doen, alle misdaden die de Saboteur had gepleegd en alle onschuldige slachtoffers die hij daarbij had gedood, trok hij de conclusie dat Charles Kincaid de Southern Pacific Company had overgehaald om die kolentrein daar op de brug te zetten, omdat het de verwezenlijking van zijn monstrueuze plannen en verdorven dromen ten goede kwam.

Even later zag Isaac Bell de lichten van het stadje aan de oever onder de brug opdoemen. Hij probeerde naar de kant te peddelen, maar dat bleek tevergeefs. De zware kano was onwrikbaar in de greep van de rivier. Hij stoof langs de buitenwijken van het stadje en terwijl de rivier versmalde en hem steeds sneller meesleurde, zag hij de elektrische lampen op de fundamenten van de pijlers en de kistdammen en caissons die eromheen lagen. Zo'n duizend man werkte met een heel arsenaal aan machines aan de versterking van de stromingsdeflectoren met vele tonnen rotsblokken, en de verhoging van de wanden van de kistdammen met dikke boomstammen, in een poging te voorkomen dat het stijgende water eroverheen stroomde.

De rivier zwiepte Bells kano tussen de pijlers door. Niemand zag hem aankomen, want de kano leek sterk op de talloze donkere boomstammen die laag in het water lagen en door de stroming werden meegesleurd. Net toen hij dacht dat hij onder brug door de donkere nacht in zou schieten, versmalde de rivier tot een woest kolkende geul.

De kano werd zijwaarts naar de pijler geslingerd die het verst van het stadje verwijderd lag. Hij schoot over een uitstekende rotspunt heen, tolde woest om zijn as en knalde vol op een houten kistdam. Vijftig vermoeide timmerlieden die planken op het houten frame spijkerden, keken met een wazige blik in hun ogen op toen Bell kordaat uit de kano sprong en met grote passen over de loopplank stiefelde die de kistdam verbond met het stenen fundament waar hij omheen lag.

'Goedenavond, heren,' zei Bell zonder te stoppen om kreten als 'Wie bent u?' en 'Waar komt u vandaan?' te beantwoorden.

Hij ontwaarde een aan de stenen wand bevestigde ijzeren ladder en klom er ijlings langs omhoog, terwijl hij de mannen beneden hem over zijn schouder waarschuwde. 'Er kan ieder moment een vloedgolf aankomen. Bouw zo hoog mogelijk door, maar zorg dat je snel weg kunt komen.'

Een kleine twintig meter boven het water ging het stenen fundament over in een stalen constructie. De pijler bestond uit een vierkant basisframe dat was geschraagd door diagonale dwarsbalken en er waren ook ladders. Voor het schilderwerk, nam hij aan. Vanaf het stenen fundament gezien leek de pijler net zo hoog als het Singer Building dat hij in New York had gezien en waarover hij Abbott had horen pochen dat de wolkenkrabber maar liefst honderdtweeëntachtig meter hoog was. In de hoop dat hij hier te maken had met gezichtsbedrog, greep Bell naar de onderste sport.

Op het moment dat hij de ladder aanraakte, voelde hij dat de brug trilde. Hij leek erger te schudden dan toen hij er een paar uur geleden overheen rende. Maar ook niet zo heel veel erger. Had de kolentrein echt het beloofde effect? Stabiliseerde het extra gewicht de brug? Die tergende onzekerheid over wat de Saboteur van plan was joeg Bell nog sneller de ladder op.

Zijn gewonde onderarm, waar Dow hem had getroffen, begon pijnlijk te kloppen. Hij maakte zich niet zozeer zorgen over de pijn, die steeds erger werd, als wel over de oorzaak ervan. Hij had nog een lange weg te gaan voor hij boven was en daar had hij alle vier zijn ledematen voor nodig. En hoe hoger hij klom, hoe sterker de brug zou schudden.

Hoeveel erger zou dat schudden zijn zonder het extra gewicht?

Hij snoof de geur van rook op, wat vreemd leek aangezien er geen treinen over de brug reden. Ten slotte kwam de ladder uit op een loopbrug die over de stalen boog liep tot bij een kortere ladder naar het brugdek. Hij trok zich aan de laatste sporten op en slingerde zijn benen op het brugdek, waar hij zich in de smalle ruimte tussen de kolentrein en het vrije uiteinde van de brug bevond. Zijn hoofd bonsde van de inspanning en hij boog voorover om uit te hijgen, waarbij hij met een hand op de open goederenwagon steunde.

Maar met een kreet van pijn trok hij geschrokken zijn hand terug.

De stalen zijkant van de wagon was loeiheet – zo heet dat hij zich eraan brandde.

Bell rende naar de volgende wagon en raakte hem voorzichtig aan. Ook deze was heet. En nu rook hij opnieuw vuur en begreep in een flits de duivelse streek die de Saboteur hen had geflikt. De zogenaamde neerwaartse druk stabiliseerde inderdaad de brug, zoals hij had gezegd. Maar door het water dat van onderen tegen de verzwakte pijlers sloeg, trilde de brug. Door dat trillen schudde vervolgens ook de trein en daarmee ook de kolen die in de wagons lagen. Onder in de vijftig kolenwagons schoven hierdoor duizenden brokjes steenkool langs elkaar. Door die wrijving ontstond hitte, zoals een kolonist vuur maakte door twee stokjes langs elkaar te wrijven.

Net op het moment dat Bell de perverse genialiteit van Kincaids plan doorzag, vlogen de kolen in brand. Een tiental vonkjes laaide op tot honderden vlammetjes. Spoedig zouden er duizenden vuurtjes van tussen de kolen oplaaien. De hele trein stond midden op de brug te smeulen. Het vuur kon elk moment op de bielzen onder de trein overslaan.

Hij moest de trein zo snel mogelijk van de brug af zien te krijgen.

Het bouwterrein stond stampvol met gestrande treinen en locomotieven. Maar omdat er geen werk was, stond geen enkele loc onder stoom. Bell zag de grote zwarte Baldwin van Hennessy's privétrein. Die stond altijd onder stoom, alleen al voor de verwarming en verlichting van de pullmans en privéwagons, en omdat hij onmiddellijk moest kunnen vertrekken wanneer de spoorwegdirecteur dat wenste.

Bell rende eropaf. Alle remmers en rangeerders die hij zag, gaf hij opdracht de wissels zo te zetten dat de locomotief van de Ouwe naar de brug kon rijden. Hennessy zelf, een broze man in zijn hemdsmouwen, stond naast de Baldwin op een stokersschop geleund uit te hijgen.

'Waar is uw locbemanning?' vroeg Bell.

'Ik hield die dingen al onder stoom toen zij nog niet eens geboren waren. Heb alle beschikbare mankracht naar de kistdammen gestuurd. Ik moet alleen even op adem komen. Er klopt iets niet. Wat ruik ik? Is er brand op de brug?'

'De kolen zijn gaan broeien. Ontkoppel uw loc. Dan haal ik die trein eraf.'

Terwijl Hennessy de van wissel naar wissel rennende remmers en rangeerders instrueerde, reed Bell de losgekoppelde Baldwin naar voren, weg van de privétrein, en vervolgens achteruit de brug op. Daar maakte hij hem vast aan de voorste open kolenwagon. Ondertussen waren alle rangeerders druk in de weer met het verzetten van wissels om zo een spoor vrij te maken waarover de brandende trein veilig naar een afgezonderd zijspoor kon worden gereden.

Bell schoof de lat naar voren, een paar tandjes vooruit, voor het openen van de stoomtoevoer naar de cilinders. Dit was het lastigste. Hij had zoveel tijd in een machinistenhuis doorgebracht dat hij inmiddels wel wist hoe je een locomotief op gang kreeg, maar het optrekken met vijftig zware wagons was heel andere koek. De wielen slipten en de trein bleef staan. Hij herinnerde zich de zandbak, waarmee zand op de rails kon worden gestrooid om ze stroever te maken, en hij vond de betreffende hendel. Er walmden nu rookwolken uit de wagons op en hij zag zelfs vlammen oplaaien. Hij greep de lat en probeerde het opnieuw.

Opeens hoorde hij de stem van de Saboteur door het zijraam.

'Hoe ga je dat gewicht vervangen?' vroeg hij spottend. 'Met nieuwe kolen?'

57

'Ballaststenen zouden ook als gewicht voor de brug kunnen dienen, maar op de een of andere manier is er in de communicatie iets fout gegaan. Hennessy had ballaststenen besteld. Maar hij kreeg steeds weer kolen. Hoe zou dat nou komen?'

De Saboteur hees zich via de open achterkant het machinistenhuis in en trok een mes uit zijn laars.

Omdat hij een nieuwe uitvoering verwachtte van het zwaard dat hij had vernield, trok Bell bliksemsnel zijn Browning en haalde de trekker over. Maar het automatische wapen had net iets te veel modder en water te verwerken gekregen. Het blokkeerde. Hij hoorde een klik van het mes van de Saboteur. In een flits schoof de telescopische kling uit en trof hem voor hij zich in de nauwe ruimte kon verroeren.

Het was geen vleeswond, maar een gemene steek onder Bells schouder. Ontsteld vreesde Bell dat het zwaard zijn longen had doorboord, en hij tastte onder zijn jasje. Hij voelde warm bloed op zijn hand. Hij kon niet helder meer zien. De Saboteur stond over hem heen gebogen en Bell stelde tot zijn verbazing vast dat hij op de voetplaat lag.

58

Charles Kincaid trok zijn zwaard terug om Isaac Bell de doodsteek door zijn hart te geven.

'Ik was me de zwakke kant van mijn wapen heel goed bewust,' zei hij. 'De kling is niet tegen een zijwaartse slag bestand. Dus ik heb altijd een reserve bij me.'

'Ik ook,' zei Bell. Uit een binnenzak diepte hij Kincaids eigen derringer op die hij eerder die dag van het spoor had opgeraapt. Hij was glibberig van het bloed en schoof in zijn hand. Door de shock van zijn verwonding zag hij dubbel en hij vocht tegen een dreigende bewusteloosheid. Met een uiterste krachtsinspanning fixeerde hij zijn blik op Kincaids brede borstkas en drukte af.

Met een blik vol ongeloof stapte Kincaid achteruit. Hij liet zijn zwaard vallen. Zijn knappe gezicht verwrong zich van woede terwijl hij achterover uit de locomotief tuimelde.

Bell probeerde op te staan. Hij kreeg zijn benen maar met de grootste moeite onder zich. Van ver beneden, onder aan de brug, hoorde hij kreten van schrik opklinken. Vanaf een kraanschuit klonk het wanhopig snerpende signaal van een stoomfluit. Hij sleepte zich naar de achterkant van het machinistenhuis. Vandaar zag hij waar de mensen die aan de pijlers werkten van schrokken. De dam van de Saboteur was uiteindelijk ingestort. De schuimkop van de vloedgolf was in zicht.

De woedende witte watermassa, huizenhoog en vol met gevelde stammen en hele bomen, vulde de rivier van oever tot oever. Schreeuwende mannen trachtten de dynamo's voor de elektriciteit boven water te houden. Er sloeg een boot om. De werklampen doofden.

Bell greep de ganghendel en trok zich uit alle macht overeind.

De brug schudde onder de locomotief. De vlammen sloegen uit de kolenwagons. Als hij met de brandende trein wegreed, redde hij de brug van het vuur. Maar dan kreeg de Saboteur, ook al lag hij uitgeschakeld op de rails, alsnog zijn zin. Als Bell de trein verzette, verwijderde hij daarmee het stabiliserende gewicht, waarop de brug door het schurende water zou instorten. Hij rook de indringende geur van brandend creosoot. Onder de trein begonnen de eerste bielzen te smeulen.

Een compromis was de enige oplossing.

Bell verdraaide de ganghendel, duwde de lat een paar tandjes naar voren en reed de trein achteruit naar de rand van de brug. Terwijl hij zich krampachtig aan de handgrepen overeind hield, klauterde hij moeizaam uit de loc. Er kwam een voorman aangerend, die een angstige blik op de brandende trein wierp. 'We hebben de wissels goed staan, meneer, u kunt hem zo naar een vrijliggend zijspoor rijden.'

'Nee, ik heb gereedschap nodig. Een koevoet en een nijptang.'

'We moeten hem hier weg hebben voordat de hele boel hier in de fik vliegt.'

'Laat de trein hier staan,' beval Bell bedaard. 'Ik heb hem direct weer nodig. Maar geef me die spullen alsjeblieft.'

De voorman rende weg en was in een mum van tijd terug. Bell pakte de nijptang en de zware koevoet en sjokte zo snel als de wond in zijn borst het toeliet de brug over. Onderweg passeerde hij het roerloze lichaam van de Saboteur dat nog gekromd tussen de rails lag. De trein was dwars over hem heen gereden, maar had zijn lichaam niet geraakt. Bell liep door tot bijna aan de overkant. Daar hurkte hij neer en begon spijkers uit de grondplaten te trekken waarmee de rails aan de stroomopwaartse zijde van de brug waren vastgeklonken.

Hij voelde dat het schudden van de brug verhevigde nu de trein er niet meer op stond. Met een vluchtige blik omlaag zag hij dat de Cascaderivier tekeerging als een door een orkaan geteisterde zee. Door het zuurstoftekort in zijn hersenen en het aanzienlijke bloedverlies voelde hij het duizelen terwijl hij wanhopig de ene spijker na de andere lostrok.

Wie is hier nu eigenlijk de Saboteur? dacht hij. De rollen waren omgedraaid. Isaac Bell, hoofdrechercheur van het detectivebureau Van Dorn, wijdde zich met inzet van zijn laatste krachten vol overgave aan het ontsporen van een trein.

Het ademen viel hem steeds zwaarder en hij zag een bloedbel uit de wond in zijn borst opbollen en weer inzakken. Als het zwaard van Kincaid zijn borstholte had doorboord en hij werd nu niet snel geholpen, zou zijn borstkas zich met lucht vullen en klapten zijn longen in elkaar. Maar hij moest nu eerst een hele spoorstaaf zien los te krijgen.

De Saboteur was niet zo ernstig gewond als Bell, maar hij was net zo vastberaden. Hij was bij bewustzijn gekomen toen Bell met een nijptang in zijn hand voorbij kloste. De tussen twee ribben geklemde kogel negerend, rende hij in gebukte houding zo snel als hij kon naar de kolentrein. Die nijptang in de hand van de detective zei hem genoeg. Bell hoopte dat de brandende trein door hem te laten ontsporen zodanig in de rivier stortte dat hij de pijlers tegen het aanstormende water beschermde.

Hij bereikte de locomotief, hees zich in het machinistenhuis en schepte een paar schoppen kolen in de vuurkist.

'Hé, wat doet u daar?' riep een spoorwerker, terwijl hij de ladder naar het machinistenhuis opklom. 'Meneer Bell heeft gezegd dat de trein hier moest blijven.'

Kincaid trok de revolver met lange loop die hij uit zijn Thomas Flyer had meegenomen en schoot de man neer. Vervolgens zette hij de locomotief vaardig in zijn vooruit en bediende de zandbak. De drijfwielen hadden meteen houvast, de koppelingen trokken strak en de locomotief trok de kolenwagons de brug op. De Saboteur zag in de priemende witte lichtbundel van de koplamp hoe Isaac Bell uit alle macht de spoorstaaf probeerde los te wrikken.

De zware kolentrein dempte het schudden van de brug. Omdat hij het verschil voelde, keek Bell op, recht in het verblindende licht van de koplamp van de locomotief en begreep onmiddellijk dat de kogel uit zijn derringer Charles Kincaid niet had gedood.

De locomotief kwam recht op hem af. Hij voelde de wielen over de rails schuren. Nu zag hij ook dat Kincaid zijn hoofd uit het zijraam van het machinistenhuis stak. Zijn gezicht een van haat vervuld masker. Zijn mond vertrok tot een akelig triomfantelijke grijns en Bell hoorde aan het snellere tjoeken dat de Saboteur de snelheid opvoerde.

Bell rukte de laatste spijker uit de grondplaat. Vervolgens wierp hij zich met zijn hele gewicht op de koevoet en probeerde met zijn laatste, snel afnemende krachten wrikkend de losse spoorstaaf te verschuiven, voordat Kincaid hem overreed.

Bell voelde dat de wielen van het voorste draaistel zijn spoorstaaf oprolden. Het gewicht van de loc drukte hem omlaag. Met het allerlaatste restje kracht dat hij nog overhad verschoof hij de staaf die 'ene centimeter tussen hier en het hiernamaals'.

De locomotief gleed van de rails en klapte op de bielzen. Bell zag de Saboteur met zijn hand op de gashendel en zag hoe zijn triomfantelijke gezicht in een grimas van wanhoop veranderde toen het tot hem doordrong dat hij elk moment met de brandende trein van de brug in de rivier zou storten.

Terwijl Bell zich omdraaide en wegrende, werd hij door de V-vormige baanschuiver geschept. Als een door een reus weggemepte vlieg schoot hij voor de locomotief uit over de rand van het brugdek, waar hij zich aan een dwarsbalk kon vastgrijpen. Over de stalen schraag gebogen zag Isaac Bell de locomotief over de rand vliegen. Het was een lange weg omlaag en heel even leek de hele trein in de lucht te hangen.

De locomotief en de rij wagons stortte met zo'n geweldige klap in de rivier dat het water hoog over de oevers golfde. Er walmden rook- en stoomwolken op. Zelfs onder water gloeiden de kolen nog felrood in de open wagons. Maar de wagons lagen in een strakke rij over de rivierbedding verdeeld, als de dicht opeenvolgende eilanden van een barrièrerif dat het vasteland tegen de onstuimige krachten van de zee beschermde. De vloedgolf stroomde er bulderend langs en overheen en verloor zoveel aan kracht dat de verwoestende druk op de pijlers drastisch afnam.

Het schudden van de Cascade Canyon Brug was opgehouden. De neergestorte trein had de vloedgolf uiteengeslagen. En terwijl Isaac Bell het bewustzijn dreigde te verliezen, zag hij de elektrische werklampen aanfloepen, terwijl spoorwerkers in groten getale terugstroomden naar de caissons om het werk aan de pijlerversterkingen weer op te nemen.

59

Ondanks de hevige sneeuwstorm had zich voor het uit grijze stenen opgetrokken herenhuis op de hoek van Thirty-seventh Street en Park Avenue een hele menigte verzameld om de gasten te zien arriveren voor hét huwelijk van het winterseizoen van 1908: de echtverbintenis van een zoon uit een oud-New Yorks geslacht en de dochter van een selfmade spoorwegmagnaat. Degenen die het stralende stel het besneeuwde trottoir zagen oversteken om vervolgens de treden naar de voordeur van het herenhuis op te gaan, namen aan dat de lange, onberispelijk geklede heer met de goudblonde snor de beeldige vrouw aan zijn zijde bij de arm greep om te voorkomen dat ze op het ijs uitgleed. Het tegendeel was waar, maar niemand hoorde wat Isaac Bell tegen Marion Morgan zei: 'Wie neemt er nou een wandelstok als hij zo'n sterke vrouw heeft om op te steunen?'

'En dat zegt een detective die maar net van een ingeklapte long...'

'Licht ingeklapt. Anders had ik het nooit overleefd.'

'... van een infectie en een longontsteking is hersteld en bijna was doodgebloed?'

'Als die cameraman ons filmt, schiet ik hem dood.'

'Maak je geen zorgen. Ik heb hem verteld dat *Picture World* hem ontslaat en zijn familie op straat zet als hij het ook maar enigszins waagt zijn lens op jou te richten. Heb je de ring?'

'In mijn vestzak.'

'Hou me goed vast, schat, hier komt de trap.'

Ze haalden het, en Bell zag bleek van de inspanning. Butlers en livreiknechten leidden hen naar binnen. Marion stond paf van de bloemen die overal in de hal en langs de brede trap stonden. 'Lathyrus, rozen en kersenbloesem! Waar heb je die vandaan?'

'Langs de spoorlijnen van de vader van de bruid is het altijd wel ergens lente.'

De vader van de bruid kwam hen tegemoet gesneld. Osgood Hennessy droeg een parelgrijs jacquet met een roze boutonnière. Bell vond dat hij er wat verloren bij liep zo zonder mevrouw Comden aan zijn zijde en hij was duidelijk blij een bekend gezicht te zien. 'Marion, wat goed dat je helemaal uit San Francisco bent gekomen. En jij, Isaac, alweer ter been en vol energie.'

'Een trouwerij zonder getuige is als een galg zonder touw.'

Marion vroeg of de bruid zenuwachtig was.

'Lillian nerveus? Ze heeft zeventien bruidsmeisjes van al die dure scholen waarvan ze is afgetrapt, en ijswater in haar aderen.' Hennessy straalde van trots. 'Bovendien is er in New York nog nooit zo'n mooie bruid te zien geweest. Wacht maar tot je haar ziet.' Hij wendde zich af om J.P. Morgan met een koel knikje te begroeten.

'Dat record wordt verbeterd als wij besluiten om in New York te trouwen,' fluisterde Bell tegen Marion.

'Wat zei je?' vroeg Hennessy, terwijl hij Morgan met een obligaat schouderklopje door liet lopen.

'Ik zei dat ik even bij de bruidegom ga kijken. Mag ik Marion even aan uw hoede toevertrouwen, meneer Hennessy?'

'Met genoegen,' antwoordde Hennessy. 'Kom maar mee, jongedame. De butler zei me dat we met het ontkurken van de champagne tot na de inzegening moeten wachten, maar ik weet waar die staat.'

'Kan ik eerst even naar Lillian?'

Hennessy wees haar de weg naar boven. Haar klop op de deur ontlokte daarbinnen gilletjes en gegiechel. Drie meisjes begeleidden haar naar Lillians toilettafel, waar nog meer meiden omheen stonden. Marion moest glimlachen om het ontzag waarmee ze haar vanwege die paar jaartjes meer bejegenden.

Lillian sprong op en omhelsde haar. 'Is dit te veel rouge?'

'Ja.'

'Weet je 't zeker?'

'Je gaat naar een bruidssuite, niet naar een bordeel.'

Lillians schoolvriendinnen lagen krom van het lachen. 'Weg jullie,' gaf ze hen te verstaan.

Nu waren ze even alleen. 'Je ziet er heel gelukkig uit,' zei Marion.

'Ben ik ook. Maar ik ben een beetje zenuwachtig over... je weet wel, vanavond... hierna.'

Marion pakte haar hand. 'Archie is een van die zeldzame mannen die echt van een vrouw houden. Hij zal in alles zijn zoals jij je dat wenst.'

'Echt?'

'Ik ken dat type.'

Bell vond Archie Abbott in een rijkelijk opgesmukte ontvangstkamer met zijn moeder, een aantrekkelijke vrouw met een kaarsrechte houding en een deftige uitstraling, die Bell al sinds zijn middelbareschooltijd kende. Ze zoende hem op zijn wang en vroeg naar zijn vader. Toen ze, statig als een oceaanstomer, weg schreed om een familielid te begroeten, merkte Bell op dat ze kennelijk in haar nopjes was met zijn bruidskeuze.

'Dat heb ik aan de Ouwe te danken. Hennessy heeft daar werkelijk al zijn charmes voor ingezet. Ze vindt dit huis uiteraard extravagant, maar tegen mij zei ze: "Meneer Hennessy is zo verrukkelijk ruw gemodelleerd. Als uit een oude eik." En dat was nog vóórdat hij vertelde dat hij aan Sixty-fourth Street een huis voor ons laat bouwen, met een eigen appartement voor moeder.'

'Ik dat geval kan ik je dubbel feliciteren.'

'Driedubbel, nu we 't er toch over hebben. Alle bankiers in New York hebben een huwelijksgeschenk gestuurd... Allemachtig, moet je zien wie er nu binnenkomt.'

Texas Walt Hatfield, graatmager en door weer en wind getekend als een cactus, banjerde wijdbeens door het vertrek, waarbij hij de stadmensen als sigarettenas uit de weg duwde. Hij aanschouwde het vergulde plafond, de olieverfschilderijen aan de muren en het tapijt onder zijn laarzen. 'Gefeliciteerd, Archie. Een schot in de roos. Hoe is-ie, Isaac? Je ziet er nog wat bleekjes uit.'

'De spanning van het getuige zijn.'

Hatfield keek om zich heen naar de crème de la crème van de New Yorkse high society. 'Ik zweer je, Hennessy's butler bekeek me alsof-ie een ratelslang bij een picknick zag.'

'Wat heb je met hem gedaan?'

'Ik zei dat ik 'm zou scalperen als ie me niet als de wiedeweerga naar jou zou brengen. We moeten praten, Isaac.'

419

Bell kwam dicht naast hem staan en dempte zijn stem. 'Heb je het lijk gevonden?'

Texas Walt schudde zijn hoofd. 'We hebben de hele omgeving afgezocht. We hebben een schouderholster gevonden dat waarschijnlijk van hem was. En een laars met een messenschede. Maar geen lijk. De jongens denken dat coyotes het hebben opgegeten.'

'Dat geloof ik niet,' zei Bell.

'Ik ook niet. Beesten laten altijd iets over, al is het maar een arm of een voet. Maar onze speurhonden hebben niks gevonden... Het is nu drie maanden...'

Bell reageerde niet. De glimlach die van zijn gezicht straalde, was vanwege Marion, die hij het vertrek zag binnenkomen.

'Nu ligt alles diep onder de sneeuw...' vervolgde Texas Walt.

Bell bleef zwijgen.

'... Ik heb de jongens beloofd dat ik 't zou vragen. Wanneer staken we het zoeken?'

Bell legde een forse hand op de schouder van Texas Walt en de andere op die van Archie, keek beide mannen diep in de ogen en zei precies wat ze verwachtten. 'Nooit.'

Een onvoltooide zaak

12 DECEMBER 1934
GARMISCH-PARTENKIRCHEN

Isaac Bell bond voor de laatste keer de klimvellen om zijn ski's en sleepte zijn slee een steile helling op die bedolven lag onder opgewaaide sneeuwhopen en glad was van het ijs. Op de top stond het kasteel van Kincaid. Voordat hij er aankwam, bleef hij staan om naar de cirkel van elektrisch licht te turen die op een paar honderd meter voor hem de controlepost van gepantserde voertuigen markeerde, waar Duitse soldaten de weg bewaakten die naar de hoofdpoort liep.

Hij zag geen enkel teken dat erop wees dat ze niet voor de storm schuilden en hij vervolgde zijn klim, waarbij hij omliep naar de achterkant van het kasteel. Het dreigend opdoemende bouwwerk was een testament van Kincaids rijkdommen. Zelfs na zijn nederlaag was hij erin geslaagd genoeg weg te sluizen om er comfortabel van te kunnen leven. Twee torens flankeerden de uiteinden van een reusachtige hal. Aan de voet van de verst verwijderde toren brandde licht in de verblijven van de bewakers en bedienden. In de dichtstbijzijnde toren was maar één raam verlicht. Daarachter bevonden zich de privévertrekken van Kincaid.

In de verblindende sneeuwvlagen onder langs de oude muren bleef Bell een ogenblik staan om op adem te komen.

Hij pakte een enterhaak van de slee, draaide een lang, geknoopt touw op en gooide het omhoog. De ijzeren haak was in rubber gewikkeld en sloeg haast geruisloos om de stenen rand. Met de knopen als houvast hees hij zich op naar de rand. Die was met glasscherven afgezet. Met zijn mouw om zijn hand maakte hij een stuk vrij door de scherven naar voren te trekken, waarna ze onhoorbaar langs de buitenkant van de muur vielen. Vervolgens klauterde hij over de rand, trok het touw op, liet het aan de andere kant weer zakken en daalde erlangs af naar de binnenplaats. Het verlichte raam bevond zich op de tweede etage van de vijf verdiepingen hoge toren.

Hij sloop naar de dikke hoofdpoort, die hij ontgrendelde. Hij liet één grendel dicht zodat de deur niet door de wind zou gaan klapperen. Vervolgens stak hij de binnenplaats over naar een kleine deur onder in de toren. Er zat een modern slot op, maar de spionnen van Van Dorn hadden de maker achterhaald, waardoor Bell in staat was er net zo lang op te oefenen tot hij het blindelings kon opensteken.

Hij had niet de illusie dat de arrestatie makkelijk zou zijn. Ze hadden Charles Kincaid achttien jaar geleden bijna opgepakt, maar hij had in de chaos kunnen ontkomen die aan het einde van de Wereldoorlog in Europa heerste. Ze waren er nogmaals, in de Russische burgeroorlog, dichtbij geweest, maar niet dichtbij genoeg. Kincaid had vrienden aan beide zijden gemaakt.

Nog niet zo lang geleden, in 1929, dacht Bell dat hij hem in Shanghai klem had, maar hij ontsnapte door Texas Walt haast dodelijk te grazen te nemen, iets waar nog geen enkele misdadiger in was geslaagd. Hij had geen enkele reden om aan te nemen dat de Saboteur nu vijf jaar later minder vernuftig of dodelijk zou zijn, hoewel hij inmiddels tegen de zeventig liep. Kwade geesten, had Joe van Dorn met een grimlach gewaarschuwd, worden niet ouder omdat ze zich nooit om anderen bekommeren.

Het slot schoot open. Bell duwde de goed geoliede en daardoor geruisloos scharnierende deur open. Een doodse stilte. Hij glipte naar binnen en sloot de deur. Een zwakke paraffinelamp verlichtte een wenteltrap die naar kelders en een kerker omlaag liep en omhoog naar de kamers van de Saboteur. In het midden hing een dik touw als houvast bij het beklimmen van de steile en smalle trap. Bell raakte het niet aan. Omdat het van het dak tot in de kelder hing, zou het bij elke beweging met een luide klap tegen de stenen slaan.

Hij trok zijn pistool en liep de trap op.

Er scheen een kiertje licht onder de deur van de kamer van de Saboteur door. Opeens rook hij zeep en draaide zich vliegensvlug om naar de beweging die hij achter zich voelde. Uit de duisternis was een gezette man in de kledij van een bediende en een pistool in een klapholster op zijn heup opgedoken. Bell reageerde bliksemsnel, begroef de loop van zijn pistool in de keel van de Duitser, smoorde zo zijn gil, en sloeg hem met een vuistslag tegen zijn hoofd bewusteloos. Haastig sleurde hij de man door de gang naar een deur die niet op slot bleek en trok hem naar binnen. Met zijn mes sneed hij een paar gordijnkoorden af, boeide de man aan handen en voeten en gebruikte de knoop in een koord als mondprop.

Hij moest opschieten. De bewaker zou worden gemist.

Hij speurde de overloop voor de deur van Kincaid af en zag dat het er leeg en stil was. De deur was stevig met een zware klink. Bell was verteld dat Kincaid hem niet afsloot, vertrouwend op de dikke muren, de buitendeur, zijn bewakers en de Duitse soldaten die de weg controleerden.

Bell drukte zijn oor tegen de deur. Hij hoorde muziek, heel zachtjes. Een sonate van Beethoven. Waarschijnlijk een grammofoonplaat, want de kans dat hier in de bergen radio kon worden ontvangen was niet groot. Het camoufleerde in ieder geval het geluid van het openen van de deur. Hij draaide de klink om. De deur zat inderdaad niet op slot. Hij duwde de deur open en stapte een warme en stemmig verlichte kamer in.

Er flakkerde een haardvuur, kaarsen en olielampen verlichtten boekenkasten, tapijten en een fraai met houten panelen bewerkt plafond. Voor het vuur stond een oorfauteuil met de hoge rugleuning naar de deur. Bell sloot voorzichtig de deur om te voorkomen dat hij de Saboteur door een luchtstroming op zijn aanwezigheid attendeerde. Hij bleef doodstil staan tot zijn ogen aan het licht gewend waren. De muziek kwam ergens anders vandaan, van achter een deur.

Bells stem schalde helder door de kamer.

'Charles Kincaid, ik arresteer u wegens moord.'

De Saboteur sprong op uit de oorfauteuil.

Hij was nog steeds krachtig gebouwd, maar zag eruit als de man van negenenzestig die hij was. Zoals hij daar ietsje gebogen stond in een fluwelen smokingjasje en een bril op zijn neus had Kincaid voor een gepensioneerde bankier of zelfs een professor kunnen doorgaan als hij niet zo door de littekens van zijn wonderbaarlijke ontsnapping uit de Cascade Canyon verminkt was geweest. Door een verbrijzeld jukbeen was de linkerkant van zijn eens zo knappe gezicht ingedeukt. Zijn linkerarm eindigde abrupt onder zijn elleboog. In zijn gezichtsuitdrukking lagen zijn littekens weerspiegeld. Zijn ogen straalden verbittering uit, zijn mond was verwrongen in een verbeten trek van teleurstelling. Maar het zien van Isaac Bell leek hem kracht te geven en zijn houding veranderde op slag. Spottend en met diepe minachting keek hij Bell aan.

'U kunt me niet arresteren. Dit is Duitsland.'

'U komt in de Verenigde Staten voor de rechter.'

'Wordt u doof met het klimmen der jaren?' zei Kincaid honend. 'Knoop dit in uw oren. Als een trouwe vriend van de nieuwe regering hier geniet ik de volledige bescherming van de staat.'

Bell diepte handboeien uit zijn ski-jack op. 'Het zou echt een stuk makkelijker voor me zijn om u te doden dan u levend mee te moeten nemen. Dus denk nu even aan wat er de vorige keer met uw neus gebeurde toen u me bij het omdoen van boeien te snel af probeerde te zijn. Omdraaien.'

Terwijl hij Kincaid met zijn pistool onder schot hield, klikte hij de ene boei om zijn gezonde pols en de andere strak boven de elleboog van zijn verminkte arm. Hij testte of Kincaid hem niet over de stomp heen kon schuiven.

Het geluid van de dichtklikkende handboei leek Charles Kincaid te verlammen. Met een angstig klinkende stem en een holle blik in de ogen vroeg hij aan Isaac Bell: 'Hoe heb je me dit kunnen aandoen? De Duitse Geheime Staatspolizei houdt iedereen tegen die zich binnen een straal van dertig kilometer van mijn kasteel bevindt.'

'Daarom ben ik ook alleen gekomen. Achterom.'

Grommend liet Kincaid alle hoop varen.

Bell keek zijn gevangene recht in de ogen. 'U zult boeten voor uw misdaden.'

De muziek hield abrupt op en Bell besefte dat het niet een grammofoonplaat was, maar een echte piano. Hij hoorde een deur opengaan en het ruisen van zijde, waarop Emma Comden in een modieuze, schuin gesneden jurk die als gegoten haar rondingen accentueerde de kamer binnenschreed. Net als bij Kincaid verried haar gezicht het verstrijken der jaren, maar dan zonder de littekens en de verbittering die het zijne ontsierde. Haar ouderdomsgroeven, rimpels en kraaienpootjes volgden de plooien van een hartelijke lach en glimlach. Maar die avond lag er een sombere blik in haar ogen.

'Hallo, Isaac. Ik heb altijd geweten dat we elkaar nog eens zouden zien.'

Bell schrok. Hij had haar wel gemogen voordat ze als Kincaids handlanger was ontmaskerd. Het was onmogelijk om het spioneren dat ze voor de Saboteur had gedaan los te zien van de moorden die hij op zijn geweten had. 'Emma,' zei hij onbewogen, 'helaas kan ik er maar één meenemen, anders had jij er ook aan moeten geloven.'

'Rustig maar, Isaac,' reageerde ze. 'Je straft me al genoeg door hem van me af te nemen. En ik zal voor mijn misdaad boeten op een manier die alleen jij kan begrijpen.'

'Wat bedoel je?'

'Zoals jij van Marion houdt, hou ik van hem... Mag ik afscheid nemen?'

Bell stapte achteruit.

Ze ging op haar tenen staan om Kincaid op zijn ingevallen wang te kussen. Terwijl ze dat deed, drukte ze een zakpistooltje in Kincaids geboeide hand.

'Emma,' zei Bell. 'Ik schiet jullie allebei neer als je hem dat wapen geeft. Laat het vallen!'

Ze verstijfde. Maar in plaats van dat ze het pistool liet zakken of op hem richtte, haalde ze de trekker over. Het schot werd gedempt door Kincaids lichaam. Hij sloeg hard achterover op zijn rug tegen de grond.

'Emma!' bracht hij naar adem happend uit. 'Verdomme, wat doe je?'

'Ik moet er niet aan denken dat je in gevangenschap sterft of op de elektrische stoel.'

'Hoe kan je me zo verraden?'

Emma Comden wilde nog iets zeggen, maar toen dat niet lukte, draaide ze zich smekend om naar Isaac Bell.

'Ze heeft u niet verraden,' antwoordde Bell onaangedaan. 'Ze heeft u iets gegeven wat u niet verdient.'

Kincaids ogen vielen dicht. Hij stierf na een paar laatste gefluisterde woorden.

'Wat zei hij?' vroeg Bell.

'Hij zei: "Ik verdien alles wat ik wil." Dat was zijn ergste overtuiging en zijn grootste kracht.'

'Toch gaat hij met me mee.'

'Geven de detectives van Van Dorn dan nooit op voordat ze hun prooi te pakken hebben?' vroeg ze zuur. 'Dood of levend?'

'Nooit.'

Emma knielde en bood zich snikkend over Kincaids lichaam. Onwillekeurig was ook Bell geroerd. 'Red je het hier alleen?'

'Ik overleef het wel,' zei ze. 'Als altijd.'

Emma Comden liep naar haar piano terug en speelde een sombere, trage rag. Terwijl Bell door zijn knieën zakte om Kincaids lijk op zijn schouder te tillen, herkende hij een melancholische improvisatie op een lied dat ze lang geleden in een privétrein op het station van Oakland had gespeeld: 'Pickles and Peppers' van Adaline Shepherd.

Bell droeg het lijk van de Saboteur de trap af en liep ermee naar buiten de sneeuw in. Aan de andere kant van de binnenplaats opende hij de enige grendel die hij dicht had gelaten, duwde de massieve poort open en liep onder langs de muur naar waar hij de slee had achtergelaten. Hij bond het lijk op de canvas draagbaar, deed zijn ski's onder en begon aan de afdaling van de berg.

Het ging nu heel wat makkelijker dan de lange, uitputtende tocht door het dal en de vijf kilometer langs steile, ruige hellingen omhoog. En hoewel het nu heviger sneeuwde, was de navigatie simpel een kwestie van bergafwaarts gaan. Maar, zoals Hans hem al had gewaarschuwd, de helling liep de laatste kilometer naar het dorp opeens een stuk steiler omlaag. Door vermoeidheid overmand verloor hij de controle over zijn benen en viel. Hij krabbelde overeind, zette de slee recht en viel opnieuw toen hij al zo dichtbij was dat hij de lichten van het station kon zien. Weer op zijn ski's en de slee rechtop, daalde hij de laatste tweehonderd meter zonder ongelukken af en stopte achter een schuur vlak bij het station.

'*Halt!*'

In de deuropening stond een man. Bell herkende hem aan de overjas en de officiersinsignes van de Geheime Staatspolizei op de klep van zijn pet.

'Je lijkt zo uit een toneelstuk gestapt.'

'Dat beschouw ik als een compliment,' zei Archie Abbott. 'En ik zal onze vriend naar de bagagewagon brengen.' Hij reed een houten doodskist de schuur uit. 'Moeten we er nog voor zorgen dat hij genoeg lucht krijgt om te ademen?'

'Nee.'

Ze tilden de in canvas gewikkelde Kincaid op, legden hem in de kist en schroefden het deksel dicht.

'Is de trein op tijd?'

'Met een sneeuwstorm krijg je de Duitse spoorwegen niet ontregeld. Heb je je kaartje? Dan zie ik je bij de grens.'

Een halo van sneeuw die rondwervelde door de ronddraaiende ploeg voor op de trein, werd beschenen in het licht van de koplamp van de locomotief die het station binnenstoomde. Bell stapte in en toonde zijn kaartje. Pas toen hij zich in een warme eersteklascoupé dankbaar op een pluchen zitplaats liet zakken, merkte hij hoe koud en moe hij was, en hoe pijnlijk zijn botten aanvoelden.

Toch overheerste een intens gevoel van opluchting en bevrediging. De

Saboteur was uitgerangeerd, definitief buiten gevecht gesteld. Charles Kincaid zou nooit meer moorden. Bell vroeg zich af of Emma Comden voldoende was gestraft voor haar hulp bij het bespioneren van Osgood Hennessy. Was ze er te genadig van afgekomen? Het antwoord was nee. Ze zou nooit vrij zijn zolang ze niet uit de gevangenis van haar hart ontsnapte. En dat, wist Isaac Bell beter dan wie dan ook, zou nooit gebeuren.

Een uur later minderde de trein vaart in Mittenwald. De conducteurs kwamen langs om de passagiers er luidkeels op te attenderen dat ze voor de grenscontrole hun reispapieren gereed moesten houden.

'Ik ben wezen skiën,' antwoordde Bell op de vraag van de douanier.

'Wat is dat voor "reisgoed" in de bagagewagon?'

'Een goede vriend is tegen een boom geknald. Ze hebben mij gevraagd zijn lichaam naar huis te begeleiden.'

'Laat zien!'

In de gang keken soldaten met 98b karabijnen gespannen toe en volgden Bell op de voet toen hij achter de douanier aan naar de bagagewagon liep. Archie Abbot zat op de kist. Hij rookte een Sturm-sigaret, een slimme zet, dacht Bell bewonderend, aangezien Sturm het eigen merk van de nazi's was.

Abbott maakte geen aanstalten om voor de douanier op te staan. Met een kille blik in zijn grijze ogen en een starre trek van minachting op zijn gezicht snauwde hij in onberispelijk kort afgemeten Duits: 'Het slachtoffer was een vriend van het Reich.'

De douanier sloeg zijn hakken tegen elkaar, salueerde, gaf Bell zijn papieren terug en stuurde de karabiniers weg. Bell bleef in de bagagewagon. Een halfuur later stapten ze uit in Innsbruck. Oostenrijkse kruiers laadden de kist in een lijkkoets die naast een limousine van de ambassade op het perron stond te wachten. Op beide voertuigen wapperden Amerikaanse vlaggen.

Een assistent-zaakgelastigde schudde Bell de hand. 'Zijne excellentie de ambassadeur laat weten dat hij u tot zijn spijt niet persoonlijk kan begroeten. Het vervoer is lastig voor hem in deze tijden. Oude rugbyblessures, moet u weten.'

'En tranen met tuiten,' mompelde Abbott. President Franklin Delano Roosevelt, die zwaar onder de Grote Depressie gebukt ging, had zich van het obstakel van Preston Whiteways reactionaire kranten ontdaan door Marions vroegere baas tot ambassadeur van Oostenrijk te benoemen.

Bell legde zijn hand op de kist. 'Zeg tegen ambassadeur Whiteway dat het detectivebureau Van Dorn zijn hulp zeer op prijs stelt en breng hem ook mijn persoonlijke dank over... Wacht even!'

Bell diepte een vrachtsticker uit zijn jaszak op, likte de achterkant en plakte hem op de kist. De tekst luidde:

DETECTIVEBUREAU VAN DORN
CHICAGO
TER ATTENTIE VAN: ALOYSIUS CLARKE, WALLY SISLEY,
MACK FULTON

Op een gure, koude ochtend stapte Isaac Bell op het Gare de l'Est uit zijn trein. Terwijl hij een taxi aanriep, bleef hij even staan om een elegante blauw-zwarte Bugatti Type 41 Royale te bewonderen. Deze naar verluidt duurste auto ter wereld was zonder enige twijfel even mooi als majestueus.

De Bugatti zwenkte vlak voor Bell naar de stoeprand. De geüniformeerde chauffeur sprong van zijn open bestuurdersplaats.

'*Bonjour, monsieur Bell.*'

'*Bonjour,*' reageerde Bell, terwijl hij zich afvroeg: wat krijgen we nou? en betreurde dat hij zijn Duitse automatische pistool in zijn reistas had opgeborgen.

De chauffeur opende de deur van een luxueuze passagierscabine.

Marion Bell-Morgan klopte op de zitplaats naast haar. 'Ik dacht dat je wel mee wilde rijden.'

Bell stapte in en zoende haar innig.

'Hoe was het?' vroeg ze.

'Het is voor elkaar,' antwoordde hij. 'Zijn lijk is nu zo ongeveer bij Joe van Dorn op een kruiser in de Middellandse Zee. Over twee weken is het in de Verenigde Staten.'

'Gefeliciteerd,' zei Marion. Ze wist dat hij het haar allemaal zou vertellen zodra hij daar klaar voor was. 'Ik ben blij je weer te zien.'

'En ik ben ook blij om jou weer te zien,' zei Bell. 'Maar je had toch niet zo vroeg op hoeven staan?'

'Nou, ik ben nog niet helemaal op, hoor.' Ze sloeg de bovenkant van haar jas open om de rode zijden nachtjapon te laten zien die ze eronder droeg. 'Ik dacht dat je nog wel een ontbijtje wilde.'

De auto voegde zich vlotjes in het verkeer. Bell pakte Marions hand. 'Mag ik je iets vragen?'

'Alles.' Ze drukte zijn hand tegen haar wang.

'Hoe kom je aan deze Bugatti Royale?'

'O, dat. Ik zat gisteravond nog voor een slaapmutsje in de hotelbar en een vreselijk aardige Fransman probeerde me te versieren. Van het een kwam het ander en hij stond erop dat wij gedurende ons verblijf in Parijs van zijn auto gebruikmaken.'

Isaac Bell keek de vrouw aan van wie hij nu al bijna dertig jaar zielsveel hield. 'Een "vreselijk aardige Fransman" is niet echt een geruststellende mededeling voor een echtgenoot. Waarom dacht je dat die ouwe heer jou zijn automobiel zo genereus ter beschikking heeft gesteld?'

'Hij is niet oud. Een heel stuk jonger dan jij. Maar lang niet in zo'n goede conditie, moet ik eraan toevoegen.'

'Blij te horen. Toch wil ik graag weten hoe je hem zo hebt gecharmeerd dat hij jou zijn auto gaf.'

'Hij was hopeloos romantisch. De tranen sprongen in zijn ogen toen ik hem vertelde waarom ik niet met hem mee kon.'

Isaac Bell knikte. Hij wachtte tot hij zijn stem weer onder controle had. 'Natuurlijk. Je hebt hem gezegd: Mijn hart is al vergeven.'

Marion kuste hem op zijn mond. 'Zie ik daar een traan in je oog?'